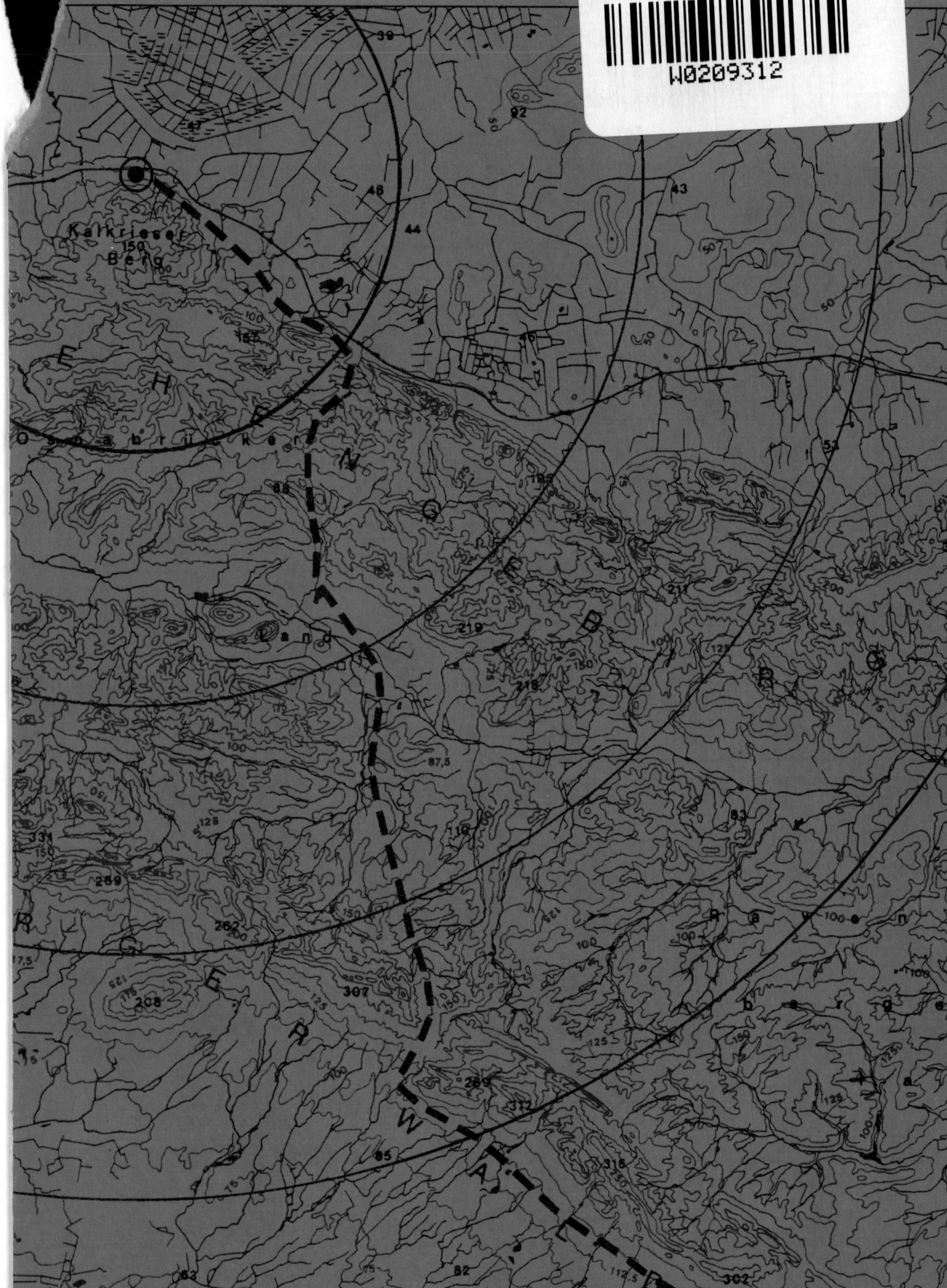

Die Etappen der Tagesmärsche und Kämpfe der Legionen: Die Kreise markieren jeweils eine Distanz von 10–15 km; die Entfernung, die die römischen Legionen unter den geschilderten Bedingungen zurücklegen konnten. Die Marschroute entspricht exakt den täglich wechselden Geländeformen, wie sie bei Cassius Dio beschrieben sind.

Tony Clunn

Auf der Suche nach den verlorenen Legionen

Rasch Verlag Bramsche

Einbandgestaltung unter Verwendung
der eisernen Maske eines Gesichtshelms,
die in Kalkriese gefunden wurde

Die Deutsche Bibliothek – CIP-Einheitsaufnahme

Clunn, Tony:
Auf der Suche nach den verlorenen Legionen / Tony Clunn. [Übers. aus dem engl. Orig. von Karsten Igel].–1. Aufl. – Bramsche : Rasch, 1998
ISBN 3-932147-45-6

2. Auflage September 1998

1. Übersetzung a. d. Engl. v. Karsten Igel,
überarb. v. Anna Cheeseman Clunn und Ursula Cheeseman
Lektorat: Susanne Franzkeit
Redakt. Mitarbeit: Britta Lammers, Heike Kordts
Layout und Einband: Jürgen Sütterlin; Britta Lammers
Schriften: Garamond und Ergo
Gedruckt auf maschinenglatt h'frei Werkdruck, 1,8fach Vol., tcf
Herstellung: Rasch Druckerei und Verlag, Bramsche
Printed in Germany

ISBN 3-932147-45-6

Dieses Buch ist gewidmet

den Menschen von Kalkriese
mit Dank für den Frieden und die Geborgenheit
bei ihnen zu Hause,
für ihre Freundschaft und ihre unschätzbare Unterstützung,
meinem Freund und Kollegen
Prof. Dr. Wolfgang Schlüter,
mit viel Liebe
Anna und Jana,
meinen guten Freunden
Paul und Ursula, Bissendorf,
Karl und Maria, Berlin,
sowie Wilhelm Dräger, Hannover,
Sean, Tanya und Erika

in Gedenken an Gisela,
die so viele Male über die Felder ging und tragischerweise
im Februar 1996 von uns gehen mußte.

Geleitwort

Als im März 1987 ein in Osnabrück stationierter Offizier der britischen Rheinarmee, der sich als Leutnant Clunn vorstellte, bei der Archäologischen Denkmalpflege Osnabrück erschien und mich um ein Gespräch bat, ahnte ich nicht, welche Folgen diese Begegnung einmal haben würde. Folgen nicht nur für die wissenschaftliche Erforschung der römisch-germanischen Auseinandersetzungen in den Jahrzehnten um Christi Geburt, sondern auch für das kulturelle Selbstverständnis und die touristische Attraktivität der Region Osnabrück und Folgen nicht zuletzt für viele heute auf die eine oder andere Weise mit dem Projekt »Kalkriese« verbundenen Menschen.

Dem Anliegen Leutnant Clunns, mit Hilfe eines Metalldetektors im Osnabrücker Raum nach römischen Funden suchen zu dürfen, stand ich nicht unbedingt ablehnend gegenüber. Allein schon die Tatsache, daß er, bevor er etwas unternahm, um eine Genehmigung nachsuchte, sprach für ihn. Doch was die Erfolgsaussichten seines Vorhabens betraf, war ich sehr skeptisch. Letztlich waren es seine Begeisterung und sein Optimismus, die mich bewogen, Leutnant Clunn eine Bescheinigung auszustellen, die ihn als ehrenamtlichen Mitarbeiter der Archäologischen Denkmalpflege Osnabrück auswies, und ihm außerdem Unterlagen zu römischen Funden im Osnabrücker Raum auszuhändigen. Wenn überhaupt, so meine Überzeugung, würde er noch römische Goldmünzen des sog. Wiehengebirgshorizonts der zweiten Hälfte des 4. und des frühen 5. Jahrhunderts finden. Den angeblichen römischen Fundmünzen aus dem Bereich Barenaue, Venne, Kalkriese und Engter, auf die Theodor Mommsen 1885 seine Auffassung stützte, der Engpass zwischen Kalkrieser Berg und Großem Moor sei der Ort der Varusschlacht 9 n. Chr., stand ich, wie wohl die gesamte Fachwissenschaft, eher mißtrauisch gegenüber. Zwar sollten hier zwischen dem ausgehenden 17. und dem frühen 20. Jahrhundert zahlreiche Gold- und Silbermünzen der römischen Republik und des Augustus zum Vorschein gekommen sein, doch zum einen schien keine dieser Münzen noch vorhanden zu sein und zum anderen waren bis auf einen 1963 entdeckten Denar seit nahezu 80 Jahren keine neuen Münzfunde mehr bekannt geworden.

Aber hier bewies sich zum ersten Mal die Hartnäckigkeit, der Einfallsreichtum und die Spürnase von Tony Clunn. Um einen Ansatzpunkt für seine Suche nach Münzen in der Kalkrieser-Niewedder Senke zu erhalten, machte er zunächst einmal den – zumindest der Archäologischen Denkmalpflege Osnabrück – unbekannten Entdecker des Denars von 1963 ausfindig. Dieser zeigte ihm die Fundstelle und hier, in der Nähe des Lutterkruges am Rande des Großen Moors, fand Tony Clunn dann am 5. 7. und 12. 7. 1987 insgesamt 105 römische Denare, Teile eines zerpflügten Hortfundes.

Doch waren diese Münzen und die von der Archäologischen Denkmalpflege Osnabrück vorgenommenen Ausgrabungen, die noch einmal mehr als 50 Denare zutage förderten, nicht der Beginn des Projekts »Kalkriese«. Denn letztlich gingen die Neufunde qualitativ nicht über das hinaus, was schon Theodor Mommsen als Beleg für seine These zur Verfügung gestanden hatte. Und Mommsen hatte man zu Recht vorgehalten, daß von einer Schlacht der Größenordnung der Varusschlacht mehr zurückgeblieben sein müsse als lediglich Gold- und Silbermünzen, auch Militaria und römische Kupfermünzen seien an einem solchen Ort zu erwarten.

So war Tony Clunn in den folgenden Monaten bei der Suche nach weiteren römischen Funden in der Kalkrieser-Niewedder Senke wieder auf sich allein gestellt. Doch sein Finderglück bleib ihm treu. Sowohl am Rande des Großen Moores als auch am Fuß des Kalkrieser Berges fand er weitere Denare. Der entscheidende Durchbruch gelang ihm dann aber im Sommer 1988: An einem Wochenende entdeckte er an drei verschiedenen Stellen jeweils ein Schleudergeschoß aus Blei. Solche Geschosse waren in der Regel von Hilfstruppen verwendet worden, die die Römer im Mittelmeerraum rekrutierten. Das Vorkommen dieser Schleuderbleie in der Kalkrieser-Niewedder Senke machte es äußerst wahrscheinlich, daß – in welchem Zusammenhang auch immer – römische Truppen vor Ort gewesen waren und daß die Münzfunde mit diesem Ereignis und nicht mit irgendwelchen römisch-germanischen Handelsbeziehungen oder mit einem germanischen Opferplatz in Verbindung zu bringen waren.

Tony Clunns unermüdlicher Einsatz und seine Hartnäckigkeit hatten sich endgültig ausgezahlt: Im Herbst 1988 begann die Archäologische Denkmalpflege Osnabrück mit einer systematischen Prospektion der gesamten Senke, deren Ergebnisse bereits nach knapp einem Jahr zur Grundlage der ersten, auf Anhieb erfolgreichen Grabungen auf dem Oberesch gemacht werden konnten. Die Trägerschaft an dem Projekt ging Anfang November 1989 an den Landschaftsverband Osnabrück über.

Heute, nach fast zehnjähriger intensiver archäologischer Forschung in der Kalkrieser-Niewedder Senke und in dem sich im Südosten anschließenden Raum bis hin nach Schwagstorf und Ostercappeln hat sich die anfänglich nur vage abzeichnende Möglichkeit, hier könnte tatsächlich im Jahre 9 n. Chr. das sich aus drei Legionen, und zwar der 17., 18. und 19., drei Alen (Reiterschwadronen) und sechs weiteren Kohorten Hilfstruppen zusammensetzende römische Heer unter dem Oberbefehl des P. Quinctilius Varus von westgermanischen Stämmen unter der Führung des Cheruskers Arminius vernichtend geschlagen worden sein, zur Gewißheit verdichtet. Vieles läßt sich heute schon zum Umfang des Kampfplatzes, zur Taktik der Germanen, zur Zusammensetzung und Ausrüstung des römischen Heeres sowie zum Aussehen der Landschaft um Christi Geburt sagen, viele Fragen harren aber auch noch der Beantwortung. Vermutlich werden nicht nur Jahre, sondern Jahrzehnte bis zu einer endgültigen Erforschung des Schlachtfeldes ins Land gehen.

Tony Clunn hat während dieser gesamten ersten Phase der wissenschaftlichen Untersuchungen in der Kalkrieser-Niewedder Senke dem Projekt die Treue gehalten und ihm mit Rat und Tat zur Seite gestanden, selbst von seinen späteren Einsatzorten Hannover, London, Berlin und Rheindalen bei Mönchengladbach aus. Auf sein Konto gehen u. a. mehrere der Fundstellen auf dem Felsener Feld bei Schwagstorf und die Fundstelle bei Ostercappeln sowie alle Fundstellen um den Nordwesthang des Kalkrieser Berges, d. h. Tony Clunn hat sich während dieser Zeit vor allem um die Erweiterung des Fundgebietes verdient gemacht.

Heute, nach seinem Ausscheiden aus dem Militärdienst, ist Tony Clunn im Osnabrücker Land seßhaft geworden, und zwar – wie sollte es anders sein – auf dem Schlachtfeld. In Anerkennung seiner Verdienste um die deutsch-britische Freundschaft, die er sich durch seine Entdeckungen erworben hat, ist Major J.A.S. Clunn 1996 von Königin Elisabeth II. der Orden »Member of the Order of the British Empire« verliehen worden. Der Landschaftsverband Osnabrück hat seine Verdienste und seinen ehrenamtlichen Einsatz 1997 mit der Verleihung einer Auszeichnung gewürdigt, deren erster Preisträger Tony Clunn ist.

In dem vorliegenden Buch schildert Tony Clunn zum einen seine Erlebnisse bei der »Suche nach den verlorenen Legionen«, seine Überlegungen, seine Arbeit, seine Entdeckungen, seine Begegnungen mit Land und Leuten und seine Zusammenarbeit mit den Archäologen. Allein der forschungsgeschichtliche Wert seines Buches ist damit nicht hoch genug einzuschätzen. Zum anderen stellt er die Geschehnisse des Jahre 9 n. Chr., wie sie sich aus seiner Sicht abgespielt haben könnten, dar. Ein Versuch, die Varusschlacht und ihre Vorgeschichte auf diese Weise einem größeren Leserkreis nahezubringen, ist nicht neu. Neu und einmalig in diesem Zusammenhang ist jedoch eine Darstellung, bei der die Fiktion mit den Fakten verknüpft wird, Fakten wie dem tatsächlichen Ort des Sieges der Germanen über die Römer, Fakten wie realen in der Schlacht verlorengegangenen Funden und Fakten wie dem sich in der Fundstreuung in Umrissen abzeichnenden Ablauf der Kampfhandlungen.

Prof. Dr. Wolfgang Schlüter

Vorbemerkung

Dieses Buch basiert auf meinen Aufzeichnungen und Tagebüchern aus zehn Jahren, in denen ich mich an archäologischen Ausgrabungen in Kalkriese bei Osnabrück beteiligte. Sie liefern inzwischen den Beweis dafür, daß an diesem Ort im Jahre 9 n. Chr. drei römische Legionen von einer Streitmacht germanischer Stämme besiegt worden sind.

Die von Quinctilius Varus, dem römischen Statthalter und Oberbefehlshaber in Germanien, befehligte 17., 18. und 19. Legion, insgesamt etwa 25.000 Mann, wurden in einer mehrere Tage dauernden Schlacht aufgerieben und unterlagen schließlich der Streitmacht germanischer Stämme, die sich unter ARMINIUS' Kommando zusammengeschlossen hatte.

Meine Tagebucheintragungen beschreiben die unglaublichen Erfolge und mitunter auch Enttäuschungen, die wir während der Jahre der Suche nach der historischen Wahrheit erlebten – die Mitarbeiter der archäologischen Abteilung der Stadt Osnabrück, geleitet von meinem sehr guten Freund, Professor Dr. Wolfgang Schlüter, und ich. Sie befassen sich mit dem Verschwinden der Legionen des Varus in den Höhen des Teutoburger Waldes und mit der blutigen Schlacht, die letztendlich die drei römischen Legionen in KALKRIESE vernichtete.

Das Buch erzählt auch, was mit den Legionen des Varus während des Jahres 9 n. Chr. bis zu der letzten blutigen Schlacht geschehen sein mag, und zwar so wie ich es sehe, geschrieben als ein fiktionaler Bericht, der allerdings auf den historischen Schriften des Tacitus, des Cassius Dio, des Florus und vielen anderen gründet. (Die deutsche Übersetzung der antiken Historiker folgt Joachim Hermann bzw. den englischen Übersetzungen der Penguin-Klassiker.) Ich habe mir mit ein, zwei Charakteren gewisse Freiheiten erlaubt; ihre Geschichte mag sehr wohl anders gewesen sein, als ich sie erzählt habe. Ich habe auch einen Römer, genannt MARCUS AIUS, zum höchsten Tribun ernannt und zum stellvertretenden Kommandanten der Legionen unter VARUS, und obwohl er zu der Zeit vielleicht nicht einen so hohen Rang gehabt haben mag, lassen Funde aus dem zentralen Bereich der Ausgrabungen uns glauben, daß er während der letzten Schlacht dort war.

Varus, Arminius, Segestes, seine Tochter Thusnelda und viele andere waren Menschen, die in dieser weit zurückliegenden Periode der Geschichte Germaniens lebten und starben.

Die VARUSSCHLACHT war das erste Ereignis germanischer Geschichte, das aufgezeichnet worden ist, und das vorliegende Buch, »Auf der Suche nach den verlorenen Legionen«, markiert nicht den Abschluß der Berichte über dieses Geschehen, denn dort draußen in den Feldern gibt es in den vor uns liegenden Jahren noch sehr viel mehr zu entdecken.

Tony Clunn

ERSTER TEIL

Am Anfang war...

Die klammen Nebelschwaden des frühen Morgens hingen schwer über dem durchnäßten Waldboden, als ein einzelner Krieger sich durch Gestrüpp und Unterholz seinen Weg zu den Rauchfahnen der Feuer auf dem Hügel bahnte. In seiner linken Hand trug er ein kurzes, blutiges Schwert, und in seiner Rechten, fest am Schopf gehalten, ein menschliches Haupt, dessen Augen weit aufgerissen waren, wie überrascht von dem plötzlichen Schlag, der es von seinem Rumpf getrennt hatte. Der Krieger näherte sich der Erhebung, auf der die Opferaltäre errichtet waren, und er konnte das Stöhnen und die Schreie der geschlagenen Eroberer seines Landes hören. Sie mußten nun sühnen, sie wurden langsam und qualvoll zu Tode gefoltert, die Strafe für ihre Unterdrückung Germaniens, die Strafe für ihre Niederlage in der Schlacht, Strafe für ihre falschen Götter und ihren falschen Glauben.

Arminius, Anführer der Cherusker, blickte ungerührt auf den römischen Legionär hinunter. Roden, Bruder des Wodenicus und Waffenbruder von Arminius in vielen Jahren gemeinsamer Feldzüge und Schlachten, stand neben ihm. Dort auf der Folterbank lag der römische Feldzeichenträger der 17. Legion; er hatte in der Schlacht schwere Wunden am Kopf und im Gesicht erlitten. Nun war er dem Tode nahe, und er hatte Arminius nicht die gewünschten Angaben über den Verbleib von Varus' Stellvertreter, dem Tribun Marcus Aius, geben können. Als Arminius aufblickte und den herannahenden Krieger wahrnahm, erkannte er in ihm Segimundus, Sohn des Segimerus, auch er einer seiner treuen Verbündeten und Gefährten im Kampf gegen die Römer.

Grüßend erhob Segimundus sein Schwert und hielt dann mit der anderen Hand den blutigen Kopf hoch in die Luft. »Arminius, hier ist das Haupt des großen Varus, des großen römischen Feldherrn. Er war tot, getötet von seiner eigenen Hand! Er war kein Krieger, er war ein

Feigling! Seine Männer versuchten, seinen Leichnam zu verbrennen, als wir über sie kamen und sie zu ihren Göttern schickten. Seinen Körper warfen wir den Raben zum Fraß vor, mit ihm verging der Geist des Varus. Was wünschst du, daß mit seinem Haupt geschehe?«

Arminius bedachte die Frage wenige Sekunden: »Laßt ihn uns zu Maroboduus, dem Heerführer der Markomannen, senden. Laßt diesen die Macht unserer Krieger erkennen. Wenn er das Haupt des großen Varus erblickt, wird er sich uns im Kampf gegen die römischen Eindringlinge anschließen, gegen diese Feiglinge, deren Anführer sich lieber ihr eigenes Leben nehmen, als gegen uns in der Schlacht zu kämpfen. Ich sollte den Kopf des Varus den Hunden vorwerfen, denn er ist unserer Beachtung nicht würdig. Dieser hier«, und er deutete auf den Feldzeichenträger, »hat wenigstens tapfer gegen uns gekämpft und wird nun zu seinen falschen Göttern gelangen«, und mit einem kräftigen Schlag seines Schwertes enthauptete er den Legionär auf der Folterbank.

»Dies war Brutus Maximus aus Rom, Feldzeichenträger der 17. Legion, aber sein Adler fehlt! Laßt uns diesen Ort im Gedächtnis bewahren, damit alle wissen, daß Rom und seine Adler nur noch Aas sind für die Cherusker. Möge dieser Ort in die Erinnerung eingehen als der Ort der Niederlage Roms, als der Ort, an dem seine Adler starben, seine Zenturionen und Legionäre Krieger waren, aber seine Generäle und Tribunen nicht. Möge Rom für immer bezwungen sein in diesem Land, denn es ist unser Land, und niemals sollen die Römer es uns nehmen! Bewahrt den Ort gut, laßt die Körper, wo sie liegen, und hängt die Köpfe hoch. Jeder soll diesen Ort kennen – und niemals vergessen!«

Roden bückte sich und barg den langen, roten Mantel, der um den Hals des enthaupteten Legionärs gebunden war, und rief, den Mantel in die Luft haltend: »Ich denke, dies hier ist eine angemessene Decke für mein Weib, sich heute nacht darauf niederzulegen, wenn wir diese große Schlacht feiern. Was sagst du, Arminius?«

»Nein«, entgegnete Arminius. Er hatte eine der bronzenen Mantelschließen von der Folterbank aufgehoben und betrachtete sie aufmerksam. »Nein, ich denke nicht, mein Freund. Seltsam, ich weiß, daß diese Mantelschließe Marcus Aius gehörte, und vor ihm seinem Vater, und doch wurde sie von diesem Feldzeichenträger, Brutus Maximus, getragen. Er war Träger der Standarte und des 17. Adlers – warum sollte er den Mantel von Marcus Aius tragen? Und wo ist Marcus Aius bloß? Ich sah ihn heute schwer verwundet in der Schlacht. Sein Kopf wäre ein angemessener Tribut für unseren Sieg. Wickelt den Kopf des

Varus in Marcus' Mantel und bringt ihn zu Maroboduus. Das gefällt mir: Varus' Kopf wird im Mantel seines obersten Tribunen überbracht. Bring einen anderen Gefangenen, Roden, einen mit einem geeigneten Mantel, wenn du es wünschst; und laß uns erkunden, ob irgend jemand etwas über Marcus Aius berichten kann. Sende Männer aus, den Adler der 17. Legion zu suchen. Wir haben die goldenen Adler der 18. und 19. Legion, aber ich will dem mächtigen Kaiser Augustus alle drei nehmen!«

Das geschah im September des Jahres 9 n. Chr. in den nördlichen Regionen des Teutoburger Waldes, einer Kette von Hügeln und Wäldern in Norddeutschland, und an einem Ort, der später Kalkriese heißen sollte. Bis zu 20.000 Legionäre und an die 2.000 Hilfstruppensoldaten waren von den Germanen vernichtend geschlagen worden. Es war die größte Niederlage, die Rom jemals ertragen mußte.

Aber als Maroboduus das Haupt des Varus empfing, hielt er es für klüger, zu seinem Vertrag mit Rom zu stehen, und so sandte er es weiter zu Augustus Caesar.

Augustus hatte vorsichtig den Kopf aus dem roten Mantel gewikkelt und auf einen von Kerzen erhellten Altar gesetzt. Die Worte, die er während der priesterlichen Zeremonie gesprochen hat, gingen in die Annalen der Geschichte ein: »Quinctilius Varus, gib mir meine Legionen wieder!«

Die Erde war schwarz, torfig und noch recht feucht für die Jahreszeit. Es war Sonntag, der 5. Juli 1987, gegen zwei Uhr nachmittags. Ich schwenkte meinen Metalldetektor über das kleine Loch, das ich gegraben hatte, und noch einmal hörte ich das klare doppelte Klingeln in meinen Kopfhörern, das auf einen massiven, runden Gegenstand hinweist. Da jedoch kein solcher Gegenstand in dem Loch zu sehen war, nahm ich vorsichtig ein wenig Erde in die Hand und schwenkte den Detektor erneut über das Loch. Kein Signal. Der Gegenstand, was auch immer es war, lag folglich in der Erde in meiner Hand. Mit klopfendem Herzen durchsuchte ich behutsam die schwarze Erde, und dann, noch immer ungläubig, hatte ich den flüchtigen Eindruck eines silbernen Glitzerns, das durch die geschwärzte Oberfläche eines tadellos erhaltenen römischen Denares schimmerte. Die stolzen, adlerhaften Gesichtszüge des Imperators Augustus Caesar auf der einen Seite waren deutlich erkennbar, und nachdem ich die Münze behutsam umgedreht hatte, sah ich Gaius und Lucius Caesar zu beiden Seiten von Schilden und gekreuzten Speeren stehend.

Denar des Augustus, geprägt 2 v.-1 n. Chr. in Lyon

Augustus Caesar hatte die Grenzen römischer Herrschaft in fast alle Richtungen ausgedehnt. Die Unterwerfung der zwischen Rhein und Elbe beheimateten germanischen Stämme sollte sich jedoch als problematisch erweisen, und die ganze Macht Roms wurde schließlich von einem barbarischen Anführer herausgefordert, Arminius, vom Stamm der Cherusker. Aber Arminius, den Tacitus den Befreier Germaniens nannte, war nicht der erste Germane, der Rom bedroht hatte. Nachdem die Germanen die römischen Truppen bis südlich des heutigen Orange in der römischen Provinz Gallia Narbonensis zurückgedrängt hatten, drängten sie sogar nach Italien vor. Aber sie wurden von einem der größten Feldherrn Roms aufgehalten: Marius besiegte sie im Jahre 102 v. Chr. bei Aix-en-Provence und löschte sie im folgenden Jahr bei Vercelli aus.

Germanische Kampfeslust hinterließ Spuren in der römischen Erinnerung und Sprache: Ein Mann von grimmigem Charakter wurde »Cimber«

genannt, und von dem »furor teutonicus« wurde noch gesprochen, lange nachdem dieses Volk verschwunden war. Auch wenn es nichts gab, was als ein germanisches Volk hätte bezeichnet werden können, blieben die Römer doch höchst aufmerksam gegenüber der Vielfalt germanischer Stämme im Norden Europas. Die Grenzlinie zwischen den Kelten in Gallien und den germanischen Stämmen im Osten war verschwommen, und obwohl die Kelten westlich des Rheines lebten, gab es unter ihnen doch viel germanisches Blut und germanischen Einfluß.

Im Jahre 58 v. Chr. betrat Julius Caesar die Szene. Das Gebiet, dem er als Statthalter vorstand, umfaßte nicht nur die Adriaküste und den Norden Italiens, sondern auch die Provinz Narbonensis. Caesar griff den in Gallien einflußreichen germanischen Anführer Ariovistus an. Schließlich eroberte er ganz Gallien und machte den Rhein zur Grenze zwischen römischem und nichtrömischem Gebiet: westlich des Rheins das abhängige Gallien und östlich seines Bettes das freie Germanien.

Ein halbes Jahrhundert später schob Augustus die Nordgrenze des römischen Reiches bis an die Donau vor. Die bestehende Rhein-Donau Grenze war eine sehr lange und gewundene Linie mit einem nahezu rechten Winkel im Bereich ihrer Oberläufe. Eine Elbe-Donau-Grenze schien wünschenswert, denn sie wäre um einiges kürzer, die Verbindungen erheblich einfacher und möglicherweise Rom feindlich gesonnene Völker wären sicher in den Grenzen des Reiches eingeschlossen gewesen. So überquerte Augustus' jüngerer Stiefsohn Drusus 12 v. Chr. den Rhein und führte in vier aufeinanderfolgenden Feldzügen Kriege in Germanien. Er erreichte die Weser und im Jahre 9 v. Chr. schließlich die Elbe. Die Römer erbauten Festungen, wenngleich der gesamte Landstrich zwischen Rhein und Elbe noch nicht wirklich als eine neue römische Provinz betrachtet werden konnte.

Der größte Teil der Germanen bestand zu dieser Zeit aus wenig zivilisierten Bauern- und Hirtenvölkern. Tacitus beschreibt sie lebhaft in seinem Buch »Germania« mit wilden, blauen Augen, rötlichem Haar und grobschlächtigen Körpern. Er schildert sie als politisch instabile Stämme, die den Kampf lieben, aber die Arbeit scheuen. Die Römer haßten dieses Land, »schaurig von Wäldern, widerwärtig von Sümpfen« (Tacitus), aber römischer Einfluß konnte sich langsam behaupten, und Ausgrabungen aus jüngerer Zeit zeugen von engen Kontakten und regem Warenaustausch.

Ein römischer Statthalter nach dem anderen mühte sich, die neuen Eroberungen und Grenzen zu festigen. Noch gab es einen Schwachpunkt, denn die kürzere Elbe-Donau-Grenze konnte nicht vollständig befestigt werden, bevor nicht auch Böhmen (im heutigen Tschechien) erobert war. Deutlich wurde diese Schwachstelle, als ein scharfsinniger germanischer

Heerführer, Maroboduus, sein gesamtes markomannisches Volk vom besetzten Südwesten Germaniens in das freie Böhmen führte und von dort aus die Herrschaft über die germanischen Stämme im heutigen Sachsen und Schlesien errang. In Rom entschied man, der Expansion Maroboduus' ein Ende zu setzen. Im Jahre 6 n. Chr. wurden daher zwölf Legionen, unter dem Oberkommando von Augustus' älterem Stiefsohn und Erben, Tiberius, ausgesandt, die das Gebiet von drei Seiten angreifen sollten. Gleichzeitig brach aber ein großer Aufstand in Pannonien (im heutigen Dalmatien) aus. Der Feldzug gegen die Markomannen mußte abgebrochen werden. In der Folgezeit einigte sich der Anführer des markomannischen Stammes mit Rom und wurde als König anerkannt, als Freund des römischen Volkes. Um die pannonische Revolte niederzuschlagen – Roms größte äußere Bedrohung seit Hannibal, wie es heißt, – benötigten die Römer drei lange Jahre.

In Germanien wurden diese Vorgänge mit wachsender Erregung beobachtet. Die Römer waren demzufolge nicht unbesiegbar und sie hatten auch Maroboduus verschonen müssen. Lang anhaltender Widerstand gegen ihre Macht war nicht jenseits des Möglichen.

Im Jahr 9 v. Chr. schien es, als hätte Augustus sein Ziel, das römische Gebiet bis zur Elbe auszudehnen, fast erreicht. Aber die Römer überschätzten das Ausmaß der erfolgreichen Romanisierung Germaniens. Aufstände im Reich ermutigten die Germanen in ihrem Streben nach Freiheit. Sie fanden ihren Anführer in Arminius. Seine ausgezeichneten geographischen Kenntnisse dieser Region rückten die Hoffnung auf einen germanischen Sieg in die Nähe des Möglichen. Das historische Geschehen zeigt, daß diese Kenntnisse tatsächlich von entscheidender Bedeutung waren. Arminius' Vernichtung der Legionen, die gekommen waren, die Ordnung aufrechtzuerhalten, ließ das Reich in seinen Grundfesten erzittern. Rom war gezwungen, jeden Gedanken an eine Provinz östlich des Rheins aufzugeben; die Folgen für Europas Zukunft waren immens.

Im Jahre 4 n. Chr. hatte Tiberius, damals Feldherr in Germanien, einem wichtigen westgermanischen Stamm, den Cheruskern, die privilegierte Stellung eines Bundesgenossen innerhalb des Reiches gewährt. Dabei wurde den Angehörigen der herrschenden Gruppe das römische Bürgerrecht verliehen. Zu ihnen zählte der junge Adelige Cherusker »Arminius«. Er trat in die Dienste des Reiches als Offizier einer Hilfstruppeneinheit und erhielt den Titel eines römischen Ritters.

Dies skizziert die Umstände, unter denen ein neuer römischer Statthalter, Publius Quinctilius Varus, in Germanien eintraf. Er war mit der Großnichte des Augustus verheiratet und durfte sich zu den engeren Freunden des Imperators zählen; schließlich galt er als entschlossen und loyal, und diesen Ruf hatte er hart erworben. Aber die Situation in Germanien schätzte er falsch ein. Er betrachtete das Land als schon vollkommen unterworfen und glaubte, zivile Herrschaftsformen einführen zu können, wie es in den reichen, gut organisierten Provinzen möglich gewesen war, die er bislang verwaltet hatte. Der griechische Historiker des dritten Jahrhunderts, Cassius Dio, beschreibt die Situation:

Die Römer besaßen zwar einige Teile dieses Landes, doch kein zusammenhängendes Gebiet, sondern wie sie es gerade zufällig erobert hatten ... Ihre Soldaten bezogen hier ihre Winterquartiere, Städte wurden gegründet, und die Barbaren paßten sich der römischen Lebensweise an, besuchten die Märkte und hielten friedliche Zusammenkünfte ab. Freilich hatten sie auch nicht die Sitten ihrer Väter, ihre angeborene Wesensart, ihre unabhängige Lebensweise und die Macht ihrer Waffen vergessen. Solange sie also nur allmählich und auf behutsame Weise hierin umlernten, fiel ihnen der Wechsel ihrer Lebensweise nicht schwer, ja sie fühlten die Veränderung nicht einmal. Als aber Quinctilius Varus den Oberbefehl über Germanien übernahm und sie zu rasch umformen wollte, indem er ihre Verhältnisse kraft seiner Amtsgewalt regelte, ihnen auch sonst wie Unterworfenen Vorschriften machte und insbesondere von ihnen wie von Untertanen Tribut eintrieb, da hatte ihre Geduld ein Ende.

Die Cherusker, deren Gebiet bis fast an die Elbe reichte, spielten eine wichtige Rolle in den Plänen des Varus. Wie seine Vorgänger plante Varus, am Rhein zu überwintern und den Sommer in vorgeschobenen Positionen weit im Inneren des neu erschlossenen Gebietes zu verbringen. So errichtete er im Jahre 9 n. Chr. ein Sommerlager für seine drei Legionen (Sollstärke je 6.000 Mann) im Gebiet der Cherusker, während zwei weitere Legionen am Rhein zurückblieben. Sein eigenes Hauptquartier lag tief im Innern Germaniens am Westufer der Weser. Varus freundete sich mit den cheruskischen Anführern, Segestes und seinem Bruder Segimerus, an und bemerkte nicht, daß Arminius und Segimerus zur gleichen Zeit ein Komplott gegen ihn schmiedeten.

Einige der Anführer, besonders Segestes, versuchten, den Statthalter vor dem drohenden Verrat zu warnen, aber Varus wurde von den falschen Freunden sogar überredet, ihnen Hilfstruppeneinheiten anzuvertrauen, die, wie sie vorgaben, benötigt wurden, um bestimmte Posten zu schützen und den Nachschub für die römische Armee zu sichern. Als für Varus die Zeit kam, sich für den Winter an den Rhein zurückzuziehen, überzeugten ihn die Verräter, vom geplanten Weg abzuweichen. Er wollte ursprünglich entlang der Militärstraße zurück nach Vetera, dem heutigen Xanten, marschieren, doch die vermeintliche Nachricht von einem kleinen, regionalen Aufstand veranlaßte ihn, einen nordwestlichen Umweg durch ein unwegsames, bewaldetes Gebiet zu machen. Die Verschwörer verabschiedeten den Hauptteil der Armee aus dem Sommerlager an der Weser. Als Varus sich auf den Weg machte, baten sie um die Erlaubnis, zu ihren Leuten zurückzukehren – angeblich, um Männer zu rekrutieren, die helfen sollten, eine Revolte niederzuschlagen. Diese Revolte aber hatten sie selbst erfunden.

Die römische Kolonne bewegte sich langsam voran. Sie wurde durch den großen Troß und die wohl große Anzahl von Frauen, Kindern, Sklaven und Dienern aufgehalten. Als sie in dem unwegsamen Gelände voranschritten, Bäume fällten, Wege und Dämme anlegten, ging plötzlich ein Hagel von Geschossen auf sie nieder: Die Germanen griffen an. Die Legionäre wurden behindert von Wind, Regen und Schlamm, jenen Elementen, die dieses Land in ihren Augen schon immer unliebsam erscheinen ließen. Es mangelte ihnen an Hilfstruppen – Reitern, Bogenschützen und Schleuderern –, um erfolgreich zurückschlagen zu können. Ihnen blieb einzig die Möglichkeit voranzurücken – in der Hoffnung, das nächste Lager zu erreichen.

Auch in dieser Situation bewährte sich die römische Disziplin, und so wurde auf erhöhtem Grund ein Lager für die Nacht aufgeschlagen. Wagen und überflüssiges Gepäck wurden verbrannt oder zurückgelassen, und am nächsten Morgen konnte der Marsch in besserer Ordnung wieder aufgenommen werden. Die Legionen marschierten nun in offenem Gelände, was sie aber für germanische Angriffe verwundbar machte. Deshalb waren die Römer schließlich auch wieder gezwungen, Zuflucht in den Wäldern zu suchen, in denen sie, sich durch Hindernisse vorkämpfend, einen höchst unangenehmen Tag verbrachten. Sie erlitten schwere Verluste, einige davon selbst verschuldet, da es schwierig war, Freund von Feind zu unterscheiden. In dieser Nacht schafften sie es noch einmal, sich in einem notdürftigen Lager mit einer kaum ausreichenden Befestigung zu verschanzen.

Als der Morgen graute, regnete es immer noch, ein beißender Wind wehte, und sie mußten erkennen, daß die Germanen Verstärkung erhalten hatten. Dem unter seinen Wunden leidenden Varus wurde bewußt, was die Germanen ihm antun würden, sollten sie ihn lebendig gefangennehmen. Um diesem Schicksal zu entgehen, tötete er sich selbst. Viele Mitglieder seines Stabes folgten seinem Beispiel, und die zwei Generäle, die die Befehlsgewalt innehatten, überlebten auch nicht lange. Einer bot die Kapitulation an, was ein Fehler war, denn es endete im Massaker; der andere starb kämpfend, als die Germanen ins letzte Lager einfielen. Einer der Befehlshaber der römischen Legionen, Numonius Vala, war mit einem Teil seines dezimierten Regiments und der Hilfsreiter in der vergeblichen Hoffnung, den Rhein erreichen zu können, geflohen. Am frühen Morgen brach der Rest der drei Legionen im Schutz der grauen Dämmerung aus dem Lager aus. Es waren höchstens noch ein paar tausend Legionäre, die vermutlich dem Befehl eines der wenigen überlebenden Legionskommandanten folgten. Sie hofften, nach Westen zur Ems und in Sicherheit fliehen zu können. Ihre Flucht dauerte nicht lange: Sie liefen direkt in einen gut geplanten Hinterhalt hinein. Arminius hatte ihn dort anlegen lassen, wo der nördliche Ausläufer des nahen Gebirges steil abfällt und einen Engpaß bildet zwischen den Bergen auf der einen und dem Morast auf der anderen Seite. Es war ein perfekter Zangengriff, nur einige wenige Legionäre konnten aus dem Engpaß entkommen.

Die römische Streitmacht von etwa 20.000 Mann wurde vernichtet. Auch die Legionäre in germanischer Gefangenschaft nahmen ein schreckliches Ende. Die germanischen Stammesangehörigen fanden großes Vergnügen daran, ihre Gefangenen langsam zu Tode zu foltern.

Das Unglück erregte Augustus mehr als alles andere in seinem langen Leben, und er traf jede Gegenmaßnahme, die er ersinnen konnte. Er entließ alle Germanen und Gallier aus seiner Leibwache. Es wurden die größten Anstrengungen unternommen, die verlorenen Legionen zu ersetzen, aber nur wenige Rekruten im wehrfähigen Alter waren zu finden. Schließlich wurde eine Truppe, die überwiegend aus Veteranen und ehemaligen Sklaven (die normalerweise nicht zu den Legionen zugelassen wurden) bestand, Tiberius anvertraut, der aus Dalmatien zurückgeeilt war. Er führte sie zum Rhein, um sich mit den beiden übriggebliebenen Legionen zu vereinen und die gesamte Grenzlinie zu verteidigen.

Wie in Rom befürchtet, stürmten die triumphierenden Germanen weiter in Richtung Rhein. Alle Lager östlich des Flusses, außer Aliso, fielen ohne Widerstand. Alisos Befehlshaber konnte mit einer Einheit von Bogenschützen erfolgreich aushalten, bis auch deren Vorräte verbraucht waren. Dann, in einer dunklen Nacht, schlich die Garnison hinaus – mitsamt Frauen, Kindern und allen anderen – und schaffte es, sich einen Weg bis zum Winterlager Vetera am Rhein zu bahnen. Dort stießen sie auf die beiden übriggebliebenen Legionen, die Varus' Neffe (und Legat) Lucius Asprenas schleunigst von Mainz nach Norden geführt hatte.

Die Germanen schafften es nicht, den Rhein zu erreichen. Abgeschreckt von Asprenas und aufgehalten vor den Wällen von Aliso, hatten sie jede Chance verpaßt, einen Überraschungsangriff zu führen. Mehr noch, ein Versuch des Arminius, seine Rebellion zu einem Aufstand aller germanischen Völker auszuweiten, scheiterte. Solch eine Revolte hätte der Unterstützung durch Maroboduus bedurft, den Arminius auf greuliche Weise zu bedrängen suchte, indem er ihm das Haupt des Varus bringen ließ. Doch diese Aufforderung, sich dem Aufstand anzuschließen, schlug fehl, Maroboduus sah darin keinen Vorteil und hielt folglich weiter zu Rom.

Kurz vor seinem Tode im Jahre 14 n. Chr. schickte Augustus seinen begabten jungen Großneffen, später Germanicus genannt, an den Rhein, um dort das Kommando zu übernehmen. Nachdem Tiberius im Jahre 14 n. Chr. den Thron bestiegen hatte, führte Germanicus drei große und aufwendige Feldzüge gegen die Cherusker. Ein seit langem zwischen Arminius und seinem Rom freundlich gesonnenen Schwiegervater Segestes bestehender Streit war von neuem entbrannt, und Germanicus stand dabei natürlich auf Seiten des Segestes. Arminius' Frau fiel in römische Hände, und obwohl Arminius selbst von seinem Bruder Flavus gedrängt wurde, sich den Römern zu fügen, weigerte er sich.

Im Sommer des Jahres 15 n. Chr., fast sechs Jahre nach der Niederlage der Legionen des Varus, faßte Germanicus den schweren Entschluß, seine Truppen zu dem Schlachtfeld zu führen und mit dem Ort der Niederlage und den noch immer nicht bestatteten römischen Kriegern zu konfrontieren. Tiberius, der Onkel des Germanicus, beurteilte diesen Schritt kritisch; für ihn stand die demoralisierende und somit schwächende Wirkung, die dieser Anblick auf die aktive Truppe haben mußte, im Vordergrund. Diese Szene bedachte der große Historiker Tacitus in einem der Höhepunkte seiner historischen Schilderungen:

> Sie waren nicht weit vom Teutoburger Wald, in dem, wie es hieß, die Überreste des Varus und seiner Legionen noch unbestattet lagen. Da ergriff Germanicus das Verlangen, den Soldaten und ihrem Feldherrn die letzte Ehre zu erweisen, und das gesamte anwesende Heer war in wehmütiger Stimmung im Gedenken an Verwandte und Freunde, ja auch wegen der Wechselfälle des Krieges und des Loses der Menschen. Caecina wurde vorausgeschickt, um die verborgenen Schluchten

des Waldgebirges zu durchforschen sowie Brücken und Dämme in dem feuchten Sumpfland und den trügerischen Ebenen anzulegen. Dann gelangte man an die traurigen Stätten, die für den Anblick wie für die Erinnerung grauenvoll waren.
Das erste Lager des Varus ließ an seinem weiten Umfang und an der Absteckung des Hauptplatzes die Arbeit von drei Legionen erkennen. Danach sah man an dem halbeingestürzten Wall und dem niedrigen Graben die Stelle, an der sich die bereits zusammengeschmolzenen Reste gesammelt hatten. Mitten auf dem Felde lagen bleichende Knochen, zerstreut oder in Haufen, je nachdem ob sie von Flüchtigen oder von einer noch Widerstand leistenden Truppe stammten. Daneben lagen zerbrochene Waffen und Pferdegerippe, an Baumstämmen waren Schädel befestigt. In Hainen in der Nähe standen die Altäre der Barbaren, an denen sie die Tribunen und Zenturionen ersten Ranges geschlachtet hatten.
Männer, die jene Niederlage überlebt hatten oder der Gefangenschaft entkommen waren, zeigten, wo die Legaten gefallen waren, wo die Legionsadler erbeutet worden, wo Varus die erste Wunde erhalten, wo er durch einen mit unseliger Hand selbstgeführten Stoß den Tod gefunden hatte, von welcher Erhöhung herab Arminius zu dem versammelten Heer gesprochen hatte, wieviele Kreuzbalken für die Gefangenen, welche Gruben er hatte machen lassen, und wie er im Übermut die Feldzeichen und Adler verspottet habe.

Germanicus rief seine Offiziere zusammen und erteilte ihnen seine Befehle: »Sammelt alle Überreste unserer gefallenen Brüder, vom Anfang des Schlachtfeldes bis zum Ende hier, säubert den ganzen Bereich, reißt die Galgen und Gerüste nieder, bringt alle Gebeine zu einem höher gelegenen Ort in der Nähe, hebt ein Grab aus und errichtet darin einen Scheiterhaufen. Entzündet die Feuer und laßt uns die Geister unserer Brüder zur Ruhe betten. Es ist nichts Gutes an diesem Ort, es ist kein Ort, der es wert wäre, geehrt zu werden, laßt uns bald von hier fortgehen, und mögen die Nebel der Geschichte sein Dasein verschleiern.«

Bald darauf wurde eine große Schlacht zwischen Arminius und den Legionen des Germanicus bei Idistaviso geschlagen, nahe des Übergangs bei Minden, an dem einst Varus sein Sommerlager aufgeschlagen hatte. Germanicus beanspruchte den Sieg für sich, obgleich er gezwungen war, seine Legionen und Hilfstruppen zurückzuziehen und neu zu formieren, wie es auch Arminius' nun dezimierte Truppe zu tun hatte. Doch die Germanen waren weit davon entfernt, sich zu unterwerfen.

Es geschah einige Jahre später, 19 n. Chr., daß Arminius einen Streit und eine Schlacht mit Maroboduus vom Zaune brach. Obgleich der Ausgang unentschieden blieb, büßte Maroboduus doch einen großen Teil seiner Macht ein, und bald darauf verlor sein Königreich in Böhmen seine Unabhängigkeit. Aber auch Arminius' Ende war nicht mehr fern, wie Tacitus schreibt:

> Ich finde bei den senatorischen Geschichtsschreibern aus dieser Zeit die Nachricht, daß ein Brief des Chattenfürsten Adgandestrius im Senat verlesen wurde, worin er den Tod des Arminius versprach, wenn man ihm zur Ausführung des Mordes Gift schicke. Die Antwort habe gelautet, nicht mit Hinterlist und heimlich, sondern offen und mit dem Schwert in der Hand nehme das römische Volk an seinen Feinden Rache.

Der römische Rückzug aus Germanien und der Sturz Maroboduus' ließen Arminius nach der Königswürde streben. Aber seine freiheitsliebenden Landsmänner stellten sich ihm mit Gewalt entgegen. Das Glück im Kampf wechselte, und schließlich wurde Arminius von seinen Verwandten verraten und ermordet, wahrscheinlich vergiftet. Tacitus würdigt:

> Er war unbestritten der Befreier Germaniens und hat das römische Volk nicht wie andere Könige und Heerführer in seinen kleinen Anfängen herausgefordert, sondern als das Reich auf dem Höhepunkt seiner Macht stand. In Schlachten war er nicht immer erfolgreich, im Kriege blieb er unbesiegt. Sein Leben währte siebenunddreißig Jahre, zwölf seine Herrschaft. Noch heute besingen ihn die Barbarenstämme, während er

den Geschichtswerken der Griechen, die nur ihre eigenen Taten bewundern, unbekannt ist und bei uns Römern auch nicht recht gewürdigt wird, weil wir nur das Altertum preisen und uns um neuere Ereignisse gar nicht kümmern.

Tacitus' Urteil über Arminius als den Mann, welcher Germanien befreit hatte, war nicht ungerechtfertigt. Er war natürlich kein ›nationaler Anführer‹. »Er war nur«, so sieht es der Fachmann, »der Führer einer Gruppe – auch unter seinen eigenen Landsleuten, nicht ein Anführer des germanischen Volkes, denn ein solches gab es nicht. Sogar ihr Name war von jungem Datum und eine Benennung aus fremdem Munde; es gab unter den Germanen kaum ein Bewußtsein eines gemeinsamen Ursprungs und gar keins eines gemeinsamen Interesses.«

Dennoch war es seinen ungewöhnlichen Fähigkeiten und seiner Entschlossenheit zu verdanken, daß sich von da an die Römer aus Germanien fern hielten. Mit Ausnahme eines Küstenstreifens und eines Gebietes am Oberlauf von Rhein und Donau wurde der Gedanke an eine Provinz aufgegeben. Rom war gezwungen anzuerkennen, daß eine Eroberung unmöglich oder zumindest unratsam war und daß das transrheinische Germanien als lediglich wirtschaftlich abhängiger »Klientel«-Staat zu behandeln wäre.

Hätte Arminius nicht Augustus' Pläne durchkreuzt, die Elbe-Donau-Grenze durchzusetzen, dann wäre der größte Teil des heutigen Deutschlands und Tschechiens unter die Herrschaft des römischen Reiches gefallen. ›Was-wäre-wenns‹ bringen bekanntlich keine sehr reichen Erträge, aber es erscheint denkbar, daß am Ende diese Gebiete unter römischer Herrschaft genauso romanisiert worden wären wie Gallien. Jeder Gedanke an den Rhein als eine Scheidelinie wäre damit bedeutungslos und unverständlich geworden. Die gesamte Struktur Germaniens wäre in kaum vorstellbarer Weise verändert worden, und so auch die europäische Geschichte der folgenden Jahrhunderte.

Der Erste Fund

Seit mehr als 600 Jahren wird nach dem Ort gesucht, an dem die römischen Legionen vernichtet wurden. Als man im frühen 16. Jahrhundert die Begebenheit verherrlichte, wurde der Lippische Wald (auch Osning genannt) in Teutoburger Wald umbenannt. An dem vermuteten Ort der Schlacht in der Nähe von Detmold wurde später ein Denkmal zu Ehren Arminius', besser bekannt unter dem Namen »Hermann der Cherusker«, errichtet. Heute, im Jahr 1998, nach knapp zehn Jahren intensiver Untersuchungen und Ausgrabungen, sind die Archäologen sich sicher, daß sie den Ort dieses wichtigen Kapitels germanischer Geschichte gefunden haben. Der Ort, an dem sich zum ersten Mal in ihrer Geschichte germanische Stämme zusammenfanden, um gemeinsam ihre Interessen zu verteidigen.

Seit sechs Jahren werden Ausgrabungen in Bereichen durchgeführt, die ich in den Jahren zwischen 1987 und 1990 gründlich untersucht hatte. Untersuchungen, bei denen ich mich der empfindlichsten, modernsten Metalldetektoren bediente, ein intensives Studium alter Karten und Schriften betrieb und vor allem gefördert wurde durch das Wohlwollen und die Hilfestellung der deutschen Museums- und Archäologiebehörden.

Die Detmolder Schlachtfeldtheorie ist wiederholt in Frage gestellt worden. Archäologen, Historiker und Amateure hatten schon an die 750 Orte vorgeschlagen, aber nie zuvor konnte eine neue Theorie von einer solchen Beweislast gestützt werden wie in unserem Fall. Ausgiebige Schreibtischarbeit hatte den Weg in diese Region gewiesen, aber der eigentliche Ort wurde geradezu per Zufall entdeckt.

Ich war im Sommer 1987 nach Deutschland gekommen, um in Osnabrück den Dienst in einer Einheit der 2. gepanzerten Feldambulanz des medizinischen Korps der Royal Army anzutreten. Einen Monat nach meiner Ankunft begann ich mit dem, was sich als viele Monate und Jahre andauernde Untersuchung und Forschung herausstellen sollte: zunächst eine Vielzahl langer, mühseliger Tage, an denen es schien, als ob meine Unternehmungen erfolglos bleiben würden. In jenen frühen Tagen hatte ich allenfalls erwartet, einzelne römische Münzen zu finden. Der örtliche Archäologe, damals noch Doktor, heute Professor Wolfgang Schlüter, hatte festgestellt, daß während seiner siebzehnjährigen Dienstzeit nicht *ein* römischer Fund in der Osnabrücker Umgebung gemacht worden war.

Mein Unternehmen begann bald nach einem Besuch im örtlichen Museum, wo ich den Kreisarchäologen traf. Zuerst zeigte Dr. Schlüter sich deutlich zurückhaltend, akzeptierte dann aber mein Anliegen. Als er hörte, daß sich meine Hauptinteressen auf römische Geschichte und Münzen beziehen, empfahl er, die Forschungen etwa zwanzig Kilometer nördlich der Stadt zu beginnen, da diese Gegend, wie er meinte, näherer Untersuchungen wert wäre. Unter den Dokumenten und historischen Papieren, die mir einen Teil der Forschungserkenntnisse zu diesem Gebiet vermittelten, waren einige Karten aus dem 19. Jahrhundert und ein Aufsatz eines sehr bekannten deutschen Historikers aus dem 19. Jahrhundert, Theodor Mommsen.

Wie schon viele Archäologen in Deutschland vor ihm, glaubte Mommsen, endlich die Gegend entdeckt zu haben, die den Ort der Schlacht im Teutoburger Wald barg. Seine Theorie stützte sich auf eine umfangreiche Sammlung römischer Silber- und Goldmünzen – ein großer Teil davon aus der Regierungszeit des Augustus –, die von den örtlichen Grundbesitzern, der Familie von Bar, zusammengetragen worden war. Ursprünglich war Mommsen berichtet worden, die Münzen seien von Landarbeitern während der letzten Jahrhunderte auf den Feldern der Umgebung gefunden und von der Familie von Bar gesammelt worden. Es wurde ihm aber auch erzählt, vielleicht das Argument einer Gegenposition, daß ein großer Teil der Münzen aus Funden der gesamten norddeutschen Region stammen würde und nicht unbedingt aus dem Bereich der Gemeinde. Seine Theorie hielt er dennoch aufrecht, war aber mangels weiterer Beweise nie in der Lage zu belegen, daß die Schlacht in der Umgebung von Kalkriese stattgefunden hatte.

Ich hatte die Theorie Mommsens eingehend studiert und war bei meinen Nachforschungen auf eine sehr alte, geradlinig durch das Gebiet verlaufende Straße gestoßen, bekannt als die »Alte Heerstraße«. Ich richtete mein Hauptaugenmerk nun auf eine kleine Straßenkreuzung. Das war der Punkt, von dem aus meine Untersuchungen mit allem Ernst begannen.

Ich hatte mich aus der kleinen Zahl verfügbarer Schriften über die Münzen und Funde der vergangenen hundert Jahre informiert und folgerte, daß offensichtlich die etwas jüngeren Funde, d. h. die der letzten dreißig Jahre, leichter einem Fundort zuzuweisen wären, als die aus dem letzten Jahrhundert.

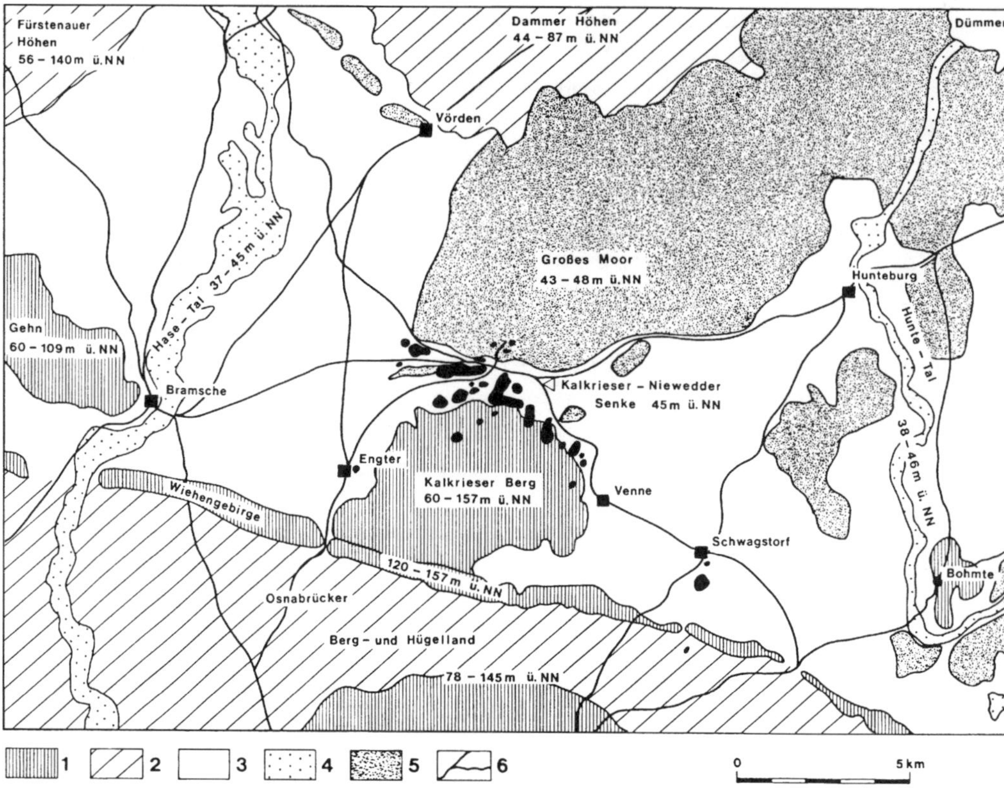

Die landschaftliche Gliederung des Untersuchungsgebiets um 1800
1 Bergland — *4 Flußtal*
2 Hügelland — *5 Moor*
3 Tiefland — *6 Weg*
Schwarze Flächen = römische Funde

Tatsächlich stammten alle Veröffentlichungen von Dr. Schlüter, so hatte ich die Gelegenheit, direkt mit dem Autor die Grundlagen seiner Berichte zu diskutieren. Nach eingehendem Studium eines seiner ersten Werke, der »Osnabrücker Mitteilungen« Band 88/1982, hatte ich entschieden, daß ein relativ »junger« Fund eines römischen Denars, der 1963 von einem Jungen in einer Wiese nahe der Heerstraße entdeckt worden war, näherer Nachforschungen wert sein könnte. Und so fuhr ich mit Dr. Schlüter in die Ortschaft, um mit den dort ansässigen Bauern zu sprechen.

Ich wurde zuerst den unmittelbar an der Kreuzung lebenden Bewohnern vorgestellt und traf dann einen Bauern, der sich noch lebhaft an den Fund erinnern konnte, hatte doch sein eigener Sohn die Münze vor fünf-

Die Alte Heerstraße

undzwanzig Jahren mit nach Hause gebracht. Seltsamerweise sollte die Münze noch immer irgendwo im Haus des Bauern herumliegen (leider konnte man sie aber nie wiederfinden). Die Wiese, in der die Münze entdeckt worden war, lag nicht weit von dem Haus, und so gingen wir hinüber, das Umfeld näher zu betrachten. Der Bauer konnte mir nur einen groben Hinweis geben, in einem Quadrat von etwa fünfzig Metern läge die Stelle, die er für den Fundort der Münze hielt. Ich beschloß, am nächsten Tag zurückzukehren.

Früh am nächsten Morgen – ich war mit dem ersten Rufen der Vögel aufgestanden – fand ich mich nun auf jener Wiese wieder, kurz davor, die Prospektion mit dem Detektor zu beginnen. Ich habe immer wieder festgestellt, daß jeder Ort seinen bestimmten, aus der Umgebung herausgehobenen Bereich besitzt. Nach meiner Erfahrung war es immer das beste, dorthin zu gehen, wo dieser zentrale Punkt zu sein schien, um sozusagen ein Gefühl für den Ort zu entwickeln. Nichts Magisches, nichts Sonderbares, nur eine zentrale, gute Stelle, von der aus die möglichen Handlungsbereiche zu erkennen sind. Dieses Mal brauchte ich nur wenige Schritte zu gehen, da bemerkte ich schon, daß der frühe Morgentau eine leichte Erhebung kennzeichnete, die quer über die Wiese verlief und die genauer betrachtet ein Stück eines alten Weges war.

Ich ging zu der Wegspur und versuchte, ihren Verlauf mit den anderen Straßen der Umgebung in Verbindung zu bringen, aber es schien kein logischer Zusammenhang zu bestehen. (Viel später in den Wintermonaten wurde überdeutlich, daß ich mich zu jenem Zeitpunkt ein wenig hatte täuschen lassen!)

Wegränder hatten sich immer wieder als fundträchtiger erwiesen als die zentralen Bereiche, und ich begann, der Kante der Graserhebung zu folgen. In den nächsten Stunden arbeitete ich mich entlang der nördlichen Seite des Weges voran, Meter für Meter in Richtung des Wiesenrandes. Außer einem einzelnen Stück Silberpapier und einem Flaschendekkel – nichts. Ich legte eine späte Mittagspause ein und wählte dann einen neuen Kurs: den südlichen Rand des Weges. Nur etwa fünf Minuten waren verstrichen, als ich das bekannte doppelte Klingeln in meinen Kopfhörern vernahm.

Seit einigen Jahren vertraue ich schon auf Fisher-Detektoren, und das Modell 1265x war immer eine unfehlbare Hilfe für gute Funde, wie es sich auch diesmal erweisen sollte. Tatsächlich wurde dieses der Beginn einer unglaublichen Reihe von erstaunlichen und wundervollen Funden, die bis zum heutigen Tage, mehr als zehn Jahre später, nicht aufhören zu begeistern, wenn sie aus dem Boden ans Tageslicht kommen.

Ich stach eine Grassode heraus und überprüfte diese zuerst mit Hilfe des Detektors, erhielt aber kein weiteres Signal. Ich überprüfte noch einmal das Signal und nahm eine Handvoll des schwarzen Bodens heraus.

Kein Signal mehr in dem Loch. Vorsichtig durchsuchte ich die Erde in meiner Hand, konnte zuerst aber nichts darin erkennen, was irgendwie einem massiven Objekt ähnelte, wie es das Signal angezeigt hatte. Ich durchsuchte die Erde noch einmal und dann sah ich es: schwarz, klein und rund! Die feinste Andeutung eines silbrigen Scheins... eine tadellose Silbermünze, geschwärzt von den vielen Jahren ihres versteckten Daseins unter der Erdoberfläche. Der gleiche schwarze Farbton wie der torfige Boden. Ein römischer Denar: das stolze, adlerhafte Antlitz des Augustus auf der einen Seite, und auf der anderen zwei Figuren zu beiden Seiten von Schilden und gekreuzten Speeren stehend. Ich konnte es im ersten Moment kaum fassen und stand da wie angewurzelt.

Kein Fund einer römischen Münze in der Umgebung Osnabrücks während der letzten achtzehn Jahre, und da stand ich nun, kaum drei Monate nach meiner Ankunft in dem Gebiet, und hielt eine wunderschöne römische Münze in der Hand. Ich legte die Münze vorsichtig auf die umgedrehte Grassode und überprüfte dann das unmittelbare Umfeld der Fundstelle nach weiteren Signalen.

Zuerst war nichts zu hören, aber dann, ein paar Schritte weiter entlang des Weges, erneut ein klares Klingeln. Ich wiederholte den Vorgang, allerdings sollte die Münze diesmal viel tiefer als beim ersten Mal liegen. Dennoch, der Fisher gab ein gutes Signal, und schließlich lag auch die zweite Münze, ein Denar einer frühen Periode, auf der Rückseite der zweiten Grassode. Ohne ein weiteres Signal vernehmen zu können, untersuchte ich auch den Bereich unmittelbar um diese Fundstelle herum. Ich nahm die Spur entlang des Weges wieder auf, vier Meter trennten die erste und die zweite Münze voneinander, und sieben Meter weiter deutete ein weiteres klares Signal auf die dritte Münze, wiederum ein früher Denar.

Während der folgenden Stunden kannte meine Begeisterung keine Grenzen. Ich schritt die Wegespur auf und ab voller Zuversicht beim Anblick der gesamten Umgebung und mit der Heerstraße in der Nähe, dazu den Erzählungen der ansässigen Bauern und den Funden aus den vergangenen Jahrhunderten – irgend etwas lag in der Luft. Als ich über die Felder zu den Hügeln schaute, die sich etwa zweitausend Meter von mir entfernt erhoben, fragte ich mich immer wieder, »Wer hat diese Münzen verloren, wer war er, was tat er, lief er, ritt er, ging er? Wer...?«

Spaziergänger waren in der Nähe zu sehen, direkt an der kleinen Kreuzung, kaum hundert Meter entfernt. Einige zeigten offenbar Interesse an meinen Aktivitäten, und ich beschloß, mich still von der Wiese zurückzuziehen; ich füllte die Löcher wieder mit Erde, bedeckte sie sorgfältig mit den Grassoden, notierte die genauen Positionen der drei Funde und verstaute meine Ausrüstung im Auto.

Dr. Schlüter befand sich während der folgenden zwei Wochen im Urlaub, und ich konnte ihm nicht von den Funden berichten. Ich war etwas unsicher, ob ich zu diesem frühen Zeitpunkt die Fundstelle der deutschen Polizei bekanntgeben sollte (ich war mit ihrer Fachkenntnis in solchen Dingen nicht vertraut); und ich beschloß, auf Dr. Schlüters' Rückkehr zu warten.

Leider wurde ich während der folgenden Woche stark von meiner Arbeit beansprucht, und es dauerte einige Tage, bis ich die drei Münzen definitiv identifizieren konnte. Zwei stammten aus der Zeit des Augustus, und die dritte trug den Namen des Münzbeamten Gaius Fabius, der sie in Rom im Jahr 102 v. Chr. geprägt hatte.

Ich hatte die Positionen der ersten drei Münzen notiert und bemerkt, daß ich sie alle seitlich des alten Weges gefunden hatte. Davon ausgehend, entschied ich, mich auf ein Rechteck von zwanzig mal fünfzig Metern zu konzentrieren, in dessen Mitte sich die Fundstellen der Münzen befanden. Der Boden war sehr torfhaltig, dunkel, und es war ausgesprochen schwierig gewesen, die geschwärzten Silberdenare zu erkennen – einer hatte in meiner Hand gelegen, in die Erde gepreßt, und selbst ein genaues Durchsuchen hatte ihn nicht gleich zu Tage gebracht. Beim nächsten Mal würde ich eins der üblichen Gartensiebe mitnehmen!

Am folgenden Wochenende suchte ich die Fundstelle erneut auf. Ich ließ mich von meinem Sohn Sean und meiner Tochter Tanya begleiten, damit sie zur Abwechslung ein paar Stunden auf dem Lande verbringen konnten, während ich nach weiteren Münzen suchte. Sie sollten sich beide im Laufe des Tages als unschätzbare Hilfen erweisen!

Als wir am frühen Sonntagmorgen die Wiese erreichten, überprüfte ich zuerst sorgfältig die Fundstellen der drei Münzen und markierte sie mit drei kleinen, bunten Pfählen im Boden. Es war interessant, daß nun, etwa eine Woche später, keine Spur von dem alten Weg zu erkennen war – als ob er vollkommen verschwunden wäre. Ich ließ Sean und Tanya mit weißem Band ein Rechteck um die Fundstellen markieren, die Zaunpfosten waren Bezugspunkte nach meinem Fundbuch, entlang der Linie des »verschwundenen« Weges. Dann begann ich die systematische Untersuchung des markierten Bereiches.

Ich habe es immer für besser gehalten, bei einer Fundstelle von innen nach außen zu arbeiten. Um das Suchschema innerhalb des im Gras markierten Rechteckes geradlinig zu halten, hatte ich zwei weitere Markierungslinien gezogen, welche die Untersuchungsfläche auf der linken und rechten Seite durchschnitten. In diesem inneren Rechteck nahm ich die Suche auf. Ich hatte die Theorie aufgestellt, daß der Verlauf des Weges sehr bedeutsam für den Verlust der Münzen vor fast 2000 Jahren gewesen sein könnte.

Sean und Tanya waren an das andere Ende der Wiese gegangen. Ich bemerkte kaum noch, was um mich herum vorging, so sehr konzentrierte ich mich. Ich kann mich aber noch deutlich erinnern, daß es ein schöner Sommermorgen war, nur das leise Zwitschern der Vögel war zu hören, und obwohl die Straßenkreuzung am Ende der Wiese lag, bewegte sich nichts, und nichts störte den Frieden der Szenerie.

Ich schob meine Kopfhörer in eine bequemere Position, stellte die Verstärkerkontrolle ein wenig höher ein und ging vorsichtig über den Grasboden. Auf halbem Weg des ersten Abschnittes stieß ich auf meine erste Münze an jenem Tag. Es konnten nicht mehr als fünf Minuten vergangen sein, und daß es eine Münze war, wußte ich, noch bevor ich die Grasnarbe für die Bergung abgestochen hatte. Einige Monate zuvor hatte ich mir diesen neuen Fisher-1265x-Detektor zugelegt, über den ich gelesen hatte, er würde Münzen »lieben« und bei römischem Silber seine Vorliebe mit einem deutlichen Ton beweisen! Als ich das klare doppelte Klingeln hörte, wußte ich, daß es ein weiterer guter Fund sein mußte.

Ich stach eine Grassode heraus und überprüfte, wie üblich, erst die Sode, dann das Loch, hörte aber immer noch das Klingeln, und schließlich holte ich den Erdklumpen, der die Münze enthielt, an die Oberfläche – zu meiner Überraschung aus mehr als dreißig Zentimeter Tiefe. Erneut war es schwierig, die Münze zu finden, aber nachdem ich die überschüssige Erde sorgsam zur Seite geschoben hatte, entdeckte ich endlich einen weiteren schönen, schwarzen Denar, wunderbar erhalten; wiederum mit dem stolzen, adlerhaften Antlitz des Augustus auf der Vorderseite, und auf der Rückseite mit einem großen Stier, den Kopf gesenkt, als sei er zum Angriff bereit. Ich steckte die Münze in einen kleinen Plastikbeutel und notierte Position und Tiefe des Fundes in meinem Fundbuch. Ich war sehr aufgeregt über diesen vierten Fund und setzte meinen Weg im Inneren der markierten Rechtecke fort.

Im Verlauf der nächsten Stunde fand ich fünf weitere Denare und verzeichnete jeden einzelnen sorgfältig im Fundbuch. Als ich die Untersuchung des inneren Rechtecks beendet hatte, rief ich meine Kinder zu einer kurzen Kaffeepause und zur gemeinsamen Planung des restlichen Tages herbei. Es war der Geburtstag meines Sohnes, und ich hielt es für ratsam, alles weitere abzusprechen und zu erfahren, ob er vielleicht noch andere Pläne für diesen Tag hatte, die ich ihm vereiteln würde, wenn wir noch länger blieben. Ihre Begeisterung war genauso geweckt wie meine, und sie beschlossen, bei mir zu bleiben, wie lange es auch dauern würde.

Ich studierte Fundbuch und Karte und hoffte, ein erkennbares Muster in den verstreuten Münzfunden zu entdecken. Einige Minuten lang versuchte ich, mich auf dem Gelände zu orientieren: Da war zunächst die Spur des alten Weges, dann weitere Spuren einstmaliger Aktivitäten. Nachdem ich mir diesen ersten Überblick verschafft hatte, beschloß ich, das innere markierte Rechteck zu verlassen. Eine erste genaue Untersuchung dieses Bereiches war abgeschlossen, und ich begann nun der Linie zu folgen, die ich für den Verlauf des alten Weges durch die Wiese hielt. Diese war nun gute zwanzig Meter von den anderen Fundstellen entfernt, und ich machte mir keine große Hoffnung, daß ich so erfolgreich wie zuvor sein würde – ich hätte mich nicht stärker irren können.

Kaum fünf Meter war ich in dem neuen Suchabschnitt gegangen, als ich das bekannte, doppelte Klingeln des Fishers vernahm. Ich stach eine Grassode heraus und legte sie an die Seite, wie üblich schwenkte ich den Detektor über die freigelegte Fläche. Erneut das doppelte Klingeln – nicht einmal, sondern nun drei deutlich getrennte Signale. Ich vergaß beinahe die goldene Regel, schwenkte aber doch noch einmal über die Grassode. Ein weiteres doppeltes Klingeln! Vorsichtig durchsuchte ich die Erde an der Unterseite, und eine kleine, schwarze Münze fiel auf den Boden. Dann, und erst dann, kam mir die Idee, daß ich vielleicht auf das Zentrum eines verstreuten Münzfundes gestoßen sein könnte.

Aus irgendeinem selbstquälerischen Grunde überprüfte ich die Grassode erneut auf beiden Seiten, und endlich, mit leicht beschleunigtem Puls schwenkte ich den Fisher über das Loch. Die erste Münze, die ich barg, lag nur vier oder fünf Zentimeter tief, und erneut erschwerte der schwarze Boden das Erkennen und Bergen.

Ich rief Sean und Tanya herüber, erläuterte ihnen kurz die Geschehnisse, und schlug vor, im Team zu arbeiten. Ich wollte sichergehen, daß jede Münze genau aufgezeichnet wurde, während ich tiefer im Loch suchte, aber vor allem wollte ich möglichst weitgehend die Arbeit mit der Metallschaufel vermeiden, um eine Beschädigung der Münzen auszuschließen.

Ich entfaltete eine große Plastikplane, die ich schon früher für Bergungen dieser Art benutzt hatte. Wir schnitten ein Loch in die Mitte, so groß, daß es über das gegrabene Loch paßte, und legten ein großes Stück Folie drumherum, auf deren Rand wir die Erde schütten konnten, während wir in dem Loch arbeiteten. So würde, wenn wir nach Abschluß der Bergung das Loch auffüllten, nur eine kaum erkennbare Spur unserer Arbeit zurückbleiben, kein Dreck und keine verräterischen Anzeichen, die die Stelle anderen Augen offenbaren könnten.

Ich öffnete eine Packung kleiner Gefriertüten, die ich immer mitnahm, um besondere Funde einzeln zu verpacken. Während mein Sohn den Fisher in den Händen hatte, und Tanya das Gartensieb auf der anderen Seite des Loches hielt, begann ich, die lose Erde herauszunehmen, eine Handvoll nach der anderen, und in das Gartensieb zu füllen. Sean schwenkte den Detektor jedesmal über das Sieb, und beim zweiten oder dritten Mal gab es ein klares, doppeltes Klingeln.

Wieder konnten wir zunächst keine Münze erkennen, und Tanya schüttelte vorsichtig das Sieb, um möglichst viel von der überschüssigen Erde zu entfernen. Selbst als nur noch ein Rest an kleinen Erdklumpen zurückblieb, war kein erkennbarer »Fund« zu sehen. Ich zerdrückte vorsichtig jeden einzelnen Erdklumpen, bis wir erleichtert einen weiteren tadellos erhaltenen, schwarzen Denar zu sehen bekamen. Ich erinnere mich, wie ich sagte: »Das ist der erste von dreien«, und dann begannen wir mit der Übung von neuem.

Sobald wir meine drei »Signale« geborgen und drei wundervolle Münzen verzeichnet hatten – jede einzelne fand ihren Weg in eine eigene kleine Fundtüte –, ließ ich Sean das Loch erneut untersuchen. Da wir nicht mehr mit Kopfhörern arbeiteten, hörten wir nun alle drei den deutlichen Klang eines eindeutigen Metall-Signals – aber kein klares, doppeltes Klingeln, das eine Münze anzeigen würde. Ich lockerte mit einer kleinen Kelle die Ränder des Lochs, in einem Umkreis von etwa zehn Zentimetern um die Stelle, von der das Signal ausgegangen war, und fuhr dann fort, Erde aus dem Loch zu nehmen. Nur ein oder zwei Handvoll hatte ich in das Sieb gefüllt, als der Detektor erneut ein klares, doppeltes Klingeln von sich gab, nicht einmal, sondern zweimal! In diesem bißchen Erde befanden sich zwei weitere Denare, der eine etwas abgenutzt, der andere wieder in sehr gutem Zustand.

Ein erneuter Schwenk über das Loch, und wieder ertönte das kräftige, aber dennoch nicht eindeutig identifizierbare Signal. Jetzt wurde klar, daß unter diesem Fund noch mehr verborgen lag. Ich erweiterte den Rand der Vertiefung, um genug Raum zu schaffen für einen vollen Detektorschwenk am Boden des nun etwa dreißig Zentimeter tiefen Lochs. Ich vergrößerte den Ausschnitt in der Plastikplane und stach dann mehr von der Grasnarbe um das Loch herum ab. Bevor wir die Soden zur Seite taten, um sie später zurücklegen zu können, wurde jede einzelne noch einmal untersucht. Als der erste Teil der Vergrößerung geschafft war, wurde der Detektor über die nun freigelegte Fläche geschwenkt. Zwei weitere, deutliche, doppelt klingende Signale! In gleicher Weise wie zuvor – Erde in das Gartensieb füllend und ständig den Inhalt untersuchend – bargen wir zwei weitere wunderschöne Denare.

Das Loch hatte nun einen Durchmesser von fünfzig Zentimetern und der Detektor wurde vorsichtig auf den Boden gelassen. Zwei Schwenke von der einen Ecke in die andere, das ganze im rechten Winkel wiederholt, und totale Ungläubigkeit... Das zentrale Kernsignal war immer noch da, so kräftig wie zuvor, aber nun war es umgeben von vielen anderen kräftigen, doppelt klingelnden Signalen. Ich schaute auf und sagte: »Ich denke, wir werden hier eine ganze Menge Fundtüten benötigen, aber bevor wir uns mit dem Kern befassen, laßt uns die umliegenden Stücke bergen und sie aus dem Wege schaffen.«

Gerade als wir damit beginnen wollten, wurde mir klar, daß ich gar nicht bemerkt hatte, wie über die von den Funden entfachte Begeisterung der Morgen vergangen war. Ich warf einen flüchtigen Blick zu der kaum hundert Meter entfernten Kreuzung hinüber, nichts als bloße Neugierde, um zu sehen, ob da jemand ein mehr als nur beiläufiges Interesse an einem Mann und zwei Jugendlichen zeigte, die inmitten einer Wiese ein Loch buddelten!

Ich traute meinen Augen nicht! Eine komplette Busladung Rentner auf einem Tagesausflug verließ langsam ihren Bus, vier oder fünf Spaziergänger gingen die Straße hinauf zu dem Tor, das in die Wiese führte, und – kaum zu glauben – der Bauer, der uns die Stelle gezeigt hatte, bahnte sich aus der anderen Richtung seinen Weg durch die Wiese zu uns herüber!

Da jener Bauer weder Eigentümer noch Pächter der Wiese war (ich hatte zuvor vom größten Grundbesitzer der Gegend die Erlaubnis erhalten, auf seinen Feldern zu prospektieren und zu suchen), hielt ich es für notwendig, das Geheimnis der Funde zu bewahren, besonders, da bisher weder Dr. Schlüter noch der Grundeigentümer von ihnen wußten; so legte ich meine Regenjacke über die Fundtüten und das Loch.

Ich sagte den Kindern, sie sollten zum Auto gehen und Kaffee und Sandwiches holen, die wir zum Lunch mitgebracht hatten, und ging dann langsam zu dem Bauern hinüber. Wir tauschten Höflichkeiten aus und ich erklärte ihm, wir würden ein oder zwei interessante Signale untersuchen, indem wir die lose Erde siebten. Obwohl er später vollkommen über alles aufgeklärt wurde, was in diesen frühen Tagen der Suche im Sommer 1987 geschehen war, fühlte ich doch, daß ich zu diesem Zeitpunkt niemandem die Einzelheiten über die Funde anvertrauen konnte außer Dr. Schlüter, sobald er aus dem Urlaub zurück sein würde.

Nach einer frustrierend langen Stunde des Wartens, als die Ausflügler verschwunden waren und der Bauer zurückgegangen war, deckte ich die Grube wieder auf und begann mit der Erforschung der einzelnen Signale um den zentralen Kern. Weitere Denare folgten, und dann blieb nur noch das kräftige, zentrale Signal. Bis dahin hatte ich etwa zwanzig Denare geborgen. Ich schritt die Entfernung von drei markierten Punkten ab: Torpfosten, Zaunpfahl und Baum, und trug die genaue Position des Lochs ins Fundbuch ein.

Das Loch zog mich an wie ein Magnet. Ich entnahm weitere Hände voll Erde aus dem Bereich des starken, zentralen Signals. Zum ersten Mal sah ich eine einzelne Münze, die auf dem Boden des Lochs lag. Als ich sie herausnahm, gab der Fisher, von meinem Sohn über das Sieb geschwenkt, eine Vielzahl doppelt und halb tönender Signale von sich. Meine Tochter schüttelte vorsichtig das Sieb, und drei oder vier Denare lagen darin.

Schließlich barg ich aus diesem kleinen Bereich sieben Denare. Noch eine Handvoll Erde, und weitere kleine, schöne, schwarze römische Silbermünzen. Einige der Münzen waren in einem weniger guten Zustand, sie stammten aus der Sandschicht etwa vierzig Zentimeter unter dem torfigen schwarzen Oberboden. Unter den vielen Funden waren auch drei kleine, seltsame, wie perlfarbene Steine; aber eine Art Börse oder ein anderes Behältnis für die Münzen kam nicht zum Vorschein, was mich zu der Zeit etwas überraschte. Als der Nachmittag sich allmählich neigte, waren wir soweit, daß im Bereich des Lochs keine Signale mehr ausgemacht werden konnten.

An diesem Tag hatte ich insgesamt neunundachtzig Münzen geborgen, sechs aus dem ursprünglichen Rechteck, die übrigen aus dem Loch selbst, dazu die drei perlenartigen Steine. Mit den drei Denaren vom vorherigen Wochenende ergab das eine Gesamtmenge von zweiundneunzig Münzen, fertig eingetütet für Dr. Schlüters Rückkehr am Montag der folgenden Woche.

Der Tag war lang gewesen, wir beschlossen, nun das Loch wieder völlig aufzufüllen und alle Spuren unserer Arbeit zu beseitigen. Zuvor bedeckte ich Boden und Seiten des Lochs mit zwei schwarzen Müllbeuteln, so würden sich bei unserer Rückkehr die Ränder des Lochs exakt bestimmen lassen. Mit der Erde auf der Folie ließ sich das Loch rasch zuschütten. Ich steckte vier metallene Zeltstangen tief in den Boden, und als die Grassoden wieder an ihrem Platz lagen und die Umgebung aufgeräumt war, blieb bis auf das niedergetretene Gras kein Zeichen von unseren Ausgrabungen zurück.

Die Abende der folgenden Woche verbrachte ich damit, die Münzen sorgfältig von der schwarzen Erde zu säubern. Mit Hilfe von Seabys Katalog hatte ich bis zum Ende der Woche die meisten Münzen identifiziert. Etwa 50 Prozent waren republikanisch, die übrigen augusteisch und in sehr gutem Zustand.

Immer ungeduldiger wurde ich, endlich Dr. Schlüter bei seiner Rückkehr aus dem Urlaub eine große Überraschung zu bereiten.

Die Datierung der Münzen nach Seabys Katalog führte zu einem bemerkenswerten Ergebnis. Anscheinend war keine später als Seaby 43, Augustus 2 v. Chr. bis 14 n. Chr., geprägt worden, und sie waren in tadellosem Zustand. Ich sah einen Lichtstreifen am Horizont...

Am Wochenende kehrte ich mit einem 35 cm Kopf an meinem Fisher 1265x Detektor zu der Wiese zurück und fand in dem noch nicht untersuchten Rechteck auf der anderen Seite der zentralen Fundstelle weitere sieben Denare. Die Untersuchung des gesamten Bereiches erbrachte noch einmal sechs Denare, jeweils ziemlich tief in dem torfigen Boden, alle in gutem Zustand und gut bestimmbar. Von insgesamt 105 Münzen waren nur drei als im Verfall befindlich zu bezeichnen.

Irgendwann wurde es auch Montag. Ich hatte mit Dr. Schlüter telefoniert und ihm erzählt, ich hätte eine große Überraschung für ihn. Um seinen Appetit anzuregen, sagte ich, ich hätte ein oder zwei römische Münzen gefunden! An jenem denkwürdigen Tag betrat ich sein Büro, in der Hand eine durchsichtige Plastiktüte voller kleiner Plastiktüten mit Münzen.

Ich stellte die Tüte bedächtig vor ihn auf den Tisch. An seine genauen Worte kann ich mich nicht erinnern, entsinne mich aber seiner Ungläubigkeit und Verwunderung und meiner Worte: »Ich denke, das ist nur die Spitze des Eisbergs.«

Es herrschte damals zwischen uns ein gewisser Grad von Förmlichkeit, verständlich, da meine Absichten oder Ziele in Bezug auf die Funde meinem Gegenüber unbekannt waren. Dr. Schlüter und ich verständigten uns darauf, die ganze Geschichte so lange wie möglich geheimzuhalten, damit er die genaue Vorgehensweise festlegen konnte.

Während er die einzelnen Münztüten aus dem Beutel nahm, griff ich eine besonders feine und gut erhaltene Münze heraus. Es war eine Münze, die wir unter meinen zukünftigen Funden noch häufiger sehen sollten – mit Augustus Caesar auf der einen Seite und auf der anderen Gaius und Lucius Caesar zu beiden Seiten von Schilden und gekreuzten Speeren stehend.

Barenaue

Nach der Entdeckung des ersten Münzhortes im Juli 1987 galt es, weitgehend Stillschweigen über den Fund und Fundort zu bewahren. Das Museum mußte zunächst Kontakt mit den für archäologische Funde zuständigen Einrichtungen aufnehmen. Derartige Funde waren in diesem Teil Norddeutschlands in jüngerer Zeit nicht gemacht worden, und plötzliches Bekanntwerden hätte Schwierigkeiten mit sich bringen können, die die weiteren Pläne des Museums in nicht zu erahnender Weise beeinflussen würden. Zudem schienen manche Landbesitzer der Gemeinde von der Vorstellung, Hunderte von Schaulustigen könnten über ihre Felder trampeln, nicht sonderlich begeistert zu sein. Der Eigentümer der Wiese und eines großen Teiles der angrenzenden Ländereien hatte signalisiert, daß er es vorziehen würde, wenn ich die Untersuchungen fortsetzen würde, ohne daß weitere Detektorengänger und Hobby-Schatzsucher aus allen Ecken Deutschlands folgen würden.

Dr. Schlüter nahm Kontakt mit dem Kestner Museum in Hannover auf. Dr. Frank Berger, zu jener Zeit Leiter des hannoverschen Münzkabinetts, ist anerkannter Experte für römische Münzen und der führende Experte für römische Münzen in Norddeutschland – ein noch junger, aber dennoch sehr erfahrener Gelehrter. Er hatte seit langem ein lebhaftes Interesse an den im 17. und 18. Jahrhundert in der Umgebung Osnabrücks gefundenen Münzen gezeigt und einen Aufsatz über die entdeckten Münzen veröffentlicht.

In den vergangenen zweihundert Jahren war eine große Anzahl Münzen von der Familie von Bar zusammengetragen worden, einer alten adligen Familie, die noch immer umfangreiche Ländereien in Kalkriese bewirtschaftet und seit über 800 Jahren mit dieser Region verbunden ist. Auch meinen ersten großer Fund hatte ich auf ihrem Grundbesitz gemacht. Lange hatte man vermutet, daß der größere Teil der Münzen über einen ausgedehnten Zeitraum im 17. und 18. Jahrhundert von der Familie durch den Aufkauf kleinerer Münzsammlungen aus ganz Deutschland erworben worden war, und nur ein geringer Teil aus einzelnen Münzfunden auf ihrem Landbesitz stammte.

Um 1939 muß die Sammlung ein – zumindestens für römische Münzsammlungen – recht eindrucksvolles Ausmaß besessen haben, insbesondere für den norddeutschen Bereich. Die aus einer großen Zahl Silber- und Bronzemünzen und einigen Goldmünzen, bekannt als Aurei, bestehende Sammlung wurde bis 1945 im neueren der beiden Familienschlösser, Gut Barenaue in Kalkriese, aufbewahrt und gepflegt. Bedauerlicherweise wurde die gesamte Sammlung in den letzten Monaten des Krieges, vermutlich von Besatzungstruppen, geplündert. Lange Zeit war von keinem Teil der Sammlung eine Spur zu entdecken, bis im Jahre 1990 Dr. Frank Berger eine überraschende Entdeckung machte (doch dazu später). Zum Glück war aber die gesamte Sammlung gewissenhaft katalogisiert worden. Schon Experten wie Theodor Mommsen war es möglich gewesen, den Ursprung der Münzen zu untersuchen und Vermutungen über den Grund ihrer Deponierung in Kalkriese anzustellen.

Das Verzeichnis führte zu der bemerkenswerten Erkenntnis, daß anscheinend etwas viel bedeutenderes als ein bloßer Münzschatz ans Tageslicht getreten war. In Hannover griff Dr. Frank Berger auf seine Handbücher zurück, um die Originalverzeichnisse der Sammlung von Bar noch einmal zu überprüfen. Eine verblüffende Übereinstimmung zwischen der alten Sammlung und dem von mir entdeckten Hort wurde dabei deutlich. Es war weniger die Ähnlichkeit einzelner Münzen, die auffiel, als vielmehr die klare Übereinstimmung in den Anteilen der einzelnen Prägeperioden, besonders unter der großen Zahl der Silberdenare. Je länger er die Kurven der Altersverteilung der Münzen betrachtete, um so überzeugter war Dr. Berger, daß die Sammlung der Familie von Bar nicht über viele Jahre aus verschiedenen Regionen Deutschlands zusammengetragen worden sein konnte, sondern in ihren wesentlichen Teilen aus der unmittelbaren Umgebung des Gutes von Bar stammen mußte.

Zwei in ihrer Zusammensetzung weitgehend übereinstimmende Münzhorte lagen nun vor, beide waren in der gleichen Gegend entdeckt worden und stammten auch aus derselben Periode. Keine der Sammlungen enthielt Münzen, die später als 14 n. Chr. geprägt worden waren, und jene aus der Zeit zwischen 2 v. Chr. und 14 n. Chr. waren in einem geradezu neuen, tadellosen Zustand, als ob sie nur kurze Zeit nach ihrer Ausgabe verlorengegangen wären. Die Prägemarken auf der Mehrzahl der Münzen zeigten, daß sie in den Jahren 2 v. Chr. bis 1 n. Chr. in Lyon (Lugdunum) geprägt und in den darauffolgenden Jahren ausgegeben worden waren.

Dr. Berger wandte seine Aufmerksamkeit einer anderen interessanten Quelle zu. Münzfunde aus dem vorigen Jahrhundert lieferten wichtige Informationen über die Bewegungen der römischen Truppen während ihrer Feldzüge in Germanien und der Zeit der späteren Besatzung. Ein zentraler Ort war das im späten 19. Jahrhundert entdeckte und ausgegrabene Hauptlager von Haltern, Teil einer von den Römern entlang der Lippe angelegten Kette von Befestigungen, die von Westen nach Osten in das germanische Kerngebiet hineinreichte.

Bei den Ausgrabungen in diesem Lager waren einige tausend Münzen geborgen worden. Der Anteil der Bronze- und Kupfermünzen lag im Vergleich zu der Sammlung von Bar allerdings um einiges höher. Für ein größeres Lager war es nur natürlich, daß vermehrt kleinere Münzwerte im Umlauf waren. Die Gravierungen der Denare aller drei Münzhorte zeigten eine bemerkenswerte Übereinstimmung der Prägeperioden und des Zustands der Münzen - Münzen aus dem Lager Haltern, der ursprünglichen Sammlung von Bar und meinem neuen Hortfund.

Die auffallend gleichen Merkmale der Münzen aus den drei Fundkomplexen stellten Dr. Berger vor die kaum zu widerlegende Annahme, daß ein Teil der zu dieser Zeit in Haltern stationierten römischen Truppen aus irgendeinem, aber wahrscheinlich aus einem gutem Grunde, durch Kalkriese gezogen sein mußte. Aufgrund des sehr ähnlichen Zustandes der Münzen dürfte dies innerhalb derselben Jahreszeit geschehen sein.

Die sehr deutlichen, aber kurz gehaltenen Schriften antiker Historiker, wie die des Römers Tacitus oder die des Griechen Cassius Dio, geben Auskunft darüber, daß der römische General Varus den ersten Teil des Jahres 9 n. Chr. in Haltern verbracht hatte (in der Tat waren bei den Ausgrabungen im 19. Jahrhundert Münzen mit dem Gegenstempel des Varus gefunden worden). Die Aufzeichnungen berichten weiter, wie er dann die Legionen entlang der Lippe-Lager in das germanische Hügelland und schließlich zu seinem Sommerlager in der Nähe von Minden führte, wo er bis zum Ende des Sommers blieb. Er und seine Legionen der 17., 18. und 19. Adler Roms sollten niemals zurückkehren.

Dr. Berger entschied, nun endlich selbst nach Osnabrück zu reisen und Dr. Schlüter und mich zu treffen. Telefonisch vereinbarte er mit Dr. Schlüter einen Termin.

In Osnabrück hatte sich die Euphorie von Dr. Schlüter und mir gelegt. Im August 1987 besprachen wir das weitere Vorgehen. Dr. Schlüter wollte als erstes sichergehen, daß die Grundeigentümer des Untersuchungsgebiets als erste, vor irgendwelchen weiteren Schritten, über die Vorgänge in Kenntnis gesetzt würden. Zudem sollten die zuständigen Stellen in Hannover genügend Zeit haben, den Fund zu untersuchen. Die Untersuchungen könnten sich über einen längeren Zeitraum hinziehen, führte er aus; die Grundeigentümer müßten aber, sobald die ersten Ergebnisse zur

Verfügung stünden, in alle zukünftigen Entscheidungen mit einbezogen werden. In allen Fällen würden archäologische Funde jeder Art in die Hände des Staates übergehen. Unter diesen Bedingungen war es mir möglich, meine Untersuchungen in Kalkriese uneingeschränkt fortzusetzen.

Als nächstes entschieden wir, die Pläne für die unmittelbare Zukunft abzusprechen. Dr. Schlüter war sehr daran interessiert, daß ich meine Forschungen und Untersuchungen in Kalkriese fortsetzte, ungehindert von bürokratischen Hemmnissen oder Grundeigentümern. Um mir Zutritt zu jedem Gebiet, das mir interessant erschien, zu ermöglichen, versah er mich mit einer Bescheinigung, die mich als ehrenamtliches Mitglied des archäologischen Forschungsteams des Museums auswies und mir Zutritt zu jedem Ort verschaffte, den ich später vielleicht untersuchen wollte.

Im Bereich der Fundstelle sollte nach dem Plan Dr. Schlüters in den Herbstmonaten eine intensive Ausgrabung beginnen. Ich würde in den folgenden Wochen die Fundstelle noch einmal überprüfen und Prospektionen der Felder und Wege um die alte Heerstraße herum durchführen. Sein Angebot, mir zusätzliches Archivmaterial zur Verfügung zu stellen, nahm ich dankend an. Ich bat ihn, mir neben Schriften über die Osnabrücker Region möglichst weit in die Zeit zurückreichende Karten zu beschaffen, besonders ältere Karten, die Flur- und Straßennamen enthielten.

Dr. Schlüters Grabungsteam war noch mit Ausgrabungen im Dombereich der Osnabrücker Innenstadt beschäftigt. Für die unmittelbare Zukunft war es ihm daher leider nicht möglich, meine Arbeit direkt zu unterstützen. Er brannte aber darauf, die Fundstelle zu besichtigen und sich die Gegend mit mir anzusehen. Wir verabredeten ein Treffen vor Ort in der kommenden Woche.

Meine Suche an den folgenden Sommerabenden erbrachte einige Münzen aus der unmittelbaren Umgebung der ersten Fundstelle. Ich schritt die umliegenden Felder ab und bemühte mich, die verschiedenen Grundeigentümer festzustellen und kennenzulernen. Ich ließ meinen Blick über die Landschaft schweifen und versuchte mir vorzustellen, wie dieses Gebiet vor 2000 Jahren ausgesehen haben könnte.

Mitte der Woche, als ich die nördliche Grenze meines ursprünglichen Untersuchungsbereichs überschritten hatte, traf ich zum ersten Mal einen der vier Brüder von Bar, Leiter des örtlichen Gutes. Nach wenigen Minuten waren wir ins Gespräch über den Münzfund und die römischen Münzen vertieft, welche die Familie im Krieg verloren hatte. Für das Ende der Woche lud Herr von Bar mich zu einem Rundgang ein: es würde ihn freuen, mir die Ländereien und den Besitz der Familie zu zeigen, auch die beiden Schlösser.

Mittlerweile hatte ich ein Gespür für die Umgebung entwickelt und damit begonnen, meine Gedanken über den Verlauf der Straßen und Wege in dem Gebiet zu ordnen. Karten über den zentralen Bereich Germaniens hatten immer einige Bereiche hervorgehoben, die für die römischen Interessen wichtig erschienen. Da waren zum einen die Lager, die entlang des Rheines in einer Kette von Norden nach Süden verliefen, dann die Linie der Lippe-Lager in west-östlicher Richtung, und schließlich die Marschrouten, welche die römischen Truppen für ihre Züge durch die norddeutsche Tiefebene wählten, zwischen den Flüssen Weser und Ems, den Hauptverbindungen zur Nordseeküste. Forscher hatten immer angenommen, die Truppen wären auf ihrem Marsch aus der zentralen Ebene an der Weser zurück nach Westen zur Ems und zum Rhein über eine Heerstraße gezogen, die parallel zu der Nordflanke einer Hügelkette verlief, entlang einer Linie von Minden aus nördlich an Osnabrück vorbei und weiter nach Westen. (Vgl. Karte S. 318.)

Unterstützt wurde diese Theorie von Funden, darunter auch Münzen, die entlang des Hügelzuges entdeckt worden waren. Andere deutsche Historiker des 19. Jahrhunderts (Hartmann und Von Alten) vertraten die Überzeugung, daß zwei Hauptrouten zwischen Ems und Weser bestanden haben mußten. Es blieb aber die Tatsache bestehen, daß Münzfunde in einer ausgesprochen großen Zahl in der Osnabrücker Umgebung aufgetaucht waren, vor allem im unmittelbaren Norden Osnabrücks, und die Entdeckung eines weiteren Münzhortes untermauerte die Vermutung, daß es größere militärische Bewegungen in und durch diese Region gegeben haben mußte. Aber von woher kamen sie nach Kalkriese, wenn nicht von der Weser?

Am Wochenende fand das Treffen mit Dr. Schlüter an der Fundstelle statt. Im Gespräch über die nächsten zu unternehmenden Schritte erwähnte ich die Begeisterung, die Herr von Bar gezeigt hatte, und daß ich bereits einen Termin für ein weiteres Gespräch mit ihm hätte. Ich schlug vor, die günstige Gelegenheit für ein Treffen von uns dreien zu nutzen, um die Pläne für die vorgesehenen Untersuchungen und die Grabung im Herbst abzusprechen.

Das Treffen war höchst erfolgreich, und nachdem Dr. Schlüter nach Osnabrück zurückgefahren war, zeigte mir Herr von Bar wie versprochen das Gut: das im 19. Jahrhundert erbaute Neue Schloß, das Gut Barenaue, und, nicht mehr als anderthalb Kilometer entfernt, das Alte Schloß, besser bekannt als Alt Barenaue.

Die von der Alten Heerstraße durch das Moor zum alten Schloß führende Straße ist auf einem erhöhten Damm gebaut. Zu beiden Seiten stehen knorrige Bäume von kräftigem Wuchs, die sich in beängstigendem

Winkel vom Straßendamm fort neigen, da der weiche, feuchte Grund den Wurzeln nicht genügend Halt bietet. An diesem Weg steht eine der ältesten Linden Deutschlands. Auf »Krücken« aus Metallstreben und Stützen, ihre Zweige vom Alter verwachsen und weit überhängend, erscheint sie kaum noch lebendig, ein Bild wie aus einer mittelalterlichen Darstellung der Apokalypse. Über diesem Landstrich liegt zweifellos eine düstere, gespannte Atmosphäre, eine schaurige Ahnung von Alter und längst vergangenen Zeiten.

Das Alte Schloß wirkt bei weitem nicht so beeindruckend wie der Nachfolgebau, aber dennoch verleihen das grobe Mauerwerk, abbröckelnder Putz und die zugemauerten Torbögen, die niemals wieder geöffnet werden, ihm eine würdevolle Aura. Die Torflügel bei der alten Zufahrt über den Wassergraben sind verschließbar. In jüngerer Zeit hatte man einen anderen schmalen Weg in den Innenhof angelegt. Von dort aus erläuterte der Eigentümer die wesentlichen Teile der Anlage.

Das Originalgebäude hatte aufgrund unüberwindbarer struktureller Schwierigkeiten verkürzt werden müssen, das ursprüngliche Gebäude sei etwa zwanzig Meter länger gewesen, mit einer kleinen Kapelle am Ende, von der Abschlußmauer nur ein kurzes Stück entfernt. Hier standen wir eine Weile und ließen die umgebende Landschaft und den Gebäudekomplex auf uns wirken.

Als ich am Sonnabend zum Alten Schloß zurückkehrte, um mit der Untersuchung der umliegenden Flächen zu beginnen, stellte ich bald fest, daß der größere Bereich um das Schloß herum ursprünglich nasses, sumpfiges Moorland gewesen sein mußte, viel hatte früher wohl unter Wasser gestanden. Die besten Chancen, auf Funde zu stoßen, würden auf den Flächen an den südlichen und östlichen Seiten des Wassergrabens bestehen, die erheblich trockener und in früheren Jahren wohl am ehesten von irgendwelchen Geschehnissen berührt worden waren.

Das Gras war recht lang, behinderte aber nicht einen vollen Schwung des Detektorkopfes dicht über dem Boden, als ich das Feld direkt am Wassergraben auf und ab schritt. Schon meldete sich das scharfe Klingeln des Fishers, nicht der doppelt klingelnde Ton eines Münzsignals, doch deutlich und klar. Ich stach rasch die Grasnarbe heraus, legte die Sode zur Seite und lockerte vorsichtig den offengelegten schwarzen Boden. Ein Stück rötlich-graues Metall war deutlich zu erkennen, behutsam schob ich die Erde zur Seite.

Was ans Licht kam, sah aus wie eine kleine Pyramide. Sie bestand eindeutig aus Blei und war offensichtlich eine Art Lot oder Gewicht, seltsam aber war das kleine Loch an der Spitze. Ich machte weitere Bleifunde, einige nicht leicht zu identifizieren, fand auch jüngere Münzen aus dem

18. und 19. Jahrhundert, aber nichts so merkwürdiges wie die kleine Bleipyramide. Am Ende des Tages packte ich die Funde zusammen, um sie im Verlauf der Woche im Museum abzuliefern, wo sie aufs genaueste untersucht werden würden – ein Teil der mit Dr. Schlüter getroffenen Vereinbarungen.

In den folgenden Wochen wurde ich von meinen militärischen Pflichten in Anspruch genommen, aber als das Ende des Sommers näher rückte, setzte ich meine Arbeit und die laufenden Prospektionen mit unverminderter Begeisterung fort. Viele Abende und Wochenenden vergingen, an denen ich kreuz und quer die den Fundort des Münzhortes umgebenden Felder ablief. Die ansässigen Bauern gewöhnten sich mehr und mehr an die einsame Gestalt, die die Felder mit Karten und »elektrischen Minensuchern« auf und ab schritt, und sie selbst wurden zu einer nie enden wollenden Quelle für mündliche Überlieferungen aus längst vergangenen Zeiten.

Eine alte Sage berichtet, daß während der napoleonischen Besatzungszeit die französische Armee auf ihrem Weg nach Rußland durch diese Gegend gezogen sei und in einem alten Gemäuer ein in Tuch gewickeltes Bündel gefunden habe. Man erzählt sich, daß in dem geöffneten Bündel eine kleine Sammlung kurzer Schwerter zum Vorschein kam: Schwerter mit schweren, flachen Klingen und großen, verzierten, beinernen Griffen; es sollen die kurzen, von den Römern benutzten Stoßschwerter gewesen sein. Der Sage zufolge hatten die Soldaten die Schwerter dann mitgenommen und ihrem örtlichen Kommandeur übergeben. Dieser präsentierte sie später Napoleon persönlich, der, wie die Geschichte zeigt, von großen Reichen – auch dem der Römer – fasziniert war.

Weiterhin packte ich allabendlich die Funde zusammen und brachte sie in regelmäßigen Abständen zum Museum. Nichts Aufregendes war bislang über die merkwürdige Bleipyramide (bzw. das Lot) herausgekommen, und ich dachte nicht weiter darüber nach. Ich hatte einige neue Handbücher über die römischen Aktivitäten in Europa erworben, und als ich das erste eines Abends durchblätterte, stach mir ein nachgestelltes Photo ins Auge – zwei römische Soldaten, die Linien ausmaßen, um den Bau einer Straße vorzubereiten. Siehe da! Von jedem Arm des vierarmigen Gerätes, das sie benutzten, hing als Lot eine auf der Spitze stehende Bleipyramide an einer Leine herunter – die Spitze wurde benutzt, um die Sichtlinie anzuzeigen! Hatte ich also den Teil einer römischen »Groma«, ein Instrument, das dem Straßenbau diente und von den Römern bei der Anlegung ihrer strategischen Straßen ausgiebig verwendet wurde, gefunden?

Gleich am folgenden Tag zeigte ich Dr. Schlüter das Buch mit dem entsprechenden Photo. Er verschwand unverzüglich in dem Arbeitsraum des Restaurators, wo viele der Funde zur Untersuchung auslagen, und suchte die kleine Bleipyramide heraus. Sie entsprach genau der auf dem Photo abgebildeten. Aber Dr. Schlüter erkannte, daß das Loch an der Spitze der Pyramide diese als Gewicht kennzeichnet und, leider, nicht als Teil einer »Groma«. Folglich war es auch kein Fundstück von militärischer Natur, aber dennoch von großem Interesse. Er war hocherfreut über diesen Fund und bat mich, ihm das Handbuch zu leihen, da einige Inhalte ihm sicherlich neu wären.

Dr. Schlüter berichtete dann, daß die rechtlichen Aspekte für die geplanten Ausgrabungen am Fundort der Münzen geklärt seien. Die Ausgrabungen würden dort in Kürze beginnen und er wollte wissen, ob ich bereit sei, an der Grabung teilzunehmen. Leider konnte ich während der Arbeitstage nicht die Zeit finden, sondern nur für eine halbe Stunde in der Mittagszeit vorbeischauen und vielleicht am Abend die Abraumerde absuchen. Dr. Schlüter gefiel mein Angebot, und er informierte das Grabungsteam über meine Pläne.

Als ich in der Mittagspause am Montag die Grabungsstelle besuchte, war die Arbeit schon gut vorangeschritten. In Form eines Schachbretts war ein größerer Teil der Grasnarbe abgestochen worden. Ich war ein wenig über den großen, plumpen Metalldetektor amüsiert, den das Grabungsteam einsetzte, sah ich doch auf den ersten Blick, daß es sich um ein Relikt aus dem Zweiten Weltkrieges handelte, mehr für Minen geeignet als für kleine Münzen. Der Minendetektor alten Stils verfehlte unglücklicherweise die kleinen in den Boden eingebetteten Silberdenare. Ich schlug vor, daß ich den Aushub der Grabung an jedem Abend noch einmal mit meinem Fisher 1265x Detektor überprüfen würde.

Am Ende der Woche hatte das Grabungsteam etwa fünfundzwanzig Münzen geborgen, und ich weitere dreißig aus den Grassoden und dem Aushub, sehr zur Überraschung des Grabungsteams und zur Freude Dr. Schlüters. Im Laufe der Woche erschien auch Dr. Berger aus Hannover, um den Fundort zu besichtigen und mit Dr. Schlüter und mir an Ort und Stelle über die Funde zu diskutieren.

Alle Münzen waren im Museum gesäubert und photographiert worden. Dr. Berger war daran interessiert, sie für genauere Untersuchungen nach Hannover ins Kestner Museum zu holen, er bat auch darum, alle zukünftigen Funde seinen Forschungen direkt zugänglich zu machen. Dr. Schlüter sagte dies bereitwillig zu und bestätigte, daß ich meine Prospektionen während der kommenden Herbst- und Wintermonate fortsetzen und sie über die weiteren Entwicklungen informieren würde.

Mit dem Metallsuchgerät. Klaus Fehrs im Gespräch mit Tony Clunn und Professor Dr. Wolfgang Schlüter (v. links n. rechts)

Hinweise auf eine Schlacht

In den folgenden Herbstmonaten des Jahres 1987 verbrachte ich viele Stunden mit Dr. Schlüter und seinem Team im Museum. Eingehend studierten wir die alten Akten und Karten, die die Umgebung der Fundstelle beschrieben. Schon in diesem frühen Stadium wurde deutlich, daß als erstes die Fragen nach den alten Durchzugsrouten der Region geklärt werden mußten. Die das Moor durchschneidende Alte Heerstraße schien zunächst nähere Auskünft geben zu können. Ich befaßte mich damit, Münzfunde aus früheren Zeiten zu lokalisieren und die Fundorte in moderne Karten einzutragen.

Die alten Karten untersuchte ich auf interessant erscheinende Flurnamen, wie der Römerwall, der Goldacker, Silberecke, Bikks Lager. Sie und viele andere, die mir auffällig erschienen, trug ich in die neueren Karten ein. Die Namen aus der unmittelbaren Umgebung verband ich mittels dünner Linien, und Linien, die in die Heerstraße einmündeten, übertrug ich, so daß sie entlang einer natürlichen Marschroute nach Osten verliefen. Diese Arbeiten erbrachten ein bemerkenswertes Ergebnis. Die Fundstellen aus weiter entfernten Gegenden im Süden und Südosten, etwa 50 bis 60 Kilometer von Kalkriese entfernt, deuteten ebenfalls auf eine mögliche Marschlinie aus römischer Zeit hin, ausgehend von der weiter südlich an der Lippe gelegenen bekannten Konzentration römischer Aktivität.

Ich verbrachte meine freie Zeit, wann immer möglich, auf den Feldern des Fundgebiets. In den folgenden sechs Monaten, bis in den Frühling des Jahres 1988 hinein, lieferte ich unzählige Tüten voller Funde, darunter überwiegend verstreute Silberdenare aus der unmittelbaren Umgebung der ursprünglichen Münz-Fundstellen, dazu eine Reihe unterschiedlichster Objekte. Jedesmal wurden die Tüteninhalte im Museum mit großer Begeisterung untersucht. Außer den Münzen hatte ich andere Objekte gefunden, die das Spektrum der Funde erweiterten; darunter waren einige Bronzebruchstücke römischer Rüstungen und Geräte und viele Stücke aus Blei.

Drei ovale Bleiobjekte, die ich getrennt voneinander ausgemacht und mit einer Menge anderer Dinge abgeliefert hatte, lösten bei Dr. Schlüter und seinem Team große Begeisterung aus: sie erkannten, daß es sich um Schleuderbleie handelte – dies war der erste untrügliche Beweis von militärischer Präsenz oder Aktivität oder gar einer Schlacht im Raum Kalkriese. Und um die Wegkreuzung verstreut hatte ich römische Münzen gefunden.

Schleuderbleie

Inzwischen hatte ich im Gelände drei Bereiche von herausragendem Interesse ausgemacht; und jeder von ihnen stand in einem auffälligen Zusammenhang mit erhöhtem oder ansteigendem Terrain. Aus dem Eindruck, den ich mittlerweile von der Landschaft und den Möglichkeiten ehemaliger Marschrouten gewonnen hatte, schloß ich, daß jede Erhebung in diesem flachen Landstrich am Rande des Moores für Truppen, die durch diese Gegend zogen, einen deutlichen militärischen Vorteil gehabt haben würde. Ich hatte meine drei besonderen Bereiche, auf die diese Merkmale zutrafen, abgeschritten. Sie lagen zu beiden Seiten der Heerstraße, nur wenig westlich des ersten Münzfundes; genauer betrachtet kreuzten sie die Straße. Als taktische Schlüsselposition auf dem erhöhten Terrain erkannte ich eine kleine Anhöhe vor der Nordflanke des Kalkrieser Berges, etwa 1.000 Meter von der Heerstraße entfernt.

Meine weiteren Studien wurden in großem Maße von Dr. Schlüter unterstützt, der mir bodenkundliche Karten zur Verfügung stellte. Deutlich ließen sie die verschiedenen Bodenbeschaffenheiten erkennen. Es war nun ein leichtes, die feuchten und die trockenen Abschnitte von Moor und Sandboden zu unterscheiden. Über eine übliche topographische Karte mit den Straßen und Wegen der Umgebung gelegt, verdeutlichten Dr. Schlüters Karten, daß es einst andere Wege und Pfade gegeben haben mußte, die mit der Zeit aufgegeben worden waren. Es war jetzt eindeutig, daß irgendeine Verbindungsroute existiert haben mußte, und sie verband den Kalkrieser Berg mit der von Ost nach West entlang des Moores verlaufenden Heerstraße.

Das Glück sollte bei der fortdauernden Suche nach Anhaltspunkten wieder eine wichtige Rolle spielen. In meinen Gesprächen mit den Landwirten in der Nähe der kleinen Anhöhe berichtete mir der Besitzer des angrenzenden Ackers, daß seine längst verstorbene Tante oft von einem kleinen Fund römischer Münzen erzählt habe. Am Rande des Ackers seien sie entdeckt worden, unweit einer kleinen Anhöhe, etwa zweihundert Meter von seinem Bauernhaus entfernt. Eine große Eiche war um die Jahrhundertwende während eines Sturms umgestürzt, und die Münzen seien unter dem entblößten Wurzelwerk zu Tage gekommen, als die Landarbeiter den Baum fortschafften.

Was mit den Münzen dann geschah, ist nicht mehr bekannt. Der Bauer hielt es aber für denkbar, daß sie möglicherweise in die Sammlung der Familie von Bar gelangt waren. Gern zeigte er mir die fragliche Stelle und erwähnte beiläufig noch zwei oder drei Begebenheiten aus der Zeit um die Jahrhundertwende, als man einzelne römische Goldmünzen auf seinen heutigen Feldern gefunden hatte. Die erinnerten Stellen waren nahe des Kanals, der die Gegend von Osten nach Westen durchschneidet, in Richtung der etwa 1.500 Meter weiter nordwestlich gelegenen Münzschatz-Fundstelle. Von unserem Standort am Rande der Anhöhe schaute ich über die zum Großen Moor hin abfallenden Felder und auf den weiten Bogen der gepflügten Äcker.

Das Feld direkt vor uns erstreckte sich über etwa 800 Meter bis zu der Böschung des Kanals und hatte in seiner größten Ausdehnung eine Breite von etwa 600 Metern. Ich konnte mir leicht vorstellen, wie lange es dauern würde, ein so enormes Areal wie das des gepflügten Ackers abzusuchen, und ich überlegte, wie ich am leichtesten eine Prospektion dieses Bereichs ausführen könnte.

So nahm ich die Kopie einer örtlichen Bodenkarte aus der Aktenmappe und studierte von unserem Standpunkt aus die Bodenformationen, wie sie hinunter zum Kanal verliefen und dann, außer Sicht, weiter zu der etwa 1.500 Meter entfernten Kreuzung an der Heerstraße.

Diese Kreuzung lag auf einem schmalen Streifen sandigen Bodens, der sich an diesem Punkt leicht zweiteilte und offenbar während vieler vergangener Jahrhunderte den Überquerungspunkt des sumpfigen Moorlandes gebildet hatte. Die Heerstraße verlief beiderseits der Kreuzung auf einem Sandrücken. Als ich nun den Finger auf der Karte bis zu unserem Standort zurückführte, konnte ich einen breiten Streifen trockenen Grundes ausmachen, der die beiden Punkte verbindet, bevor er in den Sandgürtel einmündet, der sich von Ost nach West um den Kalkrieser Berg zieht.

Ich würde die erste Feldbegehung auf dem in nordwestlicher Richtung verlaufenden Streifen beginnen, doch dies bedeutete, ein Quadrat von etwa 200 Metern Seitenlänge zu untersuchen. Es würde einiges an Zeit und Anstrengung kosten.

Mein erstes Ziel lag da, wo wir gerade standen, an der Ecke des Feldes zur Seite der Anhöhe, wo der Bauer den Standort der alten Eiche vermutete. Ich nahm mir vor, die Begehung in der folgenden Woche aufzunehmen. Noch waren die meisten Felder nach dem strengen deutschen Winter gefroren, obwohl der Schnee schon fast ganz verschwunden war und man Tauwetter erwartete. Ich verabschiedete mich in der Hoffnung auf eine Wetterbesserung im Laufe der folgenden Woche.

Tatsächlich setzte einige Tage später mildes Wetter ein. Am Wochenende begann ich meine Suche am geplanten Ort. Ich steckte ein Quadrat von etwa dreißig Metern ab, doch zu meiner Überraschung war dort weder eine Münze noch sonst ein Fund zu entdecken. Ich verschob den Bereich um etwa zwanzig Meter entlang der Anhöhe. Als ich auch dort nicht fündig wurde, ging es mir wie den meisten anderen in meiner Situation: mich überfielen akute Frustration und Enttäuschung darüber, daß sich ein so klarer Hinweis, wie ich ihn aus erster Hand von dem Bauern erhalten hatte, als so irrig erweisen sollte. Eigentlich war ich der Überzeugung, daß Beharrlichkeit und ein gutes Suchmuster immer gute Ergebnisse irgendeiner Art erbringen würden, aber bei jener Gelegenheit entschied ich spontan, den Ort zu verlassen und 200 Meter weiter westlich die Suche auf dem höhergelegenen Streifen wiederaufzunehmen.

Später sollte ich diese Entscheidung für einen weniger geschickten Zug halten. Selbst als die Ergebnisse der nächsten Reihe von Prospektionen sich als herausragend erwiesen, blieb festzuhalten, daß sich das ganze Konzept meiner Erforschung viel eher dramatisch verändert hätte, hätte ich Anfang 1988 meine Untersuchungen an jener Stelle fortgesetzt. Vielleicht wären dann aber viele andere wichtige Entdeckungen nicht gemacht worden. Jedenfalls stieß ich innerhalb kurzer Zeit auf einige verstreute Denare, die fast alle auf einer mehr oder minder geraden Linie lagen, die über den höher liegenden Bereich nach Nordwesten verlief.

Dr. Schlüter kam nach Kalkriese, um die neue Fundstelle zu besichtigen, und wie immer war er von den neuen Entdeckungen begeistert. Immer stärker war er nach den Münz- und Bronzefunden, den Rüstungsteilen, aber vor allem den Schleuderbleien und nun diesen weiteren Münzen überzeugt, daß eine Art militärischer Aktivität oder eine Schlacht in diesem Gebiet stattgefunden habe. Wie es schien, handelte es sich um mehr als reine Truppenbewegungen entlang der Heerstraße oder des Berges in Richtung Westen. Dr. Schlüter lag sehr daran, daß ich meine Untersuchungen auf dem großen Feld in den kommenden Monaten fortsetzte, und er bat mich, ihn über die jeweils neuesten Entwicklungen auf dem laufenden zu halten.

In den Frühlings- und Sommermonaten arbeitete ich auf dem großen Feld weiter und überquerte in der Folge sogar den Kanal. Dabei näherte ich mich bis auf 500 Meter dem Bereich der Kreuzung. Langsam ließ sich anhand der wiederholten Münz- und Artefaktfunde ein Muster erkennen. Linien zeichneten sich ab, welche die über die Anhöhe führende Straße mit der weiter nördlich liegenden Heerstraße verbanden, beide von Osten nach Westen verlaufend und kaum 1.500 Meter voneinander entfernt. Das Bild erinnerte an eine kleine Sternenexplosion. Alles deutete darauf hin, daß eine große Zahl Menschen von diesem Punkt am Rande der Anhöhe auseinandergelaufen war, in Richtung Norden und Nordwesten, hinunter zu der Wegekreuzung, zur Heerstraße und den Landstrichen dahinter – auf der Flucht vor einem unbekannten Schrecken.

Er lief um sein Leben. Seine Lungen sogen Luft ein in schmerzhaften, keuchenden Zügen, Schweiß rann in seine Augen, als er über das weite Moor mehr stolperte als lief. Das tiefe, üppige Gras, sumpfig und weich, blieb bei jedem seiner Schritte an den Füßen haften, als wollte es ihn langsam aber sicher zu Boden ziehen. Es war wie im schlimmsten aller Alpträume: rennen, aber nicht vorankommen, nicht entkommen. Die Gegenwart des Todes im Nacken trieb ihn weiter, und sie kam näher mit jedem seiner strauchelnden Schritte.

Sein Körper war zerschunden und blutete aus einer großen, klaffenden, von der Schulter zur Hüfte reichenden Wunde. Seine Beine waren schwer wie Blei, zogen ihn mehr in den Morast des schwarzen, sumpfigen Grundes, als daß sie ihn vorwärts trugen. Überall um ihn herum waren andere Legionäre, einzeln oder in kleinen Gruppen zu zwei bis drei Soldaten, von dem Hügel hinter ihm strömten sie herab, flohen vor dem Gemetzel und den Schreien, die von der bewaldeten Anhöhe am Fuße des Berges herüberhallten, rannten, die Sicherheit des Landes im Westen zu erreichen – für viele viel zu weit im Westen.

Er warf einen Blick über seine Schulter, halb hoffend, halb erwartend, und doch nur, um seine schlimmsten Ahnungen und Ängste bewahrheitet zu sehen: Eine Gruppe feindlicher Krieger rannte von der Anhöhe herab, war in ihrem Rücken, trieb sie ins Moor. Mit gewaltigen Schritten kam rasch die Gestalt eines großen Cheruskerkriegers heran. Sein bärtiges Gesicht zeigte einen entschlossenen Ausdruck voller Kampfeslust, in einer Hand trug er ein mächtiges, blutbeschmiertes Schwert, in der anderen eine lange Stoßlanze. Er fletschte seine gelben Zähne wie ein Hund, bevor er seine Fänge in das Fleisch seines Opfers schlägt.

Ein frischer Stoß Adrenalin schoß in seine Adern, und mit einem Aufschrei der Verzweiflung zwang er seine Beine zu noch größeren Anstrengungen. Aber die Schlacht hatte zu lange gedauert: Vier Tage und Nächte waren sie fast unaufhörlich gerannt, sie hatten gekämpft, wurden immer und immer wieder angegriffen, und dann folgte die völlig vernichtende Attacke der Cherusker – das war einfach alles zuviel.

Seine Alpträume waren nun wirklich am Ende; er rannte und stolperte durch Wasser und Sumpf, ein schluckender Morast schwarzen Schreckens. Seine Beine verloren langsam jede Kraft, und seine vollgesogenen Sandalen rutschten bei jedem Schritt. Für einen Moment, der ihm wie eine Ewigkeit erschien, aber nur Sekunden dauerte in der grausamen Wirklichkeit der kurzen Zeit, die von seinem Leben blieb, gingen seine Gedanken zurück zu den Schrecken dieser Tage und Nächte, seit die drei Legionen unter der Führung des Varus das Sommerlager bei Minden verlassen hatten. –

Abscheuliches Wetter mit unglaublich heftigen Stürmen hatte die Legionen ständig auf ihrem Weg zur Lippe begleitet, auch, als sie die Richtung änderten, um Arminius im nordwestlichen Bergland zu Hilfe zu eilen; er hatte einen Aufstand germanischer Stämme gemeldet. Als der erste Tag in den späten Nachmittag übergegangen war, gerieten sie wiederholt in Hinterhalte und von den bewaldeten Hängen hagelten Schauer von Speeren und Wurfgeschossen auf sie nieder.

Sie waren gestolpert und gestürzt, hatten dieses gottverlassene Land verflucht und sie hatten gekämpft, sich aber nicht wirkungsvoll gegen einen Feind wehren können, den sie kaum zu Gesicht bekamen. Stürme fegten durch die Wälder, entwurzelten und knickten Bäume, ließen Äste auf sie herabregnen, zersplitterten ihre Truppen im Mittelfeld und gaben dem Feind Gelegenheit, fortwährend neue Hinterhalte zu schaffen. Dann waren es nicht mehr nur Angriffe von den Flanken, sie wurden auch im Rücken angegriffen.

Die drei folgenden Tage und Nächte waren eine verschwommene Erinnerung an Schlamm, an widerliches Gestrüpp, an peitschenden Wind, an Pferde, die vor Angst und Schmerz schrien, Schreie, die sich mischten mit den Schreien der Reiter, wenn Wurfspeere deren Körper durchbohrten. Nach dem zweiten Tag lagerten sie in einer hastig errichteten Befestigung aus aufgeworfenen Erdwerken und Wällen. Dort verbrannten sie einen großen Teil ihrer Troßwagen, denn sie schafften es nicht, sie weiter durch das Dickicht der Wälder mitzunehmen. Als die Feuer niedergebrannt waren, drängten die Legionäre sich gegen die Erdwälle, erschauerten in der Kälte der klammen Nebel. Die Stürme hatten sich gelegt, und die Stille über den Wäldern war so unheimlich, wie man es sich nur vorstellen kann. Erschöpfung übermannte viele und gönnte ihnen Schlaf; Angst und Verzweiflung hielten andere wach, als diese allmählich begannen, das Ausmaß ihrer verzweifelten Lage zu erkennen.

Als das erste Morgenlicht durch den Schirm der Baumkronen drang, ordneten sie ihre Reihen neu und marschierten weiter in Richtung Nordwesten. Doch die verheerenden Attacken begannen von neuem und hielten den ganzen Tag über an. Tiefer und tiefer sank der Mut in allen Rängen der Truppen, die von den Legionen übriggeblieben waren. Am Abend entkamen sie endlich dem Schrecken und der bedrückenden Enge des Berglandes und gelangten in offenes Land.

Sie errichteten ein Marschlager aus einer Reihe hastig aufgeschütteter Erdwälle. Etwa 10.000 Soldaten der drei Legionen, die vom Sommerlager aufgebrochen waren, waren inzwischen niedergemacht worden. Ihre Leichen übersäten die Hügel und Schluchten des Teutoburger Waldes in einer Ausdehnung von 20 bis 30 Kilometern gen Südosten, rückblickend von ihrer neuen Stellung.

Die Reste der dezimierten Legionen, vielleicht noch 8.000 unorganisierte Fußsoldaten und die wenigen Einheiten der übel zugerichteten Reiterei, verbrachten die letzte Nacht in dem Lager; sie wußten, das Ende war nahe. Die Reiterei brach im Laufe der Nacht aus und versuchte, in Richtung Westen vorzustoßen, in die Freundeslande an der Ems und dahinter. Sie waren wahrscheinlich noch nicht weiter als bis zum heutigen Dorf Icker gekommen, als sie von einer großen Schar Cherusker, die in den Bergen postiert war und auf ihren Einsatz gewartet hatte, bis auf den letzten Mann getötet wurden.

Die meisten der römischen Kommandeure, Varus eingeschlossen, hatten entschieden, eher Selbstmord zu begehen, als das Schicksal, das sie in den Händen der Cherusker erwarten würde, und die große Schmach der Gefangenschaft zu erleiden. Nur wenige Kommandeure blieben zurück. Sie brachen bei Anbruch des vierten Tages mit dem größten Teil der restlichen Truppen aus dem Lager auf und rückten weiter voran nach Nordwesten, auf einen schmalen Engpaß zu, der zwischen den Hügeln des Kalkrieser Berges und dem Großen Moor im Norden lag.

Die Verwundeten und einige Soldaten waren unter dem Befehl ihres Kommandeurs im Lager zurückgeblieben; das Lager wurde von einer Masse germanischer Krieger, Chatten und Cherusker, überrannt. Als der Kommandeur die Kapitulation anbot, wurden alle niedergemetzelt. Einige auserlesene Legionäre hatten versucht, den Leichnam des Varus zu verbrennen; sie wurden bei ihrer grausigen Aufgabe getötet.

Der ausgebrochene Hauptteil der Truppe war nur etwa acht Kilometer weit gekommen, als er in einen Hinterhalt der germanischen Scharen geriet, die in dem schmalen Engpaß gewartet hatten. Der Angriff kam von einer grasbewachsenen Böschung, einer getarnten und vorbereiteten Stellung aus Erdwällen, von der aus die Krieger einzelne Gruppen der römischen Kräfte attackieren konnten, die sich in den engen Durchlaß drängten. Sie wurden im Rücken und von der linken Seite angegriffen. Den Legionären blieb kein Raum, in ihrer üblichen organisierten Formation zu kämpfen. Die Schreie und das Stöhnen der fallenden Soldaten hallten über die Hügel und Felder der Umgebung, und nur sehr wenige Römer entkamen aus dem Schlauch dieser Falle in das weite Moorgebiet dahinter. –

Er hatte jedes Gefühl für Richtung verloren. Es war eine Flucht nach irgendwo, irgendwie weiter und weiter, nur nicht zurückschauen. Was von seinen Sinnen noch geblieben war, holte ihn langsam in die Realität zurück. Er spürte, jemand war neben ihm, aber in seiner alptraumhaften Angst wagte er nicht hinzusehen. Er schluchzte und keuchte vor Erschöpfung, vor Verzweiflung und vor einer alles vereinnahmenden Furcht. Als er seinem Schicksal nicht länger auszuweichen vermochte, blickte er zur Seite.

Der Cherusker lief neben ihm, nicht mehr als einen Meter von ihm entfernt. Das wilde rote Haar und der Bart des Kriegers waren feucht von Schweiß und Morgennebel. Seine fleckigen Zähne waren noch immer entblößt, aber in frohlockendem Triumph, leicht konnte er mit den langsamer werdenden Schritten des Zenturios mithalten. Mit einem Laut, der wie ein verächtliches Lachen klang, hob er sein Schwert und hieb die stumpfe Klinge tief von hinten in das Knie des Offiziers. Der Zenturio spürte nur einen dumpfen Schlag. Da war kein Schmerz, jedes Gefühl hatte seit langem seinen zerschundenen und blutigen Körper verlassen. Ohne Kontrolle über sein Bein stürzte er vorwärts zu Boden. Im gleichen Augenblick brach seine Börse mit Silbermünzen auf, und als er sich auf den Rücken rollte, um endlich seinem Feind ins Auge zu schauen, wurden die Münzen in den Morast des schwarzen Bodens gepreßt.

Er blickte starr hinauf in das Gesicht des Cheruskerkriegers. Rauhes, zerreißendes Keuchen drang aus seinem Hals, als er weiterhin in tiefen Zügen Luft in seine Lungen sog. In einer sinnlosen Abwehrgeste hob er seine Hand, die Handfläche voran. Mit seinem Schwert schlug der Krieger sie aus dem Weg und stieß die Waffe in den Hals des Offiziers. Für nicht mehr als ein, zwei Sekunden flackerten Erkenntnis und Schock in den Augen des geschlagenen Römers auf, dann endete sein Alptraum. Sein Arm, immer noch flehend halb erhoben, fiel hinunter und schlug mit leichtem Klatschen auf den schlammigen Grund. Er lag still, und alles war ruhig.

Der Cherusker hielt sein Schwert und schaute zurück zum Ort der Schlacht, etwa 1.000 Meter entfernt. Er konnte andere Römer erkennen, die versuchten, aus dem Schlauch des Hinterhalts zu entkommen. Von Blutgier gepackt rannte er auf sie zu, um sie abzufangen.

Der Lärm von Tod und Vernichtung drang bis zu dem Feld, auf dem der tote Zenturio lag. Unter seiner ausgestreckten Hand lag eine einzelne Münze im Morast, ein Silberdenar des Augustus. Das stolze, adlerhafte Antlitz des Augustus war nun beschmutzt von der schwarzen, feuchten Erde, und es sollte so bleiben über viele Jahre der Geschichte. Die Münzen aus seiner Börse, nun begraben im Morast, waren sämtlich vor Ende des Jahres 9 n. Chr. geprägt worden; die Münzen des Augustus – besonders fein gearbeitet und in gutem Zustand; Denare – die Münzen der marschierenden Legionen.

Aufbruch zum Sommerlager

Es war Anfang April im Jahre 9 n. Chr. Marcus Aius stand vor der Sanitätsstation des Lagers in Haltern. Er war stellvertretender Kommandierender und oberster Tribun unter dem Befehl des Generals Varus, des Legaten Roms und Statthalters des nördlichen Kommandos in Gallien. Über die abfallende Südseite der Festung schaute er hinunter auf die Kaie und Anleger am Ufer der Lippe. Der Fluß war angeschwollen von dem Wasser, das mit dem Frühjahr aus dem Bergland im Osten herunterkam. Die Strömung bereitete den Booten, die Teile der Verstärkungstruppen aus dem Westen den Fluß heraufbrachten, große Mühe. Zahlreiche Boote lagen an den Ufern und warteten darauf, die Truppen und Vorräte im Haupthafen zu entladen.

Üblicherweise wurden die Verstärkungen nach und nach von den Lagern am Rhein herangeführt, aber nun, da immer mehr Berichte über Unruhen aus den Abschnitten des nördlichen Kommandos bekannt wurden, hielt man es für richtig, die Besatzungen der Lippelager vollständig auszuwechseln. So konnten die dort stationierten Truppen unter dem Befehl des Generals Varus die Lippe weiter nach Osten hinaufziehen, um ihren jährlichen Vormarsch in das Bergland und weiter zum Sommerlager bei Minden vorzubereiten, wo sie Steuern und Tribute von den germanischen Stämmen einziehen würden. Leider waren die Soldaten der drei unter Varus' Befehl stehenden Legionen zum größten Teil weniger einsatzbereit als die Legionäre der ersten Linie, bestanden sie doch in der Mehrheit aus »immunes«. Viele waren während der vergleichsweise ruhigen Zeit in Germanien etwas bequem geworden, sie hatten eher Kontrollfunktion als Varus' politische Ordnungshüter und standen weniger in schwerem aktivem Dienst.

Den meisten Legionären gewährte man in ihren Dienstbedingungen Ausnahmen von schwereren Routinearbeiten: Diese Männer waren tätig als Landvermesser, Mediziner, Sanitäter und Pfleger; Pioniere, Architekten, Hufschmiede, Schiffsbauer, Artilleristen, Glasmacher, Pfeilschmiede, Kupferschmiede, Helmmacher, Wagenmacher, Ziegelmacher,

Schwertschneider, Wasserbauer, Bogenmacher, Klempner, Steinmetze, Kalkbrenner, Zimmerleute. Zu der gleichen Kategorie gehörten Schlachter, Jäger, Tierpfleger, Werkstattpersonal, Schreibpersonal; Sekretäre, welche die Gelder verwalteten, Sekretäre, welche die Soldaten auszahlten, Stallgehilfen, Pferdetrainer, Verwalter der Waffenkammer, Trompeter und Boten und viele mehr.

Die eigentliche Ursache für diese gelockerten Verhältnisse lag in Varus' Rolle als Statthalter begründet, da diese nicht mehr von ihm verlangte, als Steuern und Abgaben von den Stämmen einzuziehen und seinen Kommandobereich zu überwachen, welcher in seiner Dienstzeit kaum ernsthafte Probleme durch Unruhen oder Aufstände erfahren hatte.

Kurz gesagt, waren diese Truppen nicht die hochkarätigen Legionen, wie sie unter anderen Befehlen in ganz Europa in Erscheinung traten, sondern inzwischen höchstwahrscheinlich eine lasche, träge Armee, zu deren wichtigsten Aufgaben in den vergangenen Jahren lediglich die Wachdienste in den Lippelagern und das Eskortieren des Steuerbeamten bei seinen periodischen Besuchen der Stämme gezählt hatten.

Die germanischen Hilfstruppen, die den Legionen des Varus zugeteilt waren, befanden sich hingegen in erheblich besserem Zustand. Sie wurden befehligt von Arminius. Er war furchtlos in der Schlacht, von scharfem Verstand und besaß ein gutes Verständnis für Taktik. Marcus Aius konnte ihn erkennen, wie er durch das Lager hinaufkam zum Hauptquartier, lachend und mit einem der Kommandeure seiner Einheit scherzend – beide anscheinend guter Laune im Gedanken an den kommenden Marsch flußaufwärts. Arminius gestikulierte wild, wie es seine Art war; gewiß beschrieb er seinem Kameraden irgendwelche taktischen Manöver. Die beiden gingen nahe an der Stelle vorbei, an der Marcus stand. Arminius schaute hinüber zu der Sanitätsstation und bermerkte ihn.

»Heil Marcus Aius, oberster Tribun der Legionen. Die Truppen sind hier in großer Zahl. Bald werden wir unseren Marsch den Fluß hinauf beginnen; was sagst du, werden die Götter uns freundlich gesonnen sein und uns in diesem Jahr mit gutem Wetter für den Sommer beschenken? Meine Männer brennen darauf, dieses stinkende Lager zu verlassen und frische, saubere Luft in den Bergen zu atmen.«

»Scherze nicht, wenn es um die Götter geht, Arminius, du könntest einen gewaltigen Sturm heraufbeschwören mit deinem Mangel an Ehrfurcht ihnen gegenüber, und Stürme sind etwas, das wir nicht wünschen, wenn wir in das Bergland ziehen. Gib heute abend am besten ein Opfer und tu Buße für deine Leichtfertigkeit oder die Götter werden dich bezahlen lassen für deine Bemerkungen«, antwortete Marcus Aius.

»Aber ich bin schon bezahlt worden«, lachte Arminius, »schau, der Zahlmeister ist angekommen mit seinen Beuteln voll Silber und Gold, und das Gesicht des mächtigen Augustus strahlt wie eh auf jeder neuen Münze. Schau, hier«, er schüttelte einige Münzen aus seiner großen Geldbörse, »sieh, wie diese neuen Münzen in der Sonne glitzern. Heute nacht werde ich sehen, wieviel mehr ich gewinnen kann, wenn ich meinen Freund hier zu einem Spiel herausfordern werde. Vielleicht willst du dich uns anschließen, Marcus Aius?«

»Nein«, war die schroffe Antwort, »ich habe keine Zeit für solche Dinge, ich muß alles für den Abmarsch richten und mit Varus sprechen. Wir haben noch nicht alle Reiterverstärkungen erhalten, die uns versprochen waren, und wir sollten nicht in die Berge hinaufziehen, bevor sie uns erreicht haben. Noch einmal sage ich dir, verspotte die Götter nicht, Arminius, du könntest den Tag bereuen, an dem du sie verhöhntest«, und mit einer flüchtigen Geste des Entlassens ging er hinunter zum Tor und Hafenbereich.

Arminius schaute ihm einige Augenblicke nach, ehe er sich seinem Freund und Mitkommandeur Wodenicus zuwandte, und murmelte: »Nicht ich bin es, der bereuen wird. Marcus Aius wird den Tag bereuen, an dem die Römer ihren Fuß auf germanischen Boden setzten, unser Land zu vergewaltigen und zu plündern. Wir haben zu viele Steuern und Abgaben bezahlt an diese verfluchten Römer, teurer Freund. Bald werden wir die Dinge ins rechte Lot setzen und sie für immer aus unserem Land vertreiben. Erinnere dich meiner Worte. Dieses Gesicht«, er hielt einen Silberdenar des Augustus hoch, geprägt mit dem Abbild seines adlerhaften Antlitzes, »wird mich nicht länger in meinen Träumen verfolgen!« Damit warf er die Münze auf den schlammigen Boden und trat wütend auf sie, bevor er und Wodenicus den Hügel zum Hauptquartier hinaufgingen.

Auf der anderen Seite des Feldhospitals reinigte der leitende Arzt der Legion, ein Grieche von Geburt, seine Instrumente sorgfältig mit einem sauberen Leinentuch; er hatte sie am Morgen für einige kleinere Operationen gebraucht. Er hatte zufällig das Gespräch zwischen Marcus Aius und Arminius vernommen aber als der römische Tribun fortging, hatte der Wind leicht gedreht und Arminius' letzte Worte an Wodenicus waren in dem Windstoß verlorengegangen. Dennoch hatte er einen kalten Schauer gespürt, als Arminius auf die Münze stampfte und er den Ausdruck von purem Haß und reiner Wut in Arminius'

Gesicht sah. Der Arzt konnte der Versuchung nicht widerstehen, langsam hinüberzugehen zu dem Ort, an dem sie gestanden hatten. Er säuberte noch immer seinen bronzenen Knochenheber, aber seine Augen huschten über den Boden, um ein schwaches silbernes Blitzen im Schlamm zu erblicken. Er bückte sich, hob die Münze auf und drehte sie um. Auf der Rückseite war sie geprägt mit dem Bildnis der Brüder Gaius und Lucius Caesar zu beiden Seiten von Schilden und gekreuzten Speeren stehend.

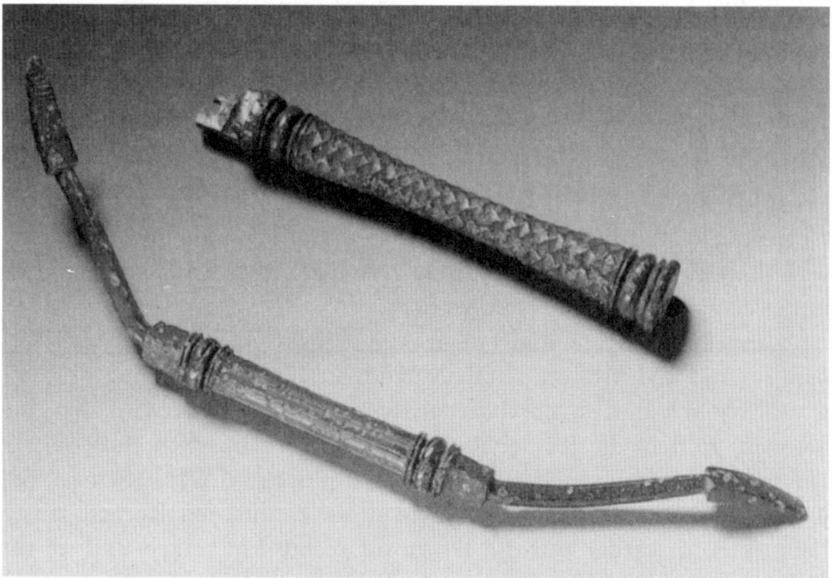

Zwei medizinische Instrumente: Knochenheber und Griff eines Messers

Varus' Legionäre waren guten Mutes, hatten sie doch gerade ihren Jahressold erhalten: frisch geprägte Münzen von der Münzstätte in Lyon. Sie marschierten zu den Sammelpunkten des Lagers, und die Silber- und Goldmünzen waren von beruhigendem Gewicht in den Geldbörsen der Offiziere. Die Soldaten trugen hauptsächlich Kupfermünzen bei sich. Sie waren von geringem Gewicht oder Wert, dienten aber als gute Spielchips für die langen Sommerabende, die vor ihnen lagen. Abgesehen von den wenigen Glücklichen, die beim abendlichen Spiel einen kleinen Topf Silberdenare gewannen, besaßen die Legionäre Kupfermünzen: Asse, Sesterze und anderes Kleingeld, das der Quartiermeister ausgezahlt hatte.

Von jenseits des Flusses konnte man in den abfallenden Grund des Lagers hineinschauen, in dem die Truppen sich versammelten; tausende von polierten Helmen und Kochgeschirren reflektierten die Strahlen der morgendlichen Sommersonne. Es sah aus, als hätte jemand in einen Ameisenhaufen getreten: Ein ununterbrochener Strom von Bewegung ergoß sich zum Südtor der Festung und hinunter zum Fluß.

Nun, da die Verstärkungen hereinströmten, mußten die Legionen bald aufbrechen, aber nicht nur, um für die ankommenden Truppen Platz zu schaffen. Es galt, die trockenen Monate des Frühsommers für den Marsch in das germanische Hinterland zum Sommerlager bei Minden zu nutzen. Varus plante, so bald wie möglich die Reise anzutreten, seine Aufgaben entlang der Lippe zu erfüllen und die Lager an der Weser den Sommer über zu besetzen. Er plante, rechtzeitig zurückzukehren und das zum Ende der Jahreszeit in Germanien vorherrschende Wetter zu meiden. Die Spätsommer- und Frühherbststürme Germaniens waren bekannt für ihre Wildheit und Stärke, sie konnten jede geordnete Bewegung und Führung unmöglich machen.

Die anführenden Kundschaftereinheiten unter Arminius' Kommando hatten sich schon längst auf den Weg gemacht, obwohl Arminius selbst noch zurückgeblieben war. Varus wollte mit einer Reihe zügiger Märsche schnell den Oberlauf der Lippe erreichen und jedes der Lager entlang des Weges am Fluß besuchen.

Marcus Aius ritt seinen beeindruckenden schwarzen Hengst und beobachtete die Züge der sich formierenden Legionäre. Er fühlte sich unbehaglich, und obwohl die ersten Strahlen der Sonne die Luft erwärmten, lief ihm ein Schauer, gleich einer bösen Vorahnung, eiskalt über den Rücken. Sein Pferd schlug nervös mit dem Vorderhuf, scharrte im Boden und warf den Kopf hoch mit unruhigem Schnauben und Wiehern, erregt und verstört von etwas, das es mehr spürte als sah.

»Du fühlst es auch, mein Freund«, sagte Marcus Aius und klopfte ihm beruhigend den Hals. »Ich fürchte, du und ich, wir fühlen das gleiche. Etwas Beunruhigendes liegt heute in der Luft. Ich flehe die Götter an, sie mögen dieses Unternehmen segnen! Aber wenn Hindernisse vor uns liegen sollten, so habe ich wenigstens dich, du wirst mich meinen Weg entlang tragen, mein treuer Freund. Komm, laß uns den Quartiermeister finden, wir wollen sehen, wie die Dinge mit dem Abmarsch voranschreiten.« Und damit trieb er den Hengst sanft voran, die Hauptstraße hinunter zu den Toren des Lagers, und seiner Bestimmung entgegen. Es war der Frühling des Jahres 9 n. Chr.

Haltern

Im Frühling und Sommer des Jahres 1989 hatten meine Untersuchungen mich näher an die bewaldeten Hänge des Kalkrieser Berges herangeführt. Auf der anderen Seite der Anhöhe lag ein Acker, auf dem ich im Winter Signale geortet hatte, die das tief im Boden liegende Metall zurücksandte. Dieses Metall erwartete die sorgfältige Ausgrabung durch Dr. Schlüters Grabungsteam zu einem noch zu bestimmenden Zeitpunkt. Meine Prospektionen konzentrierten sich vor allem auf die großen Felder, die vom Bergrand nach Norden und Westen abfielen, bis das fortschreitende Wachstum der Feldfrüchte dem ein Ende setzte.

Ich beschloß, dem Lager von Haltern an den Ufern der Lippe eine Reihe weiterer Besuche abzustatten. Das Lager, Unterkunft der Legionen des Varus, war im 19. Jahrhundert wie in jüngerer Zeit Gegenstand mehrerer umfangreicher Grabungen. Vor meinem ersten Besuch in Haltern im Jahr 1988 hatte ich das Westfälische Museum für Archäologie – Amt für Bodendenkmalpflege in Münster aufgesucht und den örtlichen Archäologen, Dr. Kühlborn, um die notwendige Erlaubnis für eine Inspektion des Lagers gebeten. Er hatte unsere Arbeit in Kalkriese genau verfolgt, und war daran interessiert, daß ich das Lager in Haltern untersuchte. Allerdings müßte eine Erlaubnis für unbegrenzten Zutritt von der Landesbehörde beschafft werden.

Ich machte meinen ersten Besuch in Haltern noch ohne die Bescheinigung und begann eine erste oberflächliche Erkundung der Gegend, auf die Ausmaße des ursprünglichen Lagers begrenzt, wie sie aus den Karten und aus Artikeln der Schriften des Museums ersichtlich waren. Etwa zwei Drittel des ursprünglichen Lagers lagen unter expandierenden Wohngebieten, der westliche Rand des Komplexes war unter drei ausgedehnten, um eine weite Hofanlage gruppierten Ackerflächen begraben. Ich fuhr zu dem Bauernhaus, um den Besitzer zu finden. Der Hofbesitzer hatte schon von meinen Forschungen und Funden in Kalkriese gehört und zeigte lebhaftes Interesse an der örtlichen Geschichte des Lagers und der römischen Besatzung vor zweitausend Jahren. Bei Kaffee und Schnaps erklärte ich die Gründe meines Besuchs.

Der Bauer erwähnte, daß er ein kleines Feld im Süden des ehemaligen Lagers besitze, das den Bereich des ursprünglichen Hafens und des alten Flußbettes der Lippe (vor ihrer Verlegung in die lange Schleife weiter südlich der Stadt) abdecke. Teile des Hafenbereichs waren vor etwa hundert Jahren bei den archäologischen Untersuchungen des Lagers mit ausgegraben worden, bestimmte Schlüsselbereiche des Hafens waren seit der Zeit keiner sinnvollen Untersuchung mehr unterzogen worden. Vielleicht enthielten sie einige interessante Relikte und Fundstücke, die während des Be- und Entladens römischer Boote verlorengegangen waren.

Im alten Flußbett östlich des Hafens hatten Archäologen die Überreste von etwa acht römischen Bootshäusern entdeckt. In den siebziger Jahren wurde eine Reihe kleinerer Ausgrabungen durchgeführt, die sich über das neue Wohngebiet und über die Felder erstreckten, welche die südlichen Abschnitte der Anlage bedeckten. Dr. Kühlborn hatte mich gebeten, einige Äcker zu untersuchen, die sich in den äußeren Bereichen des sogenannten Feldlagers (im Gegensatz zum zentralen Hauptlager) befanden, sobald ich die Bescheinigung hätte. Dort waren größere Mengen an Keramikscherben und einige Münzen ans Tageslicht gekommen. Von gleicher Bedeutung waren für ihn die Felder an der Westseite des Hauptlagers und das ursprüngliche Westtor des Lagers, das ebenfalls vor hundert Jahren ausgegraben worden war.

Nach dem Gespräch mit dem Landwirt, der mir offensichtlich gern uneingeschränkten Zutritt zu seinem Grund und Boden gewährte, erkundete ich die inneren und äußeren Bereiche des ursprünglichen Lagers, einschließlich der Felder, von denen Dr. Kühlborn gesprochen hatte, sowie den römischen Hafen und das alte Flußbett.

Das ursprüngliche Flußbett ist heute ein sich lang hinziehendes Feld. Es erstreckt sich über eine Breite von fünfzig bis fünfundsiebzig Metern nach Westen und ist an beiden Seiten von einer steil ansteigenden Böschung eingefaßt. Eine Straße, die von Süden nach Norden führt, zerteilt das Feld. Es war faszinierend, im Bett des alten Flusses zu stehen, auf dem die Römer mit ihren langen Booten vom Rhein heraufgeschifft waren – diese imposanten römischen Boote, die von Westen den Fluß hinaufglitten.

Welche Arten von zukünftigen Relikten und Fundstücken mögen über Bord gegangen sein, vielleicht bei einem Untergang, oder gar beim Be- und Entladen der Boote im Hafen, nur wenig weiter flußaufwärts. Vielleicht rutschten Arbeiter, die die schweren Lasten der Güter und Vorräte ans Ufer schleppten, auf den schmalen, schmierigen Laufplanken aus und ließen ihre Last fallen; vielleicht ging eine Geldbörse verloren, als jemand vom Kai ins Wasser fiel. Welche Relikte mögen unter meinen Füßen liegen, dort, wo einmal ein tiefes, schlammiges Flußbett gewesen ist, nun vielleicht zu tief in der Erde verborgen, um mit den Möglichkeiten eines üblichen Detektors entdeckt zu werden.

Ich spürte das Adrenalin in mir aufsteigen, die Aufregung, die immer über mich kam, wenn ich eine neue potentielle Fundstelle entdeckte. Ich merkte mir das Flußbett für weitere Untersuchungen vor, sollte ich in der Zukunft je die Zeit dazu finden. Am Ende dieses Tages war Haltern nicht länger eine große Unbekannte. Ich hatte nun einen Eindruck von den Ausmaßen und der Größe eines der wichtigsten römischen Lager an der Lippe, des Lagers, von dem Varus und seine Legionen im Frühjahr des Jahres 9 n. Chr. zur Weser aufbrachen und in das sie im Spätsommer zurückzukehren gedachten.

In den Jahren 1988 und 1989 waren meine Besuche in Haltern nicht so produktiv und erfolgreich wie meine bisherigen Untersuchungen in anderen Teilen Deutschlands. Aber die Unterhaltungen mit Dr. Kühlborn in Münster und mit interessierten Gruppen der örtlichen Bevölkerung vervollständigten mein Wissen über die logistische und politische Bedeutung, die Haltern in römischer Zeit inne gehabt hatte. Noch wichtiger war: Sie beschenkten mich mit einer großen Mappe zu vielen faszinierenden und wertvollen Funden. Einige von ihnen, besonders die Münzfunde, würden bald ein aufschlußreiches Licht auf die Bewegungen der Legionen des Varus im Jahre 9 n. Chr. werfen.

Einen besonders spektakulären und ungewöhnlichen Fund machte ich an einem Wochenende im Winter des Jahres 1989. Dr. Kühlborn hatte schon früher auf einen Bereich nordwestlich des Lagers hingewiesen, der gerade außerhalb der Grenzen des Feldlagers lag. Es ging um zwei Äcker in den dichten Kiefernwäldern, die große Teile Halterns umgeben, und auf denen vor einiger Zeit Keramikscherben und andere Funde entdeckt worden waren.

Der Wetterbericht hatte einen kalten, sonnigen Tag versprochen, aber es schneite, und die Flocken blieben liegen. Schnee störte die Untersuchung nicht, solange der Boden noch weich war, und das war er. Das schmalere der beiden Felder war ein Streifen von fünfzig mal dreißig Metern entlang des Waldweges, kaum dreihundert Meter von den Grenzen des Feldlagers im Osten entfernt. Das größere Feld auf einer Bodenerhebung reichte weiter in den Wald hinein und maß etwa zweihundert mal sechzig Meter. Auf ihm war die Mehrzahl der Keramikscherben von »Feldbegehern« des Museums gefunden worden; dort begann ich meine Suche und folgte zwei bis drei Stunden lang den Linien und Abschnitten des Ackers. Ich machte eine Kaffeepause und überlegte, ob ich meine Arbeit hier fortsetzen sollte. Bis dahin hatte sie sich als völlig unergiebig erwiesen. Beim Ausbuddeln von leeren Patronenhülsen und ähnlichem hatte ich lediglich eine Anzahl Scherben geborgen.

Es hatte aufgehört zu schneien, und alles um mich herum war totenstill. Der Schnee und die Bäume dämpften jedes Geräusch; von der vierhundert Meter westlich durch den Wald verlaufenden Autobahn war nichts zu hören. Der Friede und die Stille dieser Momente, in denen ich auf den Feldern meinen Untersuchungen nachging, waren oft ungemein befriedigend. Neue Ideen und überdachte Pläne waren oft das Ergebnis der Pausen – »Bilanz ziehen« war immer gut, und bei dieser Gelegenheit erwies es sich erneut als eine sehr wertvolle Übung.

Ich lehnte gegen das Auto, wärmte meine Hände am Becher mit heißem Kaffee und blickte über das Feld. Ich verglich die Ausrichtung des Ackers mit der auf meiner Karte dargestellten Anlage des Feldlagers. Aus irgendeinem merkwürdigen Grund lagen die Grenzen des Feldlagers, so wie sie auf der Karte zu sehen waren, in einem auffallend unregelmäßigen Winkel zu den Wällen der Festung des Hauptlagers. Diese Absonderlichkeit lenkte meine Gedanken auf die Lage der verschiedenen Tore und Zugänge des Hauptlagers und ließ mich grübeln.

Die ersten Ausgrabungen im Hauptlager hatten die Lage aller Tore der Festung ausmachen können; eines befand sich genau in der Nordwestecke der Anlage. Auf meiner Karte zog ich mit dem Bleistift von diesem Tor eine Linie nach außen, setzte sie durch die Nordwestecke der äußeren Begrenzung des Feldlagers fort und ließ sie dann geradlinig durch die bewaldete Landschaft dahinter weiterlaufen. Die Linie traf kaum zweihundert Meter von mir entfernt genau in die Biegung des Weges, der sich dann in gerader Linie entlang des kleineren Feldes fortsetzte. Ich war nun überzeugt, daß der durch den Wald verlaufende Pfad tatsächlich der ursprüngliche Weg war, den die Lagerbewohner benutzt hatten, wenn sie das Lager nach Nordwesten und weiter nach Norden verließen. Das kleine Feld könnte der ideale Ort für einen Wach- oder Ausguckposten gewesen sein.

Ich ging hinunter zu dem kleinen Feld, nachdem ich meinen Kaffee ausgetrunken hatte. Der Schnee hatte eine Decke über die Pflugfurchen gelegt. Ich entschied, daß der Ackerrand am Weg der offensichtlich beste, meistversprechende Ausgangspunkt für die Untersuchung des Gebietes war, und nahm an der unteren Ecke meine Suche auf. Anstatt entlang der Furchen zu arbeiten, die einen freien Schwenk mit dem Detektor immer behindern, deckte ich Fünfmeterlinien in das Feld hinein ab und kehrte dann zurück zum Rand, einen Meter neben der vorherigen Linie.

Ich war etwa fünfzehn Meter von der Ecke des Feldes entfernt, als ich einen bunten Klang vieler separater, kräftiger Signale vernahm, verteilt über eine Fläche von vielleicht einem Quadratmeter. Der Fisher 1265x hatte sich immer verläßlich im Unterscheiden von Tönen erwiesen, und ich wählte mit dem rechten Regler auf der Schalttafel des Geräts eine feinere Auflösung, um nach den Grenzen der Signale zu fahnden. Alle Signaltöne blieben kräftig und deutlich hörbar, doch ich war verwirrt von der Zahl der verschiedenen Positionssignale. Um meine Ohren zu schonen und ein einfaches Grabungsschema zu haben, ging ich zu den äußeren Grenzen des angezeigten Bereichs, suchte mir ein einzelnes Signal aus und bückte mich, um den Fund zu bergen.

Aus nicht mehr als ein paar Zentimetern Tiefe brachte ich ein großes, ungewöhnlich flaches Stück Metall ans Tageslicht. Seine Oberfläche war bedeckt von einem blasigen Belag. Teile der Oberfläche waren stark geschwärzt, mit roten und grauen Flecken – ich wußte nicht, was es war. Mit dem nächsten Signal barg ich ein weiteres, ähnliches Stück Metall, diesmal ein wenig kleiner. Ein Gedanke im Hinterkopf – ich hatte etwas wie diese Stücke schon einmal gesehen! Es war nicht der Moment, mich ausreichend zu konzentrieren und an die Gelegenheit oder den Gegenstand zu erinnern.

Ich barg weitere Stücke, und schließlich, nach etwa einer halben Stunde, waren es vierzehn oder fünfzehn Stücke des gleichen Metalls, alle geschwärzt und mit dem merkwürdigen Blasenbelag auf der Oberfläche.

Diese Fläche von einem Quadratmeter sandte nun keine Signale mehr zurück, und ich entschied, daß ein weiterer Kaffee beim derzeitigen Stand der Dinge nicht verkehrt sei. Ich betrachtete die merkwürdigen Stücke, und da kam es mir wieder in den Sinn. Ich erinnerte mich, wo ich ähnliche, jedoch größere Stücke gesehen hatte: in einer Gießerei, die ich vor vielen Jahren in Großbritannien besuchte.

Das Metall war bekannt als Masseleisen, ein Nebenprodukt des Schmelzprozesses und vergleichbarer Vorgänge. Das Sonderbare an dieser Anhäufung war, daß sie gerade in diesem Feld auftauchte. Kein Bauer, der sein Geld wert ist, hätte sie dort deponiert, und angesichts der Lage im Wald war es ebenso unwahrscheinlich, daß irgend jemand eine so kleine Ladung Eisenschmelze hier hergebracht und fortgeworfen hätte. Es schien überhaupt keinen erkennbaren Grund für ihr Vorhandensein zu geben.

Ich setzte meine Suche entlang des Ackerrandes fort. Kaum zwei Meter des Weges war ich mit meinen Schlangenlinien – immer rechtwinklig zum Wegrand ins Feld hinein – vorangekommen, als ich auf stärkere, aber weniger weit verstreute Signale stieß. Rasch barg ich weitere Stükke Masseleisens, hatte dann jedoch einige Schwierigkeiten bei der Bergung eines einzelnen, aber dennoch kräftig erklingenden Signals, das ich nur mit

Mühe in dem sandigen, braunen Boden ausmachen konnte. Über vierzig Zentimeter tief mußte ich graben, bis es endlich zum Vorschein kam. Im ersten Moment hielt ich es für einen Klumpen bläulichgrauen Bleis, der klebrig mit Sand überzogen war wie mit Brotkrümeln paniert. Aber als ich es aus dem Boden hob und vorsichtig ein wenig von der Schicht abrieb, erschien ein helles, gelbes Glitzern.

Ich glaubte, einen Klumpen Messing gefunden zu haben. Doch schnell verwarf ich diesen Gedanken, denn es war keine Verfärbung in irgendeiner Schattierung auf der gelben Oberfläche zu erkennen. Vorsichtig rieb ich noch einige Sandkörner ab, und noch mehr gelbes Metall kam zum Vorschein. Meine Neugier war geweckt, rasch steckte ich das Stück in meine Fundtasche und schwenkte den Detektor schleunigst über den übrigen Bereich. Aus einem Gesamtareal von etwa fünf Quadratmetern holte ich noch fünf Stücke Masseleisen, einige kleine Kügelchen, die wohl aus Bronze bestanden, und zwei dickere Streifen Blei hervor, aber keine seltsam sandüberzogenen Stücke mehr.

Der Tag war fortgeschritten, der Schneefall wurde stärker und bedeckte das Feld mit einer ordentlich dicken Schneeschicht. Ich verbrachte noch eine kurzweilige halbe Stunde mit der Suche nach interessanten Stellen, blieb erfolglos und packte dann meine Sachen zusammen. Ich nahm aus dem Kofferraum einen der Reservewasserbehälter, die ich mit mir führte, schraubte den Deckel ab, füllte ihn mit Wasser und legte das merkwürdige Metallobjekt hinein. Die noch anhaftende Erde ließ sich abspülen, ein sandbedeckter, blaugrauer Klumpen blieb zurück, der nun noch mehr Spuren gelben Metalls zeigte.

Trotz allem konnte ich noch immer nicht akzeptieren, daß es ein Stück Gold sein sollte. Aber was für ein Metall es auch war, es war offensichtlich in ursprünglich flüssigem Zustand in ein Bett aus Sand gefallen, was diesen eigenartigen Überzug erklärt – aber war es wirklich Gold? Ich nahm mir vor, in Osnabrück als erstes die chemischen Reagenzien hervorzuholen, die ich im Jahr zuvor in Großbritannien erworben hatte, und den Klumpen auf seinen Goldgehalt hin zu untersuchen.

Zwei Stunden Fahrt galt es hinter mich zu bringen, dann begann die Untersuchung. Aus dem Set für Metallnachweisung wählte ich zuerst den einfachen Test für niederkaratiges Gold. Ich gab einen Tropfen auf die rötliche Oberfläche, halbwegs erwartend, daß sie sich umgehend grün verfärben würde, um einen Messing- oder Bronzegehalt anzuzeigen. Es schäumte, aber keine Veränderung war zu sehen – ich hatte Gold gefunden. Ich zog aus dem zweiten Glas einen Tropfen und tupfte ihn vorsichtig auf die gleiche Stelle. Sie veränderte sich leicht nach Gold, aber es gab keine Spur von Grün.

Mit dem Wissen, daß das Gold von den Säuretestern nicht beschädigt werden konnte, betupfte ich zwei weitere Stellen. Als die kleinen Flekken wieder klar wurden, zeigte sich mehr Gold. Ich spülte das Stück mit warmen Wasser ab und steckte es in eine kleine Plastiktüte.

Ich war mir jetzt sicher, daß ich ein Goldnugget gefunden hatte, ich wußte nur nicht, ob es massiv war und wieviel Karat es hatte. Die Antworten auf diese Fragen würden Rückschlüsse auf das mögliche Alter und die Art der Entstehung erlauben.

Neunkarätiges Gold ist zum Beispiel eine mehr oder minder moderne Erscheinung, vierzehnkarätiges Gold wird oft mit früheuropäischem Gebrauch in Verbindung gebracht, und achtzehn Karat wurden von den Franzosen in napoleonischer Zeit bevorzugt. Das reinere Gold von mehr als einundzwanzig Karat war fast immer ein Produkt der frühen Kreativität der Völker Europas und des Mittelmeers, die Römer eingeschlossen.

Von dem logisch erscheinenden Gedanken ausgehend, daß das Nugget in geschmolzenem Zustand auf den Boden oder in ein Sandbett gefallen war, schien es einigermaßen sicher zu sein, daß es ganz aus Gold bestand. Es mußte nur noch ein Experte für Edelmetalle herangezogen werden, und ich vereinbarte für die folgende Woche einen Besuch bei einem örtlichen Juwelier und Goldschmied.

Er war begeistert von dem Nugget und auch von meinem Besuch in seinem Geschäft. Offenbar hatte er in der Lokalpresse schon etwas über meine Arbeit in Kalkriese gelesen. Er versprach, mir in ein paar Tagen genaue Auskunft über das Stück geben zu können, und fragte, ob er ein kleines Loch in den Kern des Klumpens bohren dürfe, um den Metallgehalt durchgehend testen zu können. Etwas zurückhaltend stimmte ich zu. Ich hatte zuvor schon mit Dr. Kühlborn in Münster telefoniert, ihm von dem seltsamen Fund berichtet und meinen Besuch zugesagt, sobald die Ergebnisse vorlägen.

Als ich den Goldschmied erneut aufsuchte, erfuhr ich zu meiner Freude, daß der Goldgehalt 90 Prozent betrug, einundzwanzig Karat, und es war kaum zu glauben, das Nugget wog gerade ein bißchen über eine Unze (28 Gramm)! Der Sandüberzug wog wahrscheinlich etwas mehr als ein Gramm, so daß ich im Grunde ein Nugget von einer Unze Gold gefunden hatte. Wirklich bemerkenswert war, daß die übrigen zehn Prozent offenbar aus einem Silbergemisch bestanden, einer Verbindung, die heute als Palladium bekannt ist. Der Goldschmied erklärte, daß diese Verbindung äußerst ungewöhnlich sei und oft mit dem Metallhandwerk vergangener Zeiten in Verbindung gebracht würde. Ich dankte ihm für sein Gutachten, das, wie ich erfreut feststellte, kostenlos war.

Meinen freien Nachmittag nutzte ich, um nach Münster zu fahren und Dr. Kühlborn den Fund zu zeigen. Er war entzückt über das ungewöhnliche Stück, und enttäuscht, daß das andere Feld sich als nicht ergiebig erwiesen hatte. Ungeachtet dessen diskutierte er ausführlich verschiedene Erklärungsmodelle für den Fund des Nuggets. Wir einigten uns darauf, das Vorhandensein des Masseleisens, der Bleistreifen und des Goldes auf die hypothetische Existenz einer römischen Gießerei zurückzuführen. Daß sich an diesem Ort während der römischen Besatzung Halterns eine Gießerei befunden haben konnte, erschien uns als die wahrscheinlichste aller Möglichkeiten. Eine – allerdings weniger überzeugende – Alternative war die Annahme, hier auf den Feldern und in den Wäldern entlang des alten Weges seien die Abfälle aus einer im Lager gelegenen Gießerei fortgeworfen worden.

Dr. Kühlborn dankte mir für meine fortdauernden Arbeiten in Haltern und die Entdeckung des Fundortes, der, wie er mir versicherte, weiter untersucht werden solle, vielleicht mit einer genauen Grabung in nicht allzu ferner Zukunft. Das Nugget wollte er seinen Kollegen im Museum und den zuständigen Stellen in der Stadt zeigen, um gemeinsam über dessen Ursprung zu debattieren. Er versprach mir, mich über die Ergebnisse dieser Gespräche zu informieren, und ich versicherte, daß ich gern damit einverstanden sei, dem Museum das Nugget auf Dauer zu überlassen und mir nichts an irgendwelchen »Schatzfund-Belohnungen« läge. Haltern barg noch viele zu entdeckende Geheimnisse, und die Freude über Funde dieser Art war mir Befriedigung genug.

In der folgenden Woche bat mich Dr. Kühlborn um einen weiteren Besuch und um eine Unterredung über das Nugget. Er erklärte, daß die Mitarbeiter des Museums über den Fund begeistert seien, und kam auf Grundsätzliches zu sprechen. Das Konzept von Archäologie gehe aus von der Erkenntnis historischer Tatsachen, welche sich auf Zeiten, Orte und Menschen gründe; ihr Wesentliches also ist Datierung.

Auch wenn die vermutete römische Gießerei als logischer Grund für das Vorhandensein des Nuggets einleuchtend sei, fehle dafür der Beweis, denn das Nugget könne nicht genau datiert werden. Das Nugget sei zwar von großem historischen Interesse, ließe sich aber bedauerlicherweise nicht unter archäologischen Aspekten einordnen. Ich dankte Dr. Kühlborn und bat ihn, mir das Nugget zu borgen, um es Dr. Schlüter zu zeigen; er gewährte es mir gern. In Osnabrück suchte ich Wolfgangs Büro auf – unsere gemeinsamen Interessen hatte eine gute Freundschaft begründet, seit geraumer Zeit duzten wir einander. Ich zeigte ihm den goldenen Fund.

»Wer weiß«, sagte er mit einem Blick auf das Nugget in seiner Hand, »vielleicht wird dein nächster Fund ein Ring oder Armreif sein, an dem der Schmied arbeitete, als er dieses Kügelchen in den Sand fallen ließ? Haltern ist ein Schlüssel im Varus-Rätsel, dort begann es, und möglicherweise ist Kalkriese ein Teil davon – die Zeit wird es lehren. Es gibt noch viel zu entdecken in Haltern. Die bisherigen Funde ließen uns einiges über Varus' Besetzung und Bewegungen erkennen, aber leider haben wir nirgendwo sonst in Norddeutschland Münzen mit seinem Gegenstempel gefunden, auch nicht in der Umgebung von Detmold. Die drei Legionen wurden zweifellos von Arminius angegriffen und massakriert, sicherlich im Teutoburger Wald, aber wo genau – das ist immer noch die große Frage. Auf unserer Suche nach der Wahrheit über Kalkriese sind wir einer Auflösung des Rätsels vielleicht näher, als wir denken.«

(Anmerkung des Autors: 1997 wurden Münzen mit dem Gegenstempel des Varus auch an den Ufern der Ems gefunden, nordwestlich von Kalkriese.)

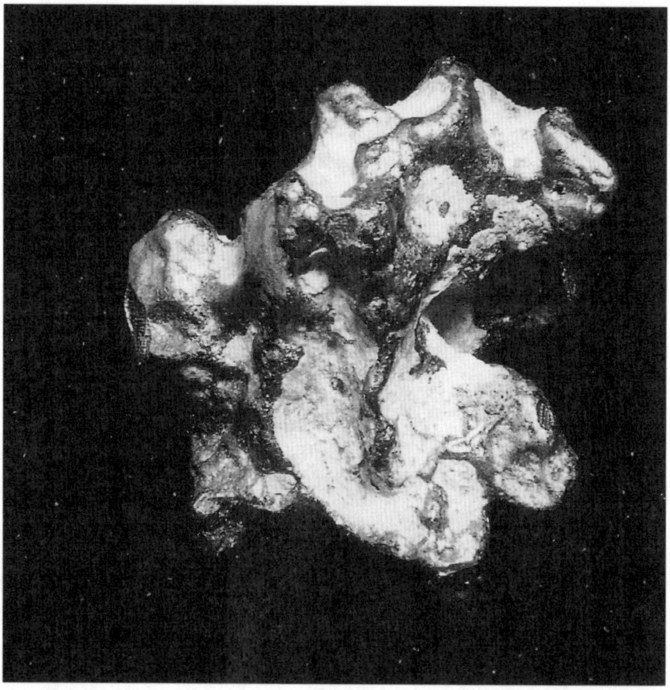

Das Goldnugget

Der goldene Armreif

Der Schmied stand über den großen Amboß gebeugt. In seiner linken Hand hielt er eine kurze Zange mit einem schweren Hufeisen, einem kleinen, kompakten Eisen, wie es Zug- und Lasttiere trugen. Das Eisen glühte weiß und rot, als er die Kanten mit seinem schweren, kurzen Hammer bearbeitete. Der Klang seiner Schläge hallte durch das Lager. Er war schon seit vielen Jahren Schmied und Hufschmied der Legion, die letzten zwei Jahre hatte er in Haltern (castra secunda) verbracht. Er mochte seine Arbeit und es gab ihm große Befriedigung, allerlei Arten von Metallgeräten zu erschaffen: Werkzeuge, Hufeisen und Waffen. Er stand im Sold der Legionen, die in Germanien stationiert waren.

In der Gemeinschaft des Lagers war er eine hoch angesehene Person, seine Fähigkeiten und die Qualität seiner Arbeiten waren hervorragend. Viele Legionäre kamen zu ihm, suchten seinen Rat, sei es zu ihren Waffen oder wegen feinerer Arbeiten aus Bronze und Eisen oder sogar aus Silber und Gold. Am Ende eines langen Tages an Schmiedefeuer und Amboß konnte man ihn auf einer Bank sitzen sehen, vertieft in die Arbeit an kleinen, aufwendigen Schmuckstücken oder Ornamenten. Er genoß es sichtlich, dabei ganz andere Fähigkeiten und Handwerkstechniken einsetzen zu können als bei seiner schweren Arbeit als Schmied und Hufschmied; die viel feinere Tätigkeit war ihm eine willkommene Entspannung nach den Mühen des Tages.

Er war Germane von Geburt, aber wie viele der Hilfskräfte und Hilfstruppenreiter, Arminius eingeschlossen, hatte er seine Loyalität gern gewechselt, um für die römischen Besatzungstruppen zu arbeiten. Schließlich waren die Arbeitsbedingungen gut, und die Bezahlung war gerecht. Da er ein geselliger Mensch war, liebte er es, mit vielerlei Leuten und Gegebenheiten des Lagerlebens befaßt zu sein. An Abenden war seine Schmiede oft ein Sammelplatz, Geschehnisse des Tages wurden ihm ebenso zugetragen wie Klatsch und Tratsch. Man vertraute ihm, er war dafür bekannt, Gehörtes für sich zu behalten.

An diesem Abend war er mit einer sehr persönlichen Arbeit befaßt, um die ihn vor einigen Tagen Arminius gebeten hatte. Die Legionen und ihre Auxiliareinheiten hatten ihre Vorbereitungen für den Marsch die Lippe hinauf abgeschlossen, und der Hauptteil der drei Legionen brach auf zu dem ersten Lager ihrer Route in Dalten (castra trentia). Die Nachhut wartete noch auf den Abmarsch, denn erst mußten die neuen Verstärkungen eintreffen, die vom Rhein über Xanten (vetera castra) die Lippe hinauf geschifft wurden. Die Wachtruppe in Holsterhausen (castra prima), dem zweiten in der Reihe der Flußlager, blieb, wie auch das kleinere Ein-Legionen-Lager von Aliso, an der Mündung der Lippe nahe dem Rhein, in ihrer gegenwärtigen Stärke bestehen.

Arminius wäre normalerweise mit seinen anführenden Erkundungseinheiten aufgebrochen, er hatte aber aus Gründen, die er selbst am besten kannte, seinen Abschied verzögert. Er hatte seinem Stellvertreter den Befehl übertragen und wollte am folgenden Tag zu seiner Einheit stoßen. Arminius ging auf die Schmiede zu. Wie weit mochte sein Schmuckstück gediehen sein? Der Schmied sollte ihm einen speziell geformten, massiv goldenen Armreif für einen Mann schaffen, dick und schwer, mit gekreuzten Schlangenköpfen an den offenen Enden. Wie einer der keltischen Armreifen sollte er aussehen, die er aus Rom kannte. Legionäre aus Caesars Invasionsarmee hatten sie aus Britannien mitgebracht. Der Armreif sollte ein Geschenk für seinen lebenslangen Freund Wodenicus, auch er ein germanischer Auxiliarreiter, sein: eine Geste und ein Symbol ihrer langjährigen Freundschaft, Jahre der Feldzüge und Schlachten. Oft hatten sie nebeneinander gekämpft, hatten Blut vergossen, um den Kameraden zu schützen. Wodenicus hatte ihn in der vergangenen Woche überrascht, als er ihm einen wundervoll gravierten Dolch aus Bronze und Eisen schenkte, geschmückt mit goldenen und silbernen Verzierungen an Griff und Heft. Eine hervorragend ausgewogene Waffe, die nun ihren Platz in einer angemessenen, polierten und gehärteten Lederscheide an seinem Gürtel hatte. Arminius wollte dieses Geschenk mit dem Armreif erwidern, der nun in der Hand des Schmiedes lag. An einem Klumpen reinsten und hochfeinen Goldes, den Arminius »gefunden« hatte, als er Varus auf früheren Feldzügen in Syrien begleitete, sollte er seine Fertigkeit beweisen.

Als Arminius plötzlich unter das Vordach trat, erschrak der Schmied ein wenig, denn er hatte das Kommen des germanischen Anführers nicht bemerkt. Dabei stieß er an den Löffel, in dem er das Gold geschmolzen hatte. Der Stoß ließ den Löffel aus der Halterung springen und auf den Mantel des kleinen Schmelzofens, den er für seine feinen Gußarbeiten benutzte, fallen. Zwei oder drei Tropfen des flüssigen Goldes spritzten aus dem Löffel. Der Schmied sprang schnell zurück, die heißen Tropfen fielen neben seine offenen Sandalen mit den nackten Füßen. Die Flüssigkeit zischte, als sie auf den sandigen Boden der Schmiedewerkstatt fiel, und eine kleine Rauchwolke stieg auf, als das Gold mit Sand und Dreck verschmolz. Zwei weitere Spritzer fielen zu Boden und brannten in den Sand mit Zischen und Qualmen. Der Schmied ergriff flink den hölzernen Griff des Löffels, bevor noch mehr verlorenging, und legte ihn vorsichtig zurück in die Halterung.

»Du scheinst Schwierigkeiten zu haben, Schmied«, sagte Arminius. »Wirst du meinen Auftrag rechtzeitig erledigen? Ich breche morgen auf und würde gerne den Armreif mitnehmen.«

»Er wird heute noch fertig«, erwiderte der Schmied und blickte auf den Boden vor dem Ofen. »Die Gußform für den Armreif ist vollendet, das war der zeitaufwendige Teil der Arbeit, und nun will ich das Stück gießen, sobald ich diese Goldklümpchen vom Boden aufgehoben habe.« Er scharrte mit seinen Sandalen im Sand, stieß auf einen kleinen Klumpen und ließ ihn zum Abkühlen liegen.

Arminius trat an seine Seite und untersuchte mit seinem Fuß eine klumpige Masse am Fuße des Ofens. Es war ein Spritzer des Goldes, der nun fast vollständig mit einer Sandschicht wie mit Brotkrümeln bedeckt war. Beide scharrten mit ihren Füßen im Boden, fanden aber nichts mehr. Der Schmied bückte sich und barg die beiden ausgehärteten, aber noch warmen Klümpchen.

Er ließ sie vorsichtig in die flüssige Masse im Gußlöffel fallen, und entfernte mit einem kleinen Löffel sorgfältig die Schlacke, als das Gold wieder klar wurde. Das geschmolzene Gold war nun wieder rein und makellos. »So«, sagte der Schmied, »wir sind soweit. Ich kann euch einen feinen und schönen goldenen Armreif versprechen, in kurzer Zeit wird er fertig sein. Aber jetzt muß ich mich auf den Guß konzentrieren; er ist das Geheimnis eines vollendeten Stückes. Die Gußform habe ich mit einer dünnen Schicht eines besonderen Fettes eingerieben, so wird das Gold säuberlich in die Gravuren der Form einbrennen, ohne Bläschen zu bilden, die dabei oft auftreten können – bei einem Anfänger, natürlich«, scherzte er.

Arminius lächelte und sagte: »Tue, was du tun mußt, ich weiß, du bist der Beste deines Handwerks, Schmied. Ich erwarte ungeduldig das fertige Stück. Ich gehe einen Krug kühlen Weines für uns beide holen, um die Zeit des Wartens auf dein Meisterstück zu verkürzen. – Vielleicht lassen sich auch gebratene Hühnchen finden.«

»Das scheint mir eine ausgezeichnete Idee zu sein«, sagte der Schmied. Und als er sich niederbeugte, um den Griff des Gußlöffels zu fassen, vergaß er Arminius augenblicklich. Behutsam goß er das Gold in die Form und dann Wasser über den äußeren Mantel. Infolge der schnellen Abkühlung würde die Oberfläche des Goldes rasch erhärten, den Glanz des Fettes aufnehmen und die Verzierungen des Armreifs würden einen makellosen, glänzenden Überzug erhalten. Er steckte einen flachen Meißel vorsichtig in die vorbereitete Kerbe der Form und öffnete sie mit leichtem Druck. Die obere Hälfte glitt ohne Schwierigkeiten von der unteren und der Schmied hob sie behutsam hoch – ein wundervoll geformter Armreif lag darin, zwei Schlangenköpfe an jedem der offenen Enden. Das Gold leuchtete mit magischem Schein – es war ein unglaublich schönes Schmuckstück geworden.

»Es ist wundervoll«, staunte Arminius über die Schulter des Schmieds hinweg. So versunken war der Schmied in den Anblick des Armreifs, daß er Arminius' Ankunft wieder nicht gehört hatte. »Hier«, sagte Arminius, einen Krug und zwei Becher haltend, »ein guter Becher Wein für den Meister, und frisch gebratene Hühnchen werden uns gleich aus der Küche herübergebracht.«

»Nur noch einen Augenblick«, sagte der Schmied. Er ergriff vorsichtig die Unterhälfte der Form und drehte sie mit seiner Hand um. Das Gold hatte sich während des Abkühlens leicht zusammengezogen, und so fiel der Reif einfach aus der Form in die Hand des Schmiedes. Er war in der Tat perfekt, ein Meisterstück, und Arminius war sehr zufrieden, ein solches Geschenk für seinen Waffenbruder Wodenicus zu haben. Vielleicht würde er es ihm schon am folgenden Abend überreichen können. – Arminius und der Schmied lehnten sich zurück. Sie tranken den Wein und genossen die gebratenen Hühnchen. Arminius nahm immer wieder den Armreif vor die Augen und fing die letzten Strahlen der schwindenden Sonne auf der goldenen Oberfläche ein.

Keiner der beiden bemerkte den anderen, größeren Goldklumpen in dem sandigen Boden, versteckt zwischen den Stücken von Masseleisen und den Abfällen des Ofens, für Jahrhunderte dem menschlichen Auge verborgen.

Am 12. Juli 1989, dem Geburtstag meines Sohnes, genau zwei Jahre nach meinem ersten größeren Münzfund in Kalkriese, kehrte ich zurück zu dem Wald auf dem ausgedehnten Hügel am Rande des Kalkrieser Berges, dem nördlichsten Ausläufer des Wiehengebirges. An diesem Tag fand ich die erste Bronzemünze, die das seltene Prägezeichen des Augustus Caesar trug, ebenso wie die schon aus dem Lager in Haltern bekannten Münzen.

Dieser »halbe As« wurde von Dr. Frank Berger untersucht und katalogisiert. Es war einer der wichtigsten Münzfunde in ganz Norddeutschland. Die Prägung auf der Münze war eine der seltensten Varianten aus
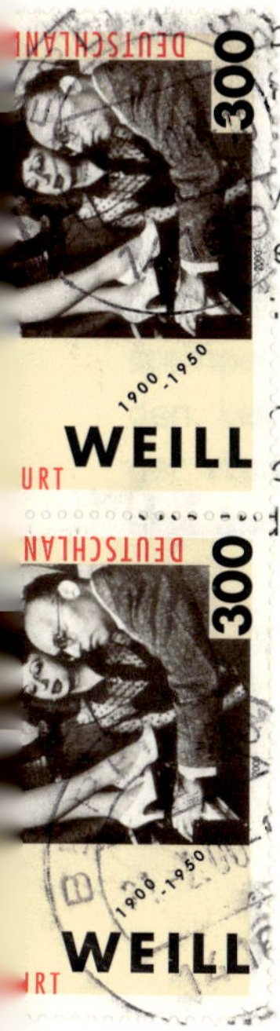

perialen Rom.
den etwa eintausendeinhundert während der Ausgrabungen des
20. Jahrhunderts in Haltern gefundenen Bronzemünzen trugen
arus' persönlichen Gegenstempel, obwohl es Tatsache war, daß
eine Legionen für eine nicht unbedeutende Zeit in den Jahren vor
dort gelagert hatten. Keine Münze mit einem solchen Gegen-
hatte man je in den anderen Lagern entlang der Lippe gefun-
ne irgendwo in der norddeutschen Tiefebene, keine im Teutobur-
d. In Kalkriese sollten sie bald in Mengen gefunden werden, die
dere Geschichte erzählen würden.

Der Engpaß

Der Fund des halben Asses war einer der wichtigsten und entscheidensten Schritte auf der Suche nach den verlorenen Legionen; es war der Schlüssel, mit dem sich endlich die Tür öffnen ließ. Die Münze wurde als ein sehr bedeutendes Exemplar des kaiserlichen Gegenstempels des Augustus identifiziert – und das Interesse des archäologischen Teams in Osnabrück an meinen Untersuchungen in Kalkriese nahm immens zu.

Seit 1988 ließ Dr. Schlüter zwei seiner Mitarbeiter, ausgerüstet mit Fisher-1265x-Sonden, regelmäßig Prospektionen der Flächen durchführen, die ich zuvor untersucht hatte. Sie hatten sich sonst immer – wie anfangs vereinbart – von meinem Arbeitsbereich um den Hügel am Rande des Kalkrieser Berges ferngehalten. Nun, da ein so wichtiger Fund gemacht worden war, entschied Dr. Schlüter, intensivere Untersuchungen in der unmittelbaren Umgebung der Fundstelle der Bronzemünze durchzuführen.

Auf dem Acker jenseits des Hügels hatte ich ein sehr tiefliegendes Signal entdeckt, das auf Metall hinwies, und Dr. Schlüter beschloß, in Verbindung mit meinen Arbeiten ein neues Projekt für sein archäologisches Grabungsteam zu beginnen. Im Museum fand eine Besprechung der Pläne statt. Wir hatten uns während der vergangenen zwei Jahre regelmäßig getroffen und dabei Funde, Karten und Archivmaterial studiert, doch diesmal lag etwas Besonderes in der Luft. Ein Gefühl von Spannung und Erwartung herrschte vor, und Dr. Schlüter erkannte, daß der Moment gekommen war, umfangreiche archäologische Arbeiten in Kalkriese zu rechtfertigen.

Ich hatte in den vorausgegangenen Jahren intensiv mit Karten des Gebiets gearbeitet, und viele meiner Ideen (wie z. B. meine Vermutungen über mögliche Marschlinien) in die Karten eingezeichnet. Die Stellen der alten und der neuen Münzfunde hatte ich sorgfältig miteinander verbunden: Immer wieder zeigte sich das einer Sternenexplosion ähnelnde Bild, ausgehend von dem Hügel am Fuß des Kalkrieser Berges. Und nun war eine Münze mit dem persönlichen Prägestempel des Kaisers Augustus hinzugekommen. –

Wir diskutierten lange, das Urteil des archäologischen Experten verband sich mit der Begeisterung des Hobbyarchäologen und gewiß auch mit meinem militärisch geschulten Blick für den Weg, den die Legionen genommen, und für die Stellen, an denen sie möglicherweise gekämpft haben könnten.

Wolfgang erstellte zusammen mit den Mitarbeitern des Museums und mir einen umfassenden Plan. Dazu gehörte das Anlegen von mehreren Suchschnitten, angefangen im Wald an der Westseite des Hügels, weiter durch den Wald den Hang hinauf bis zum Acker auf der anderen Seite. Weitere Gebiete in den umliegenden, von mir schon untersuchten Waldflächen sollten erneut von mir und dem mittlerweile hochqualifizierten und sehr regen Metallsondenteam des Museums prospektiert werden.

Um doppelte Arbeit zu vermeiden, schlug ich vor, daß ich von den Grabungsschnitten auf dem Hügel fernbleiben, meinen Prospektionsbereich auf die Wälder und Felder im Süden und Osten der Anhöhe konzentrieren und dem Team so die Prospektion des zentralen Bereichs und des Areals nördlich und westlich davon überlassen würde. Ich wollte die »Beweisfindung« auf dem Feld jenseits des Hügels fortsetzen und mir einige der Stellen näher anschauen, die angesichts des Fundes des halben Asses an Bedeutung gewonnen hatten.

Sobald Nachrichten über die Grabungen und mögliche Funde bekannt würden, könnten möglicherweise andere »interessierte Gruppen mit Detektoren« sich daran machen, den Ort genauer in Augenschein zu nehmen. Ich hielt es deshalb für besser, dem Team des Museums und ihren Detektoren die Arbeit in den anzulegenden Grabungsschnitten zu überlassen, während ich mich auf meine Marschlinien-Theorien konzentrieren würde. Vielleicht würde sich die Grabungsleitung in Zukunft entscheiden, die wichtigsten Grabungsschnitte einzuzäunen, sollten sie sich als ergiebig erweisen.

Im Laufe der Besprechung betonte ich, daß ich die Kuppe des Hügels und den östlich angrenzenden Acker für die interessantesten Bereiche hielt. Es war der Acker, bei dem ich im Winter zuvor auf das Signal eines besonders tief liegenden Metallobjekts gestoßen war, als ich einen Detektor für die Untersuchung größerer Tiefen benutzte. Ich beabsichtigte, meine Bemühungen auf das andere Ende jenes Feldes zu richten. Ein Grund dafür lag in meinen ersten Studien über Kalkriese, die auf den von Dr. Schlüter bereitgestellten Büchern und Dokumenten basierten. Sie ließen mich annehmen, daß ein bronzener Waagehaken, der um die Jahrhundertwende in Kalkriese gefunden worden war, wahrscheinlich bei der Verlegung eines nah gelegenen Bachlaufs, der den Hof an der Nordostecke des Feldes berührte, aufgetaucht war.

Leider konnte die ansässige Bauernfamilie, die seit vielen Generationen in der Gegend lebt, diese Tatsache nicht bestätigen. Aber es ist überliefert, daß der Bronzehaken gefunden worden war, als Landarbeiter eine tiefe Grube aushoben. Wolfgang stimmte zwar mit meinen Gedanken zu dem Acker überein, besonders zum ansteigenden Bereich am westlichen Rand, hielt es aber doch für notwendig, als Teil einer systematischen und umfassenden Untersuchung zuerst die beabsichtigten Suchschnitte im Wald durchzuführen. Es würde nämlich zeigen, ob die Entdeckung der gegengestempelten Münze als wichtiger Einzelfund zu gelten hätte oder ob sie eine von mehreren, von vielen gar, wäre.

Wolfgang unterrichtete sein Arbeitsteam über die in den nächsten Monaten auszuführenden Arbeiten. Er hatte Wolfgang Remme, einen jungen aber sehr kompetenten Techniker und Feldmesser, zum verantwortlichen Leiter der Untersuchungsgrabungen bestellt, mit Klaus Fehrs als Verantwortlichem für Prospektionen. Klaus war einer der beiden von Dr. Schlüter mit den ständigen Prospektionen beauftragten Sondengänger und ein eifriger Unterstützer meiner Arbeit. Er teilte meinen Enthusiasmus und tauschte bei jeder Gelegenheit Gedanken und Ideen mit mir aus.

Andere und ebenso wichtige Mitglieder des Teams waren Frau Dr. Franzius und Herr Günter Becker, der Hauptrestaurator. Günter Becker arbeitete in enger Verbindung mit Dr. Schlüter für die Denkmalpflege in Osnabrück.

Die Suche war nun in vollem Gange. Eine vollständige Bodenuntersuchung des bewaldeten Hügels sollte vor Einbruch des Winters durchgeführt werden. Als erstes war eine Reihe kleinerer Grabungsschnitte im oberen Bereich des Hügels anzulegen. Ein komplettes Grabungsteam mußte eingestellt werden, und angesichts des ungünstigen Terrains – ein Wald mit dichtem Unterholz – würde es anfangs unmöglich sein, schwere Maschinen in den Kernbereich der Ausgrabungen zu bringen. Die Arbeit mit Schaufeln und anderen Handgeräten würde zunächst unumgänglich sein.

Nachdem die Leitlinien für die Aufnahme der Arbeiten abgesteckt waren, mußte Wolfgang sich wieder der Aufgabe zuwenden, weitere Genehmigungen für das Eindringen in die Felder und Wälder von Kalkriese zu erhalten. Im Laufe der folgenden Wochen konnte Wolfgang Schlüter, inzwischen zum Professor ernannt, die notwendigen Genehmigungen für die Ausgrabungen beschaffen, während sein Team die Oberfläche des Hügels zu untersuchen begann. Wichtiger noch, er trieb Gelder auf, mit denen zusätzliche Arbeitskräfte für die Hauptausgrabungen im Wald eingestellt werden konnten.

Etwa um diese Zeit hatte ich meine Versetzungsorder nach Hannover erhalten. Nach meiner Einarbeitungsphase machte ich wieder regelmäßige Besuche in Kalkriese, zumeist an Wochenenden oder während der gelegentlichen Urlaubszeiten – wann immer es eben möglich war. Die Rundreise von dreihundert Kilometern trat ich zeitweilig täglich an, brach um fünf Uhr morgens auf, war gegen sieben Uhr in Kalkriese und wenig später auf den Feldern.

Es kam vor, daß ich das ganze Wochenende als freundschaftlich aufgenommener Gast auf einem der örtlichen Bauernhöfe in Kalkriese blieb. Ich war bereits akzeptiert als ein festes Element der Landschaft in und um Kalkriese, wie ich langsam die Felder auf und ab ging, stundenlang innehielt, mich bückte, grub, inspizierte und dann sorgfältig die gegrabenen Löcher wieder auffüllte.

Als Wolfgangs Team die Arbeit auf dem bewaldeten Hügel aufgenommen hatte, verlegte ich meine Unternehmungen in das Feld östlich des Waldes, dem Oberesch. Die Ernte war inzwischen eingefahren, und an einem klaren Wochenende begann ich die Arbeit nahe dem Hofteich mit angrenzendem Acker. Am Samstagmorgen traf ich ein und nahm gegen acht Uhr die Arbeit auf den Feldern in Angriff. Der Dunst des frühen Spätsommermorgens lag noch über dem Land, bis die Strahlen der Sonne durchbrachen und den letzten Hauch kühler Luft vertrieben.

Für einen Moment hielt ich am Feldrand inne und schaute über die Stoppeln, sah, wie das Land zu dem Hügel, etwa zweihundert Meter entfernt hinter den Bäumen, anstieg. Nur wenig weiter, hinter dem Hügel, lag die Stelle, die noch immer diese tiefen und rätselhaften Signale barg, welche Metall anzeigen, und die nun die Grabungsmannschaft des Museums erwartete.

Von meinem Standort blickte ich den Weg hinunter, der dem Nordrand des Eschs folgend in den Wald führte, in dem das Grabungsteam den ersten Schnitt angelegt hatte. Nun konnte ich es spüren: Das Feld, auf dem ich stand, und der Weg daneben bildeten die natürliche Route zur Durchquerung des Gebietes. Und tatsächlich mußte dies immer die natürliche Verbindung gewesen sein, über die man von der Ostseite des Kalkrieser Berges weiter zu den Ebenen auf der westlichen und nördlichen Seite gelangte. Dort hatte ich die Mehrzahl meiner bisherigen Funde entdeckt, entlang der Sternlinien, die ich in meinen Karten eingetragen hatte.

Während ich meinen ersten wärmenden Morgenkaffee genoß, studierte ich die topographische Karte der Region. Mir fiel auf, daß ein großer Teil des Waldbodens nördlich des Weges sumpfig und fast immer feucht war. Selbst die heißen Sommermonate änderten daran nichts. Die meisten Bäume waren jung und standen weit verstreut. Das Unterholz war ein Gestrüpp aus Brombeerranken und umgestürzten Bäumen. Auf dem schwammig-weichen Untergrund moderte Laub, hier und auf alten Baumwurzeln wuchsen Pilze.

Verblüffenderweise wurde nun etwas überdeutlich klar, das sich mir in den vergangenen Monaten und Jahren des Studiums von Karten und Landschaft entzogen hatte: Die einzige Möglichkeit, trockenen Fußes von der einen Seite des Berges zur anderen zu gelangen ohne den Hügel selbst zu überqueren, lag im Bereich des heutigen Weges. Der trockene Untergrund erstreckte sich über eine maximale Breite von fünfzig bis hundert Meter, verjüngt auf zehn bis zwanzig Meter, und führte zum nördlichen bewaldeten Rand des Hügels.

Ich drehte mich um hundertachtzig Grad. Der Hof lag still und bescheiden dort, etwa fünfzig Meter entfernt. Ich sah nach Süden und Südosten zu dem angrenzenden, hinter einer Wand von Fichten versteckten Acker hinüber, dann weiter nach Südosten zum Goldacker. Unmittelbar südlich, am Südrand des Feldes, lag ein Stauwassermorast, der sich bis zum Eckrand des Hügels selbst erstreckte. Ich wandte meinen Blick zurück zu dem im Wald verschwindenden Weg und wußte nun, was ich da erblickte war, genau gesehen, ein Engpaß.

Die meisten Sondengänger verbringen einen großen Teil ihrer Forschungszeit mit der Suche nach solchen Engpässen. Nicht immer haben sie die gleiche Form, aber immer beruhen sie auf dem gleichen Prinzip: alte Wegestationen, Zollschranken, Furten, Brücken, Flüsse, die sich um Bergränder winden, und Abschnitte, in denen das flache baumlose Ufer zwischen Berg und Wasser nicht mehr als ein paar Meter breit ist, und natürliche Engpässe, wie dieser hier vor mir – wo alte Wege ebenfalls zwischen Hügel und Wasser oder sumpfigem Moorland verlaufen.

Ich ging hinüber zu dem Punkt, an dem der Weg in den bewaldeten Hügel führte und dort verschwand. Dort drehte ich mich um und blickte zurück über die Weite des vor mir liegenden Feldes.

Ich hätte mich ohrfeigen können! Das war der Aspekt des Feldes, den ich nicht beachtet hatte bei meiner Untersuchung im Winter des vergangenen Jahres. Damals, als ich den Acker zu meiner Rechten abgesucht hatte, waren viele verwirrende und tiefe »Geister«-Signale zu hören gewesen. Ich studierte meine Karte einige Momente und zeichnete dann drei Hauptlinien von meiner Position aus ein; eine entlang des Weges nach Osten durch die Hofanlage; die nächste in einem Winkel von dreißig Grad zur ersten über das Feld und die Fichtenreihe und weiter bis zum nächsten Acker; die letzte in einem Winkel von fünfundvierzig Grad durch die gegenüberliegende Ecke des Feldes weiter zum Goldacker hinauf.

»Nach links, nach rechts, oder durch die Mitte?« murmelte ich zu mir selbst. 1987 und 1988 hatte ich drei Begehungen des sogenannten Goldackers vorgenommen und nur eine auffallend kleine Anzahl jüngerer Münzen entdeckt, keine römischen und erst recht keine Goldmünzen. Doch hatte Mommsen sehr deutlich erklärt, daß dort römische Münzen geborgen worden waren. Viel später, am 2. Januar 1990, war es Gisela aus dem Untersuchungsteam des Museums, die Mommsens Äußerungen über den »Goldacker« bestätigen konnte – ich komme noch darauf zurück. Ich hatte eine Wette mit Frank Berger abgeschlossen, daß ich die erste goldene Münze, einen Aureus, in Kalkriese finden würde. Ich verlor die Wette, denn Gisela war die erste im Team, die eine Goldmünze fand. Ich glaube, ich bin Frank immer noch den Einsatz, eine Flasche Gin, schuldig.

Das Feld hinter der Fichtenreihe mußte noch untersucht werden. Es war schwer, darauf zu gelangen, da es (wie der Goldacker) immer mit Mais bestellt war, der in diesem schattigen Landstrich erst reichlich spät geerntet wird.

Ich entschied, den Feldrand entlang des Weges hinunterzugehen, einige Sondengänge auf dem unteren Ende des Feldes vorzunehmen, und mich schließlich dem Bereich am Fuße des Hügels zuzuwenden. Bis zur Mittagszeit hatte ich nur einige jüngere Münzen und die üblichen Mengen an leeren Patronenhülsen und Zahnpastatuben (!) ausgegraben. Aber gerade als ich an eine verdiente Pause dachte, gab der Fisher 1265x jenes herzerwärmende, doppelte Klingeln von sich, so klar und eindeutig, daß ich sofort wußte, dies ist eine solide Silbermünze. Ich mußte nur zehn oder fünfzehn Zentimeter tief graben und vorsichtig die schwarze Erde zur Seite schieben, um auf einen wundervoll geprägten römischen Denar zu stoßen.

Ich erkannte die Münze sofort, ähnliche hatte ich schon auf der anderen Seite des Berges gefunden. Ein perfektes, makelloses Abbild des Augustus Caesar, geschwärztes Silber, diese metallgraue Patina, die so oft die Schönheit der Silbermünzen eher erhöht als mindert. Ich erweiterte den Suchbereich auf ein Quadrat von zwanzig Metern, aber merkwürdigerweise blieb es diesmal ein Einzelfund. Seit dem Beginn meiner Prospektion am Morgen hatte ich nur ein knappes Drittel des unteren Feldabschnitts abgeschritten und dabei nur den einzelnen Denar ans Tageslicht gebracht. Während meiner Mittagspause kennzeichnete ich die Fundstelle auf der Karte und betrachtete sie innerhalb ihrer Umgebung.

Ich zeichnete eine Marschlinie von dem Punkt aus, an dem der Weg in dem Wald hinter mir verschwand, und überarbeitete die zuvor gezogene Dreißig-Grad-Linie. Ich ließ sie nun den Fundort des Denars kreuzen, dann weiter durch den Fichtenstreifen und das nächste Feld verlaufen. Ich überlegte, ob ich mich weiter auf das Feld konzentrieren sollte, auf dem ich gerade arbeitete, oder hinüber zu dem an das Maisfeld grenzenden Hof gehen und mir von dort einen neuen Überblick über die Umgebung verschaffen sollte.

Instinktiv sagte ich mir, ich müßte auf der Linie von der Fundstelle zurück zum bewaldeten Hügel arbeiten und eine gründliche Untersuchung des inneren Feldes vornehmen, ob dort nicht römische Funde ans Licht kämen. Aber, wie so oft bei solchen Gelegenheiten, zerbricht die logische Gedankenkette manchmal aufgrund irgendeiner Ablenkung. (In den kommenden Monaten sollte ich diesen Ausrutscher noch verfluchen.)

Ausgerechnet in dem Moment hörte ich das Geräusch eines Traktors vom Maisfeld hinter dem Fichtenstreifen. Ich beschloß, zum Hof hinüberzugehen, denn ich wollte ohnehin gern mit dem Hofverwalter sprechen, nachdem ich doch schon einige Gespräche mit der Besitzerin, Frau Fisse-Niewedde, und ihren Landarbeitern geführt und es mich schon seit langem gereizt hatte, meinen Fuß auf jenes Feld zu setzen.

Als ich den Hof betrat, zeigte sich mir die vertraute Umgebung mit dem Fischteich und dem von Bäumen umschlossenen Maisfeld. Ich konnte den Verwalter persönlich auf dem großen Traktor erkennen, wie er den westlichen Rand des Feldes hinauffuhr und den Mais erntete.

Ich wartete, bis er die nächste Reihe das Feld hinunter beendet hatte, und ging hinüber, um ihn zu begrüßen. Aus der kurzen Unterhaltung erfuhr ich, daß der gesamte Maisschlag noch an dem Tag geschnitten werden sollte, und daß der Acker dann mehr oder weniger für mich frei sein würde, am späteren Abend oder am nächsten Tag.

Es war schon spät geworden, der Nachmittag war schnell vergangen. Ich entschied, am Sonntagmorgen zurückzukehren, verabschiedete mich und nutzte die letzte Stunde meines Aufenthalts für einen Spaziergang zum bewaldeten Hügel, auf dem die Grabungsmannschaft die ersten Suchschnitte begonnen hatte. Als ich an der Stelle vorbeiging, an der ich zuvor die Münze gefunden hatte, verspürte ich ein Gefühl der Befriedigung über die Art, wie die Dinge sich entwickelten. Ich empfand ein unglaubliches Wohlbehagen, als ich meinen Weg fortsetzte, hundemüde, doch sanft gewärmt von der Nachmittagssonne. Der Ruf einer Drossel war der einzige Laut, der die Stille durchbrach.

Aber als ich in den kühlen, schattigen Wald eintrat und durch das Unterholz zur Kuppe hinaufging, veränderte sich mein gesamtes Befinden. Es war, als käme ich aus der umarmenden Wärme des Sommernachmittags in eine kühle, fröstelnde und unheilvolle Atmosphäre. Das Licht drang gerade noch durch das Dach der Bäume, die Stille schien grenzenlos, wie ein über den Wald geworfener schwarzer Mantel, eine alles bedeckende tödliche Stille. ... Durch Farne und Unterholz schritt er zur Kuppe des Hügels hinauf, und mit jedem Schritt fühlte er sich mehr und mehr beunruhigt von der Einsamkeit des Ortes, denn er hatte das Gefühl, hier schon einmal gewesen zu sein, aber vor langer Zeit ...

Plötzlich stand ich vor einem zwei mal zehn Meter großen Loch von gut einem Meter Tiefe. Freigelegte Baumwurzeln waren zu sehen, knorrige, verflochtene Gebilde. Ich hielt einen Moment inne, dann ging ich weiter, kaum zwanzig oder dreißig Meter, und eine weitere Grube tat sich vor mir auf, ein Schnitt von etwa zwanzig mal fünf Meter und mehr als einen Meter tief.

Ich stieß auf drei weitere Grabungsschnitte, bevor ich meinen Erkundungsgang beendete und auf der Kuppe der Westseite des Hügels stehenblieb. Ich schaute hinunter durch die dünn stehenden Bäume in das Sonnenlicht, schaute über die Felder, auf denen ich zuvor so viele Funde gemacht hatte und wo ich am unteren Rand des Waldes die gegengestempelte Münze, den halben As, entdeckt hatte. Ich ließ die Stille des Ortes auf mich wirken, die offenen Gruben schienen wie Massengräber, die darauf warteten, gefüllt zu werden.

Nach einem Monat stieß Wolfgangs Team auf den ersten bedeutenden Fund: ein vollständig erhaltener As des Kaisers Augustus mit dem Gegenstempel des Generals Varus. Sie hatten nun das sichere Gefühl, auf der richtigen Fährte zu sein. Ihre fortgesetzten Arbeiten in den Grabungsschnitten auf dem Hügel erbrachten mehrere römische Bronzefibeln und Bronzemünzen, darunter zwei mit dem Gegenstempel des Varus.

Ich setzte meine Arbeit am Rande des Ausgrabungsbereichs fort und machte die wichtigen Funde eines einzelnen Denars und einer Fibel, verborgen in der hohen, steilen Böschung des Baches auf der Westseite des Berges. Die Funde führten zum Anlegen zusätzlicher Suchschnitte an dieser Stelle.

Bald waren die Ausgrabungen bis zum östlichsten Rand des Waldes vorangeschritten. Bei der Anlage des abschließenden Schnittes entdeckte das Grabungsteam eine Formation, die im Sand- und Erdprofil des Grabungsschnitts wie der Ansatz eines versunkenen Erdwalls aussah.

Professor Schlüter entschied, daß es an der Zeit war, auf das Feld hinauszugehen, wo ich im vergangenen Jahr meine erste tiefe Spurensuche unternommen hatte. Er ließ dort einen großen Grabungsschnitt anlegen, anfangs etwa hundertfünfzig Meter lang und fünf Meter breit, ohne zu wissen, was man dort erwarten konnte, aber doch in der Hoffnung, die Fortsetzung des im Wald entdeckten Walls zu finden. Er sollte nicht enttäuscht werden. Im Frühjahr des Jahres 1990, als sie tiefer und tiefer in den Boden eindrangen, orteten die Archäologen des Teams mehrere metallische Signale, die immer stärker wurden, als sie durch die Erde zur Sandschicht gelangten.

Fast zweitausend Jahre lang hatte sie in ihrem sandigen Bett gelegen, langsam war sie mit dem Vergehen jeder Jahreszeit tiefer in den Boden gesunken. Alles um sie herum war der Zersetzung preisgegeben, und sie wurde eins mit ihrer Umgebung, verwandelte sich in eine Masse undefinierbarer Konturen und Flecken. Die oxidierende Wirkung des Bodens und dann der Sand veränderten ihr Aussehen, wandelten es in eine Unmenge roter und orangefarbener Honigwaben. Ein geschwärztes Loch in der Mitte der Masse war der einzige Fingerzeig auf das, was sie einst gewesen sein mochte.

Sie war in Zeiten zu Boden gefallen, als Cherusker Römer schlugen, als die Schreie der Verwundeten und Sterbenden durch die klammen, nassen Wälder hallten. Ihres Herrn Kopf war von seinem Leib getrennt worden und auf den blutgetränkten Waldboden gestürzt. Ein mächtiger Cheruskerkrieger drehte sich, um sein Schwert gegen weitere römische Legionäre zu erheben, die dem Getümmel des Gefechts zu entkommen suchten. Als das Haupt ihres Herrn auf den Boden schlug, löste sich der Lederriemen, der sie an den blutüberströmten Kopf band, und sie blieb liegen, als der Kopf tiefer in das Unterholz rollte. Ihre kühlen, adlerhaften Züge wiesen zum Himmel, blind starrte sie in den dunstigen Schirm des dunklen Waldes.

Sie hatte die Welt erfahren, ehe sie hier ihre Ruhe fand. Ihr Herr war einst ein römischer Legionär, der die sandigen Wüsten Nordafrikas gesehen hatte, Ägypten und den Nil, die Gebiete um das Mittelmeer, von Griechenland und Athen über Karthago bis zu den Säulen des Herkules, und der die Märsche über die Alpen bis hin zu den weiten Ebenen Galliens mitgemacht hatte. Und dann, als sie die sicheren Lager an Lippe und Rhein verlassen hatten, waren sie in diesen Sumpf geraten, bedroht von Gewittern und Stürmen, von stürzenden Bäumen in schauerlichen Wäldern, dunklen, stygischen Wäldern voller Morast und Schlamm. Sie waren allseits bedrängt von unsichtbaren Angreifern, deren Wurfgeschosse und Speere auf ihre dünner werdenden Reihen niederhagelten. Unaufhörlich attackierten die Cherusker die Kolonne auf ihrem furchtbaren Weg in die endgültige Vernichtung, die Auslöschung der Legionen des Varus.

Ihr ursprünglicher Herr hatte sie getragen in vielen glorreichen Schlachten, ausgefochten auf zahllosen Feldern und Ebenen. Ihr gefühlloses, kühles und ausdrucksloses Äußeres, für die Ewigkeit gegossen, verbreitete Schrecken, wohin auch immer ihr Herr blickte, denn die mächtigen Legionen trugen in der Schlacht das stolze, adlerhafte Antlitz ihres ruhmreichen Kaisers Augustus Caesar. Ihr Herr war einer der Auserwählten, die sie trugen, um die Furcht des Aberglaubens zu schüren und dem Gegner in der Schlacht den Mut zu rauben.

Sie war gefertigt aus Eisen und Bronze, verziert mit viel Silber und Gold entlang ihrer Konturen, und sie hatte den Schein von Totenblässe; sie war ein wundersames und schauerlich schönes Ding.

Sie hatte nicht lange ruhig dort gelegen, als ein anderer Krieger der Cherusker sie sah und sich nach ihr bückte. Sie spürte die Hitze der Hand, die sie ergriff, spürte den heißen Atem, als der Krieger sie betrachtete, und dann spürte sie die Klinge eines Messers – ihre prächtigen Randeinfassungen wurden abgetrennt. Ihres Zierats entledigt, wurde sie in das tiefe Unterholz zurückgeworfen, wieder lag sie und starrte blind durch die aufragenden Farne und Bäume in den Himmel.

Die Jahreszeiten kamen und gingen, nur zweimal hatte sie in den ersten Jahren stärkere Bewegungen um sich herum verspürt. Beim ersten Mal waren es langsame, vorsichtige Schritte und flüsternde Stimmen; Menschen schoben Blätter und Farne zur Seite, bückten sich, hier eine Münze aufzuheben, dort eine Lanze. Das zweite Mal waren dort viele Stimmen, viele Menschen, unzählige Legionäre, solche, wie einst ihr toter Herr. Sie sammelten die sterblichen Überreste ihrer gefallenen Kameraden und brachten sie zu einem anderen Ort. Dann wurde es düster und sie begann ihren langen Weg hinab in das Bett des Waldes, wurde eins mit der dunklen, feuchten Erde.

Viele Jahrhunderte vergingen, ehe sie wieder Bewegung über sich verspürte, nun, da sie tief im Herzen des Hügels ruhte. In den Wäldern wurden Bäume geschlagen, der Boden über ihr wurde bestellt, neues Leben keimte in der Erde, aber sie lag tief und wurde nicht gestört. Jahreszeiten vergingen, Jahrhunderte verflossen, sie spürte Erschütterungen von vielen Bewegungen bis in ihr tiefes Erdbett. Ihr Metall verband sich mit dem umliegenden Boden, Rost bedeckte sie völlig, Erde verschloß ihr Auge.

Und dann geschah es. Ihr erstes Erwachen rührte von einer rätselhaften elektrischen Kraft, die sie zärtlich liebkoste, sich um sie herum bewegte, sie abtastete, ihren Kern und ihre Form suchte, ihre Oberfläche und ihre Seiten befühlte, wieder und wieder über sie strich, und dann – nichts.

Zwei Jahreszeiten vergingen, und erneut spürte sie die seltsamen, kraftvollen Schwingungen durch die Schichten des Bodens strömen, immer stärker wurden sie, verschwanden, kehrten zurück, das Geräusch wurde stärker über ihr. Dann, für einen kurzen Moment, herrschte Ruhe. Und wieder die seltsamen Schwingungen um sie herum, kräftiger als je zuvor, behutsam tastend und suchend.

Endlich, nach fast zweitausend Jahren, wurde die Erde sanft von ihrem Antlitz entfernt, ihre rot- und orangefarbene Oberfläche war undeutlich, aber ihr einzelnes, schwarzes Auge starrte kühl hinauf zu den Eindringlingen und in das fahle Licht der sinkenden Wintersonne.

Sie war gefunden. Wenn sie gekonnt hätte, hätte sie gelächelt. Sie war – dieser Überzeugung bin ich – die zeremonielle Gesichtsmaske der römischen Legionen, nach dem Profil des Kaisers Augustus Caesar gegossen und zur Abschreckung des Feindes in der Schlacht getragen.

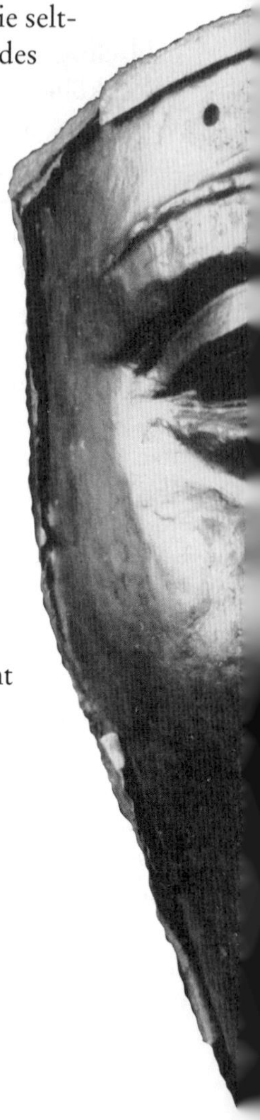

Eiserne, ursprünglich mit Silberblech überzogene Maske eines Gesichtshelms

Gisela auf dem Goldfeld

Sie war klein und von kräftigem Wuchs, mit halblangen Locken, die ihr als ›Dreadlocks‹ auf die Schultern fielen, und sie war immer passend angezogen für die ausdauernde Arbeit, die sie zusammen mit Klaus draußen auf den Feldern leistete. Tag für Tag wanderten sie die Äcker auf und ab, zuerst jene, die ich bereits durchsucht hatte, dann erweiterten sie die Suche auf viele andere Felder und Wiesen in Kalkriese. Sie war fast immer gut gelaunt, egal, was für Streiche das Wetter spielte, und sie liebte ihre Arbeit mit einer Leidenschaft, die meiner Besessenheit ähnelte. Sie und Klaus bildeten ein großartiges Team. Sie machte über die Jahre verteilt, in denen sie im ›Kalkrieser Projekt‹ mitarbeitete, noch viele aufregende Funde, aber keiner der späteren Funde konnte die Aufregung, die der erste große Fund mit sich brachte, übertreffen.

Es war mitten im Winter, und das Team war voller Begeisterung bei der Arbeit, angespornt von den Fundstücken der letzten Monate. Die kalte Witterung machte ihnen kaum etwas aus; ich selber denke, daß einige meiner schönsten Suchen im Winter stattfanden. Mit ein wenig Pulverschnee auf dem Boden, in warme Kleidung eingepackt, war der suchende Gang über einsame, leere Felder eine friedvolle Tätigkeit, im Einklang mit sich und der Welt.

Gisela mochte die Arbeit im Freien an kalten Wintertagen ebenso. Dabei war es im Januar 1990 eigentlich recht mild für die Jahreszeit. Am 2. Januar ließ sie Klaus im Bereich der Haupt-Ausgrabungsstelle zurück und machte sich auf den Weg zum Goldacker. Sie wußte, daß ich dieses Feld schon mehrmals ohne größeren Erfolg abgesucht hatte, aber sie erinnerte sich an meinen Rat, beim Ausbleiben von Funden und allgemeiner Orientierungslosigkeit bereits abgeschrittene Felder nochmals zu untersuchen – und immer wieder Mommsens Theorien zu studieren.

Mit jedem Umpflügen der Erde bzw. der oberen Erdschicht werden nur etwa 25 Prozent der Oberschicht gewendet. Das bedeutet, daß ein Feld, das einmal im Jahr umgepflügt wird, über einen Zeitraum von vier Jahren jedes Jahr erneut mit dem Metalldetektor abgesucht werden muß. Das galt auch für den Goldacker. Ich war drei Mal über jenes Feld gegangen, und hatte angesichts der Vielzahl von Feldern, die neue Funde hervorgebracht hatten, den Antrieb verloren, nochmals über den Goldacker zu gehen. Das Leben erteilt einem immer Lehren, und eine ist, daß der Mensch tun soll, was er anderen predigt. Während ich wieder einmal Mommsens Schriften las, jagte Gisela auf dem Feld schon seinen Schatten.

Klaus erinnert sich noch gut an jenen Tag im Januar 1990. Er hatte mit anderen Helfern am Haupt-Ausgrabungsort gearbeitet, als er Gisela aus Richtung des Goldackers herankommen sah. Sie sah sehr aufgeregt aus und winkte mit beiden Armen. Er sagte zu Wolfgang Remme: »Gisela muß einen guten Fund gemacht haben, sie scheint ganz begeistert zu sein.«

Als sie vor ihnen stehenblieb, öffnete sie ihre Hand: Sie enthielt einen wunderschönen Aureus aus der Zeit des Augustus Caesar, seine stolzen Gesichtszüge waren deutlich erkennbar. Diese spezielle Münze besaß dieselbe Prägung wie die silbernen Denare, die in großen Mengen im Bereich des Kalkrieser Schlachtfeldes gefunden worden waren: mit Augustus Caesar auf der einen Seite und auf der anderen Gaius und Lucius Caesar, zu beiden Seiten von Schilden und gekreuzten Speeren stehend.

Gisela berichtete mir über den Fund mit folgenden Worten: »Die Münze lag direkt an der Erdoberfläche, für jeden sichtbar, ich mußte nicht einmal graben. Ich dachte erst, es sei eine moderne Münze, weil sie so sauber und glänzend auf der Erde lag. Dann dachte ich, Klaus und die anderen wollten mir einen Streich spielen und hätten eine gefälschte Münze für mich dort hingelegt. Aber jetzt weiß ich, daß sie echt ist, und es ist einfach wundervoll, solch einen Fund gemacht zu haben. Ich glaube, daß ich von nun an nie müde werde, die Felder abzugehen, auf der Suche nach dem nächsten aufregenden Fund.

(Anmerkung des Autors: Und sie ging über so viele Felder. Obwohl sie tragischerweise im Frühjahr 1996 nach kurzer schwerer Krankheit verstarb, fühle ich, daß sie noch immer über die Felder geht. Ihre Seele und ihr Geist bleiben auf den Feldern von Kalkriese, zusammen mit tausend anderen, die dort ihr Leben ließen und deren Stimmen man immer noch zu vernehmen meint, in den Wäldern von Kalkriese. Gisela wird allen, die sie kannten, immer in Erinnerung bleiben. Sie wird sehr vermißt. Viel Glück bei deiner Schatzsuche, good hunting, Gisela!)

Die Entdeckung des rostigen Eisenklumpens, der sich als Maske entpuppte, in meinen Vorstellungen eine zeremonielle Kriegsmaske der römischen Legionen, den Gesichtszügen des Kaisers Augustus Caesar nachempfunden, erregte die Phantasie vieler gelehrter Archäologen und Historiker in ganz Deutschland. Schlagzeilen verkündeten die Entdeckung des Schlachtfeldes der verlorenen Legionen des Varus als den wichtigsten historischen Fund in der deutschen Geschichte. Zu meinem Vergnügen verglich ein Journalist meine Taten mit denen Schliemanns, als der Troja entdeckte. (Kein besonders guter Vergleich: Schliemann hatte sieben oder acht Schichten von hohem historischem Aussagewert achtlos durchstoßen, um zu »seinen« Schätzen zu gelangen!)

Verschiedene gelehrte Professoren und Archäologen machten sich allerdings über Professor Schlüters fundierte These lustig, daß Kalkriese der wahre Ort der Schlacht sei. Da sie an ihren eigenen Ideen über den »tatsächlichen« Ort festhalten wollten, verdarb dieser Fund aber doch irgendwie ihre Theorien, ihre professionellen Erwartungen und ihre bereits verfaßten Schriften.

Trotz der gegensätzlichen Positionen über die Bewertung von Kalkriese als Ort der Varusschlacht intensivierte Professor Schlüters Team die Arbeit auf dem Feld am Rand des Hügels. Zusätzliche Kräfte wurden eingestellt, auch Dr. Susanne Wilbers-Rost im Februar des Jahres, als weiterhin eine reiche Menge an Funden aus dem Hauptschnitt der Grabung geborgen wurde. Eine große Pionieraxt war darunter und viele Bronzestücke, große und kleine, von denen einige zu römischen Rüstungen gehörten. Sie wurden langsam aus der Sandschicht geborgen, in einer sorgfältigen Kombination aus dünnen, zentimeterweisen Abtragungen mit der Schaufel eines Baggers und der Prospektion mit der Fisher-1265x-Metallsonde, um selbst das kleinste Metallstück aus dem Schnitt zu bergen. Ich hatte Professor Schlüter überzeugt, daß die Fisher-Sonden, die ich benutzte, sowohl der 1265x wie auch der Gemini, von unschätzbarer Hilfe für Grabungen und Prospektionen seien. Angesichts meiner Erfolge fragte Professor Schlüter, ob er einige für das Team erwerben könne. Innerhalb weniger Tage hatte ich die Bestellung bei Joan Allen Ltd., dem führenden Händler für Fisher-Detektoren in Großbritannien, aufgegeben, und eine Woche darauf trafen zwei 1265er per Expreß ein. Sie kamen unmittelbar zum Einsatz und erschlossen gänzlich neue Perspektiven und Arbeitsmöglichkeiten.

Schaufel und Pinsel wurden natürlich eingesetzt, sobald die Grabung eine größere Tiefe erreicht hatte, aber die Detektoren bewährten sich zunehmend, je weiter die Grabung voranschritt. Meine frühere Arbeit mit dem Tiefensuchgerät, sowohl vor dem Beginn der Grabungen auf dem Hügel als auch später bei größeren Funden, erwies sich als enorm wertvoll für die Einschätzung der Bodentiefe und -beschaffenheit.

Den wichtigen Funden wurde von dem leitenden Restaurator, Günter Becker, ein Großteil ihrer früheren Pracht zurückgegeben. Es dauerte mehrere Wochen, ehe die Schlachtmaske und die Pionieraxt ihr ursprüngliches Aussehen wiedererlangten. Wegen der bevorstehenden Temperaturen im Januar und Februar wurde die Grabung bis zum Frühjahr ausgesetzt.

Professor Schlüter hatte beschlossen, die Ausstellung der früheren archäologischen Entdeckungen im Osnabrücker Museum mit einer Präsentation der Kalkrieser Funde zu verbinden. In einigen zusätzlichen Vitrinen sollte eine Auswahl der restaurierten Funde gezeigt werden, die Maske und die Axt im Zentrum.

Ich wurde als offizieller Gast zu der Eröffnung geladen. Zahlreiche Honoratioren aus Stadt und Land waren anwesend, auch der für Archäologie und Künste zuständige Staatssekretär der Landesregierung und der Oberbürgermeister von Osnabrück, Hans-Jürgen Fip. Professor Schlüter stand natürlich im Mittelpunkt. Es herrschte ein Gefühl der Euphorie, und es gab eine rege Debatte: War endlich der Ort des ersten wesentlichen Ereignisses in der aufgezeichneten deutschen Geschichte gefunden – oder nicht? Noch immer gab es viele, die sich nicht dazu durchringen konnten, Kalkriese als diesen Ort anzunehmen – wohl auch für den Fall, daß kommende Funde die Datierung der dortigen Geschehnisse widerlegen würden.

Im März 1990 fand die große Eröffnung der neuen Ausstellung im Osnabrücker Museum statt, und Scharen strömten herbei, um die Funde aus Kalkriese zu sehen. Nur etwa zehn Prozent der Funde waren zur Ansicht restauriert worden, aber selbst diese waren mehr als ausreichend, eine größere Ausstellung über »Die Römer in Kalkriese« zu rechtfertigen.

Mit dem vorzeitigen Frühlingsanfang setzte sich die Grabung schnell in das Hauptfeld hinein fort. Sie bedeckte nun einen Bereich von etwa zweihundert mal hundertfünfzig Metern. Während des schichtweisen Abtragens der obersten Bodenschichten schaute ich oft vorbei zu einem kurzen Gespräch über die Ausgrabungen und die Funde mit Wolfgang Remme, Klaus Fehrs und dem Grabungsteam, auch das Für und Wider weiterer Suchschnitte auf dem Hügel haben wir diskutiert. Die umfangreiche Arbeit, die auf dem Feld vonstatten ging, zwang Professor Schlüters Mannschaft jedoch, ihre Kräfte auf den Bereich des Erdwalls zu konzentrieren und zu versuchen, ihm durch den Hügel zu folgen.

An der Westseite floß Wasser in einer tiefen Rinne vom Berg hinunter in einen dunklen Bach. Dort hatte ich eine Bronzefibel und einen weiteren Denar gefunden. Ich glaubte, daß dieser Bach ein natürlicher Schutz für den Hinterhalt gewesen sein müßte und eine gute Verteidigungsstellung für die germanischen Krieger abgegeben hätte für den Fall, daß die

Römer den Hinterhalt durchbrochen und sich für einen Gegenangriff von jener Seite aus neu formiert hätten.

Professor Schlüter meinte allerdings, er müsse zu gegebener Zeit überprüfen, ob der Erdwall über den Bach hinaus und in die natürlichen Konturlinien überginge, die um die südlichen Ausläufer des bewaldeten Hügels und des Kalkrieser Berges verliefen. Er hielt es für notwendig, Untersuchungsschnitte auf dem abfallenden Feld an der weit westlichen Seite anzulegen. Die Hauptausgrabungen gingen jedoch vorerst am östlichen Rand weiter. Nun, da wir zuversichtlich waren, den wahren Schlachtort gefunden zu haben, wandte ich mich wieder meinem Archiv und meinem Forschungsmaterial zu, um meine Gedanken über die Schlacht aufzufrischen und über die Folgen dieser katastrophalen Niederlage für die römischen Legionen und das römische Reich nachzudenken.

Auf dem Marsch nach Anreppen

Die 17., 18. und 19. Legion unter Quinctilius Varus waren auf dem Marsch und befanden sich nordwestlich des Oberlaufes der Lippe und des dahinter liegenden Berglandes. Die Legionen bildeten lange Formationen. Zu sechst nebeneinander marschierten sie auf einem etwa zweihundert Meter breiten Geländestreifen; wie eine Kolonne bunter Ameisen strömten sie von den Landungspunkten am Fluß ins Land hinein. Die Boote, die große Teile ihrer zusätzlichen Ausrüstung und der Versorgungsgüter die Lippe hinauf transportiert hatten, wurden am Ufer entladen, die Güter auf Wagen umgeladen, die den führenden Legionen auf der Vorstoßlinie folgen sollten. Die Hauptgruppe der Hilfstruppen unter Arminius' Befehl war als Vorhut und an den Flanken der Armee eingesetzt; sie dienten als Kundschafter und Schutz für die drei marschierenden Legionen.

Ihre Berichte, die über die Befehlskette zurückkamen, waren eine unschätzbare Informationsquelle für die Kommandierenden der Legionen. Sie informierten nicht nur über Aktivitäten im Vorfeld der marschierenden Armee, sondern auch über die Beschaffenheit des Bodens und mögliche Hindernisse auf ihrem Weg. Sie waren auch für die Aufstellung einer Nachhut verantwortlich, die den verwundbaren Unterbau der Kolonne zu schützen hatte, jenen Abschnitt, in dem die Vorratswagen und Karren der Quartiermeister der Phalanx der Legionäre folgten.

Varus hatte sich auf einen Hang am Fluß begeben, um die Formierung der Legionen und ihren Aufbruch zu beobachten. Begleitet wurde er von Marcus Aius, seinem stellvertretenden Kommandierenden, und von den drei Legionskommandeuren. Marcus Aius saß schweigend auf seinem hohen, schwarzen Pferd. Grübelnd erinnerte er sich der Stimme des Kaisers Augustus, als dieser Varus' Legionen besichtigte, ein Jahr bevor Augustus ihn in dieses wilde und ungezähmte Land schickte.

Augustus hatte vor den Gefahren gewarnt, die in den düsteren Tiefen der germanischen Wälder lauerten, und gesagt: »Varus, gehe vorsichtig voran, hinter einer Vorhut aus Kundschaftern; schütze deine Flanken und deinen Rücken unter allen Umständen; vergiß in keinem Augenblick: die wertvollsten Truppen in deiner Armee sind die Kundschafter; es ist die Güte deiner Aufklärung und deiner Vorfelderkundung, die letztlich die Sicherheit deiner Soldaten gewährleisten wird.«

Mehrfach hatte der Kaiser seinen Warnungen Nachdruck verliehen, bis Varus' Gesicht einen leeren Ausdruck annahm, da immer die gleiche Ermahnung wiederholt wurde: Es langweilte ihn.

Marcus dachte an die enormen logistischen Anforderungen, die notwendig waren, um drei Legionen im Feld, das Hilfstruppenkontingent, die Reiterei und die Unterstützungseinheiten zu versorgen. In Gedanken ging er alle Aufgaben seines Kommandos durch, wie immer zugleich fasziniert und beeindruckt von der komplizierten, aber effektiven Organisation der mächtigen römischen Legionen.

Jede Legion wurde von einem Legaten befehligt, einem vom Kaiser benannten Senator. Ihm wurden sechs Tribunen zugeteilt, deren oberster als der stellvertretende Kommandierende der Legion diente, die übrigen besetzten Verwaltungs- oder Operationsposten in seinem Stab. Eine Legion setzte sich aus zehn Kohorten zusammen, diese aus je sechs Zenturien: jede Zenturie, mit Ausnahme jener der ersten Kohorte, besaß eine Kampfstärke von achtzig Mann und wurde von einem Zenturio befehligt. Der Zenturio war normalerweise als Auszeichnung für hervorragenden Dienst oder Tapferkeit im Felde auf diesen Posten befördert worden.

Die erste Kohorte war etwas besonderes und bildete eine Ausnahme. Sie bestand aus fünf Zenturien von doppelter Stärke, von den fünf besten Zenturionen der Legion befehligt, der oberste von ihnen trug den Titel des Primus Pilus.

Der Primus Pilus war immer ein außergewöhnlich erfahrener Offizier, der an allen wichtigen Kommando- und Stabsbesprechungen teilnahm. Sein Rat und seine militärische Erfahrung galten dort als unschätzbar und waren hoch angesehen. Er hatte seinen Posten gewöhnlich für ein Jahr inne und schied dann vielleicht aus dem aktiven Dienst aus oder wurde befördert, vielleicht zum »Praefectus Castrorum«. Mit dieser Position hätte er die Stellung des zweiten Stellvertreters des Legaten erreicht und übernähme unmittelbare Verantwortung für den gesamten Verwaltungsstab und die Versorgungseinheiten, einschließlich der Ärzte, Waffenschmiede, Schmiede, Techniker jeglicher Art sowie der Sekretäre und anderen Unterstützungsdienste.

(Anmerkung des Autors: Die Effektivität und Stärke der Kommandostruktur der römischen Legion hat sich so sehr bewährt, daß vieles davon noch in den modernen Armeen unserer Tage fortbesteht: der Soldat, der seinen Weg durch die Ränge hinaufarbeitet, wechselt und erweitert seinen Dienst vom Oberfeldwebel zur Ernennung zum Offizier. Er wird fast immer zum Verwaltungsoffizier bestellt, oder zum Quartiermeister, verantwortlich für die Versorgungseinheiten und die Logistik.)

Eine Zenturie von achtzig Mann war in zehn Abteilungen von acht Mann unterteilt, bekannt als »Contubernia«. Jede dieser Abteilungen war mit einem Zelt und einem Maultier, das das Zelt trug, ausgestattet. Verteilt auf die Gruppe von acht Mann wurden Geräte wie Sägen, Äxte, Sicheln, Ketten und Seile, Spaten und Körbe getragen. Sie wurden für Bautätigkeiten und Rodungen während der militärischen Operationen benötigt. Gelegentlich wurden auf dem Marsch die schweren Gegenstände am Schluß der Streitmacht unter dem Kommando des Quartiermeisters transportiert. Dann marschierten die Legionäre nur mit einem Stab über der Schulter, an dem ein Vorratsbeutel, ein metallener Kochtopf, weiteres Kochgerät und Geschirr sowie ein Kleidersack und eine Werkzeugtasche hingen. Bei dieser Vorgehensweise ließen sich Lasttiere einsparen. Man wählte sie für gewöhnlich, wenn die Legionäre nicht durch Kampfgebiete zogen, wie in diesem Beispiel beim Zug durch Nordgermanien. Somit war die Vorhut nur leicht ausgerüstet, da sich ihre Vorräte und das logistische Material am Ende der Kolonne bei den Versorgungseinheiten befanden.

Sinnvollerweise waren die Legionen bei dieser Aufgabenteilung im Notfall bereit zu kämpfen. Jedoch weiß auch das größte militärische Genie nur zu gut, daß selbst die beste Armee ihre Leistung ohne intakte Versorgungslinien nicht über längere Zeit aufrechterhalten kann: Nahrung und Wasser sind überaus notwendig für das Wohlbefinden und die Geistesverfassung des einfachen Soldaten. Der Römer Vegetius schrieb: »Hunger verursacht größere Verluste in einer Armee als der Feind, und er ist schrecklicher als das Schwert.«

Da sie keinen Verdacht auf Unruhen unter den germanischen Stämmen hegten und keinen Grund hatten anzunehmen, daß es einen Aufstand während des Marsches geben könnte, hatte Marcus angeordnet, daß alle Soldaten der Vorhut und des Hauptfeldes nur die Grundration aus Speck, hartem Zwieback und säuerlichem Wein mit sich tragen sollen. Der harte Zwieback, bekannt als »bucellatum«, wurde aus der Getreideration gebacken und jedem Mann in einer Menge von drei Pfund pro Tag zugeteilt.

Allein auf dieser Basis berechnet, ergab sich ein täglicher Bedarf an fünfzig bis siebzig Tonnen Getreide für die drei Legionen. Obwohl Marcus erwartete, daß es seinen Kundschaftern möglich sei, im Vorfeld Proviant zu sammeln und mittels Steuererhebung von den Stämmen und Dörfern an Abgaben zu nehmen, was sie erhalten konnten, war es immer noch ein ungeheures Problem, die Legionen auf ihrem Marsch zu ernähren.

In einem Einsatz wie diesem war es üblich, daß jeder Soldat siebzehn Tagesrationen mit sich führte, der größte Teil davon wurde von den Lasttieren getragen. Kavalleriepferde und Lasttiere benötigten Futter – über den Daumen gerechnet etwa sieben Pfund –, und es gab wohl mehr als tausend Last- und Maultiere, die dem Troß des Quartiermeisters zugeteilt waren, dazu Ochsen, die Wagen mit schweren Lasten zogen.

Die Legionäre konnten während eines guten Vormarschs durch einen ertragreichen Landstrich selbst zu ihrer Versorgung beitragen. Die allgemeine Regel lautete: »Wenn es sich bewegt, dann iß es.« Tiere wie Dachse, Füchse, Maulwürfe, Wühlmäuse und andere brutzelten häufig nachts über den Lagerfeuern. Die übliche Nahrung des römischen Soldaten bestand aus den Grundelementen Speck, Getreide und Wein, manchmal ergänzt durch Bier, Wild, Fisch, Geflügel und Gemüse. Wenn Fleisch zur Deckung des Bedarfs verfügbar war, so stammte es häufig vom Ochsen, auch Schafe und Schweine wurden in großen Mengen verspeist.

Die Masse des Proviants und der Versorgungsgüter der drei Legionen befand sich weit hinter der Hauptkolonne, und man erwartete von der Vorhut, daß sie Vorräte suchte und damit die Grundration der Soldaten ergänzte.

Logistische Überlegungen waren Gegenstand ausgiebiger Diskussionen unter den Legionskommandeuren. Einige plädierten dafür, daß der mit Leichtgewicht marschierende Soldat vernünftigerweise nicht von den Utensilien der Pioniergeräte und Ausrüstungen und übermäßigen Proviantrationen behindert sein sollte. Somit wäre er bei einem Angriff kurzfristig in der Lage zu kämpfen und konnte sich mit dem, was er mit sich trug, für bis zu sechsunddreißig Stunden versorgen. Bis dahin, so war die Vorstellung, hätte man ein Marschlager errichtet, und die rückwärtige Kolonne des Trosses wäre herangezogen, um die Truppen während eines Nachlassens der Kämpfe zu versorgen.

Andere meinten, die Versorgungseinheiten sollten weiter vorne sein, und zwar unmittelbar hinter den Reihen der vorderen Legion, so daß sie sofort bereitstünden, um die Legionen im frühen Stadium einer Schlacht mit Nachschub zu versorgen und zu unterstützen. Marcus sah die Vorzüge der Argumente beider Seiten, aber das Gelände, in das sie nun hineinziehen mußten, das Bergland und die germanischen Wälder, würde die Legionen daran hindern, die von ihnen bevorzugte offene Schlachtformation einzunehmen. Der Quartiermeister würde enorme Schwierigkeiten haben, den Troß zu koordinieren, und auch die Generäle würden die komplette Streitmacht nur schwer übersehen und kontrollieren können.

Marcus Aius hatte aufmerksam zugehört, als Varus seine Gedanken über den Gegenstand des Einsatzes darlegte. Varus hatte mehrmals versichert, daß es keinen Fall von Unruhe unter den germanischen Stämmen gäbe (die Informationen stammten von Arminius und den Kundschaftern seiner Hilfstruppen). Er, Varus, sei überzeugt, daß der Troß in der üblichen Weise im Rücken der vorstoßenden Truppe folgen könne, geschützt von einer Reserveeinheit aus anderen Verbänden, welche unter Arminius' Befehl stand. In Anbetracht des schwierig zu durchquerenden Terrains hatte er angeordnet, einen großen Teil der Artilleriewagen (carroballistae) in den Lagern an der Lippe zurückzulassen und nur eine kleine Artillerieeinheit, die, falls notwendig, nach vorne gebracht werden konnte, im Troß am Ende der Kolonne mitzuführen.

Marcus Aius drehte sich auf seinem Pferd halb herum, um Varus anzusprechen, der sich in seiner Reisesänfte zurücklehnte und den Abmarsch beobachtete, die Augen halb geschlossen gegen den starken Sonnenschein.

»General, wir sind zum Abmarsch bereit. Arminius hat uns erneut Nachricht geschickt, daß es keine verdächtigen Vorgänge in den Dörfern im Nordosten unserer Marschroute gibt. Der Quartiermeister macht im Hafen gute Fortschritte mit dem Entladen der letzten Vorräte, und seine Kolonne wird uns am späten Abend folgen. Die Hilfstruppen werden die Nachhut bilden, und Arminius hat einen großen Verband zurückgelassen, der im Aufmarschbereich wartet, um uns zu folgen. Wir haben von unseren Gelehrten gute Wetterprognosen; sie haben mir versichert, daß wir mit großer Wahrscheinlichkeit einen ungewöhnlich schönen, warmen Spätsommer haben werden und unseren Vorstoß in das Bergland lange vor den Herbststürmen beenden können. Wenn es euch gefällt, General, können wir uns nun dem Aufmarsch anschließen und unseren Platz hinter der 17. Legion einnehmen.«

Varus betrachtete die Masse der Truppen, die unterhalb seines Standortes aufmarschierte. Der Staub, den die Soldaten aufwirbelten, stieg in der warmen Sommerluft langsam hoch und bedeckte Lärm und Bewegung unter sich. Die Rot- und Brauntöne der Rüstungen, der Schimmer der polierten Helme, das Wehen der bunten Standarten und Fahnen – all dies fügte sich zu einer Sinfonie aus Farbe, Bewegung und Geräusch.

Doch Varus dachte laut: »Ein Jammer, daß unsere Gelehrten nicht die Tages- und Nachtgleichen berücksichtigt haben; wir brechen spät auf in diesem Jahr, und der Frühlingsanfang liegt weit hinter uns.« Er wandte sich Marcus Aius zu: »Erinnerst du dich nicht der alten Regel, Marcus Aius, die besagt, ›Die Wahl des richtigen Augenblickes kontrolliert jede menschliche Handlung, und vor allem die Operationen des Krieges‹. Das heißt, ein General muß eine genaue Kenntnis der Sommer- und Wintersonnenwenden sowie der Tages- und Nachtgleichen haben. Dieses verdammte Land hier wird von heftigen Winden und Regenfällen heimgesucht. In den Herbstmonaten fegen die schlimmsten Stürme, die man sich vorstellen kann, über diese Landstriche und zerstören die Truppenaufstellungen. Wir müssen uns des Segens der Götter für unseren Weg versichern, und wir müssen ihnen Opfer bringen; vergewissere dich, daß die Gelehrten mit den Priestern sprechen, und laß uns mit guten Vorzeichen gesegnet sein. Nun wollen wir uns dem Marsch anschließen, wie du es vorschlägst, und beten, daß wir die Steuern ohne Probleme in den nächsten Wochen eintreiben können. Ich möchte mit Taschen voller germanischer Schätze und mit genug Körben voll Wein und Getreide zu den Lagern am Fluß zurückkehren, um auch den mürrischsten Legionär vor Freude singen zu lassen. Laß uns nun gehen, Marcus Aius, du hast meinen Stab und den Befehl über die Legionen, weise die Feldzeichenträger an, die Standarten hoch zu halten, laß uns die Sonne genießen, solange sie scheint und uns der Kolonne anschließen.«

Die Standarten der Legionen waren mehr als nur ein Sammelpunkt in der Schlacht, sie dienten auch nicht überwiegend als Prunk. Sie konnten wie Signalflaggen benutzt werden, um auf dem Schlachtfeld Befehle an Verbände und Einheiten weiterzuleiten, so daß zuvor eingeübte Schlachtordnungen eingesetzt werden konnten.

Zur Unterstützung der Standarten- und Flaggenkommandos wurde eine Reihe von Signalen auf dem »Cornu«, einem langen, gebogenen Horn, geblasen, die dem Kommandierenden bedeuteten, auf die Flaggen und Standarten zu achten. Mit diesem Signal- und Kommunikationssystem konnte die Schlachtordnung neu formiert werden, es erforderte jedoch einen hohen Ausbildungsstand. Wenn auf den verschiedenen Hörnern geblasen wurde und die Kommandierenden der Untereinheiten die von den Standarten übermittelten Befehle empfangen hatten, leiteten sie diese entweder direkt oder durch Melder weiter. Ihre Ausführung, begleitet vom Lärm tausendfacher Bewegungen, erregte die ohnehin nervösen Pferde der Kavallerie, beschleunigte den Pulsschlag der Männer und führte zu einer Mischung aus Emotion und Erregung.

Im Frühjahr 1990, einige Monate nachdem die Maske und andere wichtige Stücke geborgen worden waren, hatte das archäologische Team die Vermessung der Ausgrabungen des östlichen Walls, der entlang der nördlichen Höhenlinie des Hügels verlief, fast abgeschlossen. Die hier gewonnenen Ergebnisse, die Art der Funde und ihr mit Hilfe verschiedener Datierungstechniken festgestelltes Alter erlaubten die Schlußfolgerung, daß in Kalkriese zu der Zeit, als die römischen Legionen des Varus in den germanischen Wäldern verschwanden, eine Schlacht zwischen römischen und germanischen Verbänden stattgefunden habe.

Dr. Wilbers-Rost berichtete Professor Schlüter bald nach ihrer Arbeitsaufnahme, daß nach ihrer Einschätzung ohne Zweifel ein Erdwall entlang des Fußes des Berges errichtet worden sei. Am östlichsten Ende war er durch eine Reihe von Holzpfosten verstärkt worden, denn im Sandboden der Grabung waren Pfostenlöcher aufgedeckt worden.

Dieses alles deutete in Verbindung mit meinen Theorien über die Gesamtlage darauf hin, daß der Ort alle Merkmale eines sehr wirkungsvollen Hinterhalts besaß.

Aber hatte Varus hier seine drei Legionen, seine gesamten Hilfstruppen und seinen Troß verloren, 15.000 bis 20.000 Mann? Wahrscheinlich nicht. Der Bereich war viel zu klein, als daß eine solche Anzahl hindurchgepaßt hätte und der Hinterhalt seine volle Wirkung hätte entfalten können. Höchstwahrscheinlich war es der Ort des letzten, des verheerenden Teils der gesamten Schlacht – geschlagen über Tage.

Ich war nun sicher, daß die Übersicht der Fundstellen, die an eine Sternenexplosion erinnert, wie folgt erklärt werden kann: Die Römer bewegten sich am östlichen Rand des Hügels, stießen auf den Hinterhalt und versuchten, durch den Engpaß zu den Landstrichen im Westen zu fliehen. Nur wenige verstreute Legionäre vermochten überhaupt dem Hinterhalt zu entkommen.

Ich glaube, daß die Römer, noch bevor sie in diesen Hinterhalt gerieten, schon viele Male angegriffen worden waren, nachdem sie von ihrer ursprünglichen Route zu den Lagern an der Lippe abgewichen waren. Ich beschloß daher, meine Nachforschungen auf diese Theorie zu konzentrieren, die tatsächlich meine »Daseinsberechtigung« und der Brennpunkt meiner Arbeit in den folgenden Jahren bis zum heutigen Tage werden sollte.

Ich hatte schon 1988 und 1989 einige Streifzüge in das Bergland im Südosten unternommen, aber nun, im April 1990, begann ich eine Reihe intensiver Untersuchungen, die mich zu mehr als sechzig verschiedenen Fundorten im gesamten Gebiet zwischen Lippe und Weser führten. Fast alle diese Fundorte waren von Frank Berger aus älteren Aufzeichnungen zusammengetragen worden, und die Handbücher und Dokumente waren für meine Arbeit eine unschätzbare Hilfe. Ich konzentrierte mich auf zwei bewaldete Hügelketten im Norden der Lippe; der wichtigste war für mich der Teutoburger Wald, der sich südlich von Osnabrück erstreckt, der andere war das Wiehengebirge, das sich von Minden an der Weser westwärts hinzieht und dessen nördlichster Ausläufer der Kalkrieser Berg ist.

Der Geschichtsschreiber Tacitus schrieb etwa hundert Jahre nach dem Verlust der drei Legionen: »ductum inde (von der Ems) agmen ad ultimos Bructerorum quantumque Amisiam et Lupium amnes inter, vestatum, haud procul teutoburgiensi saltu, in quo reliquiae Vari legionumque insepultae dicebantur.«

Diese Stelle wird im Allgemeinen so interpretiert, daß Tacitus glaubte, der Ort der Schlacht war in der Tat nördlich der Lippe und östlich der Ems in dem Bergland, das heute als Teutoburger Wald bekannt ist. Professor Schlüter hob zu einem späteren Zeitpunkt hervor, daß mit der Bezeichnung »Osning« (taucht oft in Literatur älteren Datums auf) der Teutoburger Wald, wie wir ihn heute kennen, gemeint sei. Der Begriff »Teutoburgiensis saltus« bezog sich vermutlich auf den westlichen Teil des Weserberglandes zwischen dem Wiehengebirge und dem Teutoburger Wald.

Dieser Höhenzug verläuft von dem Landstrich unmittelbar nördlich der Lippe nach Nordwesten und dann in einer Biegung bis unterhalb Osnabrücks. Hier löst er sich in eine Hügelkette auf und fällt nach Norden ab, Kalkriese ist der nördlichste Ausläufer. Dahinter liegen die großen feuchten Moorgebiete der Dieven Wiesen. Historiker glaubten, daß die von der Weser über die zentrale Ebene zur Ems im Westen verlaufende Route der Römer diesen nördlichsten Schnittpunkt von Wiehengebirge und Teutoburger Wald passierte – aber war dem wirklich so? Aus Gründen, die ich noch aufzeigen werde, glaube ich das nicht. Ich begründe meine Überzeugung, daß Kalkriese der Ort der Varusschlacht gewesen ist, damit, daß die Legionen vom Teutoburger Wald heraufgekommen sind. Sie wichen von ihrem ursprünglichen Weg zur Lippe ab und wurden dann von Arminius weitergelockt nach Nordwesten, nach Kalkriese.

Kurz vor der Drucklegung dieses Buches erhielten Professor Schlüter und ich ein Schreiben von einem äußerst interessierten Historiker aus England, Mr. Derek Williams. Er schrieb ein Buch über verschiedene historische Ereignisse, auch über die Varusschlacht. Seiner Meinung nach haben frühe deutsche Gelehrte das Wort »saltus« falsch interpretiert und es als »Wald« oder »Forst« mißverstanden. Er hat uns auf ein Zitat aus Livius 25. 5. 8 über die Schlacht von Thermopylae aufmerksam gemacht: »THERMOPYLARUM SALTUM UBI ANGUSTAE FAUCES COARTANT ITER.« [Der Paß von Thermopylae, wo ein schmaler Korridor den Weg verengt.]

Mr. Williams glaubt, daß Tacitus nie den Teutoburger Wald gemeint hat, sondern den Teutoburger Korridor, Durchgang oder Paß. Diese Aussage würde den Kalkrieser Paß oder die Pässe weiter östlich – zwischen dem Wiehengebirge und dem Kalkrieser Bergland – als Schauplatz des letzten Teils von Varus' Niederlage bestätigen. Ich vertrete allerdings weiterhin die Meinung, daß Varus' Legionen durch das Bergland des Teutoburger Waldes gekommen sind, zunächst durch die Pässe der Region Ostercappeln bis zum Felsener Feld, und daß sie von dort aus in den Engpaß von Kalkriese gerieten.

Wenn eine solche Streitmacht durch bewaldetes Bergland, Täler und weiter nach Kalkriese gezogen wäre, hätte ihr Zug zu vielen kleinen aber bedeutenden Funden geführt.

Falls sich aber die Schlacht der verlorenen Legionen über zwei oder drei Tage und Nächte als eine andauernde Folge neuer und schrecklicher Hinterhalte erstreckt hätte, die im Gemetzel von Kalkriese ihren Abschluß fanden, so wäre auch die Situation der Funde entsprechend anders. Über die Entfernung von dreißig Kilometern zwischen dem Teutoburger Wald und Kalkriese im Nordwesten müßte eine Reihe zusammenhängender Fundstellen nachgewiesen werden können – mit wichtigen Objekten und in vielleicht noch größerer Fülle als in Kalkriese selbst. Ich überlegte, daß diese Theorie am besten zu beweisen wäre mit einer Karte der Region, in die alle bekannten römischen Funde der vergangenen zwei Jahrhunderte eingetragen sind. Das war kein einfaches Unterfangen. Ich beabsichtigte, jeden Fundort zu besuchen und, wenn möglich, die exakten Fundstellen zu rekonstruieren.

Von Detmold aus, nördlich des Oberlaufs der Lippe, über das Bergland des Teutoburger Waldes weiter in den Norden Osnabrücks und nach Kalkriese machte ich mich an die Bewältigung der Mammutaufgabe. Es war frustrierend, nicht genug Zeit zu haben für eine Untersuchung der Fundstellen mit dem Detektor. Ich konnte lediglich die geographische Lage erfassen, den Punkt in die Karte eintragen, und schon ging es weiter zur nächsten Stadt oder zum nächsten Dorf, zur nächsten Stelle. An vielen dieser Orte waren auch Gegenstände entdeckt worden, die aus viel späterer Zeit stammten und keinen Bezug zu der Ära des Varus hatten. Diese jüngeren Gegenstände drohten das zentrale Ergebnis meiner Untersuchung zu verdunkeln.

Die zahllosen Besuche der Höfe, das Aufspüren der Bauern und Grundeigentümer, die Erkundigungen über die Ereignisse im Umfeld der Funde, welche teilweise schon um 1800 gemacht worden waren, dies alles war mitunter auch entmutigend und erschien manchmal als eine nahezu unmögliche Aufgabe. Freie Zeit war meist knapp. An den Wochenenden waren die Bauern oft nicht zu Hause. Und trotz alledem hatte ich am Ende des Sommers 1990 genügend Informationen gesammelt und konnte die römischen Funde in die Karte einzeichnen.

Ich listete die relevanten Fakten – Orte und Daten – auf, und ein Arbeitskollege gab sie in den Computer ein. Das Bild auf dem Monitor zeigte eine außergewöhnlich große Ansammlung von Funden zwischen der Weser im Osten und dem Land südlich des Wiehengebirges, nördlich der Lippe bis zum Teutoburger Wald. Nördlich des Wiehengebirges gab es bemerkenswert wenige Funde zwischen Schwagstorf und Minden ...

Während dieser Untersuchungen im Sommer 1990 schritt die Arbeit an dem offenen Feld auf der Ostseite des Hügels in Kalkriese ständig voran. Die gesamte ausgegrabene Fläche maß nun etwa zweihundert mal hundert Meter.

Der Erdwall war schon über eine Länge von etwa fünfzig Metern nachgewiesen (nachfolgende Ausgrabungen sollten diese Zahl erheblich erhöhen), und weiterhin kamen Funde in einer beständigen und beruhigenden Menge zu Tage. Die Grabung rückte der Stelle näher, die vor einigen Monaten den einzelnen Denar hervorgebracht hatte.

An einem Morgen, als die Grabungshelfer gerade mit einem Drei-Zentimeter-Abtrag auf der Rückseite des Walls beschäftigt waren, zeigte eine klare Serie von Signalen in den Kopfhörern des Fisher-Detektors nicht nur ein massives Metallstück im Boden an, sondern eines von irgendwie runder Form. Das doppelte Klingeln des Fishers war bei allen Helfern schon als Anzeige für Münzen oder andere runde Gegenstände bekannt, und mit

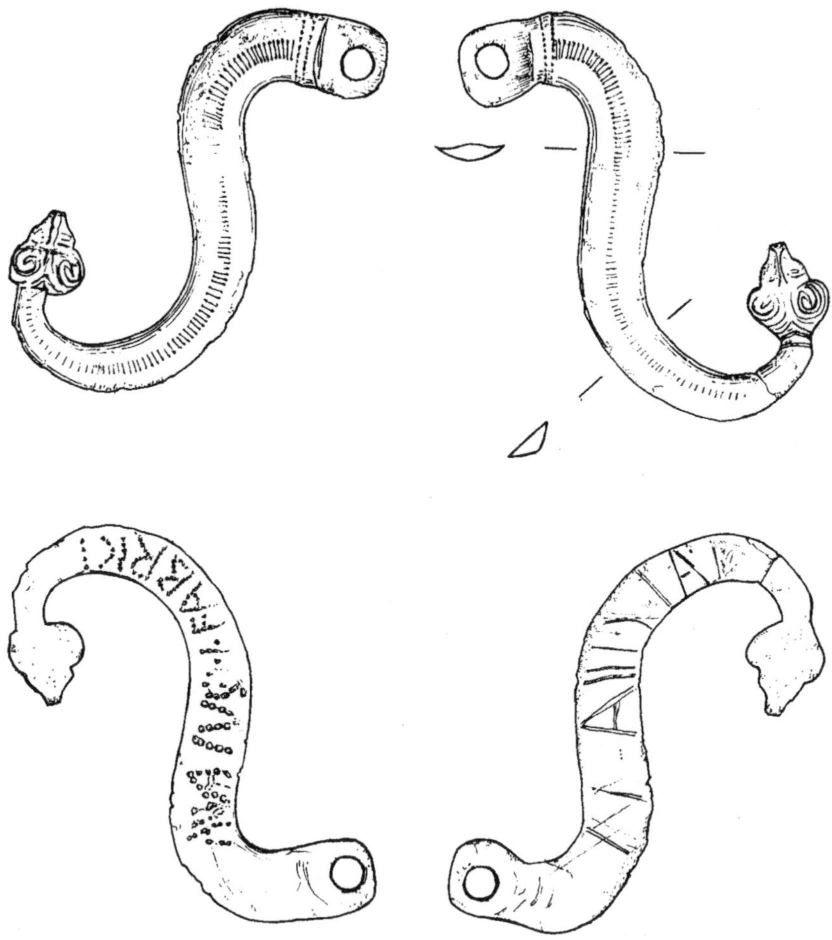

Zwei Bronzeschließen.
Oben: Vorderseite, unten: Rückseite mit einer Inschrift, die auf »Marcus Aius« hinweist

einiger Aufregung begannen sie, die Sandschicht zu entfernen. In blaßgrünem Glanz offenbarte sich ein halbrundes Bronzestück.

Der Fund wurde sorgfältig geborgen und in einen kleinen Karton gelegt. Der Fundort wurde genauestens notiert, bevor der Helfer erneut die Metallsonde über das kleine Loch schwenkte. Wieder das doppelte Klingeln, vorsichtiges Bürsten und Lockern des Bodens: ein zweites, anscheinend identisches, halbrundes Stück aus Bronze kam zum Vorschein.

Es wurde ebenfalls in einen Fundkarton gelegt, und nachdem das Team sich vergewissert hatte, daß es an diesem Fundort keine weiteren Signale mehr gab, brachten sie die Kartons zur Grabungshütte. Von dort wurden die Funde nach Osnabrück, zum Amt für Denkmalpflege, weitergeleitet.

Die Funde werden nicht an Ort und Stelle gesäubert, dafür war Günter Becker von der Denkmalpflege in Osnabrück verantwortlich; aber alle Gegenstände werden inspiziert und aufgezeichnet, bevor sie Kalkriese verlassen. In diesem besonderen Fall wurde die Inschrift jedoch erst während der Restaurierungsarbeit in Osnabrück vom Althistoriker Professor Dr. Wiegels identifiziert. Es handelte sich offenbar um die zwei Teile der Schließe eines »Kettenpanzers«, die mit dem Schulterteil des Panzers verbunden war, vielleicht aber auch um eine Mantelschließe. Durch den letzten anhaftenden Sand hindurch waren Buchstaben zu erkennen, ein Name, vielleicht der Name des Eigentümers, umgekommen in der Schlacht von Kalkriese vor zwei Jahrtausenden – im späten Sommer des Jahres 9 n. Chr., als die Legionen des Varus für eine lange, lange Zeit verloren gingen.

Deutlich in die Bronzeschließe eingraviert war der Name »Marcus Aius«.

(Anmerkung des Autors: Die bronzenen Schließen, die bei den archäologischen Hauptausgrabungen gefunden wurden, dienten dazu, die Schulterteile der Uniform zusammenzuhalten. Ich habe mir die Freiheit erlaubt, eine Schließe in der Verwendung als Mantelschließe darzustellen.)

Die Patrouille

Die Aufklärungspatrouille befand sich auf einem ausgedehnten Streifzug durch die nördlichen Hügelketten. Es war mitten im Mai des Jahres 9 n. Chr., und sie war eine von sechs Patrouillen, welche die Dörfer und größeren Siedlungen der Germanen auskundschafteten. Ihre Aufgabe war es, die Zahl der Krieger und Dorfbewohner und vor allem die Mengen der Rinder und Nahrungsvorräte abzuschätzen. Zur Ernährung der Legionen reichten die Proviantvorräte im Troß allein nicht aus, sie mußten ihre Vorräte aus den Nahrungsmitteln, die das Land und die Stämme bargen, ergänzen, um die Versorgung der vielen Menschen und Tiere sicherzustellen.

Obwohl die drei Legionen von den germanischen Hilfstruppenverbänden unterstützt wurden, deren Rolle auch darin bestand, als Aufklärungstruppen im Vorfeld und als Flankenschutz zu fungieren, verfügten die Legionen über eigene Kundschafterverbände, denen die trainiertesten und tapfersten Legionäre angehörten. Sie wurden aus allen Rängen der Legion ausgewählt und in kleinen, wirkungsvollen Verbänden organisiert. Sie waren der ersten Kohorte, der Elitekohorte einer jeden Legion, zugeteilt.

Viele der Soldaten, die zu jener Zeit in den drei Legionen des Varus dienten, waren bequem geworden, und viele andere waren unerfahren im Kampf – ganz im Gegensatz zu den Legionären in den Kundschafterverbänden. Deren herausragende Fähigkeit, genaue Informationen für die Kommandeure in kürzester Zeit zu beschaffen, war einer der großen Pluspunkte der Kommando- und Kontrollstruktur römischer Legionen.

Als die Patrouille sich auf einer langen bewaldeten Anhöhe vorwärts bewegte, die als Teutonen-Berge bekannt war, das Kerngebiet des Stammes der Cherusker, sah der anführende Legionär jenseits der Hügel Rauch aufsteigen. Rasch wies er die Patrouille an, sich nach rechts und links zu verteilen, sich still zu verhalten und den Aufwärtsweg zum Kamm fortzusetzen. Etwa zehn Meter vor der Kuppe des Hügels befahl er »hinlegen und liegenbleiben«, und selbst kroch er auf Händen und Knien vorsichtig weiter. Kurz vor der Höhe legte er sich flach auf den Boden und bewegte sich langsam in Bauchlage weiter, bis er durch das Unterholz ins Tal hinunterblicken konnte. Er sah eine große germanische Siedlung. Sie schien friedfertig zu sein. Es gab keine Bewegung um die Gebäude und Hütten, nur Rauch stieg auf von nicht sichtbaren Kochfeuern. Und doch hing Bedrohliches schwer im Dunst der Nachmittagssonne, denn es war viel zu ruhig.

Der Legionär bewegte sich weiter, um einen Blick in den inneren Hauptbereich der Siedlung werfen zu können. Er arbeitete sich durch ein Gestrüpp von Waldfarnen, teilte vorsichtig die palmenartigen Wedel, und jetzt verschlug es ihm vor Schreck den Atem. Er erblickte eine Versammlung von hundert, ja, vielleicht sogar tausend germanischen Männern. Einige saßen, viele standen. Sie füllten einen riesigen Kreis und lauschten gespannt einer einzelnen, in der Mitte stehenden Gestalt. Offensichtlich war es der Anführer. Es mußte sich um ein Treffen von mehreren Stämmen handeln, denn diese Massenansammlung von Männern konnte keinesfalls alleine aus dem Stamm der Cherusker aufgeboten werden – dafür waren es zu viele. Der Legionär wurde immer neugieriger – wer war es, der zu den versammelten Stämmen sprach?

Eine solche gewaltige Versammlung von Germanen hatte es während Varus' zweijähriger Herrschaft als Statthalter der germanischen Provinz niemals gegeben. Über den möglichen Grund für dieses Zusammentreffen war sich der Legionär keine Sekunde lang im Unklaren. Seine Neugierde wandelte sich in Furcht und Aufregung, und er begriff, daß er die Nachricht schnellstmöglich zu den Legionen bringen mußte. Es war ihm noch immer nicht gelungen, den Anführer deutlich zu sehen, aber er hatte doch bemerkt, daß dieser einen seltsam vertrauten, geflügelten Helm trug.

Der Römer begann, durch den Farn zurückzukriechen, als er den Schrei eines Legionärs auf der Rückseite des Hügels hörte, der ihm das Blut in den Adern gefrieren ließ. Dieser Schrei ging bald im Geschrei und Geheul von mindestens zwanzig Cheruskern unter, die von der Flanke der Anhöhe heraufstürmten und auf die am Hang liegenden Legionäre einhieben und einschlugen. In wenigen Sekunden war alles vorbei. Ein vor Schmerzen stöhnender Legionär wurde mit gezieltem Schlag von einem behelmten Cherusker enthauptet. Ein anderer Legionär, dessen Arm am Ellenbogen fast abgetrennt war und schlaff an seiner Seite hing, wurde auf seine Füße gezogen und den Hang hinunter geschleppt. Zwei Cherusker blieben noch eine kurze Weile zurück, sie beraubten die Leichen der Waffen und Uniformen und folgten dann lachend ihren Kameraden zurück ins Dorf.

Der anführende Kundschafter lag vollkommen still, abgeschirmt durch eine Wand aus Farn. Sein Gesicht war schweißüberströmt, die Hitze der Nachmittagssonne brannte auf sein Versteck nieder, aber nicht die Sonne ließ ihn schwitzen. Furchtbare Schreie hallten zu ihm herauf – sie folterten seinen verwundeten Kameraden!

Die germanischen Krieger hatten den Legionär kopfüber auf ein hölzernes Gestell gebunden. Sie weideten sich an seinen Schreien, an den Schmerzen, die sie seinem zerschundenen und blutenden Körper unablässig zufügten. Sie stellten keine Fragen und wollten keine Antworten, sie wollten nur sein Leiden. Als die Sonne tiefer sank, wimmerte er nur noch, und bald trennten sich die Welt seines gequälten Körpers und die seines Bewußtseins; Ereignisse verschwammen zu Tönen und Phantasiebildern, er überschritt die Schwelle zum Tod.

Der einsame Legionär auf dem Hügel lag regungslos. Die Abendschatten wurden länger, und er kroch zurück zu der Hangseite, wo seine toten Kameraden lagen, nackt, blutverschmiert, tot.

Leise richtete er sich auf und blickte nervös um sich. Dann lief, stolperte er den Abhang hinunter, fort von dem Grauen dieses Ortes. Und auf einmal erinnerte er sich, wo er den geflügelten Helm des Anführers schon einmal gesehen hatte.

Im Marschlager der Legionen, etwa drei Tagesmärsche von der Lippe und dem letzten festen Lager in Anreppen entfernt, saß Marcus Aius unter dem Baldachin des großen Zeltes, das Varus als Quartier diente. Kühlende Lüfte wehten durch das offene Vorzelt ins Innere. Die Märsche durch das Bergland waren endlos, heiß und staubig gewesen. Die Legionäre des Varus hatten geschwitzt und sich gequält auf ihrem Marsch über die Ebenen, der sie fort von dem Oberlauf des Flusses führte, fort von der Sicherheit der großen Lager. Die Hitze war so unerträglich gewesen, daß die Kolonnen des Trosses nur mit ungewohnter Mühe ihre Position einige Meilen hinter den Reihen der marschierenden Legionen einhalten konnten. Im Schneckentempo, aber beharrlich und zäh zogen die Ochsenkarren, Pferdewagen und Maultiere mit Lastkörben voran, und über ihnen stand eine große Staubwolke. Sie passierten gerade den Eingang des Tales, als Marcus Aius bemerkte, daß eine Aufklärungspatrouille abwesend war – eine ungewöhnliche und etwas beunruhigende Tatsache. Sie war nicht wie geplant zusammen mit den anderen Patrouillen am vergangenen Abend zurückgekehrt. Marcus trank kühles Wasser, eine Wohltat für seine ausgetrocknete Kehle, und richtete seine Gedanken auf die Pläne für die nächsten Tage.

Durst und die ständige Notwendigkeit, die Wasservorräte aufzufüllen, waren die großen Probleme der Legionen auf dem Marsch. Sie hielten immer ein gemäßigtes Tempo ein (das zu einem Eilmarschtempo verdoppelt werden konnte, dem wenige Armeen gleichkamen), marschierten etwa zehn bis fünfzehn Kilometer und erreichten damit die von Vorhuteinheiten angelegten Versorgungspunkte, an denen sie ihren Vorrat ergänzten, und brachen dann zum zweiten Teil ihres Tagesmarsches auf.

Sie erreichten den Ort des Nachtlagers, wenn die vorausgezogenen Pioniere, geschützt von den vorderen Einheiten der anführenden Legion, mit der Fertigstellung des Lagers schon weit vorangeschritten waren. Es war dann ihre Aufgabe, die Sicherheitsbegrenzung zu errichten, den Dienstplan für die Wachen aufzustellen, sich zu entspannen und das Abendessen zu bereiten.

Die Zelte und Unterkünfte der Kommandeure wurden immer rasch aufgerichtet. Wenn die Leibgarde, die stets ein Schutzschild um die Sänften und Kutschen von Varus' Gefolge bildete, in das Lager einzog, sorgte sie dafür, daß Varus unmittelbar aus seiner Sänfte in sein Zelt hinüberwechseln konnte. Truhen mit der persönlichen Habe wurden geöffnet, Tische aufgestellt, auf denen sogleich Schalen voller Früchte und erfrischendes Wasser sowie ausgewählte Weine in goldenen und silbernen Kelchen standen, und auch diesmal war es so, als Varus sich zu Marcus gesellte und sich in den Eingang seines Zeltes setzte, um von dort aus der Arbeit im Lager zuzusehen.

Die Tagesmärsche der hinteren Einheiten dauerten noch an, denn die Lasttiere und Wagen bewegten sich nur langsam und mühselig voran. Dieser Kampfverband, der dem Troß folgte, war durch das langsamere Vorankommen meist viel erschöpfter, als die zügig marschierenden vorderen Legionen. Oft traf die Nachhut so spät ein, daß die Abendschatten schon auf das Lager fielen und die Lichter der Lagerfeuer bereits hell flackerten. Die Legionsverbände, die die Nachhut stellten, brachten immer eine Flut von Flüchen mit sich, wenn sie das Lager endlich erreichten und den Staub des langen Marsches durch trockene und ausgedörrte Lippen spuckten.

Im Troß mußten die Tiere gefüttert und mit Wasser versorgt werden, der Proviant zur Versorgung der marschierenden Legionäre verteilt und die Befehlsberichte an die Kommandeure weitergereicht werden. Alle diese Pflichten mußten erfüllt werden, bevor Dunkelheit schließlich die Aktivitäten der rastenden Legionen beendete. Gelegentlich schallte derbes Gelächter durch das Lager, wenn ein Soldat bei einem einträglichen Würfelspiel Glück hatte, und die Rufe der Wachen waren zu hören, die ihre Posten als bemannt und sicher meldeten. Auch die Einheiten der Nachhut ließen sich schließlich zur Nacht nieder, und nun, gelegentlich von einem Fluch begleitet, schliefen die Legionen ein und schnarchten bis zum nächsten Morgen.

Varus war in seinem Zelt, umgeben von seinem engen Gefolge aus Befehlshabern der Legionen und seinem Stellvertreter. Sie saßen in offener Runde, tranken Wein und aßen von den mit Speisen schwer beladenen Tischen.

»Morgen möchte ich unsere Marschordnung ändern, Marcus Aius«, sagte Varus und biß genüßlich von einem gebratenen Hühnchen ab, »ich mußte heute zu lange auf das Eintreffen des Trosses warten, und meinen Proviant und die speziell für uns reservierten Vorräte des Quartiermeisters habe ich schmerzlich vermißt. Selbst meine Weine sind nicht rasch genug gebracht worden!« rief er halb lachend, als er sich dem Befehlshaber des Trosses zuwandte, und fügte hinzu: »Was meinst du, Flavius?«

»Die Wünsche meines Herrn sind mir Befehl: Morgen wird der gesamte Troß in der Spitze der Legionen mitziehen, und wenn wir abends das Lager beziehen, werdet ihr alle Behaglichkeiten und Speisen sofort zur Hand haben, ich stehe dafür persönlich ein, General«, und er warf dem Quartiermeister einen vielsagenden Blick zu.

»Herr General«, warf Marcus Aius ein, »ich möchte nicht erscheinen, als widerspräche ich eurem Befehl, aber wenn der Troß in der Spitze des Zuges marschiert, wird er jede taktische Bewegung, die wir möglicherweise in den kommenden Tagen machen müssen, schwer behindern. Die Wagen, Tragen und Vorratslasten werden die Kontrolle über alle Teile der Kolonne erschweren und uns behindern, falls wir äußerst kurzfristig unsere Marschordnung ändern müßten.«

»Marcus Aius«, entgegnete Varus, »du bist ohne Zweifel einer der besten Befehlshaber, den Rom jemals gesehen hat, deine Befehlsgewalt und deine Leitung vieler Feldzüge und Schlachten werden für immer in die Annalen unseres großen Reiches eingehen, und du bist mir ein treuer und geschätzter Berater und Freund, aber ich muß deinen Bedenken absolut widersprechen. Hier in dieser teutonischen Einöde sind wir allmächtig, sind wir unbesiegbar, und unsere einzige Aufgabe ist es, die Besetzung fortzuführen und Steuern und Abgaben von diesen ungebildeten, langhaarigen Germanen einzutreiben. Sie sind keine

Bedrohung für uns, und wir sollten diesen Ausflug ins Innere Germaniens genießen. Meine einzige Sorge gilt im Augenblick der Sommerhitze, und ich hoffe, daß wir diesen Zug durch das Bergland zum Sommerlager beenden, bevor sie zu drückend wird. Für die heißen Sommertage wünsche ich uns, daß wir sicher und bequem in unseren Quartieren in Minden lagern, an den angenehmen Wassern der Weser, um zu baden und uns zu erholen, und die Aufteilung des germanischen Hinterlandes im Osten zu bedenken. Warum also sollten wir uns das Leben unerträglich machen?«

»Ich akzeptiere eure Argumente, General«, sagte Marcus Aius, »aber es ist meine Pflicht, euch auf der Grundlage meiner taktischen Einschätzungen zu warnen, und ich habe immer noch gewisse Bedenken hinsichtlich einer solchen Neugliederung. Jedoch«, und er schaute den Quartiermeister fest an, »werden wir eine solche Eingliederung des Trosses in die vorderen Reihen der Legion zu einer ordentlichen und kontrollierten Sache machen. Ich beauftrage den Quartiermeister, sicherzustellen, daß die Ordnung während des gesamten Vormarsches aufrechterhalten wird, besonders, wenn wir weiter in die Teutoburger Berge hineinziehen, wo es schon schwer genug sein wird, unsere normale Marschordnung einzunehmen.« Und damit war die Entscheidung getroffen, die zum Fallstrick der Legionen des Varus wurde – als sie zurück in ihre Winterquartiere zogen, am Ende des Sommers.

Der Legionär war, seitdem er seine getöteten Kameraden aus der Patrouille verlassen hatte, mehr als eine Stunde durch die Wälder gerannt. Er durchquerte einen breiten und tiefen Wasserlauf, als ein Wurfspeer aus der nahen Baumreihe durch die Luft flog und sich in seinen Rükken bohrte. Mit einem erstickten Schrei riß er die Arme hoch und stürzte vornüber ins Wasser.

Im späten Frühling 1990 war das Ausmaß der archäologischen Grabungen in Kalkriese für jedermann sichtbar. Sie dehnten sich vom Saum des Waldes auf dem Hügel weit über das offene Feld aus. Es waren nun etwa zweihundert mal zweihundert Meter von bis zu zwei Metern Tiefe ausgegraben worden, und weitere Schnitte wurden angelegt, als die Archäologen die Spuren der Schlacht im Teutoburger Wald weiter verfolgten.

Hatten die 17., 18. und 19. Legion unter dem Befehl des Varus, Statthalter in Germanien, hier ihr Ende gefunden?

Niemand konnte sicher sagen, wie viele Legionäre hier gefallen waren. Doch auch wenn die Schreie tausender Männer in der Schlacht jetzt, fast zweitausend Jahre später, in den noch nebligen Frühlingstagen des Jahres 1990, nicht zu hören waren: man konnte sie doch ahnen, als die ungeheuren Ausmaße des Massakers durch immer mehr römische Funde deutlich wurden.

Ich saß still auf einem der hohen Abraumhügel und beobachtete das Grabungsteam bei seiner Arbeit in dem großen Loch. Skizzieren, zeichnen, Linien abmessen, die Funde untersuchen, die Länge des Walls eintragen, bis er zur östlichen Seite des Feldes abbog, wo ich im Jahr davor, neben vielen anderen Funden, den einzelnen Denar entdeckt hatte.

Ich blieb eine Weile auf dem Sandhaufen und nahm die Atmosphäre des Ortes in mich auf. Meine Gedanken wanderten zu den zahlreichen Fragen, die fast jeder Tag aufs neue aufwarf. So viele Ungewißheiten galt es zu klären. Daß dies der Ort der Schlacht war, in der die Legionen des Varus untergegangen waren, wurde nicht länger mehr angezweifelt. Aber die tatsächlichen Geschehnisse an diesem Hinterhalt boten Anlaß für ausgiebige Debatten und Diskussionen. Ich hatte viele der Originalquellen noch einmal studiert, einschließlich der Schriften der römischen Historiker, auch der des Tacitus, und war langsam, aber sicher davon überzeugt, daß seine Sichtweise der Varusschlacht die richtige war.

Tacitus hatte berichtet, wie Varus, als er die Niederlage erkannt hatte, sich sein Leben in »der zweiten«, oder »der letzten« Nacht der Schlacht nahm, wenn man sie so nennen kann. Seine Formulierung legt nahe, daß das Geschehen eine Art laufende Schlacht war, die sich über zwei, zweieinhalb Tage oder auch länger hinzog und sich vielleicht über viele Kilometer bewaldeten Berglandes erstreckte. Letzteres warf weitere Fragen auf über die Richtung, aus der die Legionen gekommen waren, und den Weg, den sie genommen hatten, um zu diesem Ort der endgültigen Vernichtung zu gelangen. Die römische Beschreibung der Schlacht, die sich auf die Aussagen der wenigen Überlebenden gründete, besagt, daß das Wetter ausgesprochen schlecht gewesen und ein spätsommerliches Unwetter niedergegangen sei, daß sich die Legionen in bewaldetem Bergland befunden hätten, als der Sturm sie mit aller Stärke von der Seite getroffen habe. Und von der Flanke hätten die germanischen Krieger die geordneten Reihen der Legionen auseinandergerissen und ihre Streitmacht Stück für Stück aufgerieben.

Die Legionen waren, durch das Unwetter und das schwere Vorankommen in bewaldeten Hängen und Hügeln behindert, nicht in der Lage, ihre normale Schlachtordnung einzunehmen. Ihre Schwierigkeiten wurden noch verschärft durch den Entschluß, den Troß im Kern des vorstoßenden Drei-Legionen-Verbandes mitzuführen.

Das Szenario, das diese Bilder heraufbeschwören, steht im Widerspruch zur früher akzeptierten Vorstellung, daß die Legionen auf normalem Vormarsch von Minden gewesen seien. Sie haben sich vielmehr entlang der Nordseite des Wiehengebirges, das von Osten aus auf den Kalkrieser Berg zuläuft, bewegt, das nasse Moorgebiet unmittelbar nördlich davon gelegen.

Die Sommerstürme kommen in Deutschland immer aus dem Westen. Sie bilden sich bei der Vermischung warmer und feuchter Fronten, die in die Lücken stoßen, welche von aufsteigenden und fortziehenden Warmfronten gerissen werden. Dabei ziehen sie andere Strömungen mit hinein und verursachen auf diese Weise enorme Tiefdruckgebiete. In Deutschland sind diese Stürme bekannt für ihre Heftigkeit.

Wären die Legionen von Minden aus marschiert, so hätten die Stürme sie von vorne und nicht von der Seite getroffen, ein Vorankommen wäre nahezu unmöglich gewesen. Auch gibt es kein eigentliches Bergland zwischen Minden und Kalkriese, außer dem Fuße des Wiehengebirges mit dem Feuchtgebiet im Norden. Die Römer hätten sich niemals ohne besondere Notwendigkeit in eine eingeengte Formation begeben, wie der Marsch entlang des Höhenzuges sie erfordert hätte. Aus diesen Gründen ist die Mindener Theorie, meiner Meinung nach, sehr widersprüchlich.

Aber wenn nicht aus Minden, so mußten die Legionen aus dem Bergland zwischen der Lippe und den Landstrichen nördlich des Flusses gekommen sein, dem langen Bergzug, der als Teutoburger Wald bekannt ist, der sich westlich bis nahe Osnabrück hinzieht und weiter nach Norden zum Kalkrieser Berg führt.

Sie mußten über einen der Pässe im Osten Kalkrieses gekommen sein, und wenn sie über einen Paß gekommen sind, so sind sie mit größter Sicherheit auch dort angegriffen worden – in einem weiteren Engpaß.

Und noch ein Gedanke kam mir in den Sinn. Wenn Varus und einige der Befehlshaber am Ort des letzten Nachtlagers, einem vermutlich hastig errichteten Lager, Selbstmord begangen hatten, so liegt es sehr nahe, daß die Reste seiner Armee aus dem Lager ausbrachen, um nach Westen in die von Römern besetzten Gebiete an der Ems und am Rhein zu fliehen, und zwar irgendwann am frühen Morgen, vielleicht als im ersten Tageslicht die ungeheure Schmach ihrer Befehlshaber entdeckt und ihre endgültige Niederlage grauenhafte Wirklichkeit geworden war.

Kalkriese ist etwa sechs Meilen von dem ersten größeren Paß entfernt, der nach Süden und Osten und zu den sanften Hügeln des Teutoburger Waldes führt. Sechs Meilen waren keine große Entfernung für die

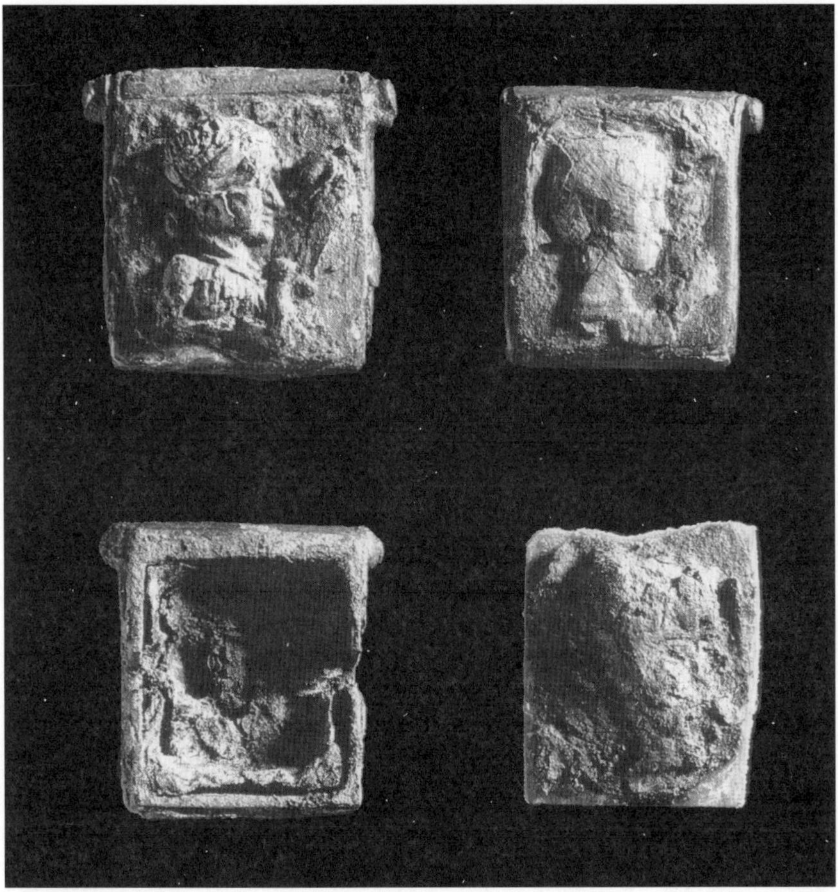

Siegelkapseln aus Bronze mit figürlichem Bleirelief

Legionäre, die, obwohl nun zutiefst ermattet und vielfach auch verwundet, durchaus in der Lage gewesen wären, innerhalb weniger Stunden zu dem hinter einem kleinen Hügel gelegenen Engpaß zwischen Moor und Kalkrieser Berg zu gelangen. –

Was uns jetzt fehlte, waren einige großflächige Luftaufnahmen der östlich gelegenen Landstriche des Wiehengebirges, in denen die Hauptpässe zum Teutoburger Wald lagen.

Ein aufgeregter Ruf aus dem kaum hundert Meter entfernten Grabungsschnitt weckte mich aus meinen Tagträumen. Ich sprang auf und ging hinunter zur Grabungsstelle. Die Grabungsmannschaft war angewiesen worden, eine gewisse Zurückhaltung während ihrer Arbeit zu wahren, um nicht die Aufmerksamkeit interessierter Schaulustiger, die die Grabung auf der Hauptstraße im Süden passierten, auf sich zu ziehen. Bei dieser Gelegenheit aber war die Begeisterung der beiden Arbeiter nicht zu verbergen; sie riefen, um die Aufmerksamkeit der Archäologen zu erregen, die in den Bauwagen am Rande der Grabung arbeiteten.

Eine große Fläche wurde auf der Nordseite (der römischen Seite) der Hinterhaltanlage gerade ausgegraben, und die beiden Fisher-1265x-Sonden ließen eifrig ihr Guter-Fund-Signal ertönen, als die einzelnen Abschnitte abgesucht wurden; den Helfern war es dann erlaubt, mit den Schaufeln einige weitere Zentimeter des Bodens abzutragen. An der Basis des Walls in den Boden eingebettet war eine große Zahl von Funden, die nun ans Licht kamen: wundervolle Stücke von Schienenpanzern, Schildverzierungen, Bronzeschnallen und viele weitere kleinere Verbindungsstücke von Rüstungen, Spitzen von Lanzen und Wurfspeeren; außer diesen fabelhaften Funden hielten die Archäologen zwei verzierte bronzene Siegelkapseln mit einem Relief in der Form eines Kopfes in ihren Händen. Sie waren in kurzer Entfernung von der zuvor geborgenen Mantelschließe des Marcus Aius entdeckt worden, und die Darstellung auf der Siegelkapsel ähnelte sehr dem Kopfbildnis des Varus, wie es auf den von ihm geprägten Münzen aus Achulla in Nordafrika zu sehen war.

Der Zenturio Gaius Claudius Suebus betrat das Zelt des Statthalters, grüßte Varus und danach Marcus Aius, der sich erhoben hatte, und berichtete: »Herr, wir haben den Anführer der vermißten Patrouille gefunden. Er ist schwer verwundet und wird wohl nicht mehr lange leben. Er phantasiert, und es ist schwer, etwas von dem zu verstehen, was er sagt. Er hatte sich an einen den Fluß hinuntertreibenden Stamm geklammert und befand sich schon einige Stunden im Wasser, als er gefunden wurde. Der Arzt kümmert sich jetzt um ihn, meint aber, es bestehe kaum noch Hoffnung. Wünscht ihr, daß wir ihn zu euch bringen?« »Nein«, sagte Varus, »Marcus Aius und ich werden dich zur Krankenstation begleiten. Gehe voran, Gaius Suebus, und bringe meine Wache mit, ich habe ein schlechtes Gefühl bei diesem Vorfall.«

Sie begaben sich über den zentralen Platz des Marschlagers hinüber zum Posten des Arztes und der Krankenstation. Es war den Römern gelungen, die Qualität der medizinischen Versorgung und die Befähigung der Ärzte in ihrer Streitmacht von der grundlegenden Ersten Hilfe bis zur Spezialbehandung auf höchstem Niveau zu etablieren.

Innerhalb jeder Legion, jeder Hilfstruppeneinheit, verfügte wiederum jede Reitereinheit über ein eigenes medizinisches Team, das von einem Arzt geleitet wurde. Zu diesem Team gehörten ausgebildete Sanitäter, von denen einzelne aus taktischen Gründen oder wenn diese Untereinheit abkommandiert war, den Zenturien zugeteilt wurden.

Der »Praefectus Castrorum«, der stellvertretende Befehlshaber einer Legion, war verantwortlich für die kranken Soldaten und die »medici« (Mediziner), die sie betreuten. Hospitalgebäude standen normalerweise in den festen Legionslagern zur Verfügung; bis diese errichtet waren oder wenn eine Einheit sich in einem Einsatz wie diesem befand, wurde ein Feldlazarett in Zeltunterkünften eingerichtet. Die von Varus, dem Zenturio Gaius Suebus und von Marcus Aius angeführte Gruppe näherte sich nun dem Krankenlager der dritten Kohorte und betrat die Zelte. Im Dämmerlicht einer flackernden Fackel konnten sie den griechischen Arzt erkennen, wie er sich über den aufgebockten Tisch beugte, auf dem der bleiche Körper des schwer verwundeten Legionärs zu sehen war. Er lebte noch, phantasierte aber, stammelte und redete, und dann ließen sein Zucken, sein Zittern und Stöhnen nach, als sein Leben langsam verebbte.

Er war mit den Legionen über das Mittelmeer gesegelt, hatte im ganzen Reich gekämpft, war marschiert, gelaufen und hatte gefochten zusammen mit den Besten der Legionäre, und nun wurden seine Atemzüge schwächer und sein Blick leerer. Noch einmal kam er für wenige Sekunden zu Bewußtsein, und er erkannte dicht über sich, sehr dicht, hervorgehoben von dem Licht der Fackeln, den beflügelten Helm, den er gesehen hatte, den der Anführer der Krieger in der Mitte der versammelten Germanen getragen hatte. Mit großer Anstrengung murmelte er ein paar Worte, dann wurden seine Augen glasig, und er starb.

»Wie seltsam«, sagte Varus und sah Arminius an, der vor einer Minute das Zelt betreten hatte, um forschend den toten Legionär zu betrachten, »in seinen ganzen Phantasien warst du, Arminius, das einzige, an das er sich zu erinnern schien. Kanntest du diesen Legionär? Er erkannte dich anscheinend.«

»Nein, mein Herr«, erwiderte Arminius und wandte sich um, »obwohl meine Kundschafter die Aufklärungsgruppen der Kohorte ausbildeten, ist mir dieser Soldat nicht bekannt.«

»Gut, wir haben nichts von diesem Kundschafter erfahren, auch nicht wie ihn sein Ende ereilte. Von größerer Wichtigkeit ist, wo der Rest der Patrouille ist. Aus welcher Richtung fließt der Fluß zu uns hinunter, Marcus Aius, und«, sich dem Arzt zuwendend, »wie lange, würdest du sagen, war er im Wasser?« –

»Einige Stunden nur, Herr«, antwortete der griechische Arzt, »nicht länger.«

»Arminius«, sagte Varus, »Ich denke, du solltest morgen früh eine große Patrouille anführen und sehen, ob du irgendein Licht in dieses Geschehen bringen kannst. Für heute werde ich mich zurückziehen. Gehe ein kurzes Stück mit mir, Arminius, und erzähle mir alles, was du an diesem Tag getan hast, ich muß frische Luft haben.«

Als sie das Zelt verließen, wandte sich der griechische Arzt Marcus Aius zu, der neben dem Zenturio stand, und sagte, »Habt ihr gehört, was der Kundschafter sprach, als er Arminius erblickte?«

»Nein, leider konnte ich nicht alles verstehen, abgesehen von dem Namen. Was sagte er denn? Ich meinte zu hören, ›Du bist es, Arminius‹.«

»Nein«, sprach der Arzt, »er sagte, ›Du warst es, Arminius‹.«

Marcus Aius starrte den Griechen einige Momente an und sagte dann, »Was widerfährt uns hier? Denkst du das, von dem ich meine, daß du es denkst?«

»Ich hoffe es nicht, ich hoffe es nicht, Herr. Ich habe schon genug mit den Krankheiten der Legionäre zu schaffen, ohne mich um Politik und derartiges zu sorgen.«

Marcus Aius zuckte die Schultern, und mit einem kurzen Lachen sagte er: »Ihr Griechen seid immer in Intrigen und Politik verstrickt. Ihr vermutet das Böse hinter jeder Ecke!« Und mit einem weiteren, aber etwas gedämpftem Lachen sagte er: »Wir werden morgen sehen, ob Arminius eine Antwort auf dieses Rätsel geben kann. Jetzt muß ich die Befehle für die Märsche der nächsten Tage austeilen. Schlaft gut, Doktor!« Damit verließ er das Lazarett, begleitet von Gaius Suebus.

Der griechische Arzt nickte nur zum Abschied, wandte sich an seine Sanitäter und wies auf den Leichnam: »Bringt ihn hinaus und beerdigt ihn tief, die Schweine in diesem widerwärtigen Land sind geschickt in ihrer Suche nach Fleisch. Sie können Blut und Fleisch aus Meilen Entfernung riechen.«

Zwanzig Kilometer entfernt, auf der Kuppe eines Hügels, grunzte und quiekte freudig eine Wildschweinfamilie, als sie sich an den Überresten der verlorenen Patrouille weidete …

Der Schlachtort von oben

Im April 1990, drei Jahre nach meiner Ankunft in Osnabrück und dem Beginn meiner Beschäftigung mit Kalkriese, hatte ich Verbindung zu Professor Schoppe aufgenommen, der als begeisterter Hobbyhistoriker der römischen Geschichte am Varus-Projekt sehr interessiert war. Er hatte Kontakte zur deutschen Luftwaffe und bot seine Unterstützung an, die uns in den Besitz einiger Luftbilder bringen sollte. Es galt, eine Reihe von Photographien des gesamten Bereichs, einschließlich des ersten größeren Passes, zehn Kilometer östlich von Kalkriese, zu erstellen. Die Flüge begannen im Frühsommer, während ich mich ausgedehnten Erkundungen zwischen Wiehengebirge und Teutoburger Wald widmete. Nach Abschluß der Flüge wurden die gewünschten Luftbilder Professor Schlüter übergeben, und während der folgenden Monate wurden sie untersucht.

Professor Schoppe und ich verfolgten unser Interesse an Luftaufnahmen bis zum Jahresende weiter. Bis dahin wurden mehr und mehr Informationen über den Ausgrabungsort und dessen Umgebung zusammengestellt.

Cassius Dio schrieb:

> Die Formen der Berge und Hügel in diesem Gebiet waren ungleichmäßig, ihre Hänge waren von tiefen Schluchten eingerissen, und die Bäume standen dicht beieinander und wuchsen zu enormer Höhe an. Während die Römer gegen die Elemente ankämpften, einschließlich eines tosenden Regenfalls und stürmischer Winde, hatten die Babaren sie plötzlich von allen Seiten gleichzeitig umzingelt. Sie hatten sich unbemerkt durch das Dickicht der Wälder geschlichen, waren sie doch mit den Wegen bestens vertraut. Zuerst warfen sie ihre Spee-

re aus einer sicheren Entfernung, dann kamen sie näher an ihre Opfer heran, und das Schlachten begann.

Aber im Sommer 1990 brach ein anderer Sturm aus, ein Wüstensturm im Mittleren Osten, und das bedeutete, daß ich mich kurz über lang voll auf meine militärischen Pflichten konzentrieren und das Rätsel von Kalkriese bis zu einem späteren Zeitpunkt verlassen mußte. Ich empfand große Traurigkeit bei dem Gedanken, meine Suche nach den verlorenen Legionen des Varus verschieben zu müssen; die Suche nach den Männern der 17., 18. und 19. römischen Legion.

Varus

Ich hatte immer vermutet, und es ist nun so gut wie sicher, daß Varus Haltern am Anfang des Jahres 9 n. Chr. bei den ersten Anzeichen des Frühlings verlassen hatte und entlang der Festungen und Lager an der Lippe marschiert war. Varus zog dann von der Lippe nach Nordosten zum Sommerlager bei Minden, wo er den größten Teil des Sommers verbrachte.

Ich bin der festen Überzeugung, daß der Zug und der grobe Ablauf der Vorfälle um Varus' Legionen durchaus, wie in den vorangegangenen Kapiteln geschildert, stattgefunden haben könnte: Es war Frühling, und man marschierte zum Sommerlager an der Weser bei Minden.

Am Ende des Sommers, wahrscheinlich im September, versammelte Varus seine drei Legionen und begab sich auf den Rückmarsch zu den Lagern an der Lippe und dem Hauptlager in Xanten, dem Winterquartier. Während dieses Marsches, als sie nach Südwesten durch den Teutoburger Wald zur Lippe zogen, wurde Varus durch Arminius' Berichte von einem Aufstand im Bergland nordwestwärts gelenkt.

Es war im Mai des Jahres 9 n. Chr. Mit einem Regenschauer am späten Nachmittag war eine kühlende Brise aufgekommen, die von Westen sanft über die Ebene zu den Ufern der mächtigen Weser wehte. Die langgestreckte Kolonne der drei Legionen schlängelte sich aus dem südwestlich liegenden Bergland hinab, froh darüber, nun in ein Gelände zu gelangen, das ihnen größere Bewegungsfreiheit bot. Der Troß mit den schwer beladenen Lasttieren und Ochsenkarren trottete, zusammengepfercht zwischen den marschierenden Legionären und Reitertruppen, auf seinem Weg voran.

Die ausgedehnte, neun bis zehn Kilometer lange Kolonne hatte mit der disziplinierten Marschordnung, die streng eingehalten wurde, als sie vor gut zwei Jahren zum erstenmal in Germanien eintrafen, nur noch wenig gemein. Varus' überhebliche Haltung gegenüber den germanischen Stämmen wirkte sich nun auch auf seine Anordnung der Legionen für den Marsch von Ort zu Ort aus. Die gesamte Organisation zielte darauf ab, daß er alle Behaglichkeiten des Trosses schnell zur Hand hatte. Alles, einschließlich das weibliche Lagergefolge und die Sklaven, die sich mit den Truppen und den Versorgungsabteilungen vermischten, war zu seinem Komfort angeordnet. Selbst die stärksten Bedenken, die sein Stellvertreter Marcus Aius hervorbrachte, hatten seine Haltung nicht zu ändern vermocht. Er sah in den germanischen Stämmen keine Gefahr für seine große Streitmacht. Als amtierender Statthalter in Germanien übte er die vollständige und unangefochtene Kontrolle über diese Länder östlich des Rheins aus, und er meinte deshalb, sich eine gewisse Lockerung während dieser langen Vorstöße, die der Eintreibung der Steuern und Befestigung der Unterwerfung Germaniens dienten, erlauben zu können.

»Quinctilius Varus, Konsul Roms, ›legatus Augusti pro praetore‹ für Gallien, und Oberbefehlshaber am Rhein – so ein großer Titel«, dachte Varus bei sich und räkelte sich in seiner leise schaukelnden Sänfte. Er warf einen gelangweilten Blick auf die acht muskulösen Sklaven, die schwitzten und ächzten, um seine Sänfte ruhig zu halten und ohne Rumpeln oder Stöße über das Moorland zu tragen. Er war von zwanzig Männern seiner treuen Leibgarde umgeben, ausgewählten Legionären, die ihn während der vergangenen Jahre auf seinen langen Feldzügen und Statthalterschaften in andere Ländern begleitet hatten. Seine Gedanken wanderten zurück zu seinem Leben im mächtigen Rom und seiner engen Freundschaft und Verbindung zum Hause des großen Augustus Caesar.

Er war vor fast sechsundfünfzig Jahren geboren worden, seine Familie gehörte zum alten albanischen Adel. Sie waren in früheren Zeiten Nachbarn Roms gewesen und ließen sich später in dem römischen Gemeinwesen nieder. Der Legende nach hätten sie durchaus Genossen von Romulus, dem Gründer Roms, sein können. Die Familie der Quinctilier gehörte zum Prinzipat und war Teil der höchsten römischen Aristokratie, der Name Varus war typisch für die große Zeit der Republik und, wie er glaubte, ein ererbter Familienname.

Sein Vater hatte Selbstmord begangen als Varus noch klein war, und er war von Verwandten, die in der Gegend der heutigen Stadt Tivoli lebten, aufgezogen worden. Verschiedene politische Intrigen während der despotischen Herrschaft des Tiberius hatten die Familie in der Gunst des Kaisers sinken lassen.

Mit der Krönung des Augustus Caesar begann Varus' bemerkenswerter Aufstieg. Im Jahre 21 v. Chr. war er Quaestor und in den Jahren 22 bis 19 v. Chr. begleitete er den neuen Herrscher auf seinen Reisen in die östlichen Provinzen. Im Jahre 13 v. Chr. wurde Varus zum Kaiserlichen Konsul ernannt, eine Stellung, die er nicht seinen patrizischen Zeitgenossen, sondern dem Imperator selbst verdankte.

Er war von Stolz erfüllt, als er sich dieser großen Tage erinnerte. Augustus Caesar war gerade aus Gallien zurückgekehrt, wo er nach der Niederlage des Lollius am Rhein im Jahre 16 v. Chr. die römische Herrschaft erneuert und die Unterwerfung der Völker vorangetrieben hatte. In seinem neuen Priesteramt oblag ihm die Leitung der Spiele zu Ehren des erfolgreichen Augustus Caesar.

In diese Zeit fiel auch die Stiftung und Errichtung eines der bedeutendsten Altäre in Rom, dem »Altar des Friedens« oder »ara pacis«. Er wurde geschaffen, um die Befriedung der gesamten bekannten Welt unter Augustus Caesar zu dokumentieren. Varus' Mitwirken an Augustus' Feldzügen hatte die Verbindungen zwischen seiner Familie und dem Haus des Augustus weiter vertieft, Verbindungen, die er mit der Heirat seiner dritten Frau, Claudia Pulchra, der Tochter einer Nichte des Augustus Caesar, noch weiter festigte. Von da an lief alles zu seinem Besten. Nach weiteren fünf Jahren ernannte Augustus ihn zum Legaten der Provinz Afrika. Damals hatte er seine ersten eigenen Münzen prägen lassen, ein Zugeständnis des Imperators, das zu der Zeit nur selten eingeräumt wurde.

Die Jahre vergingen, es gab wunderbare Dinge zu sehen, und großartige Geschenke und Schätze wurden ihm zu Füßen gelegt. Viele davon gab er als Zeichen der Ergebenheit, Dankbarkeit und unerschütterlichen Treue unmittelbar an seinen Caesar weiter. Es war für Varus eine Zeit großer Zufriedenheit.

Es folgte die Abordnung nach Syrien, ein trostloses und abscheuliches Land, aber dennoch eine bedeutende imperatorische Provinz an der Grenze zu den Parthern. Die Syrer waren ein altes und sehr kriegsfreudiges Volk, das immer für Unruhe in den Ländern entlang seiner Grenze gesorgt hatte, und dies besonders in den Jahren zwischen 7 und 5 v. Chr. »Damals«, dachte er, »trug ich mit Stolz zum ersten Mal den Titel ›legatus Augusti pro praetore‹, Statthalter des Reiches im Rang eines Konsuls, eine der höchsten Positionen, die ein Römer erlangen konnte.«

Er wurde aus seinen Tagträumen gerissen, und sein Blick fiel auf ein weißes Pferd, das herangaloppierte. Der Reiter war Arminius, der mit ausdruckslosem Gesicht auf dem Rücken seines Hengstes saß. Er schien sich auf den Weg zum Fluß und dem noch immer einige Kilometer entfernten Sommerlager des Varus bei Minden zu konzentrieren. Varus dachte nichts Besonderes bei Arminius' plötzlichem Auftauchen, aber es erinnerte ihn an das ungewöhnliche Ereignis bei den Märschen der vergangenen Woche.

Eine gesamte Aufklärungspatrouille war verschwunden – bis auf einen Legionär, und der war unfähig zu berichten, was geschehen war und starb innerhalb kurzer Zeit. Es gab keinerlei Berichte über Unruhen oder Aufstände in den germanischen Stämmen, und es schien wahrscheinlich, daß die Kundschafter auf eine Bande germanischer Räuber gestoßen waren, die die kleine Patrouille im Wald des Berglandes niedergemacht hatten. Eine ausgedehnte Suche hatte weder Spuren von der Patrouille erbracht, noch zu Hinweisen auf irgendeine germanische Räuberbande geführt, die einen solchen Angriff hätte ausführen können. Er erinnerte sich, daß Arminius mit einer kompletten Abteilung seiner Hilfstruppenreiterei ausgezogen – und zurückgekehrt war, ohne etwas berichten oder den seltsamen Verlust erklären zu können.

Die germanischen Hilfstruppen in der römischen Armee waren ein ungestümer und kriegerischer Verband, mindestens ebenso stark wie ihre Brüder im Herzen der germanischen Länder. Sie hatten seit Jahren als zentrales Element in seiner Armee gekämpft und standen unter Arminius' Befehl. Sie bildeten eine im höchsten Maße fähige und disziplinierte Einheit.

Varus dachte über die Leichtigkeit nach, mit der das mächtige Römische Reich so viele verschiedene Völker und Staaten besiegt und vereinnahmt hatte. Viele von ihnen fochten nun Seite an Seite mit den römischen Legionen, wie die germanischen Hilfstruppen und Kundschafter. Einige ihrer Anführer, darunter auch Arminius, waren als Ritter und Edelmänner in Rom geehrt worden.

Seine Gedanken gingen zurück zu seiner Statthalterschaft in Syrien (ein Teil dessen war nun Palästina), und zu der Annexion Judäas unter König Herodes, dem er als Berater gedient hatte. Nach dem Tode des Herodes im Jahre 4 n. Chr. waren Unruhen unter der mit Mühe unterdrückten jüdischen Bevölkerung ausgebrochen. Seine Aufgabe war es gewesen, diesen Aufstand niederzuschlagen, und er hatte das mit entschlossener und fester Hand getan. Er hatte eine umfangreiche Militäraktion durchgeführt, die mit der öffentlichen Hinrichtung der Rädelsführer endete. Eine seiner drei Legionen hatte er in Jerusalem zurückgelassen. Dennoch sollten ihn weitere jüdische Aufstände plagen.

»Aber schnell erstickte ich ihre Begeisterung für Aufstände«, dachte Varus. »Ich schlug sie hart, wo es sie am meisten schmerzte – ich nahm ihnen ihre Tempel und zerstörte sie. Ich nahm ihre dreckigen kleinen Bücher und ihre wertvolle Habe, die sogenannten Tempelschätze, ich riß die Gebetshäuser über ihren Köpfen nieder. Da dehnten sie ihren Aufstand über ganz Judäa aus! Doch das machte nichts. Ich zerschmetterte sie in Antiochia, ich zerschmetterte sie in Jerusalem, in Judäa, und ich brannte dann ihr Land nieder bis ihre jämmerliche Revolte ein für allemal zerschlagen war.«

In Gedanken kehrte er zurück zu dem Anblick, der sich ihm, Appians Weg folgend, geboten hatte: 2000 Juden waren auf seinen Befehl an jenem Tag gekreuzigt worden. Aufrecht in einem vierspännigen Streitwagen stehend, war er langsam die Straße hinaufgefahren. Mitleidlos hatte er die geschundenen, blutigen Körper an den hohen Kreuzen betrachtet. Ihre Klagen und Schreie vor Schmerz und Qual waren auf taube Ohren gestoßen, als die vier schwarzen Araberhengste seinen Wagen langsam über die gepflasterte Straße zogen.

Es war die akzeptierte Strafe dieser Zeit; Arme und Beine wurden an schwere, hölzerne Querbalken gebunden und starke Eisennägel durch die Hände getrieben. Ein langes Eisen wurde dann durch die Füße gehämmert, die überkreuzte Stellung der Fußgelenke verursachte zusätzliche Qualen, da die Beine leicht gestreckt blieben. Es war ein unerträglicher, quälender Schmerz, der ganze Körper war zerrüttet von einer pochenden Masse von Krämpfen und zerrissenen Gliedmaßen. Die diensthabenden Wachen hatten von der merkwürdigen Tatsache berichtet, daß eine große Zahl der Gekreuzigten mit einem Gebet auf den Lippen gestorben war und kaum einer seine römischen Peiniger verfluchte.

»Religiöse Eiferer,« dachte Varus, »mit ihren fremden Göttern und Tempeln, die Kreuzigung war wohlverdient für die Anzettelung solcher Rebellion in Roms Provinz. Sie mochten beten, so lange sie wollten, sie starben doch den Tod, den sie reichlich verdienten.«

Er hatte angeordnet, die Stadt Emmaus in Asche zu legen, aber er schonte andere. Dem jüdischen Gemeinwesen wurde erlaubt, Vorhaltungen gegen die jüdische Monarchie einzubringen und die Einrichtung einer jüdischen Provinz unter römischer Herrschaft zu unterstützen. Er hielt seine diplomatischen Schachzüge für meisterhaft, sie vermittelten den Juden das Gefühl, bestimmte politische Zugeständnisse gewonnen zu haben.

Dieser Erfolg hatte ihm eine sichere Position in der herrschenden Schicht Roms und im Senat verschafft. Und er hatte sich gelabt an den goldenen Tagen seines Aufstiegs zur Größe. Die Pracht und die Macht des Römischen Reiches strahlten wie ein Leuchtfeuer im Mittelmeer, der medi terra, mit Rom als seinem Kern. Um das Jahr 6 n. Chr. langweilte ihn der opulente Lebensstil des Orients zunehmend. Unterbrechungen boten nur seine regelmäßigen Besuche in Rom, bei denen er seine Verbindungen pflegte und dem Caesar von seinen Erfolgen berichtete. Varus verspürte den Wunsch nach einer Veränderung.

Es war irgendwann während eines dieser Treffen mit dem Caesar gewesen, als sein nun offensichtlicher Wunsch, sich anderen Dingen zuzuwenden, die Aufmerksamkeit des Augustus fand. Der Kaiser hatte ihn beim Ausklang eines besonders angenehmen Abends auf dem Forum zur Seite genommen und von der Notwendigkeit gesprochen, eine feste Hand für die Statthalterschaft in Germanien zu finden, das damals von Sentius Saturnius verwaltet wurde, der auch in Syrien Varus' Vorgänger gewesen war.

»Quinctilius Varus, mein Freund«, hatte Caesar Augustus gesagt, als er Varus sanft beim Arm nahm und ihn von der Versammlung der Senatoren fort und zur Seite führte, »ich biete dir den größten aller Posten. Ich kann nur einen meiner besten Administratoren an den Rhein schicken. Ich fürchte, wir brauchen deine feste Hand, um unser Vordringen in das germanische Binnenland fortzuführen. Unsere Truppen haben sich auf der Ostseite des Rheines festgesetzt, aber bislang haben wir nur einen Fuß in der Provinz. Ich möchte den Verlauf unserer Ostgrenzen vorschieben, die Länder der germanischen Völker erobern und unterwerfen, Abgaben und Steuern einziehen, und Germanien zu einem Sprungbrett für eine weitere Ausdehnung unseres Reiches machen.« Er hielt inne und blickte über die Reihen der versammelten Senatoren.

»Ich möchte, daß du die Aufgabe von Saturnius übernimmst«, sagte er leise, »deine großen Erfolge in Syrien sind von der Art, wie ich sie benötige, um die Vorstöße, die wir bereits in Germanien gemacht haben, zu festigen. Du magst nach außen als ein friedfertiger, ruhiger und zurückhaltender Mann erscheinen, mein Freund, aber ich kenne deine starke Hand und deine Erfahrung. Es gibt andere, die mit ihren Ansichten über deine militärischen Fähigkeiten und dein taktisches Verständnis nicht sehr zurückhaltend sind; doch ihre Kritik ist unbegründet, das weiß ich, und wird von unwissenden und eitlen Narren ausgesprochen, die selbst zu Weichlingen geworden sind und lieber in den Tavernen Roms sitzen. Du bist mein Schwert, Varus, du trägst meinen Stab mit dem kaiserlichen Siegel, und du bist Varus«, er tätschelte sanft seinen Arm, »meine rechte Hand und mein vertrauter Freund.«

Für einen Augenblick wurde Varus von seinen Tagträumen übermannt, seine Augen füllten sich mit Tränen der Rührung, und seine

Brust schwoll erneut vor Stolz, als er sich dieser Worte erinnerte, die der große Caesar an ihn gerichtet hatte. Er war stolz auf das, was er über Jahre erreicht hatte, und noch stolzer darüber, daß es der von ihm so verehrte Imperator war, der seinen Status in Rom bestätigt hatte.

Er beendete seine Träumerei mit einem großen, selbstzufriedenen Seufzer und blickte auf einen herankommenden Reiter. Marcus Aius näherte sich auf seinem edlen, schwarzen Hengst der Sänfte: »Der Befehlshaber eures Sommerlagers läßt euch ein herzliches Willkommen ausrichten und teilt mit, daß alles zum besten steht. Der Wein ist kühl und die Badewasser sind bereit. Er hat ein großes Fest vorbereitet und euch zu Ehren den Göttern Opfer dargebracht. Heil Quinctilius Varus!« rief Marcus, ein Gruß, der von der Varus umgebenden Praetorianergarde aufgenommen wurde, »Heil dem Konsul Roms und dem mächtigen Augustus Caesar! Heil Quinctilius Varus.«

Der Klang dieser Grußworte wurde von den im Gefolge marschierenden Legionären aufgenommen, die nun begannen, den Gruß zu wiederholen, und bald erhoben sich Tausende von Stimmen zu einem gewaltigen Gebrüll, begleitet von den schrillen Klängen der Hörner und Trompeten der Vorhut und der Flankenwachen entlang der endlosen Kolonne der Legionen. Es war ein unvorstellbarer Anblick, ein ehrfurchtgebietender Klang, der die Pferde mit ängstlichem Schnauben und Wiehern nervös durch die weiten Reihen tänzeln ließ. Diese Symphonie aus Lärm und Begeisterung hob die Stimmung und stärkte den Mut aller, die an diesem Tage in den drei Legionen des Varus marschierten.

Das Sommerlager war nah. Hier konnten sie sich entspannen, im Wasser baden, gelegentliche Streifzüge in das germanische Hinterland durchführen und dann zurückkehren, um die Bequemlichkeiten des Lagers – und die Frauen im Lager – zu genießen!

Es war die Zeit, sich auszuruhen und die Strahlen der Sommersonne auf der Haut zu spüren. Schließlich, früh genug, am Ende des Sommers, würden sie sich wieder auf den Weg zurück zu den Lippelagern und nach Xanten machen müssen, Orte, die nun viele Meilen entfernt im Südwesten lagen.

Arminius saß lässig im Sattel seines Pferdes und hielt auf dem letzten kleinen Hügel inne, bevor der Weg weiterführte zu den äußeren Bereichen des Lagers. Sein Blick glitt über die Kolonne der marschierenden Legionen, und er spuckte in den Dreck. Er beobachtete die träge, undisziplinierte Art, in der sich die Legionen dem Lager näherten. Es war vor zwei Jahren angelegt worden, als Varus die Statthalterschaft in Germanien übernommen hatte. Nur ein einziger Gedanke war in Arminius' Kopf, als er sein Pferd wendete und langsam weiterritt, um sich der Menge anzuschließen. »Bald«, dachte er, »bald ...«

Im Laufe des Jahres 1990 wurden die Ausgrabungen in Kalkriese weiter ausgedehnt. Professor Schlüter war erfreut, daß kontinuierlich Funde zu Tage kamen. Der eingestürzte Erdwall wurde von den Archäologen sorgfältig analysiert und neue Suchschnitte wurden angelegt, um seinen Verlauf zu bestimmen.

Es gab viele Konferenzen zu den verschiedenen Funden und deren Aussagewert für das historische Geschehen, für die Schlacht von Kalkriese. Professor Schlüter erarbeitete einen Handlungsplan für weitere Ausgrabungen. Und noch immer waren viele Gelehrte skeptisch, was die Festlegung des historischen Geschehens auf den Ort Kalkriese betraf. Doch angesichts der gegenwärtigen Fortschritte, der Ergiebigkeit des Ausgrabungsortes und meiner Hypothese, daß die Schlacht sich durchaus über viele Kilometer erstreckt haben könnte, hielt Professor Schlüter es für möglich, daß die archäologische Untersuchung noch gut und gern über viele Jahre andauern könnte.

Zur gleichen Zeit setzten die Sondengänger des Museums, Klaus Fehrs und Gisela Hornung, ihre Prospektionen im Umfeld des Obereschs fort, weitaus umfassender, als ich es je in meiner Freizeit hätte können. Die großen gepflügten Felder in der Umgebung wurden intensiv abgesucht, Meter für Meter, bald Hektar für Hektar. Gewissenhaft durchkämmten sie jedes Feld, das ich zuvor untersucht hatte.

Schon damals, in jenen frühen Tagen, als die vor so vielen Jahrhunderten verlorenen römischen Münzen und Gegenstände nach und nach ans Licht kamen, begann sich ein Bild abzuzeichnen.

Auf Drusus' Spuren

Ich war inzwischen informiert worden, daß ich am Ende des Jahres von meiner Stellung am Hospital in Hannover in das Verteidigungsministerium nach London versetzt würde. Mir war klar, daß meine Arbeiten in Kalkriese in den Hintergrund treten müßten, sobald ich wieder in England sei. So beschloß ich, meine verbleibende Freizeit im Jahr 1990 mit größtmöglichem Einsatz der Suche zu widmen.

Nach meiner Ankunft in Hannover im Jahr zuvor hatte ich mich Dr. Erhard Cosack vorgestellt, dem für den Regierungsbezirk Hannover zuständigen Archäologen. Ich hatte angenommen, dieser Teil Deutschlands läge außerhalb meines Interesses an der Geschichte um Varus; doch Dr. Cosack war eine unerschöpfliche Quelle für Informationen über die Züge der Römer in augusteischen wie in späteren Zeiten.

Ich erfuhr, daß Augustus Caesar im Jahr 13 v. Chr. seine beiden Stiefsöhne, Drusus und Tiberius, gemeinsam eine Reihe von Feldzügen gegen die Vindelicer und die Raeter führen ließ, Stämme, die in den Ländern beiderseits der Grenzen des heutigen Bayerns und der Schweiz siedelten. Drusus' Aufgabe war es, danach die Länder östlich des Rheins zu erobern, die, etwa 300 Kilometer vom Rhein entfernt, im Osten von der Elbe begrenzt wurden. Tiberius wurde das Kommando über die Legionen in den Ländern östlich der Adria überlassen.

Drusus hatte an den Schlüsselpositionen am Rhein die Lager von Mainz und Xanten angelegt. Die Festung in Xanten bildete die Verbindung zu den Lagern, die entlang der Lippe auf einer Ostachse entstanden. Einige waren nur Marschlager, andere waren wichtige Zentren der römischen Besatzung. So ein Lager war auch Haltern, in dem Varus im Jahre 7 n. Chr. die Verwaltung Germaniens übernommen hatte.

Drusus fand 9 v. Chr. ein frühzeitiges Ende, der Ort seines Todes ist nicht genau zu lokalisieren. Einige Historiker vermuten, daß er am östlichsten Punkt seines Vorstoßes zu den Ufern der Elbe gestorben sei, kurz nach seinen erfolgreichen Kämpfen gegen die Chatten und Markomannen, andere wiederum schreiben in Übereinstimmung mit Cassius Dio, daß er auf dem Rückweg nach Rom einer Krankheit erlag. Der Ort seines Ablebens erweckte mein Interesse, und ich beschloß, dieser Frage während meiner Zeit in Hannover nachzugehen, ehe ich mich Anfang 1991 auf den Weg nach England machen mußte. Dr. Cosack war sehr daran interessiert, daß ich meine Talente einsetzte, und er versorgte mich mit reichlich Informationen über die möglichen Routen, die Drusus auf seinem Feldzug vom Rhein zur Weser gewählt haben könnte. Andere Berichte über Drusus und die von ihm angelegten römischen Nachschubwege in das Innere Germaniens entfachten darüber hinaus mein Interesse. Er hatte einen großen Kanal bauen lassen, der den Rhein im heutigen Holland mit der Nordsee bei Ijssel verband. Damit hatte Drusus Zugang zur germanischen Nordseeküste, von wo aus er Nachschub und Verstärkungen über die Weser und Elbe in das Landesinnere schiffen konnte. An den Mündungen beider Flüsse errichtete er Befestigungen als Kontrollpunkte für den Wasserverkehr auf den Flußläufen. Es muß auch zusätzliche Binnenhäfen gegeben haben, hinab zu den südlichen Abschnitten der Weser; und in der Tat errichtete Varus einige Jahre später sein Sommerlager bei Minden möglicherweise an der Stelle eines der ursprünglichen Weserhäfen des Drusus.

Viele Geschichtsschreiber verstehen oder bedenken nicht, daß die Römer nicht überall marschierten, sondern ausreichende Nachschubwege zu Wasser und zu Land haben mußten, und möglichst häufig die Wasserwege zur Versorgung ihrer Armeen nutzten.

Mir blieben noch knapp sechs Monate in Deutschland - das war nicht viel Zeit. Ich benötigte einen Plan für mein weiteres Vorgehen. Kalkriese entwickelte sich mit oder ohne mein Zutun, und ich gebe zu, daß mir der lange Weg an jedem Wochende nach Osnabrück und zurück etwas zu viel wurde. Der Gedanke, verwandte Ereignisse der römisch-germanischen Geschichte in der Umgebung von Hannover nachvollziehen zu können, war einfach zu verlockend.

Während meiner Zeit in Hannover besuchte ich regelmäßig das Münzkabinett des Kestner Museums, in dem Dr. Frank Berger arbeitete. Häufig brachte ich Münzen aus meinen Kalkrieser Funden direkt zu ihm. Er notierte und photographierte sie für sein in Arbeit befindliches Fachbuch, bevor sie Professor Schlüter im Osnabrücker Museum übergeben wurden.

Bei einer solchen Gelegenheit gab er mir einen faszinierenden Artikel über den vor langer Zeit entdeckten Fund einiger römischer Silberbarren an der Weser nördlich von Minden. Torfstecher hatten drei große Barren mit römischen Inschriften in einem zuvor überfluteten Bereich am Ufer der Weser entdeckt. Erstaunlicherweise, so berichtet es der Artikel, war damals nach der Entdeckung nur eine Fläche von etwa drei mal fünf

Metern um die Fundstelle untersucht und, als keine weiteren Barren ans Licht kamen, die Grabung eingestellt worden. Was aber wäre, wenn hier ein römischer Hafen war, und die Barren beim Entladen über Bord oder aus einer zerbrochenen Kiste gefallen waren? Die Möglichkeiten schienen endlos.

Ich befand mich in einer Zwickmühle: Welcher Untersuchung sollte ich mich zuerst widmen? Schließlich wählte ich die in der verbleibenden Zeit sinnvollere Suche nach den Hinweisen auf Drusus' Eroberungen und Tod. Dr. Cosack war sich sicher, in der Gegend südlich von Hannover, Richtung Elbe, einen Ansatzpunkt für meine Forschungen gefunden zu haben, der einer genaueren Betrachtung wert erschien. Die Weser mit ihren Häfen und Lagern, einschließlich »Munden« (Minden), würde ein wenig länger warten müssen, und ebenso Varus, die Männer der 17., 18. und 19. Legion und die Sturmwolken, die sich im Kerngebiet der Cherusker auftürmten.

Das letzte Lager an der Lippe war Anreppen, der Ausgangspunkt für tiefere Vorstöße sowohl nach Osten über die Weser zur Elbe, wie auch nach Nordosten in die Gegend um das Sommerlager bei Minden.

Am 17. Oktober 1868 entdeckte ein Grenadier beim Anlegen eines Schützengrabens auf einem der Hügel, die Hildesheim umgaben, einen Hort römischen Silber- und Goldgeschirrs. Es war einer der umfangreichsten und wertvollsten Funde römischen Tafelgeschirrs, der je in Nordeuropa gemacht worden war, und er erlangte daher große Berühmtheit. Es wurde angenommen, daß der große Fund aus der Zeit zwischen 70 und 100 n. Chr. stammte, und er warf Fragen auf: Warum und von wem war eine so große Menge reichen Tafelsilbers gerade an diesem Ort deponiert worden?

Es gab verschiedene Theorien. Die Stücke könnten in einem anderen Teil Germaniens gefunden und später hierher gebracht worden sein oder gar Jahrhunderte später in der unruhigen Spätphase des Römischen Reiches geraubt und dann dort deponiert oder vergraben worden sein, um sie in Zeiten der Unruhe oder vor Krieg zu schützen.

Ich glaube, daß dieser Schatz, gefunden im Herzen des einstigen Gebiets der Cherusker, ein Teil der Beute war, die im Jahr 9. n. Chr. nach dem Untergang der Legionen des Varus gemacht worden war. Vielleicht hatte Arminius einen großen Teil der persönlichen Besitztümer der Legionäre als Entschädigung für seine Kriegsausgaben genommen. In seiner Todesstunde hatte Varus vielleicht angeordnet, die großen Schatztruhen zu vergraben. Und nachdem Arminius sie vielleicht ausgegraben und in die Heimat hatte bringen lassen, hatte er sie insgeheim an sicherer Stelle versteckt? Der sicherste Ort wäre gewiß in der Erde gewesen; was der Fund

Der Hildesheimer Silberschatz (galvanoplastische Nachbildung um 1900)

eines solchen Schatzes, wenn er denn in seinem ursprünglichen Zustand war und an eben der Stelle vergraben worden wäre, bedeutet, ist offensichtlich. Wer auch immer den Schatz vergraben hat, er hat das Geheimnis wahrscheinlich mit ins Grab genommen. Gut zwölf Jahre nach dem glorreichen Sieg über die Legionen des Varus starb Arminius, nicht an den Verletzungen, die er im Kampf gegen die Römer erlitten hatte, sondern durch Gift, verabreicht von seiner eigenen Familie, die seine Alleinherrschaft verhindern wollte. Nahm er das Geheimnis der Schatztruhen des Varus mit ins Grab?

Wenn man von Westen aus dem Bergland kommt, liegt Hildesheim auf einem Streifen ebenen Landes nahe der Leine, im Süden von Hannover. Vom Oberlauf der Lippe bei Anreppen etwa hundert Kilometer entfernt, verläuft der natürliche Weg nach Osten, nordöstlich über Blomberg nach Hameln an den Ufern der Weser. Von dort war es nicht mehr als ein guter Tagesmarsch von dreißig Kilometern bis zur Leine und nur einige Kilometer mehr bis in die Gegend des heutigen Hildesheim. Manche Historiker sehen in der geradlinigeren Route nach Osten von Benhausen, Neueheerse, über Brakel nach Höxter und weiter zur Elbe eine sinnvollere Linie von Festungen und Lagern durch das Weserbergland. Diese Vermutung würde die These unterstützen, daß Höxter ebenfalls ein wichtiger römischer Hafen gewesen ist. Von dort aus verläuft der natürliche Weg nach Osten wiederum nordöstlich durch die Täler nach Holzminden und dann weiter nach Alfeld an der Leine, das ebenfalls nicht weit von Hildesheim entfernt ist.

Ein Marsch von Höxter aus direkt nach Osten würde vor Erreichen der Elbe allerdings erst durch das Bergland, dann bei Einbeck über die Leine und schließlich durch das massive Bergland des Harzes führen; fraglos ein mühseliger und unsicherer Weg nach Osten.

Realistischer ist es, den Tagesmarsch von Hameln an der Weser bis Hildesheim an der Leine als eine ideale Verbindung anzusehen, die weiter nach Osten in das Innere Germaniens führte. Dieser Weg würde die nördlichen Ausläufer des Harzes umgehen. Auch wäre es für die römische Streitmacht und ihre Versorgungsgüter taktisch wie strategisch vorteilhaft gewesen, über offenes Land zu ziehen, nachdem man die Boote verlassen hatte, in denen die Streitmacht die Weser von der Nordseeküste heraufgekommen war. Der Weg von Hildesheim nach Osten zur Elbe führt in einer geraden Linie über die flache, weite Ebene des norddeutschen Tieflandes. Von Anreppen an der Lippe aus war es die naheliegende Route zu den östlichen Grenzen Germaniens.

Den römischen historischen Quellen entnahm ich folgende Information zu dem Ort, an dem Drusus möglicherweise seinen Tod gefunden hatte:

... und wo der Fluß Saale in den breiteren Lauf des anderen Flusses mündete ... dort war es, wo Drusus starb ...

Viele sahen darin einen Hinweis, daß Drusus den Bereich Germaniens an der Elbe nahe dem heutigen Magdeburg, wo die Saale in die Elbe mündet, erreicht hatte. Römische Einflüsse konnten in dieser Gegend bislang weder historisch noch archäologisch nachgewiesen werden. Auch ich hatte kaum eine Möglichkeit, die Sache weiter zu verfolgen, eine Untersuchung und Kartenarbeit in dieser Region durchzuführen, die von meinen unmittelbaren Interessen so weit entfernt lag.

Am folgenden Wochenende, an dem ich nach vielen Monaten zum ersten Mal nicht nach Osnabrück fuhr, machte ich mich auf zu einem Gebiet südlich von Hannover. Dr. Cosack hatte mich über eine Anzahl von Orten, an denen römische Funde gemacht worden waren, unterrichtet. Einige von ihnen lagen nahe der Hügelkette in der ländlichen Umgebung von Hildesheim, wo der berühmte Hildesheimer Silberschatz gefunden worden war. Er hatte mich mit zahlreichen Karten im Großmaßstab ausgestattet, und als ich sie gespannt studierte, fielen mir ein oder zwei eigenartige Flurnamen auf. Flurnamen waren auch für meine Forschungen im Kalkrieser Projekt eine nie versiegende Informationsquelle gewesen. Und dieses Mal sollte es nicht anders sein. Über viele Jahre wurden Felder und Wälle, ohne jede Kenntnis ihrer wirklichen Herkunft, oft als

Römerwall oder Römerfeld bezeichnet. Ich stehe zu der These, daß es nirgendwo »Rauch ohne Feuer« gibt, und so suchte ich auf den Karten eifrig nach auffälligen Namen mit römischem Anklang.

Meine Neugier wurde nicht enttäuscht. Nicht mehr als dreitausend Meter von einer der Fundstellen entfernt, im Nordwesten, stach mir ein Feld ins Auge, das den wohlbekannten Namen »Römerfeld« trug. Aber nicht dieses ließ mein Herz schneller schlagen, sondern ein nur zweihundert Meter entferntes Feld, das als »Silberflecken« bezeichnet wurde. In diesem Augenblick übersah ich allerdings den Schlüssel zu dem ganzen Gebiet, ein Versehen, für das ich mich später hätte ohrfeigen können. Dennoch war in diesem Moment in meinem Kopf der Gedanke vorherrschend, daß dieses »Silberfeld« möglicherweise auf frühere Funde von römischen Denaren hinweisen könnte – eine naheliegende Verbindung.

In einer Mittagspause der folgenden Woche besuchte ich Dr. Cosack und besprach mit ihm die Besonderheiten des Terrains, einschließlich der beiden auffälligen Felder. Er war außerordentlich interessiert an meinem Gesamteindruck von dem Gebiet, vor allem an meinen Gedanken über die wahrscheinlichere Marschlinie zwischen dem Oberlauf der Lippe und der Leine, die die Route der Römer gewesen sein könnte. Er war allerdings nicht ganz so begeistert von den verschiedenen Flurnamen und meinte, diese Namen müßten nicht unbedingt mit wirklichen römischen Aktivitäten übereinstimmen. Sie seien von der ländlichen Bevölkerung und phantasievollen Bauern auf der Basis von Sagen und Altweibergeschichten vergeben worden.

Bei diesem Treffen blickte ich noch einmal auf die Karte im Großmaßstab. Ein Name auf der Karte fiel mir ins Auge und brannte sich in mein Bewußtsein. Der kleine Nebenfluß, der von Westen her am Nordrand der beiden Felder entlangfloß und dann weiter nördlich in den Hauptlauf der Leine mündete, hieß – Saale: Und wo der Fluß Saale in den breiteren Lauf des anderen Flusses mündete, dort war es, wo Drusus starb. –

Anfangs herrschten Unglauben und Skepsis, als unsere Unterhaltung mitten »im Fluß« stoppte. Aber mit jeder Minute, die verging, während wir das offensichtliche Potential dieses Bereichs diskutierten, wurde es deutlich: Wenn es einen Ort gab, auf den alle Gerüchte über Drusus' Vorstöße in das Innere Germaniens und seinen Tod im Jahre 9 v. Chr. zutrafen, dann war es sicherlich dieser und nicht die Stelle, an der die größere Saale in die Elbe mündete – es war eine aufregende Erkenntnis. Und ein neues Element fügte sich in das Puzzle um die Legionen und ihre Feldzüge in Germanien.

(Anmerkung des Autors: Die von Dr. Cosack und mir in den folgenden Monaten durchgeführten Untersuchungen bewirkten, daß Dr. Cosack eine Reihe archäologischer Arbeiten in diesem Bereich aufnahm. Sie dauern noch an und unterliegen daher gewissen Einschränkungen. Wie bei allen wichtigen historischen Untersuchungen ist es immer klüger, sicherzustellen, daß Tatsachen bewiesen werden, bevor man spekulative Aussagen macht – und doch besteht die begründete Hoffnung, daß eines Tages, in nicht zu ferner Zukunft, hier ein weiteres fehlendes Glied der römischen Geschichte offenbart werden wird.)

Varus räkelte sich auf Polstern an dem langen flachen Eßtisch, der beladen war mit Fleisch, Früchten, Brot und bauchigen Flaschen voller Wein. Das Gold und Silber seiner Teller, Becher und seines Tischgeschirrs waren ein prächtiges Zeugnis des Wohlstandes und Vermögens, wie es außerhalb der Hallen und Häuser im opulenten Rom selten geboten wurde. Er war sehr zufrieden mit der Entwicklung, die sein Aufenthalt im Sommerlager nahm.

Marcus Aius – und in seiner Begleitung die Generäle und höheren Offiziere der Legionen – lagerten um den Tisch. Neben einigen Offizieren knieten Sklavinnen, die die Offiziere mit Trauben und Fleisch verwöhnten und ihnen verdünnten Wein und Met einflößten. Es herrschte allgemeine Fröhlichkeit: Lachen begleitete die Witze, und alte Kriegserzählungen wiederholten sich in Hülle und Fülle. Das Wetter war hervorragend, viele Soldaten nahmen ihr Abendbad in den kleinen, zu diesem Zweck angelegten Becken, die das Ufer der Weser am Rand des Lagers säumten.

»Was gibt es für Nachrichten über die Versorgungsboote aus den Seehäfen im Norden, Marcus Aius? Du versprachst mir Nachschub dieses guten Weines aus Gallien mit der nächsten Ladung, mein Durst bleibt ungelöscht an diesen wunderbaren Sommerabenden. Haben wir Neuigkeiten von den Booten?«

»Exzellenz, die letzte Nachricht besagte, daß die Schiffe gestern am späten Abend die Mündung der Weser passiert haben, doch müssen sie noch im Hafen unmittelbar nördlich unseres Lagers halten, um wichtigen Nachschub für die dortige Garnison zu löschen. Bei diesem guten Wetter sollten wir sie am Morgen hier sehen können, obwohl die Strömung, wie ihr wißt, stark ist und ein schnelles Vorankommen harte Ruderarbeit erfordert. Ihr mögt in der Gewißheit ruhen, daß jener feine Wein aus Gallien morgen abend auf eurem Tisch stehen wird, und wir einmal mehr unsere Becher auf den Kaiser, den mächtigen

Augustus, erheben werden! Doch«, sagte er, und erhob sich, »wir haben keinen Grund, bis morgen auf die Ankunft des neuen feinen Weines zu warten, wir haben noch genug von diesem Wein, um jetzt davon zu trinken, und so, Eure Exzellenz, erhebe ich meinen Becher, meine Herren! Auf unseren Imperator, auf den Caesar Augustus!«

Und mit diesem Ruf hoben Marcus, die anderen Offiziere und Varus ihre Becher: »Heil Caesar, Heil dem Imperator, Heil Augustus Caesar!« Und der Wein floß frei und fand seinen Weg, und Gelächter bestätigte den köstlichen Genuß.

Arminius lag ausgestreckt am Tisch gegenüber von Marcus, er wirkte nachdenklich und in sich gekehrt, und obwohl er seinen Becher hob und gemeinsam mit den anderen Befehlshabern trank, gab es von seiner Seite keine erkennbare Würdigung Caesars.

»Was plagt dich, Arminius«, fragte Varus, »deine Gedanken scheinen an diesem Abend woanders zu sein. Wartet ein schönes Mädchen auf dich, um mit dir zu Bett zu gehen, oder gibt es andere Dinge von ernsterer Natur, die dich so gedankenvoll und zurückgezogen erscheinen lassen?«

»Exzellenz«, erwiderte Arminius, »ich bin besorgt über wiederholte Berichte meiner Kundschafter, daß sich bei den Stämmen des Umlandes etwas zusammenbraue. Ich kann die Ursache der Unruhe nicht ergründen, noch ihren genauen Ort ausmachen, und empfinde dies als beschämend. Ich beabsichtige, morgen mit einem kleinen Verband meiner Reiterei auszuziehen, um das Bergland im Westen zu erforschen. Ich hoffe, daß ich einen genaueren Bericht vorlegen kann, wenn ich zurückkehre.«

»Ich denke, du machst dir unnötige Sorgen, Arminius, du solltest hierbleiben und von dem neuen Wein aus Gallien kosten, wenn er morgen eintrifft. Wir haben unserem lieben, verstorbenen Drusus sehr zu danken für die Anlage des Kanals zur Nordküste und des Hafens an der Mündung der Weser, denn ohne sie wären wir nicht so gut mit Nachschublinien versehen. Doch ich verstehe deine Verärgerung. Ich leide unter meiner eigenen. Ich finde die Tatsache, daß wir den genauen Ort, an dem Drusus in diesen germanischen Ländern begraben liegt, nicht kennen, ebenso ärgerlich. Sein vorzeitiger Tod war ein unermeßlicher Verlust für Rom. Aber nimm deine Männer und geh mit meinem Segen, und mit dem des Imperators. Laßt uns noch einmal unsere Becher erheben, meine Herren«, rief er und hob seinen Becher.

»Heil Augustus, Heil Caesar, Heil dem Imperator!« Die Rufe hallten durch das Lager. Die Männer der 17., 18. und 19. Legionen, die in der Nähe des Kommandantenzeltes saßen, schmunzelten und lachten angesichts der lärmenden Feier im Zelt, und dann fuhren sie fort mit ihren lauten, ausgelassenen Trinksprüchen, deren Wortwahl etwas weniger respektvoll ausfiel als die ihrer Kommandeure im Zelt.

Arminius nahm einen Schluck vom Wein und fuhr fort, die Silbermünze, die er in seinen Fingern hielt, sanft zu reiben. Eine der frisch geprägten Münzen aus Lyon mit dem stolzen, adlerhaften Antlitz des Augustus Caesar auf der einen Seite und auf der anderen Gaius und Lucius Caesar, zu beiden Seiten von Schilden und gekreuzten Speeren stehend.

Der Weserhafen

Ich betrat das Münzkabinett des Kestner Museums in Hannover und bat, Dr. Frank Berger sehen zu dürfen. Unsere Treffen waren im Laufe der vergangenen drei Jahre häufiger geworden. Ich schaute immer noch von Zeit zu Zeit vorbei, und wir sprachen über die Ereignisse in Kalkriese und über meine Arbeit in der Umgebung Hannovers. Frank verfügt über ein außerordentliches Fachwissen, besonders in bezug auf römische Münzen, und jedesmal, wenn ich ihn besuchte, gab es etwas anderes zu besprechen.

In jenen Tagen des Sommers 1990 war er mit einer Zusammenstellung der römischen Münzfunde in Norddeutschland beschäftigt. Bei seinen Nachforschungen kamen ihm des öfteren Bruchstücke interessanter Berichte in die Hände, die andere römische Funde betrafen, nicht unbedingt römische Münzen. Sein Büro war vom Fußboden bis zur Decke mit Stapeln von Büchern ausgefüllt und die Regale bogen sich unter ihrer Bücher- und Zeitschriftenlast. Der Schreibtisch war übersät mit Photos, Dias, alten Schriften und vielem mehr, eine faszinierende Sammlung von Fakten, Zahlen und Wissen.

Frank begrüßte mich herzlich, unsere Zusammenkünfte waren immer sehr freundschaftlich und heiter und ein willkommener Teil meines – auf Grund meiner intensiven Forschungen und der damit verbundenen Freizeitarbeit – raren gesellschaftlichen Lebens. Ich setzte mich an die Seite seines Schreibtischs und bemerkte einige alte Handbücher, die er ausgebreitet hatte, doch ehe ich eine Chance hatte, ihren Inhalt zu erkunden, eröffnete er das Gespräch mit einer seiner »beiläufigen« Fragen, die so oft zu einer regen Diskussion führten. Er ist ein Meister des Understatements, und ich genoß in höchstem Maße seinen Einstieg in unsere Unterhaltungen. Dieses Treffen allerdings sollte etwas besonderes werden, ein sehr anregender und faszinierender Einblick in einen Teil von Franks Arbeit.

»Schön, dich wieder einmal zu sehen, Tony. Ich habe nun viele Monate über deutschen Archiven gebrütet um herauszufinden, was unsere Museen einst enthielten und wohin die verschiedenen Sammlungen verschwunden sein mögen. Im Osten ging natürlich alles nach Rußland, dort befindet sich heute vieles, das weggeschlossen und dessen Wiederauftauchen äußerst unwahrscheinlich ist. Es ist zweifelhaft, ob irgend jemand je viel von dem zu sehen bekommt, was nach Moskau ging. Sie betrachten das als eine Art von Wiedergutmachung, nehme ich an. Aber wer weiß, eines Tages könnte sich das ändern.«

»Vielleicht kommt der Tag schneller als wir denken«, sagte ich, »manche Türen öffnen sich in Osteuropa leichter als andere. Aber egal, laß uns weiterkommen, ich bin fasziniert von deinem Bericht, aber wohin führt uns das?«

»Nun«, er hielt effektvoll inne, »das Interessante ist, daß ein großer Teil der Schätze, welche Museen und Privatleute lange vor dem Dritten Reich zusammengetragen hatten und die sich noch an ihren eigentlichen Lagerungsorten befanden, am Ende des Krieges auch von Angehörigen der Alliierten Streitkräfte erbeutet wurden.«

Ich unterbrach ihn: »Das muß vielen als ausgleichende Gerechtigkeit erscheinen, von der einen Hand gestohlen und ihr dann von einer anderen geraubt. Aber offensichtlich würde man das heute anders sehen. In jener Zeit gab es auf allen Seiten soviel Diebstahl und Unterschlagung, daß es heute schwierig sein muß, darüber zu urteilen. Doch«, ich lächelte, »du willst mir sicherlich noch etwas anderes erzählen?«

»Ja«, sagte er, »ein Teil meiner Aufgabe ist es, nicht nur auf den verschiedenen nationalen und internationalen Auktionen die bekannten Münzen wiederzubeschaffen, sondern auch, soweit möglich, die Sammlungen und seltenen Einzelstücke aufzuspüren, die am Ende des Krieges verlorengingen. Wie du dich erinnern wirst«, fuhr er fort, »wurde die Münzsammlung, die die Familie von Bar in Kalkriese im Laufe des 18. und 19. Jahrhunderts zusammengetragen hatte, am Ende des Krieges gestohlen. Auf der Grundlage unserer eigenen und der Archive der Alliierten, die von den Amerikanern hier in Deutschland und in Berlin verwaltet werden, nehmen wir an, daß es entweder eine kanadische oder britische Einheit war, die auf Schloß Barenaue lagerte und dort in den letzten Wochen des Krieges zeitweilig ihr Hauptquartier eingerichtet hatte. Es wird auch angenommen, daß die verantwortliche Person ein Offizier war, aber wir waren nie in der Lage, das zu beweisen, und leider konnten wir auch kein Licht in die Sache bringen – bis vor kurzem. Glücklicherweise ist die ganze Sammlung von deutschen Museumsverwaltungen und von einheimischen Historikern, vor allem von Mommsen, sorgfältig beschrieben worden. Wie du weißt, war er der Mann, der zuerst die These aufstellte, daß Kalkriese der Ort der Varusschlacht sei – nur auf der Basis der Münzsammlung und ihrer Zusammensetzung. Er wußte, daß keine der Münzen in der Sammlung später als der Augustus-Denar geprägt worden war, der Augustus Caesar auf der einen Seite und auf der anderen Gaius und Lucius Caesar, zu beiden Seiten von Schilden und gekreuzten Speeren stehend, zeigt.

Soweit – als Ergebnis meiner Nachforschungen über den jeweiligen Verbleib und meiner Beobachtung der Märkte, auf denen Stücke aus der Sammlung von Bar auftauchen könnten, stieß ich auf einige interessante Teilinformationen. Ich habe daraufhin die europäischen und die Schweizer Auktionen beobachtet, und ich denke, drei der Original-Silberdenare aus der Sammlung von Bar gefunden zu haben. Ich fliege diese Woche in die Schweiz, das Auktionshaus in Basel hat mir eine aufregende Nachricht zukommen lassen. Ein Angestellter der Firma »Münzen und Medaillen AG«, Dr. Lutz Ilsch, mit dem ich in Münster Geschichte und Münzkunde studierte, hatte die drei Münzen erworben. Sie werden der Sammlung von Bar zugeschrieben, denn Mommsen erwähnte sie in seinen Schriften. Das Auktionshaus hat nun die drei Denare dem Kestner Museum als Schenkung übergeben; ich hole sie ab.«

»Das ist eine großartige Neuigkeit, Frank. Vielleicht wird mit der Zeit noch mehr wieder aufgefunden. Was liegt noch an?«

Er überlegte einen Moment und sagte dann: »Ich habe noch eine Sache, die ich dir zeigen möchte, aber ich muß erst noch ein wenig weiter nachforschen. Es bezieht sich direkt auf die römische Besetzung von Norddeutschland, insbesondere auf das Gebiet der Weser. Ich glaube, mein nächster Fund aus den Archiven wird dir Freude machen, es ist etwas für dich zu untersuchen und zusammenzufügen. Ich weiß, daß du gern solchen Dingen nachgehst. Vielleicht hast du nächste Woche eine Stunde übrig? Ich verspreche, dann werde ich es für dich bereit haben.«

Ich versicherte ihm, daß ich selbstverständlich kommen würde. Wir einigten uns auf die Mittagspause am folgenden Mittwoch, und ich überließ ihn seinen Büchern und alten Archivdokumenten.

In der Nacht träumte ich von den wunderbaren Schätzen und Dingen, die unter den Feldern und Hügeln lagen und auf ihre Entdeckung warteten, und von den Geschichten, die sie erzählen könnten. Doch dann wandelten die Träume sich zu Alpträumen von mageren Feldern, die wieder und wieder gepflügt wurden; und Luft und Chemikalien zersetzten und zerstörten nach und nach alle kostbaren Stücke, die nur darauf warteten, gefunden zu werden – und vielleicht bald für immer verloren sein könnten.

Es war mittlerweile Juni geworden. Arminius saß auf seinem Pferd, hoch oben auf dem Rücken der Hügel am Durchbruch bei Minden, und blickte hinunter auf Varus' Sommerlager. Durch den Dunstschleier des Sommertages konnte er das Lager in der nördlichen Ebene am Westufer der Weser sehen. Sein Standort öffnete ihm einen weiten Blick über das germanische Flachland nördlich und südlich des Mindener Durchbruchs, durch den die Weser aus den Bergländern weit im Süden strömte. Zu beiden Seiten des Einschnitts in das Wiehengebirge, der an der weitesten Stelle mehr als einen Kilometer breit ist, hatten die römischen Pioniere den Baumbestand gefällt und auf beiden Höhen schwer befestigte Beobachtungsposten angelegt. Auf einer Breite von dreihundert Metern, ausgehend von dem Vorsprung des Hauptkammes, auf dem sie die Befestigungen errichtet hatten, und etwa fünfzig Meter weit die steilen Hänge hinab, waren die Bäume gerodet worden.

Jeder Beobachtungsposten war mit einer verstärkten Wache besetzt, die regelmäßig ausgewechselt wurde. Ein Heliographensystem hielt die Kommunikation zwischen den beiden Ausguckposten und dem Hauptlager während des Tages aufrecht, und für die Nacht waren Signalfeuer vorbereitet für den unwahrscheinlichen Fall, daß ein Angriff auf die römischen Stellungen Verstärkung erfordern sollte. Zusätzlich wurden in der Nacht kleine Feuer am äußeren Rand des inneren Grabenringes jeder Stellung entfacht und während der Stunden der Dunkelheit in Gang gehalten. Ihr Schein warf Licht über den gerodeten Bereich, blendete aber nicht die Augen der diensthabenden Wachen, sondern erlaubte ihnen, jedes Eindringen in das offene Feld um das Fort herum zu erkennen.

Schmale, tief in den Boden geschnittene Gräben liefen zu den einzelnen Feuerstellen und ermöglichten den Soldaten, die Feuer in den Stunden der Dunkelheit einfach und sicher aufrechtzuerhalten.

Aber nun, in der Hitze des Sommertages, blitzten die Botschaften der Heliographen hin und her über die weite Kluft und hinunter zum Sommerlager. Arminius war mit seinem großen Reiterverband zu dem Fort auf dem Hügel hinaufgeritten, um im Auftrag des Lagerkommandanten die Wache zu kontrollieren, bevor er zu seinem Spähritt in die Teutoburger Berge aufbrach. Am vergangenen Abend hatte er Quinctilius Varus berichtet, er hätte Nachrichten über »Unruhen« in den Ländern im Westen erhalten – nun war er frei, seinen eigenen Plänen nachzugehen. Von hier aus beabsichtigte er, über den Kamm des Wiehengebirges in dessen westliche Abschnitte zu reiten, etwa fünfzig Meilen von hier, in das Land der Cherusker.

Der offene Paradegrund vor dem äußeren Tor des westlichen Hügelforts war angefüllt mit Pferden und Männern, seinen Männern. Obwohl sie dem Varus und dem Imperator ihren Eid geleistet hatten, galt ihre Treue allein Arminius. Eigentlich waren sie ein aus den verschiedenen Stämmen der Ebene im Norden Germaniens zusammengewürfelter Verband aus Chatten, Markomannen, Kimbern, Brukterern, Marsern und einer Handvoll der einst berühmten Teutonen. Sie waren nun nicht mehr als ein zusammengeschrumpftes und verstreutes Völkchen. Etwa hundert Jahre zuvor waren sie von den römischen Legionen unter Marius bei Aix-en-Provence schwer geschlagen und dezimiert und ein Jahr später bei Vercelli dann nahezu vollständig vernichtet worden. Nie wieder hatten sie ihre frühere Stellung und Macht zurückgewonnen. Dann waren da die Männer seines Volkes, die hochangesehenen Cherusker. Früher, im Jahre 4 n. Chr., hatte Tiberius, zu der Zeit Befehlshaber in Germanien, ihnen die privilegierte Stellung eines Bundesgenossen im Römischen Reich eingeräumt. Mitgliedern der führenden Schicht, unter ihnen auch Arminius, wurde das römische Bürgerrecht verliehen. Damals trat Arminius in den Dienst des Kaisers als Offizier einer Hilfstruppeneinheit; seine Stellung wurde weiter erhöht, als er den hoch angesehenen Titel eines römischen Ritters erhielt. Sein Volk, dessen Gebiet sich vom Oberlauf der Lippe bis zur Weser und darüberhinaus in die Länder an der mächtigen Elbe erstreckte, sollte sich jetzt erneut als eine Macht erweisen, mit der die Römer rechnen mußten. –

Arminius und die anderen Anführer waren zunehmend erzürnt über die Art, wie die Römer unter Varus ihre Länder besetzt hielten und verwalteten. Sie erteilten den Germanen Befehle, als wären sie Sklaven der Römer und keine freien Männer und römische Bundesgenossen. Varus preßte zudem enorme Abgaben und Steuern aus der Bevölkerung und heizte so die Unzufriedenheit weiter an. Arminius zweifelte nicht, daß die Zeit zum Handeln gekommen war – es war nun soweit, die Römer in einer Schlacht herauszufordern – allerdings nicht auf dem Boden ihrer Wahl. Am Ende des Sommers, auf ihrem Rückweg in das Winterquartier, würden sie in das Bergland der Teutoburger Berge gelockt. Die Zeit war reif. Die Anführer der Stämme waren verärgert und unzufrieden; wütend und lautstark führten sie ihre Debatten und Versammlungen.

Arminius plante, sich erneut mit den obersten Anführern zu treffen. Die letzte Versammlung vor einem Monat war ein stürmischer

Erfolg gewesen, ein vielversprechender Umschwung, und mit der Hilfe der Götter würden sie die Römer endgültig aus den germanischen Ebenen vertreiben. Während dieser Versammlung hatten sie einen kleinen römischen Kundschafterverband niedergemacht, der das Treffen entdeckt hatte. Beinahe hätten sie den Fehler gemacht, den einzigen Überlebenden in seinem Versteck zu übersehen. Er war schwer verwundet entkommen, aber glücklicherweise in Varus' Lager gestorben, noch bevor er irgendeine Information über die Kriegskonferenz von sich geben konnte. Doch es war knapp gewesen – und Arminius hatte immer noch das Gefühl, Marcus Aius würde ihm mißtrauen. Er brauchte einen Plan, und seine Entschlüsse sollten bald feststehen. In wenigen Monaten würden die Legionen zusammenpacken und wieder zurück nach Südwesten ziehen, dann mußte es geschehen.

Unten, unweit von Varus' Lager am Ufer der Weser, zogen lange Boote langsam den Fluß hinauf, schwere Ruderarbeit war gegen die Strömung des zur Nordsee fließenden Wassers erforderlich. Für einen Moment betrachtete Arminius die Szenerie und schaute dann hinüber zu seinem Mitkommandanten und besten Freund Wodenicus. Er stand in der Nähe und sprach leise zu den Reitern, während er wartete, daß sein Anführer aus seiner Versunkenheit erwachte. Er spürte, wie Arminius' Blick auf ihm ruhte und blickte auf. Arminius nickte, trieb sein Pferd an und ritt über den offenen Grund auf das bewaldete Bergland zu. Als er die Nordecke des Lagers passierte, grüßte er den Lagerkommandanten, der über die Brüstung lehnte, mit einem leichten, gleichgültigen Winken, dann galoppierte er durch die Verteidigungslinien davon. Die Hilfstruppenreiter folgten ihm. Das Hufgetrappel wurde begleitet von gelegentlichem Schnauben und Wiehern der Pferde, von dem Knarren des ledernen Zaumzeuges und der Sättel und von einzelnen verhaltenen Rufen der Reiter, die ihre Pferde antrieben.

Nach wenigen Minuten war die Einheit, etwa dreihundert Reiter, in den undurchdringlichen Wäldern verschwunden – eine Staubwolke war das einzige, das von ihnen zurückblieb.

Der Zenturio Gaius Claudius Suebus, Kommandant der Wachposten, spürte die wärmenden Sonnenstrahlen auf seinem Gesicht und seinen Armen, während er beobachtete, wie der Verband aus seinem Blickfeld verschwand – doch dann, aus einem seltsamen, unerklärlichen Grund, fröstelte es ihn, ein kalter Schauer lief seinen Rücken hinunter. »Bei den Göttern«, rief er, »wer schreitet da über mein Grab?« Der wachhabende Legionär neben ihm, ein Freund und Kamerad in vielen großen Feldzügen der vergangenen Jahre, lachte und sagte, »Mit Verlaub, mein Herr, wenn die Schritte schwer waren, dann werden es wohl die meiner Schwiegermutter gewesen sein. Sie verflucht euch noch immer dafür, mich all die Jahre von der Seite meiner Frau fortgehalten zu haben, und wie ihr wißt, war ihre Zunge spitz und einfallsreich, als wir aufbrachen!«

»In der Tat, Brutus Maximus, du könntest recht haben. Ich erinnere mich gut an die Mutter deiner Frau, ihr Wortschatz war wahrhaftig ehrfurchtgebietend, weitaus farbenreicher als der vieler mir bekannter Frauen aus dem Badehaus. Sie verfluchte mich sicherlich, als wir Rom verließen auf unserem Weg in dieses gottverlassene Land. Wenn der Bote nach Rom aufbricht, mußt du ihm ein besonderes Schreiben für sie mitgeben und sie wissen lassen, wie gut wir über sie und deine teure Frau denken. Ich kann gut ohne diese kalten Schritte über mein Rückgrat auskommen!« Er blickte hinüber zu den schwarzen Weiten der düsteren Wälder, in die die Hilfstruppen verschwunden waren. »Aber vielleicht ist deine Schwiegermutter nicht schuld an meinem Befinden – Arminius' Verband wirkte eigenartig und war zu ruhig für meinen Geschmack. Und tatsächlich gab nicht einer, außer Arminius selbst, ein Zeichen des Abschieds, als sie aufbrachen – seltsam, sehr seltsam.«

Er lehnte sich über die rückwärtige Brüstung des Wehrganges und rief zu dem Heliographer hinüber: »Signalisiere dem Lager, daß Arminius unseren Posten verlassen hat und alles in Ordnung ist – und bitte um mehr Wein und Früchte vom Quartiermeister, ich sehe, die Boote sind mit einer neuen Ladung Proviant angekommen, einschließlich dieser vorzüglichen neuen Weine aus Gallien!«

Unten im Hafen lief das erste Boot ein, der Schrei »Ruder einziehen!« hallte über das Wasser, als es an die Seite des Anlegers glitt. »Ruder hoch« – und die rudernden Soldaten ließen sich erschöpft nach vorne über die Querbalken und über die abgenutzten Griffe ihrer Ruder fallen.

Arminius hatte sich der römischen Streitmacht früh, im Alter von nur 23 Jahren, angeschlossen, und als Varus Konsul in Germanien wurde, war Arminius dankbar für den Status und den Lebensstil, den seine Position unter Varus' Befehl mit sich brachte. Aber nun, in seinen frühen Dreißigern immer noch ein junger Krieger, strömte das Blut des Zorns durch seine Adern. Er hatte gesehen, wie sein Volk von Jahr zu Jahr immer stärker unterdrückt wurde, und er konnte es nicht länger ertragen.

Varus' Haltung gegenüber Arminius' Landsmännern war nur dem Namen nach keine Sklaverei und hatte so großen Groll, so große Wut in ihm geweckt, daß seine Reden an die anderen Anführer voller Glut waren, als er sie aufrief, die Waffen zu ergreifen und ihm im Kampf gegen die römischen Schakale zu helfen. Es gab nur einen, der sich gegen einen solchen Aufstand stellte und jedesmal zur Besonnenheit aufrief, wenn Arminius Taten forderte. Gegen dessen Redekunst, gegen dessen Feigheit, die sie in seinen Augen war, zog er nun mit seinen Reitern.

Er war entschlossen, die Sache ein für allemal zu beenden, und wenn es einen Bruch mit Segestes bedeuten würde, der jede feindliche Handlung gegen die römischen Legionen ablehnte. Arminius hoffte, am nächsten Morgen über das volle Mandat der beteiligten Stämme zu verfügen, dann würde er seinen Plan ausführen und die verhaßten Legionen des Varus für immer vertreiben können. – Er ließ sein Pferd schneller den Waldpfad hinabgaloppieren, das Getrappel der Hufe von dreihundert Pferden folgte ihm und hallte durch die düsteren Wälder, als sie zu ihrem eigenen Sommerlager eilten.

Der Spätsommer 1990 ließ die Zeit, die mir in Deutschland noch blieb, rasch schwinden. Zwei Monate hatte ich in Zusammenarbeit mit Dr. Cosack die Bereiche im Süden Hannovers untersucht und der Gedanke, nach England zurückzukehren und Kalkriese hinter mir zu lassen, bedrückte mich zunehmend. Ich hatte schon die Bestätigung erhalten, daß es bei meiner Versetzung ins Verteidigungsministerium nach London bliebe.

Im September machte ich mich wieder einmal auf den Weg nach Kalkriese, um den Fortschritt der Arbeit zu sehen und vielleicht meinen Gemütszustand zu verbessern. Ich hatte von Wolfgang erfahren, daß die Ausgrabung leicht »trocken« gelaufen war, sich aber wieder erholt hatte, als neue Schnitte zum Zentrum des Schlachtfeldes hin geöffnet worden waren. Ich verbrachte ein Wochenende dort. Am Sonnabend, nachdem ich mich mit alten Freunden getroffen und einige der Bauern aufgesucht hatte, die mir während meiner frühen Arbeiten eine so große Hilfe gewesen waren, spürte ich, wie sich meine Laune hob. Das Leben ging weiter, und ich wollte doch noch herausfinden, was an wertvollen Informationen Frank in petto hatte!

Am Sonntag entschloß ich mich, noch eines der großen Felder um den Schlachtort abzusuchen. Sie waren über Jahre immer eine Quelle der Freude gewesen und spuckten immer noch hin und wieder einen einzelnen Fund aus, obwohl sie viele Jahreszeiten hindurch von mir und dem Sondenteam des Museums nahezu durchkämmt worden waren. Der benachbarte Bauer, inzwischen ein inbrünstiger Verehrer von Grouse Whisky, hatte sein Getreide geerntet und das Feld vor dem Wintereinbruch tief gepflügt. Als ich eintraf, bot der Acker die beste Oberfläche für einen Gang mit dem Metalldetektor, die ich je hatte. Sie sah aus wie grauer Haferbrei, wie ein Schwamm fein bestellten Bodens, alle Klumpen waren längst verschwunden. Ich hoffte nur, es würde auch etwas Zucker in der Mischung sein!

Das Feld war groß. Es war in drei Abschnitte aufgeteilt, ein weiteres Feld dahinter führte zum Hügel im Schlachtfeld. Die Felder hatten schon viele Geheimnisse und Schätze preisgegeben, viele verschiedene Verstekke, und offensichtlich übten ein, zwei Bereiche eine besonders starke Anziehungskraft auf mich aus, Stellen, an denen sich bronzene Uniformteile, Denare und andere Münzen während meiner frühen Zeit in Kalkriese in ihrer vollen Pracht offenbart hatten.

Ich beschloß, mich auf zwei kleine Abschnitte zu konzentrieren, die bis ins vergangene Jahr einen ständigen Strom von Münzen und anderen Funden hervorgebracht hatten. Anscheinend waren diese Stellen aber am Ende des letzten Sommers »ausgetrocknet«, und in diesem Jahr waren nach dem Pflügen im Frühling keine neuen Funde mehr gemacht worden. Doch der Boden sah so einladend aus, und ich konnte der Versuchung nicht widerstehen, das Beste aus diesem warmen, sonnigen Tag und einem wunderbar flach bestellten Acker zu machen – und auf einem römischen Schlachtfeld dazu!

Meine Stimmung hob sich, und mit Elan steckte ich zwei Vierecke ab. Drei Stunden etwa verbrachte ich mit der Arbeit in dem ersten Gitternetz, doch vergeblich, und ich gönnte mir eine Mittagspause mit meiner geliebten Thermosflasche voll Kaffee und einem Apfel – ein Festmahl wie für einen König. Nun fühlte ich mich doch ein wenig träge und müde. Ich döste, das würde mich, so hoffte ich, erfrischen.

Ich wachte auf und schaute auf die Uhr im Auto. Drei Minuten waren vergangen, nur drei Minuten! Aber ich fühlte mich neu aufgeladen und war bereit, die Suche fortzusetzen. Die Zeit verstrich und ich hatte die Rückfahrt nach Hannover noch vor mir. Ich stieg aus dem Auto und ging zu dem zweiten Viereck. Alles um mich herum war still und ruhig, einer jener sonnigen Tage auf dem Lande, an denen kaum etwas geschah, das die Umgebung störte, keine Menschen, kein Verkehr, ein einzelner Vogelruf von Zeit zu Zeit, sonst nichts.

Ich war nicht länger als ein paar Minuten auf dem zweiten Rechteck, als ich das bekannte doppelte Klingeln des Fishers in meinen Kopfhörern vernahm. Ich wußte, es war eine Münze, aber war es eine römische? Ich sollte nicht enttäuscht werden. Nur wenige Zentimeter tief fand ich sie, als ich vorsichtig die lockere Erde zur Seite schob. Der torfartige Anteil des Oberbodens bewahrte nicht nur die älteren Silberstücke, er erschwerte es auch fast immer, den Fund genau zu erkennen. Diesmal war es anders. Die stolzen, erhabenen Gesichtszüge der Göttin Venus, der sagenhaften Stammutter der Julier, kamen zum Vorschein. Auf der Rückseite, als ich behutsam die schwarze Erde entfernt hatte, konnte ich eine gehende Gestalt erkennen, die später identifiziert wurde als Aeneas, der Anchises auf den Schultern trug. Daneben war groß und deutlich der Name CAESAR eingraviert; eine Münze, die Caesar in Nordafrika im Jahre 47 v. Chr. hatte prägen lassen. Ein wunderbarer, einwandfrei geprägter Denar und in beinahe makellosem Zustand!

Dieser Fund allein hätte ausgereicht, um meine Begeisterung und mein Interesse wachzuhalten und den Detektor in mühseliger Prozedur einen Monat lang über leere Felder zu führen. Meine Laune stieg schlagartig, die Müdigkeit war wie weggeblasen. Nachdem ich die Münze verzeichnet und die Stelle markiert hatte, ließ ich sie an der Markierung zurück und setzte meine Suche fort. Eine halbe Stunde verging, da hörte ich wieder den geliebten Ton. Ich war völlig gefesselt von dem Erfolg meiner Suche und hob vorsichtig die Erde heraus; in diesem lockeren Boden brauchte ich keine Schaufel. Diesmal lag die Münze etwas tiefer und ließ sich nicht so ohne weiteres finden. Aber schließlich lag sie, umhüllt von schwarzer Erde, in meiner Hand. Als ich die überschüssige Erde entfernt hatte, sah ich einen weiteren schönen Silberdenar, mit einer Abbildung, die ich nicht auf Anhieb einordnen konnte. Sie sah irgendwie ägyptisch aus, mit Simpulum, Axt und einem Hut. Erinnerungen an ähnliche Funde stiegen langsam wieder auf. Die Rückseite aber zeigte einen alten Bekannten, das wundervolle Bild eines Elefanten, das schon bei einigen meiner ersten Funde im Jahre 1987 aufgetaucht war. Es war ein vorzüglich dargestellter Elefant, der Kopf gesenkt, eine massige Gestalt, der Rüssel erhoben – und die Prägung in hervorragendem Zustand. Noch eine Münze von Julius Caesar. Ich machte die notwendigen Aufzeichnungen, ließ die Münze an der Stelle und ging weiter.

Der Nachmittag näherte sich seinem Ende und ich wußte, ich müßte einpacken und es für heute gut sein lassen, wenn innerhalb der nächsten Viertelstunde kein weiterer Fund auftauchen sollte. Ich machte eine kurze Pause. In den langen Jahren meiner Arbeit auf den Feldern – und meines Militärlebens – hatte ich eine »erstarrte« Haltung erlernt, die es mir erlaubte, stillzustehen und mich dabei auszuruhen, und die Haltung nahm ich nun ein. Ich schaute über das große Feld und sah zum ersten

Mal an diesem Tag Wanderer, die langsam über den nördlich gelegenen Fußweg gingen, etwa fünfhundert Meter entfernt. Ich bezweifle, daß sie meine Anwesenheit überhaupt bemerkten. Für einen kurzen Augenblick folgte ich meinen Tagträumen, dachte an Römer und germanische Krieger, an Schlachten und blutige Schwerter, an Schreie vor Qual und Schrekken, vor Schmerz und Furcht und Todesangst. Diese Felder hatten zahllose blutige Zusammenstöße und Kämpfe erlebt, abgesehen von der zentralen, letzten Schlacht auf der anderen, der Ostseite des Hügels. Es fiel mir leicht, mir die Römer vorzustellen, wie sie aus dem nahegelegenen Engpaß hervorstürzten, um ihr Leben rannten, in die Sümpfe und Moore flohen, in denen ihnen keine andere Wahl blieb, als sich zu stellen und gegen die grausamen Horden der germanischen Krieger zu kämpfen, die sie niederrissen und niederschlugen, wo sie auch standen.

Arminius' Plan hatte sich als brillant, wirkungsvoll und verheerend erwiesen. –

Ich beschloß, die letzten beiden Reihen meines Suchfeldes abzuschreiten und dann zusammenzupacken. Nicht mehr als drei Schritte war ich gegangen, als der wundervolle Ton erneut in meinen Kopfhörern erklang. Ich konnte es nicht fassen, daß ein so sorgfältig abgesuchtes Feld weiterhin seltene römische Münzen hervorbrachte, und das, nachdem es im vergangenen Jahr als leer erschienen war. Diesmal lag die Münze tief, tatsächlich fast unglaubliche dreißig Zentimeter, aber als so leistungsfähig erwies sich mein Fisher, daß er selbst angesichts dieser Tiefe noch ein deutlich hörbares Signal ertönen ließ. Vorsichtig nahm ich ein wenig Erde heraus. Ich glaube, ich hätte raten sollen, was es sein würde. Ich hatte inzwischen so viele dieser einen, ganz bestimmten Münze im Verlauf der vergangenen drei Jahre entdeckt, daß ich sie lesen konnte wie ein altes Buch, das zu einem lebenslangen Lieblingsbuch geworden ist und das aus dem Bücherregal genommen wird, abgestaubt, die vertraute erste Seite aufgeschlagen, um auf ein neues die geliebte alte Geschichte zu lesen von Augustus Caesar auf der einen Seite und auf der anderen Gaius und Lucius Caesar, zu beiden Seiten von Schilden und gekreuzten Speeren stehend.

Ich hatte nun meinen Glauben an meine Verbindung zu Kalkriese und an meine Fähigkeiten als Sondengänger wieder bestätigt gefunden. Die Entdeckung der Silberdenare auf den Feldern um das eigentliche Schlachtfeld tat viel zur Wiederbelebung meiner niedergedrückten Lebensgeister. Mit neuem Mut fuhr ich mit den Funden nach Hannover. In einer Mittagspause der folgenden Woche ging ich wieder zum Kestner-Museum, um Frank Berger im Münzkabinett zu treffen. Es sollte eine weitere wunderbare Offenbarung sein.

Als ich eintraf, wurde ich von der Museumsaufsicht in Franks Büro geführt. Ungewöhnlicherweise war Frank nicht dort, aber der Mitarbeiter versicherte mir, er würde in Kürze zurück sein. So beugte ich mich über den Schreibtisch und schaute mir einige Bücher seiner umfangreichen Bibliothek an. Nach kurzer Zeit stürzte Frank ins Büro, voller Leben und Begeisterung, seine Hände umklammerten ein kleines Bündel Schriften.

»Hallo Tony«, begrüßte er mich, »es tut mir leid, daß ich dich warten ließ, aber wir haben noch schnell nach einigen Dokumenten gesucht, die dich sehr interessieren dürften, glaube ich. Als du das letzte Mal hier warst, erinnerte ich mich, sie gesehen zu haben, und zwar, als ich an meinem letzten Fachbuch arbeitete, aber ich hatte Schwierigkeiten, mich zu erinnern, wo ich sie hingelegt hatte. Ich habe sie nun. Hattest du weiteren Erfolg?« fragte er.

»Heute bin ich an der Reihe, Frank, ich habe drei wundervolle Denare für dich«, und ich schob ein kleines Plastikkästchen über den Schreibtisch.

Die drei aus dem schwarzen Torf entnommenen Denare waren in ausgezeichnetem Zustand, und er war sehr von ihnen beeindruckt. Er nahm sein Vergrößerungsglas und untersuchte sie genauestens der Reihe nach. Dann beugte er sich nach vorne und öffnete eins seiner Handbücher. Als er das tat, sagte ich: »Kein Bedarf, die linke ist Julius Caesar, 47–46 v. Chr. (diejenige, die ich nicht sofort erkannt hatte), die nächste Julius Caesar, 49–48 v. Chr. und die rechte ist Augustus Caesar, unser alter Bekannter um 9 n. Chr., auf der einen Seite und auf der anderen Gaius und Lucius Caesar, zu beiden Seiten von Schilden und gekreuzten Speeren stehend.« Inzwischen war ich selbst ein bißchen zum Experten geworden.

»Hundert Prozent richtig«, sagte er, »aber der Zustand ist unglaublich, selbst die von Julius Caesar sind sehr gut erhalten. Ich werde sie photographieren und katalogisieren lassen und dann zu Professor Schlüter schicken. Weiß er von deinem Fund?«

»Nein«, erwiderte ich, »er ist diese Woche fort und vor dem nächsten Montag werde ich keine Gelegenheit haben, mit ihm zu sprechen; die Münzen werden eine weitere nette kleine Überraschung für ihn sein.«

»Gut«, sagte er, »ein fairer Tausch, wie ihr Engländer sagt, hier ist mein nächstes Angebot für deine römischen Forschungen.« Er reichte mir ein Bündel Dokumente.

»Da sind einige Photographien auf den letzten beiden Seiten dieser Schriften, und das eine zeigt einige Männer, die mit langen Schaufeln auf einem Feld stehen, alle posieren sie für den Photographen. Hinter ihnen«, er lehnte sich über den Schreibtisch und schlug gezielt die Seiten mit den entsprechenden Bildern auf, »kannst du eine Windmühle auf dem höhergelegenen Feld erkennen. Ich weiß, die Gegend liegt bei einem der kleinen Dörfer entlang der Weser, im Norden von Minden. Aber wo genau diese Männer gestanden haben, ist mir nicht bekannt, und ich kann auch keinen Hinweis darauf finden. Das Entscheidende an dieser Geschichte ist Folgendes ...« Er lehnte sich in seine bevorzugte Position zurück, um seine Erzählung zu beginnen.

Torfstecher im alten Flußbett der Weser: Fundort von drei römischen Silberbarren

»Im März des Jahres 1888 hatten drei Landarbeiter beschlossen, gemeinsam im alten Flußbett der Weser, nahe des ehemaligen Ufers, Torf zu stechen. Die Stelle lag nördlich in einiger Entfernung des Durchbruchs bei Minden, und alles, was von den Archivunterlagen übrig ist, sind diese beiden Photos, eins von den drei Arbeitern in der Wiese, und das andere ein Bild ihrer Funde. Die Photos hat ein örtlicher Archäologe aufgenommen.

Die Landarbeiter hatten Torf in diesem Stück gestochen, das ursprünglich einmal zum Flußbett der Weser gehört hatte. Wie du erkennen kannst, sind die Böschungen hinter den Männern und diese Seite der Windmühle nicht mehr als zwei Meter hoch, und so läßt sich vermuten, daß das

Wasser vielleicht zwei bis drei Meter tief war und über Jahrhunderte langsam verschlammte, bevor die Weser ihren Verlauf änderte, wie es im Laufe von Jahrhunderten geschehen kann. Dieser Bereich trocknete in der Folge aus.

Bei ihrer Arbeit stießen die Männer auf drei dunkle, schwarz und braun gefärbte Metallbarren. Sie nahmen sie heraus, untersuchten sie und kamen zu dem Schluß, daß sie höchstwahrscheinlich aus Silber waren, auch die Markierungen auf beiden Seiten der Barren deuteten auf ihre Wichtigkeit. Die Männer nahmen die Barren am Abend mit in die nahe gelegene Stadt und verkauften sie für einige Groschen (eine Silbermünze, wenig mehr wert als ein Tausendstel der Barren!) an einen Herrn in der Wirtschaft. Dieser verkaufte die Barren weiter an das örtliche Heimatmuseum, zwar für etwas mehr als seine Investition von einigen Silbergroschen, aber dennoch weit unter ihrem tatsächlichen Wert.

Seltsamerweise wurden Ausgrabungen an dieser Stelle nicht vor Februar 1889, während eines recht milden Winters, durchgeführt. Und auch dann erstreckte sich die Grabung aus irgendeinem unerklärlichen Grund nur auf einen Bereich von drei mal fünf Metern und drang nicht tiefer als einen halben Meter ein. Der Archäologe schloß aus seiner Grabung, daß die drei Barren Einzelfunde waren, die vielleicht in alten Zeiten über die Seite eines Schiffes gefallen und im schlammigen Bett des Flusses versunken waren.

Die Inschriften der Barren lauteten VRBS ROMA, und das war ein verbreiteter Stempel, der besagte, daß man die Barren in Rom gekennzeichnet hatte. Einige der anderen Inschriften führten zu der Annahme, daß die Barren zur Zeit Valentians III gestempelt worden waren. Und aufgrund der Zeichen von Theodosius und Placida konnten die Stempel auf nicht später als 450 n. Chr. datiert werden, allerdings«, er zögerte, als er über den Tisch nach einem anderen Blatt griff, »ist das nicht notwendigerweise die richtige Interpretation für einen Fund wie diesen. Es kam häufig genug vor, daß existierende Barren ohne Kennzeichnung aus Diebesgut und Steuereinnahmen zusammengegossen, über viele Jahre als Handelsgüter von Hand zu Hand gingen und dann, viele Jahre nach ihrem ersten Guß, erneut zusammengeschmolzen und mit einem Stempel versehen wurden. Diese Barren könnten um das Jahr 450 gestempelt, aber, wie ich sagte, viele, viele Jahre zuvor gegossen worden sein.«

Er blickte kurz über einige der Dokumente, dann lächelte er und sagte: »Nach meinem Wissen hat seitdem niemand mehr diese Stelle untersucht oder irgend etwas getan, um den genauen Ort der Ausgrabung zu entdecken. Sie bleibt eine dieser Sackgassen-Geschichten, aber doch eine sehr interessante.«

»Frank, das ist eine wundervolle Geschichte, und wenn deine Vermutung über die ungefähre Lage des Ortes stimmt, dann schätze ich, müßte sie in Dr. Cosacks Zuständigkeit fallen. Ich denke, es wäre eine großartige Aufgabe, sich an der Weser umzusehen, ob das richtige Feld zu finden ist. Ich werde es mit Dr. Cosack besprechen und sehen, ob es ihm recht ist, wenn ich die Stelle suche. Ich sage dir Bescheid, wenn ich den Ort gefunden habe. Ich glaube, das kommende Wochenende wäre ideal. Kann ich mal telefonieren? Ich will sehen, ob ich mich diese Woche noch mit Dr. Cosack treffen kann, um es mit ihm zu besprechen.«

Ich brannte darauf, diesem neuesten Juwel eines Hinweises nachzugehen. Ich wußte, daß ich meine Freunde und Interessen in Deutschland bald verlassen mußte, aber mir blieben noch ein paar Monate, um diese faszinierende und mich vollkommen fesselnde Suche zu betreiben. Auf der Spur von Schätzen und vergessenen Zeiten. –

Ich verließ Frank, er war erfreut über die drei wunderschönen Denare und ich über die Gelegenheit, eine andere Art von Schatz ausfindig machen zu können, nicht unbedingt weitere Silberbarren, denn von viel größerer Bedeutung war die Hoffnung, einen der römischen Häfen in den nördlichen Abschnitten der Weser zu finden, die zur Zeit des Varus bestanden haben mußten, und zur Zeit der verlorenen 17., 18. und 19. Legion Roms und zuvor, zur Zeit von Drusus' frühen Vorstößen in das Innere Germaniens.

Ich suchte Dr. Cosack auf. Er begrüßte mich mit Herzlichkeit und Gastfreundschaft und wir sprachen zunächst über Orte der Umgebung, auch über unsere gemeinsamen Interessen im Süden Hannovers, wo die abgesteckten Bereiche eines Ackers noch immer der Ausgrabung harrten. Wir besprachen auch Fundstellen entlang der Weser, von dem Durchbruch bei Minden bis über Rinteln hinauf nach Hameln und Höxter. Es drängte mich, das Thema der Silberbarren auf den Tisch zu bringen, und nachdem ich seine Einwilligung erhalten hatte, die Sache weiter zu verfolgen (er wünschte mir obendrein Glück!), verließ ich das Büro in bester Stimmung.

Die Weser ist ein gewaltiger Fluß in ihrem Lauf hinauf zur Nordseeküste Deutschlands. Nachdem sie den Durchbruch bei Minden passiert hat, fließt sie anfangs relativ geradlinig, ehe sie sich nach etwa zwanzig Kilometern in größere Nebenabschnitte aus Seen und kleineren Wasserläufen aufteilt und sich stellenweise über eine Breite von bis zu zwei Kilometern verzweigt. Weiter nördlich vereint sie sich wieder in einem Hauptbett und fließt zur Nordseeküste, wo Drusus seine Lager an den Mündungen der germanischen Flüsse errichtet hatte.

Der Bereich, den ich abzudecken hatte, war etwa fünfzig Kilometer lang, aber dank der älteren, von Dr. Cosack bereitgestellten Karten war es mir möglich, ihn einzuschränken, denn wieviele Windmühlen mochte es schließlich am Ufer der Weser geben?

Nach einem Prozeß des allmählichen Ausschließens entschied ich, mir einen Abschnitt von zehn Kilometern Länge vorzunehmen. Wie Don Quijote war ich nun auf der Suche nach Windmühlen. Ich muß so viele von unterschiedlicher Form und Größe gesehen haben, ich konnte die Zahl von Windmühlen, die es dort gab, nicht fassen. Alle Formen und Größen, einige ragten auf am richtigen Ort, und auch der Vordergrund – die Anordnung und Weite des Landes – stimmte häufig mit dem Photo überein. Und doch bestand keine Mühle vor dem strengen Auge: gegen den Hintergrund des Photos von 1888 gesehen, waren sie stets falsch plaziert. Zwei Wochenenden vergingen, und ich hatte noch keinen Erfolg.

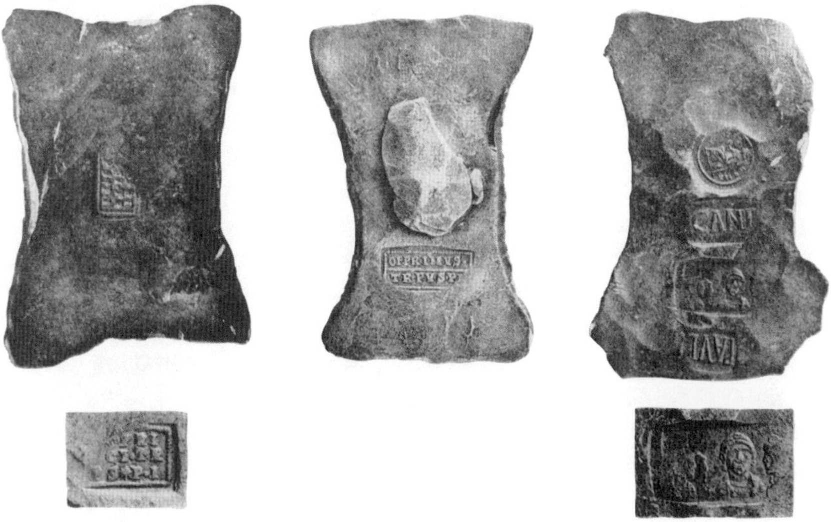

Drei römische Silberbarren, gefunden im März 1888

Stand keine der Windmühlen an der Stelle, die ich suchte? Am letzten Wochenende bevor ich diese Untersuchung abschließen mußte, denn meine Zeit in Deutschland ging schnell zu Ende, saß ich an der Weser im Auto, verschiedene Karten vor mir ausgebreitet. Ich hatte mir eine einfache Kopie mit dem Verlauf des Flusses über etwa fünfzehn Kilometer angefertigt und markierte auf meiner Skizze jede Windmühle, die auf den alten Karten innerhalb eines Abstandes von tausend Metern zu beiden Flußufern verzeichnet war. Zwölf Windmühlen zählte ich innerhalb dieses Bereichs. Ich nahm mir dann die neuste Karte dieses Weserabschnitts vor und begann, die noch bestehenden Windmühlen der Reihe nach abzuhaken. Sieben hatte ich gestrichen und kam dann zu Nummer acht. An der Stelle meiner achten Markierung auf der Kopie fehlte auf der neuen Karte die Windmühle. Lag dort der wahre Ort des Silberbarrenfundes? Ich überprüfte schnell die restlichen vier Windmühlen, sie waren alle noch auf der neuen Karte zu finden. Nun war ich mir sicher, den vergessenen Fundort der römischen Silberbarren entdeckt zu haben, nur vier Kilometer von dem Punkt entfernt, an dem ich parkte.

Ich erinnere mich, wie ich zu der Stelle am Flußufer fuhr, die von der Hauptstraße nicht leicht zu erreichen war. Ich hielt an einer kleinen Kreuzung und überblickte von hier aus das Land und das Wasser im Osten. Ich stieg aus, und hinter mir lag der ehemalige Standort der Windmühle, von deren Existenz jedoch kein Zeichen übriggeblieben war. Bevor ich zu der Fundstelle der Silberbarren hinunterging, wollte ich bestätigt wissen, daß hier einmal eine Windmühle gestanden hatte. Ich erkundigte mich in dem Bauernhaus an der Kreuzung. Der Bauer war sehr hilfsbereit, und er erzählte mir, daß es vor vielen Jahren einen Brand gegeben hatte und die Windmühle aufgrund des Schadens abgerissen werden mußte. Ich dankte ihm für die Auskunft und ging zurück zur Kreuzung, um mir das Feld, das zum Flußufer hinabführte, näher anzuschauen. Als ich über das Feld nach Osten blickte, wollte ich meinen Augen nicht trauen.

Ich sah ein Viereck blauen Wassers, an drei Seiten von Uferböschungen eingefaßt und nach Osten, zum siebenhundert bis achthundert Meter entfernten Hauptstrom des Flusses hin, offen. Wenn überhaupt irgendwo ein sicherer Hafen oder Anleger zum Be- und Entladen in römischer Zeit an den Ufern der Weser bestanden hatte, dann hier. Das Feld, auf dem die drei Torfstecher vor hundert Jahren für den Photographen posiert hatten, stand wieder zwei bis drei Meter tief unter Wasser. Selbst so konnte ich mir diese Szene vorstellen.

Die Boote lagen aneinandergereiht am Kai. Kolonnen von Legionären und germanischen Arbeitern, dazu einige Sklaven, gingen schwer beladen die kurzen Laufplanken hinauf und hinunter. Sie schleppten Getreidesäcke, Weinamphoren, Felle und Häute in verschnürten Bündeln, einzelne Truhen mit kostbarer Habe und wertvollen Dingen, die aus dem germanischen Hinterland nach Rom verladen wurden: Steuereinkünfte und vielerlei teure Güter, einschließlich einer besonderen Ladung Silber. Alles wurde in den niedrigen Laderäumen der Boote verstaut für die lange Reise zum Mittelmeer, zurück in das Herz des römischen Reiches. Ein Sklave schwankte unter der Last einer besonders schweren, mit Silberbarren gefüllten Truhe, jeder der zwölf Barren war in Sackleinen gehüllt und sorgfältig in der großen Eichentruhe verstaut worden. Der Sklave hatte die Seereise nicht gut überstanden und hatte auch die letzte Etappe, ab der Nordseeküste Weseraufwärts, noch unter Übelkeit gelitten. Er war schwach und unsicher auf den Füßen.

Als er die Planke hinaufging, rutschte er auf den feuchten Brettern aus, und bei dem Versuch, das Gleichgewicht zu halten, stürzte er auf die Knie.

Er fiel nicht über die Kante ins Wasser, aber unter seinem und dem Gewicht der Truhe brach der schon gespaltene Steg, er barst in zwei Hälften, und der Sklave stürzte mit der Truhe in das schlammige Wasser. Er geriet außer Sicht und wurde von dem Gewicht der Truhe rasch unter Wasser gedrückt.

Der Kapitän des Bootes hatte aufmerksam die Ladearbeiten verfolgt, um sicherzugehen, daß die Amphoren mit dem Wein, den er nach Minden bringen mußte, im Laderaum getrennt von den anderen Waren blieben. Der Konsul Quinctilius Varus erwartete diese frische Ladung Wein, und es wäre nicht ratsam, die Ladeordnung der Güter durcheinanderzubringen.

Wenn die Weser Hochwasser führte und die Boote auf ihrem Weg flußaufwärts waren, war es günstiger, das Be- und Entladen in einem Arbeitsgang durchzuführen. Es erleichterte das Ein- und Auslaufen, die Strömung konnte zum Abbremsen im Vorfeld der Anleger genutzt werden. Boote, die den Fluß hinunter zur Nordsee fuhren, konnten die Strömung frei nutzen und mußten ihre Fahrt nur dann etwas zurücknehmen, wenn es galt, eine günstige Linie durch die weit mäandrierenden Schleifen des Flußlaufes zu wahren.

Der Sklave spürte, wie seine Füße in den Morast des Flußbettes gezogen wurden. Er sank tief ein in den schwarzen Schlamm. Die Truhe war von seinen Schultern gefallen, die in Sackleinen gehüllten Silberbarren verschwanden rasch. In der Truhe blieben nur fünf der ursprünglich zwölf Barren zurück. Als er sich endlich aus dem umklammernden Morast befreien konnte und aus dem Wasser auftauchte, rang er nach Luft, sog sie tief in seine Lungen und schlug in seinem Bemühen, an der Oberfläche zu bleiben, heftig auf das Wasser.

Die meisten der Sklaven hatten nie schwimmen gelernt. Es machte ohnehin keinen Unterschied, ob sie schwimmen konnten oder nicht, denn wenn die flachen Boote mit dem leichten Kiel in den schweren

Wogen der nördlichen Meere sanken, ertranken sie, an die Ruder gefesselt, und gingen angekettet mit ihrem Schiff unter.

Aber dieser Sklave hier konnte schwimmen, jedenfalls auf seine Art, und er strampelte nun zu dem wenige Meter entfernten Kai. Der Kapitän, der über die Bordwand lehnte, rief ihm zu: »Sklave, du hast die Wahl! Schwimm zurück mit einem Tau und berge die Truhe und ihren Inhalt, und du magst leben, oder versinke und tauche nie wieder auf! Jetzt nimm dies und bringe mir die Truhe wieder hinauf!« Und damit warf er ein verknotetes Stück Tau hinunter zu dem Sklaven.

In diesem Moment blickte der Kapitän plötzlich nach oben. Er spürte eine dramatische Veränderung in der Atmosphäre über dem Hafen. Die heiße Luft des Sommertages war schwer und drückend geworden, der Wechsel war so drastisch, daß er zu riechen war, Spannung erfüllte die Luft, und nach wenigen Sekunden schien es, als ob mehr und mehr Sauerstoff aus der Luft gesogen würde. Ein entferntes pfeifendes Geräusch war von Südwesten zu hören und wurde lauter mit jeder Sekunde. Er hatte es früher schon gesehen und gehört, er wußte was geschah. –

»Der Rachen der Unterwelt«, schrie er, »sichert alle Leinen, schließt die Luken, holt die Laufplanken ein – ein Sturm kommt mit Gewalt! Schnell, ihr Hunde, sichert das Schiff oder wir gehen unter wo wir sitzen!« Seine Peitsche knallte gnadenlos, als er seine Mannschaft und die sich abmühenden Sklaven antrieb.

Pechschwarze, dicke, ölige Wolken zogen sich im Westen bedrohlich zusammen und jagten auf sie zu. »Bei den Göttern!« rief er, in das Auge des heranbrausenden Sturms blickend, »die Geschwindigkeit der Bestie. Schnell, schnell, es bleibt uns keine Zeit mehr...!«

Sein Kommandoschrei echote noch im Hafen, da hatten andere Kapitäne die Notwendigkeit zur Eile bereits erkannt und erteilten hastig Befehle. Ein Gefühl von Panik erfaßte alle, und sowohl die Sklaven als auch die Legionäre hetzten umher, rannten mit ihren schweren Lasten über die Planken, setzten sie eiligst dort ab, wo sie gerade standen, am Kai oder im Boot, und drängten hinunter in ihre Boote, um ihre Plätze an den Rudern einzunehmen. Die Legionäre bewegten sich frei im Schiffsinneren, im Gegensatz zu den Sklaven, die wieder an die Holzschiene entlang der Laderäume gekettet waren; aber in ihren Ruderpositionen saßen auch die Soldaten eng gedrängt und es gab keinen Raum für Bewegungen außer der des Ruderns.

Der Sklave war unter die Wasseroberfläche getaucht, um die Truhe zu bergen und hatte die Befehle und den Tumult über sich nicht bemerkt. Der Kapitän war vollauf mit dem Geschehen um ihn herum befaßt, gab schroffe Befehle und Weisungen, jeder Gedanke an den Mann im Wasser war vergessen.

Kaum eine Minute war vergangen. Ohne weitere Warnung prallte der massive Gürtel des Sommersturms, von heißen, jagenden Winden wuchtig herangetrieben, in den Hafen. Die kühle Wetterfront aus dem Norden hatte die erdrückende und glühende Hitze der Hochdruckzone über dem germanischen Bergland im Südwesten aufgesogen und ein gewaltiges Vakuum sog die schwarzen Gewitterwolken der nachfolgenden Regenfronten ein.

Gewaltig peitschte der Strom hohe Wellen auf und schleuderte sie über die Kais und die fest vertäuten Boote, stieß Männer, die es nicht zum Unterdeck geschafft hatten, wie Kegel vom Deck und in das strudelnde Wasser.

Vor dem Sklaven, der nach der Truhe mit den Barren tauchte, ragte plötzlich eine riesige Form im düsteren Wasser auf. Sein Boot hatte sich aus der Vertäuung gelöst, Taue waren unter dem Druck der anprallenden heftigen Böen und gewaltigen Wellen gerissen.

Er wurde augenblicklich erfaßt, noch ehe er überhaupt Zeit hatte, verwirrt oder verängstigt zu sein. Grausam wurde er zwischen das Schiff und die Steinfront des Anlegers gepreßt. Sein Körper wurde zerquetscht zu einer unkenntlichen Masse aus Fleisch und Knochen; der Tod war so schnell gekommen, daß er weder Schrecken noch Schmerz gespürt hatte.

Der auf die Sturmfront folgende Regen prasselte nieder, ein Vorhang aus Wasser durchnäßte alles und versperrte die Sicht. Die Rufe und Schreie der Befehle verloren sich im Tumult der entfesselten Natur. Boote wurden mit voller Wucht gegen die Kaimauer geworfen, so daß ihre schweren Seitenhölzer barsten. Die herandonnernden Wellen schleuderten sie wieder und wieder gegen die Steinfront, brachen ihre Laderäume, Wasser ergoß sich in die Rümpfe. Schiffe wurden losgerissen, hin und her geworfen und in den weiten Lauf des Flusses getrieben; gefüllt mit dem Wasser der mächtigen Wellen, die über alles hinweg rollten, gingen sie schließlich unter.

Viele Schiffe sanken dort, wo sie im Hafen lagen, andere verschlang der Fluß, als sie fortgerissen und fortgetrieben wurden von den orkanartigen Winden über dem offenen Wasser der mächtigen Weser. Die Silberbarren auf dem Grund des Hafens verschwanden im schlammigen Boden.

Der Sturm hielt noch eine kurze Weile mit unveränderter Heftigkeit an, dann ließ er nach. Der Regen wurde schwächer, die Winde verloren ihre peitschende Kraft. Als der Hafen wieder sichtbar wurde, war nicht ein einziges Boot mehr zu sehen und die Silberbarren sanken tiefer und tiefer in den schwarzen Grund des Flußbettes. –

In der folgenden Woche besuchte ich erneut Dr. Cosack und fragte ihn, ob er eine irgendwie geartete Untersuchung der Stelle in der näheren Zukunft vornehmen wolle, und ob er beabsichtige nachzuweisen, daß dort, wie ich glaube, ein römischer Hafen existiert hatte. Er zeigte sich in unserer Diskussion über den Ort sehr interessiert, aber angesichts der umfangreichen Aufgaben im Süden Hannovers und seiner anderen kontinuierlich fortschreitenden Projekte fühlte er sich außerstande, ein Unterwasser-Forschungsprojekt einzuleiten. Er fügte hinzu, daß ich, insofern ich wolle und die Zeit hätte, diese Sache mit seinem Segen weiterverfolgen könne.

Es war inzwischen Spätsommer, meine Wochen in Deutschland waren gezählt, und diese knappe Zeitspanne würde es trotz meiner professionellen Mittel nicht zulassen, ein solches Projekt durchzuführen. Ich dankte Dr. Cosack für sein nach wie vor bestehendes Interesse und seine Unterstützung, aber weitere Untersuchungen an dieser Stelle müßte ich zurückstellen, bis ich irgendwann in der Zukunft nach Deutschland zurückkehren würde. Ich verabschiedete mich und schaute dann noch bei Frank Berger im Münzkabinett vorbei. Er hatte Verständnis für meine Enttäuschung, die Suche nach den Silberbarren nicht fortsetzen zu können. Wir vereinbarten, in Verbindung zu bleiben, und dann ließ ich ihn an seinem Schreibtisch zurück, vertieft in ein anderes der wundervollen historischen Juwele aus seinen Archiven.

Nun, da die Zeit gekommen war, Deutschland zu verlassen, verspürte ich große Unzufriedenheit darüber, so weit gekommen zu sein, ohne die gesamte Geschichte des Untergangs der Legionen des Varus aufgedeckt zu haben. Ich wußte, wir kamen der Wahrheit näher, ich wußte, die Wahrheit lag in Kalkriese, und ich wünschte so sehr, alles so schnell aufzudecken, wie die Grabungsmannschaften nur arbeiten konnten.

Doch Wolfgang holte mich mit seiner ruhigen und besonnenen Art zurück auf den Boden der Tatsachen. Inzwischen wurde er von seinen Leuten liebevoll »Papa Schlüter« genannt. Kaum einmal wurde er laut oder verlor die Geduld, und er blieb immer rücksichtsvoll gegenüber allen, die mit dem Projekt befaßt waren.

Ich erinnere mich gut, wie er bei meinem letzten Besuch in Osnabrück sagte: »Diese Grabungen können allein hier auf der Hauptstelle in Kalkriese zehn Jahre andauern, und es schließt sich auf beiden Seiten soviel daran an, im Osten wie im Westen. Also, wenn du kannst, komm und besuche uns von Zeit zu Zeit. Die Felder werden immer hier sein. Es gibt noch viel Boden zu untersuchen, da werden Klaus und Gisela auch bei ständigem Einsatz nicht alle Geheimnisse lüften, die hier in den Feldern liegen, sie werden nicht alles absuchen können. Ich werde dich auf dem laufenden halten, ich werde dir schreiben und dich über die neusten Funde und die Fortschritte der Grabungen informieren. Laß von dir hören, Tony. Du hast die Stelle entdeckt, und du kannst sicher sein, daß ich es nicht zulassen werde, daß diese Tatsache je vergessen wird, und auch nicht die Arbeit, die du seitdem geleistet hast.« Er hielt sein Wort.

Ich verließ Deutschland im Januar 1991. Im Februar fegte die Operation Desert-Storm über Kuwait und den Irak, die Welt richtete ihre Aufmerksamkeit nun auf Dinge, die wichtiger waren als ein kleiner Hügel in Deutschland – in dessen Richtung die Männer der 17., 18. und 19. Legion marschierten, im Spätsommer des Jahres 9 n. Chr., und von dem aus Arminius vor all diesen Jahren die Schlacht im Teutoburger Wald gelenkt und geschlagen hatte.

Während des größten Teils des Jahres 1991 und während der letzten Kampfphasen des Golfkrieges blieb ich im britischen Verteidigungsministerium in London. 1992 unternahm ich mehrmals die lange Reise nach Kalkriese, um meine Zusammenarbeit mit dem Kalkriese-Projekt und den laufenden Prospektionen der ausgedehnten, das Schlachtfeld umgebenden Flächen fortzusetzen. Das Projekt schien – so empfand ich es zumindest – aus irgendeinem unerklärlichen Grund eingeschlafen zu sein, es war bis zu diesem Zeitpunkt nicht über die zentrale Ausgrabung in Kalkriese und den Ort des Hinterhalts hinausgekommen.

Die vollständigen Ausmaße und das Potential der Flächen waren noch zu erkunden. Das Schlachtfeld könnte sich über zehn bis zwanzig Kilometer nach Osten, wo es begonnen haben mußte, erstrecken, und die Felder unmittelbar westlich und dahinter könnten sich zweifellos als ebenso wichtig erweisen. Das war ein ungeheuerlicher Gedanke, aber diese Überlegungen und Rätsel mußten warten. Ich war sehr an den Funden interessiert, die aus den Tiefen der Grabungsschnitte hervorkamen – wenn ich auch das mühselige Vorgehen, dem archäologische Ausgrabungen unterworfen sind, nicht sonderlich genoß. Ich zog es vor, die umgebenden Felder wieder zu besuchen und abzusuchen, glücklich und zufrieden mit meinem Alleinsein, mit meiner Arbeit. Ich wollte auch immer noch anderen Aspekten der Untersuchung nachgehen und war insbesondere begierig herauszufinden, welches die Marschroute war, die die Legionen damals zwangsläufig genommen haben müßten, um Kalkriese zu erreichen.

Auf den Feldern war schon vieles von den Sondengängern geleistet worden. Die Suche wurde weiter östlich und westlich des Hauptschlachtfelds ausgedehnt, und als klar wurde, daß eine Prospektion nie ausreichen würde, suchten sie die wichtigsten Flächen in der Umgebung der Grabung erneut ab.

Zwei lange, heiße Sommer erlaubten es, die Hauptgrabung auf die Größe eines Fußballfeldes auszudehnen, doch ab einem gewissen Punkt begannen die Funde zu versiegen. Wichtiger noch, die Spur des Walls, von dem die Archäologen geglaubt hatten, er verliefe einigermaßen geradlinig entlang der Vorderseite des Hinterhalts, verlor sich. Deshalb mußten sie auf halbem Weg über das Feld ihren Plan ändern, dem von Südosten nach Nordwesten verlaufenden Höhenlinien folgen und Suchschnitte anlegen, um den weiteren Verlauf des Walls zu erkunden. Mittlerweile arbeitete man auf der Westseite des Feldes, auf dem die ersten Ausgrabungen große Mengen an Funden hervorgebracht hatten. Hier, an der Vorderseite des Walls, kamen die Parademaske und die Pionieraxt zutage. Doch jetzt beschloß Professor Schlüter drastische Maßnahmen: Einschnitt in den Wald und Ausgrabung eines großen Vierecks. Es gab Widerstände gegen das Fällen von Baumbestand und hierfür waren besondere Genehmigungen erforderlich. In den Jahren davor, 1990 und 1991, waren Suchschnitte im Wald geschickt in den Rückgassen zwischen den Kiefern angelegt worden; für die Flächenausgrabung war das Bäumefällen unerläßlich. Es war schwierig und mühsam, durch verschiedene Lagen von Baumwurzeln und durch Unterholz zu graben.

Zu dieser Zeit war etwa die Hälfte des Hauptfeldes freigelegt und bereits für eine beträchtliche Zeit den Elementen ausgesetzt. Alle Vermessungs- und Zeichenarbeiten waren beendet, und man entschied, die große Grabungsfläche zu verfüllen, ehe man weitere Untersuchungen starten wollte, um die Fortsetzung des Walles zu finden. Die Arbeiten konzentrierten sich nun auf die westliche Seite bis in den Wald hinein – eine Stelle, die kaum fünfzig Meter von der Kuppe des Hügels entfernt war.

Der Tod des Wodenicus

Arminius trieb sein Pferd an, der schnelle Ritt durch den Wald erfrischte und berauschte ihn. Die Bäume sausten vorbei, als sein prächtiger Hengst über den Kammweg galoppierte, geschickt die Kurven nahm und Steigungen hinaufdonnerte. Ickerland lag noch Meilen entfernt, der Weg führte an der Westseite des Wiehengebirges hinunter und nach einer Reihe schmaler Pässe durch die Gegend Ostercappelns weiter in die Hügel nördlich des Osnings. In Icker versammelten sich die Anführer der beteiligten Stämme. Arminius hatte zu einem Kriegsrat zusammengerufen, der über den endgültigen Plan entscheiden sollte, die Römer zu besiegen und aus ihren Ländern zu vertreiben.

Die Reiter der germanischen Hilfstruppen, Krieger seines Stammes der Cherusker und anderer Stämme, Kameraden in vielen Feldzügen, in denen sie als Söldner Seite an Seite mit den römischen Legionen gefochten hatten, schrien gellend vor Begeisterung, als sie Arminius hinterherjagten. Sie wußten, daß sie dem königlichen Fest entgegeneilten, das solche Zusammenkünfte immer begleitete: Bier, Wein und Frauen in beliebiger Reihenfolge und in großen Mengen, Tanz und Gesang, benommene und benebelte Tage, Abende mit Festmahlen, mit Wildschwein, Hirsch und anderem, über dem Feuer gebratenem Fleisch. Platten voll hoch aufgetürmter Speisen würden die Mädchen aus den Dörfern ringsum herbeitragen. Sie strömten freudig in das angewachsene Lager in Icker, um die versammelten Krieger zu bewirten und zu unterhalten.

Einer dieser überschwenglichen Krieger war Arminius' langjähriger Freund Wodenicus. Er lenkte sein Pferd in einer scharfen Wendung nach links und nahm die Kurve zu eng, als daß sich das Roß noch in die Biegung hätte lehnen können. Roß und Reiter flogen über die Böschung des Weges. Das Pferd versuchte, mit seinen Hufen festen Halt zu finden, und immer noch in schneller Gangart drehte es abrupt zur Seite, um das Gleichgewicht zurückzugewinnen. Die Wucht dieses plötzlichen Richtungswechsels schleuderte den Reiter über den Hals seines Pferdes: Der Krieger schlug einen doppelten Salto und verschwand im dichten Unterholz. Sein Pferd, verwirrt und nervös nach dem Vorfall und irritiert von den Mätzchen seines nun verschwundenen Herrn, stoppte seinen Lauf in dreißig oder vierzig Metern Entfernung, dort stand es wiehernd und scharrte unruhig mit dem Vorderhuf über den Boden.

Die anderen Reiter passierten die Stelle mit Gelächter über das Mißgeschick des abgeworfenen Wodenicus, sie riefen ihm Schmähungen und Obszönitäten zu und setzten laut lachend ihren Weg fort, Arminius folgend. Keiner hielt, um dem gestürzten Kameraden zu Hilfe zu eilen, das Rennen den Berg hinunter zum Fest in Icker war zu wichtig, als daß jemand als letzter ankommen wollte! Als ihr schallendes Gelächter schwächer wurde und schließlich verstummte, beruhigte sich das zurückgebliebene Pferd. Und als es ein Stöhnen aus dem Dickicht der nahen Büsche hörte, drehte es sich um und ging langsam zurück zur Quelle des Jammerns und Fluchens im Gebüsch.

Es blieb davor stehen und wartete geduldig darauf, daß sein Herr zu ihm kam. Das Stöhnen drang noch immer aus dem Dickicht, der Hengst wieherte und schnaubte, nun ungeduldig über die Verzögerung, schließlich ging er in das Gebüsch und fand seinen Reiter.

Der Krieger war kopfüber in ein Stechpalmendickicht gefallen, Blut rann aus seiner Nase, über Wangen und Stirn und tropfte auf den Boden. Jammernd und stöhnend versuchte er, sich aus den Fangarmen der Zweige zu befreien. Sein linker Arm hing in einem unnatürlichen Winkel hinab, er war gebrochen oder aus der Schulter gerenkt. Es bereitete ihm Schwierigkeiten, sich mit nur einem Arm aus seiner hängenden Stellung zu befreien. Er kam nur langsam wieder zu sich und starrte auf sein Pferd, das kaum drei Meter von ihm entfernt ruhig dastand.

»Hier, Junge, komm hierher, Junge«, flüsterte er und schnalzte mit der Zunge, um das Pferd näher heranzulocken. Es schnaubte und machte ein paar Schritte tiefer ins Gebüsch. Wodenicus streckte sanft seinen gesunden Arm aus, ergriff den lose herabhängenden Zügel mit der Hand und wickelte ihn rasch zweifach um sein Handgelenk. Zuerst erschrak das Pferd, aber es beruhigte sich, und der Krieger zog sich langsam aus seiner verstrickten Lage in eine sitzende Haltung. Er sackte vor Schmerzen wieder zusammen, sammelte dann aber seine Sinne, und zog sich, immer noch die Zügel haltend, langsam auf die Füße. Sein Gesicht war aschfahl, und der pochende Schmerz in der Schulter bereitete ihm Übelkeit. Er bewegte die Hand des verletzten Armes und zuckte sofort zusammen, als ein noch größerer stechender Schmerz in seine Schulter fuhr. Vorsichtig schob er die Tunica von seiner Schulter, auf dem Gelenk war eine starke Schwellung. Es war ausgerenkt. Mit schmerzverzerrtem Gesicht, aber erleichtert, daß nichts Ernsthafteres passiert war, ging er langsam zurück durch das Unterholz. Mit dem gesunden Arm führte er sein Pferd, den anderen preßte er fest über die Brust an den Körper. Er hielt an und lehnte sich gegen einen Baum. Der Schweiß rann unter seinem Helm über sein Gesicht, die Schmerzstöße trafen ihn mit jeder seiner Bewegungen. Er wußte, was er zu tun hatte: Entweder mit einer raschen Bewegung gegen das ausgekugelte Gelenk stoßen, damit es zurück in seine Position rutschte, oder einen plötzlichen Ruck am Ende seines Armes verursachen – in jedem Fall würde ein Polster oder eine Rolle unter der Achsel die notwendige Hebelwirkung ausüben, um das Gelenk einzurenken. Er hatte schon oft gesehen, wie es gemacht wurde, aber nie daran gedacht, daß er es einmal selbst ertragen müßte. Seine Augen wurden feucht bei dem Gedanken.

Er hob den Kopf und blickte über die kleine Lichtung am Rande des Weges, seine Augen fielen auf ein kleines, in der Nähe liegendes Holzstück – es hatte die richtige Größe für sein Vorhaben. Mit schwankendem Schritt führte er sein Pferd vorwärts. Er bückte sich unter Schmerzen zu dem Holzstück, um es mit der Hand, die in den Zügeln hing, aufzuheben. Langsam ging er zurück zu dem großen Baum. Sein Pferd folgte ohne Widerstreben allem Hin und Her, die Aufregung und Unruhe des vergangenen Rittes durch den Wald und der Sturz des Reiters waren vergessen. Als Wodenicus den Baum erreichte, drehte er sich um, lehnte sich an und wartete, daß der stechende Schmerz in seiner Schulter etwas nachließ.

Mit geschlossenen Augen legte er den Kopf zurück gegen den Stamm und sammelte Kräfte, um die Schmerzen, die beim Einrenken der Schulter auftreten würden, ertragen zu können. Er hielt sein Pferd immer noch am Zügel, als er plötzlich ein Geräusch hörte. Er öffnete die Augen und sah schemenhaft, wie durch einen Schleier, eine einzelne Gestalt, die etwa zwanzig Meter von ihm entfernt stand. Es mußte einer seiner Kameraden sein, der zurückgekommen war, um ihm zu helfen …

Er konnte kaum noch klar sehen und erkannte nur ein blitzendes Licht oder eine Reflexion, die sich schnell näherte, ein glitzerndes und wirbelndes Spiel aus Licht und Schatten. Als er begriff, was dies bedeutete, war es schon zu spät. Die schwere germanische Axt spaltete seinen Schädel und nagelte seinen Kopf in das Holz des Baumes, bohrte sich in die Rinde und in das saftige Herz der Eiche. Harz und Blut vermischten sich, der geborstene Schädel war wie ein Ballon zerplatzt, Blut spritzte in das Gesicht seines Pferdes. Der Hengst bäumte sich in maßloser Furcht auf und befreite so den Zügel aus der Hand des Toten. Frei, wie er nun war, stieg er noch einmal, machte kehrt, als andere Männer auf ihn zuliefen, jagte zum Waldweg und galoppierte davon in die Richtung, in die Arminius und die anderen Reiter kurz zuvor entschwunden waren.

Von der Axt an den Baum geheftet, zuckte Wodenicus noch. Obgleich er tot war, sandten seine Nerven letzte, schwindende Reize aus. Der Krieger, der die Axt geworfen hatte, trat vor, legte seine Hand um den Griff und befreite die eiserne Waffe mit einem kräftigen Ruck aus der Eiche. Der Körper des toten Wodenicus sank am Fuße des Baumes zu Boden.

Der Krieger drehte sich zu seinen Kameraden um und verkündete laut: »Und so sollen alle Verräter und Abtrünnigen sterben, die vor den Römern kriechen. Ein Fluch über all diese Schakale, die sich Germanen nennen, aber für die räudigen Römer kämpfen.«

Er wandte sich dem gefallenen Körper zu, trat ihn hart und spuckte in Wodenicus' zertrümmertes Gesicht. »Sie sollen zur Strecke gebracht werden wie Hunde und vom Angesicht der Erde getilgt werden. Sie sind nichts weiter als elender Abschaum und verdienen es zu sterben. Alle sogenannten Auxiliare, die für Rom kämpfen, sollen die ersten sein, die sterben, wenn Arminius und unsere Stämme sich vereinen im Kampf gegen Varus' Legionen. Sitzt auf und laßt uns den Weg nach Icker fortsetzen, Arminius wird dort sein mit seinen eigenen Männern und seiner treuen Hilfstruppenreiterei der Legionen. Er wird sich freuen, wenn wir ihm von dem Tod dieses Handlangers der Römer berichten, der offensichtlich ein Kundschafter aus dem Sommerlager des Varus ist. Bei den Göttern, er wird nicht länger spionieren. Ein zusätzliches Mahl für die Schweine!« rief er zum Schluß und wischte lachend das Blatt der Axt an der Tunika des toten Soldaten ab.

»Gut, sitzt auf, laßt uns weiterreiten, ein schönes Mädchen mit langem blondem Haar erwartet mich heute abend. Die Tochter des großen Segestes wird in diesem Sommer meine Frau werden, und ich habe sie seit drei Monaten nicht mehr gesehen. Ich fürchte, ich werde nicht fähig sein, bis zu meiner Hochzeitsnacht zu warten«, rief er und lachte über die anzüglichen und rohen Bemerkungen der anderen Krieger seiner Truppe. Er wollte gerade zu seinem Pferd gehen, als er ein reizvolles Goldamulett am Handgelenk des toten Kriegers bemerkte, einen wunderschön gearbeiteten Armreif aus Gold, in sich gedreht und mit

Schlangenköpfen an beiden Enden. Er bückte sich, nahm dem Toten den Goldreif ab und schob ihn rasch über sein eigenes Handgelenk.

»Ein angemessener Tribut von einem germanischen Verräter für einen Germanen, der schon bald ein Edelmann sein wird, wenn er des Segestes schöne Tochter heiratet! Kommt, sitzt auf, das Fest in Icker kann beginnen!« Mit Lachen und derben Bemerkungen über die Mädchen von Icker ging die Gruppe zu ihren angebundenen Pferden – und dann ritten sie den Weg hinab zu der Versammlung der Stämme, zu dem Lager in den Osning-Hügeln des Ickerlandes.

Der Kriegsrat von Icker

Icker war ein weit ausgedehntes Dorfwesen und erstreckte sich über viele Hektar Weide- und Ackerland. Es lag in einer natürlichen Senke des Hügellandes im Süden des Wiehengebirges. Diese Ansammlung zahlreicher kleiner Lager bestand überwiegend aus Cheruskern, aber auch kleinere Gruppen anderer Stämme gehörten hierher, wie die Markomannen, Kimbern, Brukterer, Marser und einige Teutonen sowie Chatten, welche zu der Zeit am westlichen Rand des angrenzenden Gebiets lebten. Die Cherusker wurden von einem Ältestenrat regiert, dem Segestes als Sprecher vorstand.

Dieser Stamm war den römischen Eroberern schon in den Jahren vor der Statthalterschaft des Varus ein Dorn im Auge gewesen. Im germanischen Hinterland hatten die Cherusker den römischen Streitkräften bei jeder Gelegenheit Nadelstiche versetzt und waren dann stets in die Hügel und Moore nördlich und westlich des Teutoburger Waldes verschwunden.

Die Germanen hatten seit langem erkannt, wo im Vergleich zu der äußerst disziplinierten römischen Armee die Schwächen ihrer Kampfweisen lagen. Sie besaßen kaum Helme oder Brustpanzer; sie kämpften mit Schild, großen, grob gefertigten, breiten Schwertern und leichten, aber todbringenden Speeren, Framae genannt. Die Speere hatten kurze, schmale Eisenspitzen mit scharfen Kanten, und sie konnten geworfen oder als Hieb- und Stichwaffe im Kampf Mann gegen Mann benutzt werden. Obwohl die Germanen die offene Schlacht liebten, waren sie Meister in Überraschungsattacken, Hinterhalten und vorgetäuschten Rückzügen: sie griffen an, wichen zurück und lockten den Gegner damit in das Gelände ihrer Wahl.

Die Germanen bildeten Verbände aus Kleineinheiten zu je etwa 100 Kriegern, ihre Stärke lag in ihrer Treue und hohen Kampfmoral. Ihre Schlachtideologie war einfach: Jeder Mann auf dem Schlachtfeld hatte so tapfer und heldenhaft zu sein wie sein Anführer. Die Germanen waren stolz auf ihr Ansehen als Krieger. Sie nahmen es nicht leicht hin, daß die römische Geißel über ihr Land gekommen war. Tacitus schrieb in seiner »Germania«: »Ihren Anführer zu unterstützen, ihn zu schützen und ihre eigenen tapferen Taten seinem Ruhm zuzuschreiben, das waren ihre heiligsten Ziele und ihr Glaube.«

Die römische Armee war hingegen trainiert und ausgerüstet, mit einem Feind zu kämpfen, der Städte und große kultivierte Flächen zu schützen hatte. In weiten Teilen Germaniens gab es diese Voraussetzungen gerade nicht. Die Stärke der germanischen Stämme lag in ihrer ländlichen und verstreuten Siedlungsform. Der Verlust eines Dorfes bedeutete für sie nicht viel. Es war den Römern nur schwer möglich, einen entscheidenden Schlag gegen die widerspenstigen Stämme zu führen. Und die Führung der römischen Armee erkannte nicht, daß die Stärke und die Ausbildung ihrer Legionen in unverhältnismäßig geringem Maße zur Wirkung kamen, wenn sie gezwungen waren, durch Wälder und Sümpfe zu marschieren, um einen Angriff zu führen.

Als Arminius sich Icker näherte, verlangsamte er die Gangart seiner Reitereinheit. Vor ihnen lag das weit ausgedehnte Lager. Rauch stieg von den Herdstellen auf, sie meinten den Duft gebratenen Fleisches zu riechen. Es war wie eine Heimkehr, auch wenn Icker nicht das Land ihrer Kindheit war. Unzählige Männer, Frauen und Kinder in den vielen Siedlungsbereichen winkten und grüßten Arminius' Truppen, die im Schritt in das Lager einritten.

Ihr Nahen war schon Meilen außerhalb Ickers von den Kundschaftern und Wachen auf den Hügeln um den Versammlungsort beobachtet worden. Als Arminius' Truppe auf das Zentrum zuritt, wo der Rat der Anführer und Ältesten seine Ankunft erwartete, hatten die Wachen sein Eintreffen schon längst der Versammlung angekündigt. Segestes, Arminius' Verwandter Inguiomerus und andere bedeutende Anführer und Älteste, darunter Arminius' jüngerer Bruder Flavus, saßen in einem weiten Halbkreis. Ein großes, flackerndes Feuer, über dem sich ein ganzes Wildschwein drehte, befand sich an der offenen Seite des Halbkreises. Schon von ferne hatte Arminius seinen Freund und Förderer Segimerus erkannt, den Bruder des Segestes, und er nickte seinem Stammesbruder zu.

Als sie sich dem Kreis näherten, wurde im Eingang zu der zentralen Hütte hinter der Versammlung ein fein gearbeiteter Vorhang aus Hirschleder zur Seite geschoben. Eine junge Frau erschien im Eingang. Sie war schön, groß und anmutig; ihr Haar fiel in langen, blonden Lokken tief auf ihren Rücken hinunter, ihre Gesichtszüge waren zart und von der Sonne des Frühsommers gebräunt, ihr Gewand aus leichtem Leinen reichte bis auf ihre Füße in den Sandalen.

Eine große, goldene Fibel, besetzt mit Halbedelsteinen, hielt den Stoff des Gewandes auf ihren Schultern zusammen, und unter dem herabfallenden Stoff zeichneten sich ihre jungen festen Brüste ab. Sie blickte über die Versammlung, verfolgte das langsame Nahen der Reiter. Ihr Blick fiel auf Arminius – seine stolzen, männlichen Züge, die Form seines Kinnes und seiner Wangen. Mit einem leichten Zusammenzukken nahm sie dann, als er näher kam, seine Augen wahr: Sie waren von klarstem Blau, so blau wie ihre eigenen, aber so wie ihr Blick sanft und friedfertig war, war seiner durchdringend und scharf. Ein stählernes Glitzern war in seinen Augen, als er die Teilnehmer des Rates musterte.

Sie hatte von Arminius gehört, aber wer hatte das nicht? Ein römischer Ritter war er, aber dennoch ein Mann des Stammes der Cherusker, der seine Herkunft nicht vergessen hatte. Es gab zahllose Gerüchte, daß er nun der Herr im Lande wäre, ein Anführer, der seine Landsmänner aufrief, zusammen mit ihm die Herausforderung anzunehmen und die germanischen Länder ein für allemal von den römischen Eroberern zu befreien.

Sie war Thusnelda, die Tochter des Segestes. Sie war einem der aufstrebenden Krieger der Chatten versprochen, Dagan dem Jäger; auch seine Reiterabteilung nahte, um sich der Versammlung in Icker anzuschließen. Sie sollten noch in diesem Jahr heiraten, vielleicht im Herbst. Die Hochzeit war ursprünglich für den Frühling geplant gewesen, aber die Zusammenkünfte der Stämme und die Kriegsversammlungen der letzten Monate waren jeder gesellschaftlichen Angelegenheit und so auch der Hochzeit zuvorgekommen; sie mußte verschoben werden. Thusneldas Vater war ein respektierter und angesehener Ältester der Stammesgemeinschaften, der immer Frieden mit den römischen Eroberern gepredigt hatte. Er verteidigte seine Haltung beharrlich und erläuterte: »Es wäre besser, in Ruhe und Frieden in einem besetzten Land zu leben, als Krieg zu entfesseln und, bedroht von den übermächtigen römischen Legionen, in ständiger Angst zu leben.«

Nach und nach hatten sich Arminius' Reiter in dem Gelände zwischen den zahllosen Hütten nahe der Versammlung verteilt. Ihre Pferde banden sie an Pfosten und gaben ihnen Futtersäcke. Die Reiter gesellten sich zu den Gruppen von Männern und Frauen, die an den Herdstellen saßen. Arminius' Männer hatten keinen Anlaß, sich auf irgendeine Weise von den vielstämmigen Gruppen bedroht zu fühlen;

die große Mehrheit der versammelten Krieger und ihrer Familien war glücklich über das große Ereignis, das die Stämme zusammengebracht hatte. Sie hießen die »römisch-germanischen« Söldner willkommen, und diese schlossen sich der fröhlichen Feier an und waren schnell damit beschäftigt, die ledigen Frauen ausfindig zu machen. Das nervöse Kichern und Kreischen einiger junger Mädchen wurde begleitet von Gelächter und derben Scherzen.

Arminius hatte am Rand der Versammlung sein Pferd an einen Pfosten gebunden. Er blieb neben dem Hengst stehen und streichelte ihm liebevoll Stirn und Hals. Das Pferd bekundete sein Wohlbefinden mit einem leisen Schnauben und stieß mit dem Kopf gegen die Brust seines Herrn. Arminius lächelte und wandte sich einigen Jungen in der Nähe zu.

Er sprach leise, so daß nur die Knaben ihn hören konnten: »Füttert ihn gut, er ist das beste Pferd, das ihr jemals sehen werdet, denn er ist der Hengst, der Arminius im Kampf gegen die Römer tragen wird, um sie zu schlagen und endlich aus unseren Ländern zu vertreiben. Redet leise zu ihm, flüstert ihm ins Ohr, und er wird euch antworten. Wenn ihr mir nicht glaubt, versucht es ...« Mit einem kurzen Lachen drehte er sich um und schritt auf Segestes zu, der sich erhob, ihn zu begrüßen, wie es auch die anderen Ältesten des Rates taten.

Es war nicht die erste Zusammenkunft germanischer Stämme, die zur Schlacht gegen Varus führen sollte, aber es war die größte. Zwei volle Monde zuvor hatten sich die wichtigsten Gruppen und die Stammesältesten zu ersten Beratungen über Arminius' Ruf zu den Waffen in den Teutoburger Bergen versammelt, etwa fünfzig Meilen südöstlich von Icker. Während dieses Treffens war die römische Patrouille entdeckt und niedergemacht worden.

»Sei gegrüßt, Arminius«, sprach Segestes, »dein Eintreffen ist lange erwartet worden, und wir sind erfreut, daß du gekommen bist, um deine Pläne mit uns zu beraten. Die hier vertretenen germanischen Stämme sind voller Lob über deine Entschlossenheit, die Waffen zu erheben und gegen die Legionen des Varus zu kämpfen. Aber es gibt einige unter uns, die immer noch denken, dieses wäre nicht der klügste Weg. Vielleicht kannst du uns, die wir an der Weisheit deiner Vorschläge zweifeln, Erleuchtung und Ermutigung geben. Wir sind alle Brüder, die frei über die Vorzüge oder Fallstricke deines Planes sprechen können. Hier sind die Anführer und Ältesten der wichtigsten Sippen versammelt, um deine Überlegungen zu hören. Aber zuvor«, bei diesen Worten wandte er sich dem offenen Eingang der Hütte zu, »laß meine Tochter dir einen kühlen Wein reichen, du wirst nach deinem langen Ritt durstig sein. Komm, meine Tochter«, sprach er, »bringe Arminius etwas von dem guten Essen und dem Wein, sein Hunger und sein Durst müssen groß sein.«

Thusnelda kam unmittelbar darauf mit einem Krug Wein und einer Platte frisch vom Spieß geschnittenen Fleisches zu ihrem Vater und Arminius. Arminius schien es nicht, als ginge sie, sondern vielmehr als schwebe sie über den Boden, ihr Gang war ruhig und anmutig, mit einem leichten Schwung ihrer Hüften. Ihre klaren, blauen Augen blickten in seine, und zum ersten Mal in seinem Leben fühlte er sich ganz und gar verzaubert. Segestes bückte sich nach einem leeren Becher, dann erhob er sich und bot ihn Arminius. Thusnelda hatte den Krug schon erhoben, um den Wein in den hochgehaltenen Becher zu gießen. Segestes bemerkte die Wirkung, die seine Tochter auf Arminius ausübte. Er sah ihre ineinander vertieften Blicke und runzelte die Stirn. Keiner der beiden nahm die Umgebung wahr. Der Wein floß über den Rand des Bechers, Thusnelda schrak auf und errötete, und sie spürte, daß die heiße Röte nicht von der warmen Sommerluft kam, sondern von einem Gefühl, das seinen Ursprung tief in ihrem Inneren hatte.

Mit einem leisen »Verzeihung, mein Herr« fand sie ihre Beherrschung wieder, legte die Fleischplatte zu ihres Vaters Füßen nieder und ging rasch zurück in die offene Hütte. Den Becher an seine Lippen führend, sagte Arminius leise: »Du hast eine schöne Tochter, Segestes, sie wird eine gute Frau für einen Fürstensohn sein. Ich verneige mich vor ihrer Schönheit und vor dir und deiner Frau, die ihr eine solche Tochter habt.« Er nahm einen tiefen Schluck aus dem Kelch.

Eine Sekunde lang trübte die Sorge Segestes' Gesicht, aber er rang sich ein Lächeln ab und erwiderte: »Deine Worte sind freundlich, Arminius. Ja, sie ist schön, und sie ist Dagan, dem Jäger aus dem Stamm der Chatten, versprochen. Sie werden im Herbst heiraten, wenn wir das Erntefest begehen. Sie wird ihm eine gute Frau sein, wie du sagst, und ohne Zweifel wird er zu gegebener Zeit ein Anführer seines Stammes werden. Auch er ist auf dem Weg hierher, um sich unserem Treffen anzuschließen. Er müßte eintreffen, noch ehe die Sonne versinkt. Du wirst ihn kennenlernen. Er führt seine eigene Truppe berittener Krieger mit sich, auch sie werden hungrig und durstig sein; wir sollten uns zuerst den Speisen und Getränken zuwenden, denn nach ihrer Ankunft wird nicht mehr viel übrigbleiben«, scherzte er.

»Ich freue mich, ihn zu treffen«, erwiderte Arminius, während er mit Segestes voranschritt, um die anderen Ältesten zu begrüßen. Dann hob er seine Stimme und rief: »Wenn wir Krieg gegen die Römer führen, werde ich jeden starken Arm und jeden erprobten Hengst benötigen! Denn bald, meine Brüder, wird die Zeit kommen, die Zeit, unsere Länder von der römische Geißel zu befreien! Wer folgt mir?«

Langsam aber stetig schwoll die Woge der Zustimmung zu einem mächtigen Getöse, als die Krieger und Anführer den Funken der Erregung aufnahmen, der von Arminius auf die versammelte Menge übergesprungen war. Sie standen auf, und wieder und wieder erhoben sie ihre Schwerter und Speere, und dem Tosen der Masse schlossen sich die Schläge der Trommeln und das Schmettern der Hörner und Trompeten an – Icker erbebte unter dem Lärm und den Schreien aus Tausenden von Kehlen, als das Echo von den umgebenden Hügeln widerhallte.

Ein paar Meilen von dem Lager entfernt brachte Dagan sein Pferd zu plötzlichem Halt, als der Lärm ihn und seine Reiter erreichte. Er riß sein Pferd scharf herum und rief mit einem Fluch: »Bei den Göttern, sie haben mit dem Feiern schon begonnen! Welch große Dinge mögen nun geschehen, Kameraden! Weiter, weiter, laßt uns weiterkommen, meine Kehle ist trocken vor Durst und meine Lenden lechzen nach anderem Vergnügen! Der letzte, der das Lager erreicht, hat heute nacht Wachdienst!« Mit einem Lachen und Jauchzen der Lust stieß er seinen Hengst in die Seiten, trieb ihn zu schnellem Galopp an, hinunter nach Icker zu dem Schlachtlager der germanischen Stämme. Das Gold seines neuerworbenen Armreifs blitzte im Licht der Abendsonne, als er mit seiner ledernen Reitpeitsche ausholte, seinen Hengst noch schneller vorwärtszutreiben.

Ende 1992 hatte Professor Schlüter die Entscheidung zu Ausgrabungen in einem Stück des Waldes am Ostrand des Hügels getroffen. Als die Grabung sich langsam durch die verschiedenen Bodenschichten arbeitete, wurde deutlich, daß es eine kluge Entscheidung gewesen war. Zahllose Funde kamen zum Vorschein, und als die Schnitte tiefer gingen, wurden einige der aufschlußreichsten Aspekte über die Anlage des Hinterhalts offenbart. Der Erfolg dieser neuen Grabung und die Entdeckung vieler bedeutsamer Objekte bewegten Professor Schlüter zu einer definitiven Aussage über die Gültigkeit des Schlachtortes. Er beschloß, eine große Museumsausstellung durchzuführen, die alle Funde zeigen sollte, die die Archäologen und auch ich in den vergangenen drei Jahren gemacht hatten.

Diese Ausstellung der Funde sollte nicht ausschließlich im kulturhistorischen Museum gezeigt werden. Professor Schlüter entschied, sie auf eine Tour durch die Museen möglichst vieler großer deutscher Städte zu schicken.

Es war wichtig, die Ausstellung so zu entwerfen, daß die gesamte interessierte Öffentlichkeit angesprochen würde, nicht nur die gelehrten und respektierten Mitglieder der archäologischen Zunft, sondern auch die Laien, denen die Archäologie fremd ist.

Professor Schlüter übertrug diese verantwortungsvolle Aufgabe Dr. Achim Rost und traf eine glückliche Wahl. Dr. Achim Rost ist verheiratet mit Dr. Susanne Wilbers-Rost, Archäologin vor Ort, beide hatten gegen Ende ihres Studiums bei der ersten Grabung in Kalkriese mitgearbeitet und im Herbst 1987 den Restsatz meines ersten Schatzfundes geborgen. Herr Dr. Rost war begeistert, sehr fähig und mit allen historischen Aspekten hervorragend vertraut. Aber es blieb nicht viel Zeit.

Professor Schlüter wollte die Ausstellung Anfang März 1993 der Öffentlichkeit präsentieren, einige Zeit später sollte sie dann auf ihrem Weg durch Deutschland sein. Der größere Teil der deutschen Bevölkerung kannte aus der Schule die historische Bedeutung von Arminius' Sieg über die Legionen des Varus; das Schlachtfeld war einer der meistgesuchten Orte in den Annalen der deutschen und europäischen Geschichte. Das Interesse der Öffentlichkeit dürfte also recht groß sein.

Die Herstellung verschiedener Poster, Bücher und Kataloge war notwendig, um das ehrgeizige Unternehmen zu begleiten. Die Finanzierung war offensichtlich die größte Sorge, und so waren die ersten Ansprechpartner die möglichen Geldgeber: Bankdirektoren und der Stadtkämmerer. Der Oberbürgermeister von Osnabrück, Herr Fip, war ein eifriger Befürworter des Projekts und bot Professor Schlüter das volle Gewicht seines Amtes zur Unterstützung der Anfragen an die verschiedenen Finanzorganisationen und -institutionen.

Achim Rost veranlaßte umgehend Entwürfe für die Ausstellungsvitrinen, in denen die Wanderausstellung untergebracht werden sollte. Sie mußten sicher und leicht sein, so daß man sie mit möglichst geringem Aufwand in die Museen transportieren konnte. Professor Schlüter wurde durch die Organisation der Tour stark in Anspruch genommen, denn er nahm die Kontakte mit Museen und Behörden auf und pflegte sie. Gleichzeitig gingen die Arbeiten in Kalkriese unter seiner Leitung weiter. Dr. Wilbers-Rost war mit den Untersuchungen im Bereich der Hauptgrabung betraut.

Ich war zu dieser Zeit wieder in England und wußte noch nichts von den erfolgreichen Ausgrabungen im Wald. Doch recht bald schon erreichte mich Professor Schlüter im Verteidigungsministerium in London und berichtete die Neuigkeiten. Ich war über diese Entwicklung außerordentlich erfreut und ebenso erfreut, als ich vom Osnabrücker Stadtrat und vom Oberbürgermeister als Ehrengast zur Eröffnungsfeier im März eingeladen wurde.

Ich nahm erneut Kontakt auf mit der Joan Allen Ltd. in Biggin Hill, die das Kalkrieser Projekt mit der schnellen Lieferung der Fisher Detektoren unterstützt hatte, wann immer sie nötig waren. So gut war das Verhältnis zu der Firma, begründet vor allem in ihrem hervorragenden Service und ihrer Förderung des Projekts, daß der Manager der Fisher-Laboratories in Amerika, Jim Llewellen, vorschlug, für die Ausstellungseröffnung eine Sponsorenaktion vorzubereiten. Die Idee wurde offensichtlich sehr gut angenommen, denn der Vertriebsmanager des größten Vertreibers von Produkten der Fisher-Laboratories Ltd., Masten Wright Inc. in Connecticut, Massachusetts, Erik Christensen, beschloß, der Eröffnung in Osnabrück beizuwohnen und als Schenkung dem Museum verschiedene Topmodelle aus der Reihe der Fisher Detektoren zu überreichen, darunter der modernste Tiefensuche-Detektor, ein Gemini III.

Und so kam der Tag im März 1993, und der Andrang von Presse und Fernsehen, von Menschen aus ganz Europa, nicht zu vergessen Erik Christensen aus Amerika, war groß. Professoren der Archäologie und viele Historiker versammelten sich zur feierlichen Eröffnung. Die Entdeckung, der Jahrhunderte intensiver Suche vorangegangen waren, stand nun im Rampenlicht. Ein Markstein der frühen germanisch-römischen Geschichte war durch Funde manifestiert und für alle zu sehen. Und doch war es nur ein erster Einblick – eine Ausstellung von Objekten aus einem geringen Bruchteil des gesamten abgeschätzten Areals jener Schlüsselschlacht, die sich über viele Kilometer erstreckte, im Spätsommer des Jahres 9 n. Chr. stattgefunden hatte und über die Cassius Dio schrieb:

> Sie fügten den Römern eine Reihe schrecklicher Niederlagen zu. Es brachen heftiger Regen und Sturm los und zersprengten sie noch mehr … und sie erlitten viele Verluste und konnten keinerlei Gegenangriffe durchführen. Wo sie einen geeigneten Platz fanden, schlugen sie ein Lager auf. Am nächsten Morgen marschierten sie in etwas besserer Ordnung und wagten sich sogar in offenes Land, obwohl sie Verluste nicht vermeiden konnten. Von dort bewegten sie sich weiter und betraten wieder die Wälder, aber erlitten dabei ihre schwersten

Verluste ... Der vierte Tag ihres Marsches, und wieder brachen schwerer Regen und ein furchtbarer Sturm über sie herein, so daß sie nicht vorwärtskommen, nicht einmal festen Halt finden konnten und am Ende jeder Soldat und jedes Pferd ohne Widerstand niedergemetzelt wurde.

Ich stand am Rande der großen Ausgrabung im Bereich des bewaldeten Hügels. Erik Christensen war mit mir über das Schlachtfeld gegangen. Es war ein grauer Tag zu Beginn des Frühjahrs. Eine kleine Gruppe von Leuten hatte sich bereits an der Grabung eingefunden. Sie blickten in das Loch im Boden und ähnelten einer Beerdigungsgesellschaft, die nur in gedämpftem Ton redete. Ich hatte immer eine bedrückende Atmosphäre an diesem Ort empfunden, doch niemals mehr als in dem Augenblick. Der düstere Kiefernwald, der zu dem von mir als Kontrollpunkt des Arminius bezeichneten Hügel hinaufführte, war wie ein schwarzer Abgrund, in den ich nicht gerne zurückkehren wollte. Als der größte Teil der Gruppe wieder umkehrte, sah ich, wie ein breiter Lichtstreifen der gerade durchbrechenden Sonne um das Zentrum der Ausgrabungsfläche tanzte. Ehe ich mit Erik zum Parkplatz zurückging, hatte ich es noch geschafft, die wirren Reflexionen der Sonne zu photographieren.

Vor seiner Rückkehr in die USA überreichte Erik Christensen Professor Schlüter die unschätzbaren Fisher Detektoren; sie würden in der Zukunft von großem Nutzen sein. Es wurden PR-Photos gemacht, um die Großzügigkeit und die Unterstützung zu dokumentieren, die Erik und Masten Wright Inc., Jim Llewellen und Fisher Laboratories und, nicht zu vergessen, Joan Allen Ltd. von Biggin Hill dem Projekt erwiesen haben. Es war ein guter Tag, und es machte mir Freude, Erik in Kalkriese herumzuführen und ihm das Potential der Stelle zu zeigen, wo Arminius die Schlußphase seines brillianten Plans ausgeführt hatte, die Varusschlacht.

Die Eroberung Thusneldas

Die Versammlung der Ältesten im Lager von Icker war nun entspannter als eine halbe Stunde zuvor bei der Ankunft des Arminius. Obgleich die Mehrheit ihn unterstützte und seinen Waffenaufruf annahm, fürchteten einige doch seine Gewaltbereitschaft und seine erstaunlichen Fähigkeiten im Umgang mit dem Schwert. Er duldete weder Narren noch Feinde und war bekannt dafür, eine Beleidigung oder eine falsche Bemerkung mit schneller und vernichtender Hand zu beantworten. Er war einer der besten Krieger, den die Cherusker je hervorgebracht hatten, und angesichts seiner enormen Erfahrung, die er im gemeinsamen Kampf mit den römischen Legionen gewonnen hatte, war er ein gefürchteter Gegner für jeden, der sich ihm in den Weg stellte.

Arminius war ganz entspannt und sehr zufrieden mit der gemeinschaftlichen Atmosphäre dieser Zusammenkunft. Die Gespräche in seiner Umgebung setzten sich fort. Einige wenige der älteren Teilnehmer drückten noch immer ihre Zweifel über Arminius' Ruf zu den Waffen aus und waren mitunter vehement in ihrer Verurteilung einer solchen Aktion. Sie suchten ihre Genossen mit dem Argument zu überzeugen, daß die Römer andere Menschen ungestört und in Frieden leben ließen, wenn man nur auch sie in Ruhe ließe.

Aber auf jeden der Älteren, der den Frieden predigte, kamen drei, die Arminius unterstützten und seine Sache vertraten. Einige sprachen ihre Kritik an der Weichheit der Pazifisten laut und deutlich aus, andere sparten nicht mit Spott. Im Verlauf einer besonders hitzigen Debatte hatte sich der ältere zweier Wortführer von seinem Platz erhoben und stand nun vor seinem Gegner, schreiend und den zurückgelehnten Krieger scheltend. Er nannte ihn einen jungen Emporkömmling, einen Narren dazu, und beschrieb, wie sein offensichtlicher Mangel an Intelligenz und Reife ihm den Verstand mit der verrückten und unmöglichen Träumerei umnebelte, die Römer in der Schlacht besiegen zu können.

Der Krieger grinste den alten Mann, der sich in Rage geredet hatte, nur breit an. Einige Männer warfen bange Blicke auf Arminius, wie würde er auf die offen gegen seine Vorschläge gerichteten Argumente reagieren? Aber Arminius lag noch immer lässig auf seiner Ruhematte. Gleichgültig blickte er über den Kreis der großen Versammlung. Nur als sein Blick auf Segestes fiel, war eine Veränderung in seinem Gesicht zu erkennen. Seine Augen verengten sich zu schmalen Schlitzen. Er drehte sich halb und starrte auf den verschlossenen Zelteingang, durch den Segestes' Tochter verschwunden war, und sein Gesicht nahm einen verträumten Ausdruck an.

Der einzige, der in dem Kreis noch sprach, war der ältere Mann. Unaufhörlich redete er auf den Jüngeren ein. Sein Zorn wuchs angesichts der ausbleibenden Reaktion auf seinen verbalen Angriff, bis der Krieger gelassen seine Hand hochstreckte, die offene Handfläche dem Älteren entgegen, eine Aufforderung, die Attacke zu beenden. Als der Ältere in seiner Tirade innehielt, richtete der Krieger sich vor seinem Gegenüber zu voller Größe auf, und als er die Hand auf den Griff seines Schwertes legte, herrschte atemlose Stille. Der Krieger starrte lange und hart in das Gesicht des alten Mannes, dicht vor seinem eigenen. Heiße Röte glühte im Gesicht des Älteren. Er wich vor der herausfordernden Gestalt ein wenig zurück. Der Krieger brachte sein Gesicht noch näher heran. Spannung lag in der Luft, es könnte Blut fließen. –

Der Krieger entblößte seine Zähne und stieß ein leises Knurren aus, und dann, plötzlich, grinste er und skandierte leise: »I-ah ... i-ah ... i-ah«, und dann immer lauter werdend, »i-ah ... i-ah.« Sein Eselsruf wurde von der Versammlung aufgenommen, die Mehrheit, besonders die jüngeren Anführer, stimmten in den Ruf ein, der immer lauter wurde, bis die Stimmen zu einem bunten Gemisch verschmolzen, Laute von Eseln, Hühnern, Hunden – alle deuteten auf Feigheit, eine Anspielung, die den Älteren äußerst verlegen und wütend machte. Er machte auf dem Fuße kehrt und stürmte aus der Versammlung. Im Forteilen blickte er zu Segestes und schüttelte den Kopf als er erkannte, daß der Anführer zu Boden schaute und somit seine Verbundenheit und Freundschaft mit dem Mitpazifisten verleugnete.

Arminius lachte laut über die Wendung der Dinge und sprang auf. Die lärmenden Rufe ließen etwas nach, er hielt seine Hand, um Ruhe bittend, hoch – eine Geste, die ihre Wirkung nicht verfehlte.

»An diesem Abend sind wir unter einem Mond versammelt, mit einem Gedanken, als ein Wille. Wir sind zusammengekommen, um den Plan zu schmieden, der uns endgültig von der römischen Herrschaft befreit, die unserem Land und unserem Leben Ketten angelegt hat. Ich will nicht an ein Volk gebunden sein, das uns als seine Diener ansieht, über uns richtet, uns in unseren eigenen Häusern und Dörfern einsperrt.«

Er wurde lauter: »Ich wurde von ihnen aufgenommen, meine Kräfte wuchsen bei ihnen, ich habe gemeinsam mit ihnen gekämpft, aber ich habe sie niemals geschätzt. Sie wollen beherrschen, erobern, unterwerfen, und nun, mit Varus, wollen sie uns versklaven, uns in Hunde und Maultiere verwandeln, und«, mit einem Lachen rief er, »ich habe genug von ihnen! Folgt mir, kämpft mit mir, ich werde euch zum Sieg führen! Wir müssen sie auf unserem Boden bekämpfen, zu unseren Bedingungen, wir müssen sie in unsere Fallen, unsere Wälder führen, sie in den Wäldern bekämpfen, aus der Dunkelheit über sie herfallen. Laßt uns ihre schrecklichsten Alpträume wahr machen! Und wenn wir es nicht bald tun, wird unser Land für Hunderte von Jahren erobert und besetzt sein, wenn nicht gar für alle Zeiten. Lebt und kämpft jetzt mit mir, oder lebt für immer unter dem Joch der Unterdrückung. Zögert, verleugnet das Kriegerblut eurer Vorväter, und ihr werdet nicht länger Krieger sein: Ihr werdet Esel, Hühner, Katzen oder erbärmliche Hunde sein, ihr werdet nicht länger die Krieger der Cherusker, der Chatten, die Krieger der großen germanischen Stämme sein. Meine Freunde, meine Blutsbrüder, ich werde euren Kampf führen, so viele der Stämme sind jetzt mit mir, und gemeinsam, wenn wir uns zu einer mächtigen Streitmacht gegen die Römer zusammenschließen, können wir sie besiegen.«

Er hielt inne. Von seiner weithin schallenden Stimme angezogen, waren viele Dorfbewohner und Krieger aus den umgebenden Lagern näher gekommen, und die kurze Pause sicherte ihm auch deren Aufmerksamkeit.

»Ich bin euer, mein Leben ist euer, meine Träume sind euer! Folgt mir, und wir lassen die Römer bluten, bis sie den Appetit auf dieses Land verlieren. Wenn der Herbst kommt, werde ich euch rufen. Ich werde alle Völker, alle Stämme rufen, euch, die Heerführer, und eure Männer, und wir werden Varus in unsere Schwerter und unsere Speere führen. Kämpft mit mir, und ich verspreche euch den Sieg, und mit dem Sieg die Beute und das Raubgut, das die Römer aus unseren Stämmen herausgepreßt haben. Ich habe Männer, die mir in den Tod folgen würden …« Er blickte umher, suchte das Gesicht seines lebenslangen Freundes Wodenicus, doch er entdeckte ihn nicht und fuhr fort: »… aber gemeinsam mit euch allen werden nicht wir den Tod finden, es werden die Römer sein, die den Weg in ihren blutigen Tod gehen werden!« Er zog sein Schwert und reckte es hoch in die Luft, ein Salut, der von der versammelten Menge der Krieger aufgenommen wurde, auch sie zogen ihre langen, breiten Schwerter und schwenkten sie über ihren Köpfen, und mit Rufen und Schreien taten sie ihre Unterstützung und ihre Begeisterung über den Ruf zu den Waffen kund.

In diesem Augenblick der Hochstimmung erreichte Dagan das Hauptlager. Er hatte seine Reitertruppe in einem der äußeren Lager zurückgelassen und kam allein zum Ältestenrat in der Mitte des Dorfes geritten. Seine Gedanken waren auf die kommende Nacht der Leidenschaft mit Thusnelda gerichtet.

Die Brautzeit bis zur Vermählung dauerte gewöhnlich nur kurz, und Thusnelda hatte Dagan anfangs überzeugen können, bis zu ihrer Hochzeit zu warten, ehe sie ihrem gegenseitigen Verlangen nachgeben wollten. Beim letzten Abschied jedoch hatten sie, weil die Vermählung sich verzögern sollte, beschlossen, nicht mehr bis zu ihrer Hochzeitsnacht zu warten.

Arminius genoß noch immer die Begeisterung und Zustimmung der versammelten Menge, als er einen einzelnen Reiter erblickte, der sich langsam dem Kreis näherte. Für einen Moment dachte er, es wäre Wodenicus, hatte er seinen Freund doch seit dem Ritt von dem Sommerlager zur Versammlung nicht mehr gesehen, und es wurde behauptet, er wäre während des Rittes über den Kamm des Wiehengebirges von seinem Pferd gestürzt. Arminius sorgte sich nicht übermäßig, sein Kamerad war mehr als fähig, ein Mißgeschick zu bewältigen, aber er war ein wenig enttäuscht, daß sein Freund nicht da war, um das feierliche Geschehen mit ihm zu teilen.

Dagan erreichte den äußeren Rand des Kreises und stieg von seinem Pferd. Die Zügel gab er einem der Jungen, die zuvor schon Arminius' weißen Hengst betreut hatten. Als er herankam, bemerkte Arminius ein goldenes Blitzen an Dagans rechtem Handgelenk, die linke Hand ruhte auf dem Griff seines breiten Schwertes. Er blieb vor Arminius stehen, reckte sich zu seiner vollen Größe und streckte seinen rechten Arm Arminius entgegen, um in der üblichen Form der Begrüßung dessen Unterarm zu fassen. Er wollte gerade seinen Gruß aussprechen, da sah Arminius erneut das goldene Glitzern, und er blickte auf die ihm bekannten Schlangenköpfe des goldenen Armreifs. Des Armreifs, den er vor wenigen Monden seinem treuen Freund Wodenicus geschenkt hatte und der nun Dagans Handgelenk schmückte.

Arminius' Blut gefror. Er konnte seinen Blick nicht von dem Armreif lösen, und dann, als ihm die Erkenntnis dämmerte, hob er mit einem tiefen Atemzug Dagans Hand und fragte ruhig: »Wie bist du an diesen Armreif gekommen? Ich habe genauso einen wie diesen gesehen, einer meiner treuesten Freunde trug ihn noch vor wenigen Stunden, und ich war es, der ihm den Armreif geschenkt hat, bevor wir unser Winterlager verließen. Es kann nicht zwei von der gleichen Art geben, woher hast du ihn?« Seine Stimme war sanft, doch mit einem bedrohlichen Unterton. Die Stimmung in der Ältestenversammlung wechselte erneut. Alle spürten die Veränderung, die unausgesprochene Drohung, als Arminius weiterhin den rechten Unterarm Dagans emporhielt.

Dagans Gesicht wurde rot vor Zorn, dann, als ihm seine Lage bewußt wurde, vor aufsteigender Furcht. Arminius' stechende blaue Augen bohrten sich in die seinen, die darin liegende Frage war nun eine Anschuldigung. Eine feierliche Versammlung hatte sich überraschend in ein Verhör verwandelt, dessen Ausgang nur zu bald mit Blut markiert sein würde.

Er befreite seinen Arm aus Arminius' stählernem Griff, und seine Hand war nun nur ein kurzes Stück vom Griff seines Schwertes entfernt. Seine linke Hand ruhte auf seinem Gürtel, direkt unter dem Griff, bereit, die Scheide zu halten, falls er plötzlich seine Waffe ziehen müßte. Arminius sah die Bewegung, tat aber nichts, das als Reaktion darauf verstanden werden könnte.

»Nun?« sagte Arminius, »Hast du deine Zunge verloren oder willst du mir erzählen, du hättest den Armreif auf dem Weg gefunden?«

»Ich habe es nicht nötig, eine Geschichte zu erfinden, wie ich an ihn gekommen bin«, gab Dagan zurück, der seinen Arm nun vor sich in die Luft streckte, um das Stück dem Kreis der Anführer und Krieger zu zeigen. »Ich nahm ihn von einem römischen Söldner, der allein im östlichen Bergland unterwegs war. Er war einer dieser verdammten Verräter an unserem Stamm, die sich den römischen Schweinen angeschlossen haben und ihnen dienen, und die in den frühen Kriegen sogar gegen unsere eigenen Leute gekämpft haben. Er war ein einsamer Kundschafter, ohne Truppe. Für mich war er ein Feind, und ich nahm sein Leben, und als ich sein Leben genommen hatte, nahm ich ein Zeichen seines Todes.«

Seine Hand noch höher reckend, rief er, »Dieses Gold habe ich gewonnen, eine Trophäe des Krieges, und weder bedaure ich, noch suche ich Rechtfertigung für mein Tun«, er blickte Arminius fest an, »und ich wehre mich gegen die Anschuldigung, daß ich dies durch eine Untat erlangt haben könnte. Ich tötete einen Verräter; ich nahm die Beute; ich verantworte mich vor niemandem für meine Taten.« Mit diesen Worten trat er einen Schritt zurück und legte seine Hand wieder in die Nähe des Schwertgriffs.

Im Verlauf der Konfrontation hatte das Verebben des Lachens und der Fröhlichkeit die Aufmerksamkeit der Gruppen am Rande der Versammlung erregt. Einige gingen auf den Schauplatz zu, in dessen Mitte Arminius und Dagan sich drohend gegenüberstanden.

Darunter waren auch Männer aus Arminius' eigener Reitereinheit. Sie erkannten, was sich vor ihnen zusammenbraute, besetzten unauffällig, aber rasch die Schlüsselpositionen um den Kreis der Ältesten und beobachteten angespannt das Geschehen.

Arminius starrte immer noch aufmerksam auf Dagan, er wog seine Gefühle gegen die von Dagan gesprochenen Worte, und in ihm wuchsen Wut und Zorn. Sein Freund Wodenicus war nicht nur von diesem ungestümen Flegel eines Kriegers aus dem Lager des Segestes erschlagen worden, dieser angebliche Krieger beschuldigte Wodenicus nun auch noch, ein Verräter gewesen zu sein. Er deutete damit an, daß alle, die mit Arminius ritten, Verräter wären, und daß selbst er, Arminius, aufgrund seiner Verbindungen zu den Römern ein Verräter genannt werden dürfte. Er holte tief Luft, er hatte eine Entscheidung getroffen, von der er wußte, daß sie seine Pläne mit den Ältesten und Anführern unmittelbar beeinflussen könnte ... er würde Dagan für seine Beleidigungen büßen lassen, für den Tod von Wodenicus büßen lassen, und er sollte büßen für ... da erinnerte er sich der Worte Segestes ... »Ja, sie ist schön«, hatte er über Thusnelda gesagt, »sie ist Dagan, dem Jäger vom Volk der Chatten, versprochen, und sie werden im Herbst heiraten, wenn wir das Erntefest begehen.« – Arminius sammelte seine Gedanken und erinnerte sich, wie schön sie ausgesehen hatte, wie ihr Blick ihn verzaubert hatte.

»Wodenicus war der beste meiner Freunde«, sagte Arminius mit ruhiger Stimme und starrte Dagan in die Augen, »wer ihn einen Verräter nennt und aus dem Grunde getötet hat, muß bereit sein, ihm in den Tod zu folgen. Du, Dagan der Jäger, bist nun nichts mehr als Dagan der Hund, ein Unwürdiger, der es nicht verdient, noch einen Augenblick länger zu leben. Mach dich bereit, denn ich werde ohne Gnade kämpfen, und kein Flehen wird meine Hand zurückhalten, an diesem Tag wirst du sterben.« Und mit einer flinken Bewegung – mancher meint, schneller als der Blitz – hielt er sein langes, schweres Schwert in den Händen, die Spitze nur einen Fingerbreit entfernt von Dagans Hals.

Dagan sprang mit einem Fluch zurück, zog sein Schwert und führte einen Hieb, um Arminius' Klinge zu parieren. Der Zug war verschwendet. Arminius war bereits auf die blinde Seite des Schwertes ausgewichen, es durchschnitt die Luft. Arminius schlug schnell zurück und traf Dagans Oberschenkel. Mit einem erstickten Stöhnen sank Dagan auf die Knie, sein Schwert reckte er in die Luft, um sich vor dem Überkopfhieb zu schützen, der, wie er wußte, einer solchen Attakke folgen würde. Arminius' Schwert krachte auf die emporgehaltene Klinge, und obwohl die blockierende Bewegung ausreichend war, um Dagan vor Schaden zu bewahren, erschütterte die Wucht des mächtigen Schlags seinen Arm und seine Hand, und das Schwert glitt aus seinen kraftlosen Fingern.

Als Arminius sein Schwert erhob zu einem letzten und tödlichen Schlag, rollte Dagan zur Seite, und es gelang ihm, seine große Streitaxt loszubinden, die er über dem Rücken getragen hatte. Stolpernd richtete er sich auf, um Arminius erneut gegenüberzutreten. Die Axt hielt er vor seinen Körper, bereit, jeden Hieb von Arminius Schwert abzuwehren oder sie gegen seinen Gegner zu führen. Arminius' Augen wurden schmal, als er die neue Bedrohung erkannte. Er tat einen Schritt zur Seite, um von einem anderen Winkel anzugreifen. Beim Gedanken daran, daß sein Freund Wodenicus wahrscheinlich mit dieser Axt getötet wurde, fühlte Arminius unsäglichen Zorn in sich aufsteigen ... wieder und wieder erhob er sein Schwert und ließ es auf Dagans Axt niederkrachen. Dagan versuchte verzweifelt, sie zum Schutz gegen die Serie schonungsloser Schläge emporzuhalten. Er wankte unter jedem Schlag, humpelnd und schwankend wurde er zurückgedrängt, bis Arminius mit einem letzten Hieb die Axt aus Dagans Händen schlug.

Die sie umgebende Menge der Ältesten und Krieger hielt den Atem an, als Dagan wehrlos dastand. Seine Brust bebte vor Anstrengung, er knickte zur Seite, stützte sich auf sein gesundes Bein und versuchte, sich aufrecht zu halten. In dem Moment war Segestes' Stimme aus einem Winkel der Versammlung zu hören: »Habe Gnade, Arminius, er wird bald mein Sohn sein.«

»Nicht mehr«, gab Arminius zornig zurück, »und keine Gnade.« Er holte weit aus mit seinem Schwert und vollführte einen Aufwärtsschlag. Das breite, germanische Schwert war ursprünglich bestimmt, als Hiebwaffe zu dienen, das Gewicht der Klinge war meist ausreichend, die härtesten Schilde und Rüstungen zu zerschlagen. Arminius' Schwert war von ähnlicher Machart, aber während die üblichen Klingen stumpfe Schneiden hatten, war seine scharf geschliffen.

Arminius' Schwert drang in Dagans Brust ein, zertrennte in der Aufwärtsbewegung die Schlagader und verpaßte nur knapp den Kiefer, als es am Kopf vorbeistrich. Blut sprudelte in pulsierendem Strom,

Arminius trat zurück, und Dagan stürzte vornüber zu Boden in die immer größer werdende Lache seines Blutes, tot, noch bevor er aufschlug. Ohne jede Regung blickte Arminius auf den hingestreckten Körper. Als die Anspannung des Kampfes langsam von ihm wich, hob er die Augen und starrte auf die Masse stummer Männer um den Kreis der Ältesten und erforschte die vielen Gesichter nach einer Reaktion auf die Tötung Dagans. Vielleicht war da ein Heißsporn, der seinen Mut erproben wollte, und vielleicht war die anfängliche Unterstützung für ihn geschwunden. Niemand brach das Schweigen. Arminius erkannte, daß es keine ablehnende Reaktion auf den Tod des Mörders von Wodenicus gab. Nach einigen tiefen Atemzügen löste sich die Spannung in seiner Brust.

Er blickte wieder hinunter auf Dagans Leiche, erfaßte das Glitzern des goldenen Armreifs und nahm ihn von Dagans Gelenk. Er hielt ihn hoch empor.

»Dieser Mann tötete meinen besten Freund und nahm dies als Beute. Ich habe nun die Schuld gegenüber meinem verlorenen Freund beglichen und Dagans Leben als Bezahlung genommen. Dies«, und er hielt der aufmerksamen Menge erneut den goldenen Armreif vor Augen, »dies ist nun meine Beute, zu mir zurückgekehrt. Aber ich bin nicht befriedigt mit einer so kleinen Entschädigung. Nach germanischem Recht habe ich Dagan im Zweikampf sein Leben genommen, und nun habe ich das Recht, sein Pferd zu nehmen, sein Land und all seinen Besitz. Aber ich will nichts von dem, statt dessen erhebe ich Anspruch auf die Frau, die ihm versprochen war. Segestes«, rief er und wandte sich dem Anführer zu und richtete sein Schwert geradewegs auf ihn, »ich fordere dieses Recht. Deine Tochter wird mein sein und ich werde sie heiraten, wenn ich Varus und seine verdammten Legionen besiegt habe. Sag, daß du mir dieses Recht zugestehst. Segestes, ich fordere deine Zustimmung jetzt, und laß alle hier Versammelten hören, daß du mein Recht anerkennst.«

Segestes blickte hinüber zu dem totem Körper Dagans und dann wieder zu Arminius, dessen Schwert noch immer direkt auf ihn gerichtet war. Die Menge erwartete schweigend den Ausgang dieser neusten Wendung des Geschehens. Sein Blick wandte sich dann der Hütte zu, in der Thusnelda zuvor verschwunden war. Als er zu sprechen beginnen wollte, wurden die Häute vor dem Eingang zur Seite geschoben, und Thusnelda war in der Tür zu sehen. Bevor seine Tochter die Bedeutung dessen, was vor sich ging, begreifen konnte, sagte Segestes ruhig: »Ich stimme zu. Meine Tochter ist von jetzt an Arminius versprochen, gemäß unserer Regeln eines Zweikampfes. Wenn du die Römer besiegst«, und er legte eine besondere Betonung auf das »wenn«, »wenn du das schaffst, dann magst du meine Tochter heiraten.«

Thusnelda verschlug es den Atem, als sie die Worte ihres Vaters vernahm, und sie errötete vor Verlegenheit und auch Unsicherheit, denn sie wußte nicht, was geschehen war. Aber sie merkte, daß sie erneut im Mittelpunkt aller Aufmerksamkeit stand. Sie sah rasch zu Arminius hinüber, seine Augen fesselten wieder ihre, aber sie zog sich schnell zurück in das Innere der Hütte, verwirrt und sehr aufgeregt.

Arminius blickte noch einmal durch die Reihen der Menge, dann verkündete er laut: »Ich werde Segestes' Tochter heiraten, denn ich werde Varus' Legionen besiegen. Ich werde sie besiegen, denn ich habe die Unterstützung von euch, den tapfersten Kriegern der größten Stämme in Germanien. Mit euch kann ich alles und jeden besiegen. Wer ist mit mir, wer ist mit Arminius?« rief er. Die Antwort war wieder überwältigend. Eine Unmenge von Stimmen, erregt von der Aussicht auf Krieg und Kampf, erhob sich zu lauter Zustimmung, Schilde wurden geschlagen und Trompeten ertönten als lärmende Begleitung der Antwort auf Arminius' Ruf zu den Waffen. Er hatte den Tag gewonnen. Nun mußte er die Schlacht gewinnen. Er hob sein Schwert und seine freie Hand in die Luft, der Menge zum zweiten Mal an dem Abend Ruhe zu gebieten. Der Lärm verstummte, und er bannte die Aufmerksamkeit aller.

»Ich muß meine Pläne mit euren Anführern und Ältesten beraten, Pläne, mit denen wir die Römer in unsere Fallen und Attacken locken werden. Wir wollen uns die Römer im späten Sommer vornehmen, wenn sie zurück in ihre Winterquartiere ziehen. Aber jetzt genießt die Speisen und Getränke, laßt uns feiern. Ich werde euch alle wiedertreffen, wenn die Zeit reif ist für unsere Angriffe. Ich grüße euch alle.« Er ging durch den Kreis, ohne die Leiche Dagans zu beachten, und gesellte sich auf einen Trunk zu einigen anderen Anführern und seinem Bruder.

Segestes stand abseits auf der anderen Seite des Kreises und murmelte leise: »Jeder Hund hat seinen Tag, Arminius, aber ich verspreche dir, auch deiner wird enden ...« Und dann ging auch er und schloß sich den um Arminius versammelten Anführern und Ältesten an. –

Arminius vereinigte die Stämme und schmiedete seine Pläne für die Vernichtung der Legionen des Varus. Das geschah im Juli des Jahres 9 n. Chr. Die Schlacht würde im September geschlagen werden, am Ende des Sommers, wo er wollte und wie er wollte. Er würde die Legionen bis auf den letzten Mann auslöschen – die Männer der 17., 18. und 19. Legion Roms.

ZWEITER TEIL

Das Sommerlager in Minden

Das Sommerlager in Minden hatte Drusus während der frühen Jahre angelegt, als die Römer in das Innere Germaniens vorgedrungen waren. Auf den Wassern der mächtigen Weser, etwa tausend Meter von der Ostseite des Lagers entfernt, waren die römischen Boote von der Nordseeküste den Fluß hinaufgekommen. Sie passierten auf dem Weg zum Sommerlager die Versorgungshäfen, dann den Durchbruch des Wiehengebirges und erreichten schließlich die oberen Abschnitte des Flusses. Anfangs schlängelt sich die Weser durch flache, eintönige Auenlandschaften, ehe sie in die tiefen Täler und Schluchten der Bergkette eintritt. Hier kreuzt im Jahre 9 n. Chr. der obere Abschnitt der West-Ost-Verbindung: der Landweg von den letzten Lagern an der Lippe bis in den Osten Germaniens zur Elbe, in etwa zweihundert Kilometern Entfernung.

Das Sommerlager in Minden war ein wichtiger Knotenpunkt zwischen dem Nord-Süd-Verlauf der Weser und der West-Ost-Achse der Landroute. Im Grunde war Minden eines der wichtigsten Verbindungslager in Germanien, ebenso wichtig wie die Lager in Xanten und Aliso zu beiden Seiten der Mündung der Lippe in den Rhein.

Obgleich das Sommerlager ein Stück vom eigentlichen Wiehengebirge entfernt lag, wurde es von den Hügeln des Höhenzuges überschattet, der sich zu beiden Seiten des Weserdurchbruchs erstreckte. Dort hatten die Legionen kleine, aber gut befestigte Beobachtungsposten angelegt, von denen aus sie eine hervorragende Sicht über das umliegende Land hatten, viele Meilen weit in fast jede Richtung, mit Ausnahme der bewaldeten Kämme der Höhenzüge. Selbst hier hatten die Römer Teile des Waldes gerodet und in den Freiräumen Sichtlinien geschaffen, die von schier unüberwindlichen Wällen und – mit Fußangeln versehenen – Gräben gegen eventuelle Flankenangriffe geschützt waren.

Die Abordnung ins Sommerlager war ein Traumposten für die römischen Besatzungstruppen. An den Ufern der Weser hatten die Pioniere Einschnitte angelegt und Bereiche mit ruhigem Wasser geschaffen, wo sie in sicherer Entfernung von den gefährlichen Strömungen des Flusses baden und schwimmen konnten. In der Hitze der Sommertage waren die Becken fast immer angefüllt mit badenden Offizieren und Soldaten. Sklaven bedienten sie mit Essen und Trinken.

Es war August, der gefeierte Monat, in dem sich alle Römer der Erhebung des Augustus zum Caesar erinnerten. In Germanien war es der heißeste und häufig der unangenehmste Sommermonat mit schwülem und drückendem Wetter, ganz anders als die heiße, aber klare Luft Roms. Die Legionen würden im kommenden Monat zurück in ihre Winterquartiere nach Haltern und Xanten ziehen, aber noch arbeiteten sie hart daran, ihre Stellung in den germanischen Stammesgebieten des nördlichen Tieflandes auszubauen. Es galt, das Land zu vermessen und weitere Straßen zwischen den verschiedenen Posten an der West-Ost-Linie zwischen Ems und Weser anzulegen, die Veränderungen der umgebenden Landschaft zu kartieren, mit der ständigen Präsenz unablässig ausgesandter Abteilungen und Einheiten in den zahlreichen germanischen Siedlungen und Dörfern die Herrschaft der Römer zu dokumentieren und Steuern und Abgaben einzutreiben. Nach Erfüllung ihrer Aufgaben kehrten die Abteilungen zum Hauptlager zurück, um sich auszuruhen und die kühlenden Wasser der Flußbecken zu genießen.

Im Sommerlager hielt Varus oft Gericht, herrschte der Herr über das, was er als seine Domäne betrachtete. Er handelte gegen die Gesetze und Regeln der Germanen und ihrer Ältesten und zwang ihnen die römische Rechtsprechung auf, wenn es um die Verurteilung sogenannter Straftäter und kleiner Sünder ging.

Sein Ruf als Richter war weit bekannt, und nur wenige derer, die in alltägliche, belanglose Streitereien verwickelt waren, waren erfreut, daß ihre Fälle vor den römischen Befehlshaber kommen mußten, damit er sein Urteil sprach. Viele der Streitereien, die zwischen benachbarten Sippen ausbrachen, wurden gewöhnlich in schlichten Verhandlungen durch Urteile der Ältestenräte gelöst. Varus dagegen nutzte seine Machtstellung als selbsternannter Diktator nach seinem Geschmack und sah sich selbst weniger als Vertreter des mächtigen Augustus Caesar, sondern vielmehr als einen Caesar von eigener Macht. Er bemühte sich, seine Wichtigkeit und seinen Einfluß zu vergrößern, indem er eigentlich belanglosen Gerichtsfällen übertriebene Bedeutung beimaß. Über Diebe verhängte Varus selbst bei Geringfügigkeit Strafen, die schweren Verbrechen angemessen gewesen wären. Einen Mann, angeklagt, einen Behälter mit Wein gestohlen zu haben, verurteilte er zum Tode durch umgekehrte Kreuzigung. Ein Dorf, das nicht ausreichend Steuern bezahlt hatte, wurde niedergebrannt, Vieh und Getreide wurden zum Sommerlager fortgeschafft. Die Männer wurden mit dem Schwert gerichtet und die Frauen und Kinder gefangengenommen und als Sklaven in das Sommerlager verschleppt.

Hinzu kam die ständige römische Präsenz in der Nähe der wichtigen germanischen Siedlungen; römische Legionäre sollten von allen und zu jeder Zeit gesehen werden. Legionärsabteilungen waren in abgelegenen Gebieten präsent, befestigte und meist hochgelegene Außenposten und kleinere Lager waren an zahlreichen Punkten im Umkreis von fünfzig Kilometern des Sommerlagers angelegt.

Pionierabteilungen widmeten sich dem Wegebau und Kartierungsarbeiten, einige sollten neue Wege durch die Schlüsselpässe, die von den nördlichen Ausläufern des Teutoburger Waldes in das Bergland des Wiehengebirges und zum Kalkrieser Berg führten, erkunden und bahnen.

Die Pionierabteilungen in der Ebene im Norden und auf den Pässen des Wiehengebirges hatten die Aufgabe, die Hauptmarschlinie wiederherzustellen, die Drusus zwanzig Jahre zuvor zwischen Ems und Weser angelegt hatte. Die Voraussetzung hierfür war der Bau befestigter Hauptwege und die Reparatur bzw. Erneuerung der Holzbohlenwege über die Moore nach Westen. Diese Arbeiten hatten Vorrang in Varus' Plänen zur Entwicklung der Region, da diese West-Ost-Achse den Transport von Vorräten und Nachschub von den Flüssen weg aufs Festland verlegen würde.

Der erste Schritt hätte allerdings der Bau von Straßen für militärische Operationen sein müssen. Doch Varus' nachlässige Haltung verhinderte, obwohl sein stellvertretender Kommandierender dies häufig beklagte, die Errichtung einer effizienten Operationsbasis und den Aufbau präziser Kommunikationswege zwischen den Außenposten.

Für die Sonderkommandos mußten Männer aus Varus' Legionen bereitgestellt werden, und so verringerte sich die Zahl der in Minden zur Verfügung stehenden Soldaten. Ihr Einsatz war eine, wiederum von Marcus Aius in Frage gestellte, Idee des Varus gewesen. Er glaubte, vorrangig die Unterwerfung der germanischen Stämme vorantreiben zu müssen, indem er die römische Präsenz in den wichtigsten germanischen Siedlungsgebieten ein für alle Mal unübersehbar machte.

Die Römer bauten üblicherweise taktische Wege zu strategischen Hauptwegen und -straßen aus, welche nahe, aber nicht unbedingt entlang früherer Marschlinien verliefen. Die ständige Instandhaltung taktischer Wege erübrigte sich mit der Anlage von strategischen Straßen. Varus wollte von Taktik nichts wissen. Niedergelassen im Sommerlager, sah er keinen weiteren Bedarf für taktische Routen, für Angriffs- und Rückzugslinien, geschweige denn für deren Ausbau. Der Bau von dauerhaften Straßen auf den direkten Verbindungslinien war ihm wichtiger und würde ihn auch seinem Ziel näherbringen: einer römischen Provinz Germania.

(Anmerkung des Autors: Mit ihren erstaunlichen technischen Leistungen haben die Römer bei der Errichtung ihres Imperiums Maßstäbe gesetzt, an denen auch andere Völker – sei es im Mittelalter oder in der Moderne – gemessen werden. Ihr technischer Sachverstand schlug sich im Straßenbau als einem Kernbereich in beeindruckendem Maße nieder, und so waren auch die von ihnen in den sumpfigen Mooren im Norden Germaniens angelegten, festen Übergänge außerordentlich wirkungsvoll und verläßlich.

Für diese Wege durch das Moor benötigte man: einen freigeräumten Bereich von acht bis neun Metern Breite, in dem alle Bäume und Sträucher direkt über dem Erdboden gerodet sind, einen geebneten Weg von 2,6 Metern Breite, der mit Holzpfählen markiert ist, gegebenenfalls geringe Entwässerung und einen Bohlenweg über Sumpfgebiete.

Für die Anlage eines taktischen Weges über die nordgermanische Ebene – so schätzen wir heute – benötigten die Römer je nach Beschaffenheit des Bodens: 40 Arbeitsstunden pro 100 Meter Grasland, 600 Arbeitsstunden pro 100 Meter Wald, 450 Arbeitsstunden pro 100 Meter Heide, 625 Arbeitsstunden pro 100 Meter Sumpf/Moor.

Man würde – um ein Beispiel zu nennen – tausend Männer, die jeden Tag zehn Stunden arbeiten, benötigen, um während Varus' Aufenthalt im Sommerlager einen Damm oder Weg von ungefähr achtzig Kilometern Länge durch das Moor anzulegen.

Und um die 120 Kilometer zwischen Ems und Weser mit einem Weg durch die norddeutsche Tiefebene zu verbinden, waren 570.000 Arbeitsstunden notwendig – also z. B. 1100 Männer, die 70 Tage zu zehn Stunden arbeiteten.)

Mit dem Einsatz der beträchtlichen Truppenkontingente bei Pionieraufgaben und auf den Außenposten unterstrich Varus seine Auffassung, daß Besatzung und Unterwerfung von den Germanen gesehen werden müßten, um wirkungsvoll zu sein. Kaum ein Befehlshaber würde die militärische Bedeutung von Präsenz und Sicherheit im besetzten Gebiet in

Frage stellen. So weit, so gut, doch Varus hatte nicht die Möglichkeit in Betracht gezogen, daß die germanischen Stämme sich als Reaktion auf die Unterdrückung verbünden und mit gemeinsamer Kraft eine ernstzunehmende Streitmacht gegen seine Legionen bilden könnten.

... und Marcus Aius fühlte sich niedergeschlagen, da er bemerkte, daß seine Position als Stellvertreter langsam aber stetig unsicherer wurde und sein Einfluß abnahm mit jedem Tag, der während ihres Aufenthalts im Sommerlager verstrich ...

Varus aber hatte noch größere Ziele für weitere Vorstöße nach Osten: Er plante, einen neuen Weserübergang zu schaffen, eine Brükke sollte im Anschluß an das Osttor des Lagers errichtet werden. Er hatte oft die Berichte des großen Julius Caesar über dessen frühe Feldzüge und Schlachten gegen die germanischen Stämme gelesen, die im Jahre 55 v. Chr. in Gallien eingefallen waren. Das Ereignis, welches ihn besonders interessierte, war Caesars Gegenangriff über den Rhein, mit dem die germanischen Eroberer zurückgeschlagen werden sollten. Caesar schrieb in seinem »Gallischen Krieg«:

> So hatte ich allen Grund, den Rhein zu überqueren. Auf Schiffen überzusetzen, schien zu gewagt und war sicherlich unter der Würde eines römischen Generals. Eine Brücke zu bauen wäre eine schwierige Operation, wegen des Flusses Breite, Tiefe und kräftiger Strömung. Dennoch kam ich zu der Schlußfolgerung, daß die Schwierigkeiten überwunden werden mußten, oder die ganze Idee der Überquerung müßte aufgegeben werden. Mit der Konstruktion wurde also nach folgendem Plan begonnen: Man verband je zwei Pfähle von anderthalb Fuß Dicke, die unten etwas zugespitzt und nach der Tiefe des Flusses bemessen waren, in einem Abstand von zwei Fuß miteinander zu einem Gerüst. Von Flößen wurden sie in den Fluß hinabgelassen und mit Rammen fest in das Flußbett eingetrieben. Sie wurden nicht senkrecht gesetzt, sondern schräg sich neigend in Richtung der Strömung. Ihnen gegenüber und vierzig Fuß flußabwärts wurden in derselben Weise verbundene Pfähle eingerammt, die gegen den Druck der Strömung geneigt

waren. Die Gerüste wurden durch Querbalken von zwei Fuß Dicke verbunden, deren Enden genau zwischen jeweils zwei Pfähle paßten. Eiserne Bolzen sicherten jeden Pfahl zum Ende des Querbalkens und hielten die Gerüste auseinander, verstärkt durch diagonale Verknüpfungen der Pfahlpaare. Das Bauwerk besaß eine solche Festigkeit und eine solche Beschaffenheit, daß es um so straffer verbunden blieb, je stärker der Wasserdruck dagegen prallte. Zusätzliche Pfähle wurden schräg eingetrieben auf der Seite stromabwärts, um eine Stütze zu formen für jedes Gerüst und mitzuhelfen, den Druck des Wassers aufzufangen. Eine Reihe dieser Gerüste und Querbalken wurde mit rechtwinklig gelegten Hölzern verbunden, eine Schutzvorrichtung, die Schaden verhindern würde, wenn die Barbaren es versuchten, sie mit in den Fluß gelassenen Baumstämmen oder Booten zu zerstören.

Zehn Tage nachdem man begonnen hatte, das Bauholz zusammenzutragen, war das gesamte Werk beendet, und das Heer wurde hinübergeführt. Die Germanen waren eingeschüchtert von der scheinbar unaufhaltbaren Macht, die über eine Brücke nach Germanien hineinströmte! Caesar verbrachte gerade achtzehn Tage jenseits des Rheins und kehrte dann zurück nach Gallien, die Brücke zerstörte er hinter sich. Auch wenn die Brücke in bemerkenswert kurzer Zeit fertiggestellt worden war, eine Verzögerung von zehn Tagen wäre wohl nicht akzeptabel gewesen, wenn das Kampfgeschehen die Anlage eines militärischen Brückenkopfes erfordert hätte.

Deshalb verkürzten die Römer die Wartezeit, falls notwendig, indem sie Pontonbrücken bauten. Der römische Historiker Vegetius schrieb, daß die von Caesar durchgeführten Überquerungen schnelle taktische Manöver waren, die beim fliehenden Gegner Überraschung und Schrecken auslösten:

Wenn es eilt, kann man auch leere Fässer zusammenbinden und Bretter darauflegen. Bei der Reiterei macht man gewöhnlich Flöße aus trockenem Schilf oder Binsen; die Reiter legen ihre Rüstung und Waffen darauf, damit sie nicht naß werden. Die zweckmäßigste Erfindung ist die der kleinen Boote, ausgehöhlt aus einem Stamm und sehr leicht durch die Art der Ausführung und durch die Qualität des Holzes. Die Armee hatte immer eine Anzahl dieser Boote in ihrem Troß, dazu genügend Bretter und eiserne Nägel. Mit der Hilfe von Tauen zum Aneinanderbinden der Boote kann sofort eine Brükke konstruiert werden, die dann die Zuverlässigkeit und Festigkeit einer Steinbrücke besitzt.

Varus' »Gerichtshof«

Im Jahre 9 n. Chr., während viele seiner Truppen in den umliegenden Ebenen und den Hügeln des Wiehengebirges eingesetzt waren, schmiedete Varus seine Pläne für eine große Provinz Germania, eine weitere Provinz des mächtigen römischen Reiches, und eine Provinz unter seiner persönlichen und alles umfassenden Herrschaft. Er genoß seine Macht in vollen Zügen, und ebenso seinen wöchentlichen »Gerichtshof«, wie er ihn lachend nannte. Zu dieser Zeit waren Probleme mit der Disziplin innerhalb der Legionen recht selten. Die Rebellionen und Meutereien früherer Zeiten waren mit gnadenloser Bestrafung niedergeschlagen worden, und so boten ihm nur die alltäglichen Dinge der Rechtsprechung Gelegenheit, das volle Gewicht seines Amtes in die Urteile und eine – seiner Meinung nach – angemessene Bestrafung zu legen. Im Anschluß an eine solche Gerichtsverhandlung kehrte Arminius zurück von der Kriegsversammlung der germanischen Stämme in Icker.

Der angebliche Räuber, angeklagt, seinem Nachbarn Hühner gestohlen zu haben, kniete vor Varus' Liege, die auf einem zwei Fuß hohen Podest stand, damit der Konsul einen guten Blick über die versammelten Menschen hatte. Ein römischer Jurist, ein Edelmann, ausgewählt aus einer der angesehensten Familien Roms, um Varus bei seiner Besetzung Germaniens zu begleiten, verlas eine Niederschrift des Vergehens.

Es wurde beschrieben, wie der Kläger vom Beerensammeln im Wald zu seinem kleinen Haus zurückgekehrt war und bemerkt hatte, daß vier oder fünf seiner Hühner fehlten. Zuerst glaubte er, sie wären vom Fuchs gerissen worden, doch da weder Federn noch Blut im Stall zu finden waren, suchte er in den nahegelegenen Wälder und Wiesen nach ihnen.

Er ging über eine Wiese und näherte sich der Hütte seines Nachbarn. Und als er gerade eine andere Richtung einschlagen wollte, sah er seinen Nachbarn, der rasch auf seine Hütte zulief. Später war behauptet worden, der angeklagte Mann hätte zwei tote Hühner getragen. Beide sahen genauso aus wie die verschwundenen schwarzen und roten Hühner des Klägers. Entschlossen war er auf den Angeklagten zugegangen und hatte eine Erklärung von ihm verlangt, wie er zu den beiden Vögeln gekommen sei. Das Gespräch war dann anscheinend hitzig geworden, und als eine kleine römische Patrouille auf die Kontrahenten stieß, waren sie bereits in Handgreiflichkeiten verwikkelt. Alle Anzeichen deuteten auf einen schlimmen Ausgang, denn sie hatten ihre Messer bereits gezogen. Die Patrouille brachte die beiden schnell auseinander, und der Anführer befragte sie über den Anlaß ihres Zwistes.

Anfangs war der Kläger nicht dazu zu bewegen, Anschuldigungen gegen seinen Nachbarn zu erheben. Er hätte es vorgezogen, die ganze Sache an Ort und Stelle fallenzulassen, aber sein Nachbar war erregt und ängstlich geworden und erhob eine Reihe von Gegenanklagen. Er behauptete, er sei angegriffen worden, um ausgeraubt zu werden.

Der römische Anführer entschied, daß der Fall auf der wöchentlichen Gerichtsanhörung im Lager in Minden vorgetragen und gerichtet werden solle. Um sicherzugehen, daß beide Parteien für die Verhandlung bereitstehen würden, hatte er seine Männer angewiesen, sie in Haft zu nehmen.

Varus saß lässig auf seiner Liege und blickte gelangweilt auf das Schauspiel vor seinen Augen. Der des Diebstahls der Hühner angeklagte Mann lag auf dem Bauch vor ihm, die Arme unterwürfig zur Seite gestreckt. Der römische Jurist fuhr fort, die Anklage zu verlesen und den versammelten Zuschauern den Fall zu erläutern.

Der Nachbar, dem die Hühner gestohlen worden waren, stand an der Seite und hielt im Bemühen, nicht aufzufallen und die Augen des Konsuls zu meiden, den Kopf gesenkt. Varus schien fast zu schlafen, als er den eintönigen Ausführungen des Rechtskundigen halbherzig zuhörte – doch allen Versammelten war bewußt, wie schnell der Konsul sein Verhalten ändern konnte, wie grausam und skrupellos er sein konnte, wenn es ihm beliebte.

Der Rechtskundige redete noch immer, als Varus plötzlich zu erwachen schien und rief: »Genug! Genug! Bei den Göttern, ich habe genug von dieser tragischen Geschichte. Dieser Mann hier vor mir, was hat er zu den Anklagen zu sagen? Laßt ihn zu mir sprechen.« Er zeigte auf einen Zenturio und dann auf den hingestreckten Mann. Der Zenturio ging rasch zu dem Angeklagten hinüber und stieß ihm gezielt den Fuß in die Seite. Der Germane hob den Kopf, blickte zu dem Zenturio auf, folgte dann dessen Nicken und richtete seinen Blick auf Varus.

»Frag' ihn, was er zu sagen hat«, befahl Varus dem Übersetzer, »frag ihn, warum er angeblich das Eigentum jenes Mannes raubte, wenn das, was der sagte, wahr ist«, fügte er mit einem Blick auf den Kläger drohend hinzu. Der zuckte zusammen. Er hatte die Worte nicht verstanden, aber er spürte die Drohung in des Konsuls Stimme. Schweiß rann über seine Stirn, als ihm plötzlich klar wurde, daß seine Position genauso unsicher war wie die seines Nachbarn, und daß er seine Worte mit Vorsicht wählen mußte, wenn er einer schlimmen Wendung der Dinge entkommen wollte. »Los, beeile dich«, drängte Varus den Übersetzer, »ich habe genug Zeit damit vergeudet, dieser langweiligen Geschichte zu lauschen. Was sagt der Mann? Und sag ihm, er solle sich beeilen, ich bin müde.« Von einem Tablett aus Gold und Silber an seiner Seite führte er einen Becher mit kühlem Wein an seine Lippen.

Der Übersetzer befragte hastig den verängstigten Mann. Als das Verhör an Heftigkeit zunahm, wurde allen Versammelten, einschließlich Varus, deutlich, daß mehr zu der Geschichte gehörte als bisher angenommen, daß er nun seinen Nachbarn als Mitschuldigen in das Verfahren hineinzog.

»Eure Exzellenz«, sagte der Übersetzer, als er sich endlich wieder Varus zuwandte, »der Mann gibt zu, daß er die Hühner genommen hat, aber er nahm sie aus Rache an einem Verbrechen seines Nachbarn an seiner Familie. Er behauptet, sein Nachbar sei dafür verantwortlich, daß seine Frau ihn vor ein paar Tagen verlassen habe, nachdem sie enthüllt hatte, daß der Nachbar sich ihr aufgezwungen, sie in sein Haus gezerrt und vergewaltigt hätte. Sie war verzweifelt und verschämt. Voller Zorn war er sogleich zu dem Haus seines Nachbarn gelaufen, fand es aber leer vor. Am folgenden Morgen war seine Frau fort. Der Angeklagte ging erneut zu dem Haus des anderen Mannes, und da er ihn wieder nicht fand, jagte er in seiner Erregung alle Hühner aus dem Stall und tötete später zwei oder drei, als sie in den Wäldern herumrannten. Er hält die Tat seines Nachbarn für ein Vergehen, das dieser verantworten müsse, und sein Handeln sei nichts weiter als eine Art Vergeltung gewesen, um seiner Wut Luft zu machen.«

»Aber warum trug er dann die toten Hühner zurück zu seinem Hof?« fragte Varus gelassen. »Wollte er die Hitze des Augenblicks in die Hitze des Kochtopfs überführen?« Er lachte lauthals über den Doppelsinn seiner Worte, in der Erwartung, daß die Zuhörer seiner Schlagfertigkeit folgen und mit ihm lachen würden. Doch leider, und tragisch für die beiden Beschuldigten, hörte er nur ein leises, ersticktes Hüsteln statt des lauten, ausgelassenen Lachens, das er nach seinem Wortspiel erwartet hatte.

Verärgert über diesen Mangel an Anerkennung seines geistreichen Witzes verdüsterte sich seine Stirn. Rasch wies er den Zenturio an, den anderen Mann in die Mitte des Raumes zu schaffen. Vor den Konsul gezerrt, zitterte der Mann vor Angst. Die Lügen seines Nachbarn führten zu einer unvorhersehbaren Entwicklung des Verfahrens. Er selbst, möglicherweise sein Leben, war plötzlich bedroht. Er stand demütig da, den Kopf gesenkt, zitternd, sein Magen drehte sich um, ihm war übel vor Angst, und Schweiß lief ihm von der Stirn. Er wartete auf die Gelegenheit, zu seiner Verteidigung zu sprechen. Sie sollte nie kommen.

Varus' Augen wurden wieder schmaler, er schaute den Zenturio an und zeigte auf den Boden. Der Zenturio drückte den Mann auf die Knie und stieß ihn auf den Boden.

Varus trank genüßlich von seinem Wein und betrachtete die vor ihm Versammelten. Er genoß die stumme Erwartung der Leute. Die Stille war lähmend, aber Varus kostete sie noch einige Minuten aus. Er war gelangweilt von dem ganzen Verfahren, doch die Leute harrten seiner Weisheit und Allmacht. Sein geistreicher Witz war vergeudet, aber er wußte, was auf Interesse und vielleicht Wohlgefallen bei der Masse treffen würde: eine schnelle und strenge Bestrafung der beschriebenen Verbrechen. Keiner der Fälle war bewiesen oder widerlegt, doch die Leute verlangten nach schneller römischer Rechtsprechung, das spürte er, und einmal mehr würde durch ihn die Macht und Autorität Roms sprechen.

»Ich habe entschieden«, begann er und machte eine bedeutsame Pause, »der Mann, der die Hühner gestohlen hat, ist offensichtlich ein Dieb. Die Patrouille hat berichtet, daß die Hühner tot in seinem Besitz gefunden wurden, aber eindeutig nicht ihm gehörten. Er wird für schuldig befunden und wird zu der einem Dieb angemessenen Strafe verurteilt. Er wird gekreuzigt, sein Pfahl wird auf dem Bergkamm am westlichen Wachposten für jeden sichtbar aufgerichtet.« Der Übersetzer teilte den Anwesenden mit gedämpfter Stimme Varus' Urteil mit.

Varus fuhr fort: »Was die andere niedrige Kreatur betrifft: Eines anderen Mannes Frau innerhalb einer Sippe zu nehmen und zu vergewaltigen, kann nicht geduldet werden. Es verursacht Unruhe und Streit, und ich bin dieser Dinge müde. Er ist schuldig, doch sein Verbrechen ist verabscheuungswürdiger als das des Diebes. Er soll geteert und, in Tierhäute gewickelt, am Kreuz verbrannt werden, wie es unsere Strafe ist für ein solches Verbrechen.«

Der Übersetzer gab die Worte wieder. Die beiden Männer jammerten und weinten erbärmlich. Als Varus sich erhob, um die Verhandlung zu beenden, erhob sich eine laute Litanei in Richtung des Konsuls. Varus hielt inne und wies den Übersetzer an, ihm den Redeschwall des einen Verurteilten zu übersetzen. Der Zenturio erstickte den Ausbruch des eifernden Mannes rasch mit einem Schlag gegen dessen Kopf, und der Mann fiel benommen nach vorne.

Der Übersetzer erklärte: »Exzellenz, er sagt, er wird, wenn ihr ihn verschont, euch alles verraten, was er über einen germanischen Aufstand weiß, der am Ende des Sommers stattfinden soll. Er behauptet, er hätte reichlich Informationen über die Anführer und den Aufstand. Er sagt, es versammelten sich Tausende Krieger, um eine Allianz für den Kampf gegen uns zu bilden. Er fleht um sein Leben für diese Informationen.«

Varus lachte: »Wer seinem Tode nahe ist, wird jeden Strohhalm ergreifen, um sein Leben zu retten; er wird nach einem Weg suchen, am Leben zu bleiben, auf dieser Erde zu bleiben, selbst wenn das bedeutet, irgendwelche wundersamen, unglaublichen Dinge zu erfinden. Dieser Mann gibt sich einer Illusion hin, wenn er glaubt, ich würde eine so unsinnige, lächerliche Aussage ernst nehmen. Die Stämme Germaniens sind vollständig unterworfen; unsere Posten und Patrouillen berichten, daß alle Gegenden ruhig und unter Kontrolle sind; und weder ich noch meine Kommandeure haben Hinweise zu einem Aufstand erhalten. Was meinst du, Marcus Aius?« fragte er, sich seinem Stellvertreter zuwendend, der abseits gestanden hatte. Marcus stimmte zu: »Ihr habt vollkommen recht, Exzellenz, dennoch bin ich neugierig, wie der Mann an solche Informationen gekommen sein möchte, und ich bitte um die Erlaubnis, ihn über diese Aussage befragen zu dürfen.«

»Nein, Marcus, auf keinen Fall, ich wünsche keine weitere Verzögerung dieser Verhandlung. Am Morgen will ich die beiden Männer an den Kreuzen sehen. Ich glaube kein Wort seines Gestammels, das ist leeres Gerede eines verurteilten Mannes. Ich bin auch sicher, daß du jeden Aufruhr niederschlagen könntest, sollte es einen geben, aber ich bezweifle, daß die Stämme noch Lust auf ein solches Abenteuer haben. Laßt uns diesen betrüblichen Fall abschließen, ich will nichts mehr davon hören. Die Verurteilten werden morgen ihre Götter treffen. Schafft sie fort!« Er verließ die vorderen Räume des Praetoriums. Das Schluchzen und Jammern der Verurteilten überlagerte das Gemurmel der versammelten Menge, bis der Zenturio und eine Abteilung Legionäre die beiden fortschafften.

Die Nachricht vom Ausgang der Gerichtsverhandlung verbreitete sich über das ganze Sommerlager, es herrschte eine rege Debatte über die bevorstehende Bestrafung der beiden Männer am kommenden Morgen. Die Sonne versank langsam im Westen und die Abendschatten zogen über das Lager; draußen in der stillen Dunkelheit riefen die Trompeten zur ersten Nachtwache, und die diensthabenden Offiziere standen bereit, ihre nächtlichen Inspektionsrunden zu beginnen.

Schritte waren außerhalb des westlichen Wachhauses zu hören, und ein rotes Licht leuchtete vor dem Fenster; zwei Offiziere gingen zusammen hinaus zu dem diensthabenden Zenturio, der mit einer flackernden Fackel wartete. Der krachende römische Gruß ertönte, bei dem Fäuste auf die Brustplatten schlugen, und dann begannen sie ihren Weg durch das dunkle Lager: von Wachposten zu Wachposten über den Wehrgang der Wälle, von Wachraum zu Wachraum, mit dem leisen Austausch der Parole. Zuletzt erreichten sie den kleinen, beleuchteten Raum auf der Rückseite des Praetoriums, in dem die Truhen mit dem Sold und den eingetriebenen Steuern neben den goldenen Adlern der drei Legionen aufbewahrt wurden. Eine Spezialeinheit der Wachtruppe hatte hier Dienst, und zwischen seinen Runden saß hier die ganze Nacht über der diensthabende Zenturio, sein Schwert gezogen und vor sich auf den Tisch gelegt.

Gegenüber dem Hauptgebäude lagen die beiden Gefangenen zusammengekauert in ihren Zellen. Von schrecklicher Angst erfüllt warteten sie, daß die Stunden der Nacht übergingen in den Morgen, an dem sie ihren grausamen und qualvollen Tod durch die Hände der Römer finden sollten.

Die Sonne ging über dem östlichen Horizont auf, und von den Wällen erklang das Wecksignal der Trompeten. Die Nachtwache beendete ihre letzten Runden mit einer Abfolge komplizierter Paraden, und die Tagwache machte sich fertig zum Wachwechsel: Gähnende Legionäre reckten sich und eilten zu den Latrinen und Waschräumen.

Das Lager erwachte zum Leben: Feuer wurden geschürt und Öfen angeheizt, Wasser für die Offiziere und die Kommandeure wurde gekocht, Frauen zerteilten Brot und bereiteten Brei über den Feuern; Dampf stieg aus brodelnden Kesseln in die kühle Luft des frühen Morgens. Die Stallburschen der Reiterei erfüllten ihre morgendlichen Pflichten, Wachen vollführten Waffenübungen – es wimmelte geschäftig wie in einem Bienenstock.

In der Offiziersmesse waren der Quartiermeister, der griechische Hauptarzt und einige der einfachen Offiziere bereits zum Frühstück versammelt. Die höheren Offiziere, die höchsten Befehlshaber der Legionen und Kohorten, darunter Marcus Aius, trafen sich in einem abgetrennten Bereich der Messe, wo sie beim Essen die Pläne und Angelegenheiten des Tages und die geplanten Expeditionen in das Hügelland der Umgebung besprachen. Normalerweise war diese Versammlung ein fröhliches Treffen der führenden Kommandeure. Sie debattierten Fragen und Gedanken, die sich von Tag zu Tag ergaben, bevor Marcus später am Morgen Varus seinen offiziellen Bericht erstattete. Varus schlief immer lange und reagierte äußerst gereizt und aggressiv, wenn er früh geweckt wurde, und sein Stellvertreter zögerte die morgendlichen Treffen so lange wie möglich hinaus.

An diesem Morgen waren die Offiziere wortkarg und zurückhaltend. Gerüchte über Unruhen in den germanischen Stämmen der nördlichen Ebene gingen um, und es hatte sich die Schilderung des Gerichtsverfahrens im Lager verbreitet. Die Urteile und deren bevorstehende Vollstreckung belasteten die Gedanken der Offiziersrunde.

Marcus besprach mit einem der Legionskommandeure den Vorschlag, daß eine Reihe von Patrouillen, wie Varus angeordnet hatte, das Gebiet bis zur Elbe erkunden sollte. Es war Varus' Wunsch, das römische Einflußgebiet über die Weser hinaus bis zur Elbe auszudehnen – ein Unterfangen, bei dem Drusus zwanzig Jahre zuvor seine Kräfte überschätzt hatte. Sie besprachen auch die Möglichkeit, hinter dem Osttor des Lagers eine Brücke über die Weser zu errichten, wenngleich die Baumeister ihre Bedenken geäußert hatten. Die Strömung der Weser war in diesem Bereich besonders stark. Es gab Berichte, daß die große Flotte, die wichtige Vorräte und Güter (und ausgezeichnete Weine) von der Nordseeküste zum Lager bringen sollte, in den schweren Sommersturm geraten war, der vor einigen Tagen in dem Gebiet getobt hatte. Eine große Anzahl von Schiffen war spurlos gesunken. Einige hatten Handelswaren an Bord gehabt, einschließlich einer besonderen Ladung Silberbarren.

Plötzlich wurden die Vorhänge am Eingang zur Seite geworfen und Varus trat in den Raum – hellwach, lächelnd und so frisch, als käme er gerade aus den warmen Bädern auf der Flußseite des Lagers. Marcus erschrak, er hatte Varus noch nie so früh am Morgen erblickt, und es verschlug ihm die Sprache. Alle erhoben sich, Varus zu grüßen.

»Laß uns anfangen, Marcus Aius, ich möchte, daß die Hinrichtungen beginnen, sobald die Morgenwache auf ihrem Posten ist. Ich denke, je eher die Bauern hier in Germanien unsere Verhaltensregeln und unsere Rechtsprechung erlernen, desto besser wird das Leben für alle sein. Die beiden Bauern haben meine Geduld auf die Probe gestellt, und so etwas soll nie wieder geschehen. Nach dem Verlust unserer Versorgungsflotte im ersten Hafen im Norden, die meine Lieblingsweine und feinste Leckereien geladen hatte, fühle ich mich schon höchst verärgert von diesem Leben hier, auch ohne die lästigen Bauern und ihre kleinen Probleme und Verbrechen.«

Er setzte sich auf eine der freien niedrigen Liegen, griff nach einem Getränk und fuhr fort: »Ich erinnere mich an eine Geschichte, die erzählt, wie einer unserer großen Anführer von einem Einheimischen gereizt wurde ...«

Im August 1993 kehrte ich, inzwischen zum Major befördert, nach Deutschland zurück, um in Berlin meinen nächsten Posten anzutreten – im Gebäude des britischen Militärkrankenhauses in Spandau, das lange Zeit als Gefängnis für Rudolf Heß gedient hatte. Ich war gespannt auf meine neue Arbeit, aber zunächst wurde mir eine Woche des Einlebens gewährt und damit ein Wochenende in Kalkriese und Osnabrück ermöglicht. Wolfgang hatte mir zuvor eine Einladung zum ersten »Tag der offenen Tür« in Kalkriese geschickt, der ich leider nicht folgen konnte. Ich hörte von ihm, daß Tausende zu der Veranstaltung gekommen waren, das bestärkte meinen Entschluß, mich auf den langen Weg zu machen. Und da ich mittlerweile einige Jahre darauf gewartet hatte, dem Fund der Silberbarren nördlich von Minden nachzugehen, plante ich auch dort einen Besuch.

Nach einem frühen Start am Freitagmorgen war ich am Nachmittag in Osnabrück. Ich besuchte alte Freunde, erst in Osnabrück, dann in Kalkriese. Ich hatte viele langjährige Freunde unter den Bauern, die mir anboten, mich für jene Tage zu beherbergen. Es war eine Freude, wieder bei Menschen zu sein, die mich als einen der ihren aufnahmen. Am Samstag hatte ich ein deutliches Gefühl von »Déjà vu«. Ich hatte jede Fundstelle in der Umgebung besucht, einschließlich der neuen, die Klaus und Gisela seit meinem letzten Besuch im März freigelegt hatten. Doch nagte etwas in mir, das ich viel zu lange vernachlässigt hatte – ich wollte unbedingt sehen, ob etwas mit meinem vermuteten Hafen an der Weser, im Norden von Minden, geschehen war.

Ich beschloß, früh am Sonntagmorgen nach Berlin zurückzufahren und einen Abstecher zu dem Fundort der Silberbarren zu machen. Ich bedankte mich herzlich für die Gastfreundschaft und fuhr die Straße von Kalkriese in Richtung Minden, durch Venne und Schwagstorf, das immer mehr zu einem wichtigen Schlüssel bei der Suche nach den verlorenen Legionen wurde, dann weiter nach Osten, entlang der Nordseite des Wiehengebirges.

Als ich mich Minden näherte, bog ich nach Norden ab und folgte der Weser. Das Bauernhaus an dem ruhigen Wasser des offenen Quadrates war ein vertrauter Anblick; nichts hatte sich verändert. Ich suchte den Besitzer auf und war erfreut, daß er sich an meine früheren Besuche erinnerte. Wir sprachen über die Möglichkeit, daß da einmal ein römischer Hafen gewesen sein könnte. Ich sagte, daß ich später gern einmal zurückkommen und die umliegenden Felder absuchen würde, und sprach über die Bergung von Funden auf dem Grund eines Gewässers. Der Bauer gab mir daraufhin ein höchst bedeutsames Bruchstück einer Information, das zu dem endgültigen und verblüffenden Ausgang meiner Suche nach der Wahrheit über die römischen Silberbarren an der Weser führen sollte.

Ich stand am Ufer des Quadrats aus blaugrauem Wasser. Mein Kopf war voller Gedanken und Bilder – von Booten, die entladen wurden und Vorräte und Wein transportiert hatten; von anderen, die beladen wurden mit Kisten und Truhen voller Schätze. Und einige dieser Boote lagen nun im Bett des Flusses, keine dreißig Meter von meinem Standort entfernt, kaum drei Meter tief, verloren vor vielen Jahrhunderten. Ich schaute über die ausgedehnte Wasserfläche östlich von mir, die schließlich in den Hauptlauf der Weser einmündet. Ich bemerkte einen großen Schwimmbagger, der in einiger Entfernung das Flußbett aushob, wobei, wie ich später erfuhr, große, wirtschaftlich interessante Mengen an Kies gewonnen wurden, den man für verschiedene Straßenbauprojekte in Norddeutschland nutzt.

Mir war klar, daß ich zu dieser Stelle zurückkehren und eine vollständige Untersuchung durchführen mußte. Was ich in dem Augenblick allerdings nicht wissen konnte, war, daß mich Kalkriese mit einer Reihe von sensationellen Funden im kommenden Jahr wieder völlig vereinnahmen würde. Die Funde sollten meine gesamte Aufmerksamkeit und Freizeit auf die Suche nach den verlorenen Legionen des Varus lenken. Kalkriese war dabei, viele seiner verborgenen Geheimnisse preiszugeben – und der Geist des Varus war im Begriff, sich wieder zu erheben. –

Ich versuchte, alle Vermutungen und Geschichten über Varus im Jahre 9 n. Chr. zu analysieren, und ich bedachte erneut, wie Tacitus und Cassius Dio die Geschehnisse beschrieben hatten. Historiker haben oft behauptet, Tacitus wäre in seinen Darstellungen ein Romantiker gewesen, der Bilder zeichnete, die ganz den Erwartungen der Römer und ihrem Selbstgefühl entsprachen, während Cassius Dio – jenen Geschehnissen stärker entfremdet, da er seine Schriften fast zweihundert Jahre später verfaßte – nach seinem Verständnis die Ereignisse stärker historisch und weniger impressionistisch schilderte. Doch denken andere Historiker, daß das Gegenteil der Wahrheit entspräche und Cassius Dio historische Geschehnisse mit seiner persönlichen Interpretation ausschmückte, während Tacitus ein Meister der Kunst gewesen sei, die römische Geschichte sachlich niederzuschreiben. Auch ich fand seine Schilderungen der Schlachten, die

Arminius gegen die Römer zur Zeit der Statthalterschaft des Varus und später gegen Germanicus geschlagen hatte, ebenso lebendig wie realistisch. Es waren mir beide eine unschätzbare Quelle für Informationen.

Arminius erreichte die höchste Stelle des Bergkammes. Sie lag am westlichen Ende des Wiehengebirges, war aber noch immer einen guten Kilometer von dem römischen Wachturm entfernt. Er war langsam von Icker über den Kammweg geritten, und er hatte den Leichnam von Wodenicus gefunden, immer noch hingestreckt am Fuße des Baumes. Arminius und seine Reiter hatten sich um den Baum versammelt. Arminius blickte schweigend auf seinen toten Freund herab. Die Stille wurde vom leisen Schnauben der Pferde unterbrochen, ein Hengst scharrte ungeduldig über den Boden, und Sättel und Riemen knarrten, wenn die Pferde das Gewicht ihrer Reiter verlagerten.

Ein Reiter hustete laut und spuckte in das Unterholz. Arminius richtete seinen Blick auf ihn, doch bevor der den Zorn in seinen Augen lesen konnte, drehte Arminius sich zu den Reitern in seiner Nähe um und sagte leise: »Errichtet einen Scheiterhaufen, wir wollen ihn auf seinen Weg schicken. Beeilt euch und nehmt gutes Holz, und nehmt reichlich davon. Ich will, daß der Rauch des Scheiterhaufens viele Meilen weit zu sehen ist, damit jeder, der ihn sieht, sich fragt, wer eine solch gewaltige Rauchwolke verdient, die seinen Geist hinauf und mit den Winden fortträgt. Und wenn es getan ist, will ich schwören, daß Wodenicus' Talisman«, er reckte seine Hand in die Luft, damit jeder der Reiter den goldenen Armreif an seinem Gelenk sehen konnte, »bei mir bleiben wird, bis ich diese verdammten Römer für immer aus unserem Land vertrieben habe. Dann werde ich ihn zu einem hochgelegenen Ort bringen, und er wird Wodenicus begleiten auf seinem Weg mit dem Wind.«

Auf der Lichtung loderte das Feuer von Wodenicus' Scheiterhaufen, und eine hohe Rauchsäule stieg steil in die Luft. Arminius und seine Männer verließen den Ort, und schweigend ritten sie im Schritt dem östlichen Ende des Höhenzuges, diesseits der Weser, entgegen. Der Kammweg schwenkte nach Norden, und von Zeit zu Zeit öffnete sich ihnen der Ausblick auf das Land jenseits der Hügelkette. Und als der Weg am Rand der Hügelkette entlangführte, war die ganze Weite des Flachlandes zu sehen, auch die Weser und Varus' Sommerlager. Arminius, in Gedanken noch bei den Ereignissen der letzten Tage, schreckte auf; der Reiter vor ihm hatte sein Pferd mit heftigem Zügelruck plötzlich zum Halten gebracht, und fluchend zeigte dieser mit ausgestrecktem Arm hinüber zum Sommerlager. Seine Augen hatten vor dem klaren Himmel des Sommermorgens zwei große Kreuze ausgemacht. Selbst aus der Entfernung war zu erkennen, daß an jedem Kreuz ein Mensch hing.

»Bei allem, was heilig ist«, sagte Arminius, »was für ein Untier spielt an diesem Morgen mit dem Leben von Menschen? Unsere Brüder werden getötet wie Schweine am Spieß nach der Jagd. Aber der Tag wird kommen, die Römer werden der Sicherheit des Lagers den Rücken kehren und ihr Sommerlager verlassen: dann werden wir ihre Herzen herausreißen und ihre Eingeweide, ihre lästerhaften Zungen abschneiden und ihnen die Augen ausstechen, und es wird unsere Grausamkeit sein, die Varus und seinen Legionen Angst einjagt, die sie zittern läßt, vor uns! Mögen die Götter mir Geduld geben zu warten, bis der Tag gekommen ist!«

Im Sommerlager schauten Quinctilius Varus, römischer Konsul und Statthalter, Marcus Aius und viele der Kommandeure zu, als die Männer an den Kreuzen befestigt wurden. Der erste wurde angenagelt und angebunden, der andere lag schreiend und schluchzend auf einer Bank und wurde mit heißem Pech eingeschmiert und in eine blutige Eselshaut gewickelt, an der noch der Kopf des Esels hing, welcher nun über seinem Kopf saß. Dann wurde auch er an das Kreuz geschlagen. Er war der angebliche Vergewaltiger. Sein Jammern und Schreien vermischte sich mit dem seines Genossen. Und dann sah er, wie Farnbündel und Holzscheite am Fuße des Kreuzes aufgeschichtet wurden.

Obwohl der Mensch vor Urzeiten das Feuer gezähmt hat und zu seinem Wohle gebraucht, zum Wärmen und zum Kochen, fürchtet er auch die gewaltigen Kräfte des Feuers, die lodernden Flammen, seine Glut und sengende Hitze.

Als die Flammen um seine Beine schlugen, entzündete sich das heiße Pech und er wurde zu einem Feuerball, der zuckte und knisterte und am Kreuz hüpfte. Hoch stieg der Rauch auf, und Marcus Aius verschloß die Ohren und kniff die Augen zusammen. Er wandte seinen Blick ab und hinauf zu den luftigen Höhen des Wiehengebirges und dem aufsteigenden Licht der Morgensonne.

Er bemerkte eine Rauchfahne, die vom höchsten Punkt des Bergkammes aufstieg, etwa einen Kilometer westlich von dem Wachposten auf dem Vorsprung des Berges. Dichte Wolken stiegen dort in den Morgenhimmel und erhoben sich geradewegs in die höheren Bereiche der Atmosphäre. Er fragte sich, was solche Zeichen für die Männer der 17., 18. und 19. Legion – die besten Roms – bedeuteten? Es schauderte ihn, und er zog seinen roten Mantel enger um sich.

Arminius und seine Männer erreichten die äußeren Bereiche des Lagers und ritten zum Wachposten hinauf. Sie kamen zu dem kleinen Hügel, auf dem die beiden Kreuze standen. An dem einen hing eine grausig anzusehende, rötliche Masse, an dem anderen der blutige Körper eines Mannes, aus dessen verzerrtem Mund ein leises Stöhnen drang.

Arminius führte sein Pferd vor die Kreuze und starrte auf die beiden Körper. Der eine war als Mensch nicht mehr zu erkennen, der andere lebte noch und würde zweifellos einen langsamen und qualvollen Tod erleiden. Die Versammlung der Soldaten und Kommandeure, einschließlich Varus, die der Hinrichtung beigewohnt hatten, hatte sich zerstreut, aber einige Wachen waren am Hinrichtungsort zurückgeblieben.

In der Nähe stand ein Gestell mit mehreren Framae und Speeren für Wurfübungen. Arminius lenkte sein Pferd hinüber, bückte sich und zog einen der langen Wurfspeere heraus. Er ritt zurück und hielt kaum zehn Schritt vor dem Kreuz, der Wurfspeer ruhte auf dem Knauf seines Sattels. Er blickte auf die gekreuzigte Gestalt, und dann, mit einem leisen Fluch, den keiner der wachestehenden Legionäre verstehen oder erkennen konnte, holte er weit aus und nahm den Speer über seine ganze Länge zurück – um ihn dann mit unglaublich wütender Kraft fortzustoßen. Der Speer bohrte sich geradewegs in das Herz des hängenden Körpers. Der Mann schrak auf im plötzlichen Schock über die erneute Mißhandlung seines Körpers, seine Augen starrten weit mit stummem Schrei und dann, als er begann, in die umschlingenden Arme des Todes zu gleiten, erfaßte sein Blick den Flügelhelm und das Gesicht von Arminius. Er erkannte ihn und flüsterte mit seinem letzten Atem: »Danke, Bruder.« Dann starb er.

Als die Legionäre auf Arminius zugingen, stellten sich ihnen einige Reiter in den Weg. Stumm standen sie einander gegenüber. Ohne sie zu beachten, ritt Arminius langsam davon. Nach und nach folgten ihm die Reiter. Vor dem Tor des Lagers drehte Arminius sich noch einmal um zu dem kleinen Hügel mit den Kreuzen. Dann suchten und fanden seine Augen die kleine Rauchfahne über dem Bergkamm. »Mögen die Geister dich hoch und weit tragen, mein Freund«, sprach er leise zu sich, »wir werden noch viele andere zu ihren Göttern schicken, und zwar bald. Das verspreche ich dir.« Dann ritt er weiter.

Das Sommerfest

Es war August im Jahre 9 n. Chr. Im September würde Varus seinen langen Rückmarsch zu den Winterquartieren am Rhein antreten: erst zum Oberlauf der Lippe, dann weiter entlang der Marschlager nach Haltern, Holsterhausen, Aliso, und schließlich über den Rhein nach Xanten. Aber jetzt waren die Vorbereitungen für das Sommerfest im Gange, zu dem Varus alle befreundeten Würdenträger und Edelmänner der umgebenden Stämme eingeladen hatte, einschließlich Segestes und anderer Ältester, zu Tagen des Schlemmens und Trinkens und der Vergnügung, wie nur wenige Germanen es bislang erlebt hatten. Ein Bacchanal der Völlerei und der sexuellen Ausschweifung, das nichts der Phantasie überließ. Es sollte das letzte Fest sein für die Männer der 17., 18. und 19. Legion Roms. Cassius Dio schrieb:

> Als aber Quinctilius Varus den Oberbefehl über Germanien übernahm und die Germanen zu rasch umformen wollte, indem er ihre Verhältnisse kraft seiner Amtsgewalt regelte, ihnen auch sonst wie Unterworfenen Vorschriften machte und insbesondere von ihnen wie von Untertanen Tribut eintrieb, da hatte ihre Geduld ein Ende. Die Stammesältesten sehnten sich nach ihrer früheren Anführerschaft, und das Volk wollte lieber den altgewohnten Zustand als die fremde Herrschaft. Eine offene Empörung vermieden sie zwar, weil sie die große Zahl der Römer sowohl am Rhein als auch im Innern ihres eigenen Gebietes sahen. Vielmehr empfingen sie Varus, als ob sie all seine Forderungen erfüllen wollten, und lockten ihn so weit vom Rhein weg in das Gebiet der Cherusker und zum Fluß Visurgis (Weser). Auch hier verhielten sie sich so friedlich und freundschaftlich, daß sie ihn zu dem Glauben verleiteten, sie würden auch ohne militärischen Zwang im Zustand der Unterwerfung leben.

> Daher hielt er seine Legionen auch nicht zusammen, wie es doch im Feindesland angebracht gewesen wäre, sondern verteilte viele seiner Truppen auf Regionen, denen Schutz fehlte, angeblich, um verschiedene wichtige Positionen zu bewachen, zur Ergreifung von Räubern oder zum Geleit von Nahrungsmitteltransporten. Unter denen, die am stärksten beteiligt waren an der Verschwörung und die die Führung übernahmen bei der Planung und in den darauffolgenden Kämpfen, waren Arminius und Segimerus, welche ihn ständig begleiteten und die oft auch seine Tischgäste waren. So wurde er selbstgefällig bis zu gewisser Leichtfertigkeit, und da er nichts Böses erwartete, schenkte er allen, die die Vorgänge mit Mißtrauen betrachteten und ihn zur Vorsicht mahnten, nicht nur keinen Glauben, sondern wies sie sogar zurecht, weil sie sich grundlos beunruhigten und jene Männer verleumdeten.

Und aus Tacitus:

> Segestes hatte sonst schon oft und noch bei dem letzten Gastmahl, nach welchem man zu den Waffen griff, Varus auf den bevorstehenden Aufstand hingewiesen und ihm geraten, ihn, Arminius und die übrigen Vornehmen in Fesseln zu legen; ohne seine Führer würde das Volk nichts wagen, er, Varus, aber würde Zeit gewinnen, Schuldige und Unschuldige zu unterscheiden. Doch Varus fand seinen Untergang durch das Schicksal und durch die Macht des Arminius. Segestes wurde zwar durch die einmütige Erhebung seines Stammes in den Krieg hineingezogen, doch er blieb feindselig, und sein persönlicher Haß steigerte sich noch, weil Arminius seine mit einem anderen verlobte Tochter gestohlen hatte.

Arminius war in den letzten Tagen des August von der abschließenden Kriegsversammlung in Icker zurückgekehrt, mit schwerem Herzen und wachsendem Zorn. Doch er schaffte es, seine Gefühle in seinem Innern zu verschließen. Nur seine engsten Freunde bemerkten die Veränderung an ihm. Nach außen mußte er gegenüber allen seinen römischen Genossen Geduld und Beherrschung wahren, innerlich war er voller Ungeduld unter dem Zwang des Wartens auf den Tag, an dem die Römer zu den Winterquartieren aufbrechen würden. Ihr Weg würde zunächst zu ihren westlichen Quartieren an der Lippe führen – danach aber würden er und seine Getreuen endlich ihre Chance haben und sie nutzen.

In letzter Zeit hatte er einen zurückhaltenden, aber höflichen Umgang mit allen römischen Kommandeuren gepflegt, besonders mit Marcus Aius und Varus. Es war ihm gelungen, Varus von seiner Treue und Unterstützung zu überzeugen, aber Marcus Aius hegte immer noch Mißtrauen gegenüber Arminius' eigentlichen Zielen. Ohne Beweise war er jedoch nicht in der Lage, seine Zweifel zu untermauern. In Varus' Augen jedenfalls konnte Arminius nichts Falsches tun, und er war einer der bevorzugten Gäste am Tisch des Konsuls. Sein herzliches Verhalten gegenüber dem Anführer der Cherusker, nun ein römischer Ritter und treuer Begleiter auf seinem Feldzug durch Germanien, war nicht zu übertreffen. Er duldete kein Wort gegen ihn, nicht einmal während der unbeschwerten Gespräche bei lockeren Versammlungen und Festlichkeiten.

Nie zuvor war das Verhältnis zwischen Arminius und Varus so auf die Probe gestellt worden wie jetzt. Es war Anfang September, die Vorbereitungen für den Marsch zum Rhein hatten begonnen, und alle Würdenträger und Anführer aus dem Umland hatten sich für das Fest zum Ende des Sommers versammelt. Auch Segestes, Arminius' Hauptgegenspieler, dessen Tochter sein Verlangen und seine Sinne entflammt hatte, war anwesend.

Das fröhliche Feiern und vergnügte Trinken, die Darbietungen von Schauspielern, Künstlern und Musikanten, die exotischen Tänze und anderes an Unterhaltung, all dies konnte sich über viele Tage und Nächte hinziehen. Varus genoß diese Festlichkeiten in besonderem Maße, er war sicher, daß solche großartigen Veranstaltungen seinen Status und sein Ansehen in der Gesellschaft aufwerteten, und zwar sowohl in den Augen der Germanen als auch in den Augen seiner Kommandeure und Legionäre. Je eindrucksvoller seine Feste wären, um so eher würden die Leute ihn mit den großen Ideen Roms gleichsetzen, mit dem großen Ansehen sogar der Caesaren. Und vielleicht würde von der Achtung und der Ehrfurcht, die die Menschen für den großen Augustus Caesar hegten, ein wenig auf ihn abfallen. Einem Pfau gleich, mußte seinem übertriebenen Geltungsdrang die äußere Pracht und prunkvolle Darstellung seiner Hofhaltung entsprechen.

Im Umkreis der prächtigen Arena inmitten des Lagers und bei der Zusammenkunft der germanischen Ehrengäste innerhalb der »Principia« (dem Hauptquartier) hörte man wüstes Gelächter und den Lärm der Festlichkeiten. Musik, Gesang, ausgelassenes Rufen und Schreien hallte durch das Lager und über die Felder der Umgebung.

Arminius täuschte wie üblich Diensteifer und Freundschaft vor. Nicht nur mit dem Konsul und den Kommandeuren sprach und trank er, sondern auch mit den Rom freundlich gesinnten germanischen Anführern. Ihm war bewußt, daß sein Verhältnis zu Segestes äußerst gespannt war und daß Segestes auch nach der Kriegsversammlung in Icker seine Friedenspolitik gegenüber den Römern und Varus fortsetzen würde. Doch Arminius vertraute darauf, daß Segestes ihn weder offen verurteilen noch die Versammlung in Icker preisgeben würde. Aber mit größter Sicherheit würde er Arminius kritisieren und versuchen, Varus zu überzeugen, daß Arminius' Treue und Loyalität nicht das sind, was sie zu sein scheinen.

Allein – Varus wollte davon nichts wissen. Er lachte über solche Anschuldigungen, und einmal wurde er sogar richtig ärgerlich über Vermutungen und Andeutungen, die Segestes vorbrachte. Varus legte den Arm um Arminius' Schulter und rühmte seine Tapferkeit und Kameradschaft. Marcus Aius hatte alles sorgsam beobachtet, auch die Anzeichen unterschwelliger Anspannung bei den versammelten Germanen: die gelegentlichen vielsagenden Blicke und Gesten, die in kleinen Zirkeln geflüsterten Kommentare, die Spannung, die einmal zu wachsen, einmal zu fallen schien, während Varus in einer Minute lachte und in der nächsten ärgerlich wurde über Segestes' Unterstellungen. Er war erfüllt vom Hochgefühl der Überlegenheit, er war sich der Treue der Menschen in seiner Umgebung sicher, und er hegte nicht den geringsten Zweifel an der Loyalität von Arminius. Marcus war besorgt. Er nahm sich vor, noch während des Festes einige seiner eng vertrauten Offiziere zusammenzubringen, damit sie ihn bei seinen Beobachtungen der germanischen Anführer unterstützten.

Doch, wie es das Schicksal will, wird manche gute Absicht, noch ehe sie zur Tat reifen kann, von unerwarteten Ereignissen zunichte gemacht. Als die Feierlichkeiten den zweiten Tag andauerten, wandelte sich das Wetter zum Schlechten. Es näherte sich eine Wetterfront ähnlich dem Sturm, der im Versorgungshafen gewütet hatte. Sie wurde angekündigt von schwerer, unbewegter Sommerluft, dann dem Flüstern leichter Brisen mit aufsteigenden Luftwirbeln. Die Brisen verwandelten sich in zunehmend kräftigere und schnellere Winde, und dann brach das Unwetter herein.

In dem gerodeten freien Bereich um das Lager, besonders auf der Westseite, war die Erde ausgetrocknet, fast versengt, nach dem langen heißen Sommer, und die heranjagenden Winde wirbelten große Wolken von Staub und Dreck auf. Die Wachen auf den Lagerwällen hatten kaum die aufziehende Schlechtwetterfront erkannt, da stiegen schon die Staubwirbel hoch und bildeten eine schnell näherkommende Wand. Hustend und nach Luft ringend, blind vor Tränen, die durch Sand und Staub in ihren Augen verursacht wurden, kauerten sie sich hinter den Wällen nieder. Auch diejenigen, die sich in der Geborgenheit der Principia aufhielten, konnten dem Staub, der in jeden Raum innerhalb der Befestigung eindrang, nicht entkommen.

Der Sandsturm war nicht von langer Dauer, aber als die ersten Winde abflauten, erhoben sich hinter ihnen neue und trugen dicke, dunkle Sturmwolken heran. Als Varus' Gäste versuchten, ihre Gelassenheit wiederzuerlangen, nachdem Staub sich über ihr Festessen gelegt und viele der Speisen und Weine verdorben hatte, lachte Varus und forderte Nachschub an. (Glücklicherweise war das Wetter in Germanien dem Küchenmeister nur zu gut bekannt, und der größte Teil der Speisen und Getränke war immer gut abgedeckt oder wurde in entsprechenden Gefäßen aufbewahrt).

Nachdem Varus Segestes gescholten hatte wegen dessen Andeutungen, daß Arminius nicht zu trauen sei, war Arminius ruhig auf Segestes zugegangen. Er stand dem hochgewachsenen älteren Anführer gegenüber. Eine Hand lag lässig auf dem Knauf seines langen Schwertes, die andere ruhte leicht auf Segestes' Schulter. Arminius' Augen bohrten sich in die von Segestes, die Drohung war unmißverständlich, paßte aber nicht zu dem gelassenen Lächeln um seine Lippen. Er lehnte sich vor, was allen Umstehenden als herzliche und freundliche Geste erschien.

Leise, damit nur Segestes es vernehmen konnte, sagte er: »Hör mir zu, alter Mann, und höre mir gut zu. Unsere Ansichten mögen nicht die gleichen sein, und du magst dir wohl wünschen, für den Rest deiner Tage den Lakai der Römer zu spielen. Aber solltest du dich weiterhin Varus anbiedern und daran denken, meine Pläne für unseren kommenden Feldzug preiszugeben, dann solltest du wissen, daß solche Offenbarungen von mir verlangen würden, auszuführen, was ich für einen derartigen Fall vorbereitet habe. Zuerst, alter Mann, wird deine Tochter umgebracht.«

Er machte eine Pause, um seine Worte wirken zu lassen. Segestes atmete schwer, doch bevor er etwas sagen konnte, fuhr Arminius fort. »Höre gut zu und lächle dabei, alter Mann, damit ich es nicht schon jetzt anordne, denn ich habe meinen Männern bereits den Befehl erteilt, deine Tochter an einem geheimen Ort in den Bergen in Obhut zu nehmen, weit entfernt von deinem Schutz. Sie glaubt, du hättest dieser

Maßnahme vor dem geplanten Feldzug zugestimmt, und sie ist vollkommen zufrieden mit ihrer gegenwärtigen Umgebung. Es wird gut für sie gesorgt, und sie wartet darauf, daß ich sie zur Frau nehme, wie ich es vorausgesagt habe. Solltest du unser Volk verraten, wird sie den grausamsten Tod erleiden, den du dir vorstellen kannst. Selbst die Überreste unseres Bruders an dem Kreuz vor dem Lager werden im Vergleich zu ihren Schmerzen und Qualen, die ich verspreche, belanglos erscheinen, und ihr blutiges Haupt wird den Tisch deines nächsten Festmahls zieren. Dann werde ich befehlen, deine gesamte Familie zu töten, aber nicht, bevor sie alle über viele Tage des Schreckens und Leidens auf grausamste Weise gefoltert wurden. In diesem Moment stehen meine Männer bereit, sie gefangenzunehmen, sollte ich es wünschen. Ich brauche nur ein Zeichen zu geben, und es wird geschehen. Und dann, alter Mann«, er machte wieder eine Pause, als Segestes den Halt zu verlieren und in Ohnmacht zu fallen drohte; Arminius stützte ihn am Ellenbogen, »dann werde ich dich holen kommen, deine Zunge herausschneiden, und das Herz aus deinem Leib reißen, während du noch atmest. – «

Aus dem Augenwinkel erkannte Arminius Marcus Aius, der sich ihnen näherte, und er sprach leise zu Segestes: »Lächle, alter Mann, lächle! Lächle, Verdammter! Oder ich werde den Befehl auch so geben, glaube nicht, daß du so leicht Verräter sein kannst – und so«, in dem Augenblick drehte er sich halb herum, um den hinzutretenden Marcus einzubeziehen, »guter Freund, zweifle niemals an meiner Ergebenheit und Treue gegenüber unseren Waffenbrüdern, ihnen gehört mein rechter Arm und mein mächtiges Schwert, um sich in noch mehr bleiche Bäuche zu senken und noch mehr bemalte Köpfe abzuschlagen«, und lächelnd nickte er Marcus kurz zu und ging fort.

Marcus schaute ihm nach, dann wandte er sich zu Segestes und sagte scharfsinnig: »Was plagt dich, Segestes, hat Arminius dir für deine Bemerkungen gegenüber Varus eine Lektion erteilt? Du siehst aus, als hättest du ein Gespenst gesehen.«

Segestes war noch immer bemüht, seine Fassung zurückzugewinnen. Nervös blickte er um sich, suchte nach einem freundlichen Gesicht, einem freundlichen germanischen Gesicht, zu dem er seine Sorgen tragen konnte. Ihm wurde bewußt, wie allein er war, er, ein Freund der Römer und seinen Landsleuten entfremdet, viele mieden seinen Blick. Er wandte sich Marcus zu, ein flehender Ausdruck in seinem Gesicht, ein verzweifelter Blick, und gerade als er zum Sprechen ansetzen wollte, sah er über Marcus' Schulter, daß Arminius angehalten und sich umgedreht hatte und sie anstarrte. Segestes wurde noch bleicher. Bei dem Gedanken an seine Tochter, die sich in Arminius' Händen befand, wurde ihm übel. Er legte seine Hand vor den Mund und schluckte die aufsteigende Galle herunter.

»Komm, Segestes, erzähle mir, was dich plagt, eine geteilte Sorge, wie man sagt...« sprach Marcus, aber Segestes schüttelte nur heftig den Kopf. Und als er endlich etwas erwidern wollte, erfüllte das Brausen des herankommenden Sturmes den ganzen Saal. Viele Diener, Tänzerinnen und Künstler eilten hin und her, Eingänge wurden verhängt.

In diesem Augenblick rief Varus laut durch den Saal: »Marcus Aius, ich habe genug von diesem verdammten Wetter. Ich will, daß die Vorbereitungen für unseren Abzug von hier rasch beendet werden. Die Zeit für einen frühzeitigen Marsch zurück in die Winterquartiere ist gekommen.« Dann wandte er sich an die versammelten germanischen Anführer und Ältesten, hob seinen Weinbecher und rief: »Dank sei euch, daß ihr zu mir und zu unserem Fest gekommen seid, teure Freunde, aber nun ist es soweit, zum Rhein zurückzukehren und dort zu bleiben bis zum nächsten Sommer, wenn ich euch wieder treffen werde. Für jetzt trinke ich auf eure gute Gesundheit und auf eure Freundschaft zu Rom und eurem Caesar, dem mächtigen Augustus!« Er tat es und bemerkte nicht, daß die große Mehrheit der Germanen ihre Becher zwar erhoben hatte, aber nicht daraus trank.

Es wird Herbst

Kalkriese war doch weit weg von Berlin, meinem Wohnort von 1993 bis 1994. Meine Arbeit beanspruchte mich sehr, und auch in Berlin gab es viel Interessantes zu sehen und zu tun. Aber nach meinen ersten Besichtigungen der touristischen Höhepunkte in der ausgedehnten Stadt und im faszinierenden Potsdam war die größte Neugierde gestillt. Meine Interessen richteten sich wieder gen Westen – zum Teutoburger Wald, zum Wiehengebirge, zu Weser und Lippe, zu Varus und Arminius und zu den neuen Erkenntnissen, die aus dem Boden von Kalkriese gewonnen worden waren.

Von Berlin fuhr ich nach Osnabrück, vorbei an Hannover, wo Frank Berger neue Kalkrieser Münzfunde untersuchte, vorbei an Rinteln, wo im Bergland und an den Feldwegen römische Münzen zu Tage gekommen waren, weiter zur Weser.

Bei Porta Westfalica ein Blick nach rechts zum Durchbruch der Weser bei Minden, vor der Autobahnabfahrt nach Osnabrück ein Blick hinüber zu den Flußbrücken und den Wiesen darunter, die sich bis zum Fluß erstrekken, und zum Durchbruch im Norden, durch den die Legionen marschiert waren. Weiter ging es entlang des Südrands des Wiehengebirges, ein Blick nach links, und südwestlich lag der Teutoburger Wald, auf dessen Höhe bei Detmold das Denkmal für Arminius steht. Noch etwa achtzig Kilometer entfernt lag das Land, das Varus nie erreichte, war er doch listig von seinem Weg zur Lippe fortgelockt worden und dem für ihn ausgelegten Köder nach Nordwesten durch das Bergland in Richtung Kalkriese gefolgt. Er wurde zu den gesenkten Hörnern des zornigen Bullen gelockt, zu Arminius und den germanischen Stämmen im Jahre 9 n. Chr., als Varus und seine Legionen im Dunkel der Geschichte verschwanden.

Ich fuhr zurück nach Kalkriese, um weiter meinen unersättlichen Durst nach der Wahrheit zu stillen, um bei der Suche nach archäologischen Schätzen zu helfen, und in Gedanken fuhr ich auch zurück in der Zeit. Die Landschaft verschmolz zu Schatten und Mustern, die meine Tagträume trugen...

...mitten in eine dichte Phalanx marschierender Legionen, zu unzähligen Männern und Wagen, zu marschierenden Fußtruppen und galoppierenden Reitertruppen, zu Pferden, Ochsen und Karren, zu Peitschenknallen und Geschrei, zu Hörnern und Flaggen, zu einer Militärmacht, die viel von ihrem Zusammenhalt und ihrer Disziplin verloren hatte. Langsam und lethargisch, träge und unbesorgt war sie auf ihrem Weg fort vom Sommerlager, durch den Weserdurchbruch bei Minden und weiter nach Südwesten zur Lippe.

Ein Bote näherte sich aus Nordwesten. Sein Schritt war gleichmäßig und kontrolliert, er hielt seine lederne Botentasche dicht am Körper und ging auf den Kommandozug inmitten der marschierenden Legionen zu. Vor dem Befehlshaber der Wacheinheit blieb er stehen, holte eine Rolle aus der Botentasche und überreichte sie. Der Zenturio ging sofort hinüber zu Varus' Gefolge und übergab die Rolle in die ausgestreckte Hand von Marcus Aius.

Er studierte sie für einen Moment, dann machte er rasch mit seinem Pferd kehrt und galoppierte zu Varus, der im Schatten seiner Sänfte ruhte.

»General, ich habe eine Nachricht von einem der Außenposten im Nordwesten des Bergkammes. Der Kommandeur berichtet, daß drei seiner Straßenbaugruppen angegriffen wurden und er einige Männer verloren hat. Er hat alle anderen Patrouillen angewiesen, in die Sicherheit des Marschlagers zurückzukehren, aber er hat das Gefühl, daß die Stämme in seinem Bereich einen Aufstand planen. Er bittet, daß wir so schnell wie möglich eine Kampfeinheit schicken, die die Stärke und Ziele der Angreifer feststellt.«

Arminius war hinzugekommen und sagte, bevor Varus antworten konnte, mit ruhiger Stimme: »General, meine Männer und ich sehnen uns nach dem bequemen Leben im Sommerlager nach Taten. Ich kenne die Gegend im Nordwesten gut und kann meine Reitereinheit mit größter Geschwindigkeit in den kritischen Bereich führen. Darf ich mit meinen Flankenwachen und Kundschaftern diese Aufgabe übernehmen, es wäre mir eine große Freude, mein Schwert in einem solchen Gefecht zu ziehen, falls es wirklich eines gibt!«

Marcus schaute Arminius lange und fest an und sagte dann: »Wozu brauchst du die Flankenwachen und Kundschafter, Arminius? Du hast eine ausreichend starke Reitereinheit unter deinem Kommando; ich glaube, es ist keine gute Idee, unter diesen Bedingungen die Kundschafter und Flankenwachen zu schwächen, vor allem nicht, solange wir die Größe und die Entschlossenheit der aufrührerischen Stämme nicht festgestellt haben.«

Varus ergriff das Wort: »Ich denke, Marcus hat recht, Arminius. Die Flankenwachen und die Kundschafter bleiben auf ihren Positionen bei den Legionstruppen, und wir werden unseren Weg nach Südwesten, nach Anreppen, fortsetzen. Wir müssen vorankommen, bevor wir noch einen solchen fürchterlichen Sturm wie den der letzten Woche in Minden erleben. Nimm deine Reiter, mein Freund, und gib mir Nachricht über die Vorgänge in den Hügeln, sobald du kannst. Ich verspüre keinen Wunsch, zu diesem Zeitpunkt unsere Reiter in jene verfluchte Gegend zu schicken. Du kennst dich dort besser aus und wirst dich im Bergland eher wohlfühlen als die Legionäre. Beeile dich und berichte so bald wie möglich«, mit einem lässigen Winken seiner Hand entließ er Arminius, beugte sich vor zu den Trägern seiner Sänfte und befahl seinem Zug, weiterzuziehen.

Marcus Aius saß reglos auf seinem Pferd und beobachtete, wie Arminius seine Männer versammelte und ihnen Befehle erteilte, wie sie die Kolonne der Legionen in Richtung Nordwesten verließen. Schnell galoppierten sie davon und verschwanden in den nahen bewaldeten Berghängen. Lange verharrte Marcus starr auf seinem Pferd und ließ die Legionen an sich vorbeiziehen. Er fragte sich, was bei diesem Vorfall seinen Verdacht erregt haben konnte. Aber es war vergebens, und mit besorgtem Gesicht trieb er sein Pferd an, um Varus' Gefolge einzuholen.

Der Soldat, der die Botschaft gebracht hatte, trank hastig aus einem Wasserbeutel, und als das Wasser aus dem hochgehaltenen Beutel plötzlich über ihn spritzte, stieß er einen Fluch aus. Doch rasch unterdrückte er seine Worte, denn er hatte sie in seiner germanischen Sprache und nicht in Latein ausgerufen. Marcus hörte hinter sich Lachen, die Legionäre lachten über den Vorfall, aber von den germanischen Worten hatte er keines gehört. Er ritt weiter, immer noch beunruhigt über Arminius – es war im September des Jahres 9 n. Chr.

Ich verließ Berlin im Oktober 1994, um eine neue Stelle im britischen Hauptquartier in Rheindalen anzutreten. Die britischen Einheiten, wie auch die französischen, amerikanischen und russischen, zogen sich aus Berlin zurück, und dieser langwierige Prozeß des Abzugs endete. Es tat mir leid, Berlin zu verlassen; die Stadt übte eine eigenartige Anziehungskraft auf mich aus.

Interessanterweise hatte ich vor dem Umzug nach Rheindalen das Vergnügen, einen Herrn namens Wolfgang Prauss kennenzulernen. Herr Prauss, ein sehr gut informierter Historiker und Verfasser vieler Schriften über römische Aktivitäten in Germanien, hatte sich mit mir in Verbindung gesetzt, um sein Interesse an der Varusschlacht zu bekunden und andere Facetten der Besetzung Germaniens durch die Römer in dem Zeitabschnitt von Varus und Arminius zu diskutieren. Ich war außerordentlich beeindruckt von seinem Engagement und seiner offensichtlichen Begeisterung für alles, das die Römer in Germanien betrifft, und wir stehen seit unserem ersten Treffen in regem Kontakt und Gedankenaustausch. Ähnlich wie Mommsen, Hartmann und einige modernere Historiker, hat er seine eigene Theorie über die Varusschlacht, und obwohl wir manchmal übereinkamen, unterschiedlicher Meinung zu sein, ist sein Interesse, ja, man könnte sagen, seine Besessenheit, der meinen sehr ähnlich auf der Suche nach den Antworten zu allen ungelösten Fragen der römischen Besetzung Germaniens, einschließlich des »Verlorenen Grals« des Ortes von Aliso. –

Die Zerstörung der Außenposten

Es vergingen vier oder fünf Stunden seit Arminius' Aufbruch, in denen die ausgedehnte Kolonne der Legionen ihren langsamen Marsch über die flache Ebene westlich der Weser fortsetzte. Sie zog immer weiter nach Südwesten auf den Teutoburger Wald zu, der noch gute dreißig Kilometer von ihrer gegenwärtigen Position entfernt war. Sie kamen recht gut voran, wenn auch der umfangreiche Troß aus Ochsenkarren, Familien, Kindern und den langen Reihen von Lasttieren die Legionäre daran hinderte, in ihrem gewohnten Tempo vorwärtszukommen. Dieses Problem bereitete Marcus Aius noch immer großen Kummer. Der Nachmittag zog sich hin, und in der Hitze des Spätsommers hatten die Legionäre wenig Lust, lange Gespräche zu führen; ihre Münder waren ausgetrocknet, die Lippen spröde, und der Schweiß strömte unter den Helmen und Rüstungen der marschierenden Legionäre.

Marcus ritt in ruhigem Schritt nahe der Vorhut, an seiner Seite Gaius Numonius Vala, Legionskommandeur und seit jüngstem auch Kommandeur der Reitertruppen, deren eigentlicher Kommandeur nach schwerer Erkrankung kurz vor ihrem Abzug aus dem Sommerlager gestorben war. Numonius Vala war tief in Gedanken versunken. Marcus hatte seine Geistesabwesenheit und seine ernste Stimmung bemerkt.

»Was plagt dich, Numonius Vala?«, forschte Marcus, »du scheinst mit deinen Gedanken Meilen von uns entfernt zu sein. Träumst du von unserer Rückkehr nach Xanten, oder deiner Rückkehr nach Rom später im Winter?«

Es verging eine Weile, ehe Vala antwortete, dann, mit einem tiefen Seufzer, sagte er: »Ich habe sehr schlecht geschlafen in den letzten Wochen, und das ohne ersichtlichen Grund. Jede Nacht hatte ich den gleichen Traum, immer und immer wieder kommt die Gesichtsmaske mit dem Abbild des Augustus auf mich zu, aber aller ihrer Verzierungen beraubt, nur die nackte Maske, als ob sie mich jagen würde. Und hinter der Maske, ein wenig entfernt, aber immer dahinter, ist eine geflügelte Bestie, ähnlich unserem Legionsadler, aber in der Form eines Helmes; und dann, wenn die Maske herunterfällt, fällt auch der Kopf, der sie trägt; alles ist voller Blut und die Maske schreit in Todesqualen. Dann erwache ich, erhitzt, schweißgebadet und in schrecklicher Angst, weil ich mich wieder schlafen legen muß und alles wieder von vorne beginnt. Marcus, ich schwöre dir, ich habe niemals zuvor so viel Furcht vor dem Schlafen gehabt, und ich bin so müde, meine Knochen schmerzen von diesen schlaflosen Nächten.«

»Mein guter Freund«, sagte Marcus, »warum suchst du nicht Linderung durch die Arzneien und Tinkturen des griechischen Arztes? Er ist bekannt dafür, viele Drogen zu kennen, die dem Schlafe helfen und einen Mann darin unterstützen, in seiner Ruhezeit Schlaf zu finden. Eine Portion Veralium von ihm soll selbst den rüdesten unserer ungestümen Legionäre besänftigen und ausgewachsene Männer wie Säuglinge schlafen lassen – warum versuchst du es nicht einmal?«

»Ich werde es tun, daran hatte ich nicht gedacht, Marcus. Du hast recht, gesunder und tiefer Schlaf würde mir helfen, doch glaube ich, eine etwas drastischere Maßnahme ergreifen zu müssen: denn, wie ich glaube, trage ich einen Teil meines Alptraumes mit mir.« Er griff an seine hintere Satteltasche, an der ein Helm mit einer Parade- und Übungsmaske hing. Die Maske glänzte silbrig und war herrlich verziert und mit Nieten und Scharnieren an dem Helm befestigt. Auch der Helm war reich mit Gravuren und Flügelverzierungen geschmückt.

Er nahm ihn aus der Halterung und betrachtete die Maske, ihre prächtigen Verzierungen, das Gesicht des Augustus. Die Maske des Caesars zu tragen, war eine Ehre. Ein kühles Gesicht ohne Mitleid, das Angst in den Herzen der Feinde entfachte, wann immer sie es erblickten. Auch wenn es nur eine Parade- und Übungsmaske war, so war sie doch ehrfurchtgebietend und furchteinflößend. Sie hatte eine kalte Ausstrahlung, und sie übte, getragen von angreifenden Reitern, eine verheerende Wirkung auf den Gegner aus. Manchmal wurde sie auch von unberittenen Legionären getragen und erzielte die gleiche Wirkung.

»Ich denke, von Zeit zu Zeit müssen wir auch andere ehren, Marcus. Vielleicht ist dies mein Alptraum, und ich kann mein Herz erleichtern, wenn ich sie an einen anderen weiterreiche.« Er blickte über die Kolonne der Legionäre, die ihn umgab, hinweg, sein Blick fiel auf Brutus Maximus, Aquilifer (Träger des goldenen Adlers) der 17. Legion. Erst kürzlich, vor dem Abmarsch aus dem Sommerlager, war er vom obersten Standartenträger zum Aquilifer befördert worden.

»Aquilifer«, rief Vala, »bist du bereit, das Gesicht des Caesars auf deinen Märschen durch dieses verfluchte Land zu tragen, wie du auch den mächtigen Adler Roms trägst? Ich bin heute in großzügiger Stimmung und wünsche, mich von dieser Maske und dem Helm zu trennen. Du bist einer Ehrenpflicht für würdig befunden worden, du sollst auch meinen Paradehelm haben. Was sagst du, Legionär, bist du bereit, diese Auszeichnung anzunehmen?« Er hielt Helm und Maske hoch, damit der Legionär sie sehen konnte.

Brutus Maximus marschierte weiter, den Stab des Adlers fest in seinen Händen, aber er schaute gebannt auf den emporgehaltenen Helm. »Herr«, antwortete er, »ich würde es als eine große Ehre ansehen, nicht nur den Adler meiner Legion zu tragen, sondern auch das Gesicht meines Caesars. Ja, es wäre eine große Ehre für mich, und ich würde die Maske mit Stolz tragen, wann immer wir unseren Feinden begegnen.«

»Bei allen Göttern, Marcus Aius«, sagte Vala plötzlich, »wie ähnlich ihr euch seid, ich habe nie zwei Männer gesehen, die sich so glichen, es sei denn, sie waren Zwillinge. Hast du dein Gesicht jemals in einem solchen Spiegel gesehen? Er könnte dein Bruder sein.«

Marcus musterte das Gesicht des Aquilifers und mußte sich eingestehen, daß eine verblüffende Ähnlichkeit zwischen ihm und dem etwas älteren Legionär bestand. »Nein, er ist nicht mein Bruder, aber er trägt einen unserer Adler, er ist mein Waffenbruder. Und er hat ein gutes Gesicht, wenn es meinem ähnelt; da scheint mir die Ehre, das Gesicht des Caesars zu tragen, fehlplaziert, wenn es ein solch schönes verdeckt!«

Vala lachte erheitert, lenkte sein Pferd schräg nach vorne und ritt neben den Aquilifer. »Hier«, sagte er und hielt Helm und Maske in seiner ausgestreckten Hand, »nimm deinen Caesar mit dir und erinnere dich immer, daß es Gaius Numonius Vala war, der dir einen solchen Schatz gab. Nimm sie, Legionär, sie sind dein, solange du sie behalten willst. Eines Tages wird die Maske vielleicht über dem Herd deiner Enkelkinder in Rom hängen, als eine Erinnerung an unsere Feldzüge durch Germanien.« Er legte Helm und Maske in die Hand des marschierenden Soldaten.

Brutus Maximus befestigte den Helm vorsichtig an seinem Gürtel und erwiderte: »Danke, Herr, ich werde die Maske mit Stolz tragen, und wenn wir in die Schlacht ziehen, werde ich sie erst recht, mit ganz besonderem Stolz tragen. Danke, daß ihr mir eine weitere große Ehre gewährt habt, diese letzten Wochen werden mir für den Rest meines Lebens als meine schönsten Augenblicke in Erinnerung bleiben – ich danke euch, Herr.«

Marcus dachte an ähnliche große Momente in seiner eigenen Laufbahn und nickte. Vala kam wieder an seine Seite. »Bei allen Göttern,

Marcus«, sagte er, »es scheint, als wäre eine schwere Last von meinen Schultern gefallen. Vielleicht war es nur die Verantwortung meiner Stellung, die mich mehr als sonst verfolgt hat. Mein Caesar erwartet so viel von mir, und selbst von meinen Münzen starrt mich das Gesicht unseres geliebten Caesars an, so daß ich fürchte, er überwacht mich auch aus der Ferne. Wahrscheinlich war es die richtige Entscheidung von Varus, das Sommerlager in diesem Jahr früher zu verlassen, und es wird uns allen gut tun, weniger anstrengende Aufgaben jenseits des Rheines in Angriff zu nehmen.«

»Ich vermute, du hast recht, Vala, es war ein sehr langer Aufenthalt und ich muß zugeben, daß ich mich auch kaum entspannen konnte. Ich fürchte, es braut sich etwas zusammen, doch nie wird es sichtbar, und ich gestehe, in Sorge über unsere Lage zu sein. Segestes war bei dem Fest im Sommerlager tief erschüttert, aber er erzählte mir nicht weshalb, und es schien während der Festlichkeiten uns gegenüber eine feindselige Stimmung zu herrschen. Aber«, er machte eine kurze Pause, »vielleicht gehe ich zu oft vom Schlimmsten aus und sehe alles zu schwarz; ich sollte mich etwas weniger sorgen. Doch solange Arminius seine Reiter in unbekannte Gefilde und zu unbekannten Unruhen führt, fürchte ich, wird mir das nicht gelingen. Ich bin begierig zu erfahren, was er nördlich und westlich von uns gefunden hat. Das Land zieht sich hinauf in das Bergland und in die sumpfigen Täler, mir gefällt der Gedanke an beide Gegenden nicht. Doch«, er lachte leise, »es scheint, als hätte ich einen lange verlorenen Bruder gefunden«, und mit einem Blick zu dem Aquilifer Brutus Maximus, »ich sollte dankbar dafür sein. Es ist gut zu wissen, daß die Fehler meines Profils von anderen geteilt werden!« Die Legionäre um Brutus Maximus lachten. Sie marschierten, und in der Ferne schimmerte der Teutoburger Wald. –

Die Abteilungen auf den Wachposten, welche die Weser überblickten, hatten den Abzug der drei Legionen mit einem Gefühl der Befriedigung und Erleichterung verfolgt. Ihre Aufgabe war es, die Schlüsselpositionen über dem Fluß und der Auenlandschaft im Norden und Süden der Weser während des Abmarsches der Truppen besetzt zu halten. Sie mußten sicherstellen, daß es keine feindlichen Abteilungen gab, die die Legionen auf ihrem Weg durch den Paß bei Minden verfolgen könnten. Nach weiteren zwei Tagen würden auch sie ihre Lager für den Abmarsch vorbereiten, ihre Habe zusammenpacken, die Lagereinrichtungen verschließen und die Gegend verlassen. Doch ihr Weg sollte zunächst ein anderer als der der Legionen sein. Die östliche Wachabteilung würde die Weser überqueren und zu ihnen stoßen, dann könnten sie gemeinsam auf dem Höhenweg entlang des Wiehengebirges westwärts marschieren.

Auf dem Weg sollten sie die Straßenbau- und Kartierungseinheiten einsammeln, die etwa vierzig Kilometer weiter westlich in zahlreichen kleinen Lagern nördlich und südlich des Höhenzuges stationiert waren. Dann würden sie alle nach Südwesten in Richtung Lippe ziehen und sich am Ende der Woche den langsamer marschierenden Legionen anschließen. –

Keiner der für die Nachhutaufgaben in den Lagern zurückgebliebenen Legionäre hätte sich die Geschwindigkeit vorstellen können, mit der feindliche germanische Krieger ihre Stellungen überrannten, kurz nachdem die Legionen hinter dem Horizont verschwunden waren.

Als am späten Nachmittag die Sonne tiefer sank, stürmten Unmengen langhaariger Krieger aus dem Wald am Rande der gerodeten Flächen. Anders als bei früheren Angriffen gab es keinen Lärm, kein Gebrüll, keine Schreie, die das Blut in den Adern gefrieren ließen. Als die wachhabenden Legionäre die unglaublich schnelle Menge germanischer Krieger sahen, war es schon zu spät, um noch eine Verteidigungsstellung einnehmen zu können, den Befehlshaber zu rufen, die Abteilung zu alarmieren, und viel zu spät, um Rauchsignale zur Warnung anderer Wachposten zu senden. Die stummen Krieger stürmten zu den Türmen, Toren und Wällen und richteten unzählige Sturmleitern auf, über die ein nicht endender Strom bemalter Körper floß. Mit Schwertern und Messern, Äxten und Knüppeln schlugen sie die Wachen nieder, stachen auf sie ein, verstümmelten sie, schlachteten sie ab. Erst dann, als sie ungehemmten Zugang in das Lager hatten, ließen sie dem Geschrei und Gebrüll freien Lauf und stürzten sich auf die Legionäre, die aus den Unterkünften und dem Versorgungsbereich herbeigelaufen kamen. Bald waren weite Teile der inneren Paradefläche blutgetränkt von der Masse zerschmetterter Körper; abgetrennte Köpfe wurden in ekstatischem Blutrausch von tanzenden Kriegern in die Luft gehalten.

Sie fielen in alle Ecken und Winkel des Lagers ein, nicht nur auf der Suche nach einzelnen Legionären, die sich in Todesangst in dunklen Ecken verbargen, sondern, für sie nun viel wichtiger, um die Kriegsbeute zusammenzuraffen. Silber und Gold, römische Silber- und Kupfermünzen, Kleider und all die schönen Gegenstände, der Zierat – alles, was zu dem kultivierten Lebensstil der römischen Armee gehört hatte.

Am Ende des Tages lag dumpfe Stille über dem verwüsteten Lager. Die germanischen Krieger waren fort, in den Wäldern verschwunden.

In der Nacht hörte man als einziges Geräusch das Schmatzen der Wildschweine.

Arminius hatte die erste Phase der Operation hervorragend geplant und ausgeführt. Die Angriffe kamen völlig überraschend und trafen mit mächtigem, vernichtendem Schlag jede Position. Innerhalb eines halben Tages, nachdem die Legionen des Varus abgezogen waren, existierte kein römischer Wachposten mehr nördlich ihrer Marschroute. Die Besatzungen der Wachposten waren tot. Nur einigen Legionären eines kleineren Außenpostens war es gelungen, in die Wälder zu entkommen.

Bis zu den Höhen des Teutoburger Waldes hatten die Legionen noch viele Kilometer vor sich. Und wie von Arminius vorgesehen, erreichten Varus auf seinem Weg dorthin alle vier oder fünf Stunden Lageberichte. Sie brachten Kunde von kleinen Gruppen aufständischer Germanen, die sich anscheinend in dem umgebenden Hügelland versammelten, doch würde Arminius die Unruheherde erfolgreich ausmerzen und keine Hilfe von Varus benötigen, dem er riet, weiter zur Lippe und den dortigen Marschlagern zu ziehen. Arminius würde sich ihm dort wenig später anschließen, wenn er seine Aufgabe beendet hätte. Bei Cassius Dio heißt es:

> Da erhoben sich als erste einige entfernt von ihm wohnende Stämme, und zwar nach abgesprochenem Plan, damit Varus, wenn er gegen diese zöge, auf dem Marsche leichter überrumpelt werden könnte, da er ja durch Freundesland zu ziehen glaubte, und damit er nicht, wie bei einem plötzlichen allgemeinen Losschlagen, besondere Sicherheitsvorkehrungen träfe. Und so geschah es; sie begleiteten ihn beim Aufbruch, blieben dann aber zurück, um, wie sie sagten, die Streitkräfte der Bundesgenossen zusammenzuziehen und um ihm so schnell wie möglich zu Hilfe zu kommen. Sie übernahmen ihre Truppen, die irgendwo bereitstanden, ließen die bei ihnen jeweils stationierten und vorher angeforderten römischen Soldaten umbringen und zogen nun gegen ihn, als er schon in schwer passierbare Gebirgswälder geraten war.

Doch ehe Arminius diesen letzten Teil seines Planes ausführen konnte, hatte er noch einige andere Pflichten.

Arminius ritt schnell zu dem Hügellager, das auf der Krebsburg bei Schwagstorf, am östlichen Höhenrand der Schnippenburg, neu errichtet worden war. Von dem Lager aus war der Nord-Süd-Paß durch das Wiehengebirge zu überblicken und im Norden die Ebenen und Moore der Dieven Wiesen. Das alte Hauptlager weiter westlich auf der Schnippenburg war vor einigen Jahren von den Chauken neu besetzt worden. Arminius brauchte diesen Kontrollpunkt auf der Krebsburg, denn Varus' Legionen sollten über den Paß ziehen.

Das Land unmittelbar nördlich der Schnippenburg und das Krebsburg-Lager gehörten zu den ältesten Siedlungsgebieten im Norden Germaniens. An seinen Ost-West-Routen befanden sich zahllose Hünengräber und andere Monumente aus der Steinzeit. Ein wenig weiter westlich lag in einem schmalen, von einem sprudelnden Bach durchflossenen Tal einer der bedeutendsten Kultplätze der ansässigen germanischen Stämme. Lange Reihen aufgerichteter Steine standen zu beiden Seiten des Weges im Tal. Dort, an einem Ort, der heute als Borgwedde bekannt ist, war tausende Jahre zuvor ein großer »Sonnenstein« errichtet und später von den Germanen übernommen worden für ihre heiligen Kulte und spirituellen Zeremonien. Er war verborgen in den düsteren Winkeln des Waldes unweit von Weg und Bach, ein geheimnisvoller und mystischer Ort. Jedesmal, wenn die Germanen das Monument passierten, erwiesen sie ihm ihre Ehrerbietung, als Zeichen ihres Respektes vor dem Gott des Waldes. Während die Römer ihre Götter in den luftigen Höhen und im Himmel anbeteten, suchten die Germanen ihre Geister immer auf Bergen, in Tälern und in den dunklen Weiten der Wälder. Dort wachten die Götter der Jäger und Krieger über ihre stillen und geheimnisvollen Wohnsitze. Borgwedde war solch ein besonderer Ort.

Arminius legte in seinem provisorischen Lager auf der Krebsburg einen kurzen Halt ein. Zum einen wollte er Thusnelda sehen, sie beruhigen und endlich in seine Pläne einweihen. Dann wollte er Borgwedde, den heiligen Ort seiner Vorväter besuchen, sich der Gunst der Götter unterwerfen und für einen klaren Sieg über die Legionen des Varus beten.

Sein Treffen mit Thusnelda war nur von kurzer Dauer, doch es war erfüllt von gegenseitiger Zuneigung. Seit dem schicksalsschweren Tag der Kriegsversammlung in Icker waren sie in Liebe verbunden. Thusnelda hatte alles über die Umstände von Dagans Tod erfahren, und hegte keinen Zorn. Arminius erklärte ihr sorgfältig die schwierige Lage, die sich aus seinem Verhältnis zu ihrem Vater ergab. Und er gelobte ihr – auch wenn er sich im Recht fühlte, wegen des versuchten Verrats das Schwert gegen ihn zu erheben –, daß er niemals, wie auch immer die Schlacht gegen Varus enden sollte, seine Waffe gegen

Segestes richten oder ihm sonst schaden würde. Er gestand ihr auch, daß er den Verrat ihres Vaters nur hätte verhindern können, indem er vorgab, Thusnelda gefangenzuhalten. Segestes wußte nicht, daß sie aus freien Stücken eingewilligt hatte, nach dem erfolgreichen Ende der bevorstehenden Schlacht gegen die Römer seine Frau zu werden.

Wie es alle Liebenden tun, gab sie ihm ihren Segen und betete für seinen Erfolg und eine sichere Rückkehr zu ihr. Er versprach ihr, sie nach gewonnener Schlacht auf die höchste Erhebung zu führen und sie in vollem Angesicht der römischen Götter zu heiraten, damit sie zu Zeugen der Macht seines Schwertes und der germanischen Stämme würden. Er verließ Thusnelda in großer Zufriedenheit und begab sich nach Borgwedde, zum Sonnenstein seiner Vorväter.

Wenige Stunden später, als die Sonne am Abendhimmel unterging, stand Arminius aus seiner knienden Haltung vor dem großen Stein wieder auf. Er wandte sich zu seinem Adjutanten, der einige Minuten zuvor von seinem Pferd gestiegen war, um sich Arminius' Gefolge anzuschließen: »Ist es getan?«

»Herr, niemand entkam unseren Kriegern; von den Gefangenen abgesehen, haben alle ihren Tod durch das Schwert gefunden, und die wenigen, die wir gefangennahmen, sterben in diesem Moment tausend Tode. Wir sind bereit«, antwortete sein Adjutant.

»Wir können jetzt keine Gefangenen gebrauchen«, rügte ihn Arminius, »es ist nicht die Zeit, zu strafen und die Römer durch Folter büßen zu lassen, es ist die Zeit, sie zu töten, diese Plage auszulöschen, so viele zu töten, wie wir können. Wenn wir bereit sind, wie du sagst, dann schicke die hochwichtige Botschaft an Varus. Er muß kommen, um mir jetzt zu helfen, mit mir den Kampf gegen diese lästigen und rebellischen germanischen Hunde zu führen.« Mit lautem Lachen legte er den Arm um die Schultern seines Adjutanten und fuhr fort, »ich hatte eine großartige Vision hier und heute an diesem Sonnenstein: Der Gott des Waldes versprach mir, wenn wir die Wälder nützen, die Lichtungen, die Berge und Täler, dann würden wir die Römer besiegen. Nicht mit einer Attacke von vorne, sondern von den Seiten und in ihrem Rücken, wie wir es geplant haben. Locke ihn hier herauf, in das Gelände unserer Wahl – vielleicht gar bis zu den Hängen der Krebsburg, und wenn wir sie erst einmal dort haben, dann, mein Freund, dann werden wir sie vollständig vernichten.

Ich traf Frau Beckmann, der das kleine Schlößchen in Borgwedde gehört, im Sommer 1988. Berichte über römische Münzfunde in den Hügeln und Sanddünen, die weiter westlich lagen, das kleine Bachtal aufwärts, hatten mich angelockt. Ich hielt es immer für richtig, mich an die jeweiligen Eigentümer zu wenden, bevor ich meinen Fuß auf ein neues Stück Land setzte. Ihr meist reiches Wissen ersparte mir häufig viele Stunden und Tage der Suche auf leeren Feldern und auf kilometerlangen Wegen durch Wälder. Ich erinnere mich, wie ich in die schmale Einfahrt zum Schloß einbog. Der Weg war auf beiden Seiten von großen Findlingen begrenzt – Steinen, mit denen die Menschen der Steinzeit ihre Gräber und Kultplätze gestaltet hatten. Dann war die Fassade des Schlosses zu sehen, im Vordergrund ein kleiner Teich, auf dem zwei Schwäne schwammen, die erstaunlich zufrieden in dem begrenzten Gewässer residierten. Ich genoß die Atmosphäre, die das kleine Schloß ausstrahlte. Es war ein langgestrecktes Gebäude von geringer Tiefe, an einem Ende standen die ausgebrannten Reste von etwas, das aussah wie eine runde, hölzerne Kapelle. Die massiven Eichenbalken waren gut zu erkennen, und das Gebälk fügte dem Bild der gesamten Anlage einen irgendwie schaurigen Aspekt hinzu. Etwas weiter standen große Hofgebäude und eine Scheune, und ich hatte den kleinen See auf der Rückseite des Schlosses bemerkt – der Teich war den Schwänen vielleicht nur ein »Ausweich«-Gewässer.

Zwei große Schäferhunde stürmten bellend die doppelläufige Eingangstreppe des Schlosses hinunter. Mit ihnen war eine kleine Frau herausgekommen und rief den Hunden etwas zu, und ich hoffte, es war ein Befehl, sich zu benehmen und nicht, den Besucher zu beißen. Ich blieb bewegungslos stehen, während die Hunde an mir hochsprangen und immer noch bellten. Als die Frau in der Tür es geschafft hatte, die beiden zum Rückzug zu bewegen, wurde mir das Betreten der Treppe gewährt.

Ich stellte mich vor und erklärte den Grund meines Besuchs in der Gegend. Frau Beckmann zeigte reges Interesse an meinen Nachforschungen und untermauerte dies mit einem vollständigen Abriß der örtlichen Geschichte, insbesondere über die Großsteingräber und die Kultsteine, von denen es in den Hügeln und Tälern um das Schloß offensichtlich noch einige gab. Die Gräber und Kultplätze aus der Zeit vor etwa dreitausend Jahren hatten gewiß auch das Interesse der Menschen geweckt, die in späteren Tagen in der Gegend gelebt oder sie durchwandert hatten, vielleicht waren sie sogar zu einem Ort des Glaubens und kultischer Zeremonien eines entstehenden Volkes geworden.

Diese Vermutung stützt sich unter anderem auf mein Wissen über den Umgang mit urzeitlichen Kultstätten in England, wo zum Beispiel noch in heutiger Zeit Menschen die Sommersonnenwende in Stonehenge feiern.

Frau Beckmann erwies sich als wahrer Quell an Informationen, und im Laufe der vielen, unregelmäßig folgenden Besuche nahm ich zahlreiche Spuren aus ihren Geschichten auf. Die alten Überlieferungen und Sagen aus der Umgebung weckten in mir eine enorme Begeisterung für dieses Gebiet.

Während des ersten Besuchs 1988 regte sie meine Phantasie mit einer erstaunlichen Offenbarung an, die ein großes und wenig bekanntes Steingrab betraf. Es ist nicht in die topographischen Karten eingezeichnet, weder als Großsteingrab, noch als ein Kultstein. Jahrelang ging es mir nicht aus dem Sinn, daß es einen der Öffentlichkeit unbekannten Kultort nahe Kalkriese gab.

Frau Beckmann hatte den Stein beschrieben: groß sei er und beeindruckend, genutzt als Grabstein eines kleinen Familiengrabes. Doch wie ihre Beschreibungen und Erläuterungen aufzeigten, war seine Lage so verborgen im bewaldeten Teil des vom Borgwedder Bach durchflossenen Tales, daß kaum einer von seiner Existenz wußte, abgesehen von den Geschichtsschreibern früherer Zeiten, den seit langem hier lebenden Leuten und jenen, die in längst vergangenen Zeiten dort ihrem Glauben nachgingen.

Ich stand vor dem großen Stein, er war dick, langgestreckt und nicht von der Form der üblichen hohen Kultsteine. Dennoch war er so ehrfurchtgebietend wie die anderen Kultsteine, die ich gesehen hatte; mit seinem enormen Gewicht lag er in einer kleinen Lichtung – die Atmosphäre war still, düster, nahezu bedrohlich. Oberhalb der Mitte der Vorderseite war eine runde Vertiefung in dem Stein, groß genug, um eine Opfergabe hineinlegen zu können. Dieser Gedanke kam mir in den Sinn, weil in der Vertiefung ein kleiner Blumenstrauß lag. Eine seltsame, Erinnerungen weckende Geste von Menschenhand auf einem so mächtigen Gebilde wie diesem Stein, der, wie mir Frau Beckmann sagte, »Teufels Backtrog« genannt wird. Borgwedde selbst hieß in früheren Tagen die »Borg am Heiligen Hain«.

Menschen hatten vor diesem großen Stein gestanden, um ihm Ehre zu erweisen und zu ihren Göttern zu beten; Menschen kommen noch heute zu ihm. Die dunkle und geheimnisvolle Lichtung, der Stein, wie konnten sie den Augen der Öffentlichkeit entgangen sein? Mommsens Mitarbeiter, Julius Menadier, war in Mommsens Auftrag hier entlanggereist und hatte die Fundstellen römischer Münzen, kaum einen Kilometer von dem Stein entfernt, besucht, und doch hatte dieser versteckte Ort seine Neugierde nicht geweckt – der Stein war nicht gekennzeichnet, nicht verzeichnet, und kein Historiker jüngerer Tage hatte ihn untersucht, abgesehen von einem deutschsprachigen Historiker aus dem 19. Jahrhundert, Dr. Hartmann.

Ende des 19. Jahrhunderts verfaßte Hartmann den Aufsatz »Die Schnippenburg bei Ostercappeln«, aus dem der folgende verkürzte Auszug stammt:

> Wenn man die bedeutendsten Quertäler des Wiehengebirges vor Augen hat, durch welche augenblicklich der Hauptverkehr von Norden nach Süden mittels der Landstraßen geführt wird, so muß einem auffallen, daß alle Wege durch die Täler alte Abwehranlagen aufweisen, alle bis auf einen Weg – den Ostercappelner Paß. Es stellt sich die Frage, warum gerade dieser Paß, einer der wichtigsten, über den noch heute der Hauptverkehr von der Weser über Osnabrück zum Rhein gelangt, und an dessen nördlicher Seite eine alte Heer- und Handelstraße von der Ems bei Lingen über Freren, Fürstenau, Bramsche, Engter, Pr. Oldendorf, Lübbecke nach Minden an der Weser vorbeiführte, ohne jegliche Befestigung geblieben ist.
>
> Dazu meint von Oppermann, daß die Überwachung des Passes bei Ostercappeln von den Soldaten übernommen worden sei, welche auf der Südseite des Bergzuges ihre befestigten Lager hatten. Aber dann hätte doch wenigstens ein Wachposten hier stationiert werden müssen, ähnlich dem Wittekindslager in Frankensundern, das in dieser Weise für das Hauptlager auf der Wittekindsburg bei Rulle gedient zu haben scheint. Tatsächlich wurde nun in der Zwischenzeit doch noch eine der Wichtigkeit des Passes entsprechende Befestigung unweit Ostercappelns gefunden.
>
> Die Befestigung, die den Namen »Schnippenburg« trägt, liegt an der Ostercappelner Schlucht. Damit ist die Verteidigungslinie des Wiehengebirges vollständig geworden. Die besagte Befestigung – auch Wittekindsburg genannt – ist bis heute nur den Anwohnern bekannt und wurde meines Wissens bislang nirgends beschrieben.
>
> Sie liegt an der westlichen Seite der Schlucht, die durch den Ostercappelner Berg und die Venner Egge gebildet wird, auf einem Bergvorsprung. Er fällt nach Norden, Osten und Süden steil ab und geht nach Westen in das Vehrter Bruch über, welches in der Gabelung zweier Bäche liegt, die sich am östlichen Abhang vereinigen, an Ostercappeln vorbeifließen und in den Leckerbach einmünden. Die Entfernung der Schnippenburg von der Krebsburg beträgt in gerader westlicher Richtung 1,5 Kilometer.
>
> Die Burg entspricht mit ihrer ringwallartigen Form und ihrer Lage ganz den übrigen Wallanlagen der Gegend. Auffallend, und bei

den anderen Befestigungen bis dahin nicht von mir bemerkt, ist die Anreicherung der Wallerde durch Holzkohle und brandgeschwärzte Steine. Waren dies die Rückstände einer Befestigung auf dem Wall, die durch Brand zerstört worden war? Die versteckte Lage der Schnippenburg (in 100 Meter Höhe) hinter der steilen und höheren Venner Egge (in 250 Meter Höhe) eignete sich ganz vorzüglich als Paßsperre, und als eine solche ist sie denn auch unzweifelhaft anzusehen.
Die Schnippenburg bildet ein Wall-Lager von eiförmiger Gestalt. Die Wälle haben eine Breite von 3 bis 5 Metern. Die größte Längenausdehnung des Lagers von Osten nach Westen beträgt 166 Meter, während die größte Breite von Norden nach Süden 180 Meter mißt. Der Flächeninhalt des Lagers beträgt annähernd 15 000 Quadratmeter, also 1,5 Hektar. Eine brunnenartige Vertiefung liegt gen Westen. Die Entfernung des Ringwalls von der Gabelung des Baches beträgt 220 Meter. Ein Koppelweg führt durch den südlichen Teil des Lagers über die Krebsburg nach Schwagstorf. Auf demselben Weg sind bronzene Schnallen von Pferdegeschirren und eine eiserne Axt gefunden worden.
Die Schnippenburg ist von einem Kranz heidnischer Denkmäler umgeben, der die Bedeutung dieser Gegend für den heidnischen Kult belegt. Am Südhang des Wiehengebirges, im Vehrter Bruch, befinden sich 2 Hünengräber, im Volksmund »Teufels Backtrog« und des »Teufels Backofen« genannt.
Und auf der Vehrter Egge liegt ein obeliskartiger Einzelstein, der berühmte Süntelstein. Vielleicht wurde er als germanisches Denkmal für den hier errungenen Sieg über die Römer errichtet? Am Nordhang liegen drei große Hünengräber: in Darpvenne, in Driehausen und in Felsen, der Bauernschaft Schwagstorf zugehörig.

Ich betrachtete den Süntelstein und spürte seine besondere Bedeutung für die Menschen einer lange vergangenen Zeit. Dieser Stein und sein Gegenstück oben in den Bergen, der »Teufelsstein« mit der ihn begleitenden Reihe von Steingräbern, gehörten zum religiösen und spirituellen Leben der Menschen in den Lichtungen um Borgwedde, in den Tagen von Arminius und Varus und des Untergangs der römischen Legionen im Jahre 9 n. Chr.

Der Weg in den Teutoburger Wald

Die Legionen waren nicht mehr weit von den östlichen Ausläufern des Teutoburger Waldes entfernt. Arminius war am vergangenen Tag mit seinen zahlreichen Hilfstruppenreitern aufgebrochen, um Gerüchten über Aufstände im Nordwesten ihrer Marschroute nachzugehen, und man hatte ihn seitdem nicht mehr gesehen. Die Nachrichten, die er regelmäßig schickte, waren allgemein gehaltene Lageberichte, die keine Informationen über die Möglichkeit einer bedrohlichen Entwicklung der Situation enthielten.

Arminius stand auf dem Gipfel eines bewaldeten Hügels nordwestlich der marschierenden Legionen. Er blickte vom westlichen Rand durch die Öffnungen im Geäst auf den langen Zug hinab, der sich von links nach rechts durch das Tal bewegte. Er trug Sorge, daß man ihn nicht sah, wenngleich es nicht weiter schlimm gewesen wäre, da die Kundschafter und die hintere Abteilung des vorderen der römischen Verbände wie auch der Flankenschutz und die Nachhut mit Germanen besetzt waren. Sie wußten alle von den Plänen für die nächsten Stunden und Tage. Arminius war dennoch äußerst vorsichtig: All die Monate sorgfältigen Planens durften nicht durch einen leichtsinnigen Fehler zunichte gemacht werden. Es war nun soweit, den zweiten, den wichtigsten Teil seines Plans in die Tat umzusetzen: Varus in ein Gelände zu führen, das es ihm unmöglich machen würde, seine Streitmacht in Schlachtordnung aufzustellen, in ein Gelände, in dem Arminius die Legionen zerschlagen könnte, Kohorte für Kohorte, bis nichts mehr übrig wäre.

»Schicke den nächsten Boten hinunter«, sagte Arminius zu seinem Unterführer, »schick ihn auf seinen Weg zu Varus und versichere dich, daß er genau weiß, was er zu sagen hat, er ist der wichtigste unserer Läufer. Rate ihm, zurückhaltend und wachsam gegenüber Marcus Aius zu sein. Marcus ist von Natur aus vorsichtig und denkt immer noch, mir wäre nicht zu trauen!« Und mit einem kurzem Lachen fuhr er fort: »Überzeuge dich auch, daß er genau weiß, welche Nachricht er unseren Kundschaftern zu übermitteln hat. Sie müssen auf unser Signal warten, bevor sie Varus verlassen und sich uns an den Flanken der Vorhut anschließen. Sobald die Römer die Richtung geändert haben und auf uns zukommen, sollen unsere Kundschafter zusammen mit unserer rückwärtigen Reiterei der Kolonne dicht auf den Fersen bleiben. Die Römer dürfen keine Gelegenheit mehr haben umzukehren, und sie werden nur von den Seiten und im Rücken angegriffen; Varus muß immer weiter vorwärts geführt werden zu unserer letzten Stellung nahe der Krebsburg. Er muß die ganze Zeit glauben, er käme, um zusammen mit mir euch verabscheuungswürdige germanische Hunde zu bekämpfen!« rief er lachend, »und dann ist er dort, wo wir ihn haben wollen.«

Der Unterführer vergewisserte sich, daß der Bote mit seinen Befehlen bestens vertraut war, und schickte ihn auf seinen Weg hinunter in das Tal, auf den Dunst und Staub der marschierenden Legionen zu, die auf ihrem Weg nach Südwesten waren.

Die Flankenwachen der Legionen sahen ihn heranlaufen und machten ihrem Kommandeur Meldung. Der befahl den Boten zu sich und forderte ihn auf, die Nachricht mitzuteilen. Dann wurde der Bote rasch zum inneren Kommandobereich geleitet. Der Zenturio der Wache des Konsuls hörte ihn an, begab sich eilends zu Varus und berichtete ihm. Mit einem Aufschrei saß Varus senkrecht in seiner Sänfte.

»Wie es scheint, hat Arminius Verluste hinnehmen müssen, General«, sagte der Offizier, »seine Botschaft besagt, daß er auf eine große Streitmacht feindlicher Stammesmänner gestoßen ist, und in den Bergen, etwa 20 Meilen von unserer Position, ist er aus dem Hinterhalt angegriffen worden. Der Bote berichtet, Arminius selbst sei verwundet. Arminius bittet dringend um Unterstützung, damit der Aufstand niedergeschlagen werden kann. Noch scheinen die germanischen Krieverschiedenener Stämme keine festgefügte Streitmacht zu sein. Wenn Ihr zu Hilfe eilt, Exzellenz, so ist Arminius sicher, daß der Anblick der Legionen den Feind in Panik versetzen und die Rebellion niederschlagen wird. Jedes Zusammengehen der Stämme in kriegerischer Absicht gegen uns würde im Keim erstickt.«

Der Zenturio unterbrach, als Marcus Aius hinzukam, und fuhr dann fort: »Nach dem, was der Bote sagt, scheint es, daß der größte Teil der feindlichen Verbände unberitten ist und daher kein großes Problem für unsere Kohorten sein dürfte.«

Varus grübelte einige Minuten lang, dann sah er Marcus Aius an: »Was sagst du dazu, Marcus Aius? Hast du alles gehört?«

»Ja, General, der Befehlshaber der Flankengarde hat mich vor wenigen Minuten ins Bild gesetzt, während ich gerade meine Runde machte. Ich bin dann mit größter Eile hierher gekommen. Ist es wahr, was berichtet wird: Arminius ist verwundet? Ich kann mir nicht vorstellen, daß er von Leuten seines eigenen Stammes verwundet wurde, er muß sicherlich von den Angriffen auf seine Truppe überrascht worden sein. In der Tat fällt es mir nicht leicht zu glauben, daß Arminius' Lage so schlecht ist, wie gesagt wird. Ich muß im Umgang mit Arminius erneut zur Vorsicht raten. Die Frage nach seinen Zielen und seiner Loyalität läßt mich nicht zur Ruhe kommen, und ich würde gern eine Kundschafterpatrouille vorausschicken, um weitere Informationen zu erhalten.«

»Nein, du kennst meine Gefühle. Arminius ist mir und Rom ein wahrer und treuer Freund. Er hat dies in der Vergangenheit so häufig bewiesen, daß meine Ehre mir gebietet, ihm zu helfen, wenn er danach ruft. Ich habe entschieden: Wendet die Legionen zum Marsch nach Nordwesten, haltet die Flankenwachen und die Aufklärungseinheiten aufrecht, und wenn wir am Morgen aufbrechen, dann in der gegenwärtigen Marschordnung. Ich werde in dieser Phase, nur aufgrund kleinerer Hinterhaltgefechte, die Arminius' Einheit unangenehm geworden sind, keine Schlachtformation anordnen. Wir marschieren wie üblich und belassen den Troß in der Spitze der Kolonne.«

»Ich muß zur Vorsicht raten, General«, drängte Marcus, »sollte es mir nicht wenigstens erlaubt sein, der anführenden Legion zu befehlen, sich in Schlachtordnung zu formieren und das Vorfeld mit Patrouillen zu erkunden?«

»Nun gut, Tribun« erwiderte Varus mit einem leicht säuerlichen Unterton in der Stimme, weil er dies Marcus zugestehen mußte, »laß die 17. sich in Schlachtordnung formieren, aber belasse den Rest der Marschkolonne wie gewohnt, ich wünsche keine weiteren Störungen auf meinen Reisen mit den Legionen. Da die Bedrohung aus Nordwesten zu kommen scheint, wird die vordere Legion alle Möglichkeiten haben, mit jedem kurzen Gefecht fertigzuwerden, in das wir verwickelt werden könnten. Ordne die Änderung sofort an und laß uns dann das Lager für die Nacht aufschlagen. Am Morgen werden wir zu Arminius marschieren und ihm zu Hilfe kommen. Offen gesagt vermute ich, daß hier aus einer Maus ein Elefant gemacht wird, und ich wünsche, vorwärtszukommen, Arminius zu erreichen und seine Probleme so schnell wie möglich zu lösen, um dann unseren Marsch fortsetzen zu können zu den Lagern an der Lippe und weiter zur Castra Secunda und zum Rhein.«

»Wir ihr wünscht, General«, sagte Marcus, »ich werde die notwendigen Befehle erteilen, und die Instruktionen heute abend beim Treffen der Kommandogruppe erläutern. Die 17. wird morgen an der Spitze marschieren.« Er salutierte und verließ Varus und dessen Gefolge.

Am Abend suchte der Bote, der Arminius' letzte Botschaft überbracht hatte, die Lagerplätze der germanischen Flanken- und Nachhutverbände auf, sprach mit einzelnen Anführern und bestätigte Arminius' Anweisungen für ihr Verhalten an den kommenden Tagen. Mit dem ersten Licht des anbrechenden Tages verließ er das Lager und eilte zurück nach Nordwesten zu Arminius' Streitmacht, die oben in den Bergen und Tälern des Teutoburger Waldes wartete – auf Varus und seine Legionen. Niemand bemerkte sein Verschwinden aus dem Nachtlager.

Ungefähr um die Zeit seines Aufbruchs, in der dunklen Stunde vor der Morgendämmerung, wurde Marcus Aius von dem wachhabenden Zenturio aus dem Schlaf gerissen. Eine Lampe brannte immer in seinem Zelt, und er war sofort hellwach.

»Was gibt es, Zenturio?«

»Die Wache auf dem nördlichen Lagerwall meldet Signalfeuer im Norden und Nordwesten unserer Position, Herr, und ein Signalfeuer, wir denken jedenfalls, daß es eines ist, viele Meilen im Süden von uns.«

Marcus schwang seinen schweren Soldatenmantel über seine Tunica, er hatte diese Nacht voll bekleidet geschlafen. »Du hast sie selbst gesehen?«

»Ja, Herr«, antwortete er, »und ich habe bemerkt, daß ein deutlich erkennbarer Austausch von Signalen zwischen den Feuern vor uns und dem in unserem Rücken stattfindet. Das sind nicht nur Feuer in der Dunkelheit.«

Schnell schritten sie über den Hauptplatz des Nachtlagers zum nördlichen Lagerwall. Ein dumpfer Schlag ertönte, als der Wachposten im Salut sein Pilum auf den Boden stieß. Marcus stieg hinauf zu der brusthohen Palisade. Der Himmel war ein glitzerndes Aufgebot von Sternen, vor der Schwärze des Himmels leuchtete die Milchstraße hell. Kein Lufthauch regte sich, und Marcus, der in die Nacht lauschte und auf die kleinen Lichtpünktchen vorm Horizont starrte, auf die Signalfeuer, spürte für einen Augenblick ein überwältigendes Gefühl der Reue und Vorahnung. Er atmete tief. Aus einem unerklärlichen Grund war es ihm, als schritte jemand über sein Grab, und Traurigkeit erfüllte ihn bei dem Gedanken, er würde seine Frau nie wiedersehen, nie wieder ihre Liebe spüren.

Zenturio Gaius Claudius Suebus, der das tiefe Atmen von Marcus bemerkt hatte, sah seinen Vorgesetzten aufmerksam an und bemerkte: »Herr, ich möchte nicht respektlos erscheinen, aber wenn ihr fühltet, jemand hätte nach eurem Herzen gegriffen und wäre über euer Grab geschritten, so hatte auch ich solch ein Gefühl, kurz bevor ich meinen Dienst auf dem Wachposten bei Minden beendete. Aber Brutus Maximus dachte, es wäre seine Schwiegermutter gewesen, die uns jagen wollte, da sie mich für seine Abwesenheit von Zuhause verantwortlich macht. Mir wurde dann klar, daß es nur diese verfluchten germanischen Berge und Wälder waren, sie gaukeln unserer Phantasie Irrlichter vor, und die feuchten Morgennebel ruinieren unsere Knochen und Sinne. Es gibt keine Geister dort draußen, die nicht mit dem Schlag eines römischen Schwertes zur Ordnung gerufen werden könnten, was meint ihr, Herr?«

»Horch«, war alles, was Marcus sagte, »horch.«

Claudius Suebus hielt den Atem an. Von irgendwo aus der Dunkelheit war der Ruf einer jagenden Eule zu hören und, einen Moment später, ein schwaches Geräusch, als ob sich etwas in ihrer Nähe bewegte, aber es war vorüber, bevor sie sicher sein konnten, es überhaupt vernommen zu haben. Marcus spürte die Anspannung des Zenturios, dann, während die Minuten verstrichen und die Signalfeuer nach und nach vom nächtlichen Horizont verschwanden, wurde die Stille spürbar. »Ich höre nichts«, sagte der Zenturio schließlich, »und die Feuer sind auch erloschen. Soll ich die Wache entlassen? Der Morgen wird bald anbrechen.«

»Nein. Ich werde vielleicht nicht als der stellvertretende Kommandierende der 17., 18. und 19. Legion, den besten Roms, in Erinnerung bleiben, aber dafür, jedesmal die Wache verdoppelt zu haben, wenn ich glaubte, ein Gespenst stolziere um das Lager. Ich gehe zurück zu meinem Quartier, um den Marsch nach Norden vorzubereiten; verdopple die Wache und laß eine Kohorte Stellung beziehen. Wir können diesen Tag auch so beginnen, wie wir weitermachen werden, bereit, dem Unheil zu begegnen, auch wenn ich nicht weiß, was für ein Unheil es sein wird. Ich fürchte, es lohnt sich nicht, jetzt zuviel zu riskieren. Wir waren zu lange in diesem Land, ohne uns verteidigen zu müssen, vielleicht ist jetzt die Zeit gekommen.«

»Es ist besser, vorsichtig zu sein, als nachher zu bereuen, Herr. Ich werde die Befehle sofort weitergeben«, erwiderte der Zenturio, »gestern war Vollmond, und die Götter ziehen umher.«

Marcus brauchte ihn nicht zu fragen, was er meinte. In der Welt der Germanen zeigten sich die Götter mit den Voll- und Neumonden, in der Zeit von Aussaat und Ernte, und besonders während der Sommer- und Wintersonnenwende. Wenn es einen Aufstand oder einen örtlichen, aber geballten Angriff der Germanen geben sollte, dann wäre der Vollmond die Zeit dafür. Dieser Zeitpunkt war jetzt.

»Ja, du hast recht, mein Freund. Laß uns lieber vorsichtig sein«, sagte Marcus und fügte hinzu: »Laß uns auch hoffen, daß es nur unsere Schwiegermütter sind, die uns Kummer bereiten, obwohl ich fürchte, daß es mehr ist als Zwist unter Verwandten...«

Die Kohorte bezog wie angeordnet ihre Stellung, aber nichts stellte ihre Kampfbereitschaft auf die Probe. Als die Sonne aufging, bereiteten die Legionen hastig ihren Aufbruch vor. Sie beeilten sich mit ihrem Frühstück. Waschen und rasieren war ein Luxus, den es auf großen Märschen, und besonders vor Schlachten, nicht gab. Innerhalb kurzer Zeit waren die drei Legionen bereit, sich für den Marsch zu formieren, und die voranziehenden Abteilungen der 17. Legion schlängelten sich bereits aus dem provisorischen Nachtlager hinaus. Der Himmel war klar und wolkenlos, die Verheißung eines schönen Spätsommertages, doch über dem Horizont bildete sich im ersten Morgenlicht ein ungewöhnlicher, violett-roter Schleier.

Der erste Angriff

Die langgezogene Kolonne, die der 17. Legion folgte, nun den zweiten Tag schon auf dem Weg in die Berge und Täler des Teutoburger Waldes, kam zügig voran. Varus' Armee war fünfzehn Kilometer tief in das dicht bewaldete Bergland vorgestoßen, ehe sie um die Mittagszeit eine Pause einlegte.

Die Vorhut hatte sich mit Kundschaftern und Wachen abgesichert, und der Kommandierende der 17. an der Spitze der Marschkolonne hatte seine Pioniere ein einfaches aber wirkungsvolles Grabensystem zur Sicherung anlegen lassen. Während die vorderen Einheiten die Befestigungen der Pausenstellung errichteten, wurden sie von dem Rest ihrer Kameraden durch Waffen geschützt. Als die 17. sich zur Rast niederließ, erreichten die restlichen Einheiten ihres Verbandes den offenen Bereich der Stellung, einschließlich des Trosses mit seinen Wagen und Karren, dicht gefolgt von den beiden anderen Legionen.

Erste Meldungen von den Aufklärungsabteilungen der 17. Legion ergaben, daß die vor ihnen liegenden Wälder nahezu undurchdringlich waren und es keine Möglichkeit zu geben schien, das Bergland zu umgehen, ohne große Verzögerungen auf ihrem Marsch zu der letzten Position, die Arminius gemeldet hatte, in Kauf zu nehmen. Varus brauchte für die Entscheidung, den einmal eingeschlagenen Weg fortzusetzen, nur wenig Zeit – zur großen Enttäuschung von Marcus, den die Tücken dieser nordwestlichen Route mit wachsender Besorgnis erfüllten.

Den Römern hatte es nie behagt, die bergigen Waldgebiete Germaniens zu durchqueren, sie bevorzugten die offenen Ebenen, die ihnen Bewegungsfreiheit und Raum für die verschiedenen Schlachtformationen ließen. Die hügeligen Landstriche brachten denen einen Vorteil, die die bewaldeten Höhen beiderseits der tiefen, schluchtartigen Täler beherrschten, und sie versetzten die Legionen, die es gewohnt waren, durch Talgründe zu ziehen, in eine unangenehme Lage, da taktische Manöver nahezu unmöglich waren. Varus hatte das bedacht und stell-

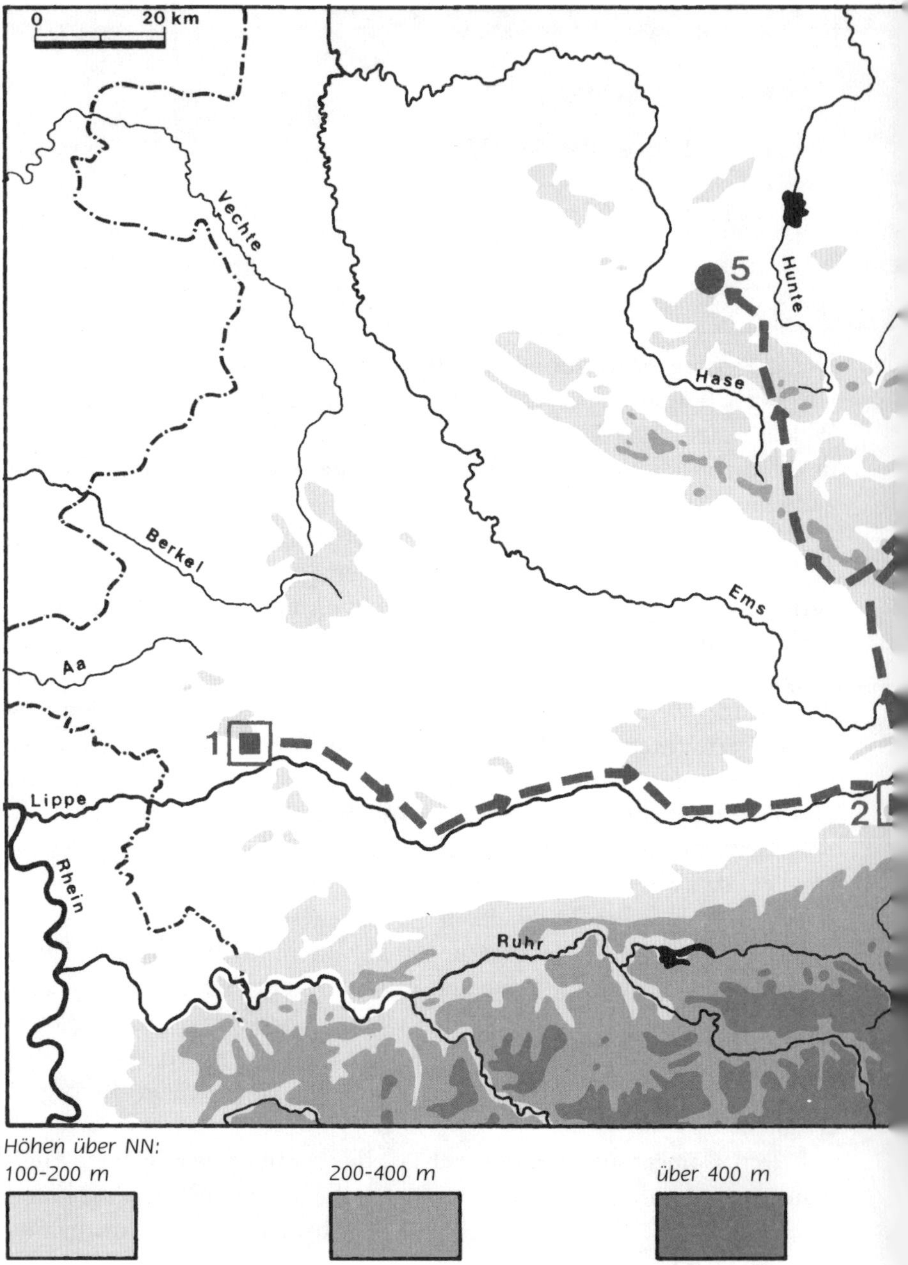

Der Weg der Legionen. Von Haltern (1) über Anreppen (2) ins Sommerlager bei Minden (4) und zurück: Anfangs in Richtung Anreppen, dann aber umgelenkt nach Kalkriese (5). Siehe auch Detail-Karte im Anhang, Seite 319.

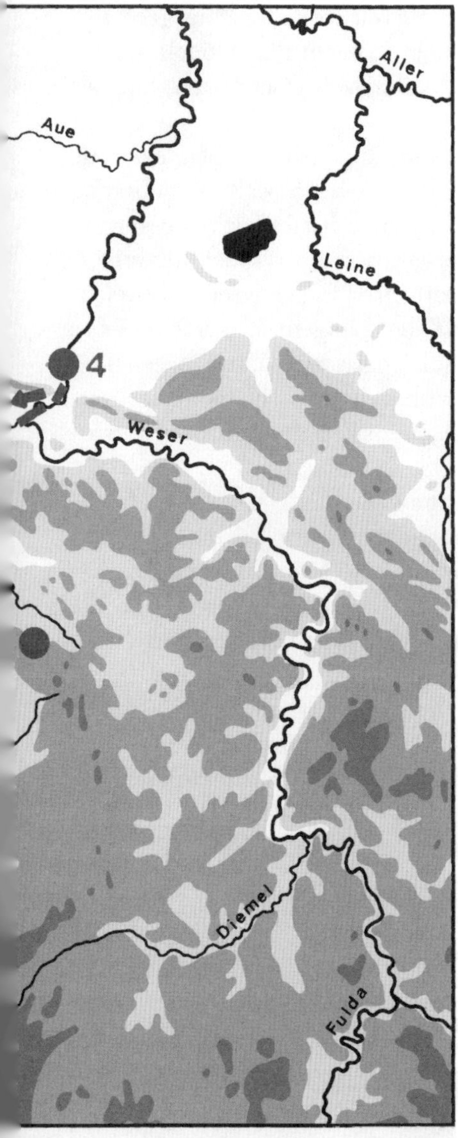

te den Ratschlägen, die Marcus und der Befehlshaber der 17. Legion äußerten, das entgegen, was er für einen genialen Plan hielt.

Die vordere Aufklärungskohorte würde weiterhin die Legionen auf ihrem gegenwärtigen Marschweg anführen, aber die Wachen und Kundschafter an den Flanken, die überwiegend aus germanischen Hilfstruppen bestanden, sollten auf Befehl nach außen stoßen und, unterstützt von Reserveeinheiten der 18. und 19. Legion, in einem Abstand von dreihundert bis fünfhundert Metern parallel zu dem im Tal marschierenden Hauptverband über die angrenzenden Hügel ziehen.

Dies war ein von vielen Feldherren angewandtes taktisches Manöver, wenn sie durch enges Gelände ziehen mußten. Auf diese Weise wurde der Flankenschutz erweitert, man war frühzeitig vor einem Angriff von der Seite gewarnt, und schließlich konnten die Verbände auf den Höhen einen Angriff zumindest abbremsen. Im Idealfall käme eine erweiterte Version dieses Planes zum Einsatz: zusätzliche Flankeneinheiten, die sich in noch größerem Abstand bewegten, ebenfalls auf einer Parallellinie, aber auch durch die Täler und über die Höhen, um die tausend Meter vom Hauptverband entfernt.

Doch Varus hielt es für mehr als ausreichend, nur die germanischen Hilfstruppen auf den nahegelegenen Hängen und Hügeln einzusetzen, wobei Reserveeinheiten in der Nähe verfügbar waren, falls sie gebraucht werden sollten.

So fügte sich Varus in Arminius' sorgsam bedachte Strategie ein: Er hatte Arminius' erste Angriffslinie gegen sich in Stellung gebracht. Nach dem ursprünglichen Plan von Arminius hätten sich die germanischen Hilfstruppen, einschließlich der germanischen Nachhutverbände, zu einem bestimmten Zeitpunkt von ihren zugewiesenen Marschpositionen entfernen und im Bergland der Umgebung verschwinden sollen. Nach Empfang eines Signals sollten sie sich dann gegen ihre römischen Herren wenden und diese von denselben Flankenabschnitten angreifen, von denen sie noch kurz zuvor die ahnungslosen Legionen geschützt hatten.

Marcus' Einwände stießen auf taube Ohren. Er sah die germanischen Hilfstruppen nicht als eine mögliche Gefahr an, aber er war außerordentlich beunruhigt über die veränderte Marschformation. Am Ende der mittäglichen Rast formierten die Legionen sich neu, und die Hilfstruppen verschwanden in den Wäldern der angrenzenden Berghänge.

Als die 17. Legion das provisorische Lager verließ und sich durch die dichten und endlosen Waldtäler ihren Weg gen Norden bahnte, schickte Marcus eine Nachricht zu Numonius Vala, die ihn anwies, seine Reitertruppe von ihrer gegenwärtigen Position in der Mitte der marschierenden Truppen weiter nach hinten zu nehmen. Vala sollte sich zwischen der 18. und der 19. Legion einordnen, was der Reiterei einen größeren Spielraum zu unbehindertem Einsatz nach beiden Seiten geben würde, falls ein Angriff auf die Spitze oder die Flanken der 17. erfolgen sollte.

Die Umgruppierung würde zudem die Reitertruppe aus dem Durcheinander des Trosses befreien, wo Wagen und Karren und Hunderte von Lasttieren sich unter die Legionäre mengten. Zusätzliche Sorgen bereitete Marcus das langgezogene Band der marschierenden Legionen, das keinerlei Ähnlichkeit mit der gewohnten Marschordnung besaß.

Oftmals mußten die vorderen Einheiten Bäume fällen, um einen Pfad durch das schwierige Gelände zu bahnen, andere Male Brücken und Bohlenwege über feuchte Talgründe anlegen. Und nach einiger Zeit richtete sich die Konzentration mehr auf das widrige Vorankommen als auf die Möglichkeit, von einem Feind angegriffen zu werden. Dazu wurde die Armee noch von unzähligen Frauen und Kindern begleitet, die im Verlauf der Besetzung Germaniens zu einem festen

Bestandteil des Lebens der Legionen geworden waren: Frauen, Kinder, Freundinnen; einige Sklaven und viele, viele Diener. Ein lang sich hinziehendes Band von Menschen und Tieren. –

Derart auseinandergezogen zu einer Länge von mehr als drei Meilen, war der Zug der Legionen am verwundbarsten. Als der Befehlshaber der 17. Legion dabei war, einen geeigneten Ort auszuwählen, an dem die Pioniere das Nachtlager errichten konnten, griffen die Germanen an. Nicht von vorne, wo die 17. in seliger Unwissenheit blieb, sondern an den Flanken in der Mitte der langen Kolonne.

Die germanischen Hilfstruppen hatten von Arminius die Anweisung erhalten, sich endlich gegen ihre römischen Herren zu wenden und den Kampf zu beginnen. Er sollte später als »Varusschlacht« bekannt werden.

Der erste Angriff war furchterregend in seiner Geschwindigkeit und in seiner grausigen Wirkung. Die Flankenwachen der 18. Legion, eingesetzt, um die germanischen Hilfstruppen und Kundschafter zu unterstützen, waren die ersten, die untergingen. Sie wurden vollständig überrascht von der ungeheuren Zahl der Hilfstruppensoldaten, die von Hunderten bemalter Krieger begleitet wurden. Von oben stürzten sie sich auf die auseinandergezogenen Reihen der Männer, die sich ihren Weg durch die Waldpfade bahnten, hinab. Wieder, wie schon beim Angriff auf die Außenposten und Wachkastelle, warfen die Germanen sich stumm auf die Römer. Der lautlose Angriff erfüllte die Männer der 18. Legion mit einer Furcht, die ihre Kehlen verschloß. Zu Dutzenden fielen sie unter dem Hagel von Pfeilen und Wurfspeeren. Schwerter durchschnitten entblößte Kehlen, als die Männer hochblickten zu den Horden aus Hilfstruppensoldaten und germanischen Kriegern, deren bemalte Körper die Hänge hinabströmten. Als das erste Alarmsignal, die Schreie der verwundeten Soldaten auf den Hängen, zu den Einheiten im Tal drang, hatten viele hundert Legionäre, Frauen und selbst Kinder schon keine Zeit mehr, sich vor dem Gemetzel in Sicherheit zu bringen.

Legionäre wurden durchbohrt von Pfeilen und Wurfspeeren, die dem Sturm auf die exponierte Marschkolonne voranflogen. Kinder und Mütter wurden niedergemetzelt, das Schlachten ging um. Der Tod marschierte mit seinen Geisterlegionen, tausend Leben wurden ausgelöscht in ebensovielen Sekunden, und der Feind verschwand. Wie ein in der Mitte zerschnittener Wurm agierten beide Teile der Marschkolonne nicht mehr als eins, sie wanden sich und suchten nach Erklärungen, während von der blutigen Masse in der Mitte weiter Schmerz und Chaos ausgingen.

Varus war außer sich. Der Angriff hatte nicht weit von seinem eigenen Gefolge stattgefunden, und obwohl er von der Leibgarde und den Kerntruppen der 18. Legion ausreichend geschützt wurde, war er doch nahe genug gewesen, das vernichtende und blutige Gemetzel sehen zu können. Varus hatte beschlossen, diese Etappe ihres Vorstoßes in das Bergland hoch zu Roß zurückzulegen, und die erhöhte Position hatte ihm auch den Blick auf die Masse der germanischen Krieger ermöglicht und auf seine eigenen Hilfstruppen, die zweifellos ihre Loyalität gewechselt hatten. Seine Garde hatte ihn schließlich gedrängt, vom Pferd zu steigen.

Varus' Truppen vor und hinter dem kritischen Abschnitt gerieten nahezu in Panik. Die vorderen hatten große Schwierigkeiten, in dem engen Tal umzukehren und den rückwärtigen Truppen zu Hilfe zu eilen, und jene nahe der Position des Varus waren besorgt um seine persönliche Sicherheit. Aufmerksam beobachteten sie immer noch die Hänge auf beiden Seiten ihres Abschnittes. Das Stöhnen und die Schmerzensschreie der Verwundeten wurden übertönt von den Schreien verwundeter oder sterbender Pferde und Lasttiere.

Marcus war es gelungen, zu dem Ort des furchtbaren Geschehens vorzudringen. Er brüllte Offizieren Befehle zu und erblickte Numonius Vala, der sich zu ihm durchkämpfte. Sie bahnten ihren Weg zu Varus, und nachdem Marcus sich vergewissert hatte, daß Varus nicht verwundet war, sagte er:

»General, wir sind in einer ernsten Lage. Gerade erhielt ich von dem Befehlshaber der 19. Legion die Nachricht, daß der letzte Abschnitt der Kolonne übel von den Germanen zugerichtet worden ist, und daß der Flankenschutz nicht ausreichend war, so daß am Ende des Zuges ein totales Durcheinander entstand. Wir haben große Teile des Trosses eingebüßt. Die 19. hatte schon fast zwei Zenturien verloren, bevor sie überhaupt daran denken konnte, sich dem Feind entgegenzustellen. Weitere Meldungen werden erwartet, aber der Befehlshaber der 19. hat den Eindruck, daß er von einer umfangreichen Streitmacht der Germanen umzingelt ist und dringend in einen offenen Geländeabschnitt ausbrechen muß, damit er Angriffspositionen einnehmen und den Feind bekämpfen kann. Ich denke, wir sollten auch die Reiterei wenden lassen, die sich zur Zeit zwischen uns und der 19. Legion befindet, damit sie zu den Flanken hin ausrücken und den offensichtlichen Verlust unserer Hilfstruppen und Flankenwachen untersuchen kann – es scheint, als wären sie alle verschwunden. Es sieht so aus, als wäre auch der gesamte Flankenschutz der 18. verloren«, ein Nicken von Vala bestätigte diese Einschätzung, »und was das Schicksal unserer Hilfstruppen anbelangt, so habe ich den starken Verdacht, daß sie die Flagge gewechselt haben. Ich schlage vor, die Reiterei bildet die Flanke um das Ende der Kolonne und unterstützt das rückwärtige Kommando der 19. Legion.«

Varus war wieder aufgestiegen und hatte einige Schwierigkeiten, seinen Hengst unter Kontrolle zu halten, der von den Schreien zweier Pferde beunruhigt war, die in der Nähe verendeten. Eines lag auf der Seite mit einer langen Lanze in der Schulter. Es schrie pausenlos und wandte den Kopf zurück zu dem Punkt, an dem der Speer eingedrungen war, in dem sinnlosen Versuch, die Quelle seines furchtbaren Schmerzes zu beißen. Das andere lag niedergestreckt da, die untere Hälfte seines linken Hinterbeines war abgetrennt, das Blut spritzte in einem schwacher werdenden Strahl in das Unterholz.

»Verdammt!« rief Varus aus, »welche Nachrichten haben wir von der 17., gibt es irgendwelche Berichte über weitere Angriffe auf die Marschkolonne, was geschieht hier? Ist es ein groß angelegter Angriff oder eine kleine Kriegerhorde auf Beutezug, ähnlich den Verbänden, mit denen Arminius zu ringen hat? Selbst wenn dort eine große Streitmacht in unserem Rücken ist, denke ich nicht, daß wir Zeit mit dem Versuch verschwenden sollten, die drei Legionen, einschließlich der Reiterei und dem Troß, zu wenden, um eine unbekannte germanische Armee in diesen verfluchten Wäldern und Tälern zu suchen.«

Während er seine Sicht von dem Geschehen der vergangenen fünfzehn Minuten kundtat und darlegte, welche Gegenmaßnahmen zu treffen seien, näherte sich ein berittener Bote von der vorderen Kommandoabteilung der 17. Legion. Er hatte sich seinen Weg direkt durch das Gemetzel gebahnt, um zu Varus zu gelangen. Die Botschaft, die er Varus brachte, war kurz und knapp, bestätigt durch die schriftliche Nachricht des Kommandeurs der 17., die auf kleinen Wachstafeln übermittelt wurde.

»General, mein Kommandeur läßt ausrichten, daß er eine weitere Nachricht von Arminius erhalten hat. Die feindlichen Kräfte nehmen an Stärke zu, sind aber immer noch in Stämme zersplittert. Er hat Informationen, daß die Chauken von Südosten heranrücken, um sich den Truppen anzuschließen, und schlägt daher vor, daß wir bis zum nächsten offenen Streifen Land durchbrechen, nicht weit von unserer gegenwärtigen Position an der Spitze der Kolonne, und ein Marschlager aufschlagen, um unsere Kräfte zu ordnen.«

Varus lächelte und lehnte sich zu Marcus hinüber: »Was für einen Beweis brauchen wir noch, um zu sehen, daß meine Pläne die richtigen sind, Tribun. Vergiß den Wunsch, umzukehren. Es ist eindeutig, daß wir den Marsch nach Norden, zu Arminius, fortsetzen müssen. Laßt uns dieses Durcheinander vor uns schleunigst beseitigen und die Verbindung zur 17. verstärken. Setzt den Marsch fort, wie ich es angeordnet habe, und sagt dem Befehlshaber der 19., er solle weiterhin in ständiger Verteidigungsbereitschaft marschieren, vor allem richte er seine rückwärtigen Einheiten nach Süden aus. Wenn die Chauken uns von Süden her folgen, dann macht es noch mehr Sinn, weiter vorzustoßen. Wir werden uns in der offenen Ebene im Norden formieren und Verteidigungsstellung einnehmen, bevor wir überlegen, wie wir weiterziehen und Verbindung zu Arminius herstellen.«

Bevor Marcus gegen Varus' Schlachtplan protestieren und seine eigene taktische Einschätzung der Lage untermauern konnte, erreichte sie ein weiterer Bote, diesmal vom südlichen Ende der Kolonne, wo die 19. Legion immer noch ihre Toten und Verwundeten zählte.

Marcus nahm rasch die Botschaft entgegen und übermittelte sie Varus: »General, die Kolonne eine halbe Meile hinter uns ist auch angegriffen worden, und die Verbindung zum Kommandokern der 18. und der 19. ist zur Zeit abgerissen. Es scheint auch, daß die Hilfstruppen an unseren Flanken ihre Lehnspflicht vergessen haben, da gemeldet wird, daß ein großer Teil der Angreifer unsere eigenen Hilfstruppen gewesen seien – .« Doch bevor Marcus mit dem Bericht fortfahren konnte, verlor Varus seine Geduld.

»Ich kommandiere diese Armee! Ich respektiere deine Stellung und edle Haltung sowie deine Erfahrung als großer Feldherr und deinen Rat als Freund, Marcus Aius, aber ich habe meine Entscheidung getroffen, und dieser neueste Bericht bestätigt nur meine taktische Einschätzung, daß wir nach Norden weiterziehen sollten. Die Chauken sind uns offensichtlich dicht auf den Fersen, und wir müssen unbedingt in einen offenen Bereich durchbrechen, wie es der Kommandeur der 17. vorschlägt, und uns neu formieren, um auf einem Boden unserer Wahl kämpfen zu können. Veranlasse jetzt die Umsetzung der Befehle! – Zenturio«, er wandte sich dem Befehlshaber seiner Garde zu, mit Marcus war er erst einmal fertig, »setze unsere Abteilung wieder in Marsch und bringe ein paar richtige Legionäre vor uns und an unsere Seiten, besonders an die Seiten. Sorge dafür und laß uns schnell wieder auf dem Marsch sein.«

Er richtete sein Wort an Numonius Vala, der auf weitere Befehle wartete. »Ich schlage vor, du begibst dich schleunigst wieder zu dem Kommandokern deiner Legion innerhalb der Kolonne und findest heraus, was es mit diesem letzten Angriff auf die Flanken der 18. auf sich hat.« Und dann, nachdem er zu Ende geredet hatte, schaute er nach oben – und wurde blaß: ein Blitz zuckte über den Himmel, fast unmittelbar über ihrer Kolonne.

Wenige Sekunden später folgte der Donnerschlag, und dann kam der Regen. Der violett-rote Schleier am Morgenhimmel entpuppte sich nun als Schlechtwetterwarnung. Große Wassertropfen fielen in immer heftigeren Strömen vom Himmel. Ein Alptraum von der Art, wie er Varus offensichtlich in seinen Nächten immer wieder verfolgt hatte. Er spürte plötzlich Verzweiflung und schauderte heftig. Regen prasselte herab, durchnäßte Kleidung und Ausrüstung, verwandelte Waldschneisen und Talgründe in sumpfige Moraste und standhafte Männer in niedergedrückte Kreaturen. Sturzbäche schossen die Hänge hinunter und überströmten das blutige Durcheinander auf dem Weg der 17., 18. und 19. Legion. Cassius Dio schrieb:

> Gleichzeitig brachen noch heftiger Regen und Sturm los und zersprengten die Kolonne noch mehr; der Boden, um die Wurzeln und unten um die Baumstämme herum schlüpfrig geworden, machte jeden Schritt für sie zu einer Gefahr, und abbrechende und herabstürzende Baumkronen schufen ein großes Durcheinander. Während die Römer gegen die Elemente kämpften, kreisten die Barbaren sie von allen Seiten gleichzeitig ein, sie stahlen sich durch das stärkste Dickicht, da sie mit allen Pfaden vertraut waren und unvermutet selbst aus den dichtesten Wäldern hervorkamen. Anfangs schleuderten sie ihre Speere aus einiger Entfernung, dann aber, als niemand sie angriff und viele verwundet waren, kamen sie näher heran. Die Römer marschierten nicht in geordneter Formation, sondern waren zerstreut inmitten der Wagen und des bewaffneten Trosses. Das bedeutete, daß sie ihre Kräfte nicht auf einen Punkt konzentrieren konnten, und da sie überall von ihren Gegnern überwältigt wurden, erlitten sie viele Verluste und konnten keine Gegenangriffe durchführen.
>
> Sobald sie einen geeigneten Platz gefunden hatten, soweit dies in einem Waldgebirge überhaupt möglich war, schlugen sie dort ein Lager auf, dann verbrannten sie die Mehrzahl der Wagen und alles andere, was sie nicht unbedingt brauchten, oder ließen es zurück.
>
> Doch Varus hatte beschlossen, daß, wenn überhaupt irgendetwas in der Kolonne verbleiben würde, es sein Besitz und seine persönlichen Bedarfsgegenstände sein sollten, und alle

Schätze, Gold und Silber, welche die Legionen auf ihrem Feldzug in Germanien mitführten. Der riesige Schatz sollte bei ihm bleiben bis zu seinem Ende.

Archäologische Schätze haben mich schon immer fasziniert, ich bin ein begeisterter Leser aller Bücher über jene herrlichen, im Laufe der Zeiten verlorenen und wiederentdeckten Dinge. Doch mehr als alles andere haben mich in den Jahren meiner Untersuchungen und Nachforschungen archäologische und historische Rätsel fasziniert, die noch auf ihre Lösung warten.

Ich erinnere mich in diesem Zusammenhang gerne an meine vielen Gespräche mit Wolfgang Schlüter in den Jahren 1989 und 1990. Mit der Erkenntnis, daß Kalkriese der Ort der Varusschlacht war, begann sich eine Idee in meinem Kopf zu formen. Ich sah das Bild der letzten Tage, stolze Römer, von allen Seiten dem sicheren Untergang preisgegeben. Der Besitz, den die Offiziere und höherrangigen Legionäre während ihrer Besetzung Germaniens mit sich geführt hatten, all die kostbaren Dinge waren im Begriff, den Feinden in die Hände zu fallen, es sei denn ... was würden die Römer getan haben? Vor allem Varus und jene Offiziere, die sich, ebenso wie er, vor dem unausweichlichen Ende der Katastrophe das Leben nehmen würden.

Und auch die Steuern und Abgaben, die Varus während seines Sommeraufenthaltes an der Weser von den germanischen Stämmen erhoben hatte: neben Fellen und Tierhäuten und anderen Landesprodukten gab es hier vielerlei Dinge von hohem Wert. Würden sie all dies dem Feind so einfach überlassen haben?

Die Aussicht auf konkrete Beute war für den germanischen Krieger der eigentliche Antrieb zu kämpfen und in die Schlacht zu ziehen, politische Interessen traten hiervor in den Hintergrund. Arminius hatte die Stämme zum Kampf gegen die Legionen des Varus zusammengebracht, aber es war doch immer der Gedanke an Reichtümer, an eine reiche Ernte nach der Schlacht gewesen, der die Germanen angespornt hatte, die Waffen im Kampf gegen die Römer zu erheben.

In jenen Tagen verfügte ein römischer Edelmann – und es muß viele in Varus' persönlichem Gefolge, seinem engeren Beraterkreis und unter den höheren Offizieren gegeben haben – über einen umfangreichen persönlichen Besitz. Wenn es auch vor allem Gegenstände des täglichen Gebrauchs waren wie Besteck, Tafelgeschirr, Trinkbecher, privates Toilettengerät und Schreibwerkzeuge, so waren sie doch alle aus den feinsten Edelmetallen gefertigt, aus massivem Gold und Silber und aus Bronze. Hinzu kamen Schnitzereien aus Elfenbein, Figuren aus schwarzem Onyx und sogar kunstvolle Möbel. Der Gedanke an alle jene Besitztümer, in Verbindung mit Varus' prall gefüllten Schatztruhen, steigerte noch meinen Wunsch, die wahrscheinliche Marschroute von Varus bis zur Vernichtung in Kalkriese zu rekonstruieren.

Unter taktischen und, wie ich glaube, logischen Gesichtspunkten habe ich immer argumentiert, und stehe auch heute noch dazu, daß Varus aus Südosten durch den Teutoburger Wald heraufgekommen ist, weil er durch die List und die geschickten, sorgfältig ausgearbeiteten Pläne von Arminius auf den fatalen Weg gebracht wurde. Ich glaube, daß Varus selbst Kalkriese nie erblickt hat, und sein letztes Lager in einiger Entfernung östlich davon lag. Wenn das zutrifft und man Cassius Dios Beschreibung der Geschehnisse zugrunde legt, scheint es sehr wahrscheinlich, daß Varus in seiner letzten Nacht sich nicht nur auf den Selbstmord vorbereitete, sondern höchstwahrscheinlich auch anordnete, sein Hab und Gut zu verstekken, damit es nicht in die Hände der Germanen fiele. Es scheint naheliegend, daß er den Befehl dazu seiner persönlichen Leibwache erteilte. Seine Garde erwies sich später als in höchstem Maße loyal und vertrauenswürdig, als sie sich bemühte, seinen Leichnam verschwinden zu lassen. Wenn sie noch nach seinem Tode seine Interessen zu wahren suchte, läßt sich wohl mit Sicherheit annehmen, daß Varus ihr soweit vertrauen konnte, daß sie zu seinen Lebzeiten seine Wünsche ausführte: Die Schatztruhen sollten in Sicherheit gebracht werden – und es scheint logisch, daß sie vergraben wurden –, bevor die Germanen das Lager überrennen würden. Dies war ein Gedanke, der mich während meiner gesamten Untersuchungen, bei allen meinen Arbeiten auf den Spuren der Römer in Norddeutschland, immer fasziniert hat.

Ich glaube, ich weiß jetzt, was mit Varus' Schatztruhen geschehen ist, und ich denke, ich weiß, wo sich einige von ihnen zu diesem Zeitpunkt befinden und wie sie dort hingekommen sind. Es wird sich herausstellen, ob ich damit richtig liege. Ich hoffe, daß wir eines Tages die wunderbaren und kostbaren Relikte eines vergangenen Zeitalters bergen und sie in einem Museum ausstellen können, wo jeder sie sehen und bewundern kann – in dem neuen Museum in Kalkriese, denn dort war es, wo die Varusschlacht ihr blutiges Ende nahm und wo das Ende von Varus' Legionen in die Geschichte einging.

Nachtlager und erste Bilanz

Es regnete unaufhörlich und der Boden unter ihren Füßen war schlammiger Morast. Die Vorhut der 17. Legion bezog Stellung und schützte die Pioniere bei ihrer Aufgabe, die Erdwälle des Nachtlagers zu errichten. In strömendem Regen bemühten sie sich, die äußere Umfassung des Lagers so schnell wie möglich fertigzustellen. Es war ungeheuer schwierig, die schlammige Erde zu bewegen, und die Anlage der Befestigung dauerte viel länger als gewöhnlich. In den folgenden zwei Stunden mühten sich die bereits zersplitterten Verbände der 18. und 19. Legion zu dem erhöhten Plateau hinauf, dessen freigeräumte Fläche ihr Nachtlager sein würde. Die Angriffe auf die ausgedehnte Kolonne hatten an Intensität nachgelassen, und es gab nur kleinere Attacken aus den Wäldern heraus auf ihre Flanken, doch die Furcht vor einem erneuten massiven Angriff lastete auf den Legionären, die sich mühten, festen Halt in dem Schlamm zu finden. Und der Regen nahm kein Ende.

In jener Nacht wurden die Wachen auf den Wällen verdreifacht; Varus versuchte, die Situation unter Kontrolle zu bringen und die Kommandostruktur wiederherzustellen. Zuerst mußte festgestellt werden, wie viele Männer und Ausrüstungsstücke verlorengegangen waren, und als die Befehlshaber aller Einheiten die Mannschaftsstärke an ihre Vorgesetzten weitergegeben hatten, war die Nacht schon weit fortgeschritten. Dann erst konnten Varus, Marcus Aius und die Kommandeure der Legionen ihre Lagebesprechung beginnen. Die Berichte aller Abteilungen waren äußerst bedrückend.

Den Attacken auf die Flanken mit Wurfspeeren und Lanzen und den Gefechten im Rücken der Kolonne waren eine große Zahl Menschen und Tiere zum Opfer gefallen, darunter auch die Lasttiere und Ochsengespanne der Versorgungswagen. Der damit verbundene Verlust lebensnotwendiger Güter und Ausrüstungen, einschließlich der

Proviantvorräte, war ein schwerer Schlag. Der Verlust von Zelten, die zumindest einen bedingten Schutz vor den Elementen geboten hätten, ließ bei dem sintflutartigen Regen den Mut der Mannschaften noch tiefer sinken. Die Römer hatten sich gegenüber allen Unbilden des Wetters immer als abgehärtet und diszipliniert erwiesen, doch selbst in der diszipliniertesten Armee wirkt von allen Elementen der Regen am meisten zermürbend auf die Gesinnung der Männer, um so mehr, wenn es keine Aussicht gibt, sich später wieder trocknen und aufwärmen zu können.

Der Zählappell führte zu dem bitteren Ergebnis, daß die drei Legionen, Hilfstruppen und der Troß in der kurzen Spanne eines Tages etwa dreitausend Mann verloren hatten. Dazu kamen die Zivilisten im Lagergefolge, die ebenfalls zu Hunderten gefallen waren – sehr zur Bestürzung und Trauer vieler Legionäre, die geliebte Menschen verloren hatten. Die Stimmung der Männer war auf dem Tiefpunkt, als die Armee begann, sich zur Nacht zu lagern, doch sollte sich ihre Lage im Verlauf der Nacht bessern, wenn auch der Grund dafür wenig beruhigend war.

In der Lagebesprechung wurde deutlich, daß das umgebende Gebiet, besonders im Nordwesten vor ihnen, für den Transport der zahllosen im Troß mitgeführten Güter und Vorräte vollkommen ungeeignet war. Und schließlich akzeptierten die Befehlshaber, einschließlich Varus, die Tatsache, daß gerade die Transportwagen sie daran hinderten, in disziplinierter Formation zu kämpfen, und diese somit auch für die übermäßig hohen Verluste verantwortlich waren. Man beschloß, die Mehrzahl der Transportwagen samt ihrer Ladungen zu verbrennen.

Die Feuer erhellten den Nachthimmel, beleuchteten die Außenseite der Lagerbefestigung und machten wohl jede Neigung der Germanen, ihre Attacken gegen die Römer fortzusetzen, zunichte. Die Feuer waren es, die dafür sorgten, daß der gesunkene Mut sich wieder hob: sie trockneten Körper und Ausrüstungen, verbreiteten Wärme, und ihr Licht gab Sicherheit. Später in der Nacht hörte es sogar ganz auf zu regnen. Dampf stieg von den trocknenden Ausrüstungen auf, und der Rauch der brennenden Wagen und Ladungen vereinigte sich mit der feuchten Luft über dem germanischen Bergland, dem Teutoburger Wald.

In der Nacht wechselten Phasen friedlicher, wärmender Ruhe mit Momenten, in denen die Furcht zurückkehrte: Wenn die Germanen auch wenig geneigt waren, sich gegen die hell erleuchteten Wälle des Lagers zu werfen (was ein selbstmörderisches Unterfangen gewesen wäre), so schreckten sie die Legionen doch mit quälenden Handlungen auf – wie der Folterung gefangener römischer Soldaten, die zumeist schon verwundet waren. Man hörte sie in der Dunkelheit des Waldes schreien und um Gnade flehen, während sie alle nur erdenklichen Formen unerträglicher Qualen erlitten.

Wecksignal. Die Legionäre machten sich, ohne ausreichenden Schlaf, mit müden, schmerzenden Augen, rasch fertig. Hastig wurden Befehle erteilt, und die Änderung des Aufmarschplanes wurde beim Abrükken in die Tat umgesetzt.

Die erlittenen Verluste bereiteten den drei Legionen erhebliche logistische Probleme. Eine der Hauptsorgen galt dem Transport der restlichen Proviantvorräte. Jeder Legionär mußte, zusätzlich zu der ohnehin schweren Last seiner Ausrüstung, Extrarationen und Nahrungsmittel tragen. Wenn sie die nächsten Tage überleben wollten, würden Nahrung und Wasser zunehmend wichtigere – und knappere – Ressourcen werden.

Eine zusätzliche Sorge bereitete das Futter für die Pferde der hohen Offiziere und der Reiterei. Aufgrund eines Versehens in dem Durcheinander der vergangenen Nacht war eine große Menge des Hafers und gebündelten Heus mit den Wagen und ihren Ladungen in Flammen aufgegangen, dazu kamen die Verluste an Heu und Hafer im Verlauf der Angriffe. Die Vorräte für die Soldaten würden noch für die nächsten drei oder vier Tage reichen, für die Pferde der Reiterei und der Befehlshaber blieb nur noch eine volle Tagesration.

Nach der Neuordnung der Legionen und Umstellungen innerhalb mehrerer Kohorten, womit man die Verluste ausgleichen wollte, wurde beschlossen, daß die 17., die am wenigsten geschwächt worden war, nicht nur weiter die Vorhutaufgaben an der Spitze der Kolonne übernehmen sollte, sondern auch die Hauptverantwortung für den Flankenschutz in der vorderen Hälfte der marschierenden Armee trug. Die 18. und 19. Legion, die jeweils größere Verluste hatten hinnehmen müssen, wurden angewiesen, ihr Kommando zusammenzulegen, aber die Marschordnung des vergangenen Tages beizubehalten. Besonders wichtig war es, eine starke Nachhut zu bilden, da diese sicherstellen sollte, daß die Legionen, falls notwendig, den letzten Abschnitt ihrer Kolonne in einen starken und stabilen Schutzschild verwandeln konnten. Zudem sollten sie dafür sorgen, daß ihre Flankengarden eng mit denen der 17. verbunden blieben und keine Lücke in dem Schutzschild um die gesamte Kolonne entstand. Der Befehl lautete, »Waffenphalanx nach außen auf allen Flanken während des Tagesmarsches aufrechterhalten!«

Der dritte Tag

Und so setzten die Legionen ihren Marsch fort. An dem Tag jedoch marschierten sie in besserer Ordnung. Und zu ihrer Erleichterung kamen sie in offenes Gelände, zumindest während des ersten Teils ihres Tagesmarsches. Es gab wieder zahlreiche Attacken auf die Seiten und den Rücken des Zuges, doch obwohl sie Verluste hinnehmen mußten, kamen sie vergleichsweise gut voran.

Eines der größeren Probleme bestand darin, daß die Legionäre, um den Schutzschild, der sie umgab, zu erhalten, ihren Schritt nicht verlangsamen durften und somit keine Gegenangriffe führen konnten, wenn die Germanen ihre Scharmützeltaktik anwandten. Das wiederum erlaubte den germanischen Kriegern, ganz nach ihrem Willen einen Punkt an der Flanke oder am Ende kurz zu attackieren, sich zurückzuziehen und im nahen Wald zu verschwinden, um dann an einer anderen Stelle der römischen Rundumverteidigung wieder aufzutauchen.

Am frühen Nachmittag änderten sich die Bedingungen für das Vorankommen der Legionen erneut. Die Kundschafter der 17. Legion, die noch über einen hohen Grad an Selbstvertrauen und Selbstsicherheit verfügten, da sie noch in keiner Phase ihres Marsches angegriffen worden waren, hatten gemeldet, daß das Gelände vor ihnen wieder enger würde, denn die Wälder und Berge des Teutoburger Waldes lösten das offene Gelände wieder ab. Ordnungsgemäß wurden Warnungen über das Hauptquartier durch die Linien zur 18. und 19. Legion bis ans Ende der Kolonne gesandt.

Die 17. Legion setzte den Vorstoß fort; die Wälder wurden dichter, Täler und Hohlwege wurden tiefer und enger, doch blieb der 17. Legion weiterhin eine Konfrontation mit den Germanen erspart und sie beschleunigte, dadurch ermutigt, ihr Marschtempo. Zunächst bereitete dies dem Rest des Zuges einige Schwierigkeiten, er beschleunigte dann aber ebenfalls den Schritt.

Das war der Zeitpunkt, zu dem sie einmal mehr verwundbar waren. Hier nun schlugen die Germanen mit einer Serie von erbitterten Attakken auf die Flankengarden zu, und es hagelte Pfeile und Wurfgeschosse. Mit größter Anstrengung versuchten die Legionäre der 18., ihre Verbindung nach vorne, zu den Flankenverbänden der 17. an der Spitze, und nach hinten, zu den rückwärtigen Verbänden, aufrechtzuerhalten. Es war ein Spießrutenlauf von Hinterhalt zu Hinterhalt, und in der Furcht, die Verbindung zu verlieren, wagten sie nicht, anzuhalten und ihre Kräfte für einen Gegenschlag zu sammeln. Die Hauptkolonne, welche in immer schnellerem Schritt voranzog, bemerkte anfangs nicht die Bedrängnis, der die Flanken ausgesetzt waren.

Als man im Hauptfeld die Schwierigkeiten der Flankengarden erkannte, wurde der zügig marschierenden 17. ein langsameres Tempo angeordnet. Bevor der Befehl zur 17. vorgedrungen war, entfaltete sich die nächste Phase von Arminius' brillantem Plan. Die 17. marschierte ungehindert weiter, der Befehl, ihren Vormarsch zu verlangsamen, war zwar erteilt, aber noch nicht empfangen worden; in der Mitte der Kolonne hatten die Angriffe auf die Flankenwachen eine Reduzierung des Tempos bewirkt, da das Hauptquartier den Befehl erteilt hatte, den Rand mit Verstärkungen zu unterstützen. Das wiederum führte zu einem weiteren Auseinanderdriften der 17. Legion und des Hauptquartiers mit der 18. und 19. Legion im Anschluß. Als das Hauptquartier das Tempo verlangsamte, entstand an seinem Ende eine Stauung; da die 18. und 19. Legion in der Zwischenzeit den schnelleren Schritt aufgenommen hatten, liefen sie plötzlich in die vorangehenden Truppen und Reiter hinein.

Normalerweise funktionierte die Kommunikation zwischen den verschiedenen Abteilungen der Legionen sehr gut, aber das enge Gelände und die Vielzahl einzelner Kommandoteile, die jeweils über die Lage des Vormarsches und über die Angriffe auf die Flanken nicht ausreichend informiert waren, schränkten die Befehlsgewalt und Kontrolle – elementar für eine effektive Operation – stark ein. Wo es Lücken gab, griffen die Germanen mit Wildheit und Tücke an und dezimierten die Flankengarden und die Truppen in der Hauptkolonne vor und hinter dem Hauptquartier im Nu. Sie fällten auch Bäume, die sie zuvor entlang der Marschlinie präpariert hatten, und behinderten damit zusätzlich die Kommunikation und die gegenseitige Unterstützung der Abteilungen im Kampf gegen die Angreifer. Verwirrung herrschte in jenen düsteren Wäldern und Tälern des Teutoburger Waldes, und die Angriffe nahmen kein Ende.

Varus befahl Vala, die Reiterei zu formieren, um gegen die nächste Attacke vorzugehen, sollte sie in den Bereich des Hauptquartiers fallen. Aber so dicht war die Anhäufung von Infanterie und Troß, daß viele zusammenstießen und zu keinem disziplinierten Einsatz fähig waren – sie verloren ihren Halt auf dem nassen, schlüpfrigen Untergrund und stürzten nieder oder fielen über Baumstämme.

Die Verluste an Männern und Ausrüstung waren verheerend. Von einer Armee aus drei Legionen, Reiterei, Hilfstruppen (von denen viele zu Arminius' Truppen übergelaufen waren) und dem Troß, in dem sich auch Frauen und Kinder befanden, alles in allem ursprünglich wohl an die 25.000 Menschen, lebten nur noch etwa 15.000, einschließlich der Verwundeten. Da viele Teile der Legionen aufgelöst waren, wurde es zunehmend schwieriger, den Hauptverband zu formieren und zu kommandieren.

Die gefällten Bäume in ihrem Weg, das enge Gelände, die feuchte, schwere Luft und die unaufhörlichen Attacken schwächten weiterhin die Organisation der Legionen. Ihre Vormarschlinie war bedeckt mit Toten und Sterbenden. Sie verursachten Stauungen, wenn die nachrückenden Truppen der 18. und 19. Legion ihren Weg von den Leichnamen ihrer Kameraden blockiert fanden; auch Pferde und Lasttiere lagen auf den Pfaden, behinderten und entmutigten die Legionäre, die sich mühevoll ihren Weg bahnen mußten. Organisation und Kontrolle der Legionen waren kaum noch gegeben, bis Marcus Aius mit harten, deutlichen Befehlen eingriff.

Das Gelände hatte sich wieder etwas gebessert, und Marcus erteilte Anweisungen, die für die Legionen an dem niederschmetternden dritten Tag ihres Marsches Gutes bewirkten. Es gelang ihm, Vala und den Kommandeur der 19. anzuweisen, die zentrale Achse zu verlassen und ihre Kräfte auf beide Seiten aufzuteilen. Sie übernahmen damit die Linien der Flankengarden und zogen parallel zu der überfüllten mittleren Marschachse. Auf diese Weise waren die beiden Legionen, obwohl schwer angeschlagen, in der Lage, zügiger zu marschieren, die unterbrochenen Verbindungen zu den Flankenverbänden der 17. wiederherzustellen und so die Lücken in dem rundherum schützenden Schild wieder zu schließen. Dank dieser Formation konnten die Truppen mit einem gewissen Erfolg zurückschlagen und die Germanen zum Rückzug aus der unmittelbaren Umgebung der Marschkolonne zwingen.

Dennoch blieb die Lage der Legionen immer noch verzweifelt, und sie konnten ihr Marschlager erst errichten, als sich die Dunkelheit über das Land senkte. Die 17. hatte eine brauchbare Ordnung aufrechterhalten können und verfügte noch über den Kern ihrer Kommandostruktur. Ihr Befehlshaber hatte Stellung auf einem der Hügel bezogen und ließ einen Verteidigungsgürtel die ganze Nacht hindurch bemannen, obwohl die Beobachtungsfeuer schwierig zu unterhalten waren.

Er ließ einen starken Infanterieverband entlang der mittleren Kolonne zurück, und die Parallelrouten wurden von den Flankengarden entlang ihrer Linie übernommen. Dank dieses Schutzschildes schafften es große Teile der 18. und der 19. Legion, einschließlich des noch fast vollständigen Gefolges von Varus, die Verteidigungsposition der 17. Legion zu erreichen, allerdings nicht ohne unterwegs weitere Verluste zu erleiden. In der Nacht lagerten die Legionäre dort, wo sie sich gerade befanden. Kleine Gruppen drängten sich zu gemeinsamen Verteidigungsnestern zusammen, und wo sie konnten, entzündeten sie Feuer. Die Legionäre waren durchnäßt, durchfroren und angesichts ihrer Lage in ständiger Furcht. Der Tod war allgegenwärtig, blickte über die Schulter eines jeden Mannes. Es war fast Morgen, als sich Varus' übriggebliebene Truppen neu formiert hatten, und Varus, Marcus Aius sowie die Legionskommandeure eine gewisse Kontrolle über ihre Streitkräfte zurückgewonnen hatten.

Der vierte Tag

In den frühen Morgenstunden gelang es Marcus, eine Lagebesprechung einzuberufen; Varus hatte beschlossen, zu Bett zu gehen und die Befehlsgewalt seinem Stellvertreter zu überlassen. Er zog sich ganz offensichtlich zurück – und zwar soweit, daß es schien, als sei er nicht länger gewillt, seine Truppen zu befehligen, und zöge es vor, hinter Marcus und seinen Legionskommandeuren zurückzustehen. Die erlittenen Verluste erfüllten ihn mit niederdrückender Verzweiflung; Varus hatte die persönliche Verantwortung für den Verlust eines jeden Mannes und jeder Frau unter seinem Kommando auf sich genommen, die Bürde lastete nun schwer auf seinen Schultern.

Marcus hielt die Lagebesprechung ab und plante die Einzelheiten eines Ausbruchs nach Südwesten, hinunter zur Lippe, zu den Lagern und zu den dort stationierten Legionen. Er wußte, daß jener Bote, den er zur Lippe und zum Rhein ausgeschickt hatte, mit größter Wahrscheinlichkeit von den Germanen entdeckt und erschlagen worden war. Und schließlich fühlte er, daß ein weiterer Vorstoß nach Nordwesten zu der gemeldeten und irgendwie zweifelhaften letzten Position des Arminius enorme Gefahren barg und unter logistischen und taktischen Gesichtspunkten nicht durchgeführt werden konnte.

Er beendete die Ausführungen: »Folglich wünsche ich, daß die 17. umkehrt und den Schutz der hinteren Flanke der Armee übernimmt. Numonius Vala, bitte befehle der Kavallerie, einige schnelle Erkundungsritte in das Gebiet südwestlich unserer gegenwärtigen Stellung zu führen, sie soll für uns eine Marschroute nach Südwesten erkunden. Die 18. und 19. müssen neu formiert und darauf vorbereitet werden, den Marsch zur Lippe anzuführen. Die Abschirmung der Flanken muß zu jeder Zeit aufrechterhalten werden, und den Männern muß deutlich gemacht werden, daß...« Seine Befehle wurden plötzlich von Varus unterbrochen, der in die Besprechung hineinstürzte und Marcus aufgeregt entgegenrief: »Ich habe eine neue Botschaft von Arminius«, er winkte mit dem Schriftstück in seiner Hand und fuhr fort: »Ich will nichts mehr davon hören, zur Lippe zu ziehen. Wenn wir es schaffen, uns mit Arminius zusammenzuschließen, werden wir mit Sicherheit die Kampfesstärke und die Härte erlangen, mit der wir diesen Aufstand niederschlagen können. Wir werden ihn nicht im Stich lassen, Marcus Aius. Du wirst auch weiterhin meine Befehle ausführen und Arminius zu Hilfe eilen. Ich werde jeden Zug in die entgegengesetzte Richtung als Verrat betrachten.«

Mit schlaflos geröteten Augen starrte Varus erst Marcus und dann die versammelten Kommandeure an, ehe er wieder aus dem Besprechungszelt stürmte. Es herrschte fassungsloses Schweigen. Nach kurzer Zeit hatte Marcus sich wieder gesammelt und sagte mit leiser Stimme: »Meine Herren, uns ist klar, um was es hier geht.« Er hielt einen Moment inne. »Der Konsul hat beschlossen, daß mein Plan nicht umgesetzt wird und wir unseren Marsch zu der zuletzt gemeldeten Position von Arminius und seiner Hilfstruppenreiterei fortsetzen. Dort werden wir unsere Truppen vereinigen und uns aus einer Position der Überlegenheit mit diesem Aufstand befassen. Ich will nicht die mir erteilten Befehle in Frage stellen, aber was ich euch sagen möchte, ist Folgendes: Laßt uns die bevorstehenden Aufgaben mit der Disziplin und der Tapferkeit erfüllen, durch welche die Namen der großen römischen Legionen in die Geschichte eingegangen sind. Man wird uns auf unserem Vormarsch nach Nordwesten aufs äußerste bedrängen, aber dorthin zu ziehen hat uns unser Befehlshaber befohlen; wir sollen Arminius zu Hilfe kommen. Ich übermittle euch die Wünsche des Konsuls, und gleichzeitig ist es nicht aufrührerisch, wenn ich euch sage: ›Haltet eure Augen offen‹, denn ich fürchte, Arminius hat seinen eigenen Plan in dieser Sache. Wir werden heute wieder marschieren, haltet Ordnung, die 17. wird wie zuvor die Führung übernehmen, und die 18. und 19. werden das Hauptquartier aufnehmen. Ich wünsche euch allen Glück, einen starken rechten Arm und Erfolg in unserer Aufgabe. Ich werde sicherstellen, daß ihr umgehend über jede weitere Entwicklung informiert werdet. Wenn wir wieder zusammenkommen, meine Herren, dann laßt es in der Stimmung von Sieg und Erfolg sein, wir schulden diesen Germanen Vergeltung für den Verlust unserer gefallenen Kameraden und der getöteten Frauen und Kinder unserer Männer. Ich vertraue euch die Ehre und das Ansehen der Adler von Rom an, der Adler der 17., 18. und 19. von Roms besten Legionen.«

Die Legionen des Varus setzten ihren Marsch durch den Teutoburger Wald fort. Der vierte Tag begann relativ erfolgreich, was den zurückgelegten Marschweg betraf, aber die Germanen brachten den Römern weiterhin Verluste bei. Sie konzentrierten ihre Angriffe stärker auf den rückwärtigen Abschnitt der Kolonne als auf die Flanken; die 17. an der Spitze blieb weiterhin ohne Gegner und konnte verhältnismäßig ungehindert vordringen.

An diesem Tag kamen sie zunächst ziemlich gut sogar voran, sie waren neu formiert und mit einer neuen Direktive von ihren Kommandeuren ausgestattet: »Kämpft, sterbt wo ihr steht, oder drängt weiter voran nach Nordwesten und entkommt den Schluchten des Teutoburger Waldes. Unser Auftrag lautet jetzt, zu dem offenen Gebiet im Nordwesten vorzudringen und Arminius und seine Hilfstruppen zu finden. Haltet die Adler hoch und seid guten Mutes, wir sind nicht weit von besserem Gelände, wo wir das Blatt gegen unseren Feind wenden werden. Für Augustus Caesar, für Rom! Geht vorwärts und faßt Mut, wir haben den Verlust vieler Kameraden zu vergelten, sie verlangen nach eurer blutigen Rache. Möge die Gnade unserer Götter und unseres Caesars euch begleiten, denn mit ihrer Unterstützung werden wir diese Germanen besiegen.«

Die drei Legionen des Varus marschierten zum Kalkrieser Berg und zu den Pässen bei Ostercappeln. In der Tagesmitte aber setzte starker Regen mit heftigen Winden ein und traf sie mit voller Wucht. Sie mußten akzeptieren, daß sie vorerst nicht weitergehen konnten, zu gewaltig war der Sturm. Ein solcher Zyklon aus Wind und Regen war seit Jahren in Germanien nicht mehr erlebt worden.

(Anmerkung des Autors: Der Sturm, der im Jahre 1981 über Deutschland und ganz Europa hinwegfegte, mag als Beispiel für die Wetterbedingungen dienen, die zur Zeit der Varusschlacht vorherrschten...)

Die Germanen nutzten die Umstände, um ihre kleineren Attacken fortzusetzen, denn mit den Widrigkeiten des Wetters konnten sie besser fertig werden als die Römer. Cassius Dio schrieb hierzu:

> Ja, nicht einmal ihre Waffen konnten sie gebrauchen. Sie konnten weder ihre Bogen spannen noch ihre Speere (Wurfspieße) wirksam schleudern, nicht einmal ihre Schilde konnten sie gebrauchen, weil sie vom Regen völlig durchweicht waren.

> Ihre Feinde dagegen waren größtenteils leicht bewaffnet und konnten sich daher ohne Schwierigkeiten nähern oder zurückziehen, und sie litten weit weniger unter dem Wetter. Außerdem war die Zahl der Feinde enorm angewachsen, da viele derjenigen, die zunächst gezögert hatten, nun in der Schlacht dabei waren in der Hoffnung, Beute zu machen. Daher war es ihnen ein leichtes, die Römer, deren Reihen sich gelichtet hatten, da sie viele Männer bei den vorangegangenen Kämpfen verloren hatten, zu umzingeln und zu schlagen.

Der Befehlshaber der 17. Legion hatte einen Brückenkopf um die Spitze der Kolonne gebildet, als sie ein tiefes Tal am Rande des Wiehengebirges überquerte. Als er ihre Flanken gesichert hatte – denn seine Legion war der einzige noch schlagkräftige Verband – schickte er zur Unterstützung der Truppen, die unten im Tal festsaßen, eine Einheit entlang des äußeren Randes der Kolonne zurück. Sie räumte umgestürzte Bäume aus dem Weg und legte einen Schutzschild um den Kommandokern. Die festsitzenden Reste der 18. und 19. Legion hatten eine Atempause. Einmal mehr zogen die Germanen sich zurück, als sie auf den verstärkten Widerstand stießen, geduldig in der Gewißheit, daß sie gewinnen würden, wie lange es auch dauern sollte, denn das Gelände und die Zeit waren auf ihrer Seite. Die Germanen behielten die Römer im Auge und warteten ab.

Arminius war sehr zufrieden, alles verlief wie geplant. Die Verluste seiner Streitkräfte fielen nicht ins Gewicht, es kamen zudem immer mehr kampfbereite Krieger hinzu. Er vertraute auf Varus und darauf, daß dieser dem für ihn vorgesehenen Weg folgen würde, immer weiter nach Nordwesten. Sie würden sich zunächst abseits halten und die Legionen nur mit kleinen Scharmützeln vorantreiben, voran bis zum letzten Hinterhalt, bis zu den endgültigen Schlachtfeldern.

Arminius' Plan zufolge begann die abschließende Serie von Hinterhalten auf dem westlichen Paß bei Ostercappeln, weniger als eine Meile von seinem Lager in der Krebsburg entfernt. Dieser Engpaß war ideal, um Varus' Legionen festzusetzen – und falls notwendig, gab es noch eine Falle am Kalkrieser Berg. Kalkriese war der letzte Engpaß: ein eng begrenzter Pfad windet sich hier um einen kleinen Hügel am Nordrand des Wiehengebirges, etwa 50 bis 100 Meter breit.

Arminius leistete sich zunächst eine Unachtsamkeit: Er hatte die Hartnäckigkeit der Römer sowie die Führungsfähigkeiten eines Marcus Aius unterschätzt und nicht bedacht, daß Vala noch immer einen großen Teil der Reiterei unter seinem Kommando hatte.

Der Kommandokern der Legionen war noch einigermaßen intakt, denn des Konsuls handverlesene persönliche Garde, die sein Gefolge umgab und beschützte, bestand aus erfahrenen Teilnehmern vieler Feldzüge, einige hatten Varus schon seit vielen Jahren gedient. Hart und ebenso grausam wie ein bemalter Barbar, wenn nicht noch grausamer, hatten sie noch jeden Angriff auf das Herz der Armee brutal zurückgeschlagen.

Varus, Marcus und die Befehlshaber der 17. und der 19. Legion waren ins Gespräch vertieft, als Vala zu ihnen ins Zelt trat.

»Numonius Vala, du bist gerade der richtige Mann«, sagte Varus. »Ich habe eingesehen, daß wir die ständigen Angriffe in diesen verdammten Bergen und Tälern nicht viel länger durchhalten können. Der Kommandeur der 17. hat berichtet, daß das Wiehengebirge nicht weit vor uns liegt, und dort gibt es eine Reihe von Pässen, durch die wir zu den offenen Ebenen im Norden des Höhenzuges gelangen können. Ich brauche dich und deine Reiter. Stelle einige schnelle, berittene Patrouillen zusammen, und erkunde den besten Weg für uns – reite wie der Wind! Ich brauche einen freien Paß ins offene Gelände. Angesichts dieser Attacken mache ich mir Sorgen, wie es Arminius wohl ergehen mag.« Marcus schüttelte den Kopf, bestürzt über diese Bemerkung. »Wir haben nur eine Chance, die Dinge zum Guten zu wenden und die Situation wieder in den Griff zu bekommen: Wir müssen den freien Grund erreichen, uns neu formieren und nach Nordwesten zur Ems wenden. Vom nördlichen Ausläufer des Höhenzuges schwenken wir in das offene Gelände, dort können wir unsere Position besser verteidigen und wieder die Initiative ergreifen. Marcus Aius wird in deiner Abwesenheit vorübergehend die Führung der 18. Legion übernehmen. Veranlasse alles Nötige sofort und sende deinen Bericht direkt zum Befehlshaber der 17. Legion.« Varus wandte sich an Marcus: »Sobald du Kommandeur Valas Bericht hast, wirst du handeln so schnell du kannst. Folge dem Paß und sichere einen Ort für das Marschlager im freien Gelände. Belaß deinen Flankenschutz in seiner Stellung, wir werden dann die 18. und 19. Legion nachführen, sobald du die Fläche besetzt und abgesichert hast.« Nach Erteilung seiner Befehle entließ Varus alle Teilnehmer der Lagebesprechung.

Marcus begleitete Vala zur Einweisung der Reiterpatroullien. Er hatte kein Verlangen, in Varus' Gesellschaft zu bleiben und weiteren Unsinn über Arminius zu hören. Marcus teilte Varus' Ansicht, daß Arminius noch immer irgendwo im Nordwesten auf die Hilfe der

Legionen warte, schon lange nicht mehr. Er war mittlerweile überzeugt, daß Arminius die treibende Kraft bei der Organisation der Attacken gegen die römischen Streitkräfte war, und daß kein anderer als Arminius in diesem Augenblick den nächsten Angriff auf die Truppen plante.

Im Laufe der folgenden Stunde führte Numonius Vala seine Reiter im Eilritt zum Wiehengebirge hinauf, während der äußere Schutzschild der 17. Legion die Germanen von den römischen Kolonnen fernhielt und Regen und Wind durch die Täler und über die Hügel peitschten.

Vala hatte das Gelände von Ostercappeln erkundet, besonders die Pässe nach Osten und Westen, die zu der offenen Ebene im Norden hinüberführten, und er wollte seinen Aussichtspunkt gerade verlassen, als er einen farbigen Streifen sah, der sich aus dem Tal herauf bewegte und in den Wäldern um den westlichen Paß verschwand. Ein Strom von Kriegern zog über das offene Feld, nur schwach zu sehen im strömenden Regen, aber doch unverkennbar. Vala war jetzt sicher: Der Paß nach Westen war nicht der, den sie nehmen sollten. Der östliche Paß würde der Fluchtweg in offenes Gelände sein.

Wie befohlen, wurden die Ergebnisse des Erkundungsrittes rasch weitergegeben und über den Befehlshaber der 17. an Varus' Hauptquartier übermittelt. Varus' Befehlen gehorchend, stieß die 17. Legion durch die morastigen Talgründe vor und hielt dabei ständig die Flankensicherung aufrecht, unter deren Schutz der Rest der Kolonne weiterstrebte, auf das offene Gelände zu.

Varus' Anordnung, frühzeitig das Marschlager zu errichten, war wohlbegründet. Als die 17. ihren Marsch durch den östlichen Durchlaß begonnen hatte, neigte sich der Tag schon dem Ende zu, und die Erschöpfung in den Gesichtern der Männer machte deutlich, daß die Anlage von schützenden Wällen für ein Nachtlager Priorität hatte. Es wurde beschlossen, bis zu dem höchsten Punkt auf der anderen Seite des Höhenzuges, leicht nordwestlich des Passes, vorzudringen.

Die Legionen zogen durch den östlichen Paß, schwenkten nach Nordwesten und erreichten die Anhöhe, auf der die 17. sich beeilte, ein befestigtes Marschlager anzulegen. Auch sterbende und verwundete Kameraden wurden zu der neuen Festung geschleppt. Am frühen Abend war das Lager für die Überreste der drei Legionen fertiggestellt. Die Erleichterung, sich in einigermaßen sicherer Umgebung zu befinden, und dazu das Nachlassen von Regen und Wind machten den Römern wieder etwas Mut. Das Lager war befestigt, sie konnten Luft holen und Kraft schöpfen – zumindest für eine kurze Weile.

Arminius war außer sich vor Wut. Er hatte sich eine Schlafpause gegönnt und angeordnet, geweckt zu werden, falls die Geschehnisse es erforderten. Der römische Durchbruch in den östlichen Paß und weiter bis zur Anhöhe war so schnell geschehen, daß seine Krieger die Umgehungsbewegung nicht erkannt hatten. Sie erwarteten, daß der leichtere der beiden Wege, der westliche Paß, die logisch naheliegende Marschlinie der Römer wäre.

Es waren in der Tat die widrigen Wetterbedingungen, die den Legionen diesmal geholfen hatten. Bevor die Germanen, die in ihren Hinterhaltstellungen am westlichen Paß warteten, ihren Irrtum bemerkten, hatten sich die Römer schon einen festen Halt auf der Erhebung gesichert. Und sie fuhren fort, ihre Stellung zu befestigen, ringsum schaufelten sie zusätzliche Wälle.

Mit Genugtuung sah Marcus, wie die Befestigung zusehends stärker wurde. Vala hatte den Ort gut gewählt. Im Zwielicht der Abenddämmerung konnte er den deutlichen Einschnitt des Passes im Westen ausmachen, wo, ihm verborgen, Arminius' Truppen ihre erfolglosen Hinterhaltpositionen verließen.

Marcus war dankbar, daß sie einen kleinen Aufschub erlangt hatten und sich, soweit möglich, um ihre Verwundeten und Kranken kümmern konnten. Der griechische Arzt und die Reste seiner medizinischen Abteilung waren bereits bei der Arbeit. Sie taten, was sie konnten, stillten blutende Wunden, verbanden verwundete Köpfe und nähten durchtrennte Muskeln. Aber sie hatten nur noch wenig Leinen und Tuch, und den Schwerverwundeten konnten sie kaum mehr helfen.

Der Schrecken der tagelangen Schlacht zeichnete die Gesichter der Überlebenden, die noch Varus' Armee bildeten. Es gab sehr viele Verwundete, und die Zahl der Toten war immens. Die ursprüngliche Gesamtstärke von etwa zwanzigtausend Legionären, Reitern und Hilfstruppenangehörigen – Arminius' Hilfstruppen nicht mitgerechnet – und dem großen Lagergefolge von Frauen, Kindern und Dienern, war nun, einschließlich der Leichtverwundeten, auf eine Kampfstärke von etwa sechstausend Fußsoldaten und Reitern reduziert, und vom Lagergefolge hatten nur ein paar hundert Menschen überlebt.

An lebensnotwendigen Versorgungsgütern war nur noch ein erbärmlicher Rest Nahrungsmittel geblieben; Futter für die Pferde der Reiterei gab es nicht mehr. Zu dem noch vorhandenen persönlichen Gepäck gehörte Varus' umfangreiches Hab und Gut, einschließlich der Schätze, die der Statthalter für Augustus Caesar eingetrieben hatte.

Die römischen Soldaten hatten schon öfter einen Zustand der Erschöpfung erlebt und die harte Disziplin in den Legionen erfahren, aber diese totale Kraftlosigkeit, der Mangel an Schlaf, die müden Knochen und die tiefe Verzweiflung forderten ihren Tribut. Einige verfielen in Stumpfsinn, andere lehnten sich gegen die Palisaden und senkten die Köpfe nach vorne auf die kalte feuchte Erde der Lagerwälle. Es war eine furchtbare Zeit für die Legionen, die Soldaten waren entmutigt und erkannten, in welch aussichtsloser Lage sie sich befanden. Auch wenn ihnen ein kurzer Aufschub nach den blutigen Ereignissen der vergangenen Tage gewährt worden war, schlich der Tod doch immer näher, und das wußten sie.

In seinem Lager bemühte sich Arminius, die veränderte Situation zu meistern. Die Germanen in der Hinterhaltstellung hatten seinen fürchterlichen Wutausbruch über ihre Fehleinschätzung des römischen Vorstoßes zu spüren bekommen. Arminius beorderte, um die Situation zu retten, einen starken Verband zur östlichen Flanke der Höhen. Sie nahmen den gleichen Paß auf der Ostseite, durch den kurz zuvor die Legionen gezogen waren. Der Verband hatte die Aufgabe, als Barriere zwischen der neuen römischen Stellung und dem Lager bei Minden einen möglichen Ausbruch nach Osten zu verhindern. Wenn sie die römischen Lager angriffen, sollte der Hauptschlag von der östlichen Flanke erfolgen und die Römer daran hindern, zur Weser durchzubrechen. Der Ort des Marschlagers könnte sich als das Ende der Legionen des Varus erweisen, doch wenn die Germanen sie hier, in ihrer relativ sicheren Stellung, nicht vernichtend schlagen konnten, dann sollten sie entlang der Route seiner Wahl weiterziehen, bis nach Kalkriese.

Die Römer verstanden es meisterlich, eine kritische Lage zu retten. In Julius Caesars Hauptschlacht gegen die Gallier waren diese ihm drei zu eins überlegen. Julius Caesar besiegte sie dennoch, und die Legionen erwarben damit einen ruhmvollen Ruf. In Germanien aber rückte das Ende der mächtigen Legionen des Varus immer näher.

Die Nacht legte sich über das Lager, die Wachen traten zum Appell an. Dann schritt der stellvertretende Befehlshaber der drei Legionen, Marcus Aius, die Wachposten ab und sprach zu den Wachen. Er besuchte die Verwundeten und Sterbenden; und er ging durch die Reihen der Legionäre und ermutigte sie, ihren Mann zu stehen, für Rom zu kämpfen, für Augustus Caesar, und letztendlich für ihr eigenes Leben.

Mit ungestümem Druck auf die Vorderfront und die Flanken versuchten die Germanen, die Wälle zu durchbrechen. Der Angriff war ein Ansturm lautloser Schatten, die aus allen Richtungen herbeischwärmten. Sie erstürmten die Wälle mit einer Geschwindigkeit, einem Schwung, den kein Graben bremsen konnte und der sie in das Lager getragen hätte, hätten ihnen nur die Wachen im Weg gestanden. Mit Reisigbündeln, die sie in die Gräben warfen, schufen sie Übergänge. Sie überwanden die Palisaden mit Pfählen, und die Dunkelheit half ihnen. Nichts war klar zu erkennen, nur ein Hinauf und Hinüber, wie eine Woge von Geistern.

Die völlige Stille des Angriffs verursachte im ersten Moment einen Schock, doch dann ließ die Lähmung nach und die Hilfstruppen erhoben sich, stellten sich den Angreifern entgegen, und langsam erhob sich Kampfgeräusch und schwoll an zu einem lauten Klang aus Schlägen und Schmerzensschreien – dem Lärm eines grimmigen Gefechts, in dem keine Gnade gewährt und keine erfleht wurde. Männer fielen und wurden durch andere ersetzt, Körper türmten sich aufeinander, der Boden wurde ein blutiger Morast, glitschig unter den Füßen. Niemand schien die Oberhand gewinnen zu können. Aus der Ferne war das Signal eines germanischen Horns zu hören, schrill und laut, und neue Wogen von Schatten ergossen sich in das Gefecht.

Aus der Tiefe des Lagers antwortete ein römisches Horn, und aus dem inneren Allerheiligsten kam eine Abteilung der Reserve, stürmte vorwärts, bahnte sich ihren Weg, schob müde Kameraden zur Seite und warf sich auf den germanischen Feind. Kurze Schwerter stachen in nackte Bäuche, und die Römer schrien dem Feind Flüche entgegen und riefen lauthals: »Vorwärts 17.! Vorwärts für Rom!«

Kämpfende Männer, lautes Gebrüll, Aufregung und die Hitze der Schlacht ließen das Blut schneller pulsieren, manches spritzte aus zerschnittenen Adern, aus leblosen Gliedern, ergoß sich auf den Boden. Flammenzungen loderten in den Nachthimmel, als Fackeln in die Menschenmasse geworfen wurden, einige fielen hinter die Reihen der Römer, erhellten ihre Stellungen und ihre Schwachstellen. Die Flammen wurden schnell erstickt, und das gnadenlose Schlachten ging weiter. Jeder Abschnitt des Lagerwalls wurde zu einer wankenden und tosenden Front, aber der Ansturm der Germanen über die Palisaden hinweg traf innen auf grimmig entschlossene Legionäre.

Als der Angriff endlich nachließ, sackten angespannte Körper zusammen, und für eine kurze Weile legte sich eine unheimliche Ruhe über das Lager. Marcus Aius lehnte sich erschöpft gegen den Pfosten des Haupttores, er keuchte, starrte auf den Zenturio Claudius Suebus und sagte: »Wir müssen länger aushalten, wir haben ihre Streitkräfte gewiß schon erheblich geschwächt. Sie können nicht mehr viele Reserven haben, denn, im Namen aller Götter, wir kämpfen doch nicht gegen alle germanischen Stämme zusammen?«

Mit leiser Stimme antwortete der Zenturio: »Wir haben so viele gute Männer verloren, wir können ihnen nicht viel länger Widerstand leisten. Seht nur, wie viele Männer sich diesmal auf uns geworfen haben«, er zeigte auf die Haufen toter und sterbender Germanen.

Legionäre richteten die Überlebenden mit dem Schwert, brachten das Jammern und die lauten Schreie schwer verwundeter Feinde zum Schweigen. Die Römer hatten ihre ehrenwerte Tradition, den Feind in gleicher Weise wie die eigenen Verwundeten und Sterbenden zu behandeln, längst aufgegeben. Das Schwert war nun die Lanzette, die nicht Fremdkörper aus dem verwundeten Körper zog, sondern das Leben selbst, schnell, gnadenlos und ohne Vergebung.

Bahrenträger und Sanitäter bahnten sich ihren Weg. Der griechische Arzt bewegte sich rasch über das Schlachtfeld, ordnete an, wer gerettet werden könne und wer dem Tod überlassen würde. Fortgetragen wurden die, von denen er dachte, sie könnten für den nächsten Tag wieder kampffähig gemacht werden, und jene, die eine Chance auf Heilung hatten, wenn ihnen nur die Zeit dafür gewährt würde.

(Anmerkung des Autors: Diese Festsetzung von Prioritäten beim Leisten von medizinischer Erster Hilfe, Triage genannt, wird noch heute angewendet.)

»Wie lange können wir noch durchhalten, Herr?« fragte der Zenturio Claudius Suebus.

»Mit Glück auf unserer Seite«, antwortete Marcus, »ein paar Tage, vielleicht. Aber viel hängt davon ab, ob es unseren Boten gelungen ist, durch das Feindesgebiet zu entkommen und die Lippe und Anreppen zu erreichen, um Verstärkung anzufordern. Wir haben zudem ein Problem, das ich in Kürze ansprechen muß. Der Befehlshaber der 17. ist gefallen, und einige Offiziere sind in die Hände der Feinde geraten. Varus ist vollkommen verzweifelt angesichts des offensichtlichen Verrats von Arminius, und er fürchtet um seine Ehre, da er so viele Männer der drei Legionen verloren hat. Er ist zutiefst erschüttert und meint, Arminius habe besondere Pläne für ihn. Dieser Gedanke ist ihm unerträglich. Es wird schon davon gesprochen, auszubrechen, zu fliehen. Aber wenn wir das täten, würden wir den letzten Rest an Kontrolle und Befehlsgewalt verlieren, und die Germanen würden mit unseren verbleibenden Truppen kurzen Prozeß machen. Nein, wir müssen hier stehen und kämpfen. Zähle die Gefallenen und ordne einen Zählappell an, Claudius Suebus, damit ich weiß, wie es um uns steht. Und schikke einen Laufboten zu Kommandeur Vala, ich muß dringend mit ihm sprechen.«

Der Zenturio nahm Haltung an und salutierte: »Es wird nach euren Wünschen geschehen. Doch ihr müßt nach euren Wunden sehen lassen, Herr. Ihr habt eine häßliche Verletzung an eurem Schwertarm, und wir sind angewiesen auf die Kraft eurer Attacken. Ich fürchte, der Feind kehrt schon bald zurück.«

»Vergiß meine Wunden«, sagte Marcus, »ich muß zu den Männern sprechen, sie waren tapfer und furchtlos, sie verdienen viel Lob. Sie haben Rom mit ihrem Mut Ehre erwiesen. Ich hätte nicht gedacht, daß sie so stark und zum Opfer bereit sein würden.« Er ging zu der Menge entlang der Wälle.

Er war eine beeindruckende Gestalt, sein langer, roter Mantel wirbelte um seine Beine, und er zwang sich zu einem Lachen, als er bei den Männern war und ihnen Mut zusprach: »Gut gemacht, Männer! Wir werden diese verfluchten Germanen besiegen, und um zu zeigen, daß wir hier unseren normalen Aufgaben nachgehen, laßt uns nun unser Frühstück einnehmen und uns für die nächste Schlägerei stärken.«

Die Männer lächelten bei seinen Worten, sie brachen das Schweigen, das der Konzentration während der pausenlosen Angriffe gefolgt war. Hier und dort antworteten Männer mit Derbheiten und Flüchen. Die Anspannung wich, und die Überlebenden dankten ihren Göttern für einen starken Arm und unerschütterliche Nerven.

Marcus vergewisserte sich, daß die Legionen, aus deren Verbänden viele tot oder schwer verwundet waren, korrekt in ihre Aufgaben eingewiesen wurden: Sie mußten Palisaden reparieren, die Toten aus den Stellungen schleppen und versuchen, das Chaos zu ordnen. Niemand wußte, wie lange die Atempause dauern würde, aber zumindest konnten die Verwundeten in sichere Bereiche des Lagers gebracht und die restlichen, spärlichen Vorräte von Rosinen und Zwieback an die Truppe ausgeteilt werden. Marcus besprach die Lage mit Vala, und im Kommandozelt erstattete er Varus seinen Bericht.

Der Morgen dämmerte noch nicht, da erfolgte der nächste Angriff. Ein Kriegshorn erklang, und bevor das schaurige Signal erstarb, brachen die Krieger aus ihrer Deckung hervor. Brüllend wie Ungeheuer strömten sie hinauf durch den Farn auf die beschädigten Wälle zu, mit Baumstämmen als Rammen, mit Brandfackeln, die sie weit in die Mitte der römischen Linien schleuderten. Mehr und mehr Krieger folgten, ungeachtet der römischen Pfeile, die ihre Reihen lichteten. Das Hauptgewicht des Angriffs war auf die östliche und die südliche Seite des Lagers gerichtet.

Marcus sah eine wilde Gestalt – ein Germane in wehenden Gewändern inmitten halbnackter Krieger. Er schwang eine Brandfackel in der einen Hand, in der anderen trug er ein langes, schweres Schwert mit flachem Blatt. Plötzlich, im Licht seiner wirbelnden Fackel, glitzerten die Flügel seines Helmes, schienen gar mit eigenem Licht zu strahlen. Marcus beugte sich zum nächsten Bogenschützen, der auch gebannt auf die Gestalt starrte: »Schieß auf das Ungeheuer, schieß! Töte den Verräter!«

Der Schütze legte einen Pfeil in seinen Bogen, spannte und löste ihn mit einer flinken Bewegung. Die römischen Soldaten waren ausgezeichnete Bogenschützen, aber der Pfeil zischte zwischen den Flügeln von Arminius' Helm hindurch. Es blieb nicht die Zeit, den Bogen erneut zu spannen. Der Angriff schlug gegen die Wälle, die Krieger stürmten mit wilder Entschlossenheit und Tapferkeit über die Haufen ihrer Toten im Graben.

Von den Eckbastionen schossen die Bogenschützen unablässig ihre Pfeile in die wogende Menschenmenge hinab. Der beißende Geruch von Rauch, von Schweiß und von Blut lag über dem Feld. Es war ein ständiges Hin- und Herwechseln der Truppen, die zu den Wällen eilten, und der Verwundeten, die zurückkehrten. In der Eile des Kampfes konnten sie ihre Toten nicht forttragen; aber sie brauchten Platz zum Kämpfen, und so zogen sie sie von den Wällen und ließen sie liegen. Man würde sich später um die Toten kümmern, wenn die Umstände es erlaubten.

Der zweite Angriff endete, die Feinde zogen sich zurück, ihre Toten ließen sie in den Gräben und in den zertrampelten Farnen liegen. So verschafften sie den verzweifelten Resten der drei Legionen eine kleine Atempause.

Varus' Tod

Die Germanen hielten die Belagerung aufrecht. Wenn die bedrängten Römer glaubten, sie könnten endlich ruhen, bedeckten die Krieger den engen Raum des Lagers mit einem Hagel aus Pfeilen und Speeren. Die Schreie der Verwundeten hallten von den Wällen wider; mit vor Schmerz brennenden, geröteten Augen schreckten die Römer aus erbärmlich kurzem Schlaf auf, geweckt vom unheimlichen Gebrüll der Germanen, die Arminius' Schlachtpläne ausführten: Angriff, Rückzug, Ablenkung, Verwirrung, Angriff.

Von Varus' Hauptquartier war nur noch ein Rest seiner Zelte übriggeblieben – ein armseliger Schatten seiner einst prächtigen Unterkunft, nur erhellt von dem niedrig gehaltenen Licht flackernder Fackeln.

Varus war von seinem engsten, inzwischen stark dezimierten Gefolge hoher Offiziere umgeben, nur Marcus Aius und Numonius Vala waren nicht anwesend. Sie befaßten sich noch mit der Verteidigung ihrer Stellung. Die Stimmung im Zelt war gedrückt, geprägt von einer düsteren Vorahnung eines noch größeren Unheils. Die Offiziere blickten verzweifelt und niedergeschlagen zu Boden. Sie flüsterten nur noch eintönig und gedämpft, als sie die Bedeutung dessen erfaßten, dem sie sich verschreiben wollten.

Es war offen, ruhig und gefaßt besprochen worden, daß die Germanen zweifellos siegen würden. Und sie würden gegenüber ihren Gefangenen keine Gnade walten lassen, vor allem nicht gegenüber Offizieren. Der Gedanke an das Schicksal ihrer in Feindeshand gefallenen Soldaten war entsetzlich, die von der Folter gezeichneten Körper waren später über die Wälle zurückgeworfen worden. Auf dem Marsch durch den Teutoburger Wald hatten sie die Leichen ihrer Kameraden gesehen, von den Germanen an Bäume genagelt, die Legionäre zu demoralisieren. Doch erreichte man diese Wirkung nur halb – der Anblick spornte zugleich die Legionäre an, nicht besiegt und nicht gefangengenommen zu werden, und die Abschreckung verlieh ihren Anstrengungen Kraft und ihren Schwertarmen Stärke. Die Offiziere wußten, sollten sie in die Gewalt der Germanen geraten, so wäre ihr Sterben eine lange, qualvolle und blutige Vergeltung für ihre Taten in der Provinz.

Varus hatte sich schließlich eingestehen müssen, daß Arminius ihn in diese Lage gebracht hatte. Er hatte ihn betrogen und würde ihn nun besiegen. Zweifellos würde Arminius auf grausamste Art Rache an ihm nehmen, sollte Varus in seine Gewalt geraten. Varus und seine Offiziere waren im Begriff, einen Pakt zu schließen: Selbstmord, nicht von Einzelnen, sondern kollektiv. Jeder würde sich einen Helfer auswählen für die schändliche Tat; jeder würde sich in sein Quartier begeben und den Helfer an seiner Seite haben, um den todbringenden Streich zu beenden, sollte der von eigener Hand ausgeführte Streich nicht genügen und die Kraft nicht reichen, die Tat zu vollenden. Das Schwert sollte oberhalb des Bauchnabels angesetzt werden, die Spitze leicht nach oben gerichtet, die Hände um den Griff gelegt. Berührte die Spitze den entsprechenden Punkt, mußte der Stoß schräg nach oben erfolgen, um den Magen zu durchschneiden und dann das Herz zu treffen. Aber in ihrem Zögern und ihrer Furcht vor dem Schnitt schafften viele es nicht, sich auf diese Weise zu töten und konnten sich unglaubliche Qualen bereiten, wenn das Schwert nur in den Bauch oder Magen eindrang. Dieser schmerzhafteste aller Schläge gegen das menschliche Nervensystem würde den Menschen Todesqualen und unbeschreibliche Schmerzen erleiden lassen, deshalb ergab sich die Notwendigkeit eines Helfers. Seine Aufgabe war es, den Streich zu Ende zu führen, der von Qualen erlöste und den Wunsch des Mannes erfüllte, diese Welt zu verlassen und ohne weiteres Leiden in die nächste aufzusteigen. Es war die Aufgabe eines treuen und geachteten Freundes oder eines vertrauten Dieners; er würde bereitstehen und, wenn es notwendig war, den allerletzten Freundschaftsdienst erweisen. Und oft blieb die Frage: Wer würde demjenigen bei der Tat dienen, der seinem Freund oder seinem Herrn beim Selbstmord geholfen hatte? Es heißt bei Cassius Dio:

> Und Varus und alle hohen Offiziere, die fürchteten, sie würden lebendig gefangengenommen oder von ihren bittersten Feinden abgeschlachtet werden – denn sie waren bereits sehr verwundet – rafften sich auf zu der furchtbaren aber unvermeidbaren Tat, und nahmen sich das Leben.

Während Marcus Aius hastig das Lager gegen den nächsten Ansturm sicherte, trafen Varus und einige hohe Offiziere die Vorbereitungen für ihre Selbstmorde. Die Schmach der Niederlage, die Schande, seine Legionen verloren zu haben, die Unehre, mit der sein Name und seine Familie behaftet sein würden, hatten Varus in tiefste Verzweiflung getrieben. Schande hatte er über Rom, über Augustus Caesar gebracht, er hatte versagt. Selbstmord war das einzige, das ihm zu tun blieb.

Er rief nach dem Zenturio seiner Garde und verkündete ihm seinen letzten Willen. Der gesamte Schatz aus Abgaben, Steuern und persönlichen Luxusgegenständen sollte zusammen mit seinen Wertsachen in den Transportkisten in der Nähe seines Hauptquartiers vergraben werden. Höchste Verschwiegenheit mußte über den genauen Ort bewahrt werden, und die Garde wurde eingeschworen, den Befehl ihres Generals zu vollstrecken.

Wenn Varus Selbstmord begangen hatte, sollten sein Leichnam rasch verbrannt und seine Überreste dann begraben werden. Keine Befehle für die zurückbleibenden Offiziere, keine Botschaft für Marcus Aius. Varus stürzte sich in sein Schwert. Sein Schmerz war nur kurz, der Befehlshaber seiner Leibgarde beendete ohne Zögern den tödlichen Streich, als die Klinge gerade in den Magen des nach vorne fallenden Varus glitt. Die Tat war vollbracht.

Mit Varus starben die anderen Offiziere, die den Selbstmordpakt geschlossen hatten, und innerhalb weniger Minuten verloren die Legionen fast den gesamten Rest ihres Kommandokerns. Kontrolle und Befehlsgewalt lagen nun bei einer kleinen Handvoll Offiziere, darunter Marcus Aius und Numonius Vala, einziger überlebender Legionskommandeur.

Die Nachricht von Varus' Ableben verbreitete sich rasch im Lager und wurde Marcus von der Leibgarde überbracht. Marcus war tief bestürzt. Wenn eine Truppe einer guten Führung bedurfte, dann zu einer Zeit, in der sich alles gegen sie verschworen hatte. Von den Anführern in dieser Situation im Stich gelassen zu werden, war Marcus vollkommen unbegreiflich.

Marcus war zu Varus' Quartier geeilt und verfolgte mit einem Gefühl der Verzweiflung die unfaßbaren Aktivitäten der Leibgarde. Sie trugen die Leichen des Massenselbstmordes hinaus und bereiteten das Begräbnis in der Umgebung des Hauptquartiers vor.

»Bei allen Göttern«, murmelte Marcus, der langsam um die Toten schritt und versuchte, das Ausmaß der hier vorgefallenen Geschehnisse zu erfassen. Während er noch den grausigen Anblick zu begreifen suchte, war Vala leise neben ihn getreten.

»Ich habe es gehört, aber ich konnte es nicht glauben«, sagte er. »Was ist das für ein Wahnsinn, daß sie dieses tun mußten. Haben sie mit dir über ihre Absichten gesprochen, Marcus?«

»Nein, nie ein Gedanke, nie eine Andeutung. Was für ein erbärmlicher Anblick! Wo ist hierin Ehre? Wo ist der Geist des Menschen, seine Tapferkeit und sein Mut? Du, ich, alles, was von unseren Legionen übrig ist, wir werden diese tragischen Ereignisse wohl nicht überleben. Aber bevor ich sterbe, werde ich germanisches Blut fließen lassen, bis ich nicht mehr kann. Niemals hätte ich gedacht, einen solchen Anblick ertragen zu müssen. Es dürfte einer der traurigsten Augenblicke in der Geschichte Roms sein.«

Immer noch wurden Leichen herausgebracht und zu den hastig ausgehobenen Gräbern getragen. Marcus sah, daß die drei Aquiliferi angetreten waren, mit festem Griff um den Stab präsentierten sie die Adler. Marcus und Numonius Vala waren von der Würde der Aquiliferi beeindruckt. Sie bewahrten Haltung, als die Leichen aus dem Hauptquartier getragen wurden, ihre Arme zum Gruß über die Brustpanzer gelegt, diszipliniert, militärisch und ehrenvoll – in vollkommenem Gegensatz zu dem Schauspiel, über das sie wachten.

Während Vala mit Stolz auf den Träger seines eigenen Adlers, des Adlers der 18. Legion, blickte, bemerkte Marcus, daß der Aquilifer der 17. von einem heftigen Zittern erfaßt wurde. Er kämpfte, um Kontrolle über seine Haltung und seine Aufgabe zu bewahren, aber plötzlich sackte er zusammen und drohte, zu Boden zu fallen. Marcus eilte vor, fing ihn auf und ließ ihn auf die Knie sinken. Vorsichtig löste er den Stab des Adlers aus der Hand, die sich fest um das Holz der Lanze krallte. Brutus Maximus war unterkühlt und völlig erschöpft, und das Zittern wollte nicht enden. Er hätte sich nicht länger auf den Füßen halten können. Marcus erkannte, daß er auch verwundet war: Seine Tunica war voller Blut von zwei Schwertwunden an seiner linken Seite; nicht kritisch, doch Erschöpfung und Blutverlust hatten seinen Körper ausgelaugt.

Marcus stieß den Stab des 17. Adlers fest in den sumpfigen Boden und befahl den anderen beiden Aquiliferi, über alle drei Adler zu wachen. Zwei Männer der Garde wies er an, Brutus Maximus in den Eingang des Hauptquartiers zu tragen. Im Zelt untersuchte Marcus rasch den Legionär, um die Schwere seiner Wunden beurteilen zu können. Beruhigt, daß der Verwundete nicht in unmittelbarer Gefahr schwebte, das Bewußtsein zu verlieren oder zu sterben, stand Marcus auf, nahm seinen langen, roten Mantel, das Gewand, das sein Vater ihm vor vielen Jahren geschenkt hatte, und legte ihn, als die Augenlider des Aquilifers flatterten, um dessen Schultern. Im Nacken verschloß Markus den Mantel mit einer seiner liebsten bronzenen Schließen, ebenfalls einem Geschenk seines Vaters.

Brutus Maximus schrak plötzlich hoch und blickte um sich, er suchte den ihm anvertrauten Adler, das goldene Symbol der 17. Legion, und er geriet in Panik über den anscheinenden Verlust des Adlers. Marcus versicherte ihm, daß alles in Ordnung sei und er seinen Dienst wieder antreten könne, sobald er sich erholt hätte. Mit dem roten Mantel um seine Schultern wurde ihm schon wärmer und Marcus beschloß, Brutus für einen Moment unter dem wachsamen Auge der Garde zurückzulassen. Es gab andere, dringendere Dinge, um die er sich kümmern mußte, und nur wenig Zeit, sie auszuführen.

Führungswechsel

Marcus wußte, daß es nach Varus' Selbstmord schwierig, vielleicht unmöglich würde, die Reste der Legionen zu kommandieren. Die Männer würden ihr Schicksal selbst in die Hand nehmen wollen und so den letzten Rest Hoffnung beseitigen, der ihnen als geschlossener Kampfverband verblieben wäre. Marcus hatte den letzten Offizieren befohlen, sich im Hauptquartier von Varus zum Befehlsempfang einzufinden. Als sie versammelt waren, sprachen einige Legionäre schon über einen Ausbruch nach Osten zurück zur Weser. Da die Hauptangriffe auf die östliche und südliche Seite des Lagers erfolgt waren, glaubte die Mehrheit, daß der Weg nach Nordwesten bis zur Ems und weiter zu den Lagern am Rhein der einzige Ausweg sei. Noch andere, darunter viele der Verwundeten, sahen ihre größte Hoffnung darin, im Lager zu bleiben und sich der Gnade der Germanen zu unterwerfen.

Pläne wurden bereits erstellt und diskutiert, als Marcus ins Zelt trat. »Kommandeur Vala«, begann er, »ich habe entschieden, daß deine Pferde schon zu lange ohne Futter und Wasser auskommen mußten. Wir können es nicht mehr vertreten, unsere Reitertruppe in diesem blutigen Chaos zurückzuhalten. Wenn wir euch nicht die Freiheit gewähren, unabhängig von uns Futter zu suchen und euch aus dem langsameren Marschtempo unserer Fußtruppen herauszulösen, werden wir ohne Zweifel jedes Pferd der Truppe verlieren. Wir sind nicht mehr in der Lage, irgendeinen sinnvollen Angriff auszuführen. Sie bei uns festzuhalten hieße, jede Beweglichkeit, die wir vielleicht noch besitzen, zu verlieren. Ich erteile dir den Auftrag, mit deiner Reitertruppe nach Westen auszubrechen. Besser als in diesem Morast zu reiten, wäre, eine geeignete Route durch die Täler und Berge im Westen von hier zu finden. Du mußt die Lager am Rhein erreichen und unsere Truppen warnen, daß der befürchtete germanische Aufstand ausgebrochen ist und sie schnell handeln müssen, um die Besatzungen der Lippelager zu verstärken. Der Erfolg deines Auftrages ist entscheidend für den Ausgang dieser blutigen Katastrophe. Wir müssen alle unsere Kräfte neu formieren und den Aufstand vom Rhein aus so schnell wie möglich eindämmen. Der Adler der 18. wird hier bei den anderen Aquiliferi bleiben. Ich werde die Führung der verbleibenden Männer übernehmen, du aber mußt meinen Anweisungen folgen, denn kein anderer als du hätte eine Chance, durch die feindlichen Linien zu gelangen. Die Männer der 18. Legion haben hart und gut gekämpft, aber was von deiner Legion übriggeblieben ist, kann nicht mehr als Streitmacht bezeichnet werden und bedarf deiner Führung nicht mehr. Dich erwartet jetzt eine wichtigere Aufgabe, du trägst eine weit höhere Verantwortung, als uns hier noch verblieben ist. Du wirst für Augustus Caesar reiten, und du wirst von Arminius' Verrat berichten. Geh jetzt, geh mit dem Segen unserer Götter. Mit Glück wirst du durchkommen und die Lage zu Roms Gunsten wenden können.« Marcus faßte Vala bei den Schultern und drückte ihn fest an sich, eine tiefe Verbundenheit offenbarend. Nach einigen Sekunden stieß er ihn fort und sagte barsch: »Keine Widerworte, Vala, geh, verdammt! Geh, Mann, ich muß mich noch um andere Dinge kümmern.«

Vala war versucht, dem Befehl, der tatsächlich bedeutete, seine eigene Legion und seine Kameraden im Stich zu lassen, scharf zu widersprechen, aber dann gewann sein gesunder Menschenverstand die Oberhand. Es war wichtiger, die Nachricht mit aller Geschwindigkeit zu überbringen, um die Truppen am Rhein zu warnen, und es war seine Pflicht, die Botschaft zu übermitteln. Schließlich nickte er und murmelte mit wehmütiger Stimme: »Leb' wohl, Marcus, und paß gut auf dich auf«, und raschen Schrittes verließ er das Hauptquartier.

Nach einer kurzen Pause fuhr Marcus fort: »Ich befehle jedem Offizier, die restlichen Truppen, die noch marschieren können, zu versammeln, einschließlich der marschierfähigen Verwundeten, und sie auf einen Ausbruch aus dieser Stellung vorzubereiten. Auf meinen Befehl werden wir nach Nordwesten ausbrechen und der Linie des Höhenzuges folgen. Es ist ohne Zweifel zu gefährlich, einen Durchbruch nach Osten zu wagen, denn es ist offensichtlich, daß sich die gesamten germanischen Stämme gegen Rom erhoben haben, vielleicht unter der Führung von Arminius, der unsere Aufgaben, unsere Schlachtordnung und Kampftaktik kennt. Wir müssen auf einen schnellen Marsch in ständiger Kampfbereitschaft vorbereitet sein. Jene, die mit unserem Schritt nicht mithalten können, sollten…«

Er wurde von einem der älteren Zenturionen, Claudius Suebus, unterbrochen: »Herr, verzeiht die Unterbrechung, aber ich weiß, ihr könnt nur so schnell marschieren wie der langsamste Mann. Laßt die Verwundeten und Sterbenden hier mit mir in der Befestigung zurück.

Wenn ihr fort seid, werde ich eine Botschaft an die Germanen schikken, daß wir bereit sind, über die Bedingungen einer Kapitulation zu verhandeln. Wenn wir dann einige von diesen langhaarigen Wilden im Lager haben, um die Dinge zu besprechen, werden wir sie hier aufhalten und dann gegen die bemalten Bestien kämpfen, wo wir stehen. Mehr können wir nicht tun, aber ihr sollt die Kräftigsten nehmen, Herr, und die drei Adler Roms in Sicherheit bringen. Selbst wenn wir alle untergehen sollten, die Adler dürfen nicht untergehen. Vergebt mir, Herr, aber ich mußte jetzt sprechen.«

Marcus starrte den Zenturio an, dann seufzte er laut: »Zenturio, nach all der Schande der letzten Stunden erheben sich mein Herz und mein Geist, wenn ich solche Reden höre wie deine. Du sprichst in Roms feinster Tradition, und ich lobe dich dafür. Ich nehme deinen Rat an. Die kräftigsten unserer Soldaten werden unter meinem Kommando nach Nordwesten ausbrechen, und jene, die zu sehr verwundet sind, um mit uns Schritt zu halten, werden hierbleiben und mit dir kämpfen. Claudius Suebus, du hast die Befehlsgewalt und wirst hiermit in den Rang eines ›Primus Pilus‹ befördert. Eines Tages, so hoffe ich, werden andere Männer, andere Soldaten in fernen Ländern, deinen Mut erkennen und allen davon erzählen, wie du mit den Verwundeten und Sterbenden der drei Legionen zurückbliebst. Du erweist uns allen große Ehre, aber nun solltest du sofort verkünden, daß jene, die mit mir kommen, eine bessere Chance haben werden als jene, die bleiben. Es wird Drückeberger geben, die glauben, alles sei verloren, und die aus wenig ehrenhaften Gründen hier bei den Verwundeten zu bleiben wünschen. Geh nun in dem Wissen, daß deine Sorge um die Sicherheit der römischen Adler die Grundlage ist für alle meine weiteren Überlegungen. Ich werde gleich die Marschbefehle erteilen. Der Marsch beginnt nur auf meinen Befehl. Ich möchte nun kurz mit dem Befehlshaber der Leibgarde sprechen. Gibt es zuvor noch Fragen?«

Nach kurzem Schweigen nahmen plötzlich alle versammelten Offiziere Haltung an und salutierten Marcus. Marcus war bewegt von ihrer uneingeschränkten Loyalität, dann fuhr er fort, sich von denen zu verabschieden, die in eine andere Richtung zogen als er und deren Schicksal auf einem anderen Blatt geschrieben stand.

Am Ausgang des Hauptquartiers erinnerte er sich an den Adlerträger, aber er lag nicht mehr dort, wo er ihn zurückgelassen hatte. Marcus schaute hinüber zu dem Standort der Aquiliferi, es waren wieder drei Männer, die dort mit ihren goldenen Adlern standen. Brutus Maximus stand wieder stolz, kein Schütteln, kein Zittern, und er trug Marcus' langen, roten Mantel, der ihm fast bis zum Boden reichte.

Marcus trat vor ihn und sagte leise: »Ich glaube, unser beider Schicksal ist miteinander verflochten, Brutus Maximus, auch unser ähnliches Aussehen läßt mich vermuten, wir haben eine gemeinsame Bestimmung. Aber nun, die drei Adler«, und er erhob seine Stimme, »die drei Adler Roms dürfen nicht in die Hände dieser verfluchten Germanen fallen. Bewacht sie gut, für den Imperator und für Rom, kämpft und laßt die Adler auf unseren Standarten fliegen.«

Kurze Zeit später brach Vala mit der Reitertruppe auf Marcus' Befehl nach Westen aus, zu den Hügeln und Tälern des Kalkrieser Berges. Die Verwundeten und Sterbenden der drei Legionen blieben unter dem Befehl des tapferen Zenturios Claudius Suebus im Marschlager zurück. Der Rest der drei Legionen Roms bereitete sich ebenfalls auf den Ausbruch vor, richtete sich ein, den letzten Weg anzutreten, der ihnen zum Verhängnis werden sollte, den Weg nach Kalkriese.

Das Felsener Feld und seine Umgebung

In Zusammenarbeit mit Wolfgang Schlüter begann ich 1995 eine Reihe von Untersuchungen in einigen Bereichen östlich von Kalkriese. Aus der Richtung waren die Reste von Varus' Legionen gekommen, bevor sie auf den allerletzten Hinterhalt stießen. Wolfgang und ich hatten die Bedeutung von Luftbildaufnahmen immer hoch eingeschätzt, denn sie offenbarten die in den Tiefen eingravierten Abbilder von Aktivitäten vergangener Zeiten. Die Idee eines Lagers im Osten von Kalkriese als einem letzten Lager vor jenem schicksalsschweren Tag, war nicht neu. Schwagstorf war ein wichtiger Punkt auf der Karte und eine taktische Schlüsselposition in der Topographie der näheren Umgebung. Die Pässe nach Südosten und vor allem jener nach Süden, wo das im Mittelalter dauerhaft errichtete Lager der Krebsburg sich noch immer an den Berghang schmiegt, können von der Erhebung des Felsener Feldes aus leicht gesehen werden.

Das Felsener Feld ist eine langgestreckte, zu einer Seite steil abfallende Erhebung mit sehr guter Sicht über die Umgebung, ein idealer Platz, wenn nicht der einzige im Umkreis, der geeignet ist, eine sichere Verteidigungsposition anzulegen. Weder im Süden, wo sich die Höhen und Täler des Wiehengebirges ausbreiten, noch im Westen und Osten oder im Norden, wo das Land zu einer weitgehend flachen Ebene abfällt, findet sich eine geeignetere Stelle. Es war zweifellos ein wichtiger Ort im Leben der Menschen vor vielen tausend Jahren, und selbst heute noch, in modernen Tagen, liegt im Schutze der Nordwestecke der Erhebung eine Kreuzung von sieben Wegen, die sich in einem kleinen Kreisverkehr vereinen. Entlang der Ostseite hatte Wolfgang schon die Linie von drei Gräben identifiziert, die auf einer Reihe von Luftbildaufnahmen zu erkennen waren.

Ich beschaffte mir weitere Luftbildaufnahmen, die, sehr zu unser beider Freude, die Linie am östlichen Rand bestätigten. Das Felsener Feld war und bleibt ein aktuelles Thema, das weitere archäologische Forschungen und Grabungen fordert, sofern dies finanzierbar ist. Meine eigenen Untersuchungen bedurften nur geringer finanzieller Mittel, und ich beschloß, mich auf zwei zentrale Punkte, die mich in diesem Bereich reizten, zu konzentrieren.

Die Bergregion am germanischen Lager der Krebsburg und der früheren Anlage der Schnippenburg wäre gewiß ein eigenständiges, umfangreiches Forschungsobjekt für einen späteren Zeitpunkt. Meine Interessen zielten zunächst nur auf das Offenlegen rein römischer Aktivitäten und nicht der germanischen ab. Ich hatte mich immer wieder Mommsens Schriften zugewandt, wenn ich neue Anregungen benötigte, und er sollte sich einmal mehr als unschätzbare Informationsquelle erweisen. Ich fand bei ihm meine Vermutung bestätigt, daß es im Bereich der Pässe von Ostercappeln römische Bewegungen gegeben haben mußte:

> ... das Bronzegerät zum Beispiel muß in größerer Vollständigkeit in den Besitz der Sieger geraten sein als das Geld. Beiläufig mag hier erwähnt werden, daß, nach Mitteilung des Herrn Pastor Kassmann zu Ostercappeln an Menadier, vor längerer Zeit am Rande eines bisher unberührten künstlichen Hügels am Walde oberhalb Ostercappelns auf dem Gebiet des Gutes Krebsburg bronzenes Pferdegeschirr, wahrscheinlich römischen Ursprungs, ausgepflügt worden ist.

Ich war durch die Wälder der Krebsburg gegangen, 1988 und 1995 erneut, und hatte mir das Gebiet der frühgeschichtlichen Befestigung angesehen, von der nun nicht mehr als einige undeutliche Wälle und Gräben in der Waldlichtung zu erkennen sind. War es hier, wo Arminius Thusnelda besucht hatte? War es hier, wo er kurze Zeit geschlafen und die Umgehungsbewegung der Römer verpaßt hatte? Ich überlasse es anderen, selber zu urteilen, wenn sie dem Weg der sich hinziehenden Schlacht folgen, durch die Täler, über die Berge und Hänge des Teutoburger Waldes, über die Pässe bei Ostercappeln zum Felsener Feld. Und dann, wenn sie das Gefühl der Verlassenheit, der Verzweiflung spüren, das in jenen entsetzlichen Tagen vorherrschte, dann sollen sie ihren Pilgerweg nach Kalkriese beginnen – und dort werden sie stehenbleiben und den Lärm der Schlacht hören, wie er durch die Jahrhunderte hallt...

Ich ging bei meinen Überlegungen davon aus, daß die Legionen, wenn sie denn – was sehr nahe lag – über den Paß von Ostercappeln gezogen waren, dort auch Spuren hinterlassen haben müssen, so daß der entsprechende Beweis zu erbringen war. Eine genaue Prospektion auf den Feldern entlang des Passes würde zu einem Ergebnis – der Bestätigung oder einer Widerlegung meiner Theorie – führen. Dabei galt mein besonderes Augenmerk jenen Feldern, die auf erhöhtem, trockenen Grund nach Norden hin abfielen.

Nach einer zwanzigstündigen, über zwei Wochenenden verteilten Suche hatte ich schließlich den ersehnten, beglückenden Erfolg. Fast am Ende der für das zweite Wochenende geplanten Prospektion, als ich das letzte Stück des Feldes untersuchte, das ich für einen brauchbaren Weg hinunter durch den Paß hielt, hatte ich Glück. In zwei aufregenden Stunden der Suche mit dem Metalldetektor stieß ich auf römische Kupfermünzen des Augustus Caesar. Ich war natürlich begeistert und konnte kaum erwarten, meine Erfolge mit Wolfgang und den Archäologen in Kalkriese zu teilen.

Die Funde führten mich schließlich hinaus zum Felsener Feld, aber ich werde noch eine größere Zeitspanne aufwenden müssen für die Erforschung dessen, was ich für Varus' letztes Lager halte. Bislang war ich in Kalkriese, im Osten wie im Westen des letzten Hinterhalts, mehr als beschäftigt. Doch das Felsener Feld hat bereits einige seiner Geheimnisse gelüftet. Ein weiteres Teil des Puzzles beginnt Gestalt anzunehmen.

... und als Brutus Maximus sich zusammen mit den anderen beiden Aquiliferi der wachsenden Zahl von Männern anschloß, die sich für den Ausbruch unter dem Befehl von Marcus Aius versammelten, stolperte er über seinen neuen Mantel, der sich zwischen seinen Beinen verfangen hatte. Aber er gewann schnell sein Gleichgewicht wieder. Er war von dem Gewicht der Maske und des Helmes, die Vala ihm geschenkt hatte, befreit worden – der Aquilifer der 18. Legion hatte stolz die Ehre übernommen, sie mit sich zu führen und in der nächsten Schlacht aufzusetzen, im Wissen, daß Brutus Maximus in viel zu schwachem Zustand war, um zusätzliche Ausrüstung tragen zu können. Als Brutus sein Gleichgewicht wiedergewonnen hatte, bemerkte er nicht den Verlust der wenigen Münzen, die in seiner ledernen Geldbörse gesteckt hatten. Die Börse war so feucht und verrottet, daß sie regelrecht zerfiel. Das Gesicht von Augustus Caesar war das letzte, was von seinen Reichtümern zu sehen war, als sie in den sumpfigen Boden des Felsener Feldes fielen und fast zweitausend Jahre lang das Tageslicht nicht wieder erblicken sollten. –

Im Felsener Feld hatte ich mir einen etwas höher gelegenen Bereich der Anhöhe ausgewählt, und nach einem ganzen Wochenende der Suche griff ich hinunter in den graubraunen Boden des Feldes, um vorsichtig das wohlbekannte, runde Fundstück herauszunehmen. Sorgfältig betrachtete ich, was zwischen der noch anhaftenden Erde zu erkennen war. Es war ein hervorragend erhaltener römischer As. Ich hatte im Jahr 1995 die erste römische Kupfermünze an jenem Ort entdeckt. Als ich sie umdrehte, war das Gesicht von Augustus Caesar klar zu erkennen – majestätisch, stolz, und römisch.

Valas letzter Ritt

Vala und seine Reiter eilten, um die wichtigste aller Botschaften nach Westen zu tragen: ›Die Germanen erheben sich mit Macht‹. Als sie den Belagerungsring um das Lager durchbrachen, zuckten bemalte germanische Gesichter zurück, erschreckt und überrascht von dem plötzlichen Ausbruch und der Masse herandonnernder Pferde. Einige Germanen schafften es nicht, der Wucht von Pferden und Reitern zu entkommen, sie wurden von den Hufen zu Boden getrampelt, und die Reiter hackten, schlugen und stießen auf die Germanen ein, als sie durch sie hindurch jagten.

Wie der Wind ritten sie über das offene Gelände, das sich westlich des Lagers ausdehnte. Vala trieb seinen Hengst in rasendem Galopp voran, und obwohl das Pferd die Entbehrungen der letzten Tage spürte, reagierte es auf die Dringlichkeit der antreibenden Rufe seines Herrn und flog über die Ebene mit ihren Mulden, Tälern und flachen Landstrichen, die direkt zu den Ausläufern des Kalkrieser Berges führten.

Vala ritt wie nie zuvor. Die lange Mähne seines Pferdes umwehte seine Hände, und der Wind sang in seinen Ohren. Der Rausch der Geschwindigkeit erfüllte und erregte ihn, er beschleunigte seinen Herzschlag, und die Gefahr der Lage war aufgehoben in der Glückseligkeit weniger Momente der Euphorie. Doch sogleich war die Wirklichkeit wieder allgegenwärtig, und sie ritten nur noch um ihr Leben, getrieben von einer Hetzjagd, einer Verfolgung durch die Germanen, die nur in ihrer Einbildung existierte.

Weiter und weiter trieb diese Einbildung sie ihrem Schicksal entgegen, im Halbdunkel des frühen Morgens, entlang einer Reihe schmaler Pfade und an Steinen vorbei, die zu einer Gruppe von Steinzeitgräbern gehörten. Sie schwenkten auf einen breiteren Weg ein, der in das enge Tal vor ihnen führte. Sie waren den germanischen Truppen rund um Varus' letztes Lager entkommen. Vala konnte nicht weit nach hinten sehen; die wuchtige Masse der Reiterei in seinem Rücken versperrte ihm den Blick. Er spürte aber, daß sie nicht verfolgt wurden, und Vala gewann die Hoffnung, daß sie vielleicht wirklich eine Chance hätten, ihre Mission zu Ende zu bringen. Einen kurzen Moment dachte er an die Reste der Legionen unter Marcus' Kommando, die nun nach Nordwesten ausbrachen, dann wandte er seine Aufmerksamkeit wieder ganz dem vor ihm liegenden Weg zu.

Sie preschten durch ein enges Tal. Der Weg verlief entlang eines kleinen Baches, zu ihrer Linken erhob sich ein sanfter Hang. Für den Bruchteil einer Sekunde sah Vala aus dem Augenwinkel in einer Waldlichtung einen großen, seltsam geformten Felsblock. So schnell war er daran vorbei, daß er meinte, er habe es sich eingebildet – die düsteren Schatten des Waldes trübten die Sicht, und dic Schatten formten merkwürdige Gebilde. Und doch hätte er schwören mögen, daß auf dem großen Felsblock ein Mann gestanden habe, oder etwas, das einem Mann ähnelte, aber mit einem Hirschkopf und Schultern von Fell bedeckt, oder waren es gar Kopf und Schultern eines Hirsches...? Er hatte keine Zeit für Phantastereien. Doch hätte er die Zeit gefunden, seine Eindrücke mit denen seiner Reiter zu vergleichen, hätte er festgestellt, daß viele von ihnen diese seltsame Gestalt gesehen hatten.

Sie ritten hart über die Waldpfade, die leicht aufwärts in das Bergland führten, immer weiter nach Westen. Durch das Blätterdach des Waldes schimmerten die grauen Streifen der Morgendämmerung. Sie erreichten eine Anhöhe, die ihnen jede Sicht verwehrt hatte, und jagten voran, auf eine weite Ausdehnung offenen Landes zu, eine gewaltige, weitgestreckte natürliche Mulde, so weit das Auge sehen konnte. Und dann, erst dann, als die Reiter hinter ihm ihre Pferde immer schneller über die Höhe und in die Mulde trieben, sah Vala sein Schicksal vor sich ausgebreitet. Er zügelte sein Pferd, und sein Herz füllte sich mit Verzweiflung.

Um den Rand der Mulde und an ihren Flanken standen Massen von Germanen, berittene und unberittene Krieger, regungslos, als wären sie zu Eis erstarrt. Sie weckten die Angst in den Herzen der römischen Reiter, die noch immer aus dem Wald heraufpreschten und mit der Wucht ihrer Bewegung die Kameraden vorwärtsschoben.

Wäre der weiterführende Weg frei gewesen, sie hätten entkommen können. Aber etwa fünfhundert Meter vor ihnen lag das Kriegslager der germanischen Stämme bei Icker, und immer mehr bemalte Krieger strömten aus Zelten und Hütten in eine Stellung quer zu Valas Stoßrichtung. Vala blickte auf die Menge der flankierenden Krieger und überschlug schnell die Chancen seiner Reitertruppe. Er drehte sich im

Sattel und erkannte, daß gut zweitausend germanische Krieger seine Einheit von nicht mehr als zweihundert Reitern umgaben.

Mit lauter Stimme, um sicher zu sein, daß auch die Germanen ihn hören konnten, selbst wenn nur die wenigsten seine Sprache verstanden, rief er: »Ich sehe, die Bedingungen stehen zu unseren Gunsten, Männer! Wie es scheint, steht es nur zehn zu eins! Es wird Zeit für den Kampf Mann gegen Mann! Diese germanischen Hunde haben sich zu lange in den Wäldern und Bergen versteckt und uns aus der Sicherheit der Hänge angegriffen, verborgen vor der Macht der römischen Armee. Wenigstens die hier Versammelten scheinen für einen Kampf Mann gegen Mann bereit zu sein!«

Als Vala angefangen hatte zu sprechen, hatten die germanischen Krieger langsam begonnen, ihre Schwerter und Lanzen gegen die Schilde zu schlagen. Das rhythmische Trommeln schwoll zu einem Lärm an, in dem Valas letzte Worte fast untergingen – und dann, mit weiter zunehmendem Getöse, schritten die Germanen langsam vorwärts, und bei jedem Schritt zogen sie die Schlinge enger. Vala erkannte, daß ihr Bewegungsraum von Sekunde zu Sekunde kleiner wurde. Mit einem lauten Schrei, sein Schwert hoch durch die Luft schwingend, stürmte er dicht gefolgt von seiner Truppe auf die Germanen zu: »Für Augustus, für Caesar und für Rom!«

Mit diesem Ruf wurden Gaius Numonius Vala und seine Reiter zu einem Teil der Geschichte der Varusschlacht. Sie verschwanden in den Nebeln der Zeit. Seine Ehre und seine Absichten wurden oft verfälscht dargestellt in späteren Interpretationen seiner Pflichten, die Zweifel aufwarfen an seiner Redlichkeit und den Gründen seines Ausbruchs in die Hügel und Waldlichtungen Borgweddes, des Kalkrieser Berges und Ickers – wo sie ehrenhaft kämpften, fielen und starben.

Die Erstürmung von Varus' letztem Lager

Claudius Suebus, nun im Range eines Primus Pilus, schritt gemessen seine Truppe ab. Kurz zuvor hatte er Valas geschwinden Abgang aus dem Lager verfolgt, geradewegs über die westlichen Wälle des Lagers, ein Strom von Pferden und Reitern floß hinüber gleich einer Herde Rehe in schnellem Lauf. Sie stürmten, schienen mitunter zu fliegen – und schon waren sie fort. Weit außerhalb des Lagers waren Schreie und Rufe zu hören, aber aus einem unbegreiflichen Grund blieben die Germanen auf Distanz zum Lager.

Der offensichtliche Mangel an Entschlossenheit auf Seiten der Germanen erlaubte es Marcus' Truppen, ungehindert über die nordwestliche Ecke der Anlage auszubrechen. Suebus ging hinüber zum Lazarettzelt nahe des Hauptquartiers. Der griechische Arzt war vertieft in seine Arbeit, er nähte den abgetrennten Armmuskel eines Soldaten an die zugehörigen Sehnen und schaute kurz auf, als der Zenturio sich neben ihn an die Operationsbank stellte.

»Wie steht der Krieg?« fragte er mit leicht sarkastischer Stimme, während er den Faden durch das entblößte Fleisch führte und das Gewebe zusammenzog.

»Ich beginne keine Kriege, Medicus«, erwiderte Suebus, »ich kämpfe nur in ihnen, und du flickst nur die Körper derer, die in Kriegen kämpfen. Ich respektiere deine Entscheidung hierzubleiben, und ich hoffe, die Germanen werden deine Dienste und deine Stellung achten und dich und jene, die du behandelst, verschonen. Bevor ich das letzte Gefecht führe, frage ich dich: Gibt es etwas, das ich für dich und die Verwundeten tun kann? Bald mag verwundet, tot oder sterbend dasselbe sein, aber wir müssen uns zeigen bei der Ausübung unserer alltäglichen Geschäfte – und sei es nur, um den Mut der Verwundeten und Schwerverletzten zu stärken.«

»Ich bin sicher, daß wir alles getan haben, was wir in diesen traurigen Zeiten und unter diesen Bedingungen tun konnten, Zenturio. Ich bedaure nur, daß ich meine Arzttasche einem meiner Hauptsanitäter überlassen habe, der sich Marcus Aius angeschlossen hat. Er hat nun ein Instrument, das ich gut gebrauchen könnte. Doch ich bin sicher, daß ihr Bedarf ebenso groß sein wird wie meiner. Ich danke dir, aber ich benötige nichts, um das du dich in diesem Moment sorgen müßtest. Ich werde meine Arbeit hier tun, solange ich kann, und ich wünsche dir viel Glück bei deiner Aufgabe. Als Arzt sollte ich dieses vielleicht nicht sagen, aber... gib es ihnen mit der Stärke deines rechten Arms, und nimm so viele mit, wie du kannst. Und nun geh, ich habe Arbeit zu tun, genau wie du.«

Suebus sandte seinen Boten zu den Germanen, um ihnen auszurichten, daß er bereit sei, die Bedingungen der Kapitulation zu besprechen. Der Leichnam des Boten wurde zum Lager gebracht, in drei Stücke zerteilt. Die Antwort der Germanen an den Zenturio hieß: »Kämpft und sterbt, wo ihr steht – es wird keine Gnade geben.«

Das Ende kam als Masse schattenhafter Gestalten. Sie stürmten über die Wälle im Süden und Osten. Die Verwundeten, die noch mobil waren, und die weniger schwer verletzten Legionäre hatten den Hauptstoß des Angriffs an den Seiten erwartet, aber nicht in dieser Stärke.

In der Tat hatten sich mehr und mehr Germanen Arminius angeschlossen, einschließlich der Chatten und der Chauken, die den Legionen auf ihrem Marsch durch den Teutoburger Wald gefolgt waren. Die Aussicht auf Plünderung und Beute in Hülle und Fülle hatte den Appetit selbst der zurückhaltenderen Stammeskrieger geweckt, und nun fielen sie in Varus' Lager ein, um die Früchte ihrer erfolgreichen Angriffe auf seine Legionen zu ernten.

Bei den Angriffen auf Varus' Lager hatten die germanischen Krieger empfindliche Verluste zu verzeichnen; doch von der Stärke der anhaltenden Verteidigung der römischen Truppen im Lager hatte Arminius sich nicht täuschen lassen. Er hatte einen großen Teil seiner Truppen bereits nach Westen verlegt, einige oben auf den Kalkrieser Berg, andere in die Senke von Icker, die übrigen zu dem Engpaß in Kalkriese, um diesen letzten Hinterhalt zu bemannen. Die Anführer der Germanen hatten eindeutige Anweisungen erhalten, was zu tun sei, nachdem sie das Lager überrannt und besetzt hatten. Sie sollten die Stellung ausräumen und alle Beute mitnehmen, die sie gebrauchen konnten. Allerdings hatte Arminius befohlen, Varus' Besitz und die Truhen voller Steuern, die Varus zweifellos mit sich geführt hatte, ihm als persönliche Siegesbeute zu übergeben. Er hatte auch angeordnet, daß sie feststellten, ob Varus selbst aus dem Lager entkommen war. Arminius wollte Varus, er wollte Rache nehmen, und er war fest entschlossen, sie zu bekommen. Nach der Erstürmung des Lagers sollten die Germanen eiligst auf dem alten, schmalen Weg am Südrand des Moores nach Kalkriese vorstoßen und dabei verhindern, daß fliehende Truppen nach Norden entkamen. Die Römer sollten statt dessen in die letzte Falle am Kalkrieser Berg getrieben werden. Arminius hatte über viele Jahre die Gelegenheit genutzt, die römische Militärtaktik und -strategie zu studieren, und nun wollte er sicherstellen, daß kein Römer dem Schwert entkam.

Das Schlachten in Varus' Lager war grauenhaft. Die verwundeten und sterbenden Soldaten, die den Alptraum des viertägigen Marsches durch den Teutoburger Wald überlebt hatten, erlitten nun Höllenqualen, als die bemalten germanischen Krieger unvorstellbare Greuel an ihnen verübten. Den Germanen waren die Körper der Römer nur ein Hindernis beim Plündern, ein Hindernis, das beseitigt werden mußte. Glücklicherweise kam der Tod für viele der verwundeten Römer schnell, doch für andere war es nicht jener rasche Weg in das Vergessen, und ihre schon schwer geschundenen Leiber mußten unaussprechliche Qualen und Schändungen erleiden. Ihre Schreie verhallten in der kühlen Luft der frühen Morgenstunden jenes Tages im September 9 n. Chr.

Eine der traurigsten Szenen spielte sich an diesem Ort des Grauens ab, als die Leibgarde ihren Auftrag, Varus' sterbliche Überreste zu beseitigen, erfüllen wollte und versuchte, seinen Leichnam mit Öl zu verbrennen. Wegen der vorherrschenden Nässe hatten sie bislang das Öl nicht entzünden können. Während sie noch versuchten, ihre Aufgabe zu erfüllen, fielen die bemalten Krieger über sie her. Nachdem sie aus einem Gardisten mit abscheulichster Folter herausgepreßt hatten, daß es der Leichnam von Varus war, stürzten sie sich mit hemmungsloser Wut darauf. Sie verstümmelten und schändeten ihn, sie hackten den Kopf ab und warfen ihn in den Dreck. Aber Segimundus hob den Kopf auf und erklärte: »Ich denke, Arminius würde dieses Geschenk gefallen. Ich werde das Haupt dieses Feiglings mitnehmen und es Arminius persönlich als Siegestrophäe überreichen.«

»Tu das«, sagte ihr Anführer, »aber beeile dich, wir haben den Befehl, diesen Ort zu verlassen und mit aller Geschwindigkeit nach Kalkriese zu eilen um die restlichen Römer in Arminius' Falle zu treiben. Wir haben hier keine interessante Beute gefunden, die uns versprochenen Schätze werden folglich bei den Römern sein, die jetzt fliehen. Dieser Anreiz soll genügen, um die letzten dieser römischen Hunde zu jagen. Gebt es an alle weiter: Der Schatz, den wir suchen, befindet sich im Nordwesten, und dahin führt uns Arminius' Befehl. Ruft alle

Der Autor auf der Höhe des Felsener Feldes, nach Süden blickend

zusammen, wir werden die letzte Jagd beginnen und uns Arminius in Kalkriese anschließen.«

Varus' letztes Marschlager war die Todesstätte vieler Verwundeter und Kranker seiner drei Legionen geworden. Es blieben nur noch Marcus Aius und wenige tausend Legionäre auf ihrer Flucht nach Nordwesten – Vala war südlich von Kalkriese gefallen, der griechische Arzt war erschlagen worden und der Zenturio Claudius Suebus hatte sein Leben zur Ehre Roms gegeben.

Ich stand auf der Höhe des Felsener Feldes und blickte über das weit ausgedehnte Gelände, das sich nach Süden zum südwestlichen Paß von Ostercappeln und dem Ort des Lagers in der Krebsburg erstreckt. Der Abend neigte sich, und ein tiefes Gefühl von Verlust, von Traurigkeit erfüllte mich, als ich die Landschaft vor mir betrachtete. Ich war immer in gleicher Weise bewegt und von Trauer erfüllt, wenn ich in der Waldlichtung des Hügels in Kalkriese stand, oder auch in einem bestimmten Bereich der Dieven Wiesen, obwohl ich nie ergründen konnte, weshalb auch dieser Ort solche Empfindungen hervorrief. Aber das Felsener Feld löste in mir heftige Emotionen aus, die meine Sinne bestimmten. Ich hörte die Schreie und das Flehen um Gnade um mich herum aufsteigen, den Mißklang und den Höllenlärm von tausend Stimmen, vom Tumult der erbitterten Schlacht; und immer noch erschallt der Lärm, über Jahrhunderte hinweg, aus den tiefen Nebeln einer längst vergangenen Zeit.

Ausbruch nach Kalkriese

Marcus' Truppen marschierten in lang ausgedehnter Formation, zu ihren Seiten ritten Offiziere zu Pferde. Der Ausbruch aus ihrer Stellung der vergangenen Nacht war reibungslos gelungen, und sie wurden weder in ihrem Rücken noch an den Flanken von feindlichen Verbänden bedrängt, sehr zu Marcus' Überraschung.

Die Marschordnung entsprach nicht der disziplinierten Waffenphalanx, die Marcus gern gesehen hätte, dennoch gelang es ihm, mit den dezimierten Resten der drei Legionen eine einigermaßen gesicherte Formation aufzustellen. Die Vorhut sorgte für einen geräumten Weg, und die drei Adler wurden in der Mitte der Marschkolonne geschützt. Die Nachhut mußte nicht gedrängt werden, eng anzuschließen, sie wußte, früher oder später würden die Germanen die fliehende Kolonne attackieren.

Sie brachten die Senken und Höhen des hügeligen Geländes hinter sich, das Bergland lag an ihrer linken südlichen Flanke, und etwa tausend Meter nördlich schlossen die sumpfigen Moore der Dieven Wiesen an. Zuerst hatten sie noch Alternativen bei der Auswahl des Bodens, auf dem sie voranschritten, aber dann wurde das Land enger zwischen den Bergen zur Linken und den Mooren zur Rechten, und manche Abschnitte der gewählten Route waren nur mit Mühe zu bewältigen, immer häufiger führte ihr Weg über Sümpfe und Moorlöcher voll schwarzen Wassers.

Inzwischen verfügten sie nur noch über eine Handvoll Ochsenkarren und Wagen mit Pferden, aber auch die wenigen bremsten ihr Marschtempo, wenn die Räder in Schlammlöchern festsaßen. Ihre Kundschafter hatten berichtet, es gäbe einen mehr oder weniger trockenen, schmalen Paß unmittelbar westlich ihrer gegenwärtigen Position. Doch diese letzte Alternative hatten sie augenscheinlich verpaßt. Und die Gelegenheit, ihre Route auf einen Weg tausend Meter weiter nördlich zu verlegen, der eine sichere Ost-West-Verbindung zu sein schien, lag nun schon weit hinter ihnen. So waren sie gezwungen, ihren Marsch auf den Engpaß fortzusetzen, zu einem Ort mit Namen Kalkriese.

Der unbehelligte Ausbruch aus Varus' letztem Lager unter Marcus Aius' Kommando beruhte zweifellos weniger auf korrekter taktischer Lagebeurteilung als auf Glück. Die Germanen auf der Ostseite des Lagers hatten nicht sogleich den Ausbruch bemerkt, den Germanen auf der Westseite, die mit dieser Möglichkeit rechneten, hatte der Ausbruch der Reiterei unter Vala auf ihrer Seite des Walls schwer zugesetzt. Sie waren etwas abgelenkt, auch, weil Claudius Suebus zu der Zeit, als Marcus' Truppen von der Nordwestecke aus dem Lager strömten, seinen Boten zu den Germanen sandte.

Das Zusammenspiel der Ereignisse gewährte Marcus jenen Spielraum, den er benötigte, um seine Truppe aus den engen Einfriedungen des Lagers hinaus zu führen. Zu der Zeit, als Suebus und die verwundeten Legionäre sich dem Ansturm der germanischen Krieger tapfer entgegenstellten, war Marcus mit seiner Truppe schon weit entfernt auf einer westlichen bis nordwestlichen Route in Richtung des Engpasses von Kalkriese.

Es war eine den Römern verhältnismäßg unbekannte Strecke, sie hatten es immer bevorzugt, die ›Alten Holz-Moor-Wege‹ der nördlichen Ost-West-Route zu benutzen. Oder sie hatten den Weg über das Moor gewählt, bei dem sie die zahlreichen Bohlenwege durch das sumpfige Land nutzten. Diese Wege gab es schon lange bevor die Römer in den Norden Germaniens eingedrungen waren.

Marcus' Truppe hatte wohl kaum eine andere Wahl, als der naheliegenden und direkten Route um den Nordrand des Kalkrieser Berges zu folgen. Zugleich wollten die Römer möglichst Abstand zu der Bedrohung halten, die von den Hügeln und Tälern des Berglandes ausging. Marcus dachte, daß seine Truppe auf dem festen und ziemlich ebenen Boden eine Chance habe, ihre Disziplin zu wahren und Angriffen vom offenen Moorland zu begegnen. Doch leider, wie die Geschichte es zeigen sollte, würde sich der Engpaß von Kalkriese bald als die perfekteste von Menschen ersonnene Falle erweisen, unübertroffen in vielen Gefechten und Schlachten folgender Jahrhunderte. Hier wurde eine Streitmacht in den Rachen eines gnadenlosen Gegners hineingezogen, der ruhig abwartend dasaß, geduldig in dem Wissen, daß sein Opfer hier vorbeikommen mußte.

Die Truppe von etwa viertausend Mann, die wenigen Wagen und Lasttiere des Trosses, die nach dem entmutigenden Verbrennen von Gütern und Ausrüstung in der zweiten Nacht der Schlacht geblieben waren, und eine kleine Abteilung berittener Kundschafter näherte sich dem Engpaß. Sie waren unglaublich schnell marschiert, bedenkt man die Entbehrungen und Qualen, die sie während der seit vier Tagen andauernden Schlacht erlitten hatten. Blutig, geschunden, über alle Maßen ermüdet, angetrieben nur von dem Grundinstinkt zu überleben waren die den Adlern verpflichteten Männer der 17., 18. und 19. Legion Roms auf dem Weg zum letzten Gericht, zum blutigen Spektakel der endgültigen Auslöschung von Varus' Legionen.

Als sich die Römer mit ihrer Marschlolonne dem schmalen Paß näherten, gerieten einige der weniger vorsichtigen vorderen Abteilungen in einen Morast aus schlammigen, schwarzen Tümpeln. Sie stolperten, sanken ein, und die dahinter kommenden folgten ihnen in ihrer Hast geradewegs in den Morast. Sie nahmen ihren Vordermännern den Raum, sich aus dem Sumpf zu befreien. Andere schwenkten rasch auf die erkennbar sichere Seite des Weges durch den Paß. So sehr die Truppe sich auf ihrer Flucht aus dem Lager auch ausgedehnt hatte, sie hatte auf Marcus' Befehl doch eine vernünftige Ordnung aufrechterhalten können, und so marschierte sie zu sechs Mann nebeneinander.

Als das Marschieren ständig durch das Ausgleiten auf dem schlüpfrigen Grund gestört wurde und die Pferde der berittenen Offiziere vor Angst wieherten und bockten, da starteten die weiter hinten folgenden Legionäre eine Ausweichaktion. Sie schwenkten nach links auf einen Pfad, der sie immer näher zur windgeschützten Seite des Berges führte.

Einige der aufmerksameren Legionäre konnten durch den Schleier des Morgennebels den Anfang einer seltsam anmutenden Böschung erkennen, die an der Seite des Berges entlanglief. Doch bevor sie sich über die ungewöhnliche Erscheinung Gedanken machen konnten, widmeten sie sich ganz dem Bemühen, das Tempo ihrer Flucht zu halten, der Flucht vor der Bedrohung, die hinter ihnen lauerte, in Gestalt bemalter germanischer Krieger.

Marcus hatte aus seiner Position etwa vierhundert Meter hinter den anführenden Einheiten den Vormarsch genau beobachtet. Um sich herum hatte er einen kleinen Kommandokern aufstellen können, der von einer Standartengarde angeführt wurde. Die drei Adler der Legionen wurden hochgehalten, von Zeit zu Zeit, wenn ein Sonnenstrahl durchdrang, glitzerten sie durch die Nebelschwaden.

Aus dem Sattel heraus hatte er mit etwas Mühe die Stürze und das Gedränge in den vorderen Reihen der Kolonne erkennen können, als diese auf den sumpfigen Abschnitt stieß, und er hatte auch die nachfolgenden Reihen beobachtet, die nach links dem unsicheren Grund auswichen. Durch den unseligen Nebel, der das Bild von den Vorgängen an der Spitze der linken Flanke trübte, konnte er die Umrisse der seltsamen Böschung sehen, die auch die Legionäre zuvor bemerkt hatten. Unglücklicherweise wurde der Nebel in dem Augenblick dichter, und das Gebilde verschwand aus seiner Sicht. Als er dessen Sinn erfaßte, war es zu spät.

Arminius stand etwa fünfzig Meter hinter dem Wall, der sich um den nördlichen Rand des kleinen Hügels zog. Die Stellung war spät am vergangenen Tag errichtet worden, nachdem er seine maßlose Wut unter Kontrolle gebracht hatte. Er war fast außer sich gewesen, als er erfahren mußte, daß Varus' Legionen über den östlichen der zwei Pässe bei Ostercappeln marschiert waren und sich auf der Anhöhe des Felsener Feldes verschanzt hatten. Er begriff, daß er nicht den Willen und die Entschlossenheit der Römer unterschätzen durfte, nicht einmal nach jenen schweren Verlusten, die sie in den vergangenen vier Tagen erlitten hatten. Es mußte alles unternommen werden, um zu gewährleisten, daß Varus' Legionen endgültig vom germanischen Boden getilgt wurden.

Dieser letzte Hinterhalt in Kalkriese war zu diesem Zweck angelegt worden, und er war bis zur Perfektion geplant.

Grabungsabschnitt aus dem Bereich des Walls

Als einige Krieger unruhig mit ihren Lanzen und Speeren hantierten, jeder begierig, als erster zu werfen, wenn die Zeit kam, mahnte Arminius mit ruhiger Stimme: »Noch nicht, meine tapferen Krieger. Ich habe es euch gesagt: Jeder Mann, der den Angriff verdirbt, wird tausende Verbrennungen und Schläge erleiden, bevor ich seinen Kopf nehme. Seid ruhig und bedacht. Die Römer kommen näher, und wir müssen sie weit genug in die Falle hineinlassen, ehe sie zuschnappen darf. Gebt den Befehl weiter.« Er wandte sich an den Stammesältesten zu seiner Rechten, »der erste Angriff durch Speere und Pfeile darf nur auf mein Signal erfolgen. Wenn sie niedergegangen sind, wird die erste Welle der Krieger, und nur die erste Welle, durch die Tore des Walls vorstoßen und auf die Flanke der Römer mit aller Kraft und Härte einschlagen. Ist das klar?«

»Ich habe verstanden, Arminius, aber ich werde deine Befehle noch einmal weitergeben und mich vergewissern, daß selbst der dümmste Tölpel sie begriffen hat. Wie lange dauert es noch, bis sie uns erreichen?« fragte der Cherusker.

»Du wirst gerade genug Zeit haben, dafür zu sorgen, daß die Anordnungen noch einmal durchgegeben werden. Ich schlage vor, du beeilst dich, ich kann schon römisches Blut riechen ... und ich habe Rechnungen zu begleichen«, schloß er mit vielsagendem Unterton.

Der Cherusker ging rasch fort und schickte den Boten mit der Nachricht auf den Weg, während Arminius noch einmal die Anlage des Hinterhalts studierte.

Um die Konturen des Hügels, jener äußersten Spitze des Kalkrieser Berges, war ein System miteinander verbundener Erdwälle angelegt worden. Sie waren bis zu zwei Meter hoch und auf der ganzen Länge, vor allem aber an den nach Nordosten vorspringenden Abschnitten, mit dicht gepackten Grassoden getarnt. Die Wälle mußten dem Aufprall der römischen Truppen standhalten, wenn diese versuchten, ihren Weg durch den Engpaß zwischen Hinterhaltswällen und dem sumpfigen Morast zu bahnen. Im Rücken würden sie von den Kräften der Chatten und der Chauken gejagt werden, die jeweils eine angemessene Truppe von Varus' Lager ausgesandt hatten, um den nach Nordwesten ausbrechenden Römern zu folgen. Letztlich hatten die Römer keine andere Wahl, als in die Fänge des Todes zu strömen, der im Engpaß von Kalkriese auf sie wartete.

Etwa alle fünfzig Meter gab es eine getarnte Öffnung in den Wällen, die den Kriegern erlaubte, hindurchzuströmen und die Römer von dem festen, sicheren Grund des Nordhanges aus anzugreifen. Die Durchlässe ähnelten den Toren spanischer Stierkampfarenen, die den Toreros einen gewissen Schutz gewähren und ihnen ermöglichen, nach Bedarf die Arena zu betreten oder zu verlassen, und zugleich den Gegner, dort den Stier, in diesem Fall die Römer, daran hindern, die Stärke der gegnerischen Truppe zu erkennen. Grell bemalte Krieger konnten jederzeit in beliebiger Zahl auftauchen oder sich zurückziehen und aus einem anderen versteckten Durchlaß fünfzig Meter weiter wieder zuschlagen.

Die Errichtung der Wälle war mit großen Schwierigkeiten verbunden gewesen, weil das Quellwasser so hoch stand, daß sich Pfuhle von schlammigem Wasser an der Basis der Wälle gebildet hatten. Es wurden hastig Gräben ausgehoben, damit das Wasser ablaufen konnte, bevor es die Basis unterspülte.

Sobald die Truppen der Chatten und der Chauken herankämen und den Rücken der römischen Kolonne attackierten, würden die Römer bei dem Versuch, durch den Engpaß zu entkommen, gebremst und zusammengequetscht werden, unfähig, eine sinnvolle taktische Ordnung einzunehmen, unfähig, sich koordiniert zu verteidigen. Die Germanen könnten sich dann ihre Opfer herauspicken, wann immer sie wollten; und jeder der Römer, der durch den praktisch unüberwindbaren Morast nach Norden fliehen wollte, oder jeder, dem es gelänge, durch den Hals des Engpasses nach Westen oder Nordwesten zu entkommen, könnte – einer nach dem anderen – niedergemacht werden.

Arminius war zufrieden, den Erfolg in jeder Hinsicht vorbereitet zu haben. Er wartete geduldig darauf, seine Landsmänner im engen Kampfgetümmel zu unterstützen, wenn es die Situation erforderte. Er mußte vor allem Überblick und Kontrolle über die sich entfaltende Schlacht behalten, »wenn sie sich überhaupt entfaltet«, dachte er, und der Gedanke ließ ihn lächeln.

»Jetzt habe ich euch«, flüsterte er, »jetzt habe ich euch, wo ich euch haben wollte, dich, Varus, und dich, Marcus Aius, mit eurem überlegenen Gehabe. An diesem Tag werden wir euer beider Ende sehen.«

Die Römer erreichten Kalkriese, strömten in die von Arminius geschickt ausgelegte Falle – und die Germanen, die den Legionen gefolgt waren, erreichten das Ende der fliehenden römischen Kolonne.

Im Engpaß von Kalkriese – in die Nebel der Zeit

Durch die driftenden Nebelschwaden konnte Marcus sehen, daß die vorderen Abteilungen seiner Truppe zügig weitermarschierten. Sie näherten sich dem engen Durchlaß zwischen dem kleinen Hügel mit den seltsam geformten Erhebungen auf der linken und dem sumpfigen Moor auf der rechten Seite.

Jene, die versehentlich in den Morast geraten waren, versuchten noch immer, sich zu befreien und wieder eine Form von Ordnung einzunehmen, aber die Kolonne behielt ihr Marschtempo bei, und die Römer strebten ohne Unterlaß dem Hinterhalt zu.

Nun traf der in Planung, Ausführung und Vollendung meisterhafte Schachzug die römische Kolonne. Es gelang den Germanen, wie beabsichtigt, die Kolonne im Rücken unablässig mit Übergriffen zu plagen und sämtliche Römer in den Hinterhalt zu treiben. Als Marcus die tödliche Bedeutung der Erhebungen an der vorderen linken Flanke erfaßte, griffen die Germanen die Kolonne im Rücken aus zwei taktischen Winkeln an. Der eine Angriff erfolgte geradezu in voller Breitseite vom östlichen Ende, und der andere war eine auf- und abschwellende Attacke von Nordosten – damit schoben sie die Reste der Legionen immer tiefer in den Hinterhalt von Kalkriese hinein.

Es gab plötzlich eine Flut von Menschen, die nach vorne drängte. Angstvoll strebten sie fort von der Bedrohung in ihrem Rücken, und das wiederum schob die Kolonne wie eine Ziehharmonika zusammen. Was eben noch eine sich schnell bewegende, geordnete Linie von Legionären gewesen war, hatte sich in eine brodelnde Masse von Körpern verwandelt, die in den Engpaß von Kalkriese hineinströmte.

Die Woge erfaßte eine große Anzahl der vorderen Abteilungen und drückte sie in den enger werdenden trichterartigen Durchlaß, immer dichter wurden sie zusammengedrängt und in ihrer Bewegung eingeschränkt. Auf einmal befanden sich Marcus und seine Befehlshaber inmitten einer sich verdichtenden Masse aus Männern, Pferden, Lasttieren und Wagen, unfähig, sich zu irgendeiner Seite zu bewegen. Der

Weg führte nur nach vorne in ein zunehmend dichteres Gedränge hinein.

Marcus konnte noch immer die drei Adler in der Mitte der Standartengarde sehen, etwa fünfzig Meter voraus. Trotz aller Bedrängnis bemerkte er, daß einer der Aquiliferi nun die Gesichtsmaske von Vala trug. Für einen Moment fragte er sich, warum der Aquilifer sich dazu entschieden hatte, und dann sah er plötzlich, was an der linken Vorderflanke geschah.

Arminius hatte regungslos auf dem Hügel gestanden, verborgen hinter Bäumen und Unterholz, und den Strom römischer Legionäre beobachtet, der sich in den Bereich des Hinterhaltes ergoß. Ruhig und mit fester Stimme hatte er nur ein Wort gesagt: »Jetzt!«

Ein surrender Schwarm von Pfeilen und Speeren stieg hoch in den Himmel und ging in einem Hagel aus schrecklicher Verheerung über der wogenden Masse von Römern nieder. Fast jeder zweite in der Vorhut der römischen Marschkolonne ging zu Boden, tot oder schwer verwundet.

»Jetzt!«, sagte Arminius wieder, und eine Unzahl bemalter Krieger strömte durch die getarnten Durchlässe der Wälle. Sie warfen sich auf die dichtgedrängten, in der Falle gefangenen Legionäre. Schwerter und Speere stachen in müde Leiber, Hieb um Hieb ging auf die benommene Menschenmasse nieder. Es gab fast keinen Widerstand. Die Römer wogten hin und her, sie versuchten verzweifelt, dem grausigen Schlachten zu entgehen, das über sie gekommen war.

»Bildet die Testudo um die Adler!« schrie Marcus, als er die Gefahr für die Gruppe der Aquiliferi erkannte, denn kaum dreißig Meter waren zwischen ihnen und den ersten germanischen Kriegern. Rasch folgte seinem Ruf das Signal des einzigen Trompeters, der die Schlacht bis dahin überlebt hatte, und die schrillen Töne der Trompete übermittelten den Befehl. Die wenigen Legionäre, deren völlig durchnäßte Schilde noch nicht zerfallen waren in den vergangenen Tagen, hoben sie sofort. Aber es war vergebens: es gelang nicht, einen undurchdringlichen Schutzschild rund um die Adler zu bilden. Ihre Schilde waren vollgesogen und weich, sie boten weder Schutz noch Barriere.

Die Germanen drangen tiefer in die Reihen der römischen Kolonne vor, und Marcus erkannte, daß der Angriff abgewehrt werden mußte, wenn sie verhindern wollten, daß man sie von drei Seiten umringe und das Moor ihnen als einziger und wenig brauchbarer Fluchtweg bliebe. Er trieb sein Pferd voran. »Zu mir, Männer der Legionen, zu mir, um die Adler Roms zu retten!« rief er, sein Schwert hoch in die Luft reckend und jederzeit bereit, es gegen herankommende Germanen zu führen, während er zu den bedrängten Adlern vordrang. Seine Anfeuerungen fanden Widerhall, viele Legionäre in seiner Nähe begannen sofort, sich zu den Aquiliferi vorzuarbeiten.

Teile der Standartengarde waren in ein wütendes Gefecht verwikkelt. »Zielt auf den Bauch, stoßt in den Bauch!« schallte es, als römische Schwerter begierig zustachen und Hiebe abwehrten auf ihrem Weg. Aber die Macht des römischen Schwertes war am stärksten in Verbindung mit dem Gebrauch des Schildes. Die Krieger stießen den normalerweise festen, kaum zu zerstörenden Schildbuckel in den Leib ihres Gegenübers, hoben ihn dann leicht an, um Unterleib und Bauch des Gegners zu entblößen, ehe sie zustachen.

Der Aquilifer mit der Maske war der erste, der fiel. Er stürzte auf seine Knie, ein Wurfspeer war über das schwitzende, blutige Menschenmeer geflogen und hatte sich in seine Brust gesenkt. Noch den Stab des Adlers umklammernd, war er in seiner knienden Haltung geblieben, war geradezu in den Boden genagelt worden, als der Schaft des Speeres durch seinen Körper glitt wie ein Messer durch Butter, im unteren Rückenbereich heraustrat und sich in den Boden bohrte. Er kniete weiter, sein behelmter Kopf fiel nach vorne auf die Brust. Tot und regungslos war er, als ein anderer Legionär den Stab des goldenen Adlers aus seinen Händen riß und wieder in die Höhe reckte, damit die anderen sehen konnten: Der Adler flog noch immer hoch.

Doch es sollte sein Verderben sein. Ein germanischer Bogenschütze hatte die Geschehnisse aus der Sicherheit im Schutz des Walls verfolgt, spannte einen weiteren Pfeil und ließ ihn fliegen. Er traf den Legionär direkt in den Hals. Wie vom Schlag getroffen brach er zusammen, der Stab des Adlers entglitt den kraftlosen Fingern und fiel zu Boden. Marcus hatte in die Richtung der Aquiliferi geblickt, doch die erste Attacke auf den Träger mit dem Maskenhelm hatte er nicht bemerkt. Er sah nur, wie der Legionär und der Adler zu Boden fielen.

Er mühte sich immer noch, zur Position der Standartengarde vorzudringen. »Ein Adler ist gefallen, ein Adler ist gefallen!« schrie er und trieb seine Männer zu noch größeren Anstrengungen an, um zu den Trägern der Adler durchzudringen. Aber es erwies sich als unglaublich schwer, durch die dichte Masse der Menschen voranzukommen. Dennoch gelang es ihm, sich der Garde zu nähern. Er sah, wie ein massiger Germane über die kniende Gestalt des Aquilifers mit der Maske herfiel. Obwohl der Aquilifer bereits tot war, erkannten dies weder der Krieger noch Marcus, und mit Entsetzen mußte Marcus mitansehen, wie der Krieger eine schwere Axt über seinen Kopf hob und mit einem gezielten Schlag die kniende Gestalt enthauptete. Marcus fluchte und schluchzte verzweifelt im Glauben, das blutige und tragische Ende von Brutus Maximus gesehen zu haben. Der Kopf, immer noch mit Maske und Helm verbunden, rollte in den blutgetränkten Morast. Der Torso fiel nach vorne, in die immer weiter anwachsende Fülle menschlicher Überreste. Marcus wußte nicht, daß einer der anderen Aquiliferi den schweren Helm mit der Maske getragen hatte, da Brutus Maximus verwundet und geschwächt war.

Nun, da der Krieger einen von denen getötet hatte, die jene furchterregenden, »kalt blickenden« Masken trugen, wandte er seine Aufmerksamkeit dem gefallenen Adler zu. Er bückte sich, griff den Stab mit seiner freien Hand und reckte ihn mit wildem Geschrei in die Luft. Seine Freude sollte nur von kurzer Dauer sein. Marcus hatte es endlich geschafft, bis zu den Adlern Roms vorzudringen, und mit einem Schrei der Wut hackte er hinunter auf den Nacken des germanischen Kriegers. Sein Hieb drang tief in den Brustkorb ein, anstatt den Nakken zu durchschneiden, aber er hatte die gewünschte Wirkung. Der Germane ließ den Adler fallen, er war sofort tot, stand noch eine Sekunde, erstarrt von der Plötzlichkeit und Härte des Schlages, dann fiel er nach vorne. Als der Adler zu Boden fiel, ergriff Markus den Stab und schrie: »Der Adler der 17. ist immer noch unser! Versammelt Euch um die Adler, für Rom und Augustus Caesar. Kämpft, kämpft hart und schnell, kämpft, um umzukehren, stoßt sie zurück, wir müssen weg von hier! Zenturionen, geht zurück in Kampfgruppen, laßt die Männer kehrtmachen, wir können hier nicht vorwärtsgehen.« Und während er seine Männer noch antrieb und ermutigte, warf sich eine Woge flüchtender Legionstruppen, von Germanen gejagt, gegen die vordere Kolonne.

Das Ergebnis war ein vollkommenes Durcheinander. Dem einen Ende der Kolonne war der Weg wegen des Hinterhalts versperrt, am anderen Ende versuchten die Römer vergeblich, den ständigen Attakken zu entkommen und drängten vorwärts in die Hinterhaltstellung.

Arminius hatte das Debakel aufmerksam beobachtet. Schnell erteilte er einen neuen Befehl, diesmal an einen Bogenschützen, der dicht neben ihm stand: »Ziel auf diesen Offizier zu Pferde nahe der römischen Adler, ziele gut, denn wenn du ihn zu Boden bringst, wirst du nach der Schlacht mit höchsten Ehren belohnt. Ziele gut, mein Bruder!«

Der Bogenschütze ließ seinen Pfeil fliegen. Hätte Marcus nur einen kurzen Augenblick länger bewegungslos verharrt, er wäre getötet worden. Aber das Schicksal hatte eine andere Bestimmung für ihn. Er drehte sich im Sattel um, die anderen beiden Adler zu suchen, und der Pfeil bohrte sich in seinen linken Oberarm, durchstieß den Muskel, streifte aber nur den Knochen und wurde auf der inneren Armseite vom Brustpanzer gebremst. Wenige Zentimeter höher, und der Pfeil wäre in seinen Brustkorb eingedrungen und hätte ihn zweifellos sofort getötet. Er spürte einen stechenden Schmerz in seiner Schulter und im Oberkörper. Sein Oberkörper sank nieder auf den Hals seines Pferdes vor Schock und Schmerz. Arminius legte seine Hand auf die Schulter des Schützen und sagte: »Du hast es gut gemacht, wir werden bald wieder miteinander sprechen. Lege deine nächsten Pfeile ebenso gut an, und wir werden unseren glorreichen Sieg bald zu Ende bringen.« In dem Glauben, Marcus sei tödlich getroffen, wandte sich Arminius anderen Dingen zu, die seiner Aufmerksamkeit bedurften.

Als Marcus auf seinem Pferd zusammensackte, fiel der Adler einmal mehr nach vorne, und er konnte den Schaft nicht länger in seiner Hand halten. Der Stab mit dem Adler fiel neben das Pferd, das unruhig bockte inmitten der dicht gedrängten Körper. Marcus richtete sich mühsam unter Schmerzen auf und sah die anderen beiden Adler, sie prangten immer noch stolz und hoch, und als er den Blick auf die Träger richtete, erkannte er Brutus Maximus. Er trug immer noch Marcus' langen roten Mantel und hielt den Adler der 17. Legion über sich. Marcus versuchte, sich umzusehen, er war verwirrt, wer war der Träger des gefallenen Adlers gewesen, und welcher Adler war gefallen? Wo der Adler war, den er zuvor getragen hatte, konnte er nicht ergründen. Durch einen Nebel von Schmerz und durch Wellen von Übelkeit trieb er sein Pferd auf Brutus Maximus zu, auf den Sammelpunkt der Schlacht – die verbliebenen zwei Adler der Legionen des Varus.

Als er durch die Menge der kämpfenden Männer ritt, gelang es einer kleinen Gruppe von germanischen Kriegern, sich bis auf wenige Meter dem offenen Bereich zu nähern, den sein Pferd geschaffen hatte. Einer der bemalten Krieger warf sich auf die dicht gestaffelten Legionäre, die Marcus umgaben, und hieb und stach auf sie ein. Obwohl die römischen Schwerter und Speere ihm schwere Wunden zufügten, konnte er sich bis an die Hinterhand von Marcus' Pferd durchkämpfen. Mit grellem Triumphschrei holte er aus zu einem gewaltigen Schlag und durchtrennte nahezu das linke Hinterbein des Hengstes, bevor er unter einem Hagel tödlicher Schwerthiebe zu Boden ging. Vor Schmerz und Angst schrecklich aufschreiend, versuchte Marcus' Hengst sich aufzubäumen, aber sein furchtbar zugerichtetes Hinterbein knickte unter ihm ein, und er stürzte nach hinten über.

Marcus wurde aus dem Sattel geworfen. Er blieb einige Sekunden benommen liegen, stand dann aber trotz seiner Schmerzen auf, schwankte und versuchte sich zu sammeln. Geduckte Körper huschten in ständiger Bewegung um ihn herum, über den blutgetränkten Boden, traten auf leblose Körper. Marcus erfaßte mit seiner rechten Hand den Pfeilschaft, der aus seinem linken Oberarm ragte, und brach ihn mit einer schnellen Bewegung ab – heftiger Schmerz schoß ihm in Wellen durch Arm und Schulter, er sackte zusammen.

Marcus war stark, war es immer gewesen, und er hatte einen eisernen Willen, der mit seiner Stärke und Entschlossenheit einherging. Aber jetzt war er dankbar für eine kräftige Hand, die unter seinen gesunden rechten Arm griff und ihn auf die Füße zog, während eine andere ihn vorsichtig an der verletzten Seite hielt. Es waren zwei Legionäre der Standartengarde, die ihm halfen. Sie hielten ihn aufrecht und schleppten ihn zu den vielen Legionären, die noch immer die Adler schützen sollten.

Von hier aus konnte er die verheerende Lage, in der sich die Truppe befand, überblicken. Marcus sah Brutus Maximus, der fest und entschlossen den Adler der 17. hoch über sich in die Luft reckte. Von dem anderen Adler war nichts mehr zu sehen.

»Wo ist der zweite Adler?« stieß Marcus hervor. Er wußte noch immer nicht welcher der Adler als erster gefallen war, wenngleich, wie er sich bitter erinnerte, aus seiner eigenen Hand. –

»Sie haben ihn, Herr«, antwortete einer der Garde, er sprach in Marcus' Ohr, damit der ihn verstehen konnte, »es war nicht zu verhindern. Ein Hagel von Wurfspeeren hatte einen großen Teil unserer Garde zu Boden geworfen, und es war Glück, daß wir uns um den Adler der 17. formieren konnten, um wenigstens ihn zu beschützen. Wir haben nicht einmal gesehen, wie der Adler der 19. gefallen ist, noch, wie die Germanen ihn genommen haben. Ihr selbst wart Zeuge beim Verlust des Adlers der 18., der, wie es scheint, auch für immer verloren ist, Herr.«

»Ich habe nicht nur seinen Verlust beobachtet, Zenturio, ich bin der Mann, der ihn an diese verfluchten bemalten Kreaturen verloren hat, und ich beabsichtige nicht, auch das letzte Zeichen unserer Ehre zu verlieren, den Adler der 17.!«

»Herr«, der Zenturio schrie, um durch den Höllenlärm der Schlacht gehört zu werden, »wir haben gekämpft und gekämpft gegen diese bemalten Wilden, aber wir können keinen schlagkräftigen Gegenangriff starten, noch können wir uns hier länger halten; sie picken uns wie die Fliegen vom Bauch der Sau, und wir können nicht umkehren, sie haben uns fest eingenäht und« – seine Worte wurden von einer germanischen Lanze abgeschnitten. Sie zischte durch die Luft, zersprengte den Kettenpanzer und bohrte sich in das Brustbein des Mannes. Die Metallteile des Kettenhemdes flogen in alle Richtungen und versanken im Morast. Die Lanze zertrümmerte den Brustkorb des Zenturios und zerschmetterte seine untere Wirbelsäule. Blut spritzte aus seinem Mund, dann war er tot und stürzte nach hinten gegen den Block der Legionäre.

Brutus Maximus, der Aquilifer der 17. römischen Legion, stand stolz und aufrecht, mit erhobenem Kopf, sein Schwert in der rechten Hand, bereit, in dem goldenen Adler die Ehre Roms zu verteidigen. Er spürte die Qualen und Entbehrungen der vergangenen Tage, seine zahllosen Wunden, von denen keine lebensbedrohlich war, zehrten an seinen Kräften und dem Rest an Willensstärke, die ihm die Kraft verliehen hatten, bis hierhin durchzuhalten.

Marcus wischte sich das Blut des gefallenen Zenturios aus dem Gesicht. Brutus Maximus, noch immer in Marcus' roten Mantel gehüllt, war nicht weit entfernt, und schwankend überwand Marcus den kurzen Abstand. In jenem Augenblick erkannte er seine Verantwortung und sein Schicksal. Er begriff, daß alles verloren und nur noch ein Frage der Zeit, der Stunden war, bis die Germanen auch die letzten Reste der Legionen ausgemerzt hatten. Er sah das Gesicht von Brutus Maximus, es glich so sehr seinem eigenen, er sah sein Leben und seine Träume wie durch ein Kaleidoskop – Rom, seine Frau, seine Familie, die Treue zu seinem Caesar, seinen Zorn... Ja, plötzlich war er da, der Zorn, und Marcus warf alle Gefühle des Selbstmitleids von sich. Er sah, was passieren sollte, was das Schicksal ihm zugedacht hatte, und er fühlte sich emporgehoben, und dann, als habe das Geschehen seine Gedanken gelesen, wurde Brutus Maximus von einem letzten schweren Schlag getroffen.

Die Germanen hatten sich gut vorbereitet. Neben der versammelten Macht an Männern und Waffen hielt Arminius alles, was nach den Grundregeln der Kriegsführung wirkungsvoll eingesetzt werden konnte, auch die einfachsten Utensilien der Kriegskunst, die Steine und Schleudern, zum Einsatz bereit. In seinen Dienstjahren als römischer Krieger hatte er seine Lektionen gut gelernt und setzte sie nun mit überwältigender Macht in die Praxis um.

»Unsere Männer sollen sich ein kleines Stück von der Spitze der Legionen zurückziehen, besonders im Bereich der Garde um die Adler. Habt die Steine zur Hand, aber benutzt nicht die Schleudern, die Entfernung ist zu gering. Ich will den letzten Adler in unsere Hände bekommen. Ohne den Adler, ohne ihren Sammelpunkt, sind die Römer verloren, und wir werden die Schlacht endlich gewonnen haben. Rasch, bemühe dich, Mann«, drängte er den Unterführer, »und wartet mein Zeichen ab, bevor ihr die Steine werft!«

Die Anordnungen wurden sofort weitergegeben, und in der Umgebung von Marcus' Standort, über dem der Adler der 17. glänzte, war es, als würde ihnen eine Gnadenfrist gewährt. Für einen kurzen Moment, als der Ansturm der Germanen nachließ, dachte Marcus, es bestünde doch noch eine Chance, den Verlauf der Schlacht zu wenden. Doch dann verstand er, was vor sich ging, und eine Wolke von Pfeilen, Steinen und anderen Wurfgeschossen stieg hinter dem Wall des Hinterhalts auf und erhob sich hoch in den Himmel, bevor sie auf die dichtgedrängten römischen Legionäre niederging.

Viele Soldaten hatten in der Luft den dunklen Schwarm der Geschosse erblickt. Er schien über den Morgennebeln zu schweben – doch nur, um plötzlich mit vernichtender Gewalt nieder zu stürzen. Ohne ihre Helme und Schilde, die im Laufe der Schlacht zertrümmert worden waren, waren die meisten Legionäre dem Angriff schutzlos ausgeliefert. Große Steinbrocken prasselten herab auf menschliches Fleisch, brachen Knochen, spalteten Köpfe und zerschmetterten jene Arme, die die Schwerter erhoben hatten, um andere Verletzte zu schützen. Schwerter fielen aus kraftlosen Fingern. Furchtbar war der Stein mit der höchsten Flugbahn, die ihn bis über den Aquilifer der 17. Legion getragen hatte: Er stürzte mit voller Wucht hinab in das Gesicht des Brutus Maximus.

Der zweipfündige Stein brach den Wangenknochen und die Nase, drückte die rechte Schläfe ein, preßte das Auge aus der Höhle, brach den Kiefer und zersplitterte die obere Zahnreihe. Die Zunge wurde fast in zwei Hälften getrennt, als die Kiefer zusammenschnappten, und das ganze Gesicht fiel in sich zusammen. Es war unfaßbar, daß Brutus Maximus nach einem solchen Schlag gegen seine physische Existenz noch lebte; noch unglaublicher aber war, daß dieser traurige Anblick, der einmal ein Mann gewesen war, weiterhin den Adler hochhielt. Das Schwert war seiner Hand entfallen, unter dem Schock der Verwundung. Aber seine linke Hand war zum Himmel gereckt, als wollte er jemanden beschwören, seinen Adler zu nehmen und fortzubringen an einen sicheren Ort. Seine entsetzlichen Verletzungen ließen ihn zu Boden sinken, er spürte, wie kräftige Hände ihm halfen, sich auf die Seite zu legen, er vernahm die sanfte, doch achtunggebietende Stimme von Marcus Aius: »Wir sind Brüder, du und ich, Brutus Maximus, und als dein Bruder werde ich dafür sorgen, daß dein Adler für immer in der Erinnerung der Menschen fliegen wird. Und ich werde nicht zulassen, daß diese bemalten Barbaren ihn uns nehmen. Er mag vielleicht niemals wieder das Licht des Tages sehen, aber er wird nicht dazu dienen, Rom am Tag unserer tragischen Niederlage zu verspotten. Du bist aus deiner würdevollen Aufgabe entlassen, Brutus Maximus. Deine Tapferkeit und dein Mut gereichen Rom zur Ehre. Ich werde allen offenbaren, wie beispielhaft du für die Legionen Roms gekämpft hast. Mögen die Götter dir ein schnelles und gnädiges Ende gewähren und Mars dich vor weiterem Leiden bewahren, denn du bist wahrhaftig ein aufrichtiger und mutiger Mann. Dein Adler ist nun bei mir, so gönne dir die Ruhe.« Marcus erhob sich und brach den Adler von der Spitze des Stabes.

Rasch verbarg er das goldene Emblem im Inneren seiner Tunika, dann zog er sein Schwert aus der Scheide und begann, sich einen Weg zu hacken durch die anwachsende Zahl von Germanen, die von der Seite des Walles angriffen.

Marcus wußte, daß jede Befehlsgewalt und Übersicht verloren war, tatsächlich hier nie ernsthaft bestanden hatte; das Gelände und die Lage, in die Arminius die Legionen gelockt hatte, waren Teil eines meisterhaften Plans, der es den römischen Legionen zu keiner Zeit erlaubt hatte, die Oberhand zurückzugewinnen.

Es war unmöglich, den Keil aus den Überresten der Legionen, der in den Engpaß von Kalkriese drängte, zu befehligen und unter Kontrolle zu bringen. Ohne die Oberherrschaft und ohne einen Schlachtplan gegen die sorgsam angelegte Hinterhaltposition, waren die Legionen am Ende. Marcus wußte das. Es gab keinen Ausweg, keine Alternative zur vorgegebenen Richtung nach Westen und Nordwesten durch den Engpaßtrichter, denn die Flucht nach Norden durch das Große Moor war nahezu unmöglich.

Marcus zog den Kopf ein, als ein weiteres Steingeschoß ihm den Helm vom Kopf schlug. Den Adler fest unter der Tunika umklammert und sein Schwert in der rechten Hand, bahnte er sich den Weg zum Ausgang des Engpasses von Kalkriese. Er folgte dem Weg seiner Bestimmung, zur Erfüllung seines Schicksals – blutend, schwer verwundet, aber ganz und gar der einen Idee verschrieben: den Adler davor zu bewahren, in germanische Hände zu fallen. Und Florus schrieb:

> Feldzeichen und zwei Legionsadler besitzen die Barbaren noch heute; bevor der dritte in die Hände der Feinde fallen konnte, riß ihn der Standartenträger ab, steckte ihn in die Öffnungen seines Wehrgehenks und verbarg sich so im blutigen Sumpf.

Arminius war inmitten des blutigen Kampfgetümmels und metzelte an der Seite seiner Krieger die Reste der Legionen nieder. Von den etwa viertausend Legionären, die in den Hinterhalt von Kalkriese geströmt waren, gab es kaum mehr tausend, die noch in der Lage waren, aufrecht zu stehen und zu kämpfen. Sie versuchten nun, der übermächtigen Flut von Kriegern zu entkommen, aber die Blutgier der Germanen war noch nicht gestillt. Die Leichen der gefallenen Römer stapelten sich so hoch gegen den Rand der Hinterhaltswälle, daß die Germanen die Überlebenden kaum noch ungehindert angreifen konnten. Vor den Wällen und durch den Engpaß stolperten vollkommen verzweifelt die römischen Soldaten.

Schon waren auf der anderen Seite des kleinen bewaldeten Hügels rote und braune Farbflecken zu erkennen, einzelne Legionäre, die es tatsächlich geschafft hatten, durch den Trichter des Engpasses dem Gemetzel zu entkommen. Sie rannten den Hang hinunter auf den alten Weg zu, der etwa 1.500 Meter entfernt war und Westnordwest am Fuße des Großen Moors entlangführte. Auf der Strecke lag ein Feuchtgebiet mit zahllosen Tümpeln und tückischen Sümpfen, durchsetzt von einzelnen trockenen und festeren, mit Gras und Farnen bewachsenen Abschnitten. Auf jeden Legionär, der fliehen konnte, kam ein anderer, der sich in dem sumpfigen Morast verfing, dessen Flucht zu einer alptraumhaft stockenden Folge von Schritten wurde, und dessen Körper sich zunehmend langsamer und zäher bewegte.

Immer mehr Legionäre entkamen durch den Engpaß, die einzelnen fliehenden Gestalten wurden zu einem Strom von mehreren hundert, der hinunterfloß, weg von dem fürchterlichen Debakel in ihrem Rücken. Sie ließen die Bilder von grauenvoll zugerichteten Körpern, von brutalem Schlachten und Chaos hinter sich. Und das Wissen, daß keine Gnade gezeigt würde, verlieh ihren müden Beinen und Körpern Stärke, ihrer Flucht Geschwindigkeit.

... ich erkannte anhand der wiederholten Münz- und Artefaktfunde ein Muster. Linien zeichneten sich ab, welche die um den Berg herumlaufende Straße mit der weiter nördlich liegenden »Heerstraße« verbanden, beide von Osten nach Westen verlaufend und kaum tausendfünfhundert Meter voneinander entfernt. Das Bild erinnerte irgendwie an eine kleine Sternenexplosion. Alles deutete darauf hin, daß eine große Zahl Menschen von diesem Punkt am Rande der Anhöhe auseinandergelaufen war, in

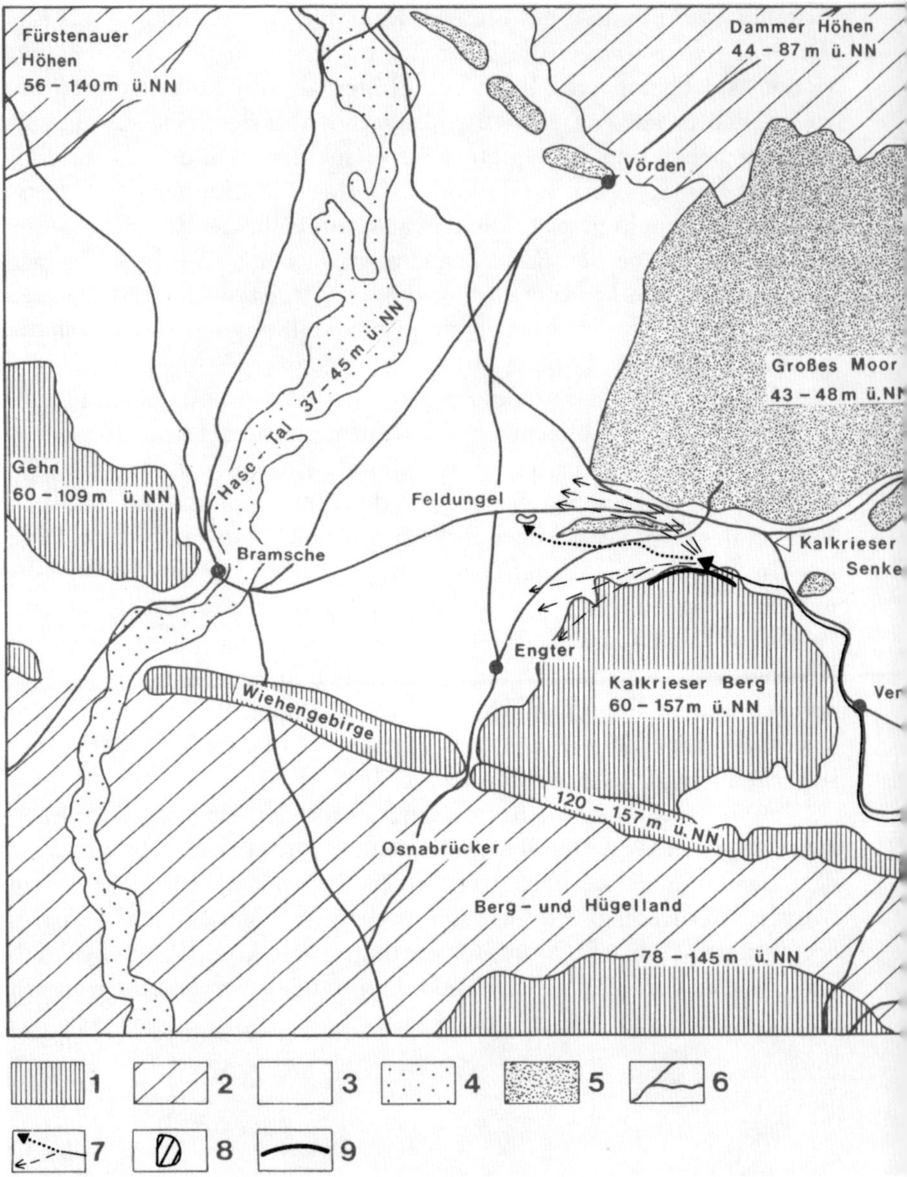

1 Bergland *4 Flußtal* *7 Fluchtwege der Römer*
2 Hügelland *5 Moor* *8 Lager*
3 Tiefland *6 Weg* *9 Die Wall-Linie*

Fluchtwege der Römer aus dem Engpaß von Kalkriese.
Die mittlere Linie zeigt den Weg des Marcus Aius.

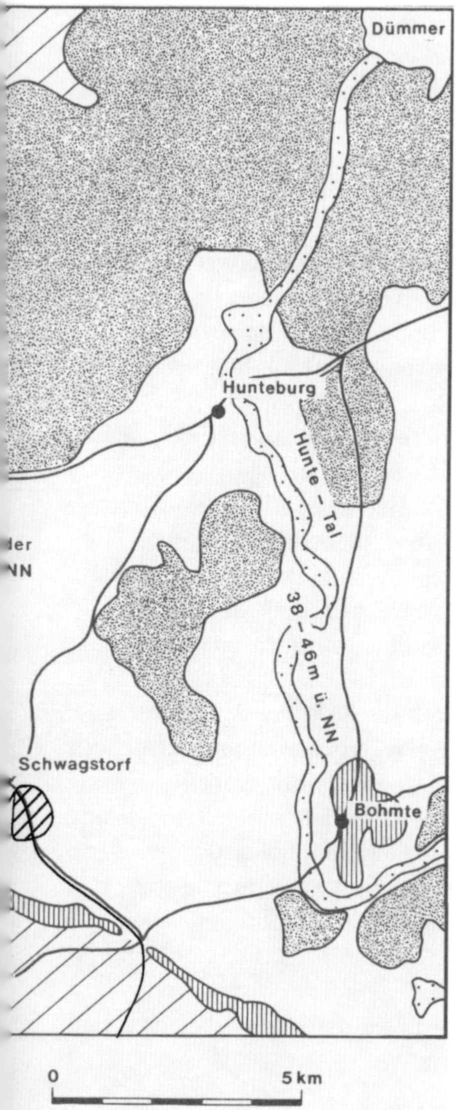

Richtung Norden und Nordwesten, hinunter zu der Wegekreuzung, zur Heerstraße und den Landstrichen dahinter – auf der Flucht vor einem unbekannten Schrecken...

Nur wenigen Legionären gelang es, aus der Umgebung von Kalkriese zu entkommen und sich bis an den Rhein weiter durchzuschlagen. Sie berichteten von der schrecklichen Niederlage, die Varus' Legionen widerfahren war. Die Römer flohen über die Moore, einige schafften es, festen Halt auf den trockeneren Flächen der alten Wege zu finden, wo sie schneller vorankamen, doch sie wurden ohne Unterlaß gejagt und gehetzt von schreienden Kriegern, entschlossen, jeden einzelnen Legionär auszulöschen. Und es gelang den Germanen schließlich, die Mehrzahl der fliehenden Römer einzuholen und niederzumachen.

Über das weite Gebiet von Kalkriese verteilten sich kleinere Gruppen fliehender Legionäre, viele verliefen sich und endeten in den unzähligen morastigen Tümpeln und in sumpfigen Wiesen. Ihr Fluchtweg war abgeschnitten, sie hatten keine andere Wahl, als sich umzudrehen und zu kämpfen, wo sie gerade standen.

Die Fundgraphik des Gebiets von Kalkriese zeigte, daß viele der bedeutenden Fundstellen in ehemaligem Moorland lagen. An einem Wochenende im Frühsommer 1996 hatte ich für meine Suche ein zentral gelegenes Feld auserwählt, über das der Fluchtweg jener Römer geführt hatte, die dem Hinterhalt entkommen waren. Ich konzentrierte mich auf den Bereich, der früher Moor gewesen war. Zu meiner Verwunderung kam kein Fund zu Tage.

Nicht lange danach, andere Ideen hatten mich mittlerweile zu anderen Feldern geführt, rief Professor Schlüter mich an und berichtete, höchst erregt, von einem der erstaunlichsten Funde, der bis dahin in Kalkriese ans Licht gekommen war. Klaus Fehrs hatte wesentliche Teile einer römischen Schwertscheide gefunden.

Im Informations-Zentrum von Kalkriese zeigte Klaus mir die prächtigen Fundstücke. Die Schwertscheide hatte Silberbeschläge mit Ösen aus massivem Silber, in der Mitte eine Fassung mit einer schwarzen Gemme, in die eine Frauengestalt mit griechisch anmutenden Zügen eingeschnitten war. Ich bat Klaus, mir nicht zu sagen, wo er sie gefunden hatte, stattdessen mir eine Karte zu geben – ohne zu zögern deutete ich auf jenen Teil des Feldes, den ich wenige Wochen zuvor nicht abgesucht hatte.

»Genau dort«, sagte Klaus. »Ich fand die Teile der Schwertscheide, Bronzeteile, etwa achtzig Denare und einige Bronzemünzen, dazu noch diverse Kleinteile. Die Habe eines reichen Mannes, nicht wahr?«

Gewiß konnte nur ein Römer von edler Herkunft und hoher Stellung eine solche Schwertscheide besessen haben, ein ranghoher Offizier, wenn nicht sogar ein Legionskommandeur. Aber es ist unwahrscheinlich, daß der Besitzer ein so kostbares Stück in einer Schlacht getragen haben soll. Es sei denn, er hätte von einer bevorstehenden Schlacht – im Jahre 9. n. Chr. – nichts gewußt.

Die Schwertscheide wurde auf einem Feld gefunden, über das, vielleicht, ein römischer Offizier geflohen war.

Der letzte Adler

Marcus hatte inmitten einer dichtgedrängten Gruppe römischer Soldaten, die durch den Trichter des Engpasses brach, dem Hinterhalt entkommen können. Er blutete aus mehreren Wunden. Manche von ihnen waren oberflächlich, andere aber, so die Verletzung, die er im Schlachtlager erhalten hatte, und die letzte, die Pfeilwunde, schmerzten so schrecklich, daß ihm übel wurde. Ein Teil des Pfeils steckte in seinem Oberarm, die Spitze war unter der Achselhöhle hervorgekommen und zerrte an seiner Tunika. Galle stieg auf in seinen ausgetrockneten Mund, die Säure brannte im Hals, es fehlte Speichel, die gallige Flüssigkeit auszuspucken. Fiebernd, ohne daß es Erleichterung brachte, leckte er seine trockenen und geschwollenen Lippen.

Er sah mit Augen, die vor Schweiß brannten, beim ersten Anblick der Felder und der Moorgebiete vor dem Hügel ein flimmerndes, schmerzverzerrtes Bild der fortrennenden Legionäre und germanischen Krieger, welche auf sie einhieben. Trotz seines verwirrten, der Bewußtlosigkeit nahen Zustands konnte er erkennen, daß die meisten seiner Landsleute gen Nordwesten flohen, hinunter durch die Moorniederung am Fuße des Kalkrieser Berges. Andere schlugen eine stärker westliche Richtung ein, um den Germanen auszuweichen, doch die Germanen trieben diese Römer ins Moor. Ihm wurde bewußt, daß ihm, wenn er sich nicht aus der dichten Gruppe, die ihn umgab, löste, das Schicksal der gejagten und getöteten Legionäre drohte. Er hatte sich seinen Tod in der Schlacht stets als Tod an der Seite seiner Männer vorgestellt. Er wollte sie nicht im Stich lassen, doch er mußte seine Mission zu Ende bringen, er mußte den Adler der 17. Legion retten. Der römische Adler durfte nicht in germanische Hände fallen und herabgewürdigt werden zu einem Symbol der Schande und Demütigung der besiegten Legionen des Varus. Wenn er nicht mit dem Adler entkommen konnte, dann würde der Adler mit ihm im Sumpf des Großen Moores verschwinden.

Er entschied rasch, was er zu tun hatte. Er warf sich seitlich gegen die Körper neben ihm, drängte immer weiter nach links, bis er mit letztem Schwung vornüber und heraus aus dem Strom der flüchtenden Legionäre fiel. Er richtete sich auf und stand einem großen, grinsenden, germanischen Krieger gegenüber – dieser mit hoch erhobenem Schwert und bereit, es zum Streich zu führen. Als Marcus sein Schwert zog, um sich vor dem Schlag zu schützen, löste sich der Adler aus seiner Tunika und fiel zu Boden. Für den Bruchteil einer Sekunde weiteten sich die Augen des Germanen vor Erstaunen, und er zögerte, den beabsichtigten Streich mit seinem Schwert auszuführen.

»Ein Adler!« rief der Germane aus, »er hat den goldenen Ad...«, doch bevor er es seinen Kameraden lauthals zurufen konnte, hatte Marcus sein Schwert aus der Abwehrhaltung in einen Vorwärtsstoß umgelenkt, welcher geradewegs in den ungedeckten Bauch des Germanen führte. Die Augen des Kriegers erstarrten vor Schreck, und seine Worte verstummten in dem weit aufgerissenen Mund.

Marcus zog sein Schwert frei und durchschnitt mit einem Hieb den Hals des fallenden Kriegers, um jeden weiteren Ausruf zu unterbinden. Marcus atmete schwer nach der enormen Anstrengung, aber er griff den Adler und begann sofort seinen stolpernden Lauf nach Westen, fort von dem Pfad, dem die Mehrheit seiner Kameraden folgte. Er rutschte oft aus und konnte dann nur mit Mühe sein Gleichgewicht halten. Der Boden am Fuße des Kalkrieser Berges war an vielen Stellen stets sehr naß: zum einen wegen der unterirdischen Quellen am Berghang, zum anderen wegen des Moores im Norden.

Von oben, vom Endpunkt des Hinterhalts, bemerkte ein einzelner germanischer Krieger einen einsamen Römer, der sich über den offenen Landstrich entfernte. Er ließ das Wasser der nassen Wiesen und Ausläufer des Moores bei jedem Schritt aufspritzen. Der Germane meinte auch, den lauten Ausruf »ein Adler« von einem seiner Kameraden vernommen zu haben, aber der war ganz plötzlich im Sprechen verstummt. Und so war es ihm unmöglich gewesen, den Ursprung inmitten des Höllenlärms von Schreien, Rufen und dem Klang aufeinander schlagender Schwerter auszumachen. Er dachte kurz daran, der einsamen Gestalt hinterherzujagen, aber dann sah er hinunter auf die Masse der nach Nordwesten fliehenden Legionäre und entschied sich für die einfachere Beute. Mit einem Schrei, sein langes Schwert schwingend, stürzte er hinunter in das Durcheinander der rennenden Gestalten.

Marcus hatte schon gut tausend Meter zurückgelegt und war fast außer Sichtweite des Hügels. Er warf nur einen raschen Blick über seine linke Schulter – und verzweifelte. Ein großer Verband germanischer Reiter bewegte sich in seine Richtung. Sie brachen aus den Wäldern des Kalkrieser Berges hervor und waren kaum mehr als drei- oder vierhundert Meter von seinem Standort entfernt. Er hechtete vorwärts in eine Mulde, in der Wasser stand, rutschte in nasses Gestrüpp hinein und hoffte, daß ihn die Reiter nicht gesehen hatten. Er lag dort eine Weile und atmete tief. Wieder spürte er die Übelkeit in sich aufsteigen und der Schmerz seiner frischen Wunden pochte und betäubte seine Sinne. Dann, entschlossen zu erfahren, ob die germanischen Krieger ihn bemerkt hatten oder nicht, hob er langsam den Kopf und blickte zurück zu dem Punkt, wo er die Reiter gesehen hatte.

Obwohl er sicher glaubte, daß sie ihn bemerkt hatten, schienen sie kein Interesse an ihm, der einsamen Gestalt, zu haben. Sie galoppierten statt dessen auf das Gewirr aus Römern und Germanen zu, die aus dem Engpaß von Arminius' Hinterhalt drängten. Ihr Ziel war offensichtlich, den ›Korken in die Flasche zu stopfen‹ und das Schicksal der letzten im Engpaß von Kalkriese gefangenen Legionäre des Varus zu besiegeln.

Marcus brachte sich mühsam wieder auf die Beine. Er ließ die Flanke des Berges links liegen und bewegte sich parallel zu der Linie, die den Fluchtweg seiner Legionäre markierte. Es fiel ihm zunehmend schwerer, Phantasie und Wirklichkeit zu unterscheiden. Er wußte nur, daß er weitergehen mußte, und daß die Morgensonne seinen Rücken wärmte. Im Laufe der folgenden Stunde stürzte er zwei- oder dreimal; in schweren, kratzenden Zügen sog er die Luft ein und versuchte, bei Sinnen zu bleiben. Verzweifelt wünschte er, sich nur niederzulegen und nie wieder aufzustehen. Er spürte, wie sein Leben verrann mit jedem Schritt, den er machte. Sein Ende war nah. Es würde kein Entkommen geben, er würde den Adler nicht behütet nach Rom zurück bringen können, er würde niemals seine geliebte Frau, auch Rom nicht, wiedersehen. Einige Augenblicke lang schluchzte er in seiner Hoffnungslosigkeit, aber dann versiegten die Tränen des Selbstmitleids, ein überwältigendes Gefühl der Wut erfüllte ihn, und er biß die Zähne zusammen: »Nein! Wenn Rom den Adler nicht haben soll, dann erst recht nicht dieser Verräter Arminius!«

Als er in einen sumpfigen Tümpel gestolpert war, richtete er sich soweit auf, daß er kniete. Seinen tropfenden, schlammbedeckten Kopf senkte er auf die Brust. Er blieb eine Weile in dieser Haltung und mühte sich, ein wenig Kraft zurückzugewinnen. Er war unendlich müde, allein der Zorn verlieh seinem schlimm zugerichteten Körper noch einmal Kraft, und mit großer Anstrengung begann er, sich von allen Zierden zu befreien, die ihm geblieben waren. Er gab alles auf, das ihm die Last auf dem letzten Abschnitt seiner Flucht erleichtern würde: Teile seiner Uniform, seine Gürtel, seine Geldbörse voller Denare und einiger Goldmünzen, ja sogar seine kostbare und wunderschöne Schwertscheide. Das kurze Schwert mit Scheide hatte ihm sein Vater vor vielen Jahren geschenkt, damals, als er im Offizierskorps der Legionen seinen Dienst für Rom antrat.

Die Scheide war wunderbares, feinstes Kunsthandwerk, verziert mit Figuren in Silber und Gold. Die Fassungen, die die Ösen hielten, waren aus massivem Silber, die mittlere trug eine Gemme aus fast schwarzem Granat, in die eine griechisch anmutende Frauengestalt eingeschnitten war. Mit ihrer Haartracht und ihren Gewändern war sie dem Bild seiner Frau, das er immer an allererster Stelle in seinem Gedächtnis bewahrt hatte, sehr ähnlich.

Er hielt die Schwertscheide in seinen Händen, und Tränen füllten seine Augen, als er sanft die kleine Gemme küßte und leise sprach: »Ich hoffe, eines Tages wirst du das Licht der Sonne wieder erblicken. Du bist zu schön, um für immer verloren zu sein. Lebt wohl, süße Erinnerungen, lebe wohl, meine Liebe«, und langsam ließ er die Schwertscheide aus seinen Fingern gleiten und in dem sumpfigen Morast zu seinen Füßen versinken.

Marcus sicherte den Adler der 17. unter seiner Tunika und richtete sich mühsam auf. Er schleppte sich westwärts bis in die Nähe der alten Heerstraße. Hier wurde der Boden fester. Der Lärm der Schlacht und die Schreie drangen nur noch in schwachen Fetzen zu ihm herüber. In einiger Entfernung bewegten sich bunte Flecken, fliehende Legionäre, zumeist nördlich seines Weges.

Die Stelle, an der er seine letzte Ruhestätte finden sollte, erreichte er ganz plötzlich, als er im Unterholz strauchelte. Er befand sich mitten in einem kleinen Wald, etwa drei Meilen vom germanischen Hinterhalt entfernt. Hier war ein kleiner See mit einer stillen, ganz glatten Oberfläche, umringt von Bäumen, durch die die Sonne ihre Strahlen schickte. Ein Eisvogel schnellte hinunter ins Wasser, er war auf der Suche nach seiner schwer zu fangenden Mahlzeit.

Der Anblick des reglosen Gewässers, so klar und einladend, lockte ihn, für eine Weile zu ruhen und seinen schmerzenden, gequälten Körper der sanften Umarmung der dunklen Tiefe zu überantworten. Kräuselnde Ringe im Wasser folgten dem Auftauchen des Eisvogels, als der davonflog mit einem zappelnden Fisch im Schnabel. Hier und jetzt fand Marcus seinen Frieden. Die Geborgenheit eines Déjà-vu-Eindrucks erfüllte ihn, er war in wohlige Wärme und Ruhe gebettet, und

Teil der Verzierung der Schwertscheide: eine Frauengestalt in faltenreichem Gewand

die Schrecken und Entbehrungen der letzten Tage fielen von ihm ab. Langsam sank er in das Wasser hinunter und öffnete sich dem gleißenden Sonnenlicht, das sich in dem See spiegelte. Er sah sein Zuhause, seine Familie, Freunde, Rom; er sah seine Frau ihn erwarten als er immer weiter und tiefer in den See hinabglitt.

Wo der Grund des Sees steil abfiel, entschwand Marcus; er sank in das kühle Wasser hinab, und sein Geist verließ den müden Körper, seine Sinne erloschen friedvoll. Der Adler der 17., wohlbehütet in seiner Tunika, erwies ihm einen letzten Dienst und geleitete Marcus mit seinem Gewicht hinab in das tiefe Grab. Die Pflanzen am Grunde des Sees empfingen ihn, betteten ihn und hielten ihn mit dem 17. Adler Roms in ihrem sanften, aber festen Griff.

Marcus Aius schwand aus dem Geschehen der Menschen und ging ein in die Geschichte, zusammen mit den anderen Männern der 17., 18. und 19. Legion Roms.

Epilog

Arminius und die germanischen Stämme feierten ihren Sieg über die Legionen des Varus mit lang anhaltenden Festen, zu denen die Folterung von einigen hundert Gefangenen gehörte. Die Germanen ließen in Kalkriese die sterblichen Überreste aller römischen Toten zurück – dort, wo sie gefallen waren. Die hohen Leichenhaufen, die sich vor den östlichen und nördlichen Abschnitten des Walles auftürmten, gaben Zeugnis von dem Morden, das hier stattgefunden hatte. Der scheußliche Gestank von verwesendem Fleisch und Blut verpestete die Luft noch lange. Zurück blieben die zerstückelten Körper der Gefolterten, viele noch ausgestreckt auf Folterbänken oder am Galgen hängend, römische Köpfe an Bäume genagelt – barbarische Szenen unbeschreiblicher Gewalt und Grausamkeit. Die Chronisten jener blutigen Zeit hatten Mühe, das Ausmaß der Greuel zu beschreiben, die Menschen anderen Menschen angetan hatten, in Kalkriese im September des Jahres 9 n. Chr. Florus schrieb hierzu:

> Nichts war blutiger als dieses Gemetzel in Sümpfen und Wäldern, nichts war unerträglicher als der Hohn der Barbaren, besonders aber gegenüber den Gerichtsherren. Den einen stachen sie die Augen aus, den anderen hieben sie die Hände ab; einem wurde der Mund zugenäht, zuvor aber die Zunge herausgeschnitten. Diese hielt ein Barbar in der Hand und sagte: »Endlich hast du Natter aufgehört zu zischen.

Nach dem Sieg der Germanen über die 17., 18. und 19. Legion Roms eroberten Arminius und die verbündeten germanischen Stämme den Berichten zufolge alle Lager rechts des Rheins bis auf das Lager von Aliso. Sie waren nicht in der Lage, Aliso einzunehmen, da sie sich nicht auf die Kunst der Belagerung verstanden. Nur deshalb gelang es ihnen nicht, den Rhein zu überqueren und nach Gallien einzudringen.

(Anmerkung des Autors: Dies spricht dafür, daß Arminius möglicherweise nicht an diesem Teil des germanischen Aufstandes beteiligt war, denn zweifellos verfügte er über die Erfahrungen und hätte seine Männer in die taktischen Prinzipien der Belagerung einer gut befestigten Verteidigungsstellung einzuweisen vermocht.)

Die Römer setzten zudem eine große Zahl von Bogenschützen ein, deren Pfeile die germanischen Attacken immer wieder stoppten und ihnen schwere Verluste beibrachten.

Als die Germanen erfuhren, daß die Römer eine Garnison am Rhein errichtet hatten und daß Tiberius mit einem starken Heer im Anmarsch war, zogen die meisten vom Kastell ab; die zurückgebliebene Abteilung entfernte sich etwas vom Kastell, um nicht durch plötzliche Ausfälle der Besatzung Schaden zu erleiden. Schließlich konnte die römische Besatzung aus dem Lager zum Rhein entkommen. Der Rhein schied als Grenze die beiden Parteien; es gab weder einen römischen Vorstoß noch ein germanisches Eindringen nach Gallien. Cassius Dio schrieb:

> Als sie dann die Nachricht erhielten, daß die Römer am Rhein Wache hielten und daß Tiberius mit einem starken Heer im Anmarsch sei, ließen die meisten vom Kastell ab. Damals aber, als Augustus von der Katastrophe erfuhr, die Varus widerfahren war, da zerriß er, gemäß einiger Berichte, seine Kleidung und war von Schmerz überwältigt. Seine Gefühle waren nicht nur die der Trauer um seine Soldaten, sondern die der Furcht und Sorge um die germanischen und gallischen Provinzen; am meisten aber befürchtete er, der Feind würde auch Italien und sogar Rom angreifen. Es gab keine ausreichende Menge körperlich kräftiger Bürger in Reserve, und die Verbündeten, die über eine einigermaßen brauchbare Streitmacht verfügten, hatten selber schwere Verluste erlitten. Dennoch traf er die Vorkehrungen, die er in der gegenwärtigen Lage treffen konnte. Als sich keiner der Männer im wehrfähigen Alter zum Dienst einziehen lassen wollte, ließ er unter ihnen das Los entscheiden. Damit verlor jeder fünfte unter fünfunddreißig Jahren und von den älteren jeder zehnte, wenn ihn das Los getrof-

fen hatte, sein Vermögen und die bürgerlichen Ehrenrechte. Und schließlich, als selbst dann viele Männer seinen Anordnungen nicht folgten, ließ er sogar einige hinrichten. Durch das Los hob er ebenfalls soviele Veteranen und Freigelassene aus, wie es nur ging, überstellte sie der Armee und befahl ihr sofortiges Ausrücken nach Germanien zu Tiberius. Zu der Zeit lebten viele Gallier und Germanen in Rom, einige dienten in der Praetorianergarde, der Leibwache, andere residierten dort aus verschiedensten Gründen. Augustus befürchtete, daß sie einen Aufstand beginnen könnten, und so ließ er die in seiner Leibwache dienenden auf verschiedene Inseln bringen, und den Waffenlosen befahl er, die Stadt zu verlassen. Das waren seine Maßnahmen zu jener Zeit, in der keine der üblichen Gepflogenheiten eingehalten, keine Feste gefeiert wurden. Als er später die Nachricht erhielt, daß sich einige Soldaten hatten retten können, daß die Provinz von Germanien weiterhin über Besatzungsgarnisonen verfügte, und daß der Feind es nicht gewagt hatte, über den Rhein vorzudringen, da wich seine Furcht und er hielt inne, um die Lage zu überdenken. Ihm wurde klar, daß es ein solch großes und überwältigendes Unglück nur gegeben haben konnte, weil der Zorn einer Gottheit erregt worden war; außerdem legten ihm die Wunderzeichen vor und nach der Niederlage den Verdacht auf göttliches Wirken nahe. So war der Marstempel auf dem geweihten Feld vom Blitz getroffen worden; Heuschrekkenschwärme waren mitten in die Stadt geflogen und von Schwalben verschlungen worden; die Gipfel der Alpen waren anscheinend ineinandergestürzt und hatten drei Säulen von Feuer hochsteigen lassen; der Himmel war an vielen Stellen von Blitzen erleuchtet und Schwärme von Kometen zeigten sich zu gleicher Zeit; Speere schienen von Norden durch die Luft zu fliegen und in die Lager der Römer zu fallen; Bienen bauten an Altären ihre Waben; ein Standbild der Victoria, das in der Provinz von Germanien stand und über das Gebiet des Feindes blickte, war herumgedreht worden und blickte nun nach Italien; schließlich brach einmal ein Kampf aus um die Adler in den Lagern, die Soldaten hatten gedacht, die Barbaren hätten sie angegriffen, aber es erwies sich als falscher Alarm.

Tiberius hatte beschlossen, nicht über den Rhein zu gehen. Er blieb in seiner Position und hielt Wache, um sicherzugehen, daß die Barbaren nicht den Rhein überquerten. Diese wagten nicht den Übergang, sie wußten, er würde dort auf sie warten.

In der Zwischenzeit wuchs in Rom die Popularität des Germanicus, und er wurde von Augustus beauftragt, die Initiative in Germanien wiederaufzunehmen. Im Jahr 13 n. Chr. fiel er in Germanien ein und überrannte Teile des Landes. Er konnte aber keinen Sieg in einer Schlacht erringen, da ihm keine germanischen Verbände entgegentraten, noch konnte er irgendeinen Stamm unterwerfen. Er fürchtete, sie könnten eine weitere Katastrophe erleiden und drang daher nicht weit über den Rhein hinaus vor.

Während der folgenden vier Jahre hatte Germanicus eine Reihe kriegerischer Auseinandersetzungen mit Arminius. Viele blutige Schlachten wurden in dieser Zeit geschlagen, doch konnte keine Seite je einen wirklichen Sieg für sich verzeichnen. Angesichts der schweren Verluste, die beide Seiten im Verlauf der erbitterten Kämpfe zu beklagen hatten, waren sowohl Germanicus wie auch Arminius froh, wenn sie sich zurückziehen, ihre Wunden versorgen und sich neu organisieren konnten, ehe der Kampf wieder aufgenommen wurde.

Und so gingen die Kriege in Germanien weiter, Germanicus versuchte immer wieder, Arminius und die germanischen Stämme zu unterwerfen. Arminius selbst wurde in diesen Schlachten verwundet, oft genug warf er sich in die Mitte des Gefechtes, ein Held für seine Gefolgsleute und ein tapferer und kühner Anführer, der selbst von seinem römischen Gegner Germanicus geachtet wurde.

Nach einer solchen Schlacht, als beide Seiten, angeschlagen, aber nicht besiegt, sich zurückgezogen hatten, ihre Verluste zu zählen, hatte Germanicus beschlossen, seine Männer zu dem Ort der Niederlage des Varus zu führen. Über diesen Besuch des Schlachtfeldes im Jahre 15 n. Chr. berichtet Tacitus:

> Nun waren sie nicht weit vom Teutoburger Wald, in dem, wie es hieß, die Überreste des Varus und seiner Legionen noch unbestattet lagen. Germanicus ergriff das Verlangen, diesen Männern und ihrem Feldherrn die letzte Ehre zu erweisen. Jeder Soldat mit Germanicus war erfüllt von Mitgefühl, wenn er an seine Verwandten und Freunde dachte, an die Wechselfälle des Krieges und das Los der Menschen. Caecina wurde

vorausgeschickt, die dunklen Wälder zu erkunden und Brükken und Dämme auf der trügerischen Oberfläche des feuchten Sumpflandes anzulegen. Die Armee nahm ihren Weg auf, und man gelangte an die traurigen Stätten, die für den Anblick wie für die Erinnerung grauenvoll waren. Das erste Lager des Varus ließ an seinem weiten Umfang und an der Absteckung des Hauptquartiers die Arbeit der drei Legionen erkennen. (Anmerkung des Autors: Das Felsener Feld?) Ein halb eingestürzter Wall und der niedrige Graben ließen erkennen, wo die letzten traurigen Reste sich gesammelt hatten. (Anmerkung des Autors: Kalkriese?) Auf dem offenen Gelände lagen bleichende Knochen, zerstreut, wo Männer geflohen waren, in Haufen, wo sie gestanden und gekämpft hatten. Dort lagen Fragmente von Speeren und von Pferdegliedmaßen, und menschliche Schädel waren an Bäumen befestigt. In nahegelegenen Hainen standen die seltsamen Altäre der Barbaren, an denen sie die römischen Obristen und die Kompaniekommandeure massakriert hatten.

(Anmerkung des Autors. Aus: »Die Armee nahm ihren Weg auf, und man gelangte an die tragischen Stätten...« geht möglicherweise hervor, daß es bei der Varusschlacht weit verstreut liegende Schlachtfelder oder Kampfgebiete gab, und nicht bloß einen einzigen Schlachtort.)

Überlebende der Katastrophe, die der Schlacht oder der Gefangenschaft entkommen waren, zeigten, wo die Legaten gefallen waren, wo die Legionsadler erbeutet worden waren; wo Varus die erste Wunde erhalten und wo er von eigener unseliger Hand den Tod gefunden hatte. Sie berichteten, von welcher Erhöhung herab Arminius gesprochen hatte, von seinen arroganten Beschimpfungen der Adler und der Feldzeichen – und von den Galgen und Gruben für die Gefangenen. Und so, sechs Jahre nach dem Schlachten, war eine römische Armee gekommen, die Gebeine der Toten von drei Legionen zu bestatten. Niemand wußte, ob die Reste, die er mit Erde bedeckte, die eines Fremden oder eines Kameraden waren. Aber in ihrem bitteren Schmerz und wachsendem Zorn gegen den Feind betrachteten sie alle als Freunde und Blutsbrüder. Germanicus teilte die Trauer aller und legte das erste Rasenstück des Grabhügels als einen von Herzen kommenden Tribut für die Toten.

Kalkriese ist heute nicht Beweis der Schriften von Tacitus, Cassius Dio und anderen Autoren. Aber der Ausgrabungsort ist zu einer Art Gedenkstätte geworden. Das erste Gedenken fand hier vielleicht schon im Jahr 15 n. Chr. statt: mit der Anlage eines großen Grabhügels. Die Beerdigung der Überreste hunderter, wahrscheinlich tausender Römer in einem Massengrab sechs Jahre nach der Schlacht war ein Ereignis von besonderer Bedeutung; den von Tacitus beschriebenen Ort zu finden, dürfte ein beispielloser Fund sein.

Die Wälle des Hinterhalts waren ausgemacht, ihr Verlauf um den Hügel war erwiesen, und ich war überzeugt, daß der Kernbereich des germanischen Hinterhalts am östlichen Rand gelegen hatte, wo die herankommenden Römer in den schmalen Engpaß gedrückt wurden, wo der Hauptteil von ihnen fiel und dann von Arminius der Verwesung überantwortet wurde. Die logische Folgerung lautet: Das ist der Ort, an dem Germanicus auf die größte Anhäufung von Knochen traf, der Ort, an dem er die Grabstätte anlegte.

(Anmerkung des Autors: Der Hinweis »Überlebende der Katastrophe ... zeigten, wo die Legaten gefallen waren ... wo Varus die erste (?) Wunde erhalten und wo er (dann?) von eigener unseliger Hand den Tod gefunden hatte« ist in meinen Augen eine versteckte Anspielung, aus der hervorgeht, daß diese Orte sich vom letzten Handlungsort, von der letzten Sammelstelle unterscheiden. Ein halb eingestürzter Wall und der niedrige Graben ließen erkennen, wo die letzten traurigen Reste sich gesammelt hatten.)

Ende 1994 legte Professor Schlüters Grabungsteam, zu dem nun ein weiterer Archäologe, Dr. Joachim Harnecker, hinzugekommen war, einen Schnitt durch den östlichen Teil des Hauptabschnitts des Schlachtfeldes. Sie stießen auf eine sehr große Menge von Knochen, die sowohl von Menschen wie von Pferden stammten. Es war nicht lediglich eine Ansammlung von Knochen jener Menschen, die an dieser Stelle den Tod gefunden hatten. Die Knochen waren von der Seite in eine Grube geschoben worden, die man sorgsam mit Grassoden bedeckt hatte. Es war ein Massengrab. Die Knochen und das sie umgebende Erdreich wurden zunächst in Gips versiegelt, um transportiert und später untersucht werden zu können.

Ich besuchte, nachdem ich von den Entdeckungen im neuen Ausgrabungsgebiet informiert worden war, das Info-Zentrum in Kalkriese, das inzwischen von Katharina von Kurzynski geleitet wird. Das alte Bauernhaus und die Nebengebäude waren mittlerweile vollständig vom Projekt Kalkriese übernommen und in Büros, Forschungs- und Restaurierungslaboratorien umgewandelt worden. Damals war es ein kleiner Raum im Gebäude des Info-Zentrums, in dem sich die Gipsblöcke mit den Überresten römischer Legionäre befanden. Als ich die großen weißen Gipsblökke zum ersten Mal sah, war es ein ergreifender Moment; und ebenso der Anblick des offenen »Grabes«. Ich stand an einer Seite des breiten Schnittes und versuchte die Bedeutung dieser Fundstätte zu erfassen, und wieder, wie auf dem Felsener Feld, wie auf dem Hügel, keine zweihundert Meter von meinem Standort entfernt, konnte ich mich des Gefühls der Trauer nicht erwehren.

Meine Forschungen über die Varusschlacht werden noch viele Jahre andauern, nicht nur in Kalkriese. Aber kein anderer Ort berührt mich so tief in meinem Innersten wie Kalkriese – wo sie ihr Ende fanden, die Männer der 17., 18. und 19. Legion Roms.

Wenn Sie, lieber Leser, dem letzten Teil der Varusschlacht nachspüren wollen, wie Arminius ihn gesehen haben könnte, sollten Sie in den Wald zu dem kleinen Hügel gehen, kaum dreihundert Meter vom Informations-Zentrum entfernt, und seinen Gipfel aufsuchen. Von dort konnte Arminius das Gelände direkt nach Norden überblicken und, durch Schneisen im Wald, hinuntersehen nach Nordwesten und zu den Schlachtfeldern. Wenn Sie durch die Bäume zur Nordostecke des Feldes schauen – so ist dies der Blick, den Arminius gehabt haben muß, dem Geschehen nah. Ich halte dies für den Kommandopunkt, von dem aus er seine Männer befehligte und die von Osten herankommenden Römer sehen konnte. Wenn Sie dort stehen und lauschen – werden Sie wahrscheinlich nichts hören, denn Kalkriese ist heute ein stiller und friedlicher Ort.

Es ist der Ort, mit dem jene Legenden enden, die sich um die Varusschlacht rankten, und schließlich der Ort, an dem ich immer noch den goldenen Adler der 17. Legion wähne, auf meiner »Suche nach den verlorenen Legionen«.

ANHANG

Römische Militärstützpunkte aus der Zeit der Germanenkriege (12 v.–16 n. Chr.)

1	Bentumersiel	12	Xanten	23	Frankfurt-Höchst
2	Velsen	13	moers-Asberg	24	Friedberg
3	Holsterhausen	14	Neuss	25	Bad Nauheim
4	Haltern	15	Keulen	26	Rödgen
5	Oberaden	16	Bonn	27	Trier
6	Anreppen	17	Andernach	28	Titelberg
7	Vechten	18	Urmitz	29	Tongeren
8	Driel	19	Koblenz	30	Liberchies
9	Meinerswijk	20	Bingen	31	Elewijt
10	Nijmegen	21	Mainz	32	Velzeke
11	Altkalkar	22	Wiesbaden	33	Doornik

Die Etappen der Tagesmärsche und Kämpfe der Legionen: Die Kreise markieren jeweils eine Distanz von 10–15 km; die Entfernung, die die römischen Legionen unter den geschilderten Bedingungen zurücklegen konnten. Die Marschroute entspricht exakt den täglich wechselden Geländeformen, wie sie bei Cassius Dio beschrieben sind.

Die Römer

Aius Caecina Severus: Römischer Kommandeur unter Germanicus.

Augustus Caesar: Geboren als Gaius Octavius 23. September 63 v. Chr., gestorben 19. August 14 n. Chr. in Nola. Von Julius Caesar testamentarisch adoptiert, nannte er sich seit 44 v. Chr. Gaius Julius Caesar, der Ehrenname Augustus wurde ihm 27 v. Chr. vom Senat verliehen. Nach der Ermordung von Julius Caesar 44 v. Chr. kämpfte er gegen Antonius, aber im Jahre 43 v. Chr. verband er sich mit ihm und mit Lepidus zum zweiten Triumvirat. Mit Antonius kämpfte er gegen Brutus und Cassius und besiegte sie bei Philippi in Makedonien. Im Jahre 40 v. Chr. übernahm er die Herrschaft über den Westen und Antonius über den Osten des Römischen Weltreiches. Nach seinem Sieg über Antonius und Kleopatra bei Actium 31 v. Chr. wurde er, durch gezielte Politik der nächsten Jahre, schließlich Alleinherrscher. Die Grenzen des Reiches zu sichern, sah er als seine wichtigste politische Aufgabe. In Germanien wünschte er die Grenze bis an die Elbe vorzuverlegen: die römische Provinz Germania vom Rhein bis zur Elbe. Augustus wurde bewundert und geachtet. Er war ein Förderer der Künste, vor allem der Dichtkunst. Er prägte seine Zeit: das Augusteische Zeitalter.

Drusus: Nero Claudius Drusus Germanicus. Stiefsohn von Augustus. Geboren 13. Januar 38 v. Chr., gestorben 9 v. Chr. nach einem Reitunfall auf dem Weg von der Elbe zurück an den Rhein. Jüngster Sohn von Tiberius Claudius Nero und Livia Drusilla, Vater des späteren Kaisers Claudius. 13 v. Chr. wurde er Statthalter der gallischen Provinzen und Kommandeur der Oberrheinfront. Zur Vorbereitung von Großoffensiven in Germanien erbaute er bei Vecht und Ijssel in Holland den Drususkanal, bei Herven den Drususdamm und errichtete Bauten bei Neuss, Basel und Zürich. 12 v. Chr. stieß er zur Weser vor, setzte 11 v. Chr. über die Weser und kämpfte gegen die Chatten und die Sugambrer. 9 v. Chr. führte er in Germanien vier aufeinanderfolgende Feldzüge. Er baute die Festungen an der Lippe. Sein Tod unterbrach den Prozeß der Unterwerfung Germaniens vom Rhein bis zur Elbe.

Fabricius: Kommandeur einer der Zenturien unter Varus.

Gaius und Lucius Caesar: Söhne von Marcus Agrippa (ein Bürgerlicher, aber ein hervorragender Soldat, von Augustus zum Schwiegersohn erwählt), als Enkel des Augustus Caesar in die kaiserliche Familie adoptiert. Sie starben 2 und 4 n. Chr. unter etwas verdächtigen Umständen.

Gaius Numonius Vala: Einer der Legionskommandeure unter Varus.

Germanicus: Julius Caesar Germanicus. Geboren 24. Mai 15 v. Chr., gestorben 18. Oktober 19 n. Chr., vermutlich vergiftet vom Statthalter von Syrien, Piso. Sohn des Drusus. 4 n. Chr. von Tiberius adoptiert, verheiratet mit Agrippina. Er begleitete Tiberius auf sieben Feldzügen in Pannonien. Von 11 bis 14 n. Chr. kämpfte er in Germanien, von 14 bis 16 n. Chr. unternahm er als Feldherr der gesamten Rheinarmee mit acht Legionen Feldzüge gegen die Chatten, Brukterer, Marser und Cherusker, bis Tiberius wegen der hohen römischen Verluste die Feldzüge stoppte. Germanicus kehrte 17 n. Chr. im Triumph nach Rom zurück. Er blieb Prokonsul an der Ostgrenze der Reiches bis zu seinem frühen Tod im Jahre 19 n. Chr.

Lucius Apronas: Römischer Kommandeur unter Germanicus.

Marcus Aius: Ein Legionär, dessen bronzene Uniformschließen auf dem Schlachtfeld ausgegraben wurden und die seine Identifizierung als Legionär in der 1. Kohorte in der Zenturie des Fabricius ermöglichten (siehe auch »Die fiktiven Römer«).

Publius Quinctilius Varus: Geboren 46 v. Chr., gestorben 9 n. Chr. Verheiratet mit Claudia Pulchra, einer Großnichte des Augustus. 13 v. Chr. Konsul, 7 v. Chr. Prokonsul für Afrika; 6 bis 4 v. Chr. Statthalter in Syrien; ab 7 n. Chr. Statthalter in Germanien. Mit seinen drei Legionen wurde er 9 n. Chr. von Arminius vernichtend geschlagen.

Tiberius: Tiberius Julius Caesar Augustus. Geboren 16. November 42 v. Chr. in Rom, gestorben 16. März 37 n. Chr. in Misenum. Stiefsohn von Augustus ab 38 v. Chr., Sohn von Livia Drusilla. Konsul in den Jahren 13 und 7 v. Chr.; 6 v. Chr. für fünf Jahre zum Tribunen ernannt. Er unternahm Feldzüge gegen die Pannonier von 12 bis 9 v. Chr., gegen die Dalmater und Daker 8 bis 7 v. Chr., und in Germanien bis zur Elbe 6 bis 2 v. Chr. Nach seiner Rückkehr zog er sich auf Rhodos in sein Privatleben zurück. Im Jahre 4 n. Chr. wurde er von Augustus adoptiert, nachdem dessen Enkel gestorben war. Tiberius führte Krieg in Germanien von 4 bis 6 n. Chr., kämpfte erfolgreich in Pannonien von 6 bis 9 n. Chr. und führte weitere Feldzüge in Germanien ab 10 n. Chr. 13 n. Chr. erhielt er das »imperium proconsulare maius«. Als Kaiser – nach dem Tode von Augustus im Jahre 14 n. Chr. – beendete er die Germanienfeldzüge des Germanicus. Der Rhein sollte die östliche Flanke im Norden des römischen Weltreichs bleiben.

Die fiktiven Römer

Brutus Maximus: Standartenträger (Signifer) und später Träger des 17. Adlers (Aquilifer).

Gaius Claudius Suebus: Zenturio unter Varus.

Marcus Aius: Edelmann, General und Erster Stellvertreter des Varus (siehe auch oben, »Die Römer«).

Die Germanen

Arminius: Geboren 18 oder 16 v. Chr., gestorben – ermordet – um 21 n. Chr., Sohn des Cheruskerfürsten Segimer. Verheiratet mit Thusnelda, Tochter des Segestes. Arminius kam möglicherweise 8 v. Chr. mit seinem Bruder Flavius nach Rom, wurde 4 v. Chr. zum Römischen Ritter ernannt und begleitete Tiberius auf den Feldzügen in Germanien 4 bis 6 n. Chr. Im Jahre 7 n. Chr. kehrte er mit Varus nach Germanien zurück und begann, den Widerstand gegen die römische Besatzung zu organisieren. Mit den Stämmen der Chatten, Brukterer, Marser und Cherusker besiegte er die Legionen des Varus in der Schlacht im September 9 n. Chr. Er kämpfte gegen Germanicus 14 bis 16 n. Chr. und wurde nie besiegt. Seine Machtstellung wurde von seinen Verwandten bekämpft. Von ihnen wurde er ermordet, vermutlich vergiftet.

Flavius: Bruder von Arminius, diente in den römischen Legionen und nahm an der Schlacht von Idistaviso teil (16 n. Chr., Arminius gegen Germanicus).

Maroboduus: Herausragender Anführer der Markomannen, der in Böhmen gegen die Römer kämpfte, sich dann mit ihnen einigte und ihr Freund wurde.

Segestes: Thusneldas Vater; den Römern freundlich gesonnen. Ein Stammesführer der Cherusker und Gegner von Arminius.

Segimerus: Bruder des Segestes.

Segimundus: Sohn des Segimerus; war in der Varusschlacht beteiligt an der Schändung von Varus' Leichnam.

Thusnelda: Ehefrau des Arminius. Zuvor war sie mit einem Freund ihres Vaters verlobt.

Die fiktiven Germanen

Dagan: Verlobter von Thusnelda.

Roden: Bruder von Wodenicus, Freund und Kampfgefährte von Arminius.

Wodenicus: Freund von Arminius und langjähriger Kampfgefährte.

Die germanischen Stämme

Brukterer: Sie siedelten an der Ems, wurden 12 v. Chr. von Drusus geschlagen und drangen dann nach Süden bis zur Lippe vor, wo sie 4 n. Chr. von Tiberius unterworfen wurden. Sie waren an der Varusschlacht beteiligt. Um 97 n. Chr. wurden sie in einer innergermanischen Schlacht fast ausgerottet.

Chatten: Ein großer Volksstamm, der südlich von den Cheruskern lebte, im Gebiet zwischen Eder, Fulda und Schwalm. Die Chatten kämpften unter Arminius in der Varusschlacht. Bei einem Streit der Germanen um einen Salzfluß, wahrscheinlich die Werra, erlitten sie 58 n. Chr. eine Niederlage. Im Jahre 83 n. Chr. eroberten die Römer von den Chatten die Wetterau und konnten dadurch dort den Limes errichten.

Cherusker: Ihr Gebiet erstreckte sich von der Weser bis zur Elbe. Sie wurden von Drusus (12 und 9 v. Chr.) und von Tiberius (4 n. Chr.) unterworfen, erhoben sich 9 n. Chr. erfolgreich gegen die Römer und verteidigten ihre gewonnene Freiheit später gegen Germanicus. Nach der Ermordung ihres Führers Arminius ging als Folge interner Rivalitäten die Einheit der Cherusker verloren. Sie wurden von den Chatten unterworfen, Stammesreste gingen vermutlich im sächsischen Stammesverband auf.

Markomannen: Sie siedelten in Böhmen, wohin Maroboduus sie nach 9 v. Chr. aus Germanien geführt hatte. Er erlangte Autorität über die Stämme in Sachsen und Schlesien. Invasionen unter Tiberius sollten seine Expansionen 6 n. Chr. stoppen, doch ein riesiger Aufstand in Pannonien konzentrierte dort die römischen Kräfte. Römer und Markomannen schlossen Frieden.

Marser: Ein kleinerer Volksstamm zwischen Lippe und Ruhr. Er nahm an der Varusschlacht teil, in den Rachefeldzügen des Germanicus wurde er vernichtend geschlagen.

Worterklärungen

Aquilifer: Träger eines Legionsadlers. Plural: Aquiliferi.

»*Cimber*«, »*furor Teutonicus*«: Wörter, mit denen die Römer die Wildheit der germanischen Stammeskrieger beschrieben.

Cornicen: Militärtrompeter oder Hornbläser.

Galeere: (Kriegs-)Schiff, angetrieben durch Ruder.

Gallien: seit Caesar das Land zwischen Rhein, Ozean, Pyrenäen, Mittelmeer und Alpen.

Groma: Vermessungsinstrument.

Hilfstruppen: die nichtrömischen Einheiten innerhalb der römischen Armee, rekrutiert in den von Rom eroberten Gebieten. Sie wurden kommandiert von einem ritterlichen Präfekten, wie es z. B. Arminius war. Vor allem die Kavallerie bestand aus Hilfstruppensoldaten.

Holzmoorweg: Alte hölzerne Dammwege. Viele wurden über die Moore der norddeutschen Tiefebene angelegt, später von den Römern benutzt und in einigen Fällen erneuert.

Immunes: Sammelbegriff für die gewöhnlichen Unterstützungseinheiten der Legionen. Sie waren zuständig für Dienstleistungen, z. B. als Hufschmiede, Schreibkräfte oder als Zimmerer.

Konsul: Der höchste Amtsträger in Staat und Senat. Amtsdauer war normalerweise ein Jahr. Die Statthalterschaft der wichtigsten Provinzen – außer Ägypten – war reserviert für ehemalige Konsuln.

Legion: seit dem 4. Jh. v. Chr. Truppeneinheit in der römischen Armee, in der nur römische Bürger dienten. Zur Zeit des Augustus bestand eine Legion aus 6000 Berufssoldaten (Infanterie). Dazu kamen 120 Legionsreiter. Die Legion war unterteilt in zehn Kohorten. Jede Kohorte bestand wiederum aus sechs Zenturien à 80 bis 100 Soldaten. Nach heutigem militärischen Verständnis wäre die Legion mit einer Brigade vergleichbar.

Onager: Einarmige Steinschleuder.

Optio: Stellvertreter des Zenturio.

Pilum, Pila: Der schwere Speer des Legionärs.

Primus Pilus: Höchstrangiger Zenturio.

Principia: Hauptquartiersgebäude in einem Lager.

Ritterstand: patrizischer Reiteradel seit der römischen Königszeit; besonderer Stand zwischen Senat und Volk. Seit Augustus wurden die Ritter vom Kaiser ernannt. Besonders verdiente Angehörige des Ritterstandes, häufig auch Offiziere, wurden durch die Verleihung des Staatspferdes ausgezeichnet. (Arminius war römischer Ritter, hatte also einen hohen Rang in der Armee erlangt.)

Signifer: Standartenträger.

Statthalter: Einige der römischen Provinzen unterstanden direkt dem Kaiser, andere dem römischen Senat. Der Verwalter und Oberbefehlshaber in einer senatorischen Provinz hieß Prokonsul (legatus provinciae). Statthalter (legati Augusti pro praetore) waren die Verwalter kaiserlicher Provinzen, wie z. B. Varus von 7 bis 9 n. Chr.; sie waren direkt dem Kaiser unterstellt.

Testudo: Quadratische militärische Formation hinter dem Schutz von Schlachtschilden, ähnlich dem Panzer einer Schildkröte.

Tribun: Stabsoffizier unter dem Kommando des Konsuls.

Zenturio: Der Rang entspricht dem des Kommandierenden einer Kompanie, doch die Zahl der Männer unter dem Kommando eines der etwa sechzig Zenturionen in einer Legion variierte zwischen 80 und 100 Mann.

Geographische Namen

Detmold: Im Teutoburger Wald bei Detmold steht das Hermannsdenkmal, das Denkmal für Arminius.

Hildesheim: Hildesheimer Römischer Silberschatz, gefunden am 17. Oktober 1868.

Idistaviso: Stätte der Schlacht zwischen Arminius und Germanicus an der Weser, vermutlich südlich von Minden oder zwischen Rinteln und Hameln.

Lippischer Wald: Umbenannt in Teutoburger Wald.

Mattium: Stadt der Chatten, nicht genau lokalisierbar, vielleicht irgendwo südwestlich von Kassel.

Teutoburger Wald: Ein langer Höhenzug mit Hügeln und tiefen Tälern, er erstreckt sich von der Gegend um Detmold in nordwestlicher Richtung und läuft in eine Reihe offener Waldgebiete südlich und westlich von Osnabrück aus.

Wiehengebirge: Erstreckt sich von einem Gebiet östlich von Minden in ziemlich gerader Linie nach Westen, endet bei Osnabrück. Der Kalkrieser Berg ist der nördlichste Ausläufer. Die Weser teilt das Wiehengebirge bei Minden, bei Porta Westfalica ist der Weserdurchbruch.

In und um Kalkriese

Borgwedde: Eine kleine ländliche Gemeinde in einem Tal zwischen Erhebungen des Kalkrieser Berges, durch das ein schmaler Bach läuft. Es gibt dort eine Anzahl von Monumenten der Steinzeit, einschließlich des »Teufels Backtrog«. Borgwedde war bekannt als »Burg am Heiligen Hain«. Auf dem Gipfel eines Hügels, etwa 1000 Meter südlich, liegt eines der größten bekannten Steinzeitgräber, ungefähr 75 Meter lang. Am östlichen Ende steht ein großer aufrechter Stein, bekannt als der »Teufelsstein«. Es ist der Hügel des »Heiligen Hains«.

Die Dieven Wiesen: Weit ausgedehntes Moorland, in früherer Zeit überwiegend sumpfig, nördlich vom Kalkrieser Berg.

Engter: Das nächste Dorf westlich von Kalkriese. Ein Nord-Süd-Paß durch den Kalkrieser Berg.

Feldungel: Ein kleiner See im Wald im westlichen Außenbereich von Kalkriese.

Das Felsener Feld: Ein großer, langgestreckter Hügel nördlich des Wiehengebirges und der Pässe von Ostercappeln. Luftbildaufnahmen haben auf der Ostseite des Hügels eine von Norden nach Süden verlaufende Graben- bzw. Wall-Linie erkennen lassen, vermutlich Reste einer Landwehr. Römische Münzen aus der Zeit der Varusschlacht sind in diesem Bereich gefunden worden.

Icker: Ein kleines ländliches Dorf in einer großen Vertiefung in der Mitte des Kalkrieser Berges.

Kalkriese: Ein kleines ländliches Dorf, gelegen zwischen dem Rand des Kalkrieser Berges und dem Dieven Moorland.

Der Kalkrieser Berg: 160 Meter hoch. Die Hügelformation nördlich von Osnabrück endet in Kalkriese mit dem Beginn des Dieven Moors (siehe auch »Geographische Namen«: Wiehengebirge).

Die Kalkriese-Niewedder Senke: Der Streifen Land zwischen dem Kalkrieser Berg und den Dieven Wiesen, ein Kampfplatz der Varusschlacht.

Die Krebsburg: Ein kleiner Hügel, auf dem germanische Siedlungen angelegt worden waren. Die Krebsburg liegt am Ende der Schnippenburg, Teil des Kalkrieser Berges.

Ostercappeln: Der Ort am westlichen Ende des Wiehengebirges. Gleich östlich liegt der Paß, der an die Krebsburg grenzt: die erste Erhebung des Kalkrieser Berges.

Schwagstorf: Der nächste Ort östlich von Venne, grenzt direkt an das Felsener Feld.

Venne: Der nächste Ort in östlicher Richtung von der Kalkriese-Niewedder Senke.

Die Historiker

Cassius Dio: Griechischer Historiker, geboren in Bithynia 163 n. Chr., gestorben 235 n. Chr. Er war Prokonsul in Afrika unter Alexander Severus und Statthalter der Provinz von Dalmatien und Oberpannonien (zweimal Konsul). Er schrieb etwa 80 Bücher über römische Geschichte; die Bücher 36 bis 60 sind vorhanden, sie behandeln hauptsächlich die Periode vom zweiten Mithridatischen Krieg (69 v. Chr.) bis zur Herrscherzeit des Claudius (46 n. Chr.).

Lucius Annaeus Florus: Geboren im Jahre 75 n. Chr., gestorben um 140 n. Chr. Anscheinend in Afrika geboren; er lebte in Rom, bereiste Spanien und schrieb danach in Rom in zwei Büchern eine Zusammenfassung der römischen Geschichte (besonders der Kriege), um die Größe und den Verfall römischer Moral aufzuzeigen. Sein Werk basierte hauptsächlich auf Livy, und es reichte nur bis einschließlich der Herrschaft des Augustus (30 v. Chr.–14 n. Chr.), obwohl er vermutlich beabsichtigt hatte, es bis zu seiner Zeit fortzuführen.

Hermann Hartmann: Geboren am 22. März 1826 in Ankum. Sanitätsrat. Hartmann besuchte von 1840 bis 1845 das Ratsgymnasium zu Osnabrück und studierte anschließend Medizin in Heidelberg, Göttingen, Würzburg, Berlin und Wien. Nach Beendigung des Studiums ließ er sich 1850 als Landarzt in Lintorf-Barkhausen nieder. Seinen (kultur-)geschichtlichen Studien und Forschungen entsprangen zahlreiche Beiträge für die »Osnabrücker Mitteilungen« und andere Zeitschriften. Die 1870 erschienenen »Bilder aus

Westfalen« behandeln Sagen, Volks- und Familienfeste, Bräuche, Aberglauben, Volks- und Landeskunde sowie die Kulturgeschichte Osnabrücks und Westfalens. Als Sagensammler veröffenlichte Hartmann 1883 den »Sagenschatz Westfalens« und gab 1885 die Gedichtanthologie »Schatzkästlein westfälischer Dichtkunst in hoch- und plattdeutscher Sprache« heraus. Er starb am 26. Januar 1901 in Lintorf.

Theodor Mommsen: Geboren am 30. November 1817. Historiker und Jurist. Th. Mommsen war durch Fundzusammenstellung bei H. Hartmann und P. Hofer auf das Phänomen der Kalkrieser Münzfunde aufmerksam geworden. Sofort ließ er durch die Königliche Akademie der Wissenschaften zu Berlin dem Numismatiker J. Menadier den Auftrag erteilen, vor Ort in Kalkriese alle vorhandenen Münzen zu verzeichnen und Nachrichten über römische Münzfunde der Umgebung zu sammeln. Mommsen starb am 1. November 1903.

Publius (oder Gaius) Cornelius Tacitus: Geboren im oder um das Jahr 56 n. Chr. Er könnte den Kaiser Trajan überlebt haben, der 117 n. Chr. starb. Er war Senator von 81 bis 96 n. Chr., Konsul von Anatolia im Jahre 97 n. Chr., und fünfzehn Jahre später Statthalter. Seine kurzen Monographien, das »Leben des Agricola« und »Germania«, erschienen kurz nacheinander um 98. Seine »Historien« berichten die Geschichte der römischen Kaiser von Neros Tod im Jahre 68 n. Chr. bis zum Jahre 96 n. Chr. (doch nur die Bücher 68 und 69 sind erhalten); die Annalen waren gedacht, die Jahre 4 bis 68 n. Chr. zu umfassen, eine Periode von großer Bedeutung. Ein Teil von Buch V sowie die Bücher VII bis X fehlen, und Buch XVI bricht ab mit dem Jahre 66. Tacitus war Freund und Lehrer von Plinius dem Jüngeren. Im Jahre 77 n. Chr. heiratete er die Tochter von Agricola, Statthalter in Britannien von 78 bis 85 n. Chr., aber ihren Namen erwähnte er nie.

Flavius Vegetius: Er lebte Anfang des 5. Jahrhunderts n. Chr. Er schrieb detaillierte Darstellungen der Rekrutierung für die römische Armee und des Trainings in der Armee, in denen er zu zeigen versuchte, wie wirkungsvoll das alte Trainingssystem gewesen war. Sein Werk wurde erst spät bekannt, vieles daraus wird heute noch von Kommandeuren bei ihrem Stabsoffiziertraining studiert. Seine Beschreibung eines »Testudo«, der Schildkröten-Formation, ist sehr anschaulich; eine frühe Darstellung des Grundprinzips in der Entwicklung des Kampfpanzers.

Zeittafel

63 v. Chr.	Geburt von C. Octavius, später Augustus
27 v. Chr.	C. Octavius erhält vom Senat den Ehrennamen Augustus und übernimmt faktisch die Alleinherrschaft.
12 v. Chr.	Drusus stößt bis zur Weser vor.
11 v. Chr.	Drusus fällt in Germanien östlich des Rheins ein und dringt bis zur Elbe vor.
9 v. Chr.	Drusus kämpft vier aufeinanderfolgende Feldzüge in Germanien; er stirbt auf dem Weg zurück an den Rhein.
6–2 v. Chr.	Tiberius befehligt eine Expedition zur Elbe.
4–6 n.Chr	Tiberius führt Krieg in Germanien.
9 n. Chr.	Niederlage der Varus-Legionen, die Varusschlacht.
10 n. Chr.	Tiberius' Feldzüge gegen die Germanen.
14 n. Chr.	Tod von Augustus Caesar.
14 n. Chr.	Tiberius wird zum Kaiser ernannt.
15 n. Chr.	Germanicus besucht die Stätte der Varusschlacht. Er greift die Chatten an, fügt ihnen schwere Verluste zu, zerstört ihre Hauptstadt Mattium.
16 n. Chr.	Schlacht von Idistaviso nahe Hameln an der Weser zwischen Germanicus und Arminius; unter dessen Kommando kämpfen Cherusker, Chatten, Brukterer und Marser; unentschiedener Ausgang der Schlacht.
19 n. Chr.	Schlacht zwischen Arminius und Maroboduus. Die Schlacht bringt keine Entscheidung, aber Maroboduus verliert viel von seiner Macht. Arminius' Ende scheint nahe: Ein Stammesfüh-

rer der Chatten, Adgandestrius, macht den Römern das Angebot, Arminius zu vergiften, das Angebot wird nicht angenommen.

19 n. Chr. Tod von Germanicus.

21 n. Chr. Tod von Arminius.

37 n. Chr. Tod von Tiberius.

Literaturverzeichnis

Berger, Frank: Die Fundmünzen der Römischen Zeit in Deutschland. Abteilung VII, Niedersachsen und Bremen, Bd. 4–9. Berlin 1988.

Berger, Frank/Stoess, Christian: Die Fundmünzen der Römischen Zeit in Deutschland. Abteilung VII, Niedersachsen und Bremen, Bd. 1–3. Berlin 1988.

Berger, Frank: Kalkriese 1. Die römischen Fundmünzen. (Römisch-Germanische Forschungen Bd. 55), Mainz 1996.

Bokemeier, Rolf: Varus starb im Teutoburger Wald. Eine Antwort auf Kalkriese. Kulturinstitut für interdisziplinäre Kulturforschung e. V. Bettendorf/Rheinland-Pfalz 1996.

Brown, Anthony: Fieldwork for Archaeologists and Historians. BT Batsford Ltd., 1987.

Cassius Dio: The Roman History. The Reign of Augustus. Penguin Classics, 1987.

Forster, E. S. : Lucius Annaeus Florus. Epitome of Roman History. Loeb Classical Library.

Franzius, Georgia: Aspekte römisch-germanischer Beziehungen in der Frühen Kaiserzeit. Osnabrück 1995 (Vortragsreihe zur Sonderausstellung »Kalkriese – Römer im Osnabrücker Land«, 1993 in Osnabrück).

Hartmann, Hermann: Große Funde von Römermünzen im Landdrosteibezirk Osnabrück in der Provinz Hannover. Monatsschriften Geschichte Westdeutschland 6, 1880, S. 512–521.

Kühlborn, Johann-Sebastian: Germaniam pacavi – Germanien habe ich befriedet. Westfälisches Museum für Archäologie/Amt für Denkmalpflege, 1995.

Mommsen, Theodor: Die Örtlichkeit der Varusschlacht, in: Sitzungsberichte der Preußischen Akademie der Wissenschaften, 1885, S. 63 ff. (wieder abgedruckt in: Th. Mommsen, Gesammelte Schriften 4. Berlin 1906, S. 200 ff.).

Möser, Justus: Sämtliche Werke, Bd. 2, Hist.-krit. Ausgabe in 14 Bänden. Akademie Wiss. Göttingen (Hg.), Oldenburg/Hamburg 1981, S. 123.

Möser, Justus: Osnabrücker Geschichte. Allgemeine Einleitung (17/68), S. 186 f., 89, satzgleich mit Osnabrückische Geschichte, Teil I (1780), 3. Abschnitt, S. 159 f., 15.

Peddie, John: The Roman Conquest of Britain. Gloucester, Alan Sutton Publishing Ltd., 1987, Book Club Associates.

Peddie, John: The Roman War Machine. Gloucester, Sutton Publishing, 1994.

Schlüter, Wolfgang: Das Osnabrücker Land während der jüngeren römischen Kaiserzeit und der Völkerwanderungszeit, in: Osnabrücker Mitteilungen, Bd. 88, 1982, S. 13–129.

Schlüter, Wolfgang: Römer im Osnabrücker Land. Die archäologischen Untersuchungen in der Kalkriese-Niewedder Senke bei Osnabrück. Mit Beiträgen von F. Berger, G. Franzius, P. Glüsing, R. Wiegels, S. Wilbers-Rost. Schriftenreihe »Kulturregion Osnabrück« des Landschaftsverbandes Osnabrück e. V., Band 4. Bramsche 1991

Schlüter, Wolfgang: Archäologische Zeugnisse zur Varusschlacht? Die Untersuchungen in der Kalkriese-Niewedder Senke bei Osnabrück. Mit Beiträgen von F. Berger, G. Franzius, J. Lienemann, A. Rost, E. Tolksdorf-Leinemann, R. Wiegels, S. Wilbers-Rost. Germania 70, 1992, S. 307 ff.

Schlüter, Wolfgang (Hrsg.): Kalkriese – Römer im Osnabrücker Land. Archäologische Forschungen zur Varusschlacht. Mit Beiträgen von F. Berger, H. Buck, U. Dieckmann, G. Franzius, J. Lienemann, J. Pape, R. Pott, A. Rost, R. Stupperich, R. Wiegels, S. Wilbers-Rost. Bramsche, Rasch-Verlag, ^{2}1993.

von Schnurbein, Siegmar: Die Römer in Haltern. Münster/Westfalen 1979.

Seaby, H. A.: Roman Silver Coins, Vol. 1: The Republic of Augustus. London, Seaby Publications Ltd., 1978.

Tacitus: The Annals of Imperial Rome, Penguin Classics, 1956.

Dank

Ich möchte all denen danken, die mir geholfen haben, dieses Buch zu schreiben;
denen, die mich ermutigt haben, und denen, die Freunde und Kollegen geworden sind:

für das Redigieren der Tagebücher
Herrn Greg Payne, TH Mags,
und meiner Tochter Tanya;

für professionellen Rat
Herrn Prof. Dr. Wolfgang Schlüter (Osnabrück),

Herrn Dr. Frank Berger (Frankfurt)
Frau Barbara Bigalke (Museumspark gGmbH)
Herrn Dr. Erhard Cosack (Hannover)
Frau Dr. Georgia Franzius (Kalkriese/Museumspark gGmbH)
Herrn Dr. Joachim Harnecker (Kalkriese)
Herrn Dr. Johann-Sebastian Kühlborn (Münster)
Frau Katharina von Kurzynski (Kalkriese/Museumspark gGmbH)
Herrn Dr. Hermann Queckenstedt (Landschaftsverband Osnabrücker Land)
Herrn Konrad Rohling (Vorsitzender der Gesellschaft zur Förderung der vor- und frühgeschichtlichen Ausgrabungen im Osnabrücker Land e.V.)
Herrn Dr. Achim Rost (Osnabrück)
Herrn Prof. Dr. Siegfried Schoppe (Hamburg)
Frau Dr. Susanne Wilbers-Rost (Kalkriese)

für Freundschaft und Unterstützung in Kalkriese
Herrn Hasso von Bar, Herrn Christoph von Bar, Frau Fisse-Niewedde, Herrn und Frau Sommerfrüchte, Herrn und Frau Meyer Holtkamp und Familie, Herrn und Frau Dröge, Herrn Sondermann, Herrn Wilfried Fisse und Frau, Herrn und Frau Wischmeyer, Herrn Harmeyer, Herrn Finke, Herrn Knille,

Herrn Eberhard Niewedde, Herrn Hermann Bockstiegel, Herrn Jürgen Conze, Herrn Schomaker, Herrn Macke, Herrn Eggemann, Herrn Bruning, Herrn Mügge, Herrn Wilhelm Held und Herrn Peter Wilmering (Schwagsdorf); Herrn Mathias Brormann (Felsenfeld); Frau Yankofski (Barkhausen); Frau Beckmann (Borgwedde); Herrn Horst Brüggemann und Frau Hempel-Stüve (Engter); Herrn Tiemann (Icker);
Herrn Dr. Joseph Rottmann, Erster Kreisrat;
Herrn Ewald Fisse, Bürgermeister von Bramsche;
Herrn Helmut Bei der Kellen, Bürgermeister von Kalkriese;
Herrn Sigurd Hauff, Bürgermeister von Spandau 1991–94;
und Herrn Wolfgang Prauss, Berlin;
und einen ganz besonderen Dank für sein aktives Ermutigen englisch-deutscher Freundschaft und die Unterstützung für Kalkriese von Anfang an Herrn Hans-Jürgen Fip, Oberbürgermeister der Stadt Osnabrück und Vizepräsident des Landschaftsverbandes.

Das Kalkriese Team

Prof. Dr. Wolfgang Schlüter

Holger Becker, jetzt Gelsenkirchen
Dr. Frank Berger, Münz-Kabinett des Kestner Museums, Hannover, jetzt Frankfurt
Barbara Bigalke
Jürgen Conze
Martin Danker
Gabriele Dlubatz
Klaus Fehrs
Dr. Georgia Franzius
Johannes Füchtenbusch
Dr. Joachim Harnecker
Katharina von Kurzynski M. A.
Eberhard Niewedde
Horst Nowsky
Torsten Papke
Tea Pavlowski
Renate Plischewski
Kornelia Pohl
Dr. Hermann Queckenstedt
Wolfgang Remme
Bärbel Schnieder
Axel Thiele
Eva Tolksdorf-Lienemann
Dr. Susanne Wilbers-Rost

Stadt- und Kreisarchäologie Osnabrück

Günther Becker
Jürgen Böning
Axel Friederichs M. A.
Bodo Zehm

Bildnachweis

S. 18	Wolfgang Schlüter (Hg.), Kalkriese – Römer im Osnabrücker Land. Archäologische Forschungen zur Varusschlacht, Rasch Verlag Bramsche, 2. überarb. Aufl. 1993 (im folgenden zit. als: Schlüter, Kalkriese), S. 223
S. 30	»Varus-Kurier«, 1. Jg., II/1994, S. 6/7 (leicht abgeändert)
S. 31	Vörden 1876, Königl. Preuss. Landes-Aufnahme 1895. Herausgegeben 1897 (Ausschnitt)
S. 49	Foto: Landschaftsverband Osnabrücker Land
S. 51	Schlüter, Kalkriese, S. 130
S. 62	Schlüter, Kalkriese, S. 155
S. 72	Foto: T. Clunn
S. 88/89	Schlüter, Kalkriese, S. 132
S. 107	Zeichnung: Alexander Lüdecke
S. 115	Schlüter, Kalkriese, S. 168
S. 132	Schlüter, Kalkriese, S. 284
S. 150, 153	Fotos: aus dem Besitz von T. Clunn
S. 236/237	Karte: Schlüter, Decker »Weg der Legionen«: T. Clunn
S. 284/285	Foto: Anna Cheeseman-Clunn
S. 291	Schlüter, Kalkriese, S. 63
S. 302/303	Schlüter, Kalkriese, S. 18 (mit Ergänzungen von T. Clunn)
S. 309	Foto: T. Clunn (Ausschnitt)
S. 318	Schlüter, Kalkriese, S. 16
S. 319	T. Clunn